KB130857

기사단장 죽이기

❶

KISHIDANCHO-GOROSHI VOL. 1 ARAWARERU IDEA-HEN
by Haruki Murakami

이 도서의 국립중앙도서관 출판예정도서목록(CIP)은
서지정보유통지원시스템 홈페이지(http://seoji.nl.go.kr)와
국가자료종합목록 구축시스템(http://kolis-net.nl.go.kr)에서 이용하실 수 있습니다.
(CIP제어번호: CIP2017013922)

기사단장 죽이기

騎 士 団 長 殺 し

무라카미 하루키 장편소설
홍은주 옮김

문학동네

일러두기

1. 본문 중의 주석은 옮긴이주입니다.
2. 중고딕과 방점은 원서의 표시에 따른 것입니다.

騎 士 団 長 殺 し

차례

1

프롤로그

오늘, 짧은 낮잠에서 깼을 때 '얼굴 없는 남자'가 앞에 있었다. 그는 내가 잠자던 소파 건너편 의자에 걸터앉아, 얼굴 없는 얼굴 위 가상의 두 눈으로 나를 똑바로 바라보고 있었다.

키가 크고, 옷차림은 전에 봤을 때와 똑같았다. 챙 넓은 검은 모자를 눌러써 얼굴 없는 얼굴을 반쯤 가렸고, 지난번처럼 칙칙한 색깔의 긴 코트를 입었다.

"초상화를 부탁하려고 왔네." 얼굴 없는 남자는 내가 완전히 잠이 깬 것을 확인하고 말했다. 낮은 목소리에 억양도 감정도 없었다. "그려주겠다고 약속했지. 기억하나?"

"기억합니다. 그때는 종이가 없어서 그릴 수가 없었지요." 내가 말했다. 내 목소리도 마찬가지로 억양과 감정이 없었다. "대신 펭귄 부적을 드렸습니다."

"그래, 여기 가져왔네."

남자가 말하고는 오른팔을 똑바로 내밀었다. 매우 긴 팔이었다. 손에는 플라스틱 펭귄 인형을 쥐고 있었다. 휴대전화에 부적처럼 달려 있던 것이다. 그는 그것을 낮은 유리테이블 위에 내려놓았다. 딸깍, 작은 소리가 났다.

"이건 돌려주지. 자네에겐 이게 필요할 거야. 이 작은 펭귄이 부적처럼 주위의 소중한 사람들을 지켜줄 테니까. 대신 내 초상화를 그려줘야겠어."

나는 당황했다. "하지만 갑자기 그러시면…… 저는 아직 얼굴 없는 사람의 초상화를 그려본 적이 없습니다."

나는 목이 바싹 말랐다.

"자네가 뛰어난 초상화가라더군. 그리고 무슨 일에나 처음은 있는 법이지." 얼굴 없는 남자가 말했다. 그러고는 웃었다. 아마도 웃은 것 같았다. 그 웃음소리 같은 것은 깊은 동굴 속에서 들려오는 공허한 바람소리와 비슷했다.

그가 얼굴을 반쯤 가린 검은 모자를 벗었다. 얼굴이 있어야 할 자리에 얼굴은 없고, 유백색 안개가 천천히 휘돌고 있었다.

나는 일어나 작업실에서 스케치북과 부드러운 연필을 가져왔다. 그리고 소파에 앉아 얼굴 없는 남자의 초상을 그리려 했다.

하지만 어디서부터 시작해야 할지, 무엇을 기점으로 삼아야 할지 알 수 없었다. 그도 그럴 것이 거기 있는 것은 그저 무無였다. 아무것도 없는 것의 형상을 대체 어떻게 빚어낸단 말인가? 더욱이 무를 둘러싼 유백색 안개는 쉼없이 모습을 바꾸었다.

"서두르는 게 좋아. 나는 이곳에 그리 오래 머물 수 없어." 얼굴 없는 남자가 말했다.

가슴속에서 심장이 메마른 소리를 냈다. 시간이 별로 없다. 서둘러야 한다. 하지만 연필을 쥔 손가락은 허공에 멈춘 채 도무지 움직일 줄 몰랐다. 마치 손목 아래쪽이 마비된 것처럼. 그의 말대로 내게는 지켜야 할 사람이 몇 있다. 그리고 내가 할 수 있는 일은 그림을 그리는 것뿐이다. 그런데도 '얼굴 없는 남자'의 얼굴을 도저히 그릴 수가 없었다. 나는 어쩔 줄 모르고 눈앞에 있는 안개의 움직임을 노려보았다. "미안하지만 시간이 다 됐어." 잠시 후 얼굴 없는 남자가 말했다. 그리고 얼굴 없는 얼굴의 입에서 희뿌연 강안개 같은 입김을 크게 내뱉었다.

"기다려주세요. 조금만 있으면……"

남자가 검은 모자를 다시 눌러써 얼굴을 반쯤 가렸다. "언젠가 다시 찾아오지. 그때는 자네도 내 모습을 그릴 수 있을지 모르니까. 그때까지 이 펭귄 부적은 내가 보관하겠네."

얼굴 없는 남자가 모습을 감추었다. 안개가 돌풍에 걷히듯이 순식간에 허공으로 사라졌다. 그뒤에는 빈 의자와 유리테이블만 남았다. 유리테이블 위에 펭귄 부적은 없었다.

그저 짧은 꿈 같기도 했다. 하지만 꿈이 아니라는 사실을 나는 잘 알고 있다. 만일 그게 꿈이라면 내가 사는 이 세계가 모조리 꿈이라는 뜻일 테니까.

언젠가 무의 초상을 그릴 수 있을지도 모른다. 한 화가가 〈기사단장 죽이기〉라는 그림을 완성했던 것처럼. 하지만 그러려면 시간이 필요하다. 시간을 내 편으로 만들어야 한다.

1

혹시 표면이 뿌옇다면

그해 5월부터 이듬해 초까지 나는 좁은 골짜기 어귀 근처 산 위에 살았다. 여름이면 골짜기 안쪽에 쉴새없이 비가 내렸지만 바깥쪽은 대개 맑았다. 바다에서 남서풍이 불어오는 까닭이다. 바람에 실려온 습한 구름이 골짜기 사이로 들어와 산의 경사면을 오르며 비를 뿌리는 것이다. 집이 마침 그 경계에 서 있어서 앞쪽은 맑은데 뒤뜰에는 세찬 비가 내리는 일도 제법 있었다. 처음에는 신기했지만, 익숙해지니 오히려 당연하게 여겨졌다.

주위 산허리에는 도막난 구름이 낮게 걸렸다. 바람이 불면 구름 자투리가 과거에서 길을 잃고 들어와 옛 기억을 찾아 헤매는 넋처럼 산줄기를 흐물흐물 떠돌았다. 가랑눈 같은 새하얀 빗줄기가 소리 없이 바람에 나부끼기도 했다. 늘 바람이 부는 덕에

에어컨 없이도 여름을 쾌적하게 날 수 있었다.

건물이 작고 낡은 반면 마당은 자못 넓었다. 관리를 하지 않았더니 초록빛 잡초가 무성해지고 어느 날부터 고양이 가족이 들어와 살기 시작했는데, 정원사를 불러 풀을 베어내자 어딘가로 가버렸다. 마음이 편치 않았던 것이리라. 세 마리 새끼를 거느린 줄무늬 암고양이였다. 까칠한 인상에, 사는 게 녹록지 않다는 듯 야위어 있었다.

집은 산머리에 있어서 남서향 테라스로 나오면 잡목림 사이로 바다가 살짝 엿보였다. 대야에 받은 세숫물 정도의 바다. 광대한 태평양의 아주 작은 한 조각이다. 아는 부동산업자 말로는 설령 그 정도라도 바다가 보이느냐 아니냐에 따라 땅값이 크게 달라진다는데, 사실 나는 바다가 보이건 보이지 않건 상관없었다. 멀리서 보면 그 조각 바다는 칙칙한 납덩어리 같기만 했다. 사람들이 왜 그렇게 바다를 보고 싶어하는지 이해할 수 없었다. 나는 오히려 주위의 산을 바라보는 것이 좋았다. 골짜기 맞은편의 산은 계절과 날씨에 따라 생생하게 표정을 바꾼다. 하루하루 달라지는 모습을 지켜보는 것만으로도 지루할 틈이 없었다.

당시 나와 아내는 일단 결혼생활의 끝을 본 상태였고 이혼서류에 정식으로 도장도 찍었지만, 그후 우여곡절을 거쳐 결국 다시 합치게 되었다.

•

무엇 하나 쉽게 이해할 수 없는, 당사자인 나조차 인과관계를 정확히 파악하기 힘든 그 경위를 굳이 요약하자면 '원상 복귀'라는 흔해빠진 표현에 다다를 것이다. 그 두 번의 결혼생활(전기와 후기라고 해두자) 사이에는 약 아홉 달이라는 시간이 험준한 지협에 뚫린 운하처럼 입을 크게 벌리고 있다.

아홉 달 남짓—이 시간이 이별의 기간으로 길었는지 짧았는지는 잘 모르겠다. 돌이켜보면 영원에 가까웠던 것 같기도 하고, 의외로 순식간에 흘러간 것 같기도 하다. 인상은 그날그날 바뀐다. 종종 사진을 찍을 때 실제 크기를 가늠할 셈으로 피사체 옆에 담뱃갑 따위를 놔두곤 하는데, 내 기억의 영상에 놓인 담뱃갑은 기분에 따라 멋대로 늘어나거나 줄어드는 것 같다. 아마도 사물이나 현상이 쉼없이 움직이고 변화하는 것과 마찬가지로, 혹은 그에 대항하듯이, 내 기억 속에서는 고정불변이어야 할 잣대마저 움직이고 변화하는 모양이다.

물론 모든 기억이 아무렇게나 이동해서 멋대로 수축하거나 확장하는 것은 아니다. 내 인생은 기본적으로 평온하고 모순 없이, 대체로 이치에 맞게 기능해왔다. 다만 이 아홉 달여에 한해서는 도무지 설명할 길 없는 혼란에 빠졌다는 이야기다. 그 기간은 내게 여러 의미에서 예외였고, 평범하다고는 할 수 없는 시간이었다. 그 속에서 나는 고요한 바다 한복판을 헤엄치던 중 느닷없이 정체불명의 소용돌이에 휘말린 사람 같았다.

이 시기에 일어난 일을 떠올릴 때(그렇다, 나는 지금 몇 년 전에 일어난 일련의 사건에 대한 기억을 더듬으며 이 글을 쓰고 있다), 그 모든 일의 무게와 거리, 연관성이 왕왕 흔들리고 불확실해지는 것도, 또한 잠깐 눈을 돌린 사이 논리의 순서가 순식간에 뒤집혀버리는 것도 그런 까닭이리라. 그래도 나는 최선을 다해, 능력이 허락하는 한 조리 있고 논리적으로 이야기를 이끌어갈 생각이다. 아니면 어차피 헛된 시도일지라도 나름대로 쌓아본 가설의 잣대를 결사적으로 붙들어볼 작정이다. 기운이 다한 조난자가 우연히 떠내려온 나무토막에 매달리는 것처럼.

그 집으로 옮기고 가장 먼저 한 일은 저렴한 중고차를 찾는 것이었다. 그때까지 몰던 차는 수명이 다해 폐차했기 때문에 새로 구해야 했다. 지방 도시, 더욱이 산 위에서 혼자 살려면 매일 장 보는 데만도 차가 필수다. 오다와라 시 교외의 도요타 중고차센터에서 무척 싸게 나온 코롤라 왜건을 발견했다. 영업사원은 파우더블루라고 했지만 병든 사람의 낯빛처럼 초췌한 색깔이었다. 주행거리는 3만 6천 킬로미터지만 사고 경력이 있어서 가격은 상당히 낮았다. 시승해보니 브레이크와 타이어에는 문제가 없는 듯했다. 고속도로를 자주 탈 것도 아니어서 그 정도면 충분했다.

집을 빌려준 이는 미대 동기 아마다 마사히코였다. 나보다 두 살 많지만 흔치 않게 마음이 잘 맞는 친구라 졸업 후에도 종종 얼굴을 보고 지냈다. 그는 졸업하면서 그림을 포기하고 광고회사에 그래픽 디자이너로 취직했다. 내가 아내와 헤어지고 집을 나와 당장 갈 곳이 없다는 사실을 알자 그는 아버지가 쓰던 집이 비어 있다며 건물 관리도 할 겸 거기서 살면 어떠냐고 제안했다. 그의 아버지는 아마다 도모히코라는 저명한 일본화가로, 부인이 세상을 떠난 뒤 오다와라 교외 산속에 있는 아틀리에 겸 집에서 십 년 정도 혼자 유유자적하며 살아왔다. 그러나 최근 치매 증세를 보여 이즈 고원에 있는 고급 요양원에 들어가는 바람에 몇 달째 집이 비어 있다는 것이다.

"산머리에 외따로 있는 집이라 생활이 편리하다고는 할 수 없지만, 조용하다는 것 하나는 100퍼센트 보장해. 그림작업에는 더 바랄 게 없는 환경이야. 정신이 산만해지는 요소도 전혀 없고." 아마다는 말했다.

집세는 거의 형식적인 수준이었다.

"비워두면 건물도 빨리 망가지고, 빈집털이나 화재의 우려도 있으니까. 누가 살아주는 것만으로 안심이 되거든. 그래도 아예 돈을 안 받으면 너도 마음이 편치 않을 테고. 대신 사정이 생기면 갑자기 비워달라고 할 수도 있어."

나로서는 이의가 없었다. 어차피 짐도 소형차 트렁크에 다 들어갈 정도다. 들어가 살라고 하면 당장 다음날이라도 옮길 수 있었다.

내가 그 집에 간 것은 5월 초의 긴 연휴가 끝난 뒤였다. 코티지를 연상시키는 아담한 서양식 단층집이었지만 혼자 살기에는 충분히 넓었다. 약간 높은 산 위인데다 잡목림이 주위를 에워싸고 있어서 정확히 어디까지가 대지인지 아마다도 잘 몰랐다. 마당에는 굵은 가지를 사방으로 뻗은 우람한 소나무가 서 있었다. 군데군데 정원석이 놓여 있고, 등롱 옆에는 근사하게 자란 파초가 있었다.

아마다의 말대로, 분명 조용하기는 했다. 하지만 지금 돌이켜보면 **정신이 산만해지는 요소**가 전혀 없었다고는 할 수 없다.

아내와 헤어지고 그 골짜기에 살던 여덟 달여 동안 나는 두 여자와 육체관계를 가졌다. 둘 다 유부녀였다. 한 명은 나보다 나이가 적고 한 명은 많았다. 그리고 둘 다 내가 강사 일을 하던 그림교실의 학생이었다.

나는 기회를 잡아 그녀들에게 접근해 유혹했고(보통의 상황이었다면 결코 하지 않았을 일이다. 나는 낯을 가리는 성격이고, 원래는 그런 일에 익숙하지 않다) 그녀들은 거절하지 않았다. 이유는 알 수 없지만 그때는 그녀들을 침대로 이끄는 것이 매우 간단하고 이치에 맞는 일처럼 느껴졌다. 가르치는 상대를 성적으로 유혹하는 데 꺼림칙한 느낌은 거의 없었다. 그녀들과 육체관계를 갖는 것은, 길을 가다 마주친 사람에게 시간을 묻는 것과 비슷한 정도로 자연스러운 일이었다.

처음 관계를 맺은 상대는 키가 크고 눈동자가 큰 이십대 후반의 여자였다. 가슴이 작고 허리가 가늘었다. 이마가 넓고 머리카락은 아름다운 직모였다. 체격에 비해 귀가 컸다. 흔히 말하는 미인형은 아니지만 화가라면 한 번쯤 그려보고 싶어지는, 개성 있고 흥미로운 얼굴이었다(실제로 나는 화가이고, 실제로 그녀를 몇 번 스케치한 적이 있다). 아이는 없다. 남편은 사립 고등학교 역사 선생인데, 집에 오면 아내에게 손찌검을 했다. 학교에서 폭력을 휘두르지 못하는 울분을 그렇게 푸는 모양이었다. 그래도 역시 얼굴은 피했다. 옷을 벗으면 그녀의 몸 여기저기에 멍이나 상처가 있었다. 그걸 보이기 싫어해서 옷을 벗고 섹스할 때는 항상 방의 불을 전부 껐다.

그녀는 섹스에 거의 흥미가 없었다. 성기가 늘 충분히 젖지 않아서 삽입하려 하면 통증을 호소했다. 천천히 공들여 애무하고 젤을 써도 효과가 없었다. 통증은 격렬하고 좀처럼 가라앉지 않았다. 때때로 큰 소리를 지를 정도였다.

그런데도 그녀는 나와 섹스를 하고 싶어했다. 적어도 싫어하지는 않았다. 왜 그랬을까? 어쩌면 그녀는 고통을 원했는지도 모른다. 아니면 쾌감이 없기를 원했는지도 모른다. 사람은 자신의 인생에 실로 별의별 것을 다 원하는 법이니까. 그러나 그녀가 원하지 않는 것도 있었다. 친밀함이었다.

그녀가 서로의 집을 오가는 것을 싫어해서, 우리는 항상 내 차를 타고 조금 거리가 있는 바닷가의 러브호텔까지 가서 섹스를 했다. 패밀리레스토랑의 널찍한 주차장에서 만났고, 대개 오후 한시쯤 호텔에 들어가 세시 전에 나왔다. 그럴 때마다 그녀는 큼지막한 선글라스를 썼다. 흐린 날이건 비 오는 날이건. 그러던 어느 날 그녀가 약속장소에 나타나지 않았다. 그림교실에도 나오지 않았다. 거의 달아오르지 않았던 그녀와의 짧은 정사는 그렇게 끝났다. 그녀와의 성적인 관계는 전부 합해 네다섯 번이었을 것이다.

그다음 관계를 가진 또다른 유부녀는 행복한 가정생활을 하고 있었다. 적어도 보기에는 딱히 부족함 없는 결혼생활을 영위하는 것 같았다. 당시 마흔하나(였다고 기억한다), 나보다 다섯 살쯤 많았다. 체구가 아담하고 이목구비가 또렷하며 늘 고상한 옷차림이었다. 이틀에 한 번은 스포츠센터에서 요가를 하는 덕에 배에 군살도 없었다. 빨간색 미니 쿠퍼를 몰았는데, 뽑은 지 얼마 안 된 새 차라 맑은 날에는 멀리서 봐도 반짝거렸다. 두 딸은 쇼난에 있는, 학비가 비싼 사립학교에 다녔다. 그녀도 그 학교 출신이었다. 남편은 회사를 경영했는데, 어떤 회사인지까지는 물어보지 않았다(물론 딱히 알고 싶은 생각도 없었다).

그녀가 어째서 나의 뻔뻔한 유혹을 딱 잘라 거절하지 않았는지는 잘 모른다. 어쩌면 그 시기 내 몸에 특수한 자기磁氣 같은 것이 흘렀는지도 모른다. 그것이 그녀의 정신을 (비유하자면) 소박한 쇳조각을 당기듯이 끌어당겼는지도 모른다. 아니면 정신이니 자기니 하는 것과는 아무 상관 없이, 그저 그녀가 순수한 육체의 자극을 다른 곳에서 찾고 있을 때 '마침 눈앞에 있던 남자'가 나였는지도.

어쨌든 당시 나는 상대가 원하는 것을, 그게 무엇이건, 아주 당연하다는 듯 망설임 없이 내밀 수 있었다. 그녀도 처음에는 그런 관계를 지극히 자연스럽게 향유하는 듯 보였다. 육체의 영역을 두고 말하자면(그것 말고는 말할 수 있는 영역도 별로 없지만) 나와 그녀의 관계는 더없이 원만하게 흘러갔다. 우리는 그러한 행위를 솔직하고 순수하게 처리했고, 그 순수함은 거의 추상적 수준에 이르러 있었다. 어느 순간 그 사실을 깨달은 내가 조금 놀랐을 정도로.

하지만 그녀는 어느 순간 정신을 차렸던 모양이다. 햇빛이 흐릿한 초겨울 아침, 그녀가 집으로 전화를 걸어와 무슨 문서라도 낭독하는 투로 말했다. "이제 만나지 않는 게 좋겠어. 만나도 앞날이 없으니까"라고. 혹은 그런 의미의 말을.

맞는 말이었다. 실제로 우리에게는 앞날은커녕 뿌리라 할 것도 거의 없었다.

미대 재학 시절 나는 대체로 추상화를 그렸다. 추상화라고는 해도 범위가 상당히 넓어 그 형식이나 내용을 어떻게 설명해야 좋을지 나도 잘 모르겠지만, 말하자면 '구체적이지 않은 이미지를 어디에도 얽매이지 않고 자유로이 그린 그림'이다. 대회에서 작은 상을 탄 적도 몇 번 있다. 미술잡지에 실린 적도 있다. 내 그림을 좋게 보고 격려하는 선생님이나 동료도 몇 명 있었다. 장래가 촉망된다고까지는 할 수 없어도, 화가로서의 재능은 그럭저럭 갖추었던 셈이다. 그러나 내가 그리는 유화는 주로 대형 캔버스가 필요했고, 만만치 않은 양의 재료가 들어갔다. 당연히 제작비가 많이 든다. 게다가 굳이 말할 것도 없이, 무명 화가의 커다란 추상화를 사들여 자기 집 벽에 걸어주는 기특한 사람이 나타날 가능성은 한없이 제로에 가깝다.

물론 좋아하는 그림만 그려서는 먹고살기 힘들었으므로 졸업 후에는 초상화 주문을 받아 그리며 생활비를 벌었다. 요컨대 기업체 사장이나 학계 거물, 국회의원, 지역 명사 등 '사회의 기둥'이라 할 만한 이들의 모습(기둥의 굵기는 저마다 다를지언정)을 지극히 구체적으로 그리는 것이다. 이 일에는 리얼리스틱하고 중후하며 차분한 화풍이 요구된다. 응접실이나 사장실 벽에 걸어두기 위한, 철저히 실용적인 그림이다. 다시 말해 화가로서 개인적으로 추구하던 노선과 완전히 대극에 있는 그림을 생업을 위해 그려야 하는 것이다. 마지못해라고 덧붙여도 결코 예술가의 오만이라고는 할 수 없으리라.

요쓰야에 초상화 주문을 전문으로 받는 작은 회사가 있었는데, 미대 시절 은사가 개인적으로 소개해주어 전속계약 화가 같은 형태로 일하게 되었다. 고정급은 없지만 일정량 이상의 주문을 소화하면 젊은 독신남 혼자 살아갈 만한 수입은 되었다. 세이부 고쿠분지 선線 선로변의 작은 아파트 집세를 내고, 하루에 되도록 세 끼를 챙겨 먹고, 가끔 싸구려 와인을 사고, 어쩌다 여자친구와 영화를 보러 가는 정도의 소박한 생활이었다. 시기를 정해 초상화 일에 집중하고, 어느 정도 생활비가 확보되면 한동안 그리고 싶은 그림을 몰아서 그리는 생활을 몇 년쯤 이어갔다. 물론 그때 내게 초상화 작업은 당장 먹고살기 위한 방편이었고, 오래 계속할 생각은 없었다.

순수한 노동 차원에서 보면 이른바 초상화를 그리는 것은 제법 편한 일이었다. 대학 시절 잠깐 이삿짐센터에서 일한 적이 있다. 편의점 일도 했다. 그에 비하면 초상화 그리기는 육체적으로나 정신적으로 훨씬 부담이 덜했다. 일단 요령을 익히면 나머지는 같은 공정의 반복이다. 이윽고 그다지 오랜 시간을 들이지 않고 한 폭의 초상화를 완성할 수 있게 되었다. 자동조종장치로 비행기를 모는 일과 다를 바 없었다.

그런데 일 년쯤 담담히 그 일을 하는 사이, 내가 그리는 초상화가 생각보다 높은 평가를 받고 있다는 사실을 알았다. 고객의 만족도도 더할 나위 없었다. 당연한 이야기지만, 초상화의 완성도를 놓고 고객에게서 불만이 나오면 일거리가 잘 들어오지 않는다. 아예 전속계약이 끊어지기도 한다. 반대로 평판이 좋으면 일도 늘고, 매번 보수도 조금씩 오른다. 초상화의 세계란 나름대로 진지한 직업의 영역인 것이다. 그런데 아직 신인이나 다름없는 내게 일이 끊이지 않고 들어왔다. 보수도 제법 올랐다. 담당자도 작품의 완성도에 감탄했다. 주문자 중에는 '특별한 터치가 엿보인다'며 칭찬하는 사람도 있었다.

내가 그린 초상화가 왜 그렇게 높은 평가를 받는지 스스로는 짚이는 데가 없었다. 대단한 열의를 담아 그렸다고도 할 수 없고, 그저 맡은 일을 하나하나 해치웠을 뿐이다. 솔직히 그동안 그린 이들의 얼굴이 지금은 단 하나도 떠오르지 않는다. 그렇다고는 하지만 나도 한때 화가를 지망한 사람이고, 어쨌거나 붓을 쥐고 캔버스 앞에 앉은 이상 어떤 부류의 그림이건 전혀 가치 없는 결과물을 내놓을 수는 없었다. 그것은 그림에 대한 나의 애정을 더럽힐뿐더러 스스로 택한 직업을 멸시하는 셈이다. 긍지를 품을 만한 작품은 못 될지언정 나 자신이 부끄러운 그림은 그리지 않으려 노력했다. 어쩌면 이런 것을 직업윤리라고 부를 수 있을지도 모른다. 나로서는 그저 '그렇게 하지 않을 수 없었을' 뿐이지만.

또하나, 초상화를 그리며 처음부터 일관되게 지켜온 방식이 있다. 첫째로 나는 사람을 모델로 앞에 앉히고 작업하지 않았다. 주문을 받으면 우선 고객(화폭에 담길 인물이다)과 면담을 했다. 한 시간쯤 시간을 내달라고 해서 단둘이 마주앉아 이야기를 한다. 그뿐이다. 데생 같은 것도 하지 않는다. 내가 이런저런 질문을 하고, 상대가 대답한다. 언제 어디서 어떤 집에서 태어나, 어떤 유년 시절을 보내고, 어떤 학교에 다니고, 어떤 일을 시작해 어떤 가정을 꾸리고 어떻게 지금의 자리에 이르렀는지, 그런 이야기를 듣는다. 일상생활이나 취미에 대해서도 이야기한다. 대부분의 고객은 기꺼이 자신에 대해 알려주었다. 그것도 상당히 열심히(아마 다른 데선 아무도 그런 이야기를 들어주려 하지 않아서이리라). 한 시간을 예정했던 면담이 두 시간, 세 시간으로 늘어지기도 했다. 그후 고객의 스냅사진을 대여섯 장 받는다. 일상에서 자연스럽게 찍은 평범한 스냅사진이다. 그런 다음 경우에 따라(늘 그런 것은 아니다) 내가 가진 소형 카메라로 각기 다른 각도의 얼굴 사진을 몇 장 찍는다. 그것으로 충분하다.

"자세를 잡고 가만히 앉아 있을 필요는 없나요?" 많은 이가 걱정스럽게 묻곤 했다. 그들은 누구나 초상화를 그리기로 결심한 순간부터 그런 과정을 각오했던 것이다. 화가가—설마하니 요즘 세상에 베레모까지는 쓰지 않겠지만—심각한 표정으로 붓을 쥐고 캔버스 앞에 앉고, 맞은편에는 잔뜩 긴장한 모델이 자세를 잡고 있다. 몸을 움직여서는 안 된다. 영화에 흔히 나오는 그런 광경을 상상했으리라.

"그렇게 하고 싶으신가요?" 오히려 내가 묻는다. "숙련되지 않은 사람이 그림 모델을 하는 건 상당한 중노동입니다. 오랜 시간 같은 자세를 유지해야 하니 따분하기도 하고, 어깨도 결리죠. 물론 원하신다면 그래도 됩니다만."

당연히 고객의 99퍼센트는 모델 서기를 원하지 않는다. 그들은 대개 한창 바쁘게 일하는 사람이다. 아니면 은퇴한 고령자이거나. 가능하다면 그렇게 무의미한 고행을 면하고 싶어한다.

"만나뵙고 이야기를 듣는 것으로 충분합니다." 나는 이런 말로 상대를 안심시켰다. "직접 모델을 서주시건 아니건 작품의 완성도에는 전혀 차이가 없습니다. 혹 만족스럽지 않으시면 책임지고 다시 그려드립니다."

그리고 이 주쯤 걸려 초상화가 완성된다(물감이 마를 때까지 몇 달은 더 걸리지만). 내게 필요한 것은 눈앞의 본인보다 그 사람에 대한 선명한 기억이었다(본인의 존재가 외려 작업에 방해되는 경우도 있었다). 입체적 형체에 대한 기억. 그것을 고스란히 화폭에 옮기기만 하면 되었다. 아무래도 나는 그런 쪽의 시각적 기억력을 풍부하게 타고난 모양이었다. 그리고 그 능력—특수 기능이라 해도 좋을지 모른다—은 전문 초상화가로 일하는

데 꽤 유효한 무기가 되었다.

그러한 작업에서 중요한 한 가지는 고객에게 조금이라도 친애의 마음을 품는 일이었다. 그래서 한 시간 남짓한 첫 면담 때, 고객에게 공감할 만한 요소를 하나라도 더 찾아내려 노력했다. 물론 도무지 호감이 가지 않는 사람도 더러 있다. 이후로도 개인적으로 알고 지내라고 하면 뒷걸음쳐지는 상대도 있다. 그러나 제한된 장소에서 일시적인 관계만 맺을 '방문객'이라면, 좋게 볼 자질을 하나둘쯤 발견하기란 그리 어렵지 않다. 깊숙이 들여다보면 어떤 인간이든 저 안쪽에 반짝이는 무언가를 갖고 있기 마련이다. 그것을 잘 찾아내어, 혹시 표면이 뿌옇다면(뿌연 경우가 더 많은지도 모른다) 헝겊으로 말끔히 닦아준다. 그런 마음가짐이 으레 작품에 배어나기 때문이다.

그렇게 해서 나는 어느새 초상화 전문 화가가 되었다. 그 특수하고 좁은 세계에서 어느 정도 이름이 알려졌다. 결혼을 계기로 요쓰야의 회사와는 전속계약을 해지해 독립했고, 미술 비즈니스 전문 에이전시에 소속되어 한층 유리한 조건으로 초상화 주문을 받게 되었다. 나보다 열 살 정도 많은 담당자는 유능하고 의욕적이었다. 독립해서 보다 체계적으로 일해보라고 내게 권한 사람이기도 했다. 그뒤로 나는 많은 이의 초상화를 그리고(대부분 재계와 정계의 인물이었다. 그 분야에서는 유명인이라는데, 내가 이름을 알던 사람은 거의 없었다) 괜찮은 수입을 얻었다. 그렇다고 그 세계의 '대가'가 되었다는 말은 아니다. 초상화의 세계는 이른바 '순수미술'의 세계와 성격이 전혀 다르다. 사진가의 세계와도 다르다. 인물을 전문으로 찍는 사진작가가 좋은 평판을 얻고 이름을 알리는 경우는 더러 있어도, 초상화가에게는 그런 일이 일어나지 않는다. 작품이 바깥세계로 나갈 기회도 극히 드물다. 미술잡지에 실리지 않거니와 화랑에 걸리는 일도 없다. 어느 집 응접실 벽에 걸리고 나면 그저 먼지를 뒤집어쓰고 잊혀갈 따름이다. 어쩌다 누군가가 (아마도 너무 한가한 나머지) 그림을 찬찬히 들여다본다 해도, 화가의 이름을 묻는 일은 거의 없다.

때때로 내가 미술계의 고급 창부 같다는 생각이 들었다. 기술을 발휘해 최대한 양심적으로, 정해진 공정을 빈틈없이 수행한다. 그리하여 고객을 만족시킨다. 나는 그런 재능을 타고났다. 고도로 프로페셔널하지만, 그렇다고 기계적으로 순서만 밟지는 않는다. 나름대로 마음을 담는다. 결코 싼값은 아니지만 고객은 불평 한마디 없이 지불한다. 내가 상대하는 이들은 애초에 액수 따위를 신경쓰지 않기 때문이다. 그리고 내 실력은 입소문으로 사람들에게 퍼진다. 덕분에 고객의 방문이 끊이지 않는다. 스케줄은 언제나 꽉 차 있다. 하지만 정작 나 자신에게는 욕망이 보이지 않는다. 단 한 조각도.

내가 원해서 이런 화가, 이런 인간이 된 건 아니다. 그저 이런저런 사정에 휩쓸리다보니 어느새 스스로를 위한 그림은 그리지 않게 되어버렸다. 결혼하고 생활의 안정을 고려해야 했던 것이 하나의 계기였지만 그게 다는 아니다. 사실 그전에 이미 '나를 위한 그림'을 그리려는 의욕이 식었던 것 같다. 결혼생활은 핑계였는지도 모른다. 나는 이미 청년이라 할 수 없는 나이였고, 갈수록 무언가가—가슴속에서 뜨겁게 타오르던 불길 같은 것이—내 안에서 사라지는 느낌이었다. 그 열기가 온몸을 덥히던 감촉이 점차 잊혀갔다.

어느 시점에서 그런 나 자신을 깨끗이 인정하고 단념했어야 옳다. 무언가 수단을 강구했어야 한다. 하지만 나는 계속 미루기만 했다. 결국 나보다 아내가 먼저 단념했다. 그때 나는 서른여섯 살이었다.

2

다들 달에 가버릴지도 모른다

"정말 미안한데, 더이상 당신과 같이 살기는 힘들 것 같아." 아내가 조용한 목소리로 말을 꺼냈다. 그리고 그대로 한동안 입을 다물었다.

그야말로 느닷없는, 예상치 못한 통보였다. 갑작스러운 상황에 뭐라 대꾸할지 판단하지 못하고 나는 뒷말을 기다렸다. 썩 밝은 이야기가 이어지리라는 생각은 들지 않았지만, 기다리는 것 말고 그때 내가 할 수 있는 일은 없었다.

우리는 식탁에 마주앉아 있었다. 3월 중순의 일요일 오후였다. 다음달 중순이면 결혼 육 주년이었다. 그날은 아침부터 줄기차게 찬비가 내렸다. 그녀의 통보를 듣고 내가 제일 먼저 한 행동은 창밖으로 고개를 돌려 비가 얼마나 오는지 확인하는 것이었다. 조용하고 잔잔한 비였다. 바람도 거의 없다. 그러면서도 몸에 은근하게 스며드는 냉기를 몰고 오는 비였다. 그 냉기는 봄이 아직 멀리 있음을 알려주었다. 빗줄기 너머 흐릿하게 오렌지색 도쿄타워가 보였다. 하늘에는 새 한 마리 보이지 않는다. 다들 어느 지붕 밑에서 얌전히 비를 피하고 있으리라.

"이유는 묻지 말아줄래?" 그녀가 말했다.

나는 작게 고개를 가로저었다. 예스도 노도 아니다. 무슨 말을 어떻게 해야 할지 전혀 떠오르지 않아서 그저 반사적으로 고개를 저었을 뿐이다.

그녀는 목이 넓게 파인, 얇은 보라색 스웨터를 입고 있었다. 또렷이 드러난 쇄골 옆으로 흰색 캐미솔의 매끄러운 끈이 엿보였다. 마치 특별한 요리에 쓰는 특별한 종류의 파스타 같았다.

"질문이 하나 있는데." 그 끈을 물끄러미 바라보며 나는 가까스로 입을 열었다. 목소리는 뻣뻣하게 굳어 감정이나 전망이 깃들어 있지 않았다.

"내가 대답할 수 있는 거라면."

"그거, 내 책임이야?"

그녀는 한동안 생각에 잠겼다. 그러고는 오랜 시간 잠수했다가 수면으로 얼굴을 내민 사람처럼 천천히 심호흡을 했다.

"직접적으로는 아닌 것 같아."

"직접적으로는 아니다?"

"아닌 것 같아."

나는 그 말의 미묘한 음조를 헤아려보았다. 달걀을 손바닥에 올려놓고 무게를 가늠하듯이. "다시 말해, 간접적으로는 내 탓이라는 뜻이야?"

아내는 그 질문에 대답하지 않았다.

"며칠 전 새벽에 꿈을 꿨어." 대신 그렇게 말했다. "현실인지 꿈인지 분간이 안 갈 정도로 생생한 꿈이었어. 그리고 깼을 때 생각했어. 아니, 분명히 확신했어. 당신과는 더이상 같이 살 수 없겠다고."

"어떤 꿈인데?"

그녀는 고개를 가로저었다. "미안한데, 내용은 못 알려줘."

"꿈은 개인적인 것이니까?"

"아마도."

"그 꿈에 나도 나왔어?" 내가 물었다.

"아니, 당신은 나오지 않았어. 그러니까 그런 의미에서도 당신에게 직접적인 책임은 없어."

나는 그녀의 말을 확인차 요약해보았다. 말문이 막힐 때 상대의 발언을 요약하는 것은 나의 오랜 버릇이다(그리고 굳이 말할 것도 없이 이 버릇은 종종 상대의 신경을 건드린다).

"그러니까 당신은 며칠 전에 매우 생생한 꿈을 꿨다, 깼을 때 더이상 나와 살 수 없겠다고 확신했다, 하지만 꿈 내용은 알려줄 수 없다, 꿈은 개인적인 거니까. 그런 뜻이야?"

그녀가 고개를 끄덕였다. "그래, 그런 뜻이야."

"하지만 그런 말로는 아무것도 설명이 안 돼."

그녀는 양손을 식탁에 올려놓고 눈앞의 커피잔을 내려다보았다. 마치 잔 속에 오미쿠지*가 떠 있고, 거기 적힌 문구를 읽어내기라도 하려는 듯이. 눈빛을 보건대 어지간히 상징적이고 다의적인 문장인 듯하다.

아내는 늘 꿈에 큰 의미를 두었다. 곧잘 꿈으로 행동을 결정하거나 판단을 변경했다. 하지만 아무리 꿈을 중요하게 여긴다 해도, 생생한 꿈 한 편으로 육 년에 걸친 결혼생활의 무게를 완전히 제로로 만들 수는 없다.

"물론 꿈은 일종의 방아쇠일 뿐이야." 그녀가 내 속을 들여다본 것처럼 말했다. "그 꿈으로 여러 가지 것이 다시 한번 확실해진 거지."

"방아쇠를 당기면 총알이 나가."

"무슨 소리야?"

"총에서 방아쇠는 매우 중요한 요소니까, 방아쇠일 뿐이란 말은 적절한 표현 같지 않은데."

그녀가 잠자코 내 얼굴을 바라보았다. 내가 하려는 말이 잘 이

* 신사나 사찰 등에서 길흉을 점치기 위해 뽑는 제비.

해되지 않는 모양이었다. 실은 나 자신도 마찬가지였지만.

"누구 만나는 사람이 있어?" 내가 물었다.

그녀가 고개를 끄덕였다.

"그리고 그 사람과 잤고?"

"응, 정말 미안하게 생각해."

누구와, 언제부터 그랬느냐고 물어야 했으리라. 하지만 그런 것은 별로 알고 싶지 않았다. 생각하고 싶지도 않았다. 나는 다시 창밖으로 눈을 돌려 쉴새없이 떨어지는 빗줄기를 바라보았다. 그 사실을 어째서 지금까지 눈치채지 못했을까?

아내가 말했다. "하지만 그건 여러 일 중 하나일 뿐이야."

나는 방안을 둘러보았다. 오랫동안 눈에 익은 방인데도 어느새 낯선 타향의 풍경처럼 변해 있었다.

하나일 뿐이라고?

하나일 뿐이라니, 대체 무슨 말일까. 나는 진지하게 생각했다. 그녀는 내가 아닌 다른 남자와 섹스를 한다. 하지만 그건 여러 일 중 하나일 뿐이다. 대체 그것 말고 뭐가 더 있다는 걸까?

아내가 말했다. "며칠 안에 다른 데로 옮길 테니까 당신은 그냥 있어도 돼. 내가 책임질 일이니까 당연히 내가 나갈게."

"나가서 지낼 곳은 있어?"

대답은 없었지만 생각해둔 곳이 있는 눈치였다. 아마 전부터 두루 준비해두고 이야기를 꺼냈으리라. 그렇게 생각하니 어둠 속에서 발을 헛디딘 듯한 깊은 무력감에 휩싸였다. 내가 모르는 곳에서 일은 착실히 진전되고 있었던 것이다.

아내가 말했다. "되도록 빨리 이혼수속을 밟을 테니까 따라주면 좋겠어. 나 편한 대로 하는 소리 같지만."

나는 빗줄기를 바라보길 그만두고 그녀의 얼굴로 눈을 돌렸다. 그리고 새삼 생각했다. 육 년을 한집에 살면서도 나는 이 여자에 대해 거의 아무것도 몰랐다고. 매일 밤하늘의 달을 올려다보는 사람이 달에 대해 아무것도 알지 못하는 것과 마찬가지로.

"한 가지 부탁이 있어." 내가 말했다. "그것만 들어주면 나머지는 당신 좋을 대로 해. 이혼서류에도 군말 없이 도장 찍을게."

"무슨 부탁인데?"

"내가 나갈게. 그것도 오늘중에. 당신이 남아."

"오늘중에?" 그녀가 놀란 듯이 말했다.

"빠를수록 좋을 거 아냐?"

그녀는 잠시 생각했다. 그리고 말했다. "당신이 그러고 싶다면."

"그게 내가 원하는 거고, 그것 말고 특별히 원하는 건 없어."

정말로 솔직히 그런 심정이었다. 참담한 잔해 같은 이런 집에, 더욱이 3월의 찬비가 내리는 날 혼자 남는 것만 아니라면 뭐든 좋았다.

"차는 가져갈 건데, 괜찮지?"

굳이 물을 일도 아니다. 결혼 전 내 친구에게 거저나 다름없는 값에 넘겨받은, 낡은 수동기어에 주행거리도 10만 킬로미터를 넘긴 지 오래인 차다. 어차피 그녀는 운전면허도 없다.

"화구나 옷 같은 건 나중에 가지러 올게. 괜찮아?"

"괜찮은데, 나중이라는 게 얼마나 나중이야?"

"글쎄, 모르겠어." 나는 말했다. 그런 앞일까지 생각할 마음의 여유가 없었다. 발밑의 지면마저 변변히 남아 있지 않다. 지금 이곳에 서 있기도 버겁다.

"나도 이 집에 그리 오래 있지 않을지도 몰라." 그녀가 머뭇거리는 투로 말했다.

"다들 달에 가버릴지도 모르겠군." 내가 말했다.

그녀는 잘 알아듣지 못한 것 같았다. "방금 뭐라고 했어?"

"아니. 아무것도 아니야."

그날 밤 일곱시가 되기 전 큼지막한 비닐 스포츠가방에 짐을 쑤셔넣어서 빨간색 푸조 205 해치백 짐칸에 실었다. 당장 입을 옷과 세면도구, 책 몇 권과 일기장. 등산 갈 때 항상 챙기던 간단한 캠핑용품. 스케치북과 미술연필 세트. 뭘 더 챙겨야 할지 생각나지 않았다. 상관없다, 부족한 건 어디서 새로 사면 되니까. 내가 스포츠가방을 메고 집을 나설 때까지도 그녀는 식탁 앞에 앉아 있었다. 커피잔도 여전히 같은 자리에 놓여 있다. 그녀는 조금 전과 똑같은 눈빛으로 잔 속을 들여다보고 있었다.

“저기, 나도 부탁이 하나 있는데.” 그녀가 말했다. “혹시 이대로 헤어지더라도 친구로 지내줄 수 있어?”

무슨 말인지 이해할 수 없었다. 신발을 신고, 가방을 어깨에 메고, 한 손을 현관 손잡이에 올린 채로 나는 잠시 그녀를 바라보았다.

“친구로 지내자고?”

그녀가 말했다. “그럴 수 있다면, 가끔 만나 이야기를 하면 좋겠어.”

여전히 말뜻을 알 수 없었다. 친구로 지내자? 가끔 만나 이야기를 한다? 만나서 무슨 이야기를 한단 말인가? 수수께끼라도 푸는 것 같다. 대체 나한테 전하려는 말이 뭘까. 내게 특별히 나쁜 감정은 없다, 그런 걸까?

“글쎄.” 내가 말했다. 더는 할말이 떠오르지 않았다. 그 자리에 서서 일주일을 생각해봐도 마찬가지였으리라. 그래서 그대로 현관문을 열고 밖으로 나갔다.

집을 나설 때 내 차림새가 어떤지는 전혀 신경쓰지 못했다. 잠옷 위에 목욕가운을 걸치고 있었어도 알아채지 못했을 것이다. 나중에 드라이브인의 화장실에서 전신 거울 앞에 섰을 때 드러난 모습은 작업용 스웨터에 화려한 오렌지색 다운재킷, 청바지, 등산화 차림이었다. 머리에는 낡은 털모자를 쓰고 있었다. 군데군데 타진 초록색 라운드넥 스웨터에는 흰색 물감이 묻어 있었다. 청바지만 새것이라서 그 선명한 파란색이 묘하게 도드라져 보였다. 전체적으로 상당히 어수선하지만 기이할 정도는 아니다. 후회되는 부분이라면 머플러를 챙기지 못한 것 정도였다.

아파트 지하주차장을 나올 때도 3월의 찬비는 여전히 소리 없이 내리고 있었다. 푸조의 와이퍼가 노인의 쉰 기침 같은 소리를 냈다.

어디로 가야 할지 몰라 한동안 무작정 시내를 달렸다. 니시아자부 교차점에서 가이엔니시 대로를 타고 아오야마로 넘어가, 아오야마 산초메에서 우회전해 아카사카로 갔다가, 이리저리 돌아 요쓰야로 나왔다. 눈에 띈 주유소에서 기름을 가득 채웠다. 그러는 김에 오일과 공기압도 점검했다. 윈도워셔액도 넣었다. 앞으로 긴 거리를 운전할지 모른다. 어쩌면 달까지 갈지도.

신용카드로 계산하고 다시 거리로 나섰다. 비 오는 일요일 저녁이라 도로는 한산했다. FM 라디오를 켰지만 시시한 수다뿐이었다. 사람들의 목소리는 높고 날카로웠다. CD플레이어에는 셰릴 크로의 첫 앨범이 들어 있었다. 세 곡 정도 듣고 전원을 껐다.

정신을 차리고 보니 메지로 대로를 달리고 있었다. 어디로 향하는 중인지 확인하는 데 꽤 시간이 걸렸다. 그러다 와세다에서 네리마 방면으로 가고 있음을 깨달았다. 침묵을 견디지 못하고 CD플레이어를 켜 셰릴 크로를 몇 곡 들었다. 다시 전원을 껐다.

침묵은 너무 고요했고 음악은 너무 시끄러웠다. 그나마 침묵이 나았다. 귀에 와 닿는 것은 와이퍼의 낡은 고무가 쉭쉭대는 소리와, 쉼없이 젖은 노면을 나아가는 타이어 소리뿐이었다.

침묵 속에서 나는 아내가 다른 남자의 품에 안기는 광경을 상상했다.

그런 건 좀더 일찍 알았어야 했는데. 나는 생각했다. 어째서 알아채지 못했을까? 우리는 벌써 몇 달째 섹스를 하지 않았다. 내가 원해도 그녀는 이런저런 이유를 대며 거절했다. 아니, 그전부터도 그녀는 성행위에 별로 적극적이지 않았던 것 같다. 그럴 때도 있으려니 하고 넘겼다. 매일 바쁘게 일하느라 피곤할 테고 컨디션도 달라지니까. 하지만 그때 그녀는 다른 남자와 자고 있었던 것이다. 언제부터 시작됐을까? 기억을 더듬었다. 대략 네다섯 달쯤 전이다. 네다섯 달 전이면 10월에서 11월 사이다.

작년 10월이나 11월에 무슨 일이 있었는지 도무지 떠오르지 않았다. 사실 따져보자면 전날 있었던 일도 거의 기억나지 않았다.

신호를 놓치지 않으려고, 앞차 뒤에 바짝 붙지 않으려고 주의하며 계속 작년 가을에 있었던 일들을 생각해보았다. 머리꼭지가 뜨거워질 정도로 집중해서 생각했다. 오른손은 교통의 흐름에 맞춰 무의식적으로 기어를 바꿨다. 왼발은 그에 맞춰 클러치를 밟았다. 내 차가 수동기어라는 게 그때만큼 고마웠던 적이 없었다. 아내의 정사를 곰곰이 상상하는 것 말고도, 내게는 손발을 써서 완수해야 하는 몇 가지 물리적 작업이 주어져 있었던 것이다.

10월과 11월에 대체 무슨 일이 있었지?

가을 해질녘. 넓은 침대 위에서 어떤 남자의 손이 아내의 옷을 벗기는 광경을 상상했다. 그녀의 흰색 캐미솔 끈을 떠올렸다. 그 아래 있을 분홍빛 유두를 떠올렸다. 그런 것들을 하나하나 상상하고 싶지는 않았지만 상상의 연쇄가 한번 움직이기 시작하자 도저히 끊어낼 수 없었다. 한숨을 내쉬고, 눈에 들어온 드라이브인의 주차장에 차를 세웠다. 운전석 창문을 열어 습한 바깥공기를 한껏 들이켜고, 시간을 들여 심장박동을 가다듬었다. 그리고 차에서 내렸다. 털모자를 쓴 채 우산 없이 가느다란 빗줄기 속을 가로질러 가게로 들어갔다. 안쪽 박스석에 가서 앉았다.

가게 안은 한산했다. 종업원에게 뜨거운 커피와 햄치즈 샌드위치를 주문했다. 그리고 커피를 마시면서 눈을 감고 마음을 가라앉혔다. 아내가 다른 남자와 끌어안고 있는 광경을 어떻게든 머릿속에서 몰아내려 애썼다. 그러나 그 광경은 좀처럼 사라지지 않았다.

화장실에 가 공들여 비누칠을 해서 손을 씻고, 세면대 거울에 비친 내 얼굴을 새삼스레 살펴보았다. 눈이 여느 때보다 작고 충혈되어 보였다. 기근으로 조금씩 생명력을 잃어가는 산짐승 같다. 야위고 겁먹은 짐승. 손수건으로 손과 얼굴을 닦고 벽에 달린 전신 거울을 보며 옷차림을 점검했다. 물감이 얼룩진 추레한 스웨터를 입은, 서른여섯 살의 피폐한 남자가 서 있었다.

나는 이제 어디로 가려는 걸까. 내 모습을 보면서 생각했다. 아니, 그보다 나는 대체 어디로 와버렸을까? 여긴 대체 어디일까? 아니, 그보다 근본적으로, 나는 대체 누구인가?

거울에 비친 나를 보니 자화상을 그려볼까 하는 생각이 들었다. 만약 그런다면 어떤 그림이 나올까? 나는 스스로에게 애정 비슷한 것을 조금이라도 품을 수 있을까? 작은 조각 하나라도 좋으니, 반짝이는 무언가를 찾아낼 수 있을까?

결론을 내지 못한 채 자리로 돌아왔다. 커피잔이 비자 종업원이 와서 다시 채워주었다. 나는 종이봉투를 부탁해 손도 대지 않은 샌드위치를 집어넣었다. 시간이 지나면 배가 고파질 테지. 지금은 아무것도 먹고 싶지 않다.

드라이브인을 나와 쭉 직진하자 이윽고 간에쓰 고속도로 진입로 표지판이 보였다. 이대로 고속도로를 타고 북쪽으로 가야겠다고 생각했다. 북쪽에 뭐가 있는지는 모른다. 그래도 왠지 남쪽보다는 북쪽이 좋을 것 같았다. 차갑고 청결한 장소에 가고 싶었다. 무엇보다 중요한 것은 북쪽이든 남쪽이든 이 도시에서 조금이라도 멀리 벗어나는 일이다.

글러브박스를 열어보니 CD 대여섯 장이 들어 있었다. 그중 한 장은 이무지치 합주단이 연주한 멘델스존 8중주곡이었다. 아내는 그 음악을 들으며 드라이브하기를 좋아했다. 현악 4중주단을 딱 두 배로 늘린 희한한 편성이지만 멜로디가 아름답다. 멘델스존은 불과 열여섯 살에 이 곡을 작곡했다고 아내가 알려주었다. 신동이다.

당신은 열여섯 살 때 뭐했어?

열여섯 살 때는 같은 반 여자애한테 푹 빠져 있었지. 나는 당시를 떠올리며 말했다.

그애랑 사귀었어?

아니, 말도 제대로 해본 적 없어. 멀리서 바라보기만 했지. 말을 걸 용기도 없었고. 대신 집에 가면 그애를 스케치했어. 몇 장씩 그렸지.

옛날에도 똑같았네, 아내는 웃으며 말했다.

응, 난 옛날에도 대체로 지금과 똑같았어.

응, 난 옛날에도 대체로 지금과 똑같았어. 나는 그때 했던 말을 머릿속으로 되풀이했다.

셰릴 크로의 CD를 꺼내고 MJQ의 앨범을 넣었다. 〈피라미드〉. 밀트 잭슨의 기분좋은 블루스 솔로를 들으면서 고속도로를 북쪽으로 똑바로 올라갔다. 틈틈이 휴게소에서 휴식을 취하고, 소변을 오래 보고, 뜨거운 블랙커피를 몇 잔 마셨지만 그외에는 꼬박 밤을 새워 핸들을 잡았다. 쭉 주행차선을 달리다가 속도가 느린 트럭을 앞지를 때만 추월차선에 들어섰다. 신기하게도 졸리지는 않았다. 이대로 평생 졸음이 찾아오지 않는 게 아닐까 싶을 정도였다. 그리고 동이 트기 전 바다에 닿았다.

니가타에서 오른쪽으로 꺾어 해안선을 따라 북상하고, 야마가타에서 아키타로 들어갔다가 아오모리에서 홋카이도로 넘어갔다. 고속도로는 일절 타지 않고 일반도로를 따라 천천히 나아갔다. 어떤 의미로 보나 서두를 것 없는 여행이다. 밤이 되면 저렴한 비즈니스호텔이나 간이 여관을 찾아 체크인하고 좁은 침대에 누워 잠들었다. 다행히 어떤 장소, 어떤 잠자리에서든 나는 금방 잠들 수 있었다.

이틀째 아침, 무라카미 시 근처에서 에이전시 담당자에게 전화를 걸어 한동안 초상화 작업을 하기 힘들겠다고 전했다. 아직 제작중인 건도 몇 있었지만 나로서는 도저히 일을 할 만한 상황이 아니었다.

"곤란한데요. 이미 주문을 받았으니까요." 그가 딱딱한 목소리로 말했다.

나는 사과했다. "그래도 어쩔 수 없습니다. 교통사고를 당했다든가 하는 식으로 잘 말해주실 수 없을까요? 저 말고도 화가는 있잖아요."

담당자는 잠시 말이 없었다. 나는 지금껏 한 번도 마감을 어겨본 적이 없다. 일에 관한 한 내가 무책임한 사람이 아니라는 것은 그도 잘 알았다.

"사정이 생겨서 당분간 도쿄를 떠나 있으려고요. 죄송하지만 그동안은 일하기 힘듭니다."

"당분간이면, 얼마나요?"

그 질문에는 대답할 수 없었다. 휴대전화 전원을 끄고, 적당한 강을 찾아서 다리 위에 차를 세우고, 그 작은 통신기기를 창밖으로 던졌다. 미안하지만 단념시키는 수밖에 없다. 달에라도 갔다고 생각해주면 될 일이다.

아키타 시내에서 은행에 들러 ATM에서 현금을 찾고 계좌 잔고를 확인했다. 내 명의의 계좌에는 아직 적지 않은 돈이 남아 있었다. 신용카드 결제액도 여기서 빠져나간다. 당분간은 이대로 여행을 계속할 수 있을 것 같았다. 매일 그렇게 많은 돈을 쓰는 것도 아니다. 기름값과 식비, 비즈니스호텔 숙박비 정도다.

하코다테 교외의 아웃렛 매장에서 간이 텐트와 침낭을 샀다. 홋카이도는 초봄까지 춥기 때문에 방한용 내복도 샀다. 돌아다니다가 근처에 영업중인 캠핑장이 보이면 거기에 텐트를 치고 자기로 했다. 지출을 최대한 줄이고 싶었다. 아직 여기저기 눈이 얼어 있고 밤이 되면 몹시 추웠지만 좁고 답답한 비즈니스호텔에 비하면 텐트 안이 더 쾌적하고 자유롭게 느껴졌다. 텐트 밑에는 단단한 대지가, 위로는 끝없는 하늘이 있었다. 하늘에는 무수한 별이 빛났다. 그밖에는 아무것도 없다.

그뒤로 삼 주 남짓, 푸조를 몰고 홋카이도 각지를 정처 없이 돌아다녔다. 4월이 되었지만 그해는 눈이 녹으려면 좀더 기다려야 했다. 그래도 하늘빛이 눈에 띄게 바뀌고 꽃봉오리가 벌어지기 시작했다. 작은 온천지를 발견하면 그곳 여관에 묵으면서 느긋하게 목욕을 하고, 머리를 감고, 수염을 깎고, 비교적 제대로 된 식사를 했다. 그래도 체중계에 올라가보면 도쿄에 있을 때보다 5킬로그램쯤 줄어 있었다.

신문도 텔레비전도 보지 않았다. 카스테레오의 라디오도 홋카이도에 들어왔을 즈음부터 상태가 심상찮더니 끝내 먹통이 되었다. 세상이 어떻게 돌아가는지 전혀 알 수 없었고, 딱히 알고 싶지도 않았다. 도마코마이에서 한 번 빨래방에 들어가 더러워진 옷가지를 한데 모아 빨았다. 빨래가 끝나기를 기다리는 사이 근처 이발소에서 그새 자란 머리를 잘랐다. 수염도 깎았다. 이발소 텔레비전으로 오랜만에 NHK 뉴스를 보았다. 사실 눈을 감고 있었으니 본 건 아니지만 아나운서의 목소리가 절로 귀에 들어왔다. 하지만 뉴스에서 전하는 소식은 하나같이 나와 아무 관련 없는, 어느 다른 행성에서 일어난 사건처럼 느껴졌다. 아니면 누가 대충 꾸며낸 거짓말이거나.

그나마 유일하게 관심이 간 것은 홋카이도 산속에서 혼자 버섯을 캐던 일흔세 살 노인이 곰의 공격을 받아 사망했다는 뉴스였다. 겨울잠에서 깨어난 곰은 배고픔에 포악해진 상태라 매우 위험하다고 아나운서가 전했다. 나는 종종 텐트에서 자고 마음 내키면 혼자 숲속을 산책하곤 했으므로 곰의 공격을 받은 것이 나였대도 이상할 게 없었다. 곰은 어쩌다보니 나를 피해서 어쩌다보니 그 노인을 덮친 것이다. 그러나 어쩐 일인지 죽은 노인을 동정하는 마음은 일지 않았다. 노인이 겪었을 고통과 공포와 충격을 헤아리기도 불가능했다. 뭐랄까, 노인보다 오히려 곰에게 공감했을 정도다. 아니, 공감 같은 건 아니다. 차라리 공모 의식에 가까울지도 모른다.

제정신이 아니라고 거울 속의 나를 보며 생각했다. 작게 소리 내어 말하기도 했다. 머리가 좀 이상해진 모양이야. 이대로 아무한테도 다가가지 않는 게 좋아. 적어도 당분간은.

4월 말에 접어들자 슬슬 추위가 지긋지긋해졌다. 그래서 홋카이도에서 내륙으로 나왔다. 아오모리에서 이와테로, 이와테에서 미야기로 태평양 해안선을 따라 나아갔다. 남쪽으로 내려올수록 계절이 조금씩 완연한 봄으로 옮겨갔다. 그사이에도 계속 아내를 생각했다. 아내와, 어쩌면 지금쯤 어느 침대에서 그녀를 안고 있을 이름 없는 손을. 생각하고 싶지 않았지만 다른 것은 하나도 떠오르지 않았다.

처음 아내를 만난 건 서른 살을 앞둔 무렵이었다. 그녀는 나보다 세 살 아래였다. 요쓰야 산초메에 있는 작은 건축사무소에 다녔는데, 2급 건축사 자격증이 있고, 당시 내 여자친구의 고등학교 동창이었다. 긴 생머리에 연한 화장, 굳이 말하자면 온화해 보이는 얼굴이었다(성격은 얼굴만큼 온화하지 않다는 사실이 머지않아 판명되지만, 그건 나중 이야기다). 여자친구와 데이트하던 중 어느 레스토랑에서 우연히 마주쳐 소개받은 그녀에게 나는 거의 한눈에 반했다.

특별히 눈에 띄는 얼굴은 아니었다. 이렇다 할 단점도 없지만 눈길을 확 끄는 구석도 없었다. 속눈썹이 길고, 코가 가늘고, 체구는 아담한 편이고, 깔끔하게 자른 머리칼이(그녀는 머리 모양에 매우 신경을 썼다) 어깨뼈 언저리에서 찰랑거렸다. 도톰한 입술 오른쪽에 난 작은 점이 표정이 바뀔 때마다 신기하게 따라 움직였다. 그런 면 때문에 다소 육감적인 인상이었지만 어디까지나 '찬찬히 보면' 그렇다는 말이다. 일반적으로는 당시 사귀고 있던 여자친구 쪽이 훨씬 미인이었다. 그런데도 나는 그녀를 처음 보자마자 벼락을 맞은 것처럼 마음을 빼앗기고 말았다. 왜 그랬을까? 원인을 깨닫는 데 몇 주가 걸렸다. 그러다 어느 순간 불현듯 알아차렸다. 그녀가 죽은 누이동생을 떠올리게 한다는 것을. 그것도 매우 생생하게.

외모가 닮았다는 말이 아니다. 두 사람의 사진을 보여주면 아마 누구든 "하나도 안 닮았잖아"라고 할 것이다. 그래서 나도 처음에는 알아차리지 못했다. 그녀가 동생을 연상시키는 것은 구체적인 이목구비가 아니라 표정의 움직임, 특히 눈이 움직이거나 반짝이는 인상이 기묘할 만큼 꼭 닮아서였다. 흡사 마법을 부려 과거의 시간을 눈앞에 되살려낸 것처럼.

동생도 나보다 세 살 아래였는데, 태어날 때부터 심장판막에 이상이 있었다. 어릴 적 몇 차례 수술을 받았고 수술 자체는 성공했지만 후유증이 끈질기게 남았다. 그 후유증이 자연적으로 치유될지 나중에 치명적인 문제를 일으킬지는 의사도 몰랐다. 결국 동생은 내가 열다섯 살 때 죽었다. 중학교에 들어간 직후였다. 짧은 인생 동안 동생은 유전적인 결함과 끊임없이 싸워야 했다. 그런데도 밝고 긍정적인 성격을 잃지 않았다. 마지막까지 불만이나 투정을 꺼내지 않고, 항상 가까운 앞일을 면밀하게 계획했다. 그 계획에 자신이 죽을지도 모른다는 가정은 포함되어 있지 않았다. 원체 똑똑해서 학교 성적도 늘 우수했다(나보다 훨씬 우등생이었다). 의지가 강해 한번 결정하고 나면 무슨 일이 있어도 굽히지 않았다. 남매끼리 다투더라도—그런 일은 극히 드물었지만—결국에는 항상 내가 양보했다. 나중에는 몹시 야위었지만 눈만은 여전히 빛나고 생명력이 가득했다.

내가 아내에게 끌린 이유도 바로 그 눈이었다. 눈 속에 보이는 무언가였다. 그 한 쌍의 눈동자를 처음 마주한 순간부터 내 마음은 격렬히 흔들렸다. 그렇지만 그녀를 가짐으로써 죽은 동생을 복원하려는 생각은 딱히 아니었다. 설령 그러길 원한다 해도 실망만 남으리란 것쯤은 나도 상상할 수 있었다. 내가 원한 것, 혹은 필요로 한 것은 그곳에서 긍정적으로 반짝이는 의지였다. 살아가는 데 필요한, 확고한 열원熱源 같은 것이었다. 내게는 무척 친숙하지만 아직 부족한 것이었다.

나는 어찌어찌 그녀의 연락처를 알아내 데이트 신청을 했다. 물론 그녀는 놀랐고, 주저했다. 어쨌거나 친구의 남자친구였으니까. 그러나 나는 순순히 물러나지 않았다. 그냥 만나서 대화를 하고 싶을 뿐이라고 말했다. 만나서 대화만 해주면 된다. 그 이상 아무것도 바라지 않는다. 우리는 조용한 레스토랑에서 식사를 하고, 테이블을 사이에 두고 많은 이야기를 했다. 처음에는 머뭇거리고 어색하던 대화가 이윽고 활기를 띠었다. 그녀에 대해 알고 싶은 것이 얼마든지 있었으니 화제가 궁할 일은 없었다. 그녀의 생일이 동생의 생일과 사흘 차이밖에 나지 않는다는 사실도 알게 되었다.

"스케치해도 될까?" 나는 물었다.

"지금 여기서?" 그녀가 묻고는 주위를 둘러보았다. 우리는 레스토랑에서 디저트를 주문한 참이었다.

"디저트가 나오기 전에 끝날 거야." 내가 말했다.

"그럼 뭐, 상관없지만." 그녀가 반신반의하며 말했다.

나는 늘 들고 다니는 작은 스케치북을 가방에서 꺼내고 2B연필로 재빨리 그녀의 얼굴을 스케치했다. 약속대로 디저트가 나오기 전에 끝냈다. 가장 공들인 부분은 물론 그녀의 눈이었다. 제일 그리고 싶었던 것도 그것이었다. 그 눈 속에는 시간을 초월한 심오한 세계가 펼쳐져 있다.

스케치를 보여주었다. 그녀는 그림이 마음에 든 눈치였다.

"엄청 생생하네."

"네가 생생해서 그래." 내가 말했다.

그녀가 감탄한 듯 한참 스케치를 들여다보았다. 마치 스스로도 몰랐던 자기 자신을 보는 것처럼.

"마음에 들면 선물할게."

"정말 그래도 돼?" 그녀가 말했다.

"물론이지. 그냥 크로키인걸."

"고마워."

그후로 몇 번 데이트를 하고, 결국 우리는 연인이 되었다. 지극히 자연스러운 흐름이었다. 다만 내 여자친구는 친구에게 애인을 빼앗긴 데 상당한 충격을 받은 모양이었다. 아마 나와 결혼까지 고려하고 있었던 것 같다. 화를 내는 것도 당연했다(어쨌거나 나는 그녀와 결혼할 생각이 거의 없었지만). 아내도 당시 교제하던 사람이 있어서 그쪽 역시 그리 간단하게 정리되지는 않았다. 그밖에도 몇 가지 걸림돌이 있었지만 반년쯤 지나 우리는 부부가 되었다. 친구들만 불러서 단출한 축하연을 열고, 히로오에 있는 아파트에 살림을 차렸다. 그녀의 삼촌 소유였던 아파트를 비교적 싸게 빌린 것이었다. 나는 작은 방 하나를 작업실로 꾸며 본격적으로 초상화 작업을 이어갔다. 이제는 임시로 하는 일이 아니었다. 결혼생활에는 고정 수입이 필요했고, 초상화를 그리는 것 말고 내가 그럴듯한 수입을 얻을 방법은 없었다. 아내는 지하철을 타고 요쓰야 산초메의 건축사무소로 통근했다. 당연한 결과로 소소한 집안일은 집에 남은 내 몫이 되었는데, 그건 전혀 괴로운 일이 아니었다. 원래부터 집안일이 싫지 않았고 작업중에 기분전환도 되었기 때문이다. 적어도 매일 회사에 출근해 억지로 책상 앞에 앉아 있는 것보다는 집에서 살림하는 편이 훨씬 즐겁다.

처음 몇 년간의 결혼생활은 나에게나 그녀에게나 평온하고 만족스러운 것이었다. 얼마 지나자 일상에 편안한 리듬이 생겨났고, 우리는 그 안에 자연스레 몸을 맡겼다. 주말이나 휴일이면 나도 작업을 쉬고 둘이서 여기저기 돌아다녔다. 미술 전시회에 가기도 하고 교외로 하이킹을 나가기도 했다. 별다른 목적 없이 시내를 돌아다니기도 했다. 친밀한 대화의 시간을 보내면서 서로의 정보를 교환하는 것이 우리의 중요한 습관으로 자리잡았다. 각자에게 일어난 거의 모든 일을 숨김없이 솔직하게 이야기했다. 그리고 의견을 나누고 감상을 주고받았다.

다만 내게는 딱 한 가지, 굳이 말하지 않은 사실이 있었다. 아내의 눈을 보면 열두 살에 죽은 내 누이동생의 눈이 생생하게 떠오르고, 그것이 그녀에게 반한 가장 큰 이유라는 사실이다. 그 눈이 아니었다면 그토록 열심히 내 사람으로 만들려 노력하진 않았을 것이다. 하지만 그 얘기는 하지 않는 편이 좋을 듯했고, 실제로 마지막까지 한 번도 꺼내지 않았다. 그것이 내가 그녀에게 숨겨온 유일한 비밀이었다. 그녀가 내게 어떤 비밀이 있었는지—아마 있었을 테지만—나는 모른다.

아내의 이름은 유즈였다. 요리에 쓰는 유즈*. 섹스할 때 가끔 장난삼아 그녀를 '스다치'**라고 불렀다. 귓속말로 살짝 속삭이는 것이다. 그럴 때마다 그녀는 웃음을 터뜨리면서도 반쯤은 진심으로 화를 냈다.

"스다치가 아니라 유즈. 비슷하지만 달라."

대체 언제부터 모든 것이 좋지 않은 방향으로 흘러가버렸을까? 자동차 핸들을 잡고 드라이브인에서 드라이브인으로, 비즈니스호텔에서 비즈니스호텔로 이동을 위한 이동을 이어가는 내내 나는 생각했다. 하지만 조류의 흐름이 바뀐 정확한 지점을 집어내기란 불가능했다. 나는 우리 사이가 원만하다고 믿어 의심치 않았다. 물론 대부분의 부부가 그렇듯 현실적으로 의견이 갈

* 일본어로 '유자(柚子)'라는 뜻.

** 유자와 비슷하지만 알이 더 작은 감귤류 과일.

리는 문제가 몇 가지 있었고, 그것을 두고 간혹 입씨름을 하기도 했다. 구체적으로는 아이를 가지느냐 마느냐가 가장 큰 현안이었을 것이다. 그래도 최종 결론을 내야 할 때까지는 약간의 시간적 유예가 있었다. 그런 문제(말하자면 좀더 미뤄도 될 문제)를 제외하면 우리의 결혼생활은 기본적으로 건전했고, 정신적으로나 육체적으로 서로를 순조로이 받아들였다. 마지막의 마지막까지도 나는 거의 그렇게 믿고 있었다.

어쩌면 그렇게 낙관적이었을까? 아니, 어쩌면 그렇게 어리석었을까? 내 시야에 타고난 맹점 같은 부분이 있는 게 틀림없다. 항상 무언가를 보지 못하고 놓치는 것이다. 그리고 그 무언가는 어디서든 가장 중요한 부분이다.

아침에 아내가 출근하면 점심나절까지 집중해서 작업하고, 점심을 먹고는 집 근처를 산책하고, 나간 김에 장을 보고, 해질녘이면 저녁을 준비했다. 일주일에 두세 번은 가까운 스포츠클럽 수영장에서 수영을 했다. 아내가 퇴근하면 저녁 식탁을 차렸다. 그리고 함께 맥주나 와인을 마셨다. "오늘은 야근이니까 회사 근처에서 알아서 먹을게"라는 연락이 오면 혼자 식탁에 앉아 간단히 식사를 했다. 육 년에 걸친 우리 결혼생활은 대개 그런 나날의 연속이었다. 나는 특별히 불만이 없었다.

건축사무소 일은 바빴고, 그녀는 야근이 잦았다. 혼자 저녁을 먹는 날이 점점 늘었다. 한밤중이 다 돼서 퇴근하는 날도 있었다. "요즘 일이 많아졌어"라고 아내는 설명했다. 동료가 갑자기 회사를 옮기는 바람에 그 업무량을 보충해야 한다고 했다. 그런데도 사무소는 좀처럼 사람을 새로 뽑아주지 않았다. 밤늦게 퇴근한 그녀는 늘 피곤해했고, 샤워를 하자마자 곧장 잠들어버렸다. 그 탓에 섹스 횟수도 상당히 줄었다. 일이 남아 휴일에 출근하는 경우도 종종 있었다. 물론 나는 그녀의 설명을 액면 그대로 받아들였다. 의심할 이유가 어디에도 없었으므로.

사실 야근 따위는 없었는지도 모른다. 나 혼자 집에서 저녁을 먹는 사이, 그녀는 어느 호텔 침대에서 새로운 연인과 둘만의 친밀한 시간을 보냈는지도 모른다.

굳이 나누자면 아내는 사람들과 어울리기를 좋아하는 성격이었다. 겉으로는 얌전해 보이지만 머리 회전이 빠르고 임기응변이 뛰어나며 사교적인 모임을 어느 정도 필요로 했다. 그리고 나는 그런 모임을 여간해서는 제공할 수 없었다. 그래서 유즈는 친한 동성 친구들을 만나 식사를 하거나(그녀는 친구가 많았다), 퇴근 후 동료들과 술을 마시러 가기도 했다(그녀는 나보다 술이 셌다). 유즈가 그렇게 개인적인 자리를 가지고 즐기는 데 나는 불만을 표하지 않았다. 오히려 장려했는지도 모른다.

생각해보면 누이동생과의 관계도 그랬다. 어릴 적부터 밖에 나가는 걸 별로 좋아하지 않았던 나는 학교에서 돌아오면 늘 방에 혼자 틀어박혀 책을 읽거나 그림을 그렸다. 그에 비해 동생은 사교적이고 활달한 성격이었다. 그런 이유로 평소에 둘의 관심이나 행동이 일치하는 일은 별로 없었던 것 같다. 그래도 우리는 서로를 잘 이해하고 각자의 개성을 존중했다. 그 또래의 남매 같지 않게 틈만 나면 많은 이야기를 했다. 집 2층에 빨래를 너는 공간이 있었는데, 여름이나 겨울이나 그리로 올라가서 질리지도 않고 이야기를 했다. 특히 우스운 이야기를 즐겨 했다. 번갈아가며 웃기는 이야기를 하고는 자지러지게 웃곤 했다.

그 이유만은 아니겠지만, 나는 아내와의 그런 관계성에 너무 순순히 안심해버린 것 같기도 하다. 결혼생활에서의 내 역할—과묵한 조력자 파트너의 역할—을 자연스럽고 당연하게 받아들였다. 하지만 유즈는 달랐는지 모른다. 나와의 결혼생활에 뭔가 채워지지 않는 부분이 있었는지도 모른다. 아내와 동생은 전혀 다른 인격이자 존재니까. 그리고 말할 것도 없이, 이제 나는 십대 소년이 아니다.

달이 넘어가 5월이 되자 매일같이 계속되는 운전에 아무래도 지쳐버렸다. 핸들을 잡고 똑같은 생각을 하염없이 이어가는 것도 지겨워졌다. 질문은 모두 반복일 뿐이고, 대답은 언제까지나 제로 상태였다. 운전석에 계속 앉아 있다보니 허리도 아팠다. 푸조 205는 원래 대중적인 차다. 시트도 고급이라고는 할 수 없고, 서스펜션도 눈에 띄게 수명을 다해갔다. 오랫동안 도로의 반사

선을 응시한 탓에 눈 안쪽이 툭하면 욱신거렸다. 생각해보니 벌써 한 달 반이 넘도록 거의 쉬지도 않고 무언가에 쫓기는 사람처럼 바쁘게 이동해왔다.

미야기 현과 이와테 현 경계 부근의 산속에서 아담하고 소박한 온천을 발견한 김에 일단 이동을 중단하기로 했다. 계곡 깊숙이 들어앉은 이름 없는 온천으로, 근처 주민들이 장기 요양을 위해 머무는 곳이었다. 값도 싸고, 공동 부엌에서 간단한 취사도 할 수 있었다. 그곳에서 마음껏 온천욕을 하고 자고 싶은 만큼 잤다. 운전으로 쌓인 피로를 풀고 방바닥에서 뒹굴거리며 책을 읽었다. 그것도 질리면 가방에서 스케치북을 꺼내 그림을 그렸다. 그림을 그리고 싶다고 느낀 것은 상당히 오랜만이었다. 처음에는 정원의 꽃과 수목을, 나중에는 여관 마당에서 기르는 토끼들을 그렸다. 간단한 연필 소묘였지만 보는 사람 모두가 감탄했다. 부탁받는 대로 주위 사람들의 얼굴을 스케치했다. 나처럼 이곳에 묵는 사람, 일하는 사람. 그저 눈앞을 지나가는 사람. 두 번 다시 만날 일이 없을 사람. 그들이 원하면 그림을 선물하기도 했다.

슬슬 도쿄로 돌아갈 때라는 생각이 들었다. 언제까지고 이런 생활을 계속해봤자 아무것도 얻을 수 없을 것이다. 게다가 나는 다시 그림을 그리고 싶었다. 주문받은 초상화가 아니라, 간단한 스케치가 아니라, 심기일전해서 오랜만에 나 자신을 위한 그림을 그려보고 싶었다. 잘될지 어떨지는 모른다. 그래도 어쨌든 첫

발을 떼봐야 한다.

그길로 푸조를 몰고 도호쿠 지방을 가로질러 도쿄로 돌아갈 생각이었는데, 국도 6호선으로 이와키 시에 막 들어설 무렵 결국 자동차의 수명이 다했다. 연료 파이프에 금이 가는 바람에 시동이 전혀 걸리지 않았다. 그동안 거의 정비를 받지 않았으니 불평할 수는 없었다. 유일한 행운이라면 차가 서버린 곳 근처에 마침 친절한 수리공이 일하는 정비소가 있었다는 점이다. 여기서 구형 푸조 부품을 수배하긴 힘들고, 주문한다 해도 시간이 걸린다. 수리하더라도 금방 다른 문제가 생길걸요, 수리공은 말했다. 팬벨트도 아슬아슬하고 브레이크패드도 위험할 정도로 닳았다. 서스펜션 상태도 좋지 않았다. "제 말 들으시죠. 이대로 안락사시키는 게 좋습니다"라는 것이다. 한 달 반 동안 길 위의 생활을 함께하고 12만 킬로미터에 달하는 주행거리를 새긴 푸조와 헤어지려니 아쉬웠지만 두고 떠나는 수밖에 없었다. 나 대신 자동차가 숨을 거둔 거라고 생각했다.

차를 처분해주는 사례로 텐트와 침낭, 캠핑용품을 수리공에게 넘겼다. 마지막으로 푸조 205를 스케치하고, 스포츠가방을 어깨에 메고, 조한 선을 타고 도쿄로 돌아왔다. 역에서 아마다 마사히코에게 전화를 걸어 지금의 사정을 간단히 설명했다. 결혼생활에 문제가 생겨 한동안 여행을 갔다가 도쿄로 돌아왔다. 당장 갈 곳이 없다. 어디 재워줄 만한 곳이 없겠느냐.

그렇다면 마침 좋은 데가 있어, 그가 말했다. 아버지 혼자 살던 집인데, 얼마 전 이즈 고원에 있는 요양원으로 들어가시면서 계속 비어 있거든. 가구나 생필품도 다 남아 있으니 따로 준비할 건 없어. 생활이 편한 곳은 아니지만 전화선도 아직 살아 있고. 괜찮으면 당분간 지내볼래?

더 바랄 게 없는 얘기야, 나는 말했다. 정말이지 더 바랄 게 없는 얘기였다.

그렇게 새로운 장소에서 새로운 생활이 시작되었다.

3
그저 물리적인 반사일 뿐

오다와라 교외의 산머리에 있는 새로운 거처로 옮기고 며칠이 지나 아내에게 연락했다. 다섯 번쯤 전화를 걸고 나서야 연결이 됐다. 회사일이 바빠서 여전히 퇴근이 늦는 모양이었다. 아니면 누군가를 만나러 나갔는지도 모른다. 어쨌거나 이제 나와는 상관없는 일이었다.

"지금 어디 있어?" 유즈가 물었다.

"오다와라에 있는 아마다의 집에 자리잡았어." 내가 말했다. 그리고 그 집에 살게 된 경위를 간단하게 설명했다.

"휴대전화로 몇 번이나 연락했는데." 유즈가 말했다.

"휴대전화는 이제 없어." 내가 말했다. 지금쯤이면 벌써 서쪽 바다까지 흘러갔을지도 모른다. "며칠 내로 내 물건을 가지러 가려고 하는데, 괜찮을까?"

"집 열쇠는 아직 갖고 있지?"

"갖고 있어." 나는 말했다. 휴대전화를 강물에 던질 때 같이 버릴까 하다가 돌려달라고 할지도 모른다는 생각에 그냥 갖고 있었다. "그런데 당신이 없을 때 마음대로 들어가도 괜찮겠어?"

"여긴 당신 집이기도 하잖아. 당연히 괜찮지." 그녀가 말했다. "그런데 그렇게 오랫동안 도대체 어디서 뭘 했어?"

계속 여행했다고 나는 말했다. 혼자서 하염없이 운전했던 일. 추운 지방을 여기저기 돌아다닌 일. 도중에 자동차가 수명을 다한 일. 그런 이야기를 짧게 요약해 들려주었다.

"그래도 아무튼 무사한 거지?"

"난 살아 있어." 나는 말했다. "죽은 건 자동차야."

유즈는 잠시 가만있었다. 그러고는 입을 열었다. "얼마 전에 당신 꿈을 꿨어."

나는 어떤 꿈이었느냐고 묻지 않았다. 그녀의 꿈에 나온 나에 대해 굳이 알고 싶지 않았다. 그래서 그녀도 더는 이야기하지 않았다.

"열쇠는 두고 올게." 내가 말했다.

"난 아무래도 괜찮아. 당신 편할 대로 해."

나오면서 우편함에 넣어두겠다고 나는 말했다.

짧은 침묵이 흐르고 아내가 말했다.

“있지, 첫 데이트 때 내 얼굴 스케치해준 것 기억나?”

“기억나.”

“가끔 그 그림을 꺼내봐. 무척 잘 그렸어. 진짜 나 자신을 보는 기분이 들어.”

“진짜 자신?”

“응.”

“매일 아침 거울로 보는 얼굴이잖아?”

“그것과는 달라.” 유즈가 말했다. “거울에 비친 나는 그저 물리적인 반사일 뿐이니까.”

전화를 끊고 세면대로 가서 거울을 들여다보았다. 내 얼굴이 비치고 있었다. 나 자신의 얼굴을 정면에서 똑바로 쳐다보는 건 오랜만이었다. 거울에 비친 나는 그저 물리적인 반사일 뿐이라고 그녀는 말했다. 하지만 그곳에 비친 내 얼굴은 어딘선가 둘로 갈라져 떨어져나간 내 가상의 분신으로밖에 보이지 않았다. 거기 있는 것은 **내가 선택하지 않은** 나였다. 물리적인 반사조차 아니었다.

이틀 후 낮시간에 코롤라 왜건을 몰고 히로오의 아파트로 가서 내 물건을 챙겼다. 그날도 아침부터 줄기차게 비가 내렸다. 아파트 지하주차장에 차를 세우자 비 오는 날 특유의 주차장 냄새가 났다.

엘리베이터를 타고 올라가 현관문을 열고 거의 두 달 만에 집 안으로 들어가니 꼭 불법 침입자가 된 기분이었다. 그곳은 분명 내가 육 년 가까이 생활한, 구석구석 익숙한 장소였다. 그러나 문 안쪽으로 펼쳐진 풍경에는 더이상 내가 포함되어 있지 않았다. 부엌 싱크대에 쌓인 식기는 전부 그녀가 사용한 것이었다. 화장실 건조대에 널린 세탁물도 전부 그녀의 옷이었다. 냉장고를 열어보니 그 안에도 처음 보는 음식뿐이었다. 대부분 바로 먹을 수 있도록 조리된 식품이다. 우유와 오렌지주스도 내가 사던 상표가 아니었다. 냉동고에는 냉동식품이 가득했다. 나는 냉동식품을 절대 사지 않는다. 채 두 달이 안 되는 사이 실로 많은 것이 변화를 맞았다.

나는 싱크대에 쌓인 식기를 설거지하고, 세탁물을 걷어서 개고(가능하면 다리미질도 하고), 냉장고 안의 식품을 깔끔하게 정리하고 싶은 강렬한 충동을 느꼈다. 그러나 물론 그러지 않았다. 이곳은 이미 남의 집이다. 내가 손댈 일이 아니다.

가장 부피가 큰 짐은 화구였다. 이젤과 캔버스, 붓과 물감을 쓸어넣은 커다란 종이상자 하나. 그리고 옷. 나는 원래 많은 옷이 필요 없는 인간이다. 매일 똑같은 옷을 입고 다녀도 신경쓰이지 않는다. 양복도 넥타이도 없다. 두툼한 겨울코트를 제외하면 큰 트렁크 하나에 다 들어간다.

아직 읽지 않은 책 몇 권과 열 장 남짓의 CD. 즐겨 쓰던 머그

잔. 수영복과 수경, 수영모. 당장 필요한 물건이라고 해봐야 고작 그 정도다. 그나마도 없으면 없는 대로 큰 문제는 없을 것들.

화장실에는 내 칫솔과 면도 세트, 로션, 자외선 차단제, 헤어토닉이 고스란히 남아 있었다. 뜯지 않은 콘돔 상자도 그대로 있었다. 하지만 그렇게 자잘한 것들까지 굳이 새로운 거처로 챙겨갈 마음은 들지 않았다. 알아서 처분해주면 될 일이다.

단출한 짐을 자동차 트렁크에 실어두고 부엌으로 돌아와 주전자에 물을 끓였다. 홍차 티백을 우려 식탁에 앉아 마셨다. 이 정도는 해도 상관없으리라. 집안은 몹시 조용했다. 침묵이 공기중에 미미한 압박을 가했다. 마치 바닷속에 혼자 앉아 있는 것 같다.

나는 삼십 분쯤 혼자 집안에 머물렀다. 찾아오는 사람도 없고, 전화벨도 울리지 않았다. 냉장고의 자동온도조절장치가 한 번 꺼졌다 켜졌을 뿐이다. 나는 침묵 속에서 귀를 기울이고, 수심을 재기 위해 추를 늘어뜨리듯이 집안의 기척을 살폈다. 어디로 보나 혼자 사는 여자의 집이었다. 매일 일이 바빠 집안일을 할 시간이 거의 없다. 잔일은 주말에 쉴 때 몰아서 해치운다. 집안을 전체적으로 둘러보니 눈에 들어오는 물건은 전부 그녀의 것이었다. 다른 사람의 기척은 느껴지지 않는다(나의 기척조차 이제는 거의 지워졌다). 이곳에 남자가 드나드는 건 아닐 거라고 생각했다. 둘은 아마 다른 장소에서 만나는 것이리라.

그 집에 혼자 있는 동안, 설명하긴 힘들지만 꼭 누군가가 지켜보는 듯한 기분이 들었다. 몰래카메라로 감시당하는 느낌이다. 물론 그럴 리는 없다. 아내는 기계류에 몹시 약하다. 리모컨 건전지도 혼자서 갈 줄 몰랐다. 하물며 몰래카메라를 설치하고 다룰 만한 요령은 없다. 그저 내 신경이 과민해진 탓이다.

그런데도 나는 가상의 카메라에 일거수일투족이 기록된다는 전제하에 행동했다. 쓸데없는 짓, 부적절한 짓은 일절 하지 않았다. 유즈의 책상 서랍을 열고 내용물을 뒤지지 않았다. 그녀가 스타킹 따위를 넣어두는 옷장 서랍 안쪽에 작은 일기장과 중요한 편지를 보관해두는 것을 알지만 그쪽도 손대지 않았다. 노트북 암호도 알지만(물론 아직 바꾸지 않았다면) 열어보지 않았다. 이제는 모두 나와 관계없는 것이다. 나는 내가 사용한 찻잔만 씻어 행주로 닦고 식기장에 넣은 뒤 불을 껐다. 그리고 창가에 서서 줄기차게 쏟아지는 빗줄기를 한동안 바라보았다. 빗줄기 너머 저멀리 흐릿하게 오렌지색 도쿄타워가 보였다. 집 열쇠를 우편함에 넣고 차를 몰아 오다와라로 돌아왔다. 대략 한 시간 반 거리다. 그런데도 마치 당일치기로 외국에라도 다녀온 기분이었다.

다음날 담당 에이전트에게 전화를 걸었다. 도쿄로 돌아오기는 했는데, 미안하지만 이제 초상화 일을 할 생각이 없다고 말했다.

"더이상 초상화를 그리지 않겠다, 그런 말씀인가요?"

"아마도요." 나는 말했다.

그는 내 통고를 별말 없이 받아들였다. 특별히 불평하지도, 충고 비슷한 말을 하지도 않았다. 내가 일단 무슨 이야기를 꺼내면 물러서지 않는다는 것을 알기 때문이다.

"그래도 혹시 이 일이 다시 하고 싶어지면 언제든 연락주세요. 환영하겠습니다." 그가 통화를 맺으며 말했다.

"고맙습니다." 나는 감사의 말을 했다.

"괜한 질문인지 모르지만, 생계는 어떻게 하실 생각인지?"

"아직 결정하지 않았어요." 나는 솔직하게 대답했다. "혼자 사니까 생활비가 그리 많이 들진 않고, 아직은 모아둔 돈도 좀 있으니까요."

"그림은 계속 그리실 거죠?"

"아마도요. 특별히 다른 재주도 없고."

"잘되면 좋겠군요."

"고맙습니다." 나는 다시 한번 말했다. 그리고 문득 떠올라 덧붙였다. "제가 명심해둬야 할 일이 있을까요?"

"명심해둘 일요?"

"뭐랄까, 프로로서 해줄 충고 같은 것 말입니다."

그는 잠시 생각한 뒤에 말했다. "선생님은 무언가를 납득하는 데 보통 사람보다 좀더 시간이 걸리는 유형 같아요. 하지만 길게 보면 시간은 선생님 편이 돼줄 겁니다."

롤링 스톤스의 오래된 노래 제목 같다고 나는 생각했다.

그가 말을 이었다. "하나 더, 제 생각에 선생님은 초상화를 그리는 특별한 능력이 있어요. 대상의 핵심으로 곧장 파고들어 그 안의 것을 집어내는 직관적인 능력 말이죠. 그건 누구에게나 있는 게 아니에요. 그런 능력을 썩히는 건 너무 아깝다는 생각이 듭니다."

"그래도 초상화 작업은 현재로서는 제가 하고 싶은 일이 아니에요."

"그것도 잘 압니다. 하지만 분명 그 능력이 언젠가 다시 선생님을 도와줄 겁니다. 잘되면 좋겠군요."

잘되면 좋겠다, 고 나도 생각했다. 시간이 내 편이 되어주면 좋겠다고.

첫날, 집주인의 아들 아마다 마사히코가 볼보를 몰고 오다와라까지 나를 데려다주었다. "마음에 들면 오늘부터 당장 살아도 돼"라고 말했다.

오다와라아쓰기 도로가 거의 끝나는 지점에서 농로처럼 좁은 아스팔트길로 내려와 산으로 향했다. 길 양옆은 밭이라 채소를 키우는 비닐하우스가 늘어서 있고 드문드문 매화나무숲이 보였다. 인가는 거의 눈에 띄지 않고 신호등도 없었다. 나중에는 구불구불한 급경사가 나와서 기어를 낮추고 하염없이 올라가다보니 길 끝에 출입구가 보였다. 번듯한 문기둥 두 개가 서 있지만 대문은 없다. 담도 없다. 대문과 담을 만들 계획으로 공사를 시작했다가 도중에 생각을 바꿔 그만둔 것일까. 그런 걸 만들 필요가 없다는 사실을 뒤늦게 깨달았는지도 모른다. 한쪽 문기둥에는 '아마다'라는 근사한 문패가 간판처럼 걸려 있었다. 그 너머로 아담한 서양식 코티지 건물이 보이고, 빛바랜 벽돌 연통이 슬레이트 지붕 위로 솟아 있었다. 단층이지만 의외로 지붕이 높았다. 저명한 일본화가가 살던 곳이니 당연히 오래된 전통가옥을 상상했는데.

현관 앞 널찍한 주차장에 차를 대고 문을 열자 근처 나뭇가지에서 어치로 보이는 검은 새 몇 마리가 새된 소리로 울며 날아갔다. 침입자의 존재가 탐탁지 않은 기색이었다. 잡목림이 집 주위를 에워싸다시피 했고 서쪽은 골짜기를 바라보고 있어 전망이 탁 트였다.

"어때, 완벽하게 아무것도 없는 곳이지?" 아마다가 말했다.

나는 제자리에 서서 주위를 둘러보았다. 정말이지 완벽하게 아무것도 없는 곳이었다. 이토록 적막한 곳에 용케 집을 지었구나 싶어 감탄스러웠다. 사람들과 얽히는 게 어지간히 싫었던 모양이다.

"너도 이 집에서 자랐어?" 내가 물었다.

"아니, 나는 여기 오래 살진 않았어. 가끔 와서 자고 간 정도. 아니면 여름방학 때 피서 삼아 놀러오거나. 학교도 다녀야 하니까 어머니와 같이 메지로에 살았어. 아버지는 작업이 없을 때는 도쿄로 와서 우리와 지내다가, 다시 여기 와서 혼자 일했지. 내가 독립하고 십 년 전에 어머니가 돌아가신 뒤로는 쭉 여기 혼자 틀어박혀 사셨어. 거의 세상을 버린 사람처럼."

그동안 빈집 관리를 맡아주었다는, 근처에 사는 중년여자가 찾아와 실생활에 필요한 것들을 설명해주었다. 부엌설비 사용법, 프로판가스와 등유 주문 방법, 각종 도구를 보관하는 곳, 쓰레기 내놓는 장소와 요일 따위. 화백의 독거생활은 상당히 심플했던 모양인지 사용한 기계나 비품이 많지 않았다. 따라서 강의를 들어둬야 할 부분도 별로 없었다. 모르는 게 있으면 언제든지 전화하라고 그녀는 말했다(결국 전화를 건 적은 한 번도 없었지만).

"누가 와서 살아주면 한시름 놓죠. 빈집으로 두면 건물도 상하고 위험하니까. 게다가 사람이 없는 걸 알면 멧돼지나 원숭이도 모여들고요."

"멧돼지나 원숭이가 여기 제법 출몰하거든." 아마다가 말했다.

"멧돼지는 특히 조심하세요." 중년여자가 말을 이었다. "봄에는 죽순을 찾아 여기까지 자주 내려오거든요. 특히 새끼가 딸린 암컷은 성질이 사나워서 위험해요. 참, 말벌도 조심해야 해요. 쏘여서 죽은 사람도 있어요. 말벌은 매화나무에 집을 짓곤 하거든요."

개방식 난로가 설치된 꽤 널찍한 거실이 그 집의 중심이었다.

거실 남서쪽에는 지붕이 달린 넓은 테라스가 있고, 북쪽에 정사각형 작업실이 있었다. 화백이 그림을 그리던 곳이다. 거실 동쪽에는 작은 식당이 딸린 부엌과 욕실이 있었다. 그리고 널찍한 안방과 그보다 조금 작은 손님방이 있었다. 손님방에는 책상이 있었다. 독서를 즐긴 듯 책장에 오래된 책이 가득했다. 화백은 그 방을 서재로 사용한 모양이었다. 오래된 집치고는 깔끔해서 불편한 느낌이 없었지만, 이상하게(어쩌면 이상할 것 없을지도 모르나) 벽에 그림이 한 점도 걸려 있지 않았다. 어느 벽이나 냉랭하게 맨얼굴을 드러내고 있었다.

아마다 마사히코의 말처럼 가구, 전자제품, 식기, 침구, 그밖에 생활에 필요한 물건이 대체로 갖춰져 있었다. "몸만 오면 된다"더니 정말 그랬다. 난방용 장작도 헛간 처마 밑에 잔뜩 쌓여 있었다. 집안에 텔레비전은 없지만(아마다의 아버지는 텔레비전을 싫어했다고 한다) 거실에 훌륭한 스테레오가 있었다. 거대한 탄노이 오토그래프 스피커에, 세퍼레이트 앰프는 마란츠의 오리지널 진공관이다. 그리고 훌륭한 아날로그 레코드 컬렉션이 있었다. 언뜻 보니 오페라 박스 세트가 많았다.

"CD플레이어는 없어." 아마다가 말했다. "새로운 도구라면 무조건 질색하던 분이라서. 오래된 물건밖에 믿지 않거든. 물론 인터넷 같은 건 그림자도 없어. 필요하면 마을로 내려가서 인터넷 카페를 이용해야 해."

인터넷은 딱히 필요하지 않을 것 같다고 나는 말했다.

"세상 돌아가는 소식이 궁금하면 부엌 선반의 트랜지스터라디오로 뉴스를 듣는 수밖에 없어. 산속이라 전파가 안 좋아서 NHK 시즈오카 지국만 겨우 잡히지만 뭐, 없는 것보다야 낫겠지."

"세상 소식에는 별로 흥미가 없어."

"그럼 잘됐군. 우리 아버지와 얘기 잘 통하겠네."

"아버지가 오페라 팬이신가?" 나는 아마다에게 물었다.

"응, 그리는 건 일본화지만 항상 오페라를 들으면서 작업했어. 빈 유학 시절에는 가극장에 열심히 드나들었던 모양이야. 넌 오페라 들어?"

"조금."

"난 정말 못 듣겠던데. 길고 지루하기만 해서 말이야. 저기에 옛날 레코드가 쌓여 있으니까 마음대로 꺼내서 들어. 아버지한테는 이제 쓸모없는 물건이니까, 네가 들어주면 아마 기뻐하실 거야."

"이제 쓸모없다고?"

"치매가 점점 심해져서. 이제는 오페라와 프라이팬의 차이도 모를걸."

"빈이라고 했나? 아버지가 빈에서 일본화 공부를 하셨어?"

"아니, 설마 빈까지 가서 일본화를 공부하는 특이한 인간이 있을라고. 원래 아버지 전공은 서양화야. 그래서 빈으로 유학을 갔고. 당시에는 굉장히 보넌한 유화를 그렸지. 그런데 일본으로 돌아오고 얼마 뒤에 갑자기 일본화로 전향했어. 뭐, 그런 케이스가 아주 없지는 않은 모양이야. 외국에 나가보고 새삼 민족적인 정체성에 눈뜨는 거."

"그리고 성공하셨다."

아마다가 어깨를 살짝 으쓱했다. "세상 사람들 눈으로 보면 그렇겠지. 하지만 자식 입장에서는 그저 까다로운 아저씨였을 뿐이야. 머릿속은 온통 그림 생각뿐이고, 당신 하고 싶은 대로 다 하면서 사셨어. 이제는 전부 옛이야기지만."

"지금 연세가 어떻게 되시지?"

"아흔둘. 젊어서는 꽤 화려하게 놀았던 모양이야. 자세한 사정은 모르지만."

나는 감사인사를 했다. "이래저래 고마워. 신세 많이 졌다. 정말 큰 도움이 됐어."

"여기 마음에 들어?"

"응, 괜찮다면 당분간 살아보고 싶은데."

"그건 좋지만, 난 가능하다면 너와 유즈가 다시 예전처럼 돌아가기를 바라는 마음이야."

나는 그 마음에 대해서는 딱히 아무 의견도 말하지 않았다. 아마다는 결혼하지 않았다. 바이섹슈얼이라는 소문을 들은 적 있지만 진위는 알 수 없다. 오래 알고 지내는 사이여도 그런 화제는 꺼낸 적이 없다.

"초상화 일은 계속할 거야?" 돌아오는 길에 아마다가 내게 물었다.

나는 초상화 일을 완전히 끊어버린 경위를 설명했다.

"앞으로 생계는 어떻게 하려고?" 아마다도 에이전트와 똑같은 질문을 했다.

최대한 절약하고, 당분간 모아둔 돈을 헐어 써야지, 라고 똑같은 대답을 했다. 오랜만에 내가 좋아하는 그림을 마음껏 그리고 싶기도 하고.

"그거 좋지." 아마다가 말했다. "한동안은 하고 싶은 대로 해봐. 그런데, 혹시 싫지 않다면 아르바이트로 그림을 가르쳐볼 생각은 없어? 오다와라 역 앞에 문화센터 비슷한 게 있는데, 거기서 그림강좌를 열거든. 수강생은 주로 아이들이고 지역 주민 대상의 성인반도 있어. 데생이랑 수채화만 하고, 유화는 안 해. 그 센터 대표가 아버지 지인인데, 상업적인 구석도 별로 없이 상당히 양심적으로 운영한다더군. 그런데 강사가 마땅치 않아서 고민인가봐. 네가 해준다면 무척 좋아할 거야. 보수도 대단하진 않지만 조금은 생활에 보탬이 될 테고. 일주일에 이틀 정도만 수업하면 되니 그렇게 부담스럽지도 않을 것 같은데."

"하지만 난 그림을 가르쳐본 적이 없는데다 수채화도 잘 모르는데."

"간단해." 그는 말을 이었다. "무슨 전문가를 양성하는 것도 아니고. 아주 기본적인 것만 가르치면 돼. 하루만 해보면 금세 요령이 생길걸. 특히 아이들을 상대하다보면 가르치는 사람도 제법 자극이 되거든. 그리고 이런 곳에 혼자 살 생각이라면 일주일에 며칠은 억지로라도 아래로 내려가 사람들과 접촉해야지, 안 그러면 머리가 이상해진다고. 〈샤이닝〉처럼 되면 곤란하잖아."

아마다가 잭 니콜슨의 표정을 흉내냈다.

나는 웃음을 터뜨렸다. "뭐, 해볼게. 잘될지 어떨지는 모르겠지만."

"그럼 그쪽에다 연락해둘게." 그가 말했다.

그뒤에 아마다와 함께 국도변의 도요타 중고차센터에 가서 코롤라 왜건을 현금 일시불로 구입했다. 그날부터 오다와라 산머리에서 혼자만의 생활이 시작되었다. 두 달 가까이 줄기차게 이동만 하며 살다가, 뒤이어 움직임 없이 우뚝 멈춘 생활이 찾아왔다. 극에서 극으로의 전환이다.

그 다음주부터 나는 오다와라 역 앞의 문화센터 그림교실에서 수요일과 금요일 반을 맡게 되었다. 간단한 면접이 있었지만 아마다의 소개 덕에 바로 채용되었다. 성인반 수업이 일주일에 두 번이고, 금요일에는 아동반 수업을 하나 더 맡았다. 나는 아이들을 가르치는 일에 금방 익숙해졌다. 아이들의 그림을 보는 것이 즐거웠고, 아마다의 말대로 내게도 적잖은 자극이 되었다. 수업에 나오는 아이들과도 금세 친해졌다. 내가 하는 일은 돌아다니면서 아이들이 그린 그림을 보고 소소한 기술상의 충고를 해주거나, 좋은 점을 발견해 칭찬하고 격려해주는 정도였다. 내 수업의 방침은 되도록 같은 소재를 여러 번 그려보는 것이었다. 그리고 같은 소재라도 각도를 조금 바꾸면 상당히 다르게 보인다는 사실을 가르쳤다. 사람에게 여러 측면이 있는 것처럼 물체도 마찬가지라고. 아이들은 곧바로 그 재미를 이해했다.

어른을 가르치는 일은 아이들보다 조금 까다로웠다. 수업에 나오는 사람들은 은퇴한 노인 아니면 자녀들이 어느 정도 자라서 시간적인 여유가 생긴 가정주부였다. 당연히 그들은 아이들만큼 머리가 유연하지 않았고, 새로운 무언가를 곧바로 흡수하기도 쉽지 않은 듯했다. 그래도 비교적 무난한 감각을 지닌, 나름대로 재미있는 그림을 그리는 사람이 몇 있었다. 나는 학생들이 원하면 몇 가지 유익한 충고를 해주었지만 대개는 그저 자유롭게 그리도록 내버려두었다. 그리고 그 그림에서 뭐든 좋은 점을 발견해 칭찬하는 정도로만 의견을 말했다. 그것만으로 그들은 제법 행복한 기분이 드는 모양이었다. 행복한 기분으로 그림을 그릴 수 있다면 충분하다고 나는 생각했다.

그리고 나는 그곳에서 알게 된 두 명의 유부녀와 성적인 관계를 가진 것이다. 두 사람 다 그림교실에 다니며 나의 '지도'를 받았다. 다시 말해 내 학생이었던 셈이다(참고로 둘 다 제법 괜찮은 그림을 그렸다). 그것이 강사—비록 정식 자격증은 없는 임시 강사지만—로서 용납되는 행위였는지는 판단하기 쉽지 않다. 성인 남녀가 합의하에 성행위를 하는 데 특별한 문제는 없으리란 것이 내 기본적인 생각이었지만, 사회 통념상 썩 칭찬받을 만한 행위가 아니란 점 또한 분명했다.

변명은 아니지만, 그때 나는 내가 하는 일이 올바른지 판단할 여유가 없었다. 그때 나는 나무토막을 붙들고 물이 흐르는 대로 떠내려갈 뿐이었다. 주위는 칠흑같이 어둡고 하늘에는 별도 달도 없었다. 죽어라 나무토막을 붙들고 있는 한 익사는 면할 수 있지만, 내가 어디쯤 있고 어디를 향해 가는지는 전혀 알 수 없었다.

내가 '기사단장 죽이기'라는 제목의 아마다 도모히코의 그림을 발견한 것은 그 집에 오고 몇 달이 지났을 무렵이었다. 그리고 그때는 알 도리가 없었지만, 그 한 폭의 그림은 나를 둘러싼 주위 상황을 완전히 뒤바꿔놓았다.

4

멀리서는 대부분의 것들이 아름다워 보인다

5월도 거의 끝나갈 무렵의 맑은 아침, 한때 아마다 화백이 쓰던 작업실로 화구 일습을 가져가서 오랜만에 새하얀 캔버스를 마주했다(작업실에 화백이 쓰던 화구는 하나도 남아 있지 않았다. 아마다가 한데 모아서 어디로 치워둔 것이리라). 작업실은 사방 5미터 정도의 정사각형으로 바닥은 마루이고 벽에는 흰 칠이 되어 있었다. 카펫이나 러그는 한 장도 깔려 있지 않았다. 북쪽으로 난 커다란 창에 간소한 흰색 커튼이 달려 있었다. 동쪽의 작은 창에는 커튼이 없었다. 다른 방과 마찬가지로 벽에는 아무것도 걸려 있지 않았다. 구석에는 물감을 씻어내기 위한 큼직한 도기 싱크대가 있었다. 오랜 세월 사용한 듯 표면이 온갖 색깔로 물들어 있다. 싱크대 옆에 구식 석유스토브가 있고, 천장에는 커다란 선풍기가 달려 있었다. 작업용 테이블과 동그란 나무 스툴 하나. 그림을 그리며 오페라 음반을 들을 수 있도록 붙박이 선반에 소형 스테레오가 마련되어 있다. 창문으로 들어오는 바람에 싱싱한 수목의 향기가 묻어났다. 어디로 보나 화가가 집중해서 그림을 그리기 위한 공간이었다. 필요한 것은 빠짐없이 갖춰져 있고, 불필요한 것은 하나도 없다.

그런 새로운 환경에 놓이니 뭔가를 그리고 싶다는 마음이 절로 솟아났다. 그것은 소리 없는 욱신거림과 비슷했다. 그리고 지금 나에게는 나를 위해 쓸 수 있는 시간이 거의 무제한으로 주어져 있다. 생계를 위해 내키지 않는 그림을 그릴 필요도 없고, 퇴근하고 돌아올 아내를 위해 식사를 준비할 의무도 없다(식사 준비가 고통스럽진 않았지만 그것이 의무라는 사실은 변함없다). 그뿐 아니라 원한다면 식사 따위는 하지 않고 마음대로 굶을 권리도 있다. 지극히 자유롭게, 누구의 눈치도 볼 필요 없이 하고 싶은 일을 마음껏 할 수 있다.

하지만 결국 그림을 그리지는 못했다. 캔버스 앞에 서서 아무리 그 새하얀 공간을 노려보아도 그곳에 옮길 아이디어가 한 조각도 떠오르지 않았다. 어디서부터 시작해야 할지 실마리가 잡히지 않았다. 나는 언어를 잃은 소설가처럼, 악기를 잃은 연주자처럼, 그 간소한 정사각형 작업실에서 하릴없이 손을 놓고 있었다.

이런 적은 처음이었다. 일단 캔버스 앞에 앉으면 내 마음은 거의 곧바로 일상의 지평을 벗어났고, 무언가가 머릿속에 떠올랐다. 그것은 때로는 유익한 실체가 있는 아이디어였고 때로는 아무 쓸모도 없는 망상이었다. 그래도 반드시 무언가가 떠올랐다. 나는 그중 적절한 것을 찾아내 붙들어서 캔버스에 옮기고, 직관이 일러주는 대로 발전시켜나갔다. 그러다보면 자연스레 작품이 완성되었다. 그런데 지금은 발단이 되어야 할 그 무언가가 보이지 않았다. 아무리 의욕이 넘친다 한들, 가슴속 어디가 욱신거린다 한들 일에는 구체적인 시작이 필요한 법이다.

아침 일찍 일어나면(나는 늘 여섯시 전에 일어난다) 먼저 부엌에서 커피를 내린 뒤 머그잔을 들고 작업실로 가서 캔버스 앞 스툴에 앉았다. 그리고 정신을 집중했다. 마음속의 울림에 귀를 기울이고 그곳에 있을 무언가의 상像을 찾으려 노력했다. 그리고 매번 헛되이 물러났다. 나는 한동안 집중을 시도하다가 포기하고 작업실 벽에 기대어 주저앉아 푸치니의 오페라를 들었다(그 시기에는 웬일인지 푸치니만 줄기차게 들었다). 〈투란도트〉와 〈라 보엠〉. 그리고 천장에서 나른하게 돌아가는 선풍기를 올려다보면서 아이디어든 모티프든 뭐든 찾아오기를 기다렸다. 그러나 아무것도 찾아오지 않았다. 초여름의 태양이 하늘 꼭대기를 향해 완만히 이동할 뿐이었다.

대체 뭐가 잘못되었을까? 너무 오랫동안 생계를 위해 초상화를 그려온 탓인지도 모른다. 그래서 내 안에 있던 자연스러운 직관이 힘을 잃었는지도 모른다. 해안의 모래가 야금야금 파도에 쓸려가는 것처럼. 어쨌거나 어디선가 흐름이 잘못된 방향으로 꺾여버린 것이다. 시간이 필요하다고 나는 생각했다. 이럴 때는 참을성을 발휘해야 한다. 시간을 내 편으로 만들어야 한다. 그러면 틀림없이 올바른 흐름을 되찾을 수 있을 것이다. 물길은 반드시 내 쪽으로 돌아올 것이다. 하지만 솔직히 말해 확신은 없었다.

결혼한 여자와 관계를 맺게 된 것도 그즈음이었다. 아마 나는 정신적인 돌파구를 찾고 있었던 것 같다. 내가 빠진 정체에서 어떻게든 헤어나고 싶었고, 그러려면 스스로를 자극하고(그게 어떤 자극이건) 정신을 뒤흔드는 것이 필요했다. 늘 혼자라는 사실에도 지치기 시작했다. 게다가 상당히 오랫동안 여자와 자지 않은 상태였다.

돌이켜보면 자못 불가사의하게 흘러간 나날이었다. 아침 일찍 눈을 뜨면 흰 벽으로 둘러싸인 정사각형 작업실로 가서, 새하얀 캔버스를 앞에 두고, 아이디어다운 아이디어는 하나도 얻지 못한 채 바닥에 주저앉아 푸치니를 들었다. 창작이라는 영역에서 말하자면 나는 거의 순수한 무無와 마주하고 있었다. 클로드 드뷔시는 일찍이 오페라 작곡이 정체에 빠졌던 시기를 '나는 매일같이 무rien를 만들기만 했다'고 표현했는데, 그 여름의 나 역시 날마다 '무의 제작'에 종사했다. 혹은 매일 리앵을 대면하는 일에 제법 익숙해졌는지도 모른다—친숙해졌다고까지는 할 수 없어도.

일주일에 두 번 정도, 오후가 되면 그녀(두번째로 만난 유부녀)가 빨간색 미니를 몰고 왔다. 우리는 곧바로 침대로 향했다. 그리고 오후 한때를 보내며 마음껏 서로의 육체를 탐했다. 그 행위가 만들어내는 것은 물론 무가 아니었다. 그곳에는 현실의 육체가 분명히 실재했다. 구석구석 손으로 만질 수도 있고 혀를 미끄러뜨릴 수도 있는 육체가. 나는 의식의 스위치를 껐다 켜는 것처럼, 막연하고 종잡을 수 없는 리앵과 생생하기 그지없는 실재 사이를 넘나들었다. 남편은 벌써 이 년 가까이 그녀에게 손을 대지 않는다고 했다. 그녀보다 열 살이 많고, 일이 바쁘고, 귀가 시간도 늦었다. 그녀가 이런저런 방법을 시도해봤지만 영 내켜하지 않은 모양이었다.

"왜 그럴까. 이렇게 멋진 몸인데." 내가 말했다.

그녀가 어깨를 살짝 으쓱했다. "결혼한 지 십오 년이 넘었고, 아이도 둘이나 있고, 난 이제 신선한 맛이 없는 거지."

"내 눈엔 신선하기만 한데."

"고마워. 그런 말을 들으니 꼭 재활용이라도 되는 기분이네."

"자원 리사이클?"

"응, 그거."

"대단히 중요한 자원이야." 나는 말했다. "사회에도 유익하고."

그녀가 쿡쿡 웃었다. "정확하게 잘 분류한다면 말이지."

우리는 조금 시간을 두었다가, 복잡하게 뒤섞인 자원을 분류하는 일에 다시 한번 의욕적으로 착수했다.

솔직히 처음부터 그녀에게 인간적인 흥미를 품은 것은 아니다. 그런 점에서 그녀는 내가 그때까지 교제해온 여자들과 성격이 달랐다. 나와 그녀 사이에는 공통의 화제가 별로 없었다. 현재의 생활환경에도, 지금껏 살아온 과정에도 겹치는 부분이 거의 존재하지 않았다. 둘이 있으면 원래 말수가 적은 편인 나 대신 그녀가 주로 이야기를 했다. 그녀의 개인적인 이야기에 내가 맞장구를 치거나 대강의 감상을 말하는, 엄밀히 말해 대화라고 하기 힘든 방식이었다.

내게 그것은 완전히 새로운 체험이었다. 다른 여자들을 만날 때는 우선 상대에게 인간적인 흥미를 품고, 그에 따라오는 결과로서 육체관계를 맺었다. 늘 그런 식이었다. 하지만 그녀의 경우는 달랐다. 육체가 맨 먼저였다. 그것도 나름대로 썩 나쁘지는 않았다. 그녀를 만나는 동안 나는 순수하게 그 행위를 즐겼던 것 같다. 그녀 역시 마찬가지로 그 행위를 즐겼을 것이다. 그녀는 내 품에서 몇 번이고 절정을 맞았고, 나도 그녀 안에 몇 번이고 사정했다.

결혼한 뒤로 남편이 아닌 남자와 자는 건 처음이라고 그녀는 말했다. 아마 거짓말은 아닐 것이다. 나도 결혼한 뒤로 아내가 아닌 여자와 자는 건 여기 와서가 처음이었다(아니, 딱 한 번 예외적으로 한 여자와 잠자리를 같이한 적이 있다. 하지만 내가 원했던 일은 아니었다. 그 얘기는 나중에 다시 하겠다).

"내 또래 친구들은 다 결혼했는데, 대부분 바람을 피우는 모양이야." 그녀가 말했다. "그런 얘기 자주 들었어."

"리사이클." 내가 말했다.

"나도 그중 하나가 될 줄은 몰랐지만."

나는 천장을 올려다보고 유즈를 생각했다. 그녀도 어딘가에서 다른 누군가와 똑같이, 이러고 있었을까?

그녀가 돌아가고 혼자 남으면 지독히 따분해졌다. 침대에는 그녀가 누웠던 흔적이 아직 남아 있었다. 아무런 의욕이 생기지 않아서 테라스의 접의자에 누워 책을 읽으면서 시간을 보냈다. 아마다 화백의 책장에는 오래된 책뿐이었다. 지금은 구하기 힘든 귀한 소설도 제법 있었다. 옛날에는 꽤 인기를 누렸지만 어느새 까맣게 잊혀, 이제는 아무도 읽지 않는 작품이다. 나는 그런 케케묵은 소설 읽기를 즐겼다. 그리고 과거에 홀로 남겨진 듯한 기분을, 만나본 적도 없는 노인과 공유했다.

해가 지면 와인을 따고(이따금 와인을 마시는 것이 당시 나의 유일한 사치였다. 물론 비싼 와인은 아니었지만) 오래된 레코드를 들었다. 레코드 컬렉션은 전부 클래식이고 오페라와 실내악이 대부분이었다. 전부 소중하게 다룬 듯 흠집 하나 없었다. 오후에는 주로 오페라를, 밤에는 베토벤과 슈베르트의 현악 4중주를 들었다.

그 연상의 유부녀와 관계를 맺고, 살아 있는 여자의 육체를 정기적으로 안게 되면서 나는 일종의 안정을 얻었던 것 같다. 성숙한 여자의 살갗에서 전해지는 부드러운 감촉이 내 안의 답답한 기분을 적잖이 가라앉혀주었다. 적어도 그녀를 안고 있는 동안은 갖가지 의문과 현안을 일시적으로 미뤄놓을 수 있었다. 하지만 무슨 그림을 그릴지 전혀 아이디어가 떠오르지 않는 상황은 변함이 없었다. 가끔 침대에서 알몸의 그녀를 연필로 스케치했다. 포르노그래피나 다름없는 것들이었다. 내 성기가 그녀 안에 들어가 있거나, 그녀가 내 성기를 입에 물고 있는 그림. 그녀는 얼굴을 붉히면서도 기꺼이 감상했다. 만일 그런 광경을 사진으로 찍으려 들었다면 대부분의 여자는 언짢음을 표하고, 제안한 상대에게 혐오감이나 경계심을 품을 것이다. 하지만 소묘라면, 더욱이 잘 그린 편이라면 오히려 기뻐한다. 거기에는 생명의 온기가 있기 때문이다. 적어도 기계적인 싸늘함은 없다. 그러나 아무리 그런 스케치를 척척 해낸다 해도 내가 정말로 그리고 싶은 그림은 여전히 가닥이 잡히지 않았다.

학창 시절 그리던 이른바 '추상화'는 지금의 내 마음에 거의 와닿지 못했다. 더는 그런 유의 회화에 마음이 움직이지 않았다. 돌이켜보니 내가 한때 열중해 그리던 작품은 요컨대 '포름의 추구'에 불과했다. 청년 시절 나는 포름의 형식미나 균형 등에 강하게 이끌렸다. 물론 그것도 그것대로 나쁘지 않다. 하지만 내 경우 그 너머에 있을 영혼의 깊이까지는 손이 닿지 않았다. 이제는 잘 알 수 있었다. 내가 당시 손에 넣는 데 성공한 것은 비교적 얕은 곳에 있는 조형의 재미뿐이었다. 마음을 격렬하게 뒤흔드는 무언가는 보이지 않는다. 내가 가진 것은 후하게 말해줘서 '재기'에 불과했다.

나는 이제 서른여섯 살이었다. 슬슬 마흔이 목전에 다가오고 있다. 마흔이 되기 전에 어떻게든 화가로서 고유한 작품세계를 확보해야 한다. 나는 줄곧 그렇게 느꼈다. 사람에게 마흔이라는 나이는 하나의 분수령이다. 그 고개를 넘어가면 더는 예전과 같을 수 없다. 그때까지 아직 사 년이 남았다. 하지만 사 년 정도는 순식간에 지나갈 것이다. 더욱이 나는 생계를 위해 초상화를 그리느라 인생에서 이미 상당한 거리를 에돌아버렸다. 어떻게든 다시 한번, 시간을 내 편으로 만들어야 한다.

그 산속의 집에서 지내는 사이 소유주인 아마다 도모히코를 더 자세히 알고 싶어졌다. 아마다 도모히코라는 이름은 들어보

있고 마침 친구의 아버지이기는 했지만, 그때까지 일본화에 관심을 가진 적이 한 번도 없었기 때문에 그가 어떤 인물이고 어떤 그림을 그렸는지는 거의 알지 못했다. 아마다 도모히코는 일본 화단의 중진으로 꼽히지만 세간의 명성과는 별개로 공식석상에 나서기를 철저히 기피하고 혼자서 조용히—혹은 상당히 괴팍하게—창작활동을 하고 있다. 내가 그에 대해 아는 사실은 기껏해야 그 정도였다.

그러나 그가 두고 간 스테레오로 그의 레코드 컬렉션을 듣고, 그의 책장에 꽂힌 책을 꺼내 읽고, 그가 자던 침대에서 잠들고, 그의 부엌에서 매일 요리를 하고, 그가 쓰던 작업실을 드나들다 보니 아마다 도모히코라는 인물에게 점점 흥미가 생겼다. 호기심이라는 표현이 더 정확할지도 모른다. 일찍이 모더니즘 회화를 지향해 빈에 유학까지 갔던 그가 귀국 후 갑자기 일본화로 '회귀'한 행적도 적잖이 흥미를 끌었다. 자세한 사정은 모르지만 지극히 상식적으로 생각해도 오랫동안 서양화를 그려왔던 사람이 일본화로 전향하기란 결코 만만한 일이 아니다. 우선 그때까지 고생해서 습득해온 테크닉을 전부 내버리는 결의가 필요하다. 그리고 완전히 원점에서 다시 출발해야 한다. 그런데도 아마다 도모히코는 굳이 그 험난한 길을 선택했다. 필시 무슨 중대한 이유가 있었을 것이다.

어느 날 그림 강사 일을 가기 전에 오다와라 시 도서관에 들러서 아마다 도모히코의 화집을 찾아보았다. 이 지역에 거주하던 화가여서인지 번듯한 화집이 세 권이나 있었다. 그중 하나에는 그가 이십대 무렵 그렸던 서양화도 '참고자료'로 실려 있었다. 놀랍게도 그가 청년 시절 그린 일련의 서양화에는 일찍이 내가 그리던 '추상화'와 알게 모르게 비슷한 구석이 있었다. 구체적인 스타일은 다르지만(전쟁 전 그의 작품에는 큐비즘의 영향이 짙게 드러났다) 작품에서 느껴지는 '탐욕스럽게 포름 그 자체를 추구'하는 자세는 나의 그것과 적잖이 상통하는 데가 있었다. 물론 훗날 일류 화가 자리에 오른 사람답게 내 그림 따위보다는 훨씬 깊이가 있고 설득력을 발했다. 테크닉도 경탄할 만했다. 분명 당시에도 높은 평가를 받았을 것이다. 하지만 거기에는 무언가가 부족했다.

나는 도서관 책상에 앉아 그 작품들을 한참 뜯어보았다. 대체 뭐가 부족한 걸까? 나는 그 무언가를 뭐라고 집어낼 수 없었다. 그러나 실례를 무릅쓰고 단언한다면, 결국 그것들은 꼭 존재하지 않아도 상관없을 그림이었다. 그대로 영원히 사라진다 한들 딱히 누구도 불편을 느끼지 않을 그림. 가혹한 말인지 모르겠지만 그게 진실이었다. 칠십 년 넘는 세월이 흐른 지금 와서 보면 잘 알 수 있다.

나는 책장을 넘기며 일본화가로 '전향'한 뒤의 그림을 시대별로 감상했다. 얼마간 어색함이 느껴지는, 선배 화가들의 수법을 흉내낸 듯한 초기 작품을 거쳐 그는 조금씩이지만 확실히 독자적인 일본화 스타일을 구축해갔다. 나는 그 궤적을 순서대로 좇아갔다. 이따금 시행착오를 겪지만 망설임은 없었다. 일본화로 붓을 고쳐 든 뒤의 작품에는 그 사람만 그릴 수 있는 무언가가 있었고, 화가 자신도 그 사실을 자각했다. 그리고 그 '무언가'의 핵심을 향해 자신감 가득한 발걸음으로 곧장 나아갔다. 서양화 시절처럼 '무언가가 부족하다'는 인상은 이제 찾아볼 수 없었다. 그는 '전향'한 것이 아니라, 오히려 '승화'한 것이다.

아마다 도모히코는 처음에는 여느 일본화가처럼 현실의 풍경이나 꽃 등을 그렸지만, 이윽고(아마 무슨 동기가 있었겠지만) 일본 고대의 풍경을 주로 그렸다. 헤이안 시대나 가마쿠라 시대를 소재로 한 작품도 있었지만 가장 애호한 것은 서력 7세기 초, 즉 쇼토쿠 태자*의 시대였다. 당시 풍경이며 역사적인 사건, 서민들의 생활상을 그는 대담하고도 치밀하게 화폭에 재현해나갔다. 물론 실제로 목격한 풍경은 아니다. 그저 마음의 눈으로 생생하게 관찰한 것이리라. 왜 하필 아스카 시대였는지는 모르지만 그것이 곧 그의 독자적인 세계이자 고유한 스타일이 되었다. 그리고 같은 시기 그의 일본화 테크닉도 바야흐로 눈부시게 발전해

* 아스카 시대의 황족이자 정치인.

갔다.

주의깊게 살펴보니 그는 어느 시점을 기해 자신이 그리고 싶은 것을 거리낌없이 그리게 된 듯했다. 그 시절부터 그의 붓은 자유롭고 거침없이 화폭 위를 내달린 듯 보였다. 그의 그림이 훌륭한 이유는 여백이었다. 역설적인 표현이지만, 그가 그리지 않은 부분 말이다. 그는 그 부분을 굳이 그리지 않음으로써 자신이 그리고자 하는 것을 한층 부각시켰다. 어쩌면 그것은 일본화라는 포맷이 지닌 가장 큰 장점이리라. 적어도 나는 서양화에서는 이렇게까지 대담한 여백을 본 적이 없다. 그것을 보고 있자니 아마다 도모히코가 일본화로 전향한 의미를 어쩐지 이해할 수 있을 것 같았다. 알 수 없는 것은 그가 언제 어떻게 그토록 대담한 '전향'을 결심하고 실행했는가였다.

권말에 실린 약력을 살펴보았다. 그는 구마모토 아소에서 태어났다. 부친이 대지주이자 지방의 유력인사였기에 무척 유복했다. 소년 시절부터 그림에 특출한 재능을 보여 일찌감치 두각을 나타냈다. 도쿄 미술학교(지금의 도쿄 예술대학이다) 졸업 직후 장래가 촉망되어 1936년 말 빈으로 유학을 떠났다. 그리고 1939년 초 2차세계대전 발발 전에 브레멘 항을 떠나는 여객선을 타고 귀국했다. 1936년부터 1939년이라면 독일에서 히틀러가 정권을 잡은 시대다. 1938년 3월에는 독일의 오스트리아 합병, 이른바 '안슐루스'가 일어났다. 청년 아마다 도모히코는 마침 그 격동의 시대에 빈에 머물렀던 셈이다. 그곳에서 갖가지 역사적인 광경을 목격했을 것이 분명하다.

대체 빈에서 그에게 무슨 일이 일어났을까?

한 화집에 실린 「아마다 도모히코론」이라는 긴 논고를 읽어봐도 빈 시절에 대해서는 거의 알려진 것이 없다는 사실만 확인될 뿐이었다. 귀국 후 일본화가로서의 발자취는 꽤 상세하고 구체적으로 언급하고 있지만, 아마 유학중 겪었을 것으로 짐작되는 '전향'의 동기나 경위에 대해서는 막연하다 못해 근거 없는 억측이 전부였다. 빈에서 그가 어떤 일을 했고 무엇 때문에 대담한 '전향'을 결심했는지는 여전히 수수께끼였다.

아마다 도모히코는 1939년 2월 일본으로 돌아와 센다기에 집을 구하고 정착했다. 그 시기에 이미 그는 서양화 작업을 완전히 포기한 듯했다. 그래도 본가에서는 다달이 생활에 불편이 없을 정도의 돈을 보내주었다. 특히 모친의 사랑이 지극했다. 당시 그는 거의 독학으로 일본화를 공부했다고 한다. 정식으로 누군가를 사사하려 한 적도 몇 번 있었지만 잘되지 않은 모양이다. 그는 애초에 겸허한 성격이 못 되었다. 사람들과 온화하고 우호적으로 관계를 유지하는 데는 소질이 없었다. 그리하여 '고립'은 그의 인생을 관통하는 라이트모티프가 되었다.

1941년 말 진주만 공격과 함께 일본이 본격적인 전시 태세에 돌입하자 그는 어수선한 도쿄를 떠나 아소의 본가로 돌아갔다.

차남이었으니 가업을 이을 의무도 없었고, 부모가 하녀 한 명을 딸려 작은 집 한 채를 준 덕에 전쟁과는 거의 무관하게 조용한 생활을 했다. 다행인지 불행인지 선천적으로 폐에 문제가 있어서 징병될 염려도 없었다(어쩌면 그것은 표면상의 구실이고, 징병을 면하도록 부모가 뒤에서 손을 썼는지도 모른다). 보통 사람들처럼 심각한 기아에 시달리지도 않았다. 깊은 산중에 살았으니 어지간한 착오가 없는 한 미군기의 폭격을 받을 일도 없었다. 1945년 종전까지, 그는 그렇게 아소 산중에 홀로 틀어박혀 있었다. 세상과 연을 끊고 독학으로 일본화 기법을 익히는 일에 심혈을 기울였으리라. 그사이 한 점의 작품도 발표하지 않았다.

재능이 특출한 서양화가로 세간의 주목을 받고 장래에 대한 기대 속에 빈으로 유학까지 떠난 아마다 도모히코에게, 육 년 넘게 침묵을 지키며 중앙 화단에서 잊혀가는 체험은 녹록지 않았을 것이다. 그러나 그는 쉽사리 좌절하는 사람이 아니었다. 오랜 전쟁이 끝나고 사람들이 혼란에서 재기하고자 고투하던 무렵, 새롭게 태어난 아마다 도모히코는 신진 일본화가로서 다시 한번 화단에 나섰다. 전쟁중에 그린 작품들을 이때부터 조금씩 발표하기 시작했다. 많은 유명 화가가 전쟁중 국책 회화를 제작했던 책임을 지고 일선에서 물러나, 점령군의 감시 속에 하릴없이 은둔해야 했던 시대였다. 그래서 더더욱 그의 작품은 일본화 혁신의 커다란 가능성으로 주목받았다. 말하자면 시대가 그의 편이었던 것이다.

그후로 쌓아온 경력에서 굳이 언급할 만한 부분은 없다. 성공을 거둔 뒤의 인생은 왕왕 시시해지는 법이다. 물론 성공을 거둔 순간부터 컬러풀한 파멸을 향해 돌진하는 아티스트도 없지 않지만, 아마다 도모히코는 그렇지 않았다. 그는 지금껏 셀 수 없이 많은 상을 받았고('마음이 산란해진다'는 이유로 문화훈장 수상은 거부했지만), 대중적으로 널리 이름을 알렸다. 그림 가격은 해가 갈수록 치솟았고, 수많은 작품이 공공장소에 걸렸다. 작품 의뢰가 끊이지 않았다. 해외에서도 높은 평가를 받았다. 그야말로 순풍에 돛 단 배였다. 하지만 정작 본인은 공식석상에 거의 나타나지 않는다. 위촉받은 직위도 모두 고사했다. 행사 초대를 받아도 국내외를 불문하고 어디도 나가지 않는다. 오다와라 산꼭대기의 집(즉 내가 지금 살고 있는 집이다)에 홀로 틀어박혀서 마음 가는 대로 창작에 몰두했다.

그리고 현재, 아흔두 살의 그는 이즈 고원의 요양 시설에 들어가 있고, 오페라와 프라이팬의 차이도 잘 모르는 상태다.

나는 화집을 덮고 도서관 카운터에 반납했다.

맑은 날이면 식사 후에 테라스로 나가서 접의자에 드러누워 화이트와인을 마셨다. 그리고 남녘 하늘에 밝게 빛나는 별을 바라보며 아마다 도모히코의 인생에서 내가 배울 점이 있는지 곰곰이 생각했다. 물론 몇 가지 배울 점이 있을 것이다. 삶의 방향 바꾸기를 두려워하지 않는 용기, 시간을 내 편으로 만드는 것의 중요성. 더 나아가 자신만의 고유한 창작 스타일과 주제를 찾는 것. 물론 간단한 일은 아니다. 하지만 창작자로 살아가려면 반드시 이뤄야 하는 일이다. 가능하면 마흔이 되기 전에……

아마다 도모히코는 빈에서 무슨 일을 겪었을까? 그곳에서 어떤 광경을 목도했을까? 대체 무엇이 그에게 유화 붓을 영영 던져버릴 결심을 하게 만들었을까? 나는 빈에 나부끼는 적과 흑의 하켄크로이츠 깃발과, 그 거리를 걸어가는 청년 아마다 도모히코의 모습을 상상했다. 왠지 몰라도 계절은 겨울이다. 그는 두툼한 코트에 머플러를 두르고 헌팅캡을 깊숙이 눌러썼다. 얼굴은 보이지 않는다. 진눈깨비가 흩날리기 시작한 거리에서 노면전차가 모퉁이를 돌아 다가온다. 그는 침묵이 고스란히 형체화된 듯한 흰 입김을 내뱉으며 걸어간다. 시민들은 따뜻한 카페 안에서 럼이 든 커피를 마시고 있다.

나는 훗날 그가 그리게 될 일본 아스카 시대의 광경을 빈의 오래된 거리 풍경에 포개어보았다. 그러나 아무리 상상력을 동원해도 둘 사이에서 유사점을 찾아낼 수 없었다.

테라스 서쪽은 좁은 골짜기에 면해 있고, 그 골짜기 너머로 이쪽과 비슷한 높이의 산이 이어져 있었다. 산비탈에는 풍성한 신록에 둘러싸인 집 몇 채가 띄엄띄엄 서 있다. 그리고 내가 사는 집에서 살짝 오른쪽으로 비껴난 맞은편에 유난히 눈길을 끄는 크고 모던한 집이 있다. 흰색 콘크리트와 파란색 필터글라스를 아낌없이 사용해 산머리에 지은 그 건물은 집보다는 '저택'이란 말이 어울리는, 무척이나 세련되고 고급스러운 분위기를 풍겼다. 산비탈을 따라 3층으로 지은 집이다. 아마 일급 건축가가 직접 작업했으리라. 원래 별장이 많은 지역이지만 그 집에는 일 년 내내 사람이 사는 듯 매일 밤 통유리창 안쪽에 불빛이 들어왔다. 물론 방범상의 이유로 자동점멸 타이머를 설정해놓았을 수도 있지만, 아마 그렇지는 않으리라고 나는 추측했다. 불빛이 날마다 다른 시각에 켜졌다가 또 꺼졌던 것이다. 간혹 모든 유리창이 번화가의 쇼윈도처럼 환히 밝혀지는가 싶으면, 희미한 정원등 빛만 남기고 집 전체가 밤의 어둠 속으로 가라앉은 날도 있었다.

이쪽을 향한 테라스(마치 선박의 갑판 같았다)에 사람이 보일 때도 있었다. 해질녘이면 그 집에 사는 이가 곧잘 모습을 드러냈다. 남자인지 여자인지도 확실하지 않다. 거리가 멀거니와 대개 빛을 등져서 그림자가 생겼기 때문이다. 그러나 실루엣이나 윤곽, 몸짓으로 미루어 남자일 거라고 추측했다. 그리고 그 사람은 늘 혼자였다. 어쩌면 다른 가족이 없는지도 모른다.

대체 저 집에는 어떤 사람이 살고 있을까? 어차피 시간이 남는 김에 이래저래 상상해보았다. 이 외딴 산머리에 혼자 사는 걸까?

무슨 일을 하는 사람일까? 통유리를 두른 저 근사한 저택에서 우아하고 자유로운 생활을 영위하는 것이 틀림없다. 이렇게 불편한 위치에서 매일 도시로 출퇴근할 리는 없을 테니까. 아마 생계를 걱정할 필요가 없는 상황이리라. 하긴 거꾸로 저쪽에서 골짜기 너머로 이곳을 바라보면 나 역시 아무런 근심 걱정 없이 혼자 유유히 살고 있는 것처럼 보일지도 모른다. 멀리서는 대부분의 것들이 아름다워 보인다.

그날 밤도 그 사람의 모습이 보였다. 나처럼 테라스 의자에 앉아 거의 움직이지 않았다. 나처럼 반짝이는 하늘의 별을 바라보며 상념에 잠긴 것 같았다. 아무리 생각해도 영 답이 나오지 않는 고민에 부심하는 것이리라. 내 눈에는 그렇게 비쳤다. 제아무리 모자랄 것 없는 환경이라도 사람에게는 어떤 고민거리가 있는 법이다. 나는 와인잔을 살짝 들어올려 골짜기 맞은편의 그 사람에게 은밀한 연대가 담긴 인사를 건넸다.

물론 그때는 머지않아 그 사람이 내 인생 깊숙이 들어와 내가 걸어가는 길을 크게 바꿔버리리라고는 상상도 하지 못했다. 그가 없었다면 이렇게 많은 사건이 내 주위에 일어나지도 않았을 테고, 동시에 그가 없었다면 나는 어쩌면 어둠 속에서 아무도 모르게 목숨을 잃었을지도 모른다.

시간이 흐른 뒤 돌이켜보면 우리 인생은 참으로 불가사의하게 느껴진다. 믿을 수 없이 갑작스러운 우연과 예측 불가능한 굴곡진 전개가 넘쳐난다. 하지만 그것들이 실제로 진행되는 동안에는 대부분 아무리 주의깊게 둘러보아도 불가해한 요소가 전혀 눈에 띄지 않는다. 우리 눈에는 쉼없이 흘러가는 일상 속에서 지극히 당연한 일이 지극히 당연하게 일어나는 것처럼 비치는 것이다. 그것은 어쩌면 도무지 이치에 맞지 않는 일인지도 모른다. 하지만 이치에 맞는지 아닌지는 시간이 흐르고 나서야 비로소 드러난다.

그러나 이치에 맞건 아니건, 최종적으로 어떤 의미를 발휘하는 것은 대개 결과뿐일 것이다. 결과는 누가 봐도 명백하게 실재하며 영향력을 행사한다. 그러나 그 결과를 가져온 원인을 가려내기란 쉽지 않다. 원인을 손바닥에 올려놓고 '이거야' 하고 남에게 보여주기란 더욱 어려운 일이다. 물론 원인은 어딘가에 존재할 것이다. 원인 없는 결과는 없다. 달걀을 깨뜨려야 오믈렛을 만들 수 있는 것처럼. 장기튀김처럼 하나의 장기짝(원인)이 먼저 옆에 있는 장기짝(원인)을 넘어뜨리고, 넘어진 장기짝(원인)이 다시 옆에 있는 장기짝(원인)을 넘어뜨린다. 그것이 연쇄적으로 끝없이 이어지는 사이 가장 먼저 일어난 원인이 무엇이었는지는 대개 흐릿해져버리는 것이다. 혹은 아무래도 상관없어지거나. 혹은 딱히 아무도 알고 싶어하지 않거나. 그리하여 '어쨌든 많은 장기짝이 연달아 넘어졌답니다'라는 식으로 이야기가 끝난다. 지금부터 내가 할 이야기도 어쩌면 그와 비슷한 길을 걸을지 모른다.

어쨌거나 내가 가장 먼저 해야 할 이야기—다시 말해 첫번째로 넘어질 두 개의 장기짝—는 골짜기 맞은편 산머리에 사는 수수께끼의 이웃과, '기사단장 죽이기'라는 제목의 그림이다. 먼저 그림 이야기부터 하자.

5
숨이 끊어지고 손발도 차가우니

그 집에 살게 되면서 가장 먼저 신기하게 느낀 점은 집안 어디에도 그림이라 할 만한 것이 보이지 않는다는 사실이었다. 벽에도 걸려 있지 않을뿐더러 창고나 벽장에 보관해둔 그림 한 점 없었다. 아마다 도모히코뿐 아니라 다른 화가의 그림도 없었다. 벽이란 벽은 말끔한 원상태 그대로였다. 하다못해 액자를 걸려고 못을 친 자국 하나 없었다. 내가 아는 한 화가라면 누구나 많건 적건 수중에 그림을 끌어안고 산다. 자기 그림도 있고 다른 화가의 그림도 있다. 저도 모르는 사이 주위에 각종 그림이 쌓인다. 치우고 치워도 쉴새없이 내려 쌓이는 눈처럼.

용건이 있어 아마다 마사히코에게 전화를 건 김에 물어보았다. 이 집엔 왜 그림이 한 점도 없지? 누가 다 치웠나, 아니면 처음부터 그랬나?

"아버지는 당신 작품을 보관하는 걸 싫어하셨어." 마사히코가 말했다. "완성작은 곧바로 화상을 불러 넘기고, 마음에 안 드는 작품은 정원 소각로에서 태워버렸지. 그러니까 수중에 자기 그림이 한 점도 없다 해도 딱히 신기한 일은 아니야."

"다른 화가의 그림도 전혀 안 갖고 계셨어?"

"네다섯 점은 있었지. 마티스나 브라크의 옛날 작품. 전부 소품이고, 전쟁 전에 유럽에서 구해온 것들이야. 지인한테 구입했는데 당시에는 그렇게 고가가 아니었다고 해. 지금이야 상당히 값이 나가지만. 그것들은 아버지가 요양 시설에 들어갈 때 친한 화상한테 한꺼번에 맡겼어. 빈집에 그냥 둘 수는 없으니까. 지금은 에어컨이 설치된 미술품 전용 창고에 보관돼 있을 거야. 그것 말고 그 집에서 다른 화가 그림을 본 적은 없어. 사실 아버지는 업계 동료들을 썩 좋아하지 않았거든. 물론 그들도 아버지를 썩 좋아하지 않았고. 좋게 말하면 아웃사이더, 나쁘게 말하면 외톨이였던 셈이지."

"빈에는 1936년부터 1939년까지 계셨지?"

"응, 이 년 정도. 왜 빈으로 유학을 갔는지 잘 모르겠어. 당신이 좋아하던 화가는 거의 프랑스인이었는데."

"그리고 빈에서 일본으로 돌아온 후, 갑자기 일본화가로 전향했다." 내가 말했다. "대체 뭣 때문에 아버님은 그렇게 큰 결심을 한 거지? 빈에 있는 동안 무슨 특별한 일이라도 있었나?"

"글쎄, 그건 수수께끼야. 아버진 빈 시절 얘기를 잘 하지 않았거든. 사소한 얘기는 가끔 해주긴 했어. 빈의 동물원이나 음식, 가극장 같은 거. 하지만 개인사에 대해서는 입이 무거운 사람이었어. 나도 굳이 물어보지 않았고. 거의 떨어져 살면서 어쩌다 한번 얼굴을 보는 사이였으니까. 아버지라기보다 가끔 집에 오는 친척 아저씨 같은 존재랄까. 중학교 들어갈 즈음에는 아버지의 존재가 점점 거북해져서 일부러 피해다녔어. 미대에 들어가면서도 의논 한마디 안 했고. 복잡하다고는 못해도, 평범한 가정환경은 아니었지. 대충 무슨 느낌인지 알겠지?"

"대강은."

"어쨌든 이제 아버지의 과거 기억은 전부 소멸했어. 아니면 어느 깊은 늪 바닥에 가라앉았거나. 뭘 물어봐도 대답이 없어. 내가 누구인지도 모르고. 아마 당신이 누구인지도 모를걸. 이렇게 되기 전에 여러 가지 이야기를 들어둘 걸 그랬나봐. 가끔 그런 생각이 들어. 이젠 너무 늦었지만."

마사히코는 잠시 생각에 잠긴 듯 잠자코 있다가 입을 열었다.

"그런데 왜 그런 게 궁금하지? 우리 아버지한테 흥미를 품을 만한 계기가 있었나?"

"아니, 그런 건 아니야." 나는 말했다. "다만 이 집에 있다보니 네 아버지의 그림자 같은 게 여기저기서 느껴져. 그래서 도서관에 가서 아버님에 대해 조금 알아봤지."

"아버지의 그림자 같은 것?"

"존재의 흔적, 이라고 해야 하나."

"그게 불쾌하지는 않고?"

나는 수화기를 든 채 고개를 저었다. "아니, 불쾌한 느낌은 전혀 없어. 그저 아마다 도모히코라는 사람의 기척이 아직 이 주위에 떠다니는 느낌이야. 공기중에."

마사히코는 또다시 생각에 잠긴 듯했다. 잠시 후 그가 말했다. "워낙 그 집에 오래 살았고, 작업도 많이 했으니까. 기척이 남았을지도 모르지. 뭐, 그런 이유도 있고 해서 솔직히 나 혼자서는 그 집에 별로 가고 싶지 않아."

나는 잠자코 그의 말을 들었다.

마사히코는 말했다. "좀전에도 말했지만 내게 아마다 도모히코는 그저 까다롭고 귀찮은 아저씨였어. 늘 작업실에 틀어박혀서 심각한 얼굴로 그림을 그렸지. 말수가 적어서 무슨 생각을 하는지도 알 수 없었고. 같이 살던 무렵에는 늘 어머니한테 '아버지 일을 방해하면 안 된다'고 주의를 들었어. 뛰어다니지 마라, 큰 소리 내지 마라. 사회적으로는 유명인이고 뛰어난 화가인지 몰라도 어린아이한테는 성가실 뿐이지. 내가 미술 쪽으로 나간 뒤에는 아버지의 존재가 짐처럼 느껴졌어. 통성명을 할 때마다 혹시 아마다 도모히코 씨의 친척이냐는 질문을 받았거든. 오죽

하면 이름을 바꿀까도 했다고. 지금 생각하면 그렇게 나쁜 사람은 아니었어. 당신 나름대로 자식을 예뻐해주려는 마음도 있었겠지. 하지만 자식한테 덮어놓고 애정을 쏟을 수 있는 사람은 아니었어. 뭐, 어쩔 수 없지. 그 사람한테는 무엇보다도 그림이 중요했으니까. 예술가들이 다 그렇잖아."

"아마도."

"나는 도저히 예술가는 못 될 거야." 아마다 마사히코는 한숨을 뱉고 말했다. "아버지에게 배운 거라곤 그 정도야."

"일전에 아버님이 젊을 때는 하고 싶은 대로 다 하고 살았다고 했지?"

"응, 내가 크고 나서는 그런 구석이 전혀 없었지만, 젊어서는 상당히 화려하게 놀았던 모양이야. 키도 크고 잘생겼고, 마을 유지 도련님에 그림 재주도 있었으니까. 여자들이 가만둘 리가 없지. 아버지도 그런 쪽에 푹 빠져 있었고. 말썽이 생겨서 집에서 돈으로 해결해준 적도 있었던 모양이야. 그런데 유학을 마치고 돌아오더니 딴사람이 된 것 같았다고, 친척들이 그러더군."

"딴사람이 되었다?"

"일본으로 돌아온 뒤로는 유흥을 딱 끊고 집에 틀어박혀서 그림에만 몰두했어. 대인관계도 극단적으로 나빠졌고. 도쿄로 돌아와서 오랫동안 독신으로 지내다가 그림만으로 충분히 생활이 가능해졌을 때, 문득 생각났다는 듯이 고향의 먼 친척 여자와 결혼했어. 꼭 인생의 장부를 결산하는 것처럼. 상당히 만혼이었어. 그리고 내가 태어났지. 결혼한 뒤로 다시 유흥을 즐겼는지 어쨌는지는 몰라. 아무튼 예전처럼 대놓고 놀러 다니는 일은 확실히 없었지."

"상당히 큰 변화군."

"그렇지. 조부모님은 아버지의 변화를 기뻐하신 모양이야. 이제 여자 문제로 걱정할 필요가 없었으니까. 하지만 빈에서 무슨 일이 있었는지, 왜 서양화를 버리고 일본화로 전향했는지, 그런 사정은 친척들도 전혀 모르더라고. 그 얘기만 나오면 아버지는 바닷속의 굴처럼 굳게 입을 다물었어."

이제 와서 억지로 껍데기를 벌려봐도 속은 텅 비었으리라. 나는 마사히코에게 고맙다고 말하고 전화를 끊었다.

'기사단장 죽이기'라는 기묘한 제목이 붙은 아마다 도모히코의 그림을 발견한 것은 순전히 우연이었다.

한밤중이면 종종 침실 천장에서 작게 바스락거리는 소리가 들리곤 했다. 처음에는 쥐나 다람쥐가 들어왔으려니 했다. 그러나 그 소음은 작은 설치류의 발소리와 명백히 달랐다. 뱀이 기어가는 소리와도 달랐다. 비유하자면 기름종이를 손으로 구길 때 나는 소리와 비슷했다. 잠들지 못할 정도로 시끄럽지는 않았지만 집안에 정체를 모르는 무언가가 있다고 생각하니 아무래도 신경이 쓰였다. 어쩌면 집에 해가 되는 동물인지도 모른다.

여기저기 살펴본 결과, 손님방 안쪽에 있는 붙박이장 천장에서 지붕 밑으로 이어지는 문을 발견했다. 사방 80센티미터 정도의 네모난 문이었다. 나는 창고에서 알루미늄 사다리를 꺼내와 한 손에 회중전등을 들고 입구의 뚜껑을 밀어 열었다. 조심스럽게 고개를 빼고 주위를 둘러보았다. 천장 위 공간은 생각보다 넓고 어두컴컴했다. 양옆에 뚫린 통풍구로 희미한 한낮의 햇살이 들어왔다. 구석구석 회중전등을 비춰보았지만 아무것도 없었다. 적어도 움직이는 것은 보이지 않았다. 나는 내친김에 위로 올라갔다.

공기에서 먼지 냄새가 났지만 불쾌할 정도는 아니었다. 통풍이 잘되는지 바닥에 먼지는 별로 없다. 굵은 들보 몇 개가 머리 위를 낮게 가로질렀지만 그것만 피하면 일어나서 걸을 수 있는 높이였다. 나는 조심스럽게 천천히 나아가 두 개의 통풍구를 살폈다. 두 군데 모두 짐승의 침입을 막기 위해 철망을 쳐놓았는데, 북쪽 통풍구 철망에는 끊어진 부분이 있었다. 뭐가 부딪혀서 망가졌는지도 모르고, 영리한 짐승이 안으로 들어오려고 일부러 찢었는지도 모른다. 어쨌거나 작은 짐승이 얼마든지 들고 날 만한 구멍이었다.

이윽고 나는 한밤중에 들리는 소음의 원인을 확인했다. 그것은 들보 위 어둠 속에 가만히 몸을 감추고 있었다. 자그마한 회색 수리부엉이였다. 보아하니 눈을 감고 잠들어 있는 듯했다. 새가 겁을 먹지 않도록 나는 회중전등을 끄고 조금 떨어진 곳에서 가만히 관찰했다. 수리부엉이를 가까이서 보기는 처음이었다. 새라기보다 날개 달린 고양이 같았다. 아름다운 생물이다.

아마 수리부엉이는 낮 동안 이곳에서 조용히 쉬다가 밤이 되면 통풍구 밖으로 나가 산에서 먹잇감을 찾는 것이리라. 드나들면서 나는 소리가 나를 깨운 모양이었다. 해가 될 것은 없다. 오히려 수리부엉이가 있으면 쥐나 뱀이 꼬일 걱정을 던다. 그대로 둬도 상관없다. 나는 그 수리부엉이에게 절로 호의가 생겼다. 우리는 우연히 이 집을 빌려서 공유하고 있는 것이다. 여기 있고 싶은 만큼 있으면 그만이다. 한동안 수리부엉이의 모습을 감상한 뒤에 소리 죽여 발길을 돌렸다. 아래로 내려가는 문 옆에서 커다란 꾸러미를 발견한 것은 그때였다.

그것이 포장된 그림이라는 사실은 한눈에 알아보았다. 크기는 가로 1미터 50센티미터에 세로 1미터 정도. 포장용 갈색 전통지로 단단히 싸고 끈으로 몇 겹이나 묶었다. 이 공간에 보관된 물건은 그것이 유일했다. 통풍구로 비쳐드는 옅은 햇빛, 들보 위에 자리잡은 회색 수리부엉이, 벽에 기대어진 포장된 그림 한 점. 그 조합에는 마음을 빼앗는 환상적인 무언가가 있었다.

꾸러미를 조심스럽게 들어보았다. 무겁지는 않다. 간소한 액자에 끼운 그림의 무게다. 포장지에 얇게 먼지가 앉아 있었다.

상당히 오래전부터 누구의 눈에도 띄지 않고 여기 있었던 것이리라. 끈에 명함 크기의 종이가 철사로 매달려 있고, 파란색 볼펜으로 '기사단장 죽이기'라고 적혀 있었다. 매우 꼼꼼해 보이는 필체였다. 아마 이 그림의 제목일 것이다.

왜 이 한 점의 그림만 천장 위에 감추듯이 보관되어 있는지는 물론 알 수 없었다. 나는 어찌된 일인지 생각해보았다. 당연히 이대로 두는 것이 예의에 맞는 행위였다. 그곳은 아마다 도모히코의 집이고, 그 그림은 틀림없이 아마다 도모히코의 것이며(아마 아마다 도모히코 본인이 그렸을 테고), 어떤 개인적인 이유로 남들 눈에 띄지 않게 여기 감춰뒀을 것이다. 그렇다면 쓸데없는 짓 말고, 수리부엉이와 함께 계속 천장 위에 머물도록 두면 될 일이다. 내가 상관할 일이 아니다.

그래야 마땅한 줄 알면서도 나는 끓어오르는 호기심을 억누를 수 없었다. 특히 그림의 제목인 (듯한) '기사단장 죽이기'라는 말에 이끌렸다. 대체 어떤 그림일까? 아마다 도모히코는 왜 이것을—하필이면 **이 그림만을**—천장 위에 감춰야 했을까?

나는 꾸러미가 문을 통과할 수 있는지 시험해보았다. 상식적으로 따지면 여기로 가지고 올라온 물건을 가지고 내려가지 못할 리 없다. 더욱이 천장 위로 통하는 문은 이것뿐이다. 그래도 일단 직접 들고서 시도해보았다. 예상대로 그림은 네모난 입구를 대각선으로 빠듯하게 빠져나갔다. 나는 아마다 도모히코가 이곳으로 그림을 들고 올라오는 장면을 상상했다. 그때 그는 아마도 혼자였고, 어떤 비밀을 가슴에 품고 있었으리라. 나는 그 정경을 직접 눈으로 본 것처럼 생생하게 떠올릴 수 있었다.

내가 멋대로 그림을 천장 위에서 가지고 내려온 걸 알아도 아마다 도모히코는 화를 내지 못할 것이다. 그의 의식은 지금 깊은 혼돈에 잠겨 있고, 아들의 표현을 빌리면 '오페라와 프라이팬도 구별 못하는' 상태다. 그가 이 집으로 돌아올 가능성은 거의 없다. 게다가 통풍구 철망이 망가진 천장 위에 이대로 그림을 방치했다가는 언젠가 쥐나 다람쥐가 갉아먹을 수도 있다. 좀이 쓸지도 모른다. 만약 이것이 아마다 도모히코의 작품이라면, 적지 않은 문화적 손실을 불러오는 셈이다.

꾸러미를 먼저 붙박이장 선반 위로 내려보내고, 아직 들보 위에 도사리고 있는 수리부엉이에게 작게 손을 흔든 뒤, 나는 밑으로 내려와 가만히 뚜껑을 닫았다.

하지만 곧바로 포장을 풀지는 않았다. 며칠 동안 그 갈색 꾸러미를 작업실 벽에 기대어 세워두었다. 그리고 바닥에 앉아 하염없이 바라보았다. 마음대로 포장을 풀어도 될지 좀처럼 결심이 서지 않았다. 뭐라 해도 그것은 타인의 소유물이고, 아무리 그럴싸한 이유를 댄다 한들 마음대로 포장을 풀 권리가 내게는 없다. 정 그러고 싶으면 적어도 아들 아마다 마사히코의 허락을 받을 필요가 있다. 하지만 왠지 몰라도 마사히코에게 그림의 존재를 알리고 싶지 않았다. 이것은 나와 아마다 도모히코 사이의, 어디까지나 개인적인, 일대일의 문제라는 느낌이 들었다. 왜 그런 기묘한 생각을 품게 되었는지는 설명할 길이 없다. 어쨌든 그렇게 느꼈다.

포장용 전통지에 싸여 끈으로 엄중하게 봉해진 그 그림(인 듯한 것)을 말 그대로 구멍이 뚫릴 만큼 바라보고 생각에 생각을 거듭한 끝에, 마침내 내용물을 꺼내보기로 했다. 내 호기심은 내가 예절이나 상식을 존중하는 마음보다 훨씬 강렬하고 집요했다. 그것이 화가로서의 직업적인 호기심인지, 단순히 한 인간으로서의 호기심인지는 나도 구별할 수 없었다. 어쨌거나 안에 든 것을 꺼내보지 않고는 견딜 수 없었다. 누구에게 어떤 비난을 받아도 상관없다고 마음을 굳혔다. 가위를 가져와 단단히 묶인 끈을 잘랐다. 그리고 갈색 포장지를 벗겼다. 필요하면 다시 포장할 수 있도록 조심스레 시간을 들였다.

몇 겹이나 되는 갈색 포장지 아래, 무명처럼 부드러운 흰색 천으로 감싼 간이액자가 나왔다. 나는 가만히 그 천을 벗겼다. 심한 화상을 입은 사람의 붕대를 풀 때처럼, 차분하고 주의깊게.

흰색 천 아래 모습을 드러낸 것은 내가 예상한 대로 한 폭의 일본화였다. 옆으로 긴 직사각형의 그림이다. 나는 그림을 선반 위에 올려놓고 뒤로 몇 걸음 물러났다.

의심의 여지 없이 아마다 도모히코 본인의 작품이었다. 틀림없는 그의 스타일에, 그만의 독자적인 기법을 사용했다. 대담한 여백과 다이내믹한 구도. 그려진 것은 아스카 시대 복식의 남녀였다. 옷차림도 머리 모양도 아스카 시대의 것이었다. 하지만 나는 그 그림에 몹시 전율했다. 숨막히도록 폭력적인 그림이었기 때문이다.

내가 아는 한 아마다 도모히코는 난폭한 성격의 회화를 그린 적이 거의 없다. 한 번도 없다고 해도 좋을 것이다. 그는 주로 노스탤지어를 자극하는 온화하고 평화로운 그림을 그렸다. 간혹 역사적인 사건을 소재로 삼기도 했지만 등장하는 인물의 모습은 대개 양식 안에 녹아들어 있다. 사람들은 고대의 풍요로운 자연 속에 긴밀한 공동체를 이루고 조화를 중시하며 산다. 수많은 자아가 공동체 전체의 의사에, 혹은 온건한 숙명에 흡수되어 있다. 그리고 세계의 고리는 평온히 닫혀 있다. 아마 그것이 화백이 생각한 유토피아였으리라. 그는 그러한 고대의 세계를 다양한 각도에서 다양한 시선으로 화폭에 옮겨왔다. 사람들은 그 스타일을 '근대의 부정'이라고도 했고, '고대로의 회귀'라고도 했다. 물론 '현실도피'라며 비판하는 사람도 있었다. 어쨌거나 그는 빈에서 일본으로 돌아온 후 모더니즘 지향의 유화를 버리고 그 정밀한 세계에 홀로 틀어박혔다. 한마디 설명도 변명도 없이.

하지만 이 〈기사단장 죽이기〉라는 그림에는 피가 흘렀다. 그

섯노 매우 사실적인 피가 넘쳐났다. 두 남자가 묵직한 고대의 검을 들고 싸운다. 아마도 개인적인 결투인 듯 보인다. 한쪽은 청년, 다른 한쪽은 노인이다. 청년이 노인의 가슴 한복판에 검을 깊숙이 찔러넣었다. 청년은 새카만 콧수염을 가늘게 기르고 폭이 좁은 옅은 쑥색의 옷을 입었다. 노인은 흰옷을 걸치고 흰 수염을 풍성하게 길렀다. 목에는 구슬을 엮은 목걸이가 걸려 있다. 노인이 손에서 놓친 검은 아직 지면에 닿기 전이다. 그 가슴에서 피가 세차게 솟구친다. 칼끝이 대동맥을 관통한 것이리라. 그의 흰옷이 피로 새빨갛게 물들었다. 고통으로 입이 일그러졌다. 부릅뜬 두 눈이 원통한 듯 허공을 노려본다. 그는 자신의 패배를 똑똑히 알고 있다. 하지만 진정한 고통은 아직 찾아오지 않았다.

반면 청년의 눈빛은 지독히 냉정하다. 상대를 똑바로 응시하고 있다. 그 눈빛에는 후회의 심정도, 당혹감이나 두려움의 그림자도, 흥분의 빛도 없다. 지극히 냉정한 그 눈동자가 바라보는 것은 오로지 이윽고 닥칠 타인의 죽음과 자신의 확실한 승리다. 용솟음치는 피는 그 증거일 뿐, 청년에게 아무런 감정도 불러일으키지 않는다.

그때까지 나는 솔직히 일본화는 비교적 정적이고 양식적인 세계를 표현하는 미술의 포름이라고 인식했다. 일본화의 기법과 화구는 강렬한 감정 표현에 적합하지 않다고 단순하게 생각했던 것이다. 나와는 전혀 연이 없는 세계라고. 하지만 아마다 도모히코의 〈기사단장 죽이기〉를 보자 그것이 나만의 착각이었음을 깨달았다. 아마다 도모히코가 그려낸, 두 남자가 목숨을 걸고 격렬한 싸움을 벌이는 광경에는 보는 이의 마음을 밑바닥까지 뒤흔드는 것이 있었다. 이긴 자와 패배한 자. 찌른 자와 찔린 자. 그 낙차가 내 마음을 빼앗았다. **이 그림에는 뭔가 특별한 것이 있다.**

그 싸움을 가까이서 지켜보는 사람이 몇 있었다. 한 사람은 젊은 여자였다. 기품 있는 흰옷을 입고 머리는 틀어올려 큼지막한 장식을 달았다. 그녀는 살짝 벌린 입을 한 손으로 가리고 있다. 숨을 한껏 들이마시고 당장이라도 비명을 지르려는 것처럼 보인다. 아름다운 눈이 휘둥그렇다.

또 한 사람, 젊은 남자도 있었다. 복장은 썩 훌륭하지 않다. 검은색 계열의 수수하고 활동하기 편해 보이는 옷에, 간소한 짚신을 신었다. 하인이나 시종인 듯하다. 장검은 없고 허리춤에 단도를 꽂고 있을 뿐이다. 몸집이 다부지고 작달막하며 숱이 적은 턱수염을 길렀다. 마치 클립보드를 들고 다니는 현대의 회사원처럼 왼손에 장부 비슷한 것을 쥐고 있다. 오른손은 뭔가를 붙잡으려는 듯이 허공으로 내뻗었다. 그러나 그 손은 아무것도 붙잡지 못한다. 그가 노인의 하인인지, 청년의 하인인지, 아니면 여자의 하인인지는 그림에서 알 수 없다. 한 가지 알 수 있는 사실은 이 싸움이 급박한 전개 끝에 벌어진 일이며, 여자도 하인도 전혀 예측하지 못했다는 것 정도다. 숨길 수 없는 놀라움이 두 사람의 얼굴에 떠올라 있다.

네 사람 중 놀라지 않은 이는 오직 하나, 젊은 살인자뿐이다. 아마 어떤 일도 그를 놀라게 할 수 없으리라. 그는 타고난 살인자가 아니다. 사람을 죽이는 일을 즐기지는 않는다. 하지만 목적을 이루기 위해서라면 누군가의 숨통을 끊기를 주저하지 않는다. 그는 젊고, 이상에 불타고 있으며(그것이 어떤 이상인지는 알 수 없지만), 힘이 넘치는 남자다. 그리고 검을 능숙하게 다룰 줄 안다. 이미 인생의 전성기를 지난 노인이 제 손에 죽어가는 모습을 보는 일은 그에게 놀랍지 않다. 오히려 자연스럽고 이치에 맞는 일이다.

또 한 사람, 기묘한 목격자가 있었다. 그는 마치 본문에 붙은 각주처럼 왼쪽 아래 그려져 있었다. 땅에 붙은 뚜껑을 반쯤 밀어 올리고 고개를 내밀었다. 나무로 만들어진 듯한 그 네모난 뚜껑은 이 집 천장 위로 통하는 문을 연상시켰다. 모양도 크기도 꼭 닮았다. 남자는 그곳에서 지상의 사람들을 관찰하고 있다.

땅에 뚫린 구멍? 네모난 맨홀? 설마. 아스카 시대에 하수도가 있을 리 없다. 게다가 싸움이 벌어지는 곳은 야외이며, 아무것도 없는 공터로 보인다. 배경에는 가지를 낮게 늘어뜨린 소나무뿐이다. 어째서 이런 땅에 문 달린 구멍이 뚫려 있단 말인가? 이치에 맞지 않는다.

구멍에서 고개를 내민 남자의 형상도 자못 기괴했다. 구부러

진 가지처럼 지나치게 가늘고 긴 얼굴이다. 길게 엉킨 검은 수염이 얼굴을 뒤덮었다. 부랑자 같기도 하고, 속세를 버린 은자 같기도 하다. 조금 모자란 사람처럼 보이기도 한다. 그러나 눈빛은 놀랄 만큼 날카로우며 통찰력 같은 것마저 엿보인다. 다만 그 통찰력은 지성을 통해 획득한 것이 아니라 어떤 유의 일탈—혹은 광기 같은 것—이 우연히 가져다준 것처럼 보인다. 자세한 옷차림까지는 알 수 없다. 내가 볼 수 있는 것은 목 위뿐이다. 그 역시 싸움을 지켜보고 있다. 그러나 이 상황에 특별히 놀란 기색은 아니다. 오히려 일어나야 했기에 일어난 일이라며 순수하게 방관하는 것 같다. 어쩌면 만약을 위해 사건의 세부를 일단 확인해두려는 것인지도 모른다. 여자도 하인도, 등뒤에 있는 얼굴 긴 남자의 존재를 눈치채지 못했다. 그들의 시선은 오직 격렬한 싸움에 붙박여 있다. 아무도 뒤를 돌아보지 않는다.

이 인물은 누구일까? 그는 왜 고대의 땅속에 숨어 있는가? 아마다 도모히코는 무슨 목적으로 이 정체불명의 기괴한 남자를, 균형 잡힌 구도를 무너뜨리면서까지 한구석에 그려넣었을까?

아니, 애당초 이 작품에 왜 '기사단장 죽이기'라는 제목이 붙었을까? 그림 속에서 신분이 높아 보이는 인물이 검에 찔려 살해당하기는 한다. 그러나 고대 의상을 걸친 노인은 어디로 보나 '기사단장'이라는 명칭에 어울리지 않는다. '기사단장'이라는 직함은 명백히 중세, 혹은 근대 유럽의 것이다. 일본 역사에는 그런 직함이 존재하지 않는다. 그런데도 아마다 도모히코는 굳이 '기사단장 죽이기'라는, 불가사의한 울림의 제목을 이 작품에 붙였다. 거기에는 **어떤 이유**가 있을 것이다.

그러나 '기사단장'이라는 말에는 내 기억을 희미하게 자극하는 부분이 있었다. 전에도 들어본 적이 있는 말이다. 나는 실오라기를 끌어당기듯이 기억의 흔적을 더듬었다. 어느 소설인가 희곡에서 그 어휘를 보았던 것 같다. 그것도 아주 유명한 작품이다. 어디선가……

그러다가 퍼뜩 떠올렸다. 모차르트의 오페라 〈돈 조반니〉. 첫머리에 분명히 '기사단장 죽이기' 장면이 있었다. 나는 거실의 레코드장으로 가서 〈돈 조반니〉 박스 세트를 꺼내 해설서를 훑어보았다. 그리고 첫머리에 살해되는 인물이 역시 '기사단장'임을 확인했다. 그에게 이름은 없다. '기사단장'이라고 적혀 있을 뿐이다.

오페라 대본은 이탈리아어였고, 가장 먼저 살해되는 노인은 '콤멘다토레Il Commendatore'로 나와 있었다. 그것을 누군가가 '기사단장'이라는 일본어로 번역한 뒤 정착되었으리라. 현실의 '콤멘다토레'가 정확히 어떤 지위이고 직함인지 나는 모른다. 다른 박스 세트의 해설서에도 그에 대한 설명은 없었다. 오페라에 등장하는 그는 그저 이름 없는 '기사단장'일 뿐이고, 서두에서 돈 조반니의 손에 죽는 것이 주된 역할이다. 그리고 불길하게 걸어다니는 조각상으로 돈 조반니 앞에 나타나 마지막에 그를 지옥으로 데려간다.

알고 보니 너무 간단하지 않은가, 나는 생각했다. 그림 속의 잘생긴 청년은 방탕한 돈 조반니(스페인어로는 돈 후안), 살해당하는 노인은 명예로운 기사단장이다. 젊은 여자는 기사단장의 아름다운 딸 돈나 안나, 하인은 돈 조반니를 섬기는 레포렐로다. 그가 들고 있는 것은 주인 돈 조반니가 그동안 정복한 여자들의 이름을 하나하나 기록한 장대한 카탈로그다. 돈 조반니는 돈나 안나를 억지로 차지하려다가 들키자 그녀의 아버지, 즉 기사단장을 결투 끝에 찔러 죽인다. 유명한 장면이다. 어째서 알아채지 못했을까?

아마 모차르트 오페라와 아스카 시대를 다룬 일본화의 조합이 너무 생뚱맞았던 탓이리라. 그래서 내 안에서 그 둘이 제대로 이어지지 못했다. 일단 깨닫고 나니 모든 것이 자명했다. 아마다 도모히코는 모차르트 오페라 속의 세계를 아스카 시대로 고스란히 '번안'했다. 분명 흥미로운 시도다. 그건 인정한다. 그러나 그 번안의 **필연성**은 대체 무엇일까? 그 그림의 성격은 그의 다른 작품들과 너무나 달랐다. 게다가 그는 왜 이 그림을 굳이 엄중하게 포장해 천장 위에다 감춰야 했을까?

또한 그림 왼쪽 아래, 땅속에서 고개만 내민 얼굴 긴 인물의 존재는 무엇을 의미할까? 모차르트의 오페라 〈돈 조반니〉에는 그런 인물이 나오지 않는다. 아마다 도모히코가 어떤 뚜렷한 의도를 가지고 덧붙인 것이다. 나아가 오페라에서는 아버지가 칼에 찔려 죽는 현장을 돈나 안나가 실제로 목격하지 않는다. 그녀는 연인이자 기사인 돈 오타비오에게 도움을 청하러 간다. 그리고 함께 현장에 돌아와 이미 숨이 끊긴 아버지를 발견한다. 아마다 도모히코의 그림에서는 그 상황이—아마도 극적 효과를 높이기 위해서—미묘하게 바뀌어 있다. 그러나 땅속에서 고개를 내민 이는 아무리 봐도 돈 오타비오가 아니다. 남자의 용모는 명백히 이 세상의 기준을 벗어나 있다. 돈나 안나를 도와주는 멋진 정의의 기사일 리 없다.

그는 지옥에서 온 악귀일까? 마지막에 돈 조반니를 지옥으로 끌고 가기 위해, 정찰 삼아 미리 모습을 드러낸 것일까? 하지만 아무리 봐도 악귀나 악마 같지는 않았다. 악귀의 눈은 이토록 기묘하게 반짝이지 않는다. 악마라면 네모난 나무 뚜껑을 남몰래 밀어올리고 지상에 얼굴을 내밀 필요가 없다. 오히려 그는 일종의 트릭스터로서 끼어든 것처럼 보인다. 나는 일단 그 남자에게 '긴 얼굴'이라는 이름을 붙였다.

그로부터 몇 주간 나는 묵묵히 그 그림을 감상하기만 했다. 그 앞에 있으면 내 그림을 그리겠다는 의욕이 전혀 솟지 않았다. 제대로 식사를 할 기분도 들지 않았다. 기껏해야 냉장고를 열고 눈에 들어온 채소에 마요네즈를 찍어 먹거나, 비축해둔 통조림 캔을 따서 냄비에 데워 먹는 정도였다. 나는 작업실 바닥에 주저앉아 〈돈 조반니〉 음반을 되풀이해 들으면서 〈기사단장 죽이기〉를 물릴 줄도 모르고 바라보았다. 해가 떨어지면 그 앞에서 와인을 마셨다.

정말이지 훌륭한 그림이라고 생각했다. 그러나 내가 아는 한 이 그림은 아마다 도모히코의 어느 화집에도 수록되지 않았다. 다시 말해 이 작품의 존재는 일반에 알려지지 않았다는 뜻이다. 만일 공개되었다면 아마다 도모히코의 대표작 중 하나가 되었을 것이 분명하니까. 언젠가 그의 회고전이 열린다면 포스터에 사용해도 이상하지 않을 작품이다. 그저 '완성도가 훌륭한' 것이 아니다. 이 그림에는 분명 예사롭지 않은 종류의 힘이 넘친다. 미술에 조금이라도 지식이 있는 사람이라면 놓칠 수 없는 사실이다. 보는 이의 마음속 깊은 곳에 호소하고, 그 상상력을 다른 세계로 이끄는 듯한 어떤 암시가 담겨 있다.

그리고 나는 왼쪽 아래 그려진 수염투성이의 '긴 얼굴'에게서 도저히 눈을 뗄 수 없었다. 마치 그가 뚜껑을 열고 나를 개인적으로 지하세계로 이끄는 것 같았다. 다른 누구도 아닌 나를. 그 아래 어떤 세계가 있을지 궁금해서 견딜 수 없었다. 그는 어디서 왔을까? 거기서 대체 뭘 하고 있는가? 뚜껑은 다시 닫힐 것인가, 아니면 계속 열려 있을 것인가?

그림을 보면서 가극 〈돈 조반니〉의 한 장면을 되풀이해 들었다. 서곡에 이은 1막 3장. 이윽고 그 장면의 노래와 대사를 거의 고스란히 외우게 되었다.

돈나 안나

아아, 그 살인자가 내 아버지를 죽였구나
이 피…… 이 상처……
얼굴에 벌써 죽음의 빛이 드리우고
숨이 끊어지고 손발도 차가우니
아버지, 다정한 아버지!
정신이 아득해져
이대로 죽어버릴 것 같구나

6

지금으로선 얼굴 없는 의뢰인입니다

에이전트의 전화가 온 것은 여름이 끝나갈 무렵이었다. 누군가의 전화를 받는 것은 오랜만이었다. 낮에는 아직 늦더위가 남아 있지만 해가 지면 산속의 공기는 급격히 차가워졌다. 요란했던 매미 소리가 점차 작아지는 대신 벌레들이 성대한 합창을 시작했다. 도시에 살 때와 달리 나를 둘러싼 자연 속에서 바뀌어가는 계절은 때가 되면 스스럼없이 제 몫을 떼어갔다.

우리는 우선 각자의 근황을 주고받았다. 그럴 만한 얘기가 썩 많지는 않았지만.

"그림작업은 잘돼갑니까?"

"조금씩요." 나는 말했다. 물론 거짓말이다. 이 집에 오고 넉 달 남짓, 가져온 캔버스는 아직도 백지상태다.

"다행이군요." 그가 말했다. "언제 작품 좀 보여주세요. 뭔가 도와드릴 일이 있을지도 모르니까."

"그러죠. 고맙습니다."

그뒤 그가 용건을 꺼냈다. "실은 부탁드릴 일이 있어 전화했습니다. 어때요, 한 번만 더 초상화를 그려보실 생각은 없습니까?"

"초상화 일은 이제 안 한다고 말씀드렸는데요."

"네, 알죠. 그런데 이번 일은 보수가 말도 안 되게 좋습니다."

"말도 안 되게 좋다고요?"

"압도적으로 훌륭합니다."

"얼마나 압도적인데요?"

그가 구체적인 액수를 말했다. 나도 모르게 휘파람을 불 뻔했다. 물론 불지는 않았다. "세상에는 저 말고도 초상화를 전문으로 그리는 사람이 많을 텐데요." 나는 냉정한 목소리로 말했다.

"그렇게 많지는 않지만, 제법 실력 있는 초상화 전문 화가는 선생님 말고도 몇 명 있지요."

"그럼 그쪽에 알아보시면 되지 않을까요. 그 금액이면 누구든 두말없이 수락할 텐데."

"그쪽에서 당신을 지명해서요. 선생님이 그리는 게 그쪽 조건이에요. 다른 사람은 안 된다는군요."

나는 수화기를 오른손에서 왼손으로 바꿔 들고, 오른손으로 귀 뒤를 긁적였다.

상대는 말을 이었다. “그 사람은 선생님이 그린 초상화를 몇 점 보고서 매우 마음에 들었다고 합니다. 선생님 그림의 생명력은 다른 데서 찾아보기 힘들다고요.”

“모를 일이네요. 무엇보다 일반인이 제가 지금까지 그렸던 초상화를 몇 점 보다니, 그게 가능할까요? 화랑에서 매년 개인전을 여는 것도 아닌데.”

“자세한 사정까지는 모릅니다.” 그는 약간 곤란해하는 목소리로 말했다. “저는 고객에게 들은 대로 전할 뿐이죠. 선생님은 이미 초상화 일을 그만두었다고 처음부터 말했어요. 결심을 굳힌 모양이니 부탁해봐도 힘들 거라고요. 그런데도 그쪽에선 물러나지 않더군요. 그러고는 구체적인 금액을 제시했고요.”

나는 수화기를 든 채 그 제안을 생각해보았다. 솔직히 그 금액에는 마음이 움직였다. 또한 내 작품에서—설령 반쯤은 기계적으로 해치운 삯일이라 해도—그만한 가치를 찾아내준 사람이 있다는 사실에 적잖이 자존심이 자극되기도 했다. 하지만 나는 더 이상 상업용 초상화를 그리지 않기로 나 자신에게 맹세했다. 아내가 떠난 것을 계기로 인생에서 다시 한번 새로운 출발을 해보자고 마음먹은 것이다. 눈앞에 거액이 쌓였다고 간단히 결심을 뒤엎을 수는 없다.

“그 고객은 왜 그렇게 큰돈을 쓰려는 걸까요?” 내가 물었다.

“세상이 아무리 불경기라지만 한쪽에선 돈이 남아도는 사람들도 있으니까요. 인터넷 주식거래를 전문으로 하거나 IT 관련 기업인 중에 그런 예가 많은 모양입니다. 초상화 제작은 기업 경비로 처리할 수도 있고요."

"경비로 처리한다고요?"

"장부상에서 초상화는 미술품이 아니라 업무용 비품으로 분류되거든요."

"그것참 훈훈한 얘기군요." 나는 말했다.

인터넷 주식거래로 한몫 잡은 사람이나 IT 벤처기업 대표가 아무리 돈이 남아돌아도, 설령 경비로 처리할 수 있다 해도 자기 초상화를 그려서 비품으로 사무실 벽에 걸어놓고 싶어하리란 생각은 들지 않았다. 그들은 대개 물 빠진 청바지에 나이키 운동화, 늘어진 티셔츠에 바나나 리퍼블릭 재킷 차림으로 일하고, 스타벅스 커피를 종이컵으로 마시는 것이 자랑인 젊은이들이다. 중후한 유화 초상화는 그들의 라이프 스타일과 어울리지 않는다. 물론 세상에는 온갖 유형의 인간이 있다. 일률적으로 어떻다고 단정할 수는 없다. 스타벅스(든 어디든)의 커피(물론 공정무역 원두를 사용한 것)를 종이컵으로 마시는 모습을 그려달라고 주문하는 사람이 아주 없으리란 법은 없다.

"다만 조건이 하나 있어요." 그가 말했다. "고객을 직접 만나 모델로 세워서 그려달라는 요청입니다. 시간은 충분히 내겠다고 하네요."

"하지만, 저는 그런 식으로 작업하지 않는데요."

"압니다. 고객과 개인적인 면담은 해도 직접 모델로 세우지는 않죠. 그게 선생님 방식이라고 그쪽에도 전했어요. 잘 알겠지만, 그래도 이번에는 본인을 눈앞에 두고 그려달라는 게 그쪽 조건이에요."

"무슨 뜻으로 그러는 거죠?"

"저는 모릅니다."

"상당히 희한한 주문이군요. 왜 그런 고집을 부릴까요? 모델을 설 필요가 없다면 오히려 반가워할 일인데."

"꽤 특이한 주문이긴 하죠. 하지만 보수를 따지면 두말할 나위 없다고 생각합니다만."

"보수를 따지면 두말할 나위 없다고 저도 생각합니다." 나는 동의했다.

"나머지는 선생님에게 달렸습니다. 설마하니 영혼을 팔라고 요구하는 것도 아니에요. 선생님은 역량 있는 초상화가이고, 그 역량을 높이 산 사람이 있을 뿐이죠."

"꼭 은퇴한 마피아의 킬러 같군요." 내가 말했다. "마지막으로 딱 한 사람만 처치해달라, 뭐 그런 제안요."

"하지만 딱히 피가 흐르는 것도 아니죠. 어때요, 해보지 않으시겠습니까?"

피가 흐르는 것도 아니다, 나는 머릿속으로 되풀이했다. 그리고 〈기사단장 죽이기〉 속의 광경을 떠올렸다.

"그래서, 그 고객은 어떤 사람인가요?" 내가 물었다.

"사실대로 말하면 저도 모릅니다."

"남자인지 여자인지도?"

"모릅니다. 성별, 나이, 이름, 아무것도 들은 바가 없어요. 지금으로선 말 그대로 얼굴 없는 의뢰인입니다. 대리인인 변호사가 저희 사무실로 전화해서 얘기를 나눈 게 다예요."

"그래도 의심할 필요는 없겠죠?"

"네, 절대 수상쩍은 곳은 아닙니다. 제대로 된 변호사사무소였고, 합의되면 곧바로 착수금을 보내겠다는군요."

나는 수화기를 든 채 한숨을 뱉었다. "갑작스러운 이야기라 바로 대답하긴 힘들 것 같습니다. 생각할 시간을 좀 주시면 좋겠는데요."

"물론입니다. 납득이 될 때까지 생각해보세요. 그쪽에서도 딱히 급하지는 않다고 하니까요."

나는 고맙다고 말하고 전화를 끊었다. 달리 할 일이 떠오르지 않아서 작업실에 들어가 불을 켜고 바닥에 앉아서 멍하니 〈기사단장 죽이기〉를 감상했다. 그러다가 배가 약간 고파져 부엌에서 토마토케첩과 리츠 크래커를 접시에 담아 가져왔다. 크래커에 케첩을 찍어 먹으면서 다시 그림을 바라보았다. 물론 맛있을 리 없다. 굳이 평하자면 끔찍한 맛이다. 하지만 맛이 있고 없고는 그때 나에게 큰 상관이 없었다. 공복감이 조금이라도 해소되면 그만이다.

그 그림은 그만큼 전체적으로나 세부적으로 내 마음을 강하게 잡아끌었다. 거의 그 안에 사로잡혔다고 해도 좋을 정도였다. 몇 주째 그 그림을 실컷 바라본 뒤, 이번에는 가까이 다가가 하나하나의 디테일을 면밀히 검증해보았다. 그중에서도 나를 잡아끈 것은 다섯 인물이 짓고 있는 표정이었다. 나는 그림 속 인물 하나하나의 표정을 연필로 정밀하게 스케치했다. 기사단장, 돈 조반니, 돈나 안나, 레포렐로, '긴 얼굴'까지. 독서가가 책에서 마음에 든 문장을 토씨 하나 틀리지 않고 노트에 정성껏 옮겨쓰는 것처럼.

일본화 속의 인물을 내 필치로 데생해보기는 처음이었는데, 시작하자마자 예상보다 훨씬 어려운 시도라는 사실을 깨달았다. 일본화는 원래 선이 중심인 회화이고 표현법도 입체성보다 평면성에 치우쳐 있다. 리얼리티보다 상징성과 기호성이 중시된다. 그런 시선으로 그린 그림을 그대로 이른바 '서양화'의 화법으로 옮기려면 근본적으로 무리가 따른다. 그래도 몇 번의 시행착오 끝에 그럭저럭 익숙해졌다. 그 작업에는 '환골탈태'까지는 아니어도 내 나름대로 화면을 해석해 '번역'할 필요가 있었고, 그러려면 우선 원화에 깃든 의도부터 파악해야 했다. 다시 말해 나는—물론 완벽할 수는 없겠지만—아마다 도모히코라는 화가의 시점을, 혹은 한 인간의 자세를 이해해야 한다. 비유하자면 그의 신발에 내 발을 넣어볼 필요가 있다.

한동안 그 작업을 이어가다가 문득 '오랜만에 초상화를 그려보는 것도 괜찮지 않을까'란 생각이 들었다. 어차피 아무것도 못 그리고 있는 마당이다. 뭘 그려야 할지, 뭘 그리고 싶은지 힌트조차 붙잡지 못했다. 설령 내키지 않을지라도 직접 손을 움직여 뭔가를 그려보는 것도 나쁘지 않으리라. 이대로 무엇 하나 만들어내는 것 없이 허송세월하다가는 정말로 아무것도 그릴 수 없게 될지 모른다. 초상화조차 그릴 수 없게 될지도 모른다. 물론 제시된 사례금에도 마음이 끌렸다. 지금 당장은 생활비가 거의 들지 않지만 그림교실 수입만으로는 도저히 생계를 꾸려나갈 수 없다. 여행도 오래 했고, 중고 코롤라 왜건도 샀고, 모아둔 돈이 조금씩이지만 확실하게 줄어들고 있다. 목돈이 들어온다는 건 무시할 수 없는 매력이었다.

나는 에이전트에게 전화를 걸어 이번 한 번만 일을 받겠다고 말했다. 그는 물론 기뻐했다.

"고객을 모델로 앉히고 그리려면 제가 그쪽으로 가야겠죠?" 내가 말했다.

"그건 신경쓰실 필요 없어요. 그쪽에서 선생님의 오다와라 집으로 가겠다고 하니까요."

"오다와라?"

"그렇습니다."

"그 사람이 제가 사는 곳을 아나요?"

"댁 근처에 사신다더군요. 선생님이 아마다 도모히코 씨의 집에 산다는 것도 알고 있었어요."

나는 순간 할말을 잃었다. 잠시 후 말했다. "이상하군요. 제가 여기 산다는 걸 아는 사람은 거의 없을 텐데요. 게다가 아마다 도모히코의 집이라는 사실은."

"물론 저도 몰랐습니다." 에이전트는 말했다.

"그럼, 그 사람은 어떻게 아는 걸까요?"

"글쎄요, 그것까지는 모르겠어요. 하지만 인터넷을 이용하면 뭐든 알 수 있는 세상이니까요. 재주 좋은 사람이 마음먹고 털어보면 개인적인 비밀 따위는 존재하지 않는 거나 마찬가지 아닐까요."

"그 사람이 이 근처에 사는 건 그저 우연일까요? 아니면 가까이 산다는 것도 그쪽에서 저를 지명한 이유 중 하나일까요?"

"그것까지는 모릅니다. 궁금한 건 고객과 만나서 직접 물어보시죠."

나는 그러겠다고 했다.

"일은 언제부터 시작하실 수 있나요?"

"언제든지요." 내가 말했다.

"그럼 그쪽에 그렇게 전하고 다시 연락하겠습니다." 에이전트가 말했다.

수화기를 내려놓고 테라스 접의자에 누워 이 상황에 대해 곰곰이 생각했다. 생각할수록 의문의 가짓수가 늘어났다. 첫째, 내가 이 집에 산다는 걸 의뢰인이 알고 있다는 사실이 마음에 들지 않았다. 마치 누군가가 쭉 나를 지켜보며 일거수일투족을 관찰하는 기분이었다. 하지만 누가, 대체 무슨 목적으로, 나라는 인간에게 그만큼 관심을 품을까? 전체적으로 너무 그럴듯한 이야기라는 인상도 있었다. 내가 그린 초상화가 평판이 좋은 것은 사실이다. 스스로도 나름 자신이 있다. 하지만 그래봐야 흔해빠진 초상화다. 어느 견지에서 보든 '예술품'이라고 할 수는 없다. 더욱이 나는 대중적으로 완전히 무명 화가다. 아무리 내 그림을 몇 점 보고 개인적으로 마음에 들었다 해도(그 이야기를 액면 그대로 받아들이는 것도 내키지 않았지만), 그렇게나 후한 보수를 얹어줄 수 있을까?

혹시 의뢰인은 내가 지금 관계하는 여자의 남편이 아닐까? 문득 그런 생각이 뇌리를 스쳤다. 구체적인 근거는 없지만 생각하면 할수록 가능성이 없지도 않다는 느낌이 들었다. 내게 개인적인 흥미가 있는 익명의 이웃이라면 그 사람 정도밖에 떠오르지 않는다. 하지만 왜 그녀의 남편이 굳이 큰돈을 지불해가며 아내의 외도 상대에게 자기 초상화를 의뢰한단 말인가? 앞뒤가 맞지 않는다. 상대가 어지간히 병적인 사고방식을 가지지 않은 이상.

뭐, 상관없지. 나는 그렇게 생각을 맺었다. 눈앞에 어떤 흐름이 생겼다면 일단 흘러가보면 된다. 상대에게 숨은 의도가 있다면 그 의도에 걸려들면 될 일이다. 이 산속에서 이러지도 저러지도 못하고 손이 묶여 있는 것보다야 그편이 훨씬 근사하지 않은가. 사실 호기심도 있었다. 내가 앞으로 상대할 인물은 도대체 어떤 사람일까? 내게 거액의 보수를 내놓는 대신 무얼 요구할 셈일까? 그 무언가를 끝까지 지켜보고 싶어졌다.

결정을 하고 나자 마음이 조금 가벼워졌다. 그날 밤은 오랜만에 아무 생각도 하지 않고 곧바로 깊은 잠에 빠졌다. 한밤중에 수리부엉이가 움직이며 바스락거리는 소리를 들은 것 같았다. 하지만 띄엄띄엄 찾아온 꿈속의 일이었는지도 모른다.

7
좋은 쪽으로든 나쁜 쪽으로든 기억하기 쉬운 이름

도쿄의 에이전트와 몇 번 전화를 주고받은 끝에 다음주 화요일 오후 그 수수께끼의 고객을 만나기로 약속을 잡았다(이때까지도 상대의 이름은 아직 밝혀지지 않았다). 첫날은 인사를 나누고 한 시간쯤 이야기만 할 뿐 실제 작업은 시작하지 않는다는 기존의 내 방식에는 동의해주었다.

초상화를 그리려면 얼굴의 특징을 적확하게 잡아내는 능력이 필요하다는 사실은 굳이 말할 것도 없지만, 그것만으로 충분하다고 할 수는 없다. 그뿐이면 그냥 캐리커처가 되어버린다. 살아 있는 초상화를 그리는 데 필요한 것은 상대방 얼굴의 핵심에 있는 것을 찾아내는 능력이다. 얼굴은 어찌 보면 손금과 비슷하다. 가지고 태어났다기보다 오히려 세월의 흐름 속에서, 혹은 각자의 환경 속에서 서서히 만들어지는 것에 가깝고, 누구 하나 똑같은 사람이 없다.

화요일 아침, 집안을 깨끗하게 치우고 청소한 뒤 정원에서 꽃을 꺾어와 화병에 꽂고, 〈기사단장 죽이기〉를 작업실에서 손님방으로 옮겨 원래대로 갈색 전통지로 꼼꼼히 싸두었다. 그 그림을 남의 눈에 띄게 할 수는 없다.

한시 오분이 지났을 때 차 한 대가 오르막길을 올라와 현관 앞 주차장에 멈춰 섰다. 한동안 굵고 묵직한 엔진음이 주위에 울렸다. 몸집 큰 짐승이 동굴 속에서 만족스럽게 그르렁대는 듯한 소리다. 아마 배기량이 큰 엔진이리라. 이윽고 엔진음이 멎고 골짜기에 다시 정적이 찾아왔다. 은색 재규어 스포츠쿠페였다. 잘 닦인 기다란 펜더가 때마침 구름 사이로 흘러나온 햇빛을 받아 눈부시게 반짝였다. 나는 차에 대한 지식이 별로 없어 모델명까지는 알 수 없었다. 그러나 그 차가 최신형이고, 주행거리는 아직 네 자리 숫자이며, 내가 중고 코롤라 왜건에 치른 것보다 적어도 스무 배는 넘는 가격이리란 것쯤은 추측할 수 있었다. 딱히 놀라운 이야기는 아니었다. 자기 초상화에 그만한 거금을 내놓는 사람이다. 설령 대형 요트를 타고 왔다 해도 전혀 이상할 게 없다.

차에서 내린 이는 고급스러운 옷차림의 중년남자였다. 진녹색 선글라스를 쓰고, 새하얀 긴소매 면 셔츠에(그냥 하얀 게 아니라 새하얀), 카키색 치노바지를 입었다. 신발은 크림색 보트슈즈.

키는 170센티미터를 조금 넘을 것 같다. 얼굴이 보기 좋게 골고루 그을렸다. 머리끝부터 발끝까지 몹시 청결한 분위기가 흘렀다. 하지만 가장 먼저 내 눈길을 끈 것은 뭐니뭐니해도 머리카락이었다. 가볍게 웨이브 진 풍성한 머리카락이 거의 한 올도 남김없이 백발이었다. 잿빛이라거나 희끗희끗하다고 표현할 정도가 아니다. 전체가 완벽하게, 막 쌓인 눈처럼 순백색이었다.

남자가 차에서 내려 문을 닫았다(고급 차의 문을 무심하게 닫을 때 특유의 시원스러운 소리가 났다). 문을 잠그지도 않은 채 열쇠를 바지 주머니에 넣고 현관 쪽으로 걸어오는 모습을 나는 창문 커튼 사이로 지켜보았다. 무척 아름다운 걸음걸이였다. 등을 똑바로 펴고, 필요한 근육을 구석구석 남김없이 사용한다. 분명 일상적으로 운동을 하는 사람이리라. 그것도 상당히 본격적으로. 나는 창가를 벗어나 거실 의자에 앉아서 초인종이 울리기를 기다렸다. 초인종이 울리자 천천히 현관으로 나가 문을 열었다.

나를 보자 남자는 선글라스를 벗어 셔츠 주머니에 넣고 말없이 손을 내밀었다. 나도 거의 반사적으로 손을 내밀었다. 남자가 내 손을 잡았다. 미국인들이 곧잘 나누는 힘찬 악수였다. 내가 느끼기엔 힘이 너무 들어간 듯했지만 아플 정도는 아니었다.

"멘시키입니다. 잘 부탁합니다." 남자가 명료한 목소리로 이름을 밝혔다. 강연회를 시작하면서 마이크 테스트를 겸해 인사를 하는 강연자 같은 말투였다.

"저야말로 잘 부탁합니다." 나는 말했다. "멘시키 씨라고요?"

"면세점의 '면免'에 색깔의 '색色' 자를 씁니다."

"멘시키 씨." 나는 머릿속에서 두 개의 한자를 나란히 늘어놓았다. 어딘가 묘한 조합이다.

"색을 면하다." 남자는 말을 이었다. "흔치 않은 이름이죠. 우리 친척 말고는 거의 찾아보기 힘듭니다."

"그래도 기억하기 쉽군요."

"그렇죠. 기억하기 쉬운 이름입니다. 좋은 쪽으로든 나쁜 쪽으로든." 남자가 소리 없이 웃었다. 뺨에서 턱까지 희미하게 수염 자국이 보이지만 면도를 빠뜨린 탓은 아닌 듯했다. 정확히 몇 밀리미터 단위로 계산해 남겨둔 것이리라. 머리카락과 달리 수염은 반쯤 검었다. 왜 머리만 완벽한 백발이 됐는지 불가사의했다.

"들어오시죠." 내가 말했다.

멘시키라는 남자는 가볍게 고개를 숙이고, 신발을 벗고 집안으로 들어왔다. 세련된 몸짓이지만 얼마간 긴장감이 깃든 듯했다. 모르는 장소에 끌려온 큰 고양이처럼 동작 하나하나가 주의 깊고 부드러웠으며, 눈은 재빨리 이곳저곳을 관찰했다.

"쾌적해 보이는군요." 그가 소파에 앉아 말했다. "매우 조용하고 차분합니다."

"조용하기는 정말 조용합니다. 장 보는 게 불편해서 그렇죠."

"하지만 선생님 같은 일을 하는 데는 이상적인 환경일 테죠."

나는 그의 맞은편 의자에 앉았다.

"멘시키 씨도 이 근처에 사신다고 들었는데요."

"네, 그렇습니다. 걸어오면 시간이 좀 걸리지만 직선거리로는 상당히 가깝습니다."

"직선거리로는?" 나는 상대의 말을 되풀이했다. 그 표현이 어딘지 기묘하게 들려서였다. "직선거리로는 구체적으로 얼마나 가까운데요?"

"손을 흔들면 보일 정도입니다."

"그럼 여기서 댁이 보인다는 말씀인가요?"

"그렇습니다."

어떻게 대꾸해야 할지 망설이는데 멘시키가 말했다. "저희 집을 보시겠습니까?"

"가능하다면요." 내가 말했다.

"테라스로 나가도 괜찮을까요?"

"물론이죠."

멘시키는 소파에서 일어나 거실과 이어진 테라스로 나갔다. 그리고 난간에서 몸을 약간 내밀고 골짜기 맞은편을 손가락으로 가리켰다.

"저기 흰색 콘크리트 집 보이죠? 산머리에, 햇빛을 받아 유리가 눈부시게 빛나는 집입니다."

나는 무심결에 말을 잃었다. 그것은 내가 해질녘이면 테라스

접의자에 누워 와인잔을 기울이며 곧잘 바라보던 그 근사한 저택이었다. 이 집에서 비스듬히 오른쪽 맞은편에 있는, 매우 눈에 띄는 커다란 집.

"거리는 좀 있지만 힘껏 손을 흔들면 인사 정도는 할 수 있을 겁니다." 멘시키가 말했다.

"그런데, 제가 여기 산다는 건 어떻게 아셨습니까?" 나는 양손으로 난간을 짚은 채 그에게 물었다.

그는 약간 당황한 표정을 지었다. 정말로 당황한 건 아니다. 그저 당황한 표정을 지어 보인 것이다. 그렇다고 연기를 한다는 느낌은 거의 들지 않았다. 대답하기 전에 약간 뜸을 들이고 싶어 하는 것일 뿐이다.

멘시키는 말했다. "여러 정보를 효율적으로 입수하는 것이 제 일의 일부입니다. 그런 쪽의 사업을 하고 있죠."

"인터넷 관련인가요?"

"그렇습니다. 정확히는 인터넷 관련도 제 일의 일부라는 말입니다만."

"그래도 제가 여기 사는 건 아직 거의 아무도 모를 텐데요."

멘시키가 소리 없이 웃었다. "거의 아무도 모른다는 건 역설적으로, 아는 사람도 조금은 있다는 뜻이죠."

나는 골짜기 맞은편의 호화로운 흰색 콘크리트 건물로 다시 눈길을 던졌다. 그리고 새삼 멘시키라는 남자를 바라보았다. 저

집 테라스에 매일 밤 모습을 보이던 것도 아마 이 사람이리라. 그러고 보니 체형이나 동작이 그 실루엣과 꼭 맞아떨어지는 것 같았다. 나이는 짐작하기 힘들다. 눈처럼 새하얀 머리카락만 보면 오십대 후반에서 육십대 초반 같지만 피부는 매끄럽고 팽팽했으며 얼굴에 주름 하나 없었다. 게다가 깊이가 느껴지는 두 눈은 삼십대 후반의 남자처럼 활기찬 빛을 발했다. 그것들을 종합해 실제 나이를 산출하기란 매우 어려운 일이었다. 마흔다섯에서 예순까지 어느 나이를 대도 그대로 믿을 수밖에 없을 것이다.

멘시키가 거실 소파로 돌아와 앉고, 나도 다시 그의 맞은편에 앉았다. 나는 큰맘 먹고 입을 열었다.

"멘시키 씨, 하나 여쭐 것이 있는데요."

"뭐든 물어보세요." 상대는 상냥하게 말했다.

"제가 댁 가까이 산다는 사실이, 이번에 초상화를 의뢰하신 일과 관계가 있는지요?"

멘시키가 약간 곤란해하는 표정을 지었다. 곤란해하는 표정을 지으니 양쪽 눈가에 잔주름이 몇 잡혔다. 제법 매력적인 주름이었다. 그의 얼굴을 이루는 요소는 하나같이 아름답고 반듯했다. 눈초리가 길고 안와가 조금 움푹하며, 이마는 넓고 반듯하고, 또렷한 눈썹에, 콧대는 가늘면서 적당히 높았다. 작은 얼굴에 딱 어울리는 이목구비다. 하지만 얼굴이 작은 것에 비해 다소 옆으로 퍼진 편이라 순수한 미적 관점에서 보면 밸런스가 아주 좋다고 할 수는 없었다. 가로세로의 균형이 불안정했다. 그러나 그 불균형이 단점이라고 한마디로 단언할 수는 없다. 그것은 어디까지나 그의 얼굴 고유의 매력이었고, 그 불균형에 오히려 보는 이를 안심시키는 구석이 있었기 때문이다. 너무 완벽하게 균형이 잡혀 있었다면 사람들은 그의 외모에 가벼운 반감을 느끼고 경계심을 품을지도 모른다. 그러나 그의 얼굴에는 처음 만나는 사람을 일단 안심시키는 것이 있었다. 마치 '괜찮습니다, 안심하세요. 난 그렇게 나쁜 인간이 아닙니다. 당신에게 고약한 짓을 할 생각은 없어요'라고 붙임성 있게 말을 걸어오는 것처럼 보였다.

크고 뾰족한 귀 끝이 깔끔하게 커트한 백발 사이로 고개를 내밀고 있었다. 그 귀는 내게 신선한 생명력 같은 것을 전해주었다. 가을비가 그친 아침, 숲속에 쌓인 낙엽 사이로 삐죽 머리를 내민 활기찬 버섯이 연상되었다. 얇고 옆으로 긴 입술은 반듯하게 일자로 다물려, 언제든 바로 미소지을 수 있도록 준비 태세를 갖추고 있었다.

그는 물론 핸섬한 남자라고 할 수 있었다. 실제로 핸섬하기도 했다. 하지만 그의 얼굴에는 그렇게 천편일률적인 표현을 거부하고 싹 무효화하는 구석이 있었다. 그저 핸섬하다고만 하기에는 너무도 생생하고 움직임이 정묘했다. 그 얼굴에 떠오른 표정은 계산해서 만들어낸 것이 아니라 지극히 자연스럽고 자발적으로 생겨난 것처럼 보였다. 만일 의도한 것이라면 상당히 뛰어난 연기자인 셈이다. 그러나 연기는 아니리란 것이 내가 받은 인상이었다.

나는 처음 만나는 사람의 얼굴을 관찰하고 여러 가지를 읽어내곤 한다. 그게 습관이었다. 대체로 구체적인 근거 같은 것은 없다. 어디까지나 직관일 뿐이다. 그러나 초상화가로서의 나를 도와주는 것은 대부분의 경우 그렇게 단순한 직관이었다.

"예스이기도 하고, 노이기도 합니다." 멘시키가 말했다. 무릎 위의 양손이 위를 향해 활짝 펼쳐졌다가 제자리로 돌아갔다.

나는 잠자코 다음 말을 기다렸다.

"저는 이웃에 어떤 사람이 사는지 신경이 쓰이는 편입니다." 멘시키가 말을 이었다. "아니, 신경이 쓰인다기보다 흥미가 있다는 편에 가깝겠군요. 특히 골짜기 너머로 이따금 마주치는 경우라면요."

마주친다고 하기에는 너무 먼 거리가 아닌가 싶었지만 나는 아무 말도 하지 않았다. 문득 그가 고성능 망원경을 사용해 은밀히 이쪽을 관찰할지도 모른다는 생각이 머릿속에 떠올랐지만 그것도 물론 입 밖으로 꺼내지는 않았다. 애초에 무슨 이유로 그가 나를 관찰해야 한단 말인가?

"그래서 여기 사신다는 걸 알게 됐습니다." 멘시키가 말을 이었다. "초상화 전문 화가라는 것을 알고 흥미가 생겨 작품을 몇 점 찾아봤습니다. 처음에는 인터넷으로 검색해서 보다가, 그것만으로는 성에 차지 않아서 실물을 세 점 정도 보았지요."

그 말에는 고개를 갸웃하지 않을 수 없었다. "실물을 보셨다고요?"

"초상화의 소유주, 다시 말해 모델이 된 사람들을 찾아가 보여달라고 부탁했습니다. 다들 기꺼이 보여주더군요. 누가 자기 초상화를 보고 싶다고 하면 본인으로서는 상당히 기쁜 모양입니다. 가까이서 그 그림들을 감상하고, 이어서 실제 모델의 얼굴과 비교해보니 좀 기묘한 기분이 들었습니다. 그림과 실물을 비교하다보니 점점 어느 쪽이 리얼인지 알 수 없어졌거든요. 어떻게 설명하면 좋을까요, 당신 그림에는 무언가, 보는 이의 마음을 예사롭지 않은 각도에서 자극하는 부분이 있습니다. 언뜻 보면 평범한 초상화지만 가만히 들여다보면 무언가 감춰져 있어요."

"무언가?" 내가 물었다.

"무언가. 뭐라고 표현해야 할지 잘 모르겠는데, 진짜 퍼스낼리티라고 하면 될까요."

"퍼스낼리티." 나는 되풀이했다. "그건 저의 퍼스낼리티인가요, 아니면 모델의 퍼스낼리티인가요?"

"아마 양쪽 다겠죠. 그 둘이 그림 속에서 섞이고, 다시 가려내기 힘들 만큼 정묘하게 맞물리는 게 아닐까요. 그런 것은 놓칠 수가 없습니다. 휙 보고 그대로 지나쳤다가도 무언가를 놓친 기분이 들어서 저도 모르게 되돌아가 다시 한번 찬찬히 살펴보게 되죠. 저는 그 무언가에 마음이 끌린 겁니다."

나는 침묵을 지켰다.

"그래서 생각했어요. 무슨 일이 있어도 이 사람에게 내 초상화를 부탁해야겠다고. 그리고 곧장 당신의 에이전트에게 연락했습니다."

"대리인을 통해서요."

"그렇습니다. 저는 일상적으로 대리인을 통해 여러 가지 일을 진행합니다. 법률사무소가 그 역할을 맡아주고요. 딱히 떳떳하지 못한 데가 있는 것은 아닙니다. 그저 익명성을 중시할 뿐입니다."

"기억하기 쉬운 이름이기도 하고요."

"맞습니다." 그가 소리 없이 웃었다. 입이 양옆으로 활짝 벌어지고 귀 끝이 약간 흔들렸다. "이름을 알리기 싫을 때도 있지요."

"아무리 그래도 보수가 너무 많은 것 같은데요." 내가 말했다.

"아시겠지만, 물건의 가격은 어디까지나 상대적입니다. 수요와 공급의 균형에 따라 자연적으로 가격이 결정되지요. 그게 시장원리입니다. 만일 제가 뭔가를 사고 싶은데 당신이 팔지 않으려 한다면 가격은 오릅니다. 반대라면 당연히 내려가고요."

"시장원리는 잘 알겠습니다. 하지만 그렇게까지 해서 제게 초상화를 맡기실 필요가 있나요? 이런 말씀은 좀 뭣합니다만, 초상화가 당장 없다고 곤란한 물건은 아니잖아요."

"그렇습니다. 없다고 곤란할 일은 없습니다. 하지만 저에겐 호기심이 있어요. 당신이 저를 그리면 어떤 초상화가 완성될까. 저는 그걸 알고 싶어요. 바꿔 말해 제 호기심에 스스로 가격을 붙인 셈이죠."

"그리고 그 호기심에는 비싼 가격이 붙고요."

그가 유쾌하게 웃었다. "호기심은 순수할수록 강력하고, 나름대로 돈이 들기 마련입니다."

"커피 드시겠습니까?" 내가 물었다.

"네, 주십시오."

"아까 커피메이커로 내려둔 건데, 괜찮을까요?"

"괜찮습니다. 블랙으로 부탁합니다."

나는 부엌으로 가서 머그잔 두 개에 커피를 따라 거실로 가져왔다.

"오페라 레코드가 무척 많군요." 멘시키가 커피를 마시면서 말했다. "오페라를 좋아하십니까?"

"저 레코드들은 제 것이 아닙니다. 이 집 주인이 두고 간 거죠. 덕분에 여기 온 뒤로 오페라를 많이 듣게 됐어요."

"주인이라면, 아마다 도모히코 씨 말씀인가요?"

"그렇습니다."

"특별히 좋아하시는 오페라가 있습니까?"

나는 잠시 생각했다. "요즘은 〈돈 조반니〉를 자주 듣습니다.

이유가 좀 있어서요."

"어떤 이유인가요? 괜찮으시면 알려줄 수 있습니까?"

"개인적인 일이에요. 별것 아닙니다."

"저도 〈돈 조반니〉를 좋아해서 자주 듣습니다." 멘시키는 말을 이었다. "한번은 프라하의 작은 가극장에서 〈돈 조반니〉를 본 적이 있어요. 공산 정권이 무너지고 얼마 안 되었을 때입니다. 아시겠지만, 프라하는 〈돈 조반니〉의 초연이 올라갔던 도시죠. 작은 극장에 오케스트라도 소규모이고 유명한 가수도 나오지 않았지만 무척 훌륭한 공연이었습니다. 가수가 대극장에서처럼 큰 목소리를 낼 필요가 없으니 매우 친밀하게 감정 표현을 할 수 있어요. 메트로폴리탄이나 스칼라 극장에서는 그러기 힘들지요. 성량이 풍부하고 유명한 가수가 필요합니다. 그러다보니 아리아를 곡예처럼 부르기도 하고요. 하지만 모차르트의 오페라 같은 작품에 필요한 것은 실내악적인 친밀함입니다. 그렇지 않습니까? 그런 의미에서 프라하의 가극장에서 본 〈돈 조반니〉는, 어쩌면 가장 이상적인 〈돈 조반니〉였는지도 모릅니다."

그는 커피를 한 모금 마셨다. 나는 아무 말 없이 그의 동작을 관찰했다.

"지금까지 세계 곳곳에서 다양한 〈돈 조반니〉를 볼 기회가 있었어요." 그는 말을 이었다. "빈에서도 보았고, 로마, 밀라노, 런던, 파리, 메트로폴리탄, 도쿄에서도 보았죠. 아바도, 러바인, 오자와, 마젤, 또 누구더라…… 조르주 프레트르였던가. 그런데 가수건 지휘자건 전부 처음 보는 사람들이었던 프라하의 〈돈 조반니〉가 희한하게 마음에 남았습니다. 공연이 끝나고 밖으로 나오니 프라하 거리에 짙은 안개가 깔려 있었어요. 당시에는 가로등도 많지 않아서 밤이 되면 완전히 캄캄했지요. 인적 없는 돌길을 정처 없이 걷다보니 오래된 동상 하나가 우뚝 서 있었습니다. 누구의 동상인지는 모릅니다. 아무튼 중세의 기사 같은 모양새였어요. 그래서 저도 모르게 그 동상을 저녁식사에 초대하고 싶어지더군요. 물론 그러지는 않았습니다만."

그는 그 대목에서 다시 웃었다.

"외국에 자주 나가시는 모양이군요?" 내가 물었다.

"일 때문에 종종 나갑니다." 그가 말했다. 그러고는 뭔가 생각난 듯이 그대로 입을 다물었다. 구체적으로 무슨 일인지는 언급하고 싶지 않은 거라고 나는 추측했다.

"그래서, 어떻습니까?" 멘시키가 내 얼굴을 똑바로 바라보면서 물었다. "제가 심사를 통과했나요? 초상화를 그려주시겠습니까?"

"심사 같은 건 없습니다. 그냥 이렇게 마주앉아 이야기를 할 뿐이죠."

"하지만 당신은 작업을 시작하기 전에 우선 고객을 만나 이야기를 하신다지요. 내키지 않는 상대의 초상화는 그리지 않는다고 들었습니다만."

나는 테라스로 눈길을 돌렸다. 난간에 커다란 까마귀 한 마리가 앉아 있다가 내 시선을 느끼기라도 한 것처럼 갑자기 반들거리는 날개를 펼치고 날아갔다.

나는 말했다. "그럴 가능성이 있을지도 모르지만, 다행히 지금껏 그렇게 내키지 않는 분을 만난 적은 없습니다."

"제가 그 첫번째 예가 되지 않아야 할 텐데요." 멘시키가 미소 지으며 말했다. 하지만 눈은 전혀 웃고 있지 않았다. 그는 진지했다.

"걱정 마세요. 기꺼이 멘시키 씨의 초상화를 그려드리죠."

"다행입니다." 그는 말했다. 그리고 잠시 뜸을 들였다. "멋대로 말씀드려도 될지 모르겠지만, 제 쪽에도 희망사항이 하나 있습니다."

나는 새삼 그의 얼굴을 똑바로 보았다. "어떤 건가요?"

"가능하다면 초상화라는 제약을 의식하지 말고 자유롭게 저를 그려주시면 좋겠습니다. 물론 이른바 초상화를 그리고 싶으시다면 그래도 상관없습니다. 지금껏 그려온 일반적인 화법으로 그려주셔도 괜찮습니다. 하지만 그게 아니라, 혹시 다른 기법으로 그려보고 싶으시다면, 전 기꺼이 환영합니다."

"다른 기법요?"

"그게 어떤 스타일이건 원하는 대로, 생각하는 대로 그려주시면 좋겠다는 뜻입니다."

"다시 말해, 피카소의 일정 시기 작품처럼 얼굴 반쪽에 눈이 두 개 달려 있거나 해도 상관없다는 뜻인가요?"

"당신이 저를 그렇게 그리고 싶다면 전혀 이의가 없습니다. 온전히 맡기겠습니다."

"그리고 그 그림을 사무실 벽에 거실 거고요."

"저는 현재 사무실이 따로 없습니다. 그러니까 아마 저희 집 서재 벽에 걸게 될 겁니다. 이의가 없으시다면요."

물론 이의는 없었다. 어느 벽이건 나에게는 별반 차이가 없다. 나는 잠시 생각한 후 말했다.

"멘시키 씨, 말씀은 무척 감사하지만 어떤 스타일이라도 좋다, 원하는 대로 자유롭게 그리라고 해서 구체적인 아이디어가 바로 떠오르진 않습니다. 저는 일개 초상화가입니다. 오랫동안 정해진 양식으로 초상화를 그려왔어요. 제약에서 벗어나라지만, 사실 제약 자체가 기법이 되어버린 면도 있습니다. 그러니까 아마 지금까지와 똑같은 방식으로, 이른바 초상화를 그리게 되지 않을까 합니다. 그래도 상관없으신가요?"

멘시키가 양팔을 벌렸다. "물론입니다. 원하는 대로 해주시면 됩니다. 자유롭게 그릴 것, 제가 바라는 건 그 한 가지입니다."

"그리고, 직접 초상화 모델을 서려면 몇 번 이 작업실에 와서 오랫동안 의자에 앉아 계셔야 합니다. 일이 바쁘실 텐데 가능한

가요?"

"시간은 언제든지 낼 수 있습니다. 직접 대면하고 그려달라는 것도 원래 제가 요청했던 부분이니까요. 이곳으로 와서, 최대한 오랫동안 꼼짝 않고 모델로 의자에 앉아 있겠습니다. 그러면서 느긋하게 대화를 나눌 수도 있을 테고요. 대화하는 건 상관없습니까?"

"물론 상관없습니다. 오히려 환영하는 바예요. 제게 멘시키 씨는 그야말로 수수께끼 같은 존재입니다. 당신을 그리려면 당신에 대한 지식이 좀더 필요할지도 모르겠습니다."

멘시키가 웃고는 조용히 고개를 가로저었다. 그가 고개를 젓자 새하얀 머리카락이 바람 부는 겨울 들판처럼 부드럽게 흔들렸다.

"아무래도 저를 과대평가하시는 것 같군요. 수수께끼 같은 건 없습니다. 저에 대해 별로 말하지 않는 건 시시콜콜한 남의 이야기 따위는 따분할 뿐이기 때문이죠."

그가 소리 없이 웃자 눈꼬리의 주름이 한층 깊어졌다. 더할 나위 없이 청결하고 솔직한 미소였다. 하지만 그것만은 아닐 거라고 나는 생각했다. 멘시키라는 인물 안에는 무언가가 은밀히 숨어 있다. 그 비밀은 자물쇠 달린 작은 상자에 담겨 땅속 깊이 묻혀 있다. 아주 오래전에 묻혔기에, 지금은 그 위에 부드러운 초록 풀이 무성하다. 그 작은 상자가 어디 묻혀 있는지 아는 이는 이 세상에서 멘시키 한 사람뿐이다. 그런 유의 비밀을 간직한 고독을, 나는 그의 미소 너머로 느끼지 않을 수 없었다.

그뒤로 이십 분쯤 더 멘시키와 마주앉아 대화를 나누었다. 언제부터 이곳에 와서 모델을 설지, 어느 정도 시간 여유가 있는지, 그런 실무적인 부분을 정했다. 그는 나가는 길에 현관 앞에서 또 자연스럽게 손을 내밀었고, 나도 자연스럽게 그 손을 잡았다. 처음과 마지막에 힘주어 악수하는 것이 멘시키 씨의 습관인 모양이었다. 그가 선글라스를 꺼내 쓰고 주머니에서 차 열쇠를 꺼내 은색 재규어(잘 훈련된 늘씬하고 덩치 큰 짐승처럼 보였다)에 올라타는 모습을, 그리고 그 자동차가 우아하게 비탈길을 내려가는 모습을 나는 창문으로 지켜보았다. 그러고는 테라스로 나가서 그가 곧 돌아갈 산머리의 하얀 집에 시선을 던졌다.

묘한 인물이라는 생각이 들었다. 절대 무뚝뚝하지는 않고, 딱히 과묵한 편도 아니다. 하지만 사실 그는 자신에 대해 아무것도 말하지 않은 것이나 마찬가지였다. 내가 얻은 지식은 그가 골짜기 맞은편의 저 근사한 저택에 산다는 것, 부분적으로 IT와 관련된 일을 한다는 것, 외국에 자주 나간다는 것 정도다. 또한 열성적인 오페라 팬이라는 점. 하지만 그외에는 거의 아무것도 모른다. 가족이 있는지 없는지, 나이는 몇 살인지, 고향이 어디인지, 언제부터 이 산 위에 살고 있는지. 생각해보니 이름도 듣지 못했다.

애당초 그는 왜 이렇게까지 열성적으로 나에게 초상화를 의뢰하려는 것일까? 물론 나에게 확고한 재능이 있어서다, 아는 사람이 보면 자명하지 않은가—가능하다면 그렇게 생각하고 싶었다. 하지만 의뢰의 동기가 그뿐이 아니라는 점은 짐작하고도 남았다. 내가 그린 초상화가 얼마간 그의 흥미를 끌었을지도 모른다. 그가 완전히 거짓말을 한 것 같지는 않았다. 그러나 나는 그 이야기를 곧이곧대로 믿을 만큼 순진한 인간이 못 된다.

그렇다면 멘시키라는 사람은 대체 나에게 무엇을 원하는 걸까? 목적이 뭘까? 나를 위해 어떤 시나리오를 준비했을까?

직접 그를 만나 얼굴을 맞대고 대화해본 뒤에도 아직 그 대답이 보이지 않았다. 오히려 수수께끼가 더 깊어졌을 뿐이다. 그는 대체 무슨 곡절로 그렇게 완벽한 백발이 되었을까? 그 순백색에는 어딘가 예사롭지 않은 구석이 있었다. 에드거 앨런 포의 단편소설에서 거대한 폭풍을 만나 하룻밤에 머리가 세어버린 어부처럼, 그도 어디선가 엄청난 공포를 겪었던 걸까.

해가 떨어지자 골짜기 맞은편의 흰색 콘크리트 저택에 불이 들어왔다. 조명은 밝고 개수도 많았다. 전기요금 따윈 아랑곳 않는 호기로운 건축가가 설계한 집 같았다. 아니면 어둠을 극단적으로 무서워하는 의뢰인이 구석구석까지 환하게 비출 수 있는 집을 지어달라고 요청했는지도 모른다. 어쨌거나 멀리서 보니 그 집은 밤바다를 조용히 나아가는 호화 여객선 같았다.

나는 어두운 테라스의 접의자에 누워 화이트와인을 홀짝이면서 그 불빛을 바라보았다. 멘시키 씨가 테라스로 나오지 않을까 기대했지만 그날은 끝내 모습을 드러내지 않았다. 하지만 그가 맞은편 테라스에 나온다고 해도 어쩌겠는가? 이쪽에서 크게 손을 흔들어 인사라도 할까?

차차 자연스럽게 여러 가지를 알게 되겠지. 그것 말고 내가 기대할 수 있는 일은 아무것도 없었다.

8
모습을 바꾼 축복

수요일 저녁, 그림교실에서 한 시간짜리 성인반을 지도한 뒤 오다와라 역 근처의 인터넷 카페에 가서 구글 검색창에 '멘시키'라고 입력했다. 그러나 멘시키라는 성을 가진 인물은 한 사람도 나오지 않았다. '운전면허免許'와 '색약色弱'이라는 단어를 포함한 기사가 산더미처럼 걸려나왔을 뿐이다. 멘시키 씨에 대한 정보는 세상에 전혀 나돌지 않는 듯했다. "익명성을 중시할 뿐입니다"라던 그의 말은 아무래도 사실인 모양이었다. 물론 '멘시키'라는 이름이 본명일 때 이야기지만, 그것까지 거짓말을 하지는 않았으리란 게 나의 직관이었다. 사는 곳까지 뻔히 알려주고서 본명을 숨긴다는 건 앞뒤가 맞지 않는다. 설령 가명을 댈 생각이었다면 어지간한 이유가 없는 한 좀더 일반적이고 평범한 이름을 골랐으리라.

집에 돌아와 아마다 마사히코에게 전화를 걸었다. 한차례 안부를 주고받은 후 골짜기 맞은편에 사는 멘시키라는 사람을 아느냐고 물어보았다. 산꼭대기의 흰색 콘크리트 저택도 설명했다. 그는 그 집을 어렴풋이 기억하고 있었다.

"멘시키?" 마사히코가 되물었다. "뭐 그런 이름이 다 있지?"

"색을 면하다, 라고 써."

"무슨 수묵화 같네."

"흰색과 검은색도 색의 일종이야." 내가 지적했다.

"이론적으로 말하면 그렇지만. 멘시키라…… 그런 이름은 들어본 적 없는 것 같은데. 게다가 골짜기 맞은편 산 위에 사는 사람을 내가 알 리 없잖아. 이쪽 산에 사는 사람들도 전혀 모르는데. 그래서, 그 사람이 너와 무슨 관계라도 있어?"

"음, 좀 그럴 일이 생겨서." 나는 말했다. "혹 네가 뭐 아는 게 없을까 했지."

"인터넷으로는 찾아봤어?"

"구글로 검색해봤는데 헛수고였어."

"페이스북 같은 SNS는?"

"아니, 그쪽은 잘 몰라서."

"네가 용궁에서 도미와 낮잠 자는 사이에 문명은 눈부시게 진보중이거든. 알았어, 내가 좀 알아보지 뭐. 뭔가 알게 되면 전화할게."

"그래주면 고맙고."

그런 다음 마사히코는 갑자기 입을 다물었다. 수화기 건너편에서 뭔가를 곰곰이 생각하는 기척이 느껴졌다.

"잠깐만. 멘시키라고 했나?" 마사히코가 말했다.

"응. 멘시키. 면세점의 면 자에 색깔의 색."

"멘시키……" 그는 되뇌었다. "전에 어디서 들은 것 같기도 한데, 그냥 내 착각인지도 몰라."

"흔치 않은 이름이니까 한번 들으면 안 잊어버릴 것 같은데."

"그래. 그래서 머릿속 한구석에 남아 있었는지도 모르지. 그런데 언제 어떤 경위로 들었는지가 기억나지 않아. 꼭 목구멍에 생선 가시가 걸린 느낌이네."

생각나면 알려달라고 나는 말했다. 마사히코는 그러겠다고 말했다.

전화를 끊고 가볍게 식사를 했다. 식사중에 유부녀 여자친구에게서 전화가 걸려왔다. 내일 오후 그쪽으로 가도 괜찮을까? 나는 괜찮다고 말했다.

"그런데, 멘시키라는 사람에 대해서 아는 것 없어?" 나는 물어보았다. "이 근처에 사는 사람인데."

"멘시키?" 그녀가 말했다. "그게 성이야?"

나는 무슨 한자를 쓰는지 설명했다.

"처음 듣는데." 그녀가 말했다.

"이 집 골짜기 맞은편에 흰색 콘크리트 집이 있잖아. 거기 사는 사람이야."

"그 집은 기억해. 테라스에서 보면 무척 눈에 띄잖아."

"그게 그 사람 집이야."

"멘시키 씨가 그 집에 산다."

"그래."

"그래서, 그 사람이 뭘 어쨌는데?"

"아무것도 안 했어. 그냥 당신이 그 사람을 아는지 궁금해서."

그녀의 목소리가 일순 어두워졌다. "혹시 나와 관계있는 일이야?"

"아니, 당신은 전혀 관계없어."

그녀는 안심한 듯이 한숨을 내뱉었다. "그럼 내일 오후에 갈게. 아마 한시 반쯤."

기다리겠다고 나는 말했다. 전화를 끊고 식사를 마저 마쳤다.

그로부터 잠시 후 마사히코에게서 전화가 왔다.

"멘시키라는 성을 가진 사람들이 가가와 현에 몇 명 있는 것 같아." 마사히코는 말했다. "어쩌면 그 멘시키 씨도 거슬러올라가면 가가와 현에 뿌리가 있는지도 모르지. 하지만 현재 오다와라에 사는 멘시키 씨에 대한 정보는 어디에도 없었어. 풀네임은 뭐야?"

"아직 못 물어봤어. 직업도 몰라. 부분적으로 IT와 관련된 일을 한다는데, 사는 정도를 봐서는 사업이 상당히 성공한 모양이야. 그 정도밖에 아는 게 없어. 나이도 모르고."

마사히코가 말했다. "그래? 그렇다면 두 손 들어야 할지도 모르겠네. 정보도 일종의 상품이니까, 돈만 잘 움직이면 자기 흔적을 깨끗이 지워버릴 수 있어. 게다가 본인이 IT 쪽에 정통하다면 더 간단할 테고."

"즉 멘시키 씨가 어떤 수를 써서 자기 흔적을 교묘히 지웠다. 그런 얘기야?"

"음, 그럴지도 몰라. 여러 사이트를 한참 검색해봤는데 한 건도 걸리지 않았어. 꽤 드물고 특이한 이름인데 전혀 나오는 게 없더라고. 희한하다면 희한하지. 넌 이런 쪽에 어두워서 잘 모르겠지만, 요즘 시대에 어느 정도 사회활동을 하는 사람이 개인정보 유출을 완전히 막기란 상당히 어려워. 너나 내 개인정보도 여기저기 나돌고 있을걸. 내가 모르는 나에 대한 정보까지 돌아다닐 정도야. 우리처럼 평범한 소시민조차 그런데, 하물며 거물이 모습을 숨기는 건 불가능에 가깝지. 우린 그런 세상에 살고 있어. 좋건 싫건 상관없이. 너, 인터넷에서 네 정보를 찾아본 적 있어?"

"아니, 한 번도 없어."

"그럼 앞으로도 안 보는 게 좋을 거야."

볼 생각도 없다고 나는 말했다.

여러 정보를 효율적으로 입수하는 것이 제 일의 일부입니다. 그런 쪽의 사업을 하고 있죠. 멘시키는 그렇게 말했다. 만약 정보를 자유로이 손에 넣을 수 있다면 그것을 마음대로 지우는 일도 가능하지 않을까.

"그러고 보니 그 멘시키라는 사람은 내가 그린 초상화를 인터넷으로 몇 점 찾아봤다고 했어." 내가 말했다.

"그래서?"

"그래서 나한테 자기 초상화를 그려달라고 의뢰해왔어. 내가 그린 초상화가 마음에 들었다면서."

"하지만 너는 이제 초상화 일은 안 한다고 거절했고, 그렇지?"

나는 가만있었다.

"혹시 아닌 거야?" 그가 물었다.

"사실은 거절하지 않았어."

"왜? 결심을 굳혔던 것 아니었어?"

"보수가 굉장히 좋았거든. 그래서 한 번쯤은 더 초상화를 그려도 괜찮겠다 싶었어."

"돈 때문에?"

"그게 큰 이유인 건 사실이야. 수입이 거의 끊긴 지 오래고, 슬슬 먹고살 궁리를 해야지. 지금은 생활비가 별로 들지 않지만 그래도 이것저것 나가는 돈이 있으니까."

"흐음. 그래서, 보수가 어느 정도인데?"

나는 금액을 알려주었다. 마사히코가 수화기에 대고 휘파람을 불었다.

"대단한걸." 그가 말했다. "아닌 게 아니라 그 정도면 받아들일 가치가 있을지도 모르겠군. 금액을 듣고 너도 놀랐을 테지?"

"응, 물론 놀랐지."

"이런 말은 좀 뭣하지만, 네가 그리는 초상화에 그만한 돈을 내겠다는 특이한 인간은 이 세상에 또 없을 거야."

"알아."

"오해하면 곤란한데, 네가 화가로서 재능이 없다는 말이 아니야. 넌 프로 초상화가로 좋은 경력을 쌓아왔고 나름대로 평판도 좋아. 미대 동기 중에 그런 식으로라도 지금까지 유화만 그려서 밥그릇을 챙기는 건 너밖에 없어. 그 밥이 어느 수준인지는 몰라도, 어쨌거나 칭찬받을 만한 일이지. 하지만 분명히 말해 넌 렘브란트도 아니고, 들라크루아도 아니고, 심지어 앤디 워홀도 아니야."

"그것도 물론 잘 알아."

"그럼 그 사람이 제시한 보수가 상식적으로 말이 안 된다는 것도 물론 알겠지?"

"물론 알아."

"그리고 그 사람은 우연히 너와 가까운 데 살고 있고."

"맞아."

"여기서 우연히, 는 상당히 낙관적인 표현이야."

나는 가만있었다.

"무슨 내막이 있을지도 몰라. 그런 생각은 안 들어?" 그가 말했다.

"나도 생각해봤어. 하지만 어떤 내막인지 짐작이 가지 않아."

"그래도 일단 일을 맡았다?"

"맡았어. 내일모레부터 시작하기로 했고."

"보수가 좋아서?"

"보수 때문인 것도 커. 하지만 그게 다는 아니야. 다른 이유도 있어." 나는 말을 이었다. "솔직히 대체 무슨 일이 일어날지 보고 싶어. 그게 더 큰 이유야. 상대가 그렇게 큰돈을 내려는 이유를 나도 확인해보고 싶어. 정말로 무슨 내막이 있다면 그게 어떤 건지 알고 싶은 거야."

"그렇군." 마사히코는 잠시 뜸을 들였다. "진전이 있으면 알려줘. 나도 좀 흥미가 생기는군. 재미있을 것 같아."

그때 문득 수리부엉이가 떠올랐다.

"깜빡했는데, 이 집 천장 위에 수리부엉이가 한 마리 살아." 나는 말했다. "조그만 잿빛 수리부엉이인데, 낮에는 들보 위에서 자고 밤이 되면 통풍구 밖으로 사냥을 나가. 언제부턴지는 모르겠지만 어쨌거나 그곳을 보금자리로 삼은 모양이야."

"천장 위?"

"가끔 천장에서 소리가 나길래 낮에 올라가서 살펴봤거든."

"흐음. 천장 위로 올라갈 수 있는 줄은 몰랐는데."

"손님방 붙박이장 천장에 문이 있어. 그리 넓지는 않아. 다락방이라고 할 정도는 아니지. 수리부엉이가 살기에는 딱 적당하지만."

"아무튼 좋은 일이네." 마사히코가 말했다. "수리부엉이가 있으면 쥐나 뱀이 꼬이지 않으니까. 게다가 집에 수리부엉이가 자리잡는 건 길조라는 얘기를 전에 어디서 들은 적 있어."

"그 길조가 거액의 초상화 의뢰 건을 가져왔는지도 모르지."

"그렇다면 좋겠지만." 그는 웃고서 말을 이었다. "Blessing in disguise라는 영어 표현 알아?"

"영어는 잘 몰라서."

"위장한 축복. 모습을 바꾼 축복. 언뜻 불행처럼 보이지만 실은 기뻐할 만한 일이라는 뜻이야. Blessing in disguise. 그리고 이 세상에는 당연히 그 반대도 있을 테지. 이론적으로는."

이론적으로는, 나는 머릿속에서 되뇌었다.

"정말로 조심하는 게 좋아." 그가 말했다.

조심하겠다고 나는 말했다.

이튿날 한시 반에 그녀가 왔다. 우리는 여느 때처럼 곧장 침대로 가서 서로를 안았다. 행위를 하는 사이 둘 다 거의 말을 하지 않았다. 그날 오후에는 비가 내렸다. 가을비답지 않게 세찬 소나기였다. 꼭 한여름 장대비 같았다. 바람에 실린 굵직한 빗방울이 창문을 두들기는 소리가 났고, 천둥도 조금 쳤던 것 같다. 두툼한 구름 떼가 골짜기를 떠나면서 비가 그치자 산의 빛깔이 몰라보게 짙어졌다. 비를 피해 모습을 감추었던 작은 새들이 일제히 나타나 소란스레 지저귀며 열심히 벌레를 찾아다녔다. 비 온 뒤는 새들에게 절호의 런치타임이다. 구름 사이로 태양이 모습을 드러내자 주위 나뭇가지에 매달린 물방울이 맑게 반짝였다. 비가 내리는 내내 우리는 섹스에 열중했다. 비가 온다는 사실도 의식하지 않다시피 했다. 그리고 한차례 행위를 마침과 거의 동시에 비가 그쳤다. 마치 그럴 채비를 하고 있었던 것처럼.

우리는 알몸에 얇은 이불을 휘감고 침대에 누운 채 이야기를 나누었다. 주로 그녀의 두 딸의 학교 성적에 대해서였다. 큰딸은 공부를 잘하고 성적도 꽤 좋았다. 큰 문제 없이 의젓했다. 반면 둘째딸은 공부를 지독히 싫어해서 도무지 책상 앞에 앉으려 들지 않았다. 대신 성격이 밝고 상당히 예쁘장했다. 겁도 없고, 주위 사람들에게 호감을 샀다. 운동도 잘했다. 아예 공부를 포기하고 연예인이나 시키는 게 좋을까? 나중에 아역 탤런트 양성 학교에나 넣어볼까 싶어.

생각해보면 묘한 일이다. 알고 지낸 지 석 달밖에 되지 않은 여자 옆에서, 만난 적도 없는 그녀의 딸들 이야기에 귀를 기울이고 있다. 심지어 진로상담까지 한다. 둘 다 실오라기 하나 걸치지 않고서. 그렇다고 기분이 썩 나쁘지는 않았다. 거의 미지의 인간이라 해도 좋을 누군가의 생활을 우연히 엿보는 일. 앞으로 절대 관계할 일이 없을 사람들과 부분적으로 접촉하는 일. 그 정경은 바로 눈앞에 있으면서도 아득히 멀다. 이야기를 하면서 그녀는 말랑해진 내 페니스를 만지작거렸고, 이윽고 그것은 다시 조금씩 딱딱해지기 시작했다.

"요즘에는 그림 그려?" 그녀가 물었다.

"그렇지도 않아." 나는 솔직하게 말했다.

"창작 의욕이 잘 안 생기는 거야?"

나는 말을 흐렸다. "……어쨌든 내일부터는 의뢰받은 일을 시작해야 해."

"의뢰를 받아서 그림을 그려?"

"응. 가끔은 돈벌이를 해야 하니까."

"어떤 의뢰인데?"

"초상화를 그려."

"혹시, 어제 전화로 말했던 멘시키 씨라는 사람의 초상화?"

"맞아." 나는 말했다. 그녀는 묘하게 감이 날카로운 편이라 때때로 나를 놀라게 했다.

"그래서 그 멘시키 씨라는 사람에 대해 알고 싶은 거고?"

"지금으로서는 수수께끼 같은 사람이야. 한 번 만나기는 했는데 어떤 사람인지 도무지 모르겠어. 그림을 그리는 입장에서는 내가 지금부터 그리는 대상이 어떤 사람인지 나름 흥미가 있어."

"본인한테 물어보면 되잖아."

"물어본다고 솔직하게 알려주리란 법은 없지." 내가 말했다. "자기한테 유리한 얘기만 할지도 모르고."

"내가 알아봐줄 수 있는데." 그녀가 말했다.

"알아볼 방법이 있어?"

"짐작 가는 데가 좀 있기는 해."

"인터넷에는 전혀 나오지 않던데."

"인터넷은 정글에서는 별 쓸모가 없어." 그녀가 말했다. "정글에는 정글의 통신망이 있거든. 이를테면 북을 두드린다거나, 원숭이 목에 메시지를 달아 보낸다거나."

"정글은 잘 모르겠네."

"문명의 기기가 제 기능을 못할 때는 북과 원숭이를 시험해볼 가치가 있지."

그녀의 부드럽고 분주한 손끝에서 내 페니스가 충분히 단단해졌다. 이어서 그녀는 입술과 혀를 교묘하고 탐욕스럽게 움직였고, 우리 사이에는 한동안 의미심장한 침묵의 시간이 내려앉았다. 새들이 지저귀면서 생명을 영위하기 위해 부지런히 돌아다니는 사이 우리는 두번째 섹스에 착수했다.

중간 휴식을 포함한 긴 섹스를 끝내자 우리는 침대에서 나와 나른한 동작으로 각자 바닥에 떨어진 옷을 주워 입었다. 그러고는 테라스로 나가 따뜻한 허브티를 마시며 골짜기 맞은편의 흰색 콘크리트 저택을 바라보았다. 빛바랜 나무 접의자에 나란히 앉아, 싱싱한 습기를 머금은 산 공기를 깊숙이 들이마셨다. 남서쪽 잡목림 사이로 손바닥만한 바다가 눈부시게 반짝였다. 광대한 태평양의 아주 작은 한 조각이다. 주위의 산줄기는 이미 가을빛으로 물들어 있다. 노랑과 빨강의 치밀한 그러데이션. 그 사이로 일군의 상록수가 초록색 덩어리를 이루고 끼어 있다. 그 선명한 색의 혼합이 멘시키 씨가 사는 콘크리트 집의 순백색을 한층 도드라지게 했다. 거의 결벽에 가까운 그 흰색은 앞으로 어떤 것에도—비바람과 흙먼지에도, 하물며 시간에도—더럽혀지지 않고 멸시당하지 않을 것처럼 보였다. 흰색도 색의 일종이다, 나는 의미도 없이 생각했다. 결코 색을 잃은 것은 아니다. 우리는 오랫동안 말없이 접의자에 앉아 있었다. 침묵은 극히 자연스럽게 그곳에 존재했다.

"하얀 저택에 사는 멘시키 씨." 한참 뒤에 그녀가 입을 열었다. "어쩐지 즐거운 동화의 첫머리 같은걸."

그러나 내 앞에 준비되어 있던 것은 '즐거운 동화' 같은 게 아니었다. 모습을 바꾼 축복도 아니었다. 그리고 그 사실이 밝혀졌을 무렵에는 이미 돌이킬 수 없는 곳까지 다다라 있었다.

9

서로의 일부를 교환하는 일

금요일 오후 한시 반, 멘시키가 예의 재규어를 몰고 왔다. 가파른 비탈길을 올라오는 굵은 엔진음이 점점 가까워지더니 집 앞에서 멈췄다. 멘시키는 지난번처럼 중후한 소리를 내며 차문을 닫고, 선글라스를 벗어 재킷 앞주머니에 넣었다. 모든 것이 지난번과 똑같은 반복이었다. 다만 이번에는 흰색 폴로셔츠 위에 청회색 면 재킷, 크림색 치노바지에 갈색 가죽 스니커를 신었다. 코디를 보면 그대로 패션 잡지에 실려도 손색이 없을 정도였지만 그렇다고 '빈틈없는' 인상은 아니었다. 멋을 부린 티가 나지 않고, 지극히 자연스럽고 청결했다. 그리고 그 풍성한 머리칼은 그가 사는 집의 외벽에 필적할 만큼 완벽한 순백이었다. 나는 이번에도 창문 커튼 사이로 그 모습을 관찰했다.

현관 초인종이 울리자 나는 문을 열고 그를 맞았다. 그는 이번에는 악수를 청하지 않았다. 내 눈을 보고 가볍게 웃으며 고개를 살짝 숙였을 뿐이다. 나는 적잖이 안도했다. 만날 때마다 힘주어 악수를 해야 할까봐 내심 불안했던 것이다. 지난번처럼 그를 거실로 안내해 소파 자리를 권했다. 그리고 부엌에서 막 내린 커피 두 잔을 가져왔다.

"어떻게 입고 와야 할지 모르겠더군요." 그는 변명처럼 말했다. "이런 복장이면 될까요?"

"지금은 어떻게 입으시건 상관없습니다. 옷차림은 제일 마지막에 생각해도 되니까요. 양복 차림이건, 반바지에 샌들이건, 나중에 얼마든지 조정할 수 있습니다."

스타벅스 종이컵을 들고 있건, 하고 나는 속으로 덧붙였다.

멘시키가 말했다. "그림 모델이란 참 긴장되는 일이군요. 옷을 벗을 필요가 없다는 걸 알면서도 이상하게 알몸이 돼버린 느낌이 들어요."

나는 말했다. "어떻게 보면 그럴지도 모릅니다. 그림 모델은 종종 벌거벗겨지는 일이니까요—많은 경우 실제로, 가끔은 비유적으로요. 화가는 눈앞에 있는 모델의 본질을 조금이라도 더 깊이 꿰뚫어보려 합니다. 다시 말해 모델이 걸친 겉모습이라는 외피를 벗겨나가야 하는 거죠. 그러려면 물론 화가에게 뛰어난 안력과 날카로운 직관이 필요하고요."

멘시키는 무릎 위에 양손을 벌리고 잠시 점검하듯이 내려다보았다. 그러고는 고개를 들고 말했다. "보통은 직접 모델을 세우지 않고 초상화를 그린다던데요."

"그렇습니다. 의뢰하신 분과 한 번 만나서 허물없이 이야기를 나누긴 하지만, 직접 모델로 세우지는 않습니다."

"그러는 데는 무슨 이유가 있습니까?"

"특별한 이유는 없어요. 그저 경험상 그편이 작업하기 수월해서요. 첫 만남 때 최대한 의식을 집중해서 상대의 모습과 표정의 움직임, 버릇이나 성향 같은 것을 파악하고 머릿속에 단단히 새겨둡니다. 그러면 나중에 기억으로부터 형상을 재생해갈 수 있어요."

멘시키는 말했다. "무척 흥미롭군요. 간단히 말하자면 뇌리에 새긴 기억을 훗날 이미지로 불러내 작품으로 재현한다는 건가요. 그런 재능이 있으시군요. 특출한 시각적 기억력 같은 것이."

"재능이라고 할 정도는 아닙니다. 그냥 능력이나 기능이라고 하는 편이 가깝겠죠."

"어쨌건." 그가 말을 이었다. "당신이 그린 초상화를 몇 점 보고 일반적인 초상화—그러니까 순수한 상품으로서 이른바 초상화—하고는 무언가 다르다고 절감한 게 그 때문인지도 모르겠군요. 재현성의 신선함이랄까……"

그는 커피를 한 모금 마시고 재킷 호주머니에서 엷은 크림색 리넨 손수건을 꺼내 입을 닦았다. 그러고는 말했다.

"하지만 이번에는 특별히 모델을 세워서—다시 말해 저를 앞에 놓고—초상화를 그리게 되었군요."

"그렇습니다. 멘시키 씨가 그걸 원하셨으니까요."

그는 고개를 끄덕였다. "사실대로 말씀드리면 호기심이 좀 생겼어요. 내 눈앞에서 나 자신의 모습이 그림에 담기면 과연 어떤 기분일까. 저는 그걸 체험해보고 싶었지요. 그저 그려지는 데 그치지 않고 하나의 교류를 체험하고 싶었습니다."

"교류요?"

"저와 당신 사이의 교류 말이죠."

나는 잠시 침묵했다. 교류라는 표현이 구체적으로 무엇을 뜻하는지 곧바로 알 수 없었기 때문이다.

"서로의 일부를 교환하는 겁니다." 멘시키가 설명했다. "저는 저의 뭔가를 내주고, 당신은 당신의 뭔가를 내줍니다. 물론 꼭 중요한 것일 필요는 없어요. 간단한 것, 증표 같은 것이면 돼요."

"아이들이 예쁜 조개껍데기를 교환하는 것처럼 말인가요?"

"그렇습니다."

나는 그 말을 잠시 생각해보았다. "흥미로운 이야기이긴 한데, 그쪽에 내어드릴 만큼 훌륭한 조개껍데기가 저에게 있는지는 잘 모르겠군요."

멘시키가 말했다. "마음이 썩 편치 않은 일입니까? 당신이 혹시 보통 모델을 세우지 않고 작업하는 건 그런 교류나 교환을 의도적으로 멀리하기 위해서인가요? 그렇다면 저는……"

"아뇨, 그렇지 않습니다. 굳이 그럴 필요가 없어서 모델을 세우지 않을 뿐이지 인간적인 교류를 멀리하는 건 결코 아니에요. 저도 오랫동안 그림을 공부해온 사람이고, 모델을 써서 그림을 그린 적은 셀 수 없이 많습니다. 만일 한두 시간 꼼짝 않고 딱딱한 의자에 앉아 있는 고역을 마다하지 않으신다면, 멘시키 씨를 모델로 세우고 그림을 그리는 데 전혀 이의가 없습니다."

"그럼 됐습니다." 멘시키는 위를 향해 펼친 양손을 가볍게 들어 보였다. "괜찮으시다면 슬슬 그 고역에 돌입해볼까요."

우리는 작업실로 옮겼다. 식탁 의자를 가져와 멘시키를 앉히고 원하는 자세를 취하게 했다. 나는 그와 마주보고 낡은 나무 스툴(아마다 도모히코가 그림을 그릴 때 쓰던 것인 듯했다)에 앉아 부드러운 연필로 스케치를 시작했다. 그의 얼굴을 캔버스에 어떤 식으로 조형할지 대략적으로나마 기본 방침을 정해두어야 했다.

"가만히 앉아 있으려니 따분하시죠. 음악이라도 들으시겠습니까?" 나는 그에게 물었다.

"방해가 되지 않는다면 뭔가 듣고 싶군요." 멘시키가 말했다.

"거실 레코드장에서 마음에 드는 걸로 골라오시죠."

그는 오 분 정도 레코드장을 둘러본 끝에 게오르그 숄티가 지휘한 리하르트 슈트라우스의 〈장미의 기사〉를 골라왔다. 넉 장짜리 LP 박스다. 오케스트라는 빈 필하모닉, 가수는 레진 크레스팽과 이본 민턴.

"〈장미의 기사〉를 좋아하십니까?" 그가 내게 물었다.

"아직 들어보지 못했습니다."

"〈장미의 기사〉는 묘한 오페라입니다. 물론 오페라니까 줄거리도 중요하지만, 설령 줄거리를 모르더라도 소리의 흐름에 몸을 맡기면 그 세계에 완벽하게 감싸이는 기분이 들어요. 리하르트 슈트라우스가 절정기에 도달했던 지복의 세계에 말이죠. 초연 당시는 회고적이다, 퇴영적이다 하는 비판도 많았지만 알고 보면 대단히 혁신적이고 분방한 작품이에요. 바그너의 영향이 느껴지면서도 그만의 불가사의한 음악세계가 펼쳐져 있습니다. 일단 마음에 들게 되면 중독성이 있죠. 저는 카라얀과 에리히 클라이버가 지휘한 버전을 즐겨 듣는데, 숄티의 지휘로는 아직 들어본 적이 없습니다. 괜찮으시다면 이 기회에 꼭 들어보고 싶은데요."

"물론 괜찮습니다. 들어보죠."

그는 레코드를 턴테이블에 걸고 바늘을 내렸다. 그리고 앰프의 볼륨을 주의깊게 조절했다. 그러고는 의자로 돌아가 적정한 자세를 잡고 스피커에서 흘러나오는 음악에 의식을 집중했다. 나는 몇 가지 각도에서 그 얼굴을 재빨리 스케치북에 데생했다. 그의 얼굴은 단정하고 개성이 있어서 하나하나 세부적인 특징을 잡아내기가 그다지 어렵지 않았다. 삼십여 분 사이에 각기 다른 각도로 다섯 장의 데생을 완성했다. 하지만 그것들을 새삼 바라보자니 일종의 묘한 무력감이 엄습했다. 그의 얼굴이 지닌 특징을 적확하게 집어내기는 했지만 '잘 그린 그림' 이상의 무언가가 보이지 않았기 때문이다. 모든 요소가 불가사의할 정도로 얄팍하고, 피상적이고, 그에 따라야 할 깊이가 느껴지지 않았다. 길거리에서 그려주는 캐리커처와 별다를 바 없었다. 몇 장 더 시도해보았지만 결과는 마찬가지였다.

드문 일이었다. 나는 누군가의 얼굴을 화폭에 재구성하는 작업에 오랜 경험을 쌓아왔고 나름대로 자부심도 있었다. 인물을 앞에 두고 연필이나 붓을 쥐면 별 고생 않고도 몇 가지 이미지가 머릿속에 자연히 떠올랐다. 그림의 구도를 정하지 못해 애먹은 적은 거의 없다. 하지만 이번에는, 멘시키라는 남자 앞에서는, 마땅히 있어야 할 이미지가 하나도 초점을 맺지 못했다.

중요한 무언가를 내가 놓쳤는지도 모른다. 그렇게 생각하는 수밖에 없었다. 멘시키가 그것을 내 눈에 띄지 않도록 교묘히 감추고 있는지도 모른다. 아니면 애초에 그에게는 그런 것이 존재하지 않는지도.

넉 장짜리 〈장미의 기사〉의 첫 장 B면이 끝났을 즈음 나는 포기하고 스케치북을 덮은 뒤 연필을 테이블에 올려놓았다. 플레이어의 카트리지를 올리고 레코드를 꺼내 박스에 넣었다. 그리고 손목시계를 내려다보고 한숨을 쉬었다.

"멘시키 씨는 그리기 무척 어렵네요." 나는 솔직하게 말했다.

그는 놀란 듯이 내 얼굴을 보았다. "어렵다고요?" 그가 물었다. "제 얼굴에 조형적으로 무슨 문제가 있어서인가요?"

나는 가볍게 고개를 가로저었다. "아뇨, 그런 건 아닙니다. 얼굴에는 물론 아무 문제도 없습니다."

"그럼 어디가 어려운 거죠?"

"저도 모르겠습니다. 그저 어렵다고 느낄 뿐이에요. 아니면 우리 사이에는 말씀하시는 '교류'가 아직 좀 부족한지도 모르겠습니다. 조개껍데기가 충분히 교환되지 않았다고 할까요."

멘시키는 약간 곤란한 듯한 미소를 짓고 말했다. "제가 할 수 있는 일이 있을까요?"

나는 스툴에서 일어나 창가로 가서 잡목림 위를 날아가는 새들을 바라보았다.

"멘시키 씨, 괜찮으시다면 자신에 대한 정보를 좀더 줄 수 있겠습니까? 생각해보면 저는 멘시키 씨에 대해 아무것도 모르는 것이나 마찬가지예요."

"물론 좋습니다. 저 자신에 대해 특별히 숨기는 건 없으니까요. 기상천외한 비밀 같은 것도 없습니다. 대부분은 알려드릴 수 있어요. 예를 들어 어떤 정보를 말씀하시나요?"

"예를 들어, 풀네임도 아직 듣지 못했습니다."

"그랬군요." 그는 조금 놀란 얼굴로 말했다. "그러고 보니 그래요. 이야기에 정신이 팔려서 깜빡했습니다."

그는 바지 주머니에서 검은색 가죽 명함지갑을 꺼내들었다. 나는 그 안에서 나온 명함 한 장을 받아들고 내려다보았다. 도톰하고 새하얀 종이였다.

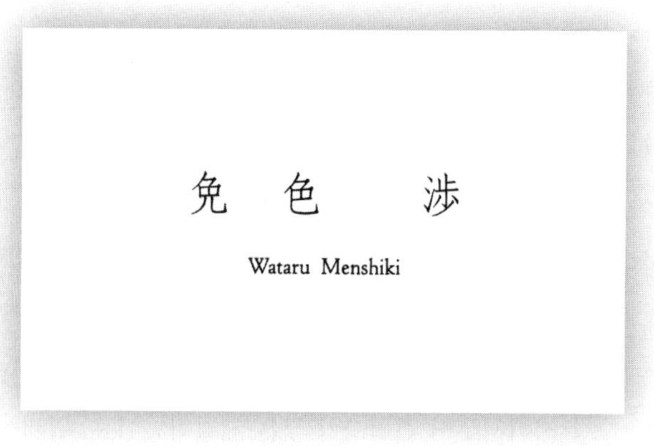

免 色 渉

Wataru Menshiki

뒷면에는 가나가와 현의 주소와 전화번호, 이메일 주소가 적혀 있었다. 그것뿐이다. 회사 이름이나 직함은 없다.

"강을 건너다, 할 때의 와타루渉입니다." 멘시키가 설명했다.

"어째서 이런 이름을 갖게 되었는지는 모릅니다. 지금까지 물과는 별로 상관없는 인생을 살아왔거든요."

"멘시키라는 성도 흔치는 않지요."

"뿌리가 시코쿠라고 들었는데, 저 자신은 그곳과 전혀 연이 없습니다. 도쿄에서 태어나 도쿄에서 자랐어요. 학교도 쭉 도쿄에서 다녔고. 우동보다는 메밀국수를 좋아하고 말이죠." 멘시키는 그렇게 말하고 웃었다.

"나이를 여쭤봐도 될까요?"

"물론입니다. 지난달에 쉰넷이 됐습니다. 대충 몇 살쯤으로 보이던가요?"

나는 고개를 저었다. "솔직히 말해 전혀 짐작이 안 됐어요. 그래서 여쭤본 겁니다."

"아마 이 백발 탓일 테죠." 그는 소리 없이 웃고 말했다. "백발이니 도무지 나이를 모르겠다고들 합니다. 공포를 겪고 하룻밤새 백발이 된다는 이야기가 종종 있지요. 저도 혹시 그런 경우냐는 질문을 자주 받는데, 그렇게 드라마틱한 경험은 한 적 없습니다. 그냥 젊어서부터 흰머리가 많은 체질이었어요. 벌써 사십대 중반에 거의 하얘졌고요. 희한하지요. 할아버지도, 아버지도, 형 둘도 다 머리가 벗어졌거든요. 가족 중에 이런 백발은 저뿐입니다."

"불편하지 않으면 알려주시면 좋겠는데, 구체적으로 어떤 일을 하십니까?"

"불편할 건 전혀 없습니다. 그냥 뭐랄까, 이야기를 꺼내기 쉽지 않았어요."

"말씀하기 싫으시다면……"

"아뇨, 말하기 싫은 게 아니라 약간 창피할 뿐입니다." 그는 말을 이었다. "실은 지금은 아무 일도 하지 않습니다. 실업수당만 받지 않을 뿐이지 공식적으로는 무직의 몸입니다. 하루에 몇 시간, 서재에서 인터넷상으로 주식과 외환을 거래하지만 대단한 양은 아닙니다. 도락이랄까, 심심풀이 정도죠. 머리를 쓰는 훈련 삼아서 하는 겁니다. 피아니스트가 매일 음계 연습을 하는 것처럼요."

멘시키는 가볍게 심호흡을 하고 다리를 바꿔 꼬았다. "한때 IT 관련 회사를 설립해서 경영했는데, 얼마 전 생각한 바가 있어 보유 주식을 전부 대기업 통신사에 매각하고 은퇴했습니다. 덕분에 한동안 아무것도 하지 않고도 먹고살 만한 자금이 생겼습니다. 그래서 도쿄의 집을 팔고 이쪽으로 옮겨왔죠. 간단히 말하자면 은거한 셈입니다. 돈을 금융기관 몇 곳에 분산해두고, 환율 변동에 따라 이동시키며 소소한 이익을 얻습니다."

"그렇군요." 나는 말했다. "가족은요?"

"가족은 없습니다. 결혼한 적도 없고요."

"저 큰 집에 혼자 사시는 겁니까?"

그가 고개를 끄덕였다. "혼자 삽니다. 지금은 일해주는 사람도 없습니다. 오랫동안 혼자 살아서 집안일을 하는 데 익숙하고, 특별히 불편한 점도 없어요. 다만 집이 꽤 크다보니 청소는 도저히 혼자 할 수 없어서 일주일에 한 번 전문 청소업체의 서비스를 받지요. 그것 말고는 대개 스스로 합니다. 당신은 어떻습니까?"

나는 고개를 가로저었다. "혼자 산 지 일 년도 되지 않았으니, 아직 아마추어인 셈이죠."

멘시키는 가볍게 고개를 끄덕일 뿐 아무런 질문도 하지 않고 의견도 말하지 않았다. 대신 "그런데, 아마다 도모히코 씨와 친하십니까?"라고 물었다.

"아뇨, 아마다 씨를 직접 만나본 적은 한 번도 없습니다. 그분 아들과 미대 동기라서, 집이 비어 있으니 들어와 살지 않겠느냐는 제안을 받았어요. 마침 저도 이런저런 사정으로 갈 곳이 없었던 터라 당분간 신세를 지기로 했죠."

멘시키는 가볍게 몇 번 고개를 끄덕였다. "이 근방은 일반 직장인이 살기에는 몹시 불편하지만, 여러분 같은 사람한테는 훌륭한 환경이겠죠."

나는 쓴웃음을 짓고 말했다. "같은 화가라고 해도 아마다 도모히코 씨와 저는 수준이 너무 다릅니다. 나란히 놓고 봐주시니 황송할 따름이네요."

멘시키가 고개를 들고 진지한 눈빛으로 나를 보았다. "아뇨,

그건 아직 모르는 일이죠. 당신도 훗날 유명한 화가가 될지 모릅니다."

특별히 대꾸할 말이 없어서 나는 침묵을 지켰다.

"사람은 때때로 크게 변하곤 합니다." 멘시키는 말을 이었다. "자기 스타일을 대담하게 깨뜨리고 그 잔해 속에서 힘차게 재생하기도 하지요. 아마다 도모히코 씨도 그랬어요. 젊은 시절에는 서양화를 그렸지요. 알고 계시죠?"

"알고 있습니다. 전쟁 전에는 서양화 유망주였죠. 그런데 빈 유학을 마치고 온 후 갑자기 일본화로 전향해서 전쟁이 끝난 뒤 눈부신 성공을 거뒀고요."

멘시키가 말했다. "전 누구나 인생에서 그렇게 대담한 전환이 필요한 시기가 있다고 봅니다. 그런 포인트가 찾아오면 재빨리 그 꼬리를 붙들어야 합니다. 단단히 틀어쥐고, 절대 놓쳐서는 안 돼요. 세상에는 그 포인트를 붙들 수 있는 사람과 붙들지 못하는 사람이 있습니다. 아마다 도모히코 씨는 전자였죠."

대담한 전환. 그 말을 듣자 문득 〈기사단장 죽이기〉의 광경이 떠올랐다. 기사단장을 찔러 죽이는 청년.

"일본화를 잘 아십니까?" 멘시키가 내게 물었다.

나는 고개를 저었다. "문외한이나 마찬가지입니다. 대학 시절 미술사 수업에서 배우긴 했지만 대단한 지식은 아니죠."

"굉장히 초보적인 질문입니다만, 전문적으로는 일본화를 어떻게 정의합니까?"

나는 말했다. "일본화를 정의하기란 그리 간단하지 않습니다. 보통은 아교, 안료, 박을 주재료로 한 그림을 일본화로 분류하죠. 도구도 브러시가 아니라 붓이나 솔을 쓰고요. 다시 말해 일본화는 주로 사용된 화구에 따라 정의되는 그림이라 할 수 있어요. 물론 예부터 내려오는 전통 기법을 계승한다는 특징도 있지만, 아방가르드 기법을 쓴 일본화도 많고, 색채에도 새로운 소재가 활발하게 도입되곤 합니다. 즉 갈수록 정의하기가 모호해지는 셈이죠. 하지만 아마다 도모히코 씨의 작품은 전적으로 고전적인, 이른바 일본화입니다. 전형적이라고 해도 좋을 겁니다. 물론 스타일은 틀림없이 그분의 독자적인 것이지만, 기법 면에서 본다면요."

"화구나 기법에 따른 정의가 모호해지면 그뒤에 남는 건 정신성뿐이다, 이런 뜻인가요?"

"그렇다고도 할 수 있습니다. 하지만 일본화의 정신성은 누구도 그리 간단하게 정의할 수 없을 겁니다. 애초에 일본화의 성립부터가 절충적인 성격을 띠니까요."

"절충적이라시면?"

나는 기억의 바닥을 더듬어 미술사 수업에서 들은 내용을 떠올렸다. "19세기 후반 메이지유신이 있었죠. 당시 서양의 다양한 문화와 더불어 회화가 일본에 밀려들어왔는데, 그때까지 '일본화'라는 장르는 사실상 존재하지 않았어요. 아니, '일본화'라는 명칭조차 없었죠. '일본'이라는 국명이 거의 사용되지 않았던 것과 마찬가지로요. 외래의 서양화가 등장하자 그것에 대항할 대상, 그것과 구별할 존재로서 비로소 '일본화'라는 개념이 생겨난 겁니다. 그전까지 다양하게 존재하던 회화 스타일이 편의적, 의도적으로 '일본화'라는 새로운 이름으로 한데 묶인 거지요. 물론 여기서 제외되면서 쇠퇴한 분야도 있었죠. 예를 들면 수묵화처럼. 또한 메이지 정부는 이 '일본화'를 서구 문화와의 균형을 꾀하기 위한 일본 문화의 아이덴티티, 일명 '국민 예술'로 확립하고 육성하려 했어요. 요컨대 일본화가 '화혼양재'*의 '화혼'에 걸맞다고 본 거죠. 병풍이나 창호, 식기 등에 그려졌던, 그전까지는 생활 디자인이나 공예 디자인으로 취급됐던 것들이 표구되어 미술전에 걸리게 됐어요. 바꿔 말해 생활 속의 자연스러운 화풍이 서구 시스템에 맞춰 이른바 '미술품'으로 격상된 셈이지요."

나는 그쯤에서 말을 끊고 멘시키의 얼굴을 보았다. 그는 진지하게 귀를 기울이는 눈치였다. 나는 이야기를 계속했다.

"오카쿠라 덴신**이나 페놀로사***가 그런 운동의 중심이었죠. 이

* 和魂洋才. 일본 근대화 시기의 구호로, 고유의 정신을 지키면서 서양 문화를 수용해 양자를 조화시킨다는 뜻.

** 메이지 시대에 활약한 사상가.

*** 미국의 미술 연구가.

것은 그 시대에 급속히 행해졌던, 일본 문화의 대대적인 재편성의 눈부신 성공 사례로 볼 수 있습니다. 음악이나 문학, 사상 쪽에서도 대체로 비슷한 작업이 이뤄졌어요. 당시의 일본인은 무척 바빴을 거예요. 단기간에 해치워야 할 중요한 작업이 산처럼 쌓여 있었으니. 지금 보면 제법 재주 좋고 교묘하게 해낸 것 같아요. 서구적 부분과 비서구적 부분의 융합과 공존이 전반적으로 원활하게 이뤄졌죠. 일본인은 원래부터 그런 작업에 소질이 있었는지도 몰라요. 따라서 일본화는 본래 정의된 바가 없는 것이나 마찬가지입니다. 어디까지나 막연한 합의에 바탕을 둔 개념일 뿐이라고 봐야죠. 처음부터 정확히 선을 그어 구분한 것이 아니라, 말하자면 외압과 내압에 의해 결과적으로 생겨난 접면接面이라 할 수 있어요."

멘시키는 그 이야기를 진지하게 생각하는 눈치였다. 잠시 후 그가 말했다. "막연할지언정 나름대로 필연성이 있었던 합의, 라는 뜻인가요?"

"그렇습니다. 필요성에 따라 생겨난 합의요."

"고정된 본래의 틀이 없다는 것이 일본화의 강점인 동시에 약점이기도 하다, 그런 식으로 해석해도 괜찮을까요?"

"그렇게 볼 수 있을 겁니다."

"하지만 우리는 대부분 어떤 그림을 보면 아아, 이건 일본화구나, 하고 자연스럽게 인식합니다. 그렇죠?"

"그렇습니다. 고유한 수법은 분명 존재합니다. 경향이나 톤이라는 게 있죠. 암묵적인 공통의 인식 같은 것도요. 하지만 그것을 언어로 정의하기란 상당히 어렵습니다."

멘시키는 잠깐 침묵했다가 입을 열었다. "혹시 어떤 그림이 비서구적이라면, 일본화의 양식을 지녔다는 뜻이 될까요?"

"꼭 그렇다고 할 수는 없겠죠." 나는 대답했다. "원리적으로는 비서구적 양식을 지닌 서양화도 존재할 테니까요."

"그렇군요." 그는 말했다. 그러고는 고개를 가볍게 갸웃했다. "그런데 만약 그것이 일본화라면, 많건 적건 어떤 비서구적 양식을 담고 있다고는 말할 수 있습니까?"

나는 그 말을 생각해보았다. "듣고 보니 그럴 수도 있겠습니다. 그런 식으로 생각해본 적은 별로 없지만."

"자명하되 그 자명성을 언어화하기는 어렵다."

나는 동의하듯이 고개를 끄덕였다.

그는 한 박자 쉬고 말을 이었다. "생각해보니 그건 타자와 대면하는 자신을 정의하는 일과도 통하는 데가 있을 것 같군요. 자명하되 그 자명성을 언어화하기는 어렵다. 말씀대로 '외압과 내압에 의해 결과적으로 생긴 접면'으로 받아들이는 수밖에 없겠습니다."

멘시키는 말을 마치고 엷게 웃었다. "무척 흥미롭군요"라고 혼잣말처럼 작게 덧붙였다.

우리가 대체 무슨 이야기를 하고 있는 걸까, 나는 문득 생각했다. 나름대로 흥미로운 화제이기는 하다. 그러나 이런 대화가 그에게 어떤 의미가 있단 말인가? 단순한 지적 호기심? 아니면 내 지식을 시험하는 걸까? 만약 그렇다면 대체 무슨 의도로?

"참고로 저는 왼손잡이입니다." 멘시키가 문득 생각난 듯이 말했다. "쓸모가 있을지는 모르겠지만, 그래도 저라는 인간에 관한 하나의 정보일 수는 있겠죠. 오른쪽 왼쪽 아무데로나 가라면 저는 늘 왼쪽을 선택합니다. 그게 습관이죠."

세시가 다 되었을 때 우리는 다음 약속을 잡았다. 사흘 후 월요일, 오후 한시에 그가 이 집에 오기로 했다. 오늘처럼 두 시간 정도 작업실에서 함께 보내며, 그때 다시 데생을 시도해보기로.

"서두를 건 없습니다." 멘시키가 말했다. "처음에 말씀드렸듯이 원하는 만큼 시간을 들여주세요. 저는 시간이 얼마든지 있으니까요."

그러고 나서 멘시키는 돌아갔다. 나는 그가 재규어를 타고 사라지는 모습을 창가에서 지켜보았다. 그날 그린 몇 장의 데생을 잠시 들여다보다가 고개를 저으며 내려놓았다.

집안은 몹시 조용했다. 혼자가 되니 침묵의 무게가 단번에 늘어난 것 같았다. 테라스로 나가보니 바람은 없고 공기가 젤리처럼 농밀하고 차가웠다. 비가 올 것 같았다.

나는 거실 소파에 앉아 멘시키와 나눈 대화를 차례차례 떠올렸다. 초상화 모델을 서는 일. 슈트라우스의 오페라 〈장미의 기사〉. IT 관련 회사를 설립하고, 주식을 팔아 목돈을 손에 넣은 뒤 일찍 은퇴했다. 커다란 저택에 혼자 산다. 이름은 와타루. '강을 건너다'의 '와타루'. 줄곧 독신이고 젊은 나이에 백발이 되었다. 왼손잡이이고, 현재 나이는 쉰네 살. 아마다 도모히코의 인생, 대담한 전환, 기회의 꼬리를 붙들고 놓지 않는 것. 일본화의 정의. 그리고 마지막으로, 자신과 타자의 관계에 관한 고찰.

그는 대체 내게 뭘 원할까?

그리고 나는 왜 그를 제대로 그리지 못하는 걸까?

이유는 간단하다. **내가 그의 존재의 중심에 있는 것을 아직 파악하지 못했기 때문이다.**

그와 대화한 후 마음이 이상할 정도로 혼란스러워졌다. 동시에 멘시키라는 인간에 대한 호기심은 내 안에서 더욱 강렬해지고 있다.

삼십 분쯤 지나 굵은 빗방울이 떨어지기 시작했다. 작은 새들은 이미 어디로 사라지고 보이지 않았다.

10

우리는 무성하게 자란 초록 풀을 헤치고

내가 열다섯 살 때 누이동생이 죽었다. 느닷없는 죽음이었다. 그애는 그때 열두 살, 중학교 1학년이었다. 선천적으로 심장에 문제가 있었지만 초등학교 고학년 무렵부터는 증세라고 할 만한 것이 별로 나타나지 않아서 가족들은 얼마간 안심했다. 이대로 아무 일 없이 인생이 계속되지 않을까 하는 어렴풋한 기대를 품었다. 하지만 그해 5월경부터 갑자기 심장박동이 불규칙하게 거세지는 빈도가 늘었다. 특히 누워 있을 때 자주 그래서 제대로 잠들지 못하는 날이 많았다. 대학병원에서 진찰을 받았지만 아무리 정밀검사를 해보아도 지금까지와 달라진 부분을 찾아내지 못했다. 근본적인 문제는 이미 수술로 제거했는데 말이죠, 하며 의사들은 고개를 갸웃했다.

"되도록 격렬한 운동을 피하고 규칙적인 생활을 하세요. 그러면 차차 가라앉을 겁니다." 의사는 말했다. 아마 그렇게밖에 말할 수 없었으리라. 그리고 약을 몇 가지 처방해주었다.

하지만 부정맥은 호전되지 않았다. 나는 식탁 맞은편에 앉은 동생의 가슴을 보며 그 안에 있을 불완전한 심장을 곧잘 상상했다. 그애의 가슴이 조금씩 부풀기 시작한 즈음이었다. 심장에 문제가 있다 해도 육체는 착실하게 성숙의 길을 나아갔다. 나날이 봉긋해지는 동생의 가슴을 보면 왠지 신기했다. 얼마 전만 해도 작은 어린아이였던 동생이 어느 날 갑자기 초경을 맞고 가슴의 형태가 서서히 잡혀간다. 하지만 내 동생은 그 작은 가슴 속에 결함을 지닌 심장을 안고 있다. 그리고 그 결함은 전문의도 정확히 밝혀내지 못한다. 그 사실이 항상 내 마음을 어지럽혔다. 언제 어느 때 이 작은 누이동생을 잃을지 모른다는 생각이 소년 시절 내내 가슴 한구석에 자리잡고 있었던 것 같다.

네 동생은 몸이 약하니 잘 지켜줘야 한다. 부모님은 내게 매일같이 말했다. 그래서 함께 초등학교에 다닐 때는 언제나 그애를 주의깊게 살피고, 무슨 일이 생기면 몸을 던져 그애와 그 작은 심장을 지켜야겠다고 마음먹었다. 실제로는 그런 기회가 한 번도 찾아오지 않았지만.

동생은 하굣길에 세이부 신주쿠 선 역의 계단을 오르다가 의식을 잃고 쓰러져, 구급차로 가까운 응급병원에 옮겨졌다. 내가 학교에서 돌아와 병원으로 달려갔을 때는 이미 심장이 멈춘 뒤였다. 눈 깜짝할 새 벌어진 일이었다. 그날 아침, 식탁에서 같이 아침을 먹고 현관 앞에서 헤어져 나는 고등학교로, 동생은 중학교로 갔다. 그리고 다시 얼굴을 보았을 때 그애는 더이상 숨을 쉬고 있지 않았다. 커다란 눈은 영원히 닫히고, 입은 뭔가 말하고 싶은 것처럼 살짝 벌어져 있었다. 막 봉긋해지기 시작한 가슴은 성장을 멈추었다.

다음으로 본 그애는 관 속에 있는 모습이었다. 좋아하던 검은색 벨벳 원피스를 입고, 엷게 화장을 하고, 말끔하게 머리를 빗고, 검은색 에나멜 구두를 신고, 조그만 관 속에서 위를 보고 누워 있었다. 검은색 원피스에 달린 동그란 레이스 칼라가 거의 비현실적일 만큼 새하얬다.

누워 있는 그애는 그저 조용히 잠든 것처럼 보였다. 살짝 몸을 흔들면 당장이라도 일어날 것 같다. 하지만 그것은 착각이다. 아무리 이름을 부르고 흔들어도 이제 눈을 뜨지 않는다.

나는 이렇게 답답한 관 속에 동생의 가냘픈 몸을 두고 싶지 않았다. 그 몸은 더 너른 곳에 눕혀야 온당했다. 이를테면 초원 한복판에. 그리고 우리는 무성하게 자란 초록 풀을 헤치고 조용히 그애를 만나러 가야 온당했다. 바람에 풀이 천천히 흔들리고, 주위에서는 새들이 지저귀고 벌레들이 울어야 한다. 들꽃이 허공에 꽃가루를 날리며 향기를 내뿜어야 한다. 해가 지면 수많은 은

빛 별이 머리 위 하늘을 수놓아야 한다. 아침이면 새로운 태양이 풀잎에 맺힌 이슬을 영롱하게 빛내야 한다. 하지만 현실의 그애는 작고 옹색한 관 속에 있었다. 주위를 장식한 것은 가위로 잘려 화병에 꽂힌 불길한 흰색 꽃뿐이다. 좁은 방을 밝히는 것은 탈색된 듯한 형광등 불빛이다. 천장에 박힌 작은 스피커에서 오르간 곡의 인공적인 소리가 흘러나왔다.

나는 그애가 화장되는 광경을 볼 수 없었다. 관 뚜껑이 단단히 닫히자 더는 참지 못하고 밖으로 나왔다. 뼈를 줍는 자리에도 가지 않았다. 나는 화장장 안마당에서 혼자 소리 죽여 울었다. 그리고 그 짧은 인생에서 한 번도 동생을 도와주지 못한 것을 진심으로 슬퍼했다.

동생이 죽은 후 우리 가족은 완전히 달라졌다. 아버지는 전보다 더 말이 없어졌고 어머니는 전보다 더 신경질적이 되었다. 내 생활은 그전과 별반 차이가 없었다. 등산부 활동으로 바빴고, 틈틈이 유화를 공부했다. 중학교 미술 선생님이 내게 정식으로 그림 공부를 해보라고 권했던 것이다. 그 말대로 미술학원에 다니는 사이 점점 그림에 진지한 흥미를 품게 되었다. 당시 나는 죽은 동생을 떠올릴 틈이 없도록 최대한 바쁘게 지내려 노력했던 것 같다.

동생이 죽고 몇 년이 지나도록 부모님은 그애 방을 온전히 놔두었다. 책상 위에 쌓인 교과서와 참고서, 펜과 지우개와 클립, 침대 시트와 이불과 베개, 빨아서 개어둔 잠옷, 옷장 속의 교복까지 전부 그대로였다. 벽에 걸린 달력에는 스케줄을 적어넣은 그애의 작고 반듯한 글씨가 남아 있었다. 달력은 여전히 동생이 죽은 달에 멈춰 있었다. 그뒤로 시간이 전혀 흐르지 않은 것처럼 보였다. 당장이라도 문이 열리고 그애가 들어올 것만 같았다. 집에 아무도 없을 때면 종종 그 방에 들어가서 깔끔하게 정리된 침대에 가만히 걸터앉아 주위를 둘러보았다. 그러나 방안의 물건에는 절대 손대지 않았다. 그곳에 고요히 남겨진, 동생이 살았다는 증거를 한 치도 흐트러뜨리고 싶지 않았다.

만약 열두 살에 죽지 않았다면 동생은 어떤 인생을 보냈을지 곧잘 상상하곤 했다. 물론 내가 그런 걸 알 수는 없다. 나 자신이 어떤 인생을 보낼지도 가늠할 수 없는데 하물며 동생의 앞날을 알 수 있으랴. 그래도 심장판막 기능에 선천적인 이상이 없었더라면 그애는 틀림없이 유능하고 매력적인 어른으로 성장했을 것이다. 많은 남자의 사랑을 받고 그들의 다정한 손길을 느꼈으리라. 하지만 구체적인 광경은 좀처럼 떠오르지 않았다. 나에게 그애는 어디까지나 세 살 아래의, 나의 보호를 필요로 하는 어린 동생이었다.

동생이 죽고 한동안 그애의 그림을 열심히 그렸다. 얼굴을 잊지 않으려고 내 기억 속에 있는 얼굴들을 여러 각도에서 스케치북에 재현했다. 물론 동생의 얼굴이 잊힐 리 없다. 나는 죽을 때까지 그애의 얼굴을 잊지 못할 것이다. 하지만 그것과는 별개로 나는 그 시점의 내가 기억하는 그애의 얼굴을 잊지 않기를 바랐다. 그러려면 구체적인 형태로 그려서 남겨둘 필요가 있었다. 나는 아직 열다섯 살이었고, 기억에 대해서나 그림에 대해서, 또한 시간이 흘러가는 방식에 대해서도 많은 것을 알지는 못했다. 그래도 현재의 기억을 고스란히 보존하려면 어떤 방책을 강구해야 한다는 것만은 알았다. 그냥 내버려두면 곧 어딘가로 사라져버린다. 아무리 선명한 기억일지라도 시간의 힘은 그보다 훨씬 강력하다. 나는 본능적으로 그 사실을 알았던 것 같다.

나는 아무도 없는 그애의 방에서, 그애의 침대에 앉아 스케치북에 그림을 그렸다. 몇 번이고 몇 번이고 새로 그렸다. 마음의 눈에 비치는 동생의 모습을 흰 종이 위에 어떻게든 되살려보려고 애썼다. 당시 나는 경험이 부족했고 그럴듯한 기술도 없어서, 작업은 결코 녹록지 않았다. 그리고 찢고, 그리고 찢기를 되풀이했다. 하지만 지금도 그때 그림을 보면(그 스케치북은 아직도 소중히 보관하고 있다) 그곳에 의심할 수 없는 진짜 슬픔이 넘쳐흐른다는 것을 알 수 있다. 기술적으로는 미숙해도, 내 영혼이 동생의 영혼을 불러 깨우고자 했던 절실한 작업이었음이 느껴진다. 그 그림들을 보고 있으면 나도 모르게 눈물이 흐른다. 그뒤로 수많은 그림을 그렸지만, 나를 울리는 그림을 그린 적은 지금까지 한 번도 없다.

또하나, 동생의 죽음이 내게 가져온 것이 있다. 극도의 폐소공포증이다. 그애가 든 관이 뚜껑을 단단히 닫고 화장로로 들어가는 광경을 본 뒤로 나는 좁고 밀폐된 장소를 꺼리게 되었다. 오랫동안 엘리베이터도 타지 못했다. 엘리베이터 앞에 서면 지진 따위가 일어나 그것이 자동으로 멈추고, 내가 좁은 공간에 갇혀 옴짝달싹 못하는 모습이 떠올랐다. 그런 생각만 해도 공황 상태에 사로잡혀 숨을 제대로 쉴 수 없었다.

동생이 죽고 곧바로 그런 증상이 나타난 건 아니다. 그것이 표면으로 드러나기까지는 삼 년 가까운 시간이 걸렸다. 처음 공황에 빠진 것은 대학교 입학 후 이삿짐센터 아르바이트를 할 때였다. 운전사 조수로 유개 트럭의 짐을 싣고 내리는 일을 했는데, 한번은 사소한 착오로 텅 빈 짐칸에 갇혀버렸다. 하루 일을 끝내고 짐칸에 빠뜨린 물건이 없는지 최종 점검을 하던 중 운전사가 사람이 있는 줄 모르고 밖에서 문을 잠근 것이다.

다시 문이 열리고 빠져나오기까지는 약 두 시간 반이 걸렸다. 그사이 나는 좁고 컴컴하고 밀폐된 그 공간에 혼자 갇혀 있었다. 말이 밀폐지 냉동차도 아니니 공기가 들고 날 틈은 있다. 냉정하게 생각하면 질식할 우려가 없다는 것쯤은 알 수 있었다.

그런데도 그때 나는 강렬한 공황 상태에 빠졌다. 주위에 산소가 충분할 텐데 아무리 힘껏 숨을 들이켜도 몸속에 퍼지질 않는다. 그러다 호흡이 점점 거칠어져 일종의 과호흡 상태에 빠졌던 것 같다. 머리가 어지럽고 숨이 막혔다. 설명하기 힘든 격렬한 공포가 나를 지배했다. 괜찮아, 침착해. 가만있으면 곧 나갈 수 있어. 질식할 리가 없잖아. 그렇게 생각하려 애썼다. 그러나 이성이 전혀 기능하지 못했다. 머릿속에 떠오르는 건 좁은 관에 갇혀 화장로로 들어가는 동생의 모습뿐이었다. 나는 공포에 휩싸여 짐칸 벽을 정신없이 두들겼다.

트럭은 회사 주차장에 세워져 있고 직원들은 모두 일과를 마치고 집으로 돌아갔다. 내 모습이 보이지 않는다는 사실을 눈치챈 사람은 아무도 없을 것이다. 아무리 벽을 두들겨도 그 소리를 들을 사람이 하나도 남지 않은 듯했다. 자칫하다간 밤새 갇혀 있을지도 모른다. 그렇게 생각하니 온몸의 근육이 흐늘흐늘 풀려버릴 것 같았다.

소리를 듣고 밖에서 트럭 문을 열어준 이는 주차장을 순찰하던 야간경비원이었다. 녹초가 되어 정신을 못 차리는 나를 숙직실로 데려가 침대에 눕혀주었다. 그리고 따끈한 홍차를 건네주었다. 그곳에 얼마나 누워 있었는지는 모른다. 그사이 호흡이 서서히 정상으로 돌아왔고 동이 터오자 경비원에게 고맙다는 인사를 하고 첫 전철을 타고 집으로 돌아왔다. 내 방 침대에 기어들어가서도 한동안 몸이 덜덜 떨렸다.

그뒤로 나는 엘리베이터를 탈 수 없게 되었다. 그 사건이 내 안에 잠들어 있던 공포심을 깨운 것이다. 그것이 죽은 동생에 대한 기억으로 촉발되었음은 의심의 여지가 없었다. 엘리베이터뿐 아니라 밀폐되고 좁은 장소는 어디든 전혀 발을 들여놓지 못했다. 잠수함이나 탱크가 나오는 영화도 보지 못했다. 그런 좁은 공간에 갇힌 내 모습을 상상하면, 단지 상상만으로도 숨을 제대로 쉴 수 없었다. 영화를 보다 말고 일어나 도중에 나오는 일도 종종 있었다. 누가 밀폐된 장소에 갇히는 장면이라도 나오면 더는 그 영화를 보고 있을 수 없었다. 그래서 다른 사람과 같이 영화를 본 적이 거의 없다.

홋카이도를 여행할 때 하루는 불가피한 사정으로 캡슐 호텔 같은 곳에 묵게 되었는데, 숨쉬기가 힘들어 도저히 잠을 이룰 수 없었다. 결국 밖으로 나와 주차장에 세워둔 차 안에서 밤을 보냈다. 초봄의 삿포로였으니, 그야말로 악몽 같은 하룻밤이었다.

아내는 곧잘 나의 그런 면을 놀렸다. 고층빌딩에 갈 일이 있으면 혼자 엘리베이터를 타고 먼저 올라가서, 16층까지 헉헉대며 계단으로 걸어오는 나를 재미있다는 듯이 기다렸다. 그러나 나는 그 공포의 이유를 그녀에게 설명하지 않았다. 그저 옛날부터 엘리베이터가 무섭다고만 말했다.

"그래도 뭐, 건강에는 좋을지 모르겠네." 그녀가 말했다.

또한 나는 가슴이 보통 이상으로 풍만한 여자에게 두려움 비슷한 감정을 품게 되었다. 그것이 열두 살 때 죽은 동생의 막 봉긋해져가던 가슴과 관계가 있는지는 나도 정확히 모른다. 어쨌거나 예전부터 이상하게 가슴이 작은 여자에게 끌렸고, 그런 가슴을 바라보거나 만질 때마다 동생의 가슴에 생겨난 완만한 굴곡이 떠올랐다. 오해하면 곤란한데, 그렇다고 내가 동생에게 성적인 관심을 품었던 것은 아니다. 나는 아마도 일종의 정경을 원했던 것이리라. 다시는 돌아오지 않을, 영원히 잃어버린 특별한 정경 같은 것을.

토요일 오후, 나는 유부녀 여자친구의 가슴에 손을 얹고 있었다. 그녀의 가슴은 특별히 작지도 크지도 않았다. 마침 내 손에 쏙 들어오는 적당한 크기였다. 손바닥에 닿은 유두에는 좀전까지의 딱딱함이 아직 남아 있었다.

그녀가 토요일에 찾아오는 경우는 거의 없었다. 주말은 가족과 함께 보내기 때문이다. 하지만 그 주 주말 남편은 뭄바이로 출장을 갔고, 두 딸은 나스에 있는 친척집에 놀러가서 자고 오기로 했다. 그래서 그녀는 이 집으로 올 수 있었다. 우리는 여느 평일 오후처럼 천천히 시간을 들여 성교했다. 그뒤에는 함께 나른한 침묵에 잠겨 있었다. 여느 때처럼.

"정글 통신을 듣고 싶어?" 그녀가 말했다.

"정글 통신?" 무슨 말인지 나는 곧바로 알아듣지 못했다.

"잊어버렸어? 골짜기 맞은편 하얀 집에 사는 수수께끼의 이웃 말이야. 멘시키 씨, 그 사람에 대해 알아봐주면 좋겠다고 지난번에 말했잖아."

"아아, 그랬지. 물론 기억해."

"조금이지만 알아낸 게 있어. 애들 친구 엄마 하나가 그 근처에 살거든. 그래서 약간의 정보를 수집할 수 있었지. 듣고 싶어?"

"물론 듣고 싶어."

"멘시키 씨가 그 전망 좋은 집을 산 건 삼 년쯤 전이야. 그전에는 다른 가족이 살았어. 원래 집을 지은 것도 그 사람들인데 정작 들어와서 산 건 이 년 정도밖에 안 된대. 어느 맑은 날 아침 갑자기 짐을 싸서 나가고, 그 사람들과 교대하듯이 멘시키 씨가 들어왔어. 신축이나 다름없는 집을 통째로 사들인 거야. 어떤 경위가 있었는지는 아무도 몰라."

"그러니까, 직접 그 집을 지은 건 아니구나." 내가 말했다.

"응. 그 사람은 남이 만들어놓은 자리에 나중에 들어앉았을 뿐이야. 재빠른 소라게처럼."

그 이야기는 조금 의외였다. 나는 처음부터 그 집을 당연히 그가 지었을 것이라 생각했다. 산머리의 하얀 저택은 그만큼 멘시키라는 사람의 이미지—아마 멋들어진 백발과 호응한 것이리라—와 자연스럽게 이어졌다.

그녀는 말을 이었다. "멘시키 씨가 어떤 일을 하는지는 아무도 몰라. 알려진 건 출퇴근은 일절 안 한다는 사실. 거의 하루종일 집에서 지내면서 컴퓨터로 정보를 주고받는 모양이야. 서재에 그런 기기가 가득하다고 하니까. 요즘에는 능력만 있으면 무슨 일이든 컴퓨터로 할 수 있잖아. 내가 아는 사람 중에는 매일 집에서 일하는 외과의사도 있어. 서핑광인데, 바닷가를 벗어나기 싫다나."

"집에서 일하는 외과의사?"

"환자에 대한 모든 정보와 화상을 집에서 받아보고 해석해서, 수술 프로토콜인지 뭔지를 만들고, 그걸 병원으로 보내 실제 수술 장면을 화면으로 지켜보면서 필요할 때 어드바이스를 한다는 거야. 어떤 수술은 직접 컴퓨터의 매직핸드를 써서 집도할 수도 있고. 뭐 그렇대."

"참 대단한 시대네." 내가 말했다. "나라면 그런 수술은 별로 받고 싶지 않지만."

"멘시키 씨도 그거랑 비슷한 일을 하는 게 아닐까." 그녀가 말했다. "하는 일이 뭐건 아무튼 부족함 없는 수입을 얻고 있어. 그렇게 큰 집에 혼자 살면서 가끔씩 긴 여행을 간대. 아마 해외로 나가겠지. 집안에 각종 운동기구를 갖춘 헬스클럽 같은 방이 있어서 시간 날 때마다 열심히 근육을 단련해. 군살 따위는 전혀 없어. 클래식 음악을 주로 듣고, 좋은 설비의 오디오 룸이 있어. 우아한 생활이지?"

"어떻게 그런 세세한 것까지 알아?"

그녀가 웃었다. "아무래도 당신은 세상 여자들의 정보 수집 능력을 과소평가하는 것 같아."

"그럴지도 모르지." 나는 인정했다.

"차는 전부 네 대야. 재규어 두 대와 레인지로버. 그리고 미니쿠퍼. 영국차 애호가인가봐."

"지금은 BMW에서 미니를 제작하고, 재규어는 인도 기업에 팔리지 않았나? 둘 다 엄밀히 따지면 영국차라고 할 수 없지 싶은데."

"그 사람 미니는 구형이야. 그리고 재규어는 어느 기업에 팔렸건 결국은 영국차지."

"또 알아낸 건?"

"그 집에 드나드는 사람은 거의 없어. 멘시키 씨는 상당히 고독을 즐기는 사람인가봐. 혼자 있기를 좋아하고, 고전음악을 많이 듣고, 책도 많이 읽어. 부자에 독신인데 여자를 집으로 들이는 일이 거의 없는 모양이야. 겉보기에는 무척 간소하고 청결한 생활이야. 어쩌면 게이인지도 모르지. 하지만 그렇지는 않을 거라는 몇 가지 근거가 있어."

"어딘가에 풍부한 정보원이 있는 모양인데."

"지금은 아니지만, 얼마 전까지 일주일에 몇 번 그 집에 드나들며 일을 하던 가사도우미가 있었어. 그 사람이 쓰레기를 버리러 가거나 근처 슈퍼마켓에서 장을 볼 때 근처에 사는 주부들을 마주치면 자연히 대화가 생겨나는 거지."

"그렇군." 나는 말했다. "그렇게 정글 통신이 성립되는구나."

"그래. 그 사람 말에 따르면, 멘시키 씨 집에는 '열어선 안 되는 방'이 있대. 절대 들어가면 안 된다고 주인이 지시했다는 거야. 매우 엄중하게."

"꼭 『푸른 수염』 얘기 같네."

"바로 그거야. 어느 집 벽장이나 해골 하나쯤은 들어 있다는 말도 있잖아."

그 말에 나는 천장 위에 은밀히 감춰져 있던 〈기사단장 죽이기〉를 떠올렸다. 그 그림도 벽장 속 해골 같은 것인지 모른다.

그녀가 말했다. "그 수수께끼의 방에 뭐가 있는지는 그 사람도 끝내 알지 못했어. 갈 때마다 문이 잠겨 있었으니까. 어쨌든 그 도우미는 이제 그 집에 일을 다니지 않아. 입이 너무 가벼워서 잘린 거겠지. 지금은 멘시키 씨 혼자서 직접 집안일을 하는 모양이야."

"본인도 그렇게 말했어. 일주일에 한 번 전문 청소업체가 오는 걸 제외하면, 집안일은 거의 스스로 한다고."

"사생활에 관해서는 무척 신경질적인 사람인가봐."

"그건 그렇다 치고, 내가 이렇게 당신과 만나는 것도 정글 통신으로 이웃에 퍼지지는 않을까?"

"그렇진 않을 거야." 그녀가 조용한 목소리로 말했다. "첫째, 그런 일이 없도록 내가 조심하고 있으니까. 둘째, 당신은 멘시키 씨와는 조금 다르니까."

"다시 말해," 나는 그 말을 알기 쉬운 일본어로 번역했다. "그에게는 소문이 날 만한 요소가 있고 나에게는 없다."

"우린 그것에 감사해야 해." 그녀가 명랑하게 말했다.

동생이 죽고 때를 같이하듯 여러 난관이 생겼다. 아버지가 경영하던 금속가공회사가 만성적인 영업 부진에 빠졌고, 대책에 쫓기느라 아버지가 집에 들어오지 못하는 날이 늘었다. 가족 사이에 껄끄러운 분위기가 감돌았다. 침묵은 무겁고 길게 이어졌다. 동생이 살아 있을 때는 없던 일이었다. 그런 집을 되도록 벗어나고 싶어서 나는 더욱 그림에 매달렸다. 이윽고 미술대학에 진학해 전문적으로 그림을 공부하고 싶다는 생각이 들었다. 아버지는 완강하게 반대했다. 화가 따위를 해서 제대로 먹고살 수나 있겠느냐, 이제 우리집에는 예술가를 뒷바라지할 경제적 여유가 없다고. 아버지와 나는 그 때문에 언쟁을 벌였다. 어머니가 중간에서 수습해준 덕에 결국 미대에 가긴 했지만, 아버지와는 끝내 관계를 회복하지 못했다.

만약 동생이 죽지 않았더라면. 때때로 그렇게 생각하곤 했다. 동생이 아무 일 없이 살아 있었더라면 우리 가족은 분명 지금과 비교할 수 없이 행복하게 살았을 것이다. 그애의 존재가 갑자기 소멸함으로써 그때까지 유지되던 균형이 급속도로 무너졌고, 집은 어느새 서로에게 상처만 주는 장소가 되고 말았다. 그런 생각을 할 때마다 나는 결국 동생이 빠져나간 구멍을 메우지 못했다는 깊은 무력감에 휩싸였다.

시간이 지나자 더는 동생을 그리지 않게 되었다. 미대에 들어간 후 내가 캔버스에 그리고 싶었던 것은 주로 구체적인 의미가 없는 현상이나 물체였다. 한마디로 말해 추상화다. 온갖 것의 의미가 기호화되고, 그 기호와 기호가 얽힘으로써 새로운 의미가 태어난다. 나는 그런 유의 완결성을 지향하는 세계에 기꺼이 발을 들였다. 그런 세계에서야 비로소 마음놓고 자연스럽게 숨을 쉴 수 있었다.

물론 그런 그림을 그리면 마땅한 일거리가 들어오지 않는다. 졸업은 했지만 계속 추상화에 매달려서는 돈벌이가 될 만한 일을 찾을 수 없었다. 아버지 말대로였다. 그러므로 생계를 위해(이미 부모님 집에서 나왔으므로 집세와 식비를 벌어야 했다) 초상화 일을 택하는 수밖에 없었다. 그런 실용적인 그림을 형식에 맞춰 그리면서, 나는 불완전하게나마 계속 화가로 살아갈 수 있었다.

그리고 지금 나는 멘시키 와타루라는 사람의 초상화를 그리려 한다. 맞은편 산머리의 하얀 저택에 사는 멘시키 와타루. 이

웃 사이에 이런저런 소문이 떠도는 수수께끼 같은 백발의 남자. 매우 흥미로운 인간이라고 할 수 있다. 나는 그에게 직접 지명을 받고, 고액의 보수와 맞바꾸어 그의 초상화를 그리기로 했다. 하지만 그뒤에 발견한 것은 지금의 나는 초상화조차 그리지 못한다는 사실이다. 그런 실용적인 그림조차 이제 그릴 수 없는 것이다. 아무래도 나는 정말로 껍데기만 남은 모양이었다.

우리는 무성하게 자란 초록 풀을 헤치고 조용히 그애를 만나러 가야 온당하다. 불현듯 그런 생각이 들었다. 만약 정말로 그럴 수 있다면 얼마나 근사할까.

11
달빛이 그 아래 모든 것을 아름답게 비추었다

정적이 나를 깨웠다. 간혹 이런 때가 있다. 갑작스러운 소리가 그때까지 지속되던 정적을 중단시켜 사람을 깨우기도 하고, 갑작스러운 정적이 그때까지 지속되던 소리를 중단시켜 사람을 깨우기도 한다.

나는 한밤중에 퍼뜩 눈을 떠 머리맡의 시계를 보았다. 디지털 시계는 1:45를 표시하고 있었다. 잠시 생각한 끝에 지금이 토요일 밤, 즉 일요일 새벽 오전 한시 사십오분이라는 사실을 떠올렸다. 오후에 나는 유부녀 여자친구와 함께 이 침대에 있었다. 그녀는 해가 지기 전에 집으로 돌아갔고, 나는 혼자서 간단히 저녁을 먹고 한동안 책을 읽다가 열시가 넘어 잠들었다. 나는 원래 잠이 깊은 편이다. 한번 잠들면 도중에 깨는 일 없이 푹 자고, 주위가 밝아지면 자연히 눈이 떠진다. 이렇게 한밤중에 잠이 끊기는 일은 별로 없었다.

대체 왜 이런 시각에 잠이 깼는지 어둠 속에 누운 채로 생각했다. 여느 때와 같이 조용한 밤이었다. 만월에 가까운 달이 거대한 거울처럼 하늘에 걸려 있었다. 지상의 풍경이 마치 석회로 씻어낸 듯 하얗게 보였다. 그러나 그것 말고 특이한 기운은 딱히 느껴지지 않는다. 반쯤 몸을 일으키고 잠시 귀를 기울이다가, 이윽고 평소와 무언가가 다르다는 것을 알아차렸다. 지나치게 조용하다. 정적이 너무 깊다. 가을밤인데도 벌레 소리가 들리지 않는다. 산속에 있는 집이라 해가 지면 항상 귀가 따갑도록 성대한 벌레 소리가 들렸다. 그 합창이 한밤중까지 끝도 없이 이어졌다(여기 살기 전까지 벌레가 초저녁에만 우는 줄 알았던 나에게는 놀라운 사실이었다). 시끄럽기로 말하자면 이 세상이 벌레들에게 정복된 게 아닐까 싶을 정도다. 하지만 오늘밤 눈을 떴을 때는 단 한 마리의 벌레도 울고 있지 않았다. 기묘하다.

한번 깨버린 잠은 좀처럼 다시 오지 않았다. 하는 수 없이 침대를 나와 잠옷 위에 얇은 카디건을 걸쳤다. 부엌에서 스카치위스키를 한 잔 따르고 제빙기의 얼음을 몇 개 넣어 마셨다. 그리고 테라스로 나가 잡목림 너머 인가의 불빛을 바라보았다. 이미 다들 잠자리에 들었는지 집안의 불은 꺼져 있고 작은 상야등 빛만 드문드문 눈에 들어왔다. 멘시키 씨의 집이 있는 골짜기 맞은편 일대도 완전히 캄캄했다. 그리고 벌레 소리는 여전히 전혀 들리지 않았다. 벌레들에게 대체 무슨 일이 일어난 걸까?

그러는 사이 내 귀에 낯선 소리가 들려왔다. 아니, 들려온 것 같았다. 매우 희미한 소리다. 만약 여느 때처럼 벌레들이 울고 있었다면 그 소리는 결코 내 귀에 닿지 않았으리라. 정적이 깊었기에 가까스로 들리는 소리다. 나는 숨을 죽이고 귀기울였다. 벌레 소리는 아니다. 자연의 소리가 아니다. 무슨 기구나 도구를 써서 내는 소리다. 무언가가 딸랑딸랑 울리는 것처럼 들렸다. 방울, 혹은 그 비슷한 물건에서 나는 소리 같다.

소리는 간격을 두고 들려왔다. 한차례 침묵이 흘렀다가 몇 번 소리가 들리고 또 한차례 침묵이 흘렀다. 그러기를 되풀이했다. 마치 누군가가 어디서 참을성 있게 신호화된 메시지를 보내는 것 같다. 규칙적인 반복은 아니었다. 침묵은 그때그때 길어졌다 짧아졌다 했다. 또한 방울(비슷한 것)이 울리는 횟수도 제각각이었다. 그 불규칙성이 의도된 것인지, 단순한 변덕인지까지는 알 수 없다. 어쨌거나 신경을 집중해서 귀기울이지 않으면 놓칠 만큼 매우 희미한 소리였다. 그러나 일단 그 존재를 깨닫고 나니, 한밤의 깊은 정적과 부자연스러울 만치 명료한 달빛 속에서 정체 모를 그 소리는 내 신경 깊숙이 단단하게 파고들었다.

어떻게 할지 망설였지만 곧이어 과감하게 밖으로 나가보기로 했다. 수수께끼 같은 소리가 어디서 들려오는지 알고 싶었다. 아마 누군가가 어디서 그 무언가를 울리고 있을 것이다. 나는 결코 대담한 인간이 아니다. 하지만 그때는 혼자 한밤의 어둠 속으로 나가는 것이 특별히 무섭지 않았다. 두려움보다 호기심이 앞섰던 것이리라. 달빛이 기이하게 밝다는 사실도 내 등을 떠밀었는지 모른다.

대형 회중전등을 챙긴 뒤 현관 자물쇠를 열고 밖으로 나갔다. 출입문 위에 달린 전등 하나가 주위에 노란 불빛을 던지고 있었다. 그 빛에 날벌레떼가 몰려 있다. 나는 제자리에 서서 귀를 쫑긋 세우고 소리가 어디서 들려오는지 가늠했다. 틀림없이 방울소리 같았다. 그러나 보통의 방울소리와는 조금 다른 데가 있었다. 훨씬 묵직하고, 불규칙하면서 둔한 울림이 있다. 특이한 타악기 같은 것인지도 모른다. 하지만 뭐가 됐건 이 한밤중에 대체 누가, 무슨 목적으로 그런 소리를 낸단 말인가? 더욱이 이 일대에 집이라고는 내가 사는 이곳뿐이다. 만일 근처에서 누가 방울 같은 것을 울리고 있다면 그 사람은 남의 사유지에 무단으로 침입한 셈이다.

뭔가 무기가 될 만한 게 없는지 주위를 둘러보았다. 하지만 그런 건 어디에도 보이지 않았다. 내가 지닌 것이라곤 기다란 원통형의 회중전등뿐이다. 어쨌든 없는 것보단 낫겠지. 나는 오른손에 회중전등을 단단히 쥐고 소리가 들리는 쪽으로 향했다.

현관을 나와 왼쪽으로 가면 작은 돌계단이 있고, 일곱 단쯤 올라가면 잡목림이 펼쳐진다. 잡목림을 가로지르는 완만한 오르막길을 걷다보면 얼마간 트인 장소가 나오는데, 그곳에 작고 낡은 사당 같은 것이 있었다. 아마다 마사히코의 말로는 꽤 오래된 사당인 모양이다. 유래는 모르지만, 1950년대 중반 무렵 그의 아버지 아마다 도모히코가 지인에게서 이 산꼭대기 집과 토지를 사들였을 때부터 이 숲속에 있었다고 한다. 평평한 돌 위에 간소한 삼각 지붕이 달린 신전—이라기보다 신전을 본뜬 소박한 나무궤—이 올라가 있다. 크기는 높이 60센티미터, 너비 40센티미터 정도다. 처음에는 칠이 되어 있었을 테지만 지금은 거의 벗겨져 원래 무슨 색깔이었는지는 상상하는 수밖에 없다. 정면에 작은 쌍바라지문이 달려 있다. 그 안에 뭐가 있는지는 모른다. 확인한 적은 없지만 아마 아무것도 들어 있지 않을 것이다. 문 앞에 놓인 하얀 도기 주발 역시 비어 있다. 빗물이 고였다 말랐다를 거듭하면서 생긴 지저분한 자국이 안쪽에 몇 줄 남아 있을 뿐이다. 아마다 도모히코는 그 사당을 손대지 않고 내버려두었다. 지나가는 길에 손을 모으지도 않고 한번 깨끗하게 닦아주지도 않은 채 그저 비바람에 방치했다. 그에게는 신전도 뭣도 아닌, 그저 보잘것없는 나무궤였을 뿐이리라.

"아무튼 신앙이나 참배 같은 것에는 눈곱만큼도 관심 없던 사람이거든." 그의 아들은 말했다. "신벌이든 지벌이든 전혀 신경 안 썼어. 쓸데없는 미신이라며 코웃음 쳤지. 불손하다고 할 정도는 아니지만, 옛날부터 한결같이 극단적인 유물론자였어."

그는 처음 이 집을 보여줄 때 나를 이곳까지 안내했다. "요즘 세상에 사당 딸린 집은 흔치 않지" 하면서 웃었고, 나도 그에 동의했다.

"어릴 때는 이렇게 정체 모를 것이 집 뒤에 있다는 게 영 으스스하고 싫었지. 여기서 자고 갈 때도 이쪽으로는 되도록 가까이 오지 않았어." 그가 말했다. "사실은 지금도 마찬가지지만."

나는 딱히 유물론자는 아니지만, 그의 아버지 아마다 도모히코와 마찬가지로 그 사당의 존재에 거의 마음을 두지 않았다. 옛날 사람들은 여기저기에 곧잘 사당을 세웠다. 시골 길가에 보이는 지장보살이나 도조신 석상과 마찬가지다. 사당은 극히 자연스럽게 그 숲의 풍경에 녹아들어 있었고, 집 주위를 산책하다가 자주 그 앞을 지나치면서도 신경쓴 적이 별로 없었다. 사당 앞에서 두 손을 모은 적도 없고 공물을 바친 적도 없었다. 내가 사는 집 대지에 그런 것이 있다는 사실에 특별한 의미를 두지 않았다. 그것은 그저 어디서나 볼 수 있는 풍경의 일부였다.

방울 비슷한 것의 소리는 아무래도 그 사당 쪽에서 들려오는 듯했다. 잡목림에 발을 들여놓자 머리 위 무성한 나뭇가지가 달빛을 가려 주위가 갑자기 어두워졌다. 회중전등으로 발밑을 비추면서 신중하게 걸음을 옮겼다. 간혹 생각났다는 듯이 훑고 지나가는 바람에 발아래 얇게 쌓인 낙엽이 술렁거렸다. 밤의 숲은 한낮에 산책할 때와는 그 모습이 전혀 달랐다. 지금 이곳은 오로지 밤의 원리에 따라 움직이며, 그 원리에 나는 포함되어 있지 않았다. 그렇다고 특별히 무섭지는 않았다. 호기심이 나를 앞으로 나아가게 했다. 무슨 일이 있어도 그 기이한 소리의 정체를 확인하고 싶었다. 오른손에 단단히 쥔 원통형 회중전등의 묵직한 무게가 불안을 가라앉혀주었다.

이 밤의 숲 어딘가에 예의 수리부엉이가 있을지도 모른다. 어둠에 몸을 숨긴 채 나뭇가지에 앉아 사냥감을 기다리고 있는지도 모른다. 이 근처에 있으면 좋겠다고 나는 생각했다. 그 수리부엉이는 어찌 보면 내 지인인 셈이니까. 하지만 수리부엉이 울음소리 같은 건 들리지 않았다. 밤새들도 지금은 벌레처럼 소리를 죽이고 있는 것 같았다.

걸어갈수록 방울 비슷한 것의 소리가 점차 커지고 또렷해졌다. 그것은 여전히 띄엄띄엄, 불규칙하게 울렸다. 역시 사당 뒤편에서 들려오는 것 같았다. 아까보다 훨씬 가까워졌지만 그래도 영 둔하고 답답한 울림이었다. 마치 좁은 동굴 저 안쪽에서 흘러나오는 듯했다. 좀전에 비해 침묵의 시간은 길어지고 방울이 울리는 횟수는 줄어든 것처럼 느껴졌다. 흡사 그것을 흔드는 사람이 지쳐서 기력이 다한 것처럼.

사당 주위는 트여 있어서 달빛이 그 아래 모든 것을 아름답게 비추었다. 나는 발소리를 죽이고 사당 뒤편으로 돌아갔다. 뒤쪽에는 키 큰 참억새 덤불이 있었는데, 소리가 이끄는 대로 그 덤불을 헤치고 들어가자 네모난 돌이 아무렇게나 쌓인 작은 둔덕이 나타났다. 둔덕이라기에는 너무 낮은지도 모른다. 어쨌든 그때까지 나는 이런 곳이 있다는 걸 전혀 눈치채지 못했다. 사당 뒤쪽으로 돌아온 적도 없고, 설령 와봤다 해도 둔덕은 참억새 덤불에 가려져 있었다. 특정한 목적을 갖고 여기까지 들어오지 않는 한 눈에 띌 일이 거의 없다.

나는 가까이 가서 둔덕의 돌을 하나하나 회중전등으로 비춰보았다. 상당히 오래된 돌이지만 사람의 손이 네모나게 자른 것이라는 점은 의심의 여지가 없었다. 자연 상태의 돌이 아니다. 그런 돌을 이 산꼭대기까지 실어와서 사당 뒤쪽에 쌓은 것이다. 돌의 크기는 제각각이고, 대부분 녹색 이끼가 끼어 있었다. 언뜻 보기에 글씨나 무늬는 새겨져 있지 않았다. 전부 열두세 개 정도다. 어쩌면 옛날에는 더 높고 정연하게 쌓인 돌무덤이었던 것이 지진 등으로 허물어져버렸는지도 모른다. 아무래도 방울 비슷한 것의 소리는 그 돌과 돌 사이에서 흘러나오는 것 같았다.

나는 돌 위에 가볍게 다리를 올리고 소리가 나는 곳을 눈으로 찾았다. 그러나 아무리 달빛이 밝다 해도 밤의 어둠 속에서 그것을 찾아내기란 지극히 어려운 일이었다. 더욱이 정확한 장소를 짚어낸다 한들 뭘 어쩔 것인가? 이렇게 큰 돌들을 맨손으로 들어낼 수는 없다.

아무튼 누군가가 이 돌무덤 밑에서 방울 비슷한 것을 흔드는 모양이다. 그 사실은 부정할 수 없다. 하지만 대체 누가? 그제야 비로소 정체 모를 공포가 내 몸속에 번지기 시작했다. 이 이상 소리의 출처에 접근하지 않는 편이 좋겠다. 본능적으로 그렇게 느꼈다.

나는 그곳을 벗어나 방울소리를 뒤로하고 서둘러 잡목림에 난 길을 되짚어 나왔다. 나뭇가지 사이로 흘러내린 달빛이 내 몸에 의미심장한 얼룩무늬를 새겼다. 숲을 나와서 계단 일곱 단을 내려가 집에 도착하자 안으로 들어가 현관문을 잠갔다. 그리고 부엌에서 위스키를 한 잔 따라 얼음도 물도 넣지 않고 한 모금 마셨다. 그러고 나서야 가까스로 한숨 돌릴 수 있었다. 나는 위스키잔을 들고 테라스로 나갔다.

테라스에서는 방울소리가 아주 희미하게 들렸다. 어지간히 집중하지 않으면 들리지 않을 정도다. 그래도 어쨌거나 아직 이어지고 있었다. 방울소리와 방울소리 사이에 놓인 침묵의 시간은 분명 처음보다 훨씬 길어졌다. 나는 그 불규칙한 반복에 잠시 귀를 기울였다.

그 돌무덤에는 대체 뭐가 있을까. 그 밑에 공간이 있고, 누군가 그곳에 갇혀 방울인지 뭔지를 연거푸 흔들고 있는 걸까? 어쩌면 그것은 도움을 청하는 신호인지도 모른다. 그러나 아무리 생각을 거듭해도 그럴듯한 설명은 전혀 떠오르지 않았다.

꽤 오랫동안 테라스에서 깊은 생각에 빠져 있었던 것 같다. 아니면 아주 잠깐이었는지도 모른다. 나 자신도 알 수 없었다. 너무 기이한 일 앞에서 시간감각이 사라지다시피 한 것이다. 한 손에 위스키잔을 들고 접의자에 몸을 묻은 채 나는 의식의 미로를 서성거렸다. 그리고 어느 순간 방울소리가 멈추었음을 깨달았다. 깊은 침묵이 주위를 뒤덮고 있었다.

나는 일어나 침실로 돌아가서 디지털시계를 보았다. 시각은 오전 두시 삼십일분이었다. 방울이 언제부터 울렸는지 정확한 시점은 모른다. 하지만 잠이 깼을 때가 한시 사십오분이었으니, 내가 아는 한 적어도 사십오 분은 넘게 울린 셈이다. 그리고 그 수수께끼 같은 소리가 멈추고 조금 지나자, 마치 새로 생긴 침묵의 속을 떠보기라도 하듯 벌레들이 하나둘 소리를 높이기 시작했다. 산속의 벌레들은 방울소리가 그치기를 참을성 있게 기다린 것 같았다. 아마도 숨을 죽이고, 주의깊게 상황을 지켜보면서.

부엌에 가서 빈 유리잔을 헹구고 침대에 들어갔다. 그때쯤 가을밤의 벌레들은 평소처럼 성대한 합창을 이어가고 있었다. 위스키를 스트레이트로 마신 탓일까. 흥분이 채 가라앉지 않았을 텐데도 눕자마자 곧바로 잠이 찾아왔다. 깊고 긴 잠이었다. 꿈조차 꾸지 않았다. 눈을 떴을 때는 침실 창밖이 환하게 밝았다.

그날 열시가 조금 안 되어 나는 다시 잡목림 속 사당으로 향했다. 그 수수께끼 같던 소리는 그쳤지만, 밝은 한낮의 빛 속에서 사당과 돌무덤의 모습을 다시 한번 확실히 봐두고 싶었다. 나는 우산꽂이에서 찾아낸 아마다 도모히코의 단단한 떡갈나무 지팡이를 들고 잡목림으로 들어갔다. 기분좋게 화창한 아침, 맑은 가을 햇살이 숲길 여기저기 잎 그림자를 드리웠다. 부리가 뾰족한 새들이 지절거리며 과실을 찾아 나뭇가지를 분주하게 돌아다녔다. 더 높은 곳에서는 새카만 까마귀들이 어딘가를 향해 일직선으로 날아갔다.

사당은 전날 밤보다 훨씬 낡고 볼품없어 보였다. 만월에 가까운 달이 하얗고 매끄러운 빛을 비추던 사당은 나름대로 의미심장하게, 조금은 불길하게까지 보였지만, 지금은 그저 빛바래고 초라한 나무궤일 뿐이었다.

사당 뒤편으로 돌아가보았다. 키 큰 참억새 덤불을 헤치고 돌무덤 앞으로 나섰다. 돌무덤 역시 전날 밤과 얼마간 인상이 달랐다. 지금 내 눈앞에 있는 것은 그저 산속에 오랜 세월 방치된, 이끼 낀 네모난 돌무더기였다. 한밤의 달빛 아래서는 자못 유서 깊은 고대 유적의 일부처럼 신화적인 광택을 띠고 있었는데. 나는 그 위에 서서 주의깊게 귀를 기울였다. 아무 소리도 들리지 않았다. 벌레 소리, 때때로 지저귀는 새소리를 제외하면 일대는 지극히 고요했다.

멀리서 팡, 하고 메마른 엽총소리가 들렸다. 산속에서 누가 산새사냥을 하는 걸까. 아니면 참새나 원숭이, 멧돼지를 쫓으려고 농가에서 설치해둔 자동공포장치인지도 모른다. 어쨌거나 참으로 가을다운 울림이었다. 하늘이 높고 공기에 적당한 습기가 있어서 먼 곳의 소리도 잘 들렸다. 나는 돌무덤에 앉아 그 밑에 있을지도 모르는 공간을 생각했다. 그곳에 갇힌 누군가가, 손에 든 방울(비슷한 것)을 흔들어 구조를 요청한 걸까? 예전에 트럭 짐칸에 갇혔던 내가 정신없이 벽을 두들겨 사람을 불렀던 것처럼. 누군가가 좁고 컴컴한 공간에 갇혀 있는 이미지는 나를 영 불안하게 만들었다.

가볍게 점심을 먹은 후 작업복으로 갈아입고(요컨대 더러워져도 상관없는 옷일 뿐이지만) 작업실로 가서 다시 멘시키 와타루의 초상화에 착수했다. 무슨 일이든 좋으니 쉬지 않고 손을 움직이고 싶은 기분이었다. 누군가가 좁은 장소에 갇혀 구조를 요청하는 이미지에서, 그로 인한 만성적인 호흡곤란에서 조금이라도 벗어나고 싶었다. 그러려면 그림을 그리는 수밖에 없다. 더이상 연필과 스케치북은 쓰지 않을 생각이었다. 그런 것들은 아마 쓸모가 없을 것이다. 나는 물감과 붓을 준비하고 직접 캔버스 앞에 앉아서, 그 공백의 깊은 안쪽을 들여다보며 멘시키 와타루라는 한 사람에게 의식을 집중했다. 등을 곧게 펴고, 집중력을 높이고, 쓸데없는 생각을 최대한 의식에서 도려냈다.

산머리의 하얀 저택에 사는, 청년 같은 눈을 지닌 백발의 남자. 그는 대부분 하루종일 집에 틀어박혀 지내고, '열어서는 안 되는 방'(비슷한 것)이 있으며, 네 대의 영국차를 몬다. 이 집에 왔던 그 남자가 내 앞에서 어떻게 몸을 움직였고, 어떤 표정을 지었고, 어떤 말투로 무슨 말을 했는지, 어떤 눈으로 무엇을 보았는지, 그의 두 손은 어떻게 움직였는지, 그런 기억들을 하나하나 불러냈다. 시간은 조금 걸렸지만 그에 대한 자잘한 조각 여러 개가 내 안에서 조금씩 하나로 연결되었다. 그사이 멘시키라는 인간이 내 의식 안에서 입체적으로, 유기적으로 재구성되는 느낌이 들었다.

그렇게 만들어진 멘시키의 이미지를 밑그림 없이 곧장 작은 붓으로 캔버스 위에 옮겨나갔다. 그때 내 머릿속에 떠오른 멘시키는 비스듬히 왼쪽 앞을 향해 있었다. 눈은 아주 살짝 이쪽을 보고 있다. 이상하게도 다른 각도는 떠오르지 않았다. 내게는 실로 그것만이 멘시키 와타루라는 인간이었다. 그는 비스듬히 왼쪽 앞으로 얼굴을 돌리고 있어야만 한다. 그리고 두 눈은 아주 살짝 나를 향해야 한다. 그는 내 모습을 시야에 넣고 있다. 그것 말고 그를 올바르게 그릴 구도는 있을 수 없다.

나는 캔버스에서 조금 떨어져 거의 일필화처럼 그려낸 심플한 구도를 잠시 바라보았다. 아직 임시적인 선화線畫일 뿐이지만 그

윤곽에서 한 생명체가 싹트는 기미 같은 것을 감지할 수 있었다. 그 근원에서 자연히 부풀어갈 어떤 것이 분명히 존재했다. 무언가가 손을 뻗어—그건 대체 무엇일까?—내 안에 감춰진 스위치를 켠 것 같았다. 내 뱃속 깊은 곳에 오랫동안 잠들어 있던 짐승이 드디어 적당한 계절이 왔음을 알아차리고 눈뜰 준비를 하는 듯한 감각이 막연하게 느껴졌다.

나는 싱크대에서 붓을 헹구고, 오일과 비누로 손을 씻었다. 서두를 필요 없다. 오늘은 이것으로 충분하다. 이 이상 조급하게 작업을 진행하지 않는 편이 좋다. 다음번에 멘시키 씨가 오면 실물을 앞에 두고, 여기 있는 윤곽에 살을 붙이면 된다. 나는 그렇게 생각했다. 이 그림은 분명 내가 지금껏 그려온 초상화와는 매우 다른 과정을 거칠 것이다. 그런 예감이 들었다. 그리고 이 그림은 살아 있는 그를 필요로 한다.

기이한 일이다, 라고 나는 생각했다.

멘시키 와타루는 어떻게 그 사실을 알고 있었을까?

그날 한밤중에, 또 전날처럼 퍼뜩 잠이 깼다. 머리맡의 시계는 한시 사십육분을 알렸다. 전날 깼을 때와 거의 같은 시각이다. 침대에서 몸을 일으키고 어둠 속에서 귀를 기울였다. 벌레 소리는 들리지 않았다. 주위는 더없이 고요하다. 마치 깊은 바다 밑바닥처럼. 모든 것이 전날 밤의 반복이었다. 다만 창밖은 캄캄했다. 그것만 전날과 달랐다. 두꺼운 구름이 하늘을 덮어 만월에 가까운 가을달을 감추고 있었다.

주위에는 완전한 정적이 충만했다. 아니, 그게 아니다. 물론 그렇지 않다. 정적은 완전하지 않았다. 숨을 죽이고 귀기울이자 두터운 침묵을 헤치고 나오듯이 희미한 방울소리가 들려왔다. 누군가가 밤의 어둠 속에서 방울 비슷한 것을 흔들고 있다. 전날 밤과 똑같이, 띄엄띄엄 이어서. 그리고 나는 이제 그 소리가 어디서 들려오는지 안다. 잡목림 속의 돌무덤 밑이다. 굳이 확인할 필요도 없다. 내가 모르는 사실은 누가 무엇 때문에 방울을 울리느냐 하는 것뿐이다. 나는 침대를 나와 테라스로 나갔다.

바람은 잠잠했지만 가는 비가 흩뿌렸다. 보이지도 않고 소리도 없이 지면을 적시는 비. 멘시키 씨 집에는 불이 켜져 있었다. 골짜기 너머 이쪽에서는 집안의 상황까지는 알 수 없지만, 그는 오늘밤 아직 깨어 있는 모양이었다. 이렇게 늦은 시각까지 불이 켜져 있는 적은 드물었다. 나는 가랑비 속에서 그 불빛을 바라보며 희미한 방울소리에 귀를 기울였다.

이윽고 빗줄기가 조금씩 굵어져 나는 집안으로 들어왔다. 좀처럼 잠이 오지 않아서 거실 소파에 앉아 읽다 만 책의 페이지를 넘겼다. 결코 읽기 힘든 책이 아니었지만 아무리 집중해도 내용이 머릿속에 들어오지 않았다. 그저 기계적으로 글자를 좇아갈 뿐이었다. 그래도 손놓고 방울소리만 듣고 있는 것보다는 나았다. 물론 음악을 크게 틀어 방울소리를 덮어버릴 수도 있지만 그러고 싶지 않았다. 나는 그것을 듣지 않을 수 없다. 왜냐하면 그것이 나를 향해 울리는 소리이기 때문이다. 나는 알 수 있었다. 그 소리는 내가 무슨 수를 쓰지 않는 이상 언제까지고 그치지 않을 것이다. 그리하여 매일 밤 나를 숨막히게 하고, 내게서 평온한 잠을 빼앗아갈 것이다.

무언가 해야 한다. 무슨 수를 써서 저 소리를 멈추어야 한다. 그러려면 우선 그 소리—다시 말해 나를 향한 신호—의 의미와 목적을 이해해야 한다. 누가 무엇 때문에 나에게, 정체 모를 장소에서 밤마다 신호를 보내는 걸까? 하지만 논리적인 생각을 하기에는 너무 숨이 막히고 머릿속이 혼란스러웠다. 나 혼자서는 처리할 수 없다. 누군가와 의논할 필요가 있었다. 그리고 지금 내가 그 상대로 떠올리는 것은 단 한 사람이었다.

다시 테라스로 나가 멘시키 씨의 집 쪽으로 눈길을 던졌다. 그새 집안의 불은 꺼져 있었다. 작은 정원등 몇 개가 집 주위를 밝히고 있을 뿐이다.

방울소리가 멈춘 시각은 오전 두시 이십구분, 전날과 거의 같았다. 방울소리가 그치고 조금 지나자 서서히 벌레 소리가 돌아왔다. 가을밤은 이내 아무 일도 없었던 것처럼 성대한 자연의 합창으로 채워졌다. 모든 순서가 전날 밤과 똑같았다.

나는 침대에 들어가 벌레 소리를 들으면서 잠들었다. 마음은 어수선했지만 전날 밤처럼 곧바로 잠이 찾아왔다. 역시 꿈도 없는 깊은 잠이었다.

12
그 이름 없는 우편배달부처럼

아침 일찍 비가 내리기 시작하더니 열시가 못 되어 그쳤다. 푸른 하늘이 조금씩 얼굴을 보이기 시작했다. 바다에서 불어온 습한 바람이 구름을 천천히 북쪽으로 밀어갔다. 그리고 오후 한시 정각 멘시키가 집으로 찾아왔다. 라디오 시보가 정시를 알림과 거의 동시에 초인종이 울렸다. 세상에는 시간관념이 확실한 사람이 적지 않지만 이 정도로 정밀한 경우는 드물다. 그것도 현관 앞에서 시간이 될 때까지 가만히 기다렸다가 손목시계의 초침에 맞춰 초인종을 누르는 것이 아니다. 비탈길을 올라와 여느 때와 같은 자리에 차를 세우고, 여느 때와 같은 속도와 보폭으로 현관까지 걸어와서 초인종을 누르면 그와 동시에 라디오 시보가 정각을 알리는 것이다. 그저 경탄스러울 따름이다.

나는 그를 작업실로 안내해서 지난번처럼 식탁 의자에 앉혔다. 그리고 리하르트 슈트라우스의 〈장미의 기사〉 LP를 턴테이블에 올리고 바늘을 내렸다. 지난번에 듣다가 멈췄던 부분이다. 전부 지난번과 같은 순서였다. 다른 점이라면 이번에는 음료를 권하지 않았다는 것과, 그에게 모델로서 포즈를 취하게 한 것이었다. 의자에 앉아 비스듬히 왼쪽 앞을 향할 것. 그리고 눈만 살짝 내 쪽을 볼 것. 그것이 이날 내가 그에게 요구한 자세였다.

그는 내 지시에 적극적으로 따라주었지만 완벽한 위치와 자세를 잡기까지는 제법 시간이 걸렸다. 미묘한 각도나 시선의 분위기가 내가 원하는 바와 좀처럼 정확하게 합치되지 않은 탓이다. 빛이 들어오는 상태도 내 머릿속의 이미지와 맞지 않았다. 나는 보통 모델을 쓰지 않지만 일단 쓰기로 하면 요구가 많은 편이다. 멘시키는 나의 귀찮은 주문에 참을성 있게 응해주었다. 싫은 내색도 하지 않고, 불평 한마디 내뱉지 않았다. 그는 자신에게 가해지는 온갖 고행을 견디는 데 정통한 사람처럼 보였다.

겨우 위치와 자세를 잡자 나는 말했다. "죄송하지만 최대한 그 상태에서 움직이지 말아주세요."

멘시키는 잠자코 눈빛으로 동의했다.

"되도록 빨리 끝내겠습니다. 조금 힘들겠지만 참아주세요."

멘시키가 다시 한번 눈빛으로 수긍했다. 그리고 그대로 시선과 자세를 고정했다. 말 그대로 근육 하나 움찔거리지 않았다. 가끔 눈을 깜박이긴 했지만 숨쉬는 기미조차 느껴지지 않았다. 그는 흡사 진짜 조각이 된 것처럼 그곳에 가만히 앉아 있었다. 감탄하지 않을 수 없었다. 프로 모델도 이렇게까지 하기는 힘들다.

멘시키가 의자에 앉아 참을성 있게 포즈를 취하는 사이, 나는 캔버스의 작업을 최대한 신속하고 효율적으로 수행했다. 의식을 집중해 눈으로 그의 모습을 가늠하고, 그 이미지가 내 직관에 명령하는 대로 붓을 움직였다. 새하얀 캔버스 위 미리 완성해둔 얼굴 윤곽에 검은색 물감으로, 가는 붓의 선만으로 필요한 살을 붙여나갔다. 붓을 바꿀 겨를이 없다. 제한된 시간 안에 그의 얼굴을 이루는 요소들을 있는 그대로 거둬들여 형상화해야 한다. 어느 시점부터인가 그 작업은 거의 자동조종 시스템처럼 변했다. 중요한 건 의식을 우회해서 눈의 움직임과 손의 움직임을 직결시키는 일이다. 시야에 들어온 것을 하나하나 의식에서 처리할 여유는 없다.

그것은 내가 그때까지 그려온—오로지 기억과 사진에 기대 내 페이스를 따라 유유히 '영업 품목'으로 그려왔던—수많은 초상화와는 전혀 다른 유의 작업을 요구했다. 약 십오 분 만에 나는 그의 머리에서 가슴까지를 캔버스에 담아냈다. 아직 미완성의 거친 밑그림이지만 적어도 그것은 생명감이 깃든 형상이었다. 그리고 그 형상은 멘시키 와타루라는 사람의 존재감을 낳는, 내면의 움직임 같은 것을 정확히 포착해 건져낸 것이었다. 하지만 인체도로 치면 골격과 근육뿐인 상태다. 내부만 대담하게 드러나 있다. 여기에 구체적인 살과 피부를 입혀나가야 한다.

"고맙습니다. 수고하셨습니다." 나는 말했다. "다 됐습니다. 오늘 작업은 끝났어요. 이제 편하게 계셔도 됩니다."

멘시키가 미소지으며 자세를 풀었다. 양팔로 크게 기지개를 켜고 심호흡을 했다. 그러고는 긴장해 있던 얼굴 근육을 양손가락으로 천천히 마사지했다. 나는 잠시 어깨를 들썩이며 숨을 몰아쉬었다. 호흡을 가다듬는 데 조금 시간이 걸렸다. 흡사 단거리 경주를 끝낸 달리기 선수처럼 기진맥진했다. 타협의 여지가 없는 집중과 속도—그 두 가지를 실로 오랜만에 요구받았다. 오랫동안 잠들어 있던 근육을 두들겨 깨워 풀가동시켜야 했다. 지치긴 했지만 일종의 물리적 상쾌함도 느껴졌다.

"말씀하신 대로군요. 그림 모델 일은 정말 예상보다 힘든 노동입니다." 멘시키가 말했다. "그림으로 옮겨진다고 생각하니 어쩐지 나의 알맹이가 조금씩 깎여나가는 느낌이에요."

"깎여나가는 게 아니라 그만큼 다른 장소로 이식된다고 생각하는 것이 예술세계에서의 공식적인 견해입니다." 내가 말했다.

"보다 영속적인 장소로 이식된다는 뜻입니까?"

"물론 그 대상이 예술작품으로 불릴 자격이 있어야 가능하겠지만요."

"이를테면 반 고흐의 그림 속에서 계속 살아가는, 그 이름 없는 우편배달부처럼요?"

"그렇습니다."

"그 사람은 상상도 못했겠지요. 백몇십 년 후에 전 세계의 수많은 사람이 미술관까지 찾아가서, 혹은 화집을 펼쳐서 거기 그려진 자기 모습을 진지한 눈빛으로 바라보리라고는요."

"거의 틀림없이, 상상도 못했겠지요."

"허름한 시골집 부엌 한구석에서, 아무리 봐도 정상 같지 않은 남자가 그린 특이한 그림에 지나지 않았는데 말이죠."

나는 고개를 끄덕였다.

"왠지 묘한 기분이 드는군요." 멘시키가 말했다. "그 자체로는 영속할 자격이 없던 무언가가 어떤 우연한 만남에 의해 결과적으로 그런 자격을 얻게 된다는 게 말입니다."

"매우 드문 일이지만요."

그리고 나는 문득 〈기사단장 죽이기〉를 떠올렸다. 그 그림 속에서 검에 찔린 '기사단장'도 아마다 도모히코에 의해 영속할 생명을 얻었을까? 아니, 애당초 그 기사단장은 대체 누구일까?

나는 멘시키에게 커피를 권했다. 그는 마시겠다고 말했다. 부엌에 가서 커피메이커로 새 커피를 내렸다. 멘시키는 작업실 의자에 앉아 오페라에 귀를 기울였다. 레코드 B면이 끝날 때쯤 커피가 나왔고, 거실로 자리를 옮겨 함께 마셨다.

"어떻습니까, 제 초상화 작업은 잘될 것 같습니까?" 멘시키가 기품 있게 커피를 마시며 물었다.

"아직 모르겠습니다." 나는 솔직하게 말했다. "뭐라고 단언할 수 없군요. 잘될지 어떨지 저도 가늠이 안 됩니다. 지금껏 제가 그려온 초상화들과는 작업 순서가 매우 달라서요."

"여느 때와 달리 직접 모델을 쓰기 때문인가요?" 멘시키가 물었다.

"그런 것도 있지만 다는 아니에요. 이유는 모르겠지만, 저는 지금껏 주문을 받아 그려왔던 컨벤셔널한 형식의 이른바 '초상화'를 더이상 그릴 수 없게 된 것 같습니다. 그래서 그걸 대체할 기법이나 순서가 필요해요. 그런데 아직 그 길을 찾아내진 못했죠. 어둠 속을 더듬더듬 나아가는 중입니다."

"다시 말해 바로 지금 변화의 기로에 섰다, 그리고 말하자면 제가 그 변화의 촉매 역할을 하고 있다—그런 말씀입니까?"

"어쩌면 그럴지도 모르죠."

멘시키는 잠시 생각에 잠겼다가 말했다. "전에도 말씀드렸지만 결과적으로 어떤 스타일의 그림이 나오건 완전히 당신 자유입니다. 저 자신도 항상 변화를 좇아 움직이는 인간입니다. 흔해빠진 초상화를 원하지도 않고요. 어떤 스타일, 어떤 콘셉트든 상관없습니다. 제가 원하는 건 당신의 눈이 포착한 제 모습 그대로를 화폭에 옮겨주시는 겁니다. 기법이나 순서는 전적으로 일임하겠습니다. 그렇다고 제가 예의 아를의 우편배달부처럼 역사에 이름을 남기고 싶다는 건 아닙니다. 그만한 야심은 없어요. 다만 건전한 호기심이 있을 뿐이죠. 당신이 나를 그리면 대체 어떤 작품이 태어날까 하는 호기심요."

"말씀은 기쁘지만, 제가 지금 부탁드리고 싶은 건 하나뿐입니다." 나는 말했다. "혹시 만족할 만한 작품이 나오지 못했을 경우, 죄송하지만 이 일은 없었던 걸로 해주시면 좋겠습니다."

"다시 말해, 그림을 제게 넘겨주시지 않겠다는 말씀입니까?"

나는 고개를 끄덕였다. "물론 착수금은 전액 돌려드리지요."

멘시키가 말했다. "그렇게 하죠. 판단은 당신에게 맡기겠습니다. 절대 그런 결과가 나오지 않을 거라는 꽤 강렬한 예감이 들지만요."

"저도 그 예감이 맞기를 빕니다."

멘시키는 내 눈을 똑바로 바라보며 말했다. "하지만 설령 그 작품이 완성되지 못한다 해도, 어떤 형태로든 당신의 변화에 도움이 된다면 제게는 무척 기쁜 일입니다. 정말로요."

"그런데 멘시키 씨, 실은 긴히 상의드리고 싶은 일이 있습니다." 잠시 후 나는 큰맘 먹고 말을 꺼냈다. "그림과는 전혀 관계없는 개인적인 얘기인데요."

"말씀하세요. 제가 도울 수 있는 일이라면 기꺼이 돕겠습니다."

나는 한숨을 쉬었다. "상당히 기묘한 이야기예요. 자초지종을 알기 쉽고 조리 있게 설명하기에는 제 말재주가 턱없이 부족할지도 모르겠습니다."

"하시기 편한 순서대로 천천히 얘기해보십시오. 그리고 같이 생각해보죠. 혼자 생각하는 것보다는 괜찮은 지혜가 떠오를지도 모릅니다."

나는 처음부터 순서대로 이야기해나갔다. 한밤중 두시가 못 되어 퍼뜩 잠이 깼는데, 귀를 기울여보니 밤의 어둠 속에서 기이한 소리가 들려왔다. 멀고 미미했지만 벌레 소리가 그쳤던 까닭에 희미하게나마 귀에 들어왔다. 누군가가 방울을 울리는 듯한 소리였다. 소리를 따라가본 결과 이 집 뒤쪽의 잡목림 속, 돌무덤 틈새에서 들려온다는 사실을 알았다. 수수께끼 같은 소리는 불규칙한 침묵을 끼워가며 띄엄띄엄 사십오 분쯤 이어지다가 뚝 그쳤다. 같은 일이 그제와 어제, 이틀 밤 연이어 일어났다. 누군가 돌 밑에서 방울 같은 것을 흔드는지도 모른다. 구조 신호를 보내는지도 모른다. 하지만 그런 일이 있을 수 있는가? 내가 제정신인지 아닌지도 이제 확신이 서지 않는다. 내가 들은 것은 그저 환청일까?

멘시키는 한마디도 끼어들지 않고 이야기에 귀를 기울였다. 내가 말을 마친 뒤에도 잠시 침묵을 지켰다. 그가 진지하게 내 이야기를 듣고, 그 내용을 곰곰이 생각하고 있다는 것이 표정에서 느껴졌다.

“흥미로운 이야기입니다.” 잠시 후 그가 입을 열었다. 그리고 가볍게 헛기침을 했다. “아닌 게 아니라 예사롭지 않은 일이군요. 음…… 가능하다면 그 방울소리를 제 귀로 들어보고 싶은데, 오늘밤 여기로 찾아와도 괜찮겠습니까?”

나는 놀라서 말했다. “한밤중에 여기까지 오시겠다고요?”

“물론이죠. 제 귀에도 그 방울소리가 들린다면 당신의 환청이 아니라는 게 증명됩니다. 그게 첫걸음입니다. 그리고 만일 실재하는 소리라면 둘이서 다시 출처를 찾아보기로 하지요. 그뒤에 어떻게 할지는 그때 가서 생각하면 됩니다.”

“물론 그렇기는 하지만……”

“방해되지 않는다면 오늘밤 열두시 반쯤 찾아오겠습니다. 괜찮을까요?”

“당연히 저야 상관없지만, 멘시키 씨가 그렇게까지 하실 필요는……”

멘시키는 느낌이 좋은 미소를 입가에 떠올렸다. “신경쓰실 것 없습니다. 당신에게 도움이 될 수 있다면 제게 무엇보다 큰 기쁨입니다. 게다가 저는 원래부터 호기심이 강한 편이죠. 한밤의 방울소리가 과연 무슨 의미인지, 혹시 누군가가 방울을 울리는 거라면 그게 누구인지 꼭 진상을 알고 싶습니다. 당신은 어떻습니까?”

"물론 저도 그렇지만……" 내가 말했다.

"그럼 그렇게 하지요. 오늘밤 여기로 오겠습니다. 그리고, 조금이지만 제게 짚이는 데가 있습니다."

"짚이는 데요?"

"그 얘기는 나중에 다시 하십시다. 만약을 위해 먼저 확인해둘 필요가 있으니까요."

멘시키는 소파에서 일어나 등을 반듯이 펴고 오른손을 내밀었다. 나는 그 손을 잡았다. 역시 단단하고 힘찬 악수였다. 그리고 그는 다른 때보다 조금 행복해 보였다.

멘시키가 돌아간 후 오후 내내 부엌에서 요리를 했다. 나는 일주일에 한 번 몰아서 대강의 요리를 해둔다. 한꺼번에 만든 것을 냉장하거나 냉동해두고, 일주일 동안 그것만 먹으며 지낸다. 그날은 요리하는 날이었다. 저녁으로는 소시지와 양배추를 삶은 것에 마카로니를 넣어 먹었다. 토마토와 아보카도, 양파로 만든 샐러드도 먹었다. 밤이 되자 여느 때처럼 소파에 누워 음악을 들으면서 책을 읽었다. 그리고 책을 읽다 말고 멘시키를 떠올렸다.

그는 어째서 그렇게 기쁜 얼굴이었을까? 그는 정말로 내게 도움이 되는 일이 기쁜 걸까? 어째서? 잘 이해가 되지 않았다. 나는 그저 이름 없고 가난한 화가다. 육 년간 함께 산 아내는 떠났고, 부모님과도 사이가 벌어졌으며, 살 곳도 없거니와 재산이라

할 만한 것도 없고, 지금은 친구 아버지 집에 임시로 들어와 살고 있다. 그에 비하면(굳이 비할 필요도 없지만) 그는 젊은 나이에 자기 사업으로 큰 성공을 거두었고, 앞으로도 불편함 없이 살 만큼의 재산을 손에 넣었다. 적어도 본인은 그렇게 말했다. 외모가 수려하고, 영국차를 네 대 갖고 있으며, 딱히 일다운 일을 하지 않으면서 산꼭대기의 커다란 저택에서 우아한 나날을 보낸다. 그런 사람이 왜 나 같은 사람에게 개인적인 흥미를 품을까? 왜 나를 위해 굳이 한밤중에 시간을 내겠다는 것일까?

나는 고개를 젓고 독서로 돌아갔다. 생각해봐야 부질없는 짓이다. 아무리 생각한들 대답이 나올 리 없다. 처음부터 조각이 모자란 퍼즐을 맞추려는 것이나 마찬가지다. 그런데도 생각을 멈출 수 없었다. 나는 한숨을 쉬고, 책을 테이블 위에 내려놓고, 눈을 감고서 레코드에서 흘러나오는 음악에 귀를 기울였다. 빈 콘체르트하우스 현악 4중주단이 연주하는 슈베르트의 현악 4중주곡 15번.

이곳에 온 뒤로 나는 거의 매일 클래식을 들었다. 그리고 생각해보니 내 귀에 들려오는 음악은 대부분 독일(과 오스트리아)의 고전음악이었다. 아마다 도모히코의 레코드 컬렉션이 대개 독일계 고전음악으로 채워져 있기 때문이다. 차이콥스키나 라흐마니노프, 시벨리우스, 비발디, 드뷔시, 라벨 등은 기본적인 구색을 맞춘 정도다. 물론 오페라 팬인 만큼 베르디와 푸치니의 작품도 두루 갖추기는 했다. 하지만 독일 오페라의 충실한 진용에 비하면 썩 열의가 느껴지지 않았다.

아마도 아마다 도모히코에게는 빈 유학 시절의 추억이 너무도 강렬했던 것이리라. 그래서 독일 음악에 깊이 빠져들었는지도 모른다. 아니면 그 반대일 수도 있다. 그는 원래부터 독일계 음악을 매우 사랑했고, 그래서 프랑스가 아닌 빈으로 유학을 갔는지도 모른다. 어느 쪽이 먼저인지는 물론 알 도리가 없다.

어쨌거나 나는 이 집에서 독일 음악이 편애받는 데 불평할 입장이 못 되었다. 나는 그저 빈집을 봐주는 사람이고, 집주인의 호의에 기대어 이 레코드 컬렉션을 듣고 있을 뿐이다. 게다가 나는 바흐나 슈베르트, 브람스, 슈만, 베토벤의 음악을 듣는 것이 좋았다. 물론 모차르트도 빼놓을 수 없다. 그들의 음악은 심오하고 훌륭하며 아름다웠고, 지금까지 살아오는 동안 이런 유의 음악을 느긋하게 감상할 기회가 없었다. 매일 일에 쫓겼거니와 그만한 경제적 여유도 없었던 탓이다. 그러니 우연히 이런 기회가 온 김에, 여기 있는 악곡들을 될 수 있는 한 제대로 들어보기로 마음먹었다.

열한시가 지나 소파에서 잠깐 잠들었다. 음악을 듣다 잠이 든 모양이었다. 이십 분쯤 잤을까. 눈을 떴을 때는 이미 레코드가 끝나서 톤암이 원래 위치로 돌아가고 턴테이블이 멈춰 있었다. 거실에는 바늘이 저절로 올라가는 오토매틱 플레이어와 좀더 전문적인 매뉴얼식 플레이어 두 대가 있었는데 나는 안전을 위해—다시 말해 언제 잠에 빠져도 상관없도록—대개 오토매틱을 썼다. 나는 슈베르트의 음반을 재킷에 넣고 레코드장의 원래 자리에 꽂았다. 열어둔 창문으로 성대한 벌레 소리가 들려왔다. 벌레들이 울고 있는 한, 그 방울소리는 들리지 않는다.

부엌에서 커피를 데우고 쿠키 몇 개를 곁들여 마셨다. 그러고는 주위 산을 뒤덮은 밤벌레들의 요란한 합창에 귀를 기울였다. 열두시 반이 조금 못 되어 재규어가 비탈길을 매끄럽게 올라오는 소리가 들렸다. 차가 방향을 바꾸면서 노란 헤드라이트 한 쌍이 유리창을 크게 가로질렀다. 이윽고 엔진음이 멈추고, 차문이 여느 때처럼 단호하게 닫히는 소리가 들렸다. 나는 소파에 앉아 커피를 마시면서 호흡을 가다듬고 초인종이 울리기를 기다렸다.

13

그건 지금으로서는 그저 가설일 뿐입니다

우리는 거실 의자에 앉아 커피를 마시면서 그 시각이 되기를 기다리며 이야기를 나누었다. 처음에는 별 내용 없는 잡담이 오갔지만, 둘 사이에 한차례 침묵이 내려앉은 뒤 멘시키가 적잖이 조심스럽게, 그러나 묘하게 단호한 목소리로 물었다.

"혹시 아이가 있으십니까?"

그 말에 나는 약간 놀랐다. 그는 남에게—아직 그다지 친밀하다고 할 수 없는 상대에게—그런 질문을 할 사람으로 보이지는 않았다. 어디로 보나 '당신 사생활에 고개를 들이밀지 않을 테니, 대신 내 사생활에도 고개를 들이밀지 말아달라'는 타입이다. 적어도 나는 그렇게 이해하고 있었다. 그러나 고개를 들어 멘시키의 진지한 눈빛을 보자 그것이 이 자리에서 즉흥적으로 떠오른 질문이 아님을 알 수 있었다. 그는 전부터 내게 그걸 물어보고 싶었던 듯했다.

나는 대답했다. "육 년쯤 결혼생활을 했지만 아이는 없습니다."

"갖고 싶지 않았습니까?"

"저는 어느 쪽이든 좋았습니다. 하지만 아내가 원하지 않았어요." 나는 말했다. 그녀가 아이를 갖고 싶어하지 않은 이유는 굳이 설명하지 않았다. 그게 정말로 솔직한 이유였는지, 지금은 나도 잘 알 수 없었기 때문이다.

멘시키는 조금 망설이는 눈치였지만 이윽고 마음을 정한 듯이 말했다. "이런 질문은 실례가 될지 모르지만, 혹시 아내 아닌 여자가 어디선가 남몰래 내 아이를 키우고 있을지도 모른다는 가능성을 생각해보신 적이 있습니까?"

나는 다시 한번 멘시키의 얼굴을 빤히 바라보았다. 이상한 질문이었다. 일단 기억의 서랍 몇 개를 형식적으로 뒤져봤지만 그런 일이 일어날 가능성은 전혀 보이지 않았다. 지금껏 그렇게 많은 여자와 성적인 관계를 가지지도 않았고, 만일 그 비슷한 일이 있었다면 어떤 경로를 통해서든 내 귀에 들어왔을 것이다.

"물론 논리적으로는 가능할지도 모르지만 현실적으로, 아니, 상식적으로 생각하면 그런 가능성은 거의 없을 것 같은데요."

"그렇군요." 멘시키는 말했다. 그리고 깊은 상념에 잠겨 조용히 커피를 마셨다.

"그런데 저한테 왜 그런 질문을 하시죠?" 나는 큰맘 먹고 물어보았다.

그는 잠시 침묵을 지키며 창밖을 내다보았다. 달이 떠 있었다. 이틀 전처럼 유달리 밝지는 않지만 충분히 밝은 달이었다. 드문드문 끊어진 구름이 바다에서 산을 향해 천천히 하늘을 가로질렀다.

이윽고 멘시키가 입을 열었다.

"전에도 말씀드렸듯이 저는 지금껏 한 번도 결혼한 적이 없습니다. 이 나이가 되도록 줄곧 독신이었죠. 일 때문에 바쁘기도 했지만, 누군가와 함께 사는 것이 제 성격이나 생활방식에 맞지 않는다는 이유가 더 컸습니다. 좀 겉멋 든 말처럼 들릴지 몰라도 좋은 쪽으로든 나쁜 쪽으로든 저는 혼자 살아갈 수밖에 없는 인간입니다. 혈연이란 것에도 거의 관심이 없어요. 제 아이를 가지고 싶다는 생각도 해본 적 없고요. 거기에는 제 나름의 개인적인 이유도 있습니다. 대개 어릴 적 가정환경에서 비롯된 것들이죠."

그는 거기서 말을 끊고 한 박자 쉬었다. 그러고는 말을 이었다.

"하지만 몇 년 전부터 제게 아이가 있는 게 아닐까 하는 생각이 들기 시작했어요. 아니, 그렇게 생각할 수밖에 없는 상황에 몰렸다, 그게 맞는지도 모릅니다."

나는 잠자코 뒷말을 기다렸다.

"알고 지낸 지 얼마 되지 않은 분에게 이런 복잡한 개인사를 털어놓는 것이 제가 생각해도 좀 기묘하지만요." 멘시키가 입가에 희미한 미소를 띠며 말했다.

"저는 상관없습니다. 멘시키 씨만 괜찮으시다면."

그러고 보니 내게는 이상하게 어릴 적부터 썩 친하지 않은 사람들이 생각지 못한 비밀을 털어놓는 일이 잦았다. 어쩌면 나는 타인의 비밀을 끌어내는 특별한 자질 같은 것을 타고났는지도 모른다. 아니면 그저 남의 말을 잘 들어줄 사람처럼 보이는지도. 어쨌거나 그로 인해 득을 본 기억은 한 번도 없다. 사람들은 자기 비밀을 털어놓은 후 반드시 그 사실을 후회하기 때문이다.

"이런 이야기를 다른 사람에게 하는 건 처음입니다." 멘시키는 말했다.

나는 고개를 끄덕이고 다음 말을 기다렸다. 보통 다들 그렇게 말한다.

멘시키는 이야기를 시작했다. "십오 년쯤 전에, 저는 한 여자와 친밀한 관계를 맺었습니다. 당시 저는 삼십대 후반이고 상대는 이십대 후반의, 대단히 아름답고 매력적인 여성이었죠. 총명하기도 했고요. 나름대로 진지한 교제였지만 그녀와 결혼할 가능성이 없다는 점은 처음부터 확실하게 밝혀뒀지요. 나는 누구와도 결혼할 생각이 없다고요. 상대가 헛된 기대를 품는 건 원치 않았습니다. 그러니 만약 결혼하고 싶은 다른 사람이 생기면 깨끗이 물러나겠다고 했죠. 그녀는 저의 그런 심정을 이해해줬어요. 교제하는 사이(이 년 반 정도였습니다), 우리는 매우 원만하고 바람직하게 지냈죠. 말다툼 한번 한 적 없습니다. 여기저기 함께 여행도 가고, 종종 저희 집에서 자고 가기도 했습니다. 그래서 제가 사는 곳에는 그녀의 옷가지가 적잖이 갖춰져 있었죠."

그는 뭔가를 깊이 생각했다. 그러고는 다시 입을 열었다.

"만일 제가 보통 인간이었다면, 아니, 좀더 보통에 가까운 인간이었다면 아무 고민 없이 그녀와 결혼했을 테지요. 저도 고민하지 않았던 건 아닙니다. 하지만……" 그는 거기서 말을 멈추고 작게 한숨을 쉬었다. "하지만 결국 저는 지금과 같은 혼자만의 조용한 생활을 택하고, 그녀는 보다 건전한 인생 설계를 택했어요. 다시 말해 저보다 **좀더 보통에 가까운 남자**와 결혼한 겁니다."

관계를 끝낼 때까지 그녀는 자신의 결혼 사실을 멘시키에게 알리지 않았다. 두 사람이 마지막으로 만난 것은 그녀의 스물아홉번째 생일 일주일 후였다(생일에 긴자의 레스토랑에서 같이 식사를 했는데, 그때 그녀가 여느 때와 달리 말수가 적었다는 사실을 그는 나중에야 떠올렸다). 당시 아카사카에 있던 사무실에서 일을 하고 있었는데 그녀가 전화로, 잠깐 만나서 할 이야기가 있는데 지금 그쪽으로 가도 괜찮은지 물었다. 물론 괜찮다고 그는 말했다. 그전까지 그녀가 일터로 찾아온 적은 한 번도 없었지만 특별히 이상하게 생각하지는 않았다. 그와 중년여자 비서 둘만 일하는 작은 사무실이라 다른 사람을 신경쓸 필요도 없었다. 제법 규모가 큰 회사를 꾸리며 여러 명의 직원을 쓴 시기도 있었지만 당시는 혼자서 새로운 네트워크를 기획하는 중이었다. 기획을 시작하는 단계에는 혼자 과묵하게 일하고, 실무에 나서면서 많은 인재를 공격적으로 채용하는 것이 그의 방식이었다.

연인이 찾아온 것은 오후 다섯시가 조금 못 되어서였다. 두 사람은 사무실 소파에 나란히 앉아 대화를 나누었다. 다섯시가 되자 그는 옆방의 비서를 먼저 퇴근시켰다. 비서가 퇴근한 후 혼자 사무실에 남아 일을 계속하는 건 흔한 일이었다. 다음날 아침까지 그대로 일에 몰두하는 날도 종종 있었다. 그는 근처 레스토랑에 가서 그녀와 함께 저녁을 먹을 생각이었다. 하지만 그녀는 거절했다. 오늘은 그럴 시간까진 없어, 이따 긴자에서 누굴 만나야 해서.

"아까 전화로 무슨 할 이야기가 있다고 하지 않았어?" 그가 물었다.

"아니, 특별히 할 얘기는 없어." 그녀는 말했다. "그냥 잠깐 당신이 보고 싶었어."

"잘했네." 그는 미소지으며 말했다. 그녀가 이렇게 솔직하게 표현하는 건 드문 일이었다. 굳이 나누자면 완곡한 표현을 선호하는 쪽이었다. 그러나 그것이 무슨 의미인지 그는 잘 알 수 없었다.

그뒤 그녀는 아무 말 없이 소파 위에서 몸을 비틀어 멘시키의 무릎에 올라앉았다. 그러고는 양팔을 그의 몸에 두르고 입을 맞추었다. 혀가 얽히는 깊고 본격적인 입맞춤이었다. 긴 입맞춤이 끝나자 그녀는 손을 뻗어 멘시키의 바지 벨트를 풀고 페니스를 찾았다. 그리고 딱딱해진 그것을 꺼내 가만히 손에 쥐었다. 이윽고 몸을 숙여 페니스를 입에 물었다. 긴 혀끝이 주위를 천천히 핥았다. 혀는 매끄럽고 뜨거웠다.

그 일련의 행위는 그를 놀라게 했다. 그녀는 섹스에 관한 한 시종 수동적인 편이었고, 특히 오럴섹스에는—해주는 것도 받는 것도—늘 적잖은 저항감이 있는 듯했기 때문이다. 그러나 오늘은 웬일인지 그녀 스스로 적극적으로 그 행위를 원하는 것 같았다. 대체 무슨 일일까, 그는 의아하게 여겼다.

잠시 후 그녀는 벌떡 일어나더니 신고 있던 고급스러운 검은색 펌프스를 벗어던지고, 원피스 아래로 손을 넣어 재빨리 스타킹과 속옷을 끌어내렸다. 그리고 다시 그의 무릎 위로 올라와서는 한 손으로 그의 페니스를 붙잡아 제 몸속으로 이끌었다. 그곳은 이미 충분한 습기를 띠고, 흡사 살아 있는 생명체처럼 저절로 매끈하게 움직였다. 모든 단계가 놀랄 만큼 신속하게 이루어졌다(이것 또한 그녀답지 않다고 할 수 있었다. 느릿하고 부드러운 동작이 평소 그녀의 특징이었으므로). 정신을 차렸을 때 그는 이미 그녀 안에 있었다. 부드러운 주름이 그의 페니스를 고스란히 품고서 조용히, 그러나 망설임 없이 조여들었다.

그것은 그가 지금껏 그녀와 경험했던 어떤 섹스와도 달랐다. 따뜻함과 차가움이, 딱딱함과 부드러움이, 그리고 수용과 거절이 동시에 존재하는 것 같았다. 그는 그런 불가사의한 감각에서 모순을 느꼈다. 하지만 그것이 구체적으로 무슨 의미인지는 잘 이해할 수 없었다. 그의 위에 걸터앉은 그녀는 작은 보트에 탄 사람이 큰 파도에 흔들리듯 격렬하게 위아래로 몸을 움직였다. 어깨까지 내려오는 검은 머리카락이 강풍에 낭창대는 버드나무 가지처럼 허공에서 흔들렸다. 자제심을 잃고 신음이 점점 커져갔다. 멘시키는 사무실 문을 잠갔는지 확신이 없었다. 잠근 것 같기도 하고, 깜빡 잊은 것 같기도 했다. 하지만 이제 와서 확인하러 갈 수는 없었다.

"피임 안 해도 돼?" 그가 물었다. 그녀는 평소 피임에 무척 예민했다.

"괜찮아, 오늘은." 그녀가 그의 귓전에 속삭였다. "당신이 걱정할 일은 아무것도 없어."

그녀에 얽힌 모든 것이 다른 때와 달랐다. 마치 안에 잠들어 있던 또다른 인격이 갑자기 깨어나 그녀의 정신과 몸을 고스란히 차지해버린 것 같았다. 아마 오늘은 그녀에게 무슨 특별한 날인 모양이라고 그는 생각했다. 여자의 몸에는 남자가 이해할 수 없는 부분이 많은 법이다.

시간이 갈수록 그녀의 움직임은 대담하고 다이내믹해졌다. 그녀가 원하는 바를 막지 않는 것 말고 그가 할 수 있는 일은 아무것도 없었다. 이윽고 마지막 단계가 찾아왔다. 그가 참지 못하고 사정하자 그녀는 그에 맞춰 이국의 새 울음 같은 짧은 신음을 토했다. 그때를 기다렸다는 듯 그녀의 자궁이 그의 정액을 받아들이며 탐욕스럽게 빨아들였다. 그는 어둠 속에서 정체 모를 동물에게 잡아먹히는 것 같은 혼탁한 이미지를 떠올렸다.

잠시 후 그녀는 멘시키의 몸을 밀어내다시피 일어나 말없이 원피스 밑단을 바로잡았다. 바닥에 떨어져 있던 스타킹과 속옷을 가방에 쑤셔넣고 재빨리 화장실로 사라졌다. 그리고 한동안 나오지 않았다. 무슨 일이라도 생겼나 불안해질 즈음에야 그녀가 화장실에서 나왔다. 옷에도 머리에도 흐트러진 구석이 없고 화장도 완벽한 상태로 돌아와 있었다. 입가에는 여느 때처럼 온화한 미소가 떠올라 있었다.

그녀는 멘시키의 입술에 가볍게 키스하고, 어서 가봐야겠다고 말했다. 벌써 약속시간에 늦었어. 그리고 잰걸음으로 사무실을 나갔다. 뒤돌아보지도 않았다. 멀어지는 그녀의 구둣소리가 그의 귀에 아직도 선명하게 남아 있다.

그것이 그녀와의 마지막 만남이었다. 그후로 소식이 뚝 끊겼다. 전화를 걸어도, 편지를 보내도 답이 없었다. 그리고 두 달 후 그녀는 결혼식을 올렸다. 그는 그 소식을 나중에야 공통의 지인에게서 전해들었다. 그가 결혼식에 초대받지 않았을 뿐만 아니라 결혼 사실 자체를 몰랐다는 데 지인은 상당히 의아해했다. 멘시키와 그녀가 가까운 친구 사이라고 생각했기 때문이다(두 사람은 매우 주의깊게 교제했으므로 아무도 연인 사이임을 몰랐다). 결혼 상대는 멘시키가 모르는 남자였다. 이름도 들은 적 없었다. 그녀는 결혼할 생각임을 멘시키에게 알리지 않았고, 그런 암시조차 하지 않았다. 그저 그의 눈앞에서 말없이 사라졌을 뿐이다.

그때 사무실 소파에서 가졌던 격렬한 정사는 아마도 이것을 마지막으로 이별을 결심한 사람의 사랑의 행위였음을 멘시키는 깨달았다. 뒤늦게 그때의 일을 몇 번이나 떠올렸다. 그 기억은 오랜 세월이 흐른 뒤에도 놀랍도록 선명하고 극명했다. 소파가 삐걱거리는 소리, 출렁이는 그녀의 머리카락, 귓전에 닿던 그녀의 뜨거운 숨결까지 그대로 재현할 수 있었다.

그렇다면 멘시키는 그녀를 잃은 것을 후회하는가? 물론 그렇지 않다. 그는 지난 일을 뒤늦게 후회하는 부류의 인간이 아니다. 자신은 가정생활에 적합한 인간이 아니라는 점을 멘시키는 잘 알았다. 아무리 사랑하는 상대일지라도 타인과 일상을 공유할 수는 없다. 그는 매일 고독한 집중력을 필요로 했고, 그 집중력이 누군가의 존재로 인해 흐트러지는 것을 참지 못했다. 누군가와 함께 생활한다면 언젠가 그 사람을 미워하게 될지 모른다.

그 상대가 부모이건, 아내이건, 아이이건. 그는 그것이 무엇보다 두려웠다. 그는 누군가를 사랑하는 것을 두려워한 것이 아니다. 오히려 누군가를 미워하는 것을 두려워했다.

그가 그녀를 깊이 사랑했다는 사실은 변함이 없었다. 지금껏 그녀보다 사랑한 여자는 없었고 아마 앞으로도 없을 것이다. "제 안에는 지금도 그녀만을 위한 특별한 장소가 있어요. 대단히 구체적 장소죠. 신전이라 해도 좋을지 모릅니다." 멘시키는 말했다.

신전? 내 귀에 그 표현은 다소 기묘한 선택처럼 들렸다. 하지만 아마도 멘시키에게는 올바른 표현이리라.

멘시키는 거기서 이야기를 맺었다. 자신의 개인사를 더없이 상세하고 구체적으로 들려준 셈이지만 섹슈얼한 울림은 거의 느껴지지 않았다. 흡사 순수하게 의학적으로 작성된 보고서가 눈앞에서 낭독되는 인상이었다. 아니, 실제로도 그와 다르지 않았으리라.

"결혼식을 올리고 일곱 달 후, 그녀는 도쿄의 병원에서 무사히 딸아이를 낳았습니다." 멘시키는 말을 이었다. "지금으로부터 십삼 년 전의 일입니다. 실은 출산 사실도 한참 뒤에 다른 사람한테 듣고서 알았습니다만."

멘시키는 잠시 빈 커피잔 안쪽을 내려다보았다. 마치 거기에 따뜻한 음료가 가득 담겨 있던 시절을 그리워하는 것처럼.

"그리고 그 아이는 어쩌면 제 아이인지도 모릅니다." 멘시키가 쥐어짜내는 투로 말했다. 그러고는 개인적인 의견을 구하듯이 내 얼굴을 보았다.

그가 무슨 말을 하려는지 이해하는 데 시간이 조금 걸렸다.

"시기적으로는 맞군요?" 내가 물었다.

"그렇습니다. 시기적으로 꼭 들어맞습니다. 제 사무실에서 그녀를 만난 날로부터 아홉 달 뒤에 그 아이가 태어났어요. 그녀는 결혼 직전에, 아마도 수태할 가능성이 가장 높은 날을 골라 저를 찾아와서, 저의 정자를—뭐라고 하면 좋을까요—의도적으로 채집해간 거죠. 그것이 제가 세워본 가설입니다. 나와의 결혼은 처음부터 기대하지 않았지만 내 아이를 낳기로 결심했다, 그런 게 아니었을까."

"그러나 확증은 없다." 나는 말했다.

"그렇습니다, 물론 확증은 없어요. 그건 지금으로서는 그저 가설일 뿐입니다. 하지만 근거 비슷한 것은 있어요."

"그래도 그분 입장에서는 매우 위험한 시도인데요." 나는 지적했다. "만일 혈액형이 다르면 나중에 아버지가 다르다는 사실이 알려질지도 모릅니다. 굳이 그런 위험을 무릅썼을까요?"

"제 혈액형은 A형입니다. 이 나라에서 제일 흔한 혈액형이고, 제 기억에 그녀도 A형입니다. 무슨 이유로 전문적인 DNA 검사를 하지 않는 한 비밀이 드러날 가능성은 상당히 낮아요. 그녀가 그 정도는 계산했겠지요."

"하지만 마찬가지로, 그 여자아이의 생물학적 아버지가 당신인지 아닌지도 정식 DNA 검사를 하지 않는 한 판명되지 않아요. 그렇죠? 아니면 아이 어머니에게 직접 물어보거나."

멘시키가 고개를 가로저었다. "아이 어머니에게 물어보는 건 이제 불가능합니다. 그녀는 칠 년 전에 세상을 떠났어요."

"유감이군요. 젊은 나이에." 내가 말했다.

"숲속을 산책하던 중 말벌 몇 마리에 쏘여서 죽었어요. 원래 알레르기가 있었는데 벌의 독소를 버티지 못한 거죠. 병원으로 옮겨졌을 때는 이미 숨을 거둔 뒤였습니다. 아무도 그녀에게 그런 알레르기가 있는 줄 몰랐지요. 아마 본인도 몰랐을 겁니다. 남은 가족은 남편과 외동딸입니다. 딸은 이제 열세 살이 됩니다."

동생이 죽은 나이와 거의 같다, 고 나는 생각했다.

나는 말했다. "그 여자아이가 내 아이인지도 모른다고 추측할 만한 근거 비슷한 것이 있다, 그렇게 말씀하셨죠?"

"그녀가 죽고 얼마 후, 저는 뜻하지 않게 죽은 이의 편지를 받았습니다." 멘시키는 조용한 목소리로 말했다.

어느 날 사무실로 처음 보는 법률사무소로부터 배달증명이 딸린 대형봉투가 도착했다. 안에는 타이핑된 두 통의 서한(변호사 사무소 이름이 들어간 것)과 연분홍색 봉투 하나가 들어 있었다.

법률사무소의 편지에는 변호사 서명이 있었다. '○○○○(옛 연인의 이름이다) 님이 생전에 맡겨두신 서한을 동봉합니다. ○○○○님은 본인이 사망할 경우 이 서한을 귀하에게 보내달라는 뜻을 남기셨습니다. 참고로 귀하 외의 사람에게는 절대 보이지 말아달라는 주의서도 첨부되어 있었습니다.'

대략 그런 내용이었다. 이어서 그녀가 죽음을 맞은 경위가 간단히, 지극히 사무적으로 적혀 있었다. 멘시키는 한동안 말을 잃었다가 겨우 정신을 차리고 가위를 들어 분홍색 봉투를 열었다. 푸른 잉크로 적힌, 넉 장에 이르는 자필 편지였다. 그녀의 필체는 매우 아름다웠다.

멘시키 와타루 씨

지금이 몇년도 몇월인지 몰라도 당신이 이 편지를 읽을 때 나는 이미 이 세상에 없을 거야. 이유는 모르겠지만 나는 옛날부터 비교적 일찍 세상을 뜰 것 같다는 느낌을 떨칠 수 없었어. 그래서 이렇게 미리 스스로의 사후 처리를 해두는 거야. 이게 다 쓸데없는 헛수고로 끝난다면 그보다 좋은 일은 없겠지만— 어쨌든 당신이 이 편지를 읽고 있다는 건 내가 죽었다는 말이겠지. 그 생각을 하면 몹시 쓸쓸해져.

우선 말해두고 싶은데(어쩌면 굳이 말할 필요도 없는지 모르지만), 내 인생은 애초에 그리 대단한 것이 못 돼. 그건 잘 알고 있어. 그러니까 유난스럽게 굴지 말고, 쓸데없는 말도 하지 않고, 조용히 세상에서 퇴장하는 것이 나 같은 사람에게 어울리겠지. 하지만 멘시키 씨, 당신에게만은 한 가지 사실을 꼭 알려둬야 할 것 같아. 그러지 않으면 당신 앞에 한 인간으로서 떳떳하게 설 기회를 영원히 잃을 것 같으니까. 그래서 내가 아는 믿을 만한 변호사에게 이 편지를 맡겨두고 후에 당신에게 보내기로 한 거야.

내가 그렇게 갑자기 당신을 떠나서 다른 사람의 아내가 된 것, 그리고 당신에게 미리 한마디도 알리지 않은 것은 진심으로 미안하게 생각해. 아마 무척 놀랐으리라고 짐작해. 아니면 불쾌했을지도 모르지. 그도 아니면 냉철한 당신은 그만한 일에는 놀라지도, 딱히 심적으로 동요하지 않았을지도 모르겠어. 어쨌든 그때 내게는 다른 길이 없었어. 이제 와서 굳이 구구하게 설명하진 않겠지만 그 점만은 부디 이해해줘. 그때 내게는 선택의 여지가 거의 없었어.

하지만 내게도 선택할 수 있는 길이 하나 남아 있었어. 그 선택은 단 하루, 단 한 번의 행위에 집약되어 있어. 내가 마지막으로 당신을 만난 날 기억해? 사무실로 갑자기 찾아갔던 초가을 해질녘 말이야. 겉으로는 어땠을지 몰라도 그때 나는 정말 절박했어. 막다른 데 몰려 있었어. 내가 아닌 다른 사람이 된 기분이었어. 하지만 그런 혼란 속에서도, 그때의 내 행위는 처음부터 끝까지 정확하게 의도된 것이었어. 그리고 나는 그때의 행동을 지금까지 한 번도 후회한 적 없어. 그건 내 인생에서 무척 큰 의미가 있는 일이었어. 아마도 나 자신의 존재 같은 것보다, 훨씬 큰 의미.

당신은 분명 나의 그런 의도를 이해하고, 끝내는 용서해줄 거라고 기대해. 그리고 그 일로 당신에게 어떤 형태로든 피해가 가지 않기를 빌고 있어. 당신이 그런 상황을 무엇보다 싫어한다는 걸 잘 아니까.

멘시키 씨, 나는 당신이 행복하고 긴 인생을 보내기를 바라. 또한 당신이라는 멋진 존재가 어디선가 오래도록 풍요롭게 이어지기를.

○○○○로부터

멘시키는 편지 내용을 통째로 외울 만큼 몇 번이고 되풀이해 읽었다(실제로 그는 내 앞에서 첫 줄부터 마지막 줄까지 막힘없이 암송해주었다). 그 편지에는 온갖 감정과 암시가 빛이 되고 그림자가 되어, 그늘이 되고 볕이 되어, 복잡한 숨은그림찾기처럼 그려져 있었다. 이제 아무도 쓰지 않는 고대 언어를 연구하는 언어학자처럼, 그는 몇 년을 들여 그 문면에 도사린 모든 가능성을 검증했다. 단어와 표현 하나하나를 들어내 갖가지 형태로 조합하고, 교차시키고, 순서를 바꿔넣었다. 그리고 한 가지 결론에 도달했다. 그녀가 결혼하고 일곱 달 후에 낳은 딸아이는 그 사무실 가죽소파 위에서, 멘시키와의 사이에서 생긴 아이가 거의 틀림없다고.

“저는 잘 아는 변호사사무소에 의뢰해서 그녀가 남긴 딸아이에 대해 알아봤지요.” 멘시키는 말했다. “그녀가 결혼한 상대는 열다섯 살 위이고, 부동산업에 종사하고 있습니다. 부동산업이라고는 하지만 원래 지방 지주의 아들인지라 자신이 상속받은 토지나 건물의 관리가 주된 업무지요. 물론 다른 물건도 조금씩 취급하지만 그렇게 폭넓고 적극적으로 사업을 펼치지는 않아요. 애당초 일하지 않고도 불편 없이 살 만한 재산이 있으니까요. 딸의 이름은 마리에라고 합니다. 남편은 칠 년 전 사고로 아내를 잃은 뒤 재혼하지 않았어요. 결혼하지 않은 여동생이 있는데, 그 동생이 같이 살면서 집안일 등을 해주는 모양입니다. 마리에는 그 지역 공립중학교에 입학해 지금 1학년입니다.”

“그 마리에라는 아이를 만나보신 적은 있나요?”

멘시키는 잠시 입을 다물고 말을 골랐다. “멀리 떨어져서 얼굴을 본 적은 몇 번 있습니다. 하지만 말을 나누진 않았죠.”

“보시니 어땠습니까?”

"얼굴이 저를 닮았느냐고요? 그건 제가 뭐라고 판단할 수 없습니다. 닮았다고 하면 전부 닮은 것 같고, 닮지 않았다고 하면 하나도 닮지 않은 것 같아요."

"그 아이 사진은 갖고 계신가요?"

멘시키는 조용히 고개를 가로저었다. "아니요, 없습니다. 사진쯤은 얼마든지 구할 수 있었지만 저는 굳이 원하지 않았어요. 사진 한 장을 지갑에 넣어 다닌다고 무슨 소용이 있을까요? 제가 원하는 건……"

그다음 말은 이어지지 않았다. 그가 입을 다물자 요란한 벌레 소리가 대신 침묵을 메웠다.

"하지만 멘시키 씨, 아까는 분명 혈연이란 것에 전혀 흥미가 없다고 하셨는데요."

"그렇습니다. 저는 지금껏 혈연이란 것에 흥미를 가진 적이 없었어요. 오히려 가능한 한 멀리하고 싶다는 생각으로 살아왔죠. 그런 심정은 지금도 변함없습니다. 그러나 또 한편으로, 그 마리에라는 아이에게서 눈을 뗄 수 없게 되었어요. 그 아이 생각을 도저히 멈출 수 없는 겁니다. 논리적으로 설명할 길 없이……"

나는 할말을 찾지 못했다.

멘시키가 말을 이었다. "이런 경험은 정말이지 처음입니다. 저는 항상 저 자신을 통제해왔고, 그 점을 자랑스럽게 여겨왔어요. 그런데 지금은 혼자 있는 것이 때때로 괴롭기까지 합니다."

나는 느낀 바를 과감하게 입에 올렸다. "멘시키 씨, 어디까지나 저의 직관인데, 멘시키 씨는 그 마리에라는 아이와 관련해서 제가 뭔가 해주기를 원하시는 것 같습니다. 제가 너무 나아간 건가요?"

멘시키는 조금 뜸을 들였다가 고개를 끄덕였다. "이걸 뭐라고 말씀드려야 좋을지……"

그때 문득 알아차렸다. 그토록 요란하던 벌레 소리가 완전히 그쳤다. 고개를 들어 벽시계를 확인했다. 한시 사십분이 지난 참이었다. 나는 검지를 입술에 갖다댔다. 멘시키가 곧바로 입을 다물었다. 그리고 우리는 밤의 정적을 향해 귀를 기울였다.

14
이렇게까지 기묘한 일은 처음이다

나와 멘시키는 이야기를 중단하고 동작을 멈춘 채 허공을 향해 귀를 기울였다. 벌레 소리가 더는 들리지 않았다. 이틀 전, 또 그 전날과 마찬가지로. 이윽고 나는 깊은 침묵 속에서 다시금 그 희미한 방울소리를 들을 수 있었다. 그것은 몇 번 울리고 불규칙적으로 끊겼다가 다시 울렸다. 나는 맞은편 소파에 앉은 멘시키를 흘긋 보았다. 그리고 그의 표정을 통해 그 역시 같은 소리를 듣고 있음을 알았다. 미간에 깊은 주름이 잡혀 있었다. 무릎 위에 두었던 손을 살짝 들어올리고 방울소리에 맞춰 손가락을 작게 움직이고 있다. 나의 환청이 아니었던 것이다.

이삼 분쯤 심각한 얼굴로 귀를 기울이던 멘시키가 소파에서 천천히 몸을 일으켰다.

"소리나는 곳으로 가봅시다." 그가 메마른 목소리로 말했다.

나는 회중전등을 챙겼다. 그는 현관 밖으로 나가 집에서 가져온 대형 회중전등을 재규어에서 꺼냈다. 우리는 일곱 단의 계단을 올라가 잡목림 속으로 들어갔다. 그제 밤 정도는 아니지만 제법 밝은 가을달빛이 발밑을 비추었다. 사당 뒤편으로 돌아가서 참억새 덤불을 헤치고 돌무덤 앞에 섰다. 그리고 다시 한번 귀를 기울였다. 수수께끼 같은 소리는 의심의 여지 없이 돌 사이에서 흘러나오고 있었다.

멘시키가 돌 주위를 천천히 한 바퀴 돌면서 회중전등 불빛으로 틈새를 주의깊게 점검했다. 특별히 이상한 점은 눈에 띄지 않았다. 이끼 덮인 오래된 돌이 잡다하게 쌓여 있을 뿐이다. 그가 내 얼굴을 보았다. 달빛을 받은 멘시키의 얼굴은 어딘가 고대의 가면처럼 보였다. 어쩌면 내 얼굴도 그렇게 보였을까?

"지난번에도 여기서 소리가 났습니까?" 그가 목소리를 낮춰 물었다.

"여기예요." 내가 말했다. "틀림없이 여기입니다."

"제 귀에는 이 돌 밑에서 누군가가 방울 같은 걸 흔드는 것처럼 들립니다." 멘시키가 말했다.

나는 고개를 끄덕였다. 내가 정상임을 확인하고 안심하는 동시에, 지금까지는 한 가지 가능성으로만 암시되던 비현실성이 멘시키의 말에 의해 현실의 것이 되고, 그로 인해 세계의 이음매에 미세한 어긋남이 발생했다는 점을 인정하는 수밖에 없었다.

“어떻게 하면 좋을까요?” 내가 물었다.

멘시키는 소리나는 일대를 잠시 회중전등으로 비추었다. 그리고 입을 꾹 다물고 생각에 잠겼다. 밤의 정적 속에서 그의 두뇌가 빠르게 회전하는 소리가 들릴 것 같았다.

“어쩌면 누군가가 도움을 청하고 있는지도.” 멘시키는 혼잣말처럼 말했다.

“하지만 대체 누가, 이렇게 무거운 돌 밑으로 기어들어간단 말입니까?”

멘시키가 고개를 가로저었다. 당연히 그도 모르는 것이 있다.

“일단 지금은 집으로 돌아갑시다.” 그가 말하고는 내 어깨 뒤에 살짝 손을 얹었다. “적어도 소리가 어디서 나는지는 확실해졌습니다. 어떻게 할지 집에 가서 천천히 이야기해보죠.”

우리는 잡목림을 빠져나와 집 앞 빈터로 나왔다. 멘시키가 재규어 문을 열어 회중전등을 넣어두고, 대신 좌석 위에 있던 작은 종이가방을 꺼냈다. 그리고 우리는 집안으로 들어갔다.

“혹시 위스키가 있으면 좀 주시겠습니까?” 멘시키가 말했다.

“그냥 스카치위스키인데 괜찮을까요?”

“물론입니다. 스트레이트로 주세요. 물도요, 얼음 없이.”

나는 부엌 붙박이장에서 화이트 라벨의 병을 꺼내고, 유리잔

두 개에 따라 미네랄워터와 함께 거실로 가져갔다. 우리는 마주 앉아 아무 말도 하지 않고 각자 위스키 스트레이트를 마셨다. 그의 잔이 비자 부엌에서 화이트 라벨 병을 가져와 새로 채워주었다. 그는 잔을 쥐고 있을 뿐 입은 대지 않았다. 한밤의 침묵 속에서 방울소리가 여전히 띄엄띄엄 이어졌다. 작은 소리지만, 놓칠 수 없는 치밀한 무게가 실려 있었다.

"저는 이런저런 불가사의한 일을 보고 들어왔지만, 이렇게 불가사의한 일은 처음입니다." 멘시키가 말했다. "처음 당신 이야기를 들었을 때는 실례지만 반신반의했어요. 정말이지, 이런 일이 실제로 일어나다니."

그 표현이 왠지 내 주의를 끌었다. "실제로 일어나다니, 라고요?"

멘시키가 고개를 들고 내 눈을 바라보았다.

"똑같은 일을 전에 책에서 읽은 적이 있거든요." 그가 말했다.

"똑같은 일이라면, 한밤중에 어디선가 방울소리가 나는 거요?"

"정확히 말해 책에 나온 건 방울소리가 아니라 징소리였습니다. '징과 북을 울려서 찾다'* 할 때의 징 말이죠. 옛날 불사佛事에

---

* 여럿이 요란스럽게 뭔가를 찾는다는 뜻의 관용어. 미아를 찾을 때 징과 북을 울렸던 관습에서 비롯되었다.

쓰던 작은 도구인데, 망치와 비슷한 당목으로 두드려 소리를 내죠. 염불도 외우면서요. 그 징소리가 한밤중에 땅 밑에서 들려온다는 이야기입니다."

"괴담인가요?"

"괴이담怪異譚이라고 하는 편이 더 맞겠죠. 우에다 아키나리의 『하루사메 이야기』라는 책을 읽어보셨습니까?"

나는 고개를 가로저었다. "아키나리의 『우게쓰 이야기』는 아주 오래전에 읽은 적 있지만, 그 책은 아직입니다."

"『하루사메 이야기』는 아키나리가 가장 만년에 쓴 소설집입니다. 『우게쓰 이야기』를 완성하고 사십여 년이 지나서 나왔죠. 『우게쓰 이야기』가 이야기성을 중시했다면 여기서는 문인으로서 그의 사상성이 중시됩니다. 그중 「이세二世의 인연」이라는 기이한 이야기가 한 편 있습니다. 그 이야기의 주인공이 당신과 똑같은 일을 겪지요. 주인공은 부농의 아들입니다. 학문을 좋아해서 깊은 밤 혼자 글을 읽고 있는데, 정원 한구석의 돌 아래서 이따금 징소리 비슷한 것이 들립니다. 이상하게 여기고 이튿날 사람을 시켜 파헤쳐보니 안에 커다란 돌이 있고, 그것을 치우니 돌뚜껑을 덮은 관 같은 것이 나옵니다. 열어보니 그 안에는 말린 생선처럼 야윈 사람이 있었습니다. 머리가 무릎까지 자랐고, 손만 움직여서 당목으로 징을 울리고 있어요. 아마도 저 옛날, 영원한 깨달음을 얻기 위해 스스로 죽음을 택하고 산 채로 관에 들어가 매장당한 승려인 듯합니다. 이런 행위를 선정禪定이라고 합니다. 미라가 된 시체는 훗날 파내어 절에 모십니다. 다른 말로는 '입정入定하다'라고도 하고요. 그 미라도 원래는 존경받는 승려였을 테지요. 영혼은 본인이 원한 대로 열반에 들고, 영혼을 잃은 육체만 세상에 남아 목숨을 이어간 겁니다. 주인공의 가족은 십 대에 걸쳐 그곳에 살아왔으니, 아마도 그보다 전에 일어난 일로 보입니다. 다시 말해 수백 년 전이지요."

멘시키는 거기서 말을 멈췄다.

"그러니까, 똑같은 일이 이 집 주위에 일어나고 있다는 말씀인가요?" 내가 물었다.

멘시키는 고개를 가로저었다. "상식적으로 생각하면 있을 수 없는 일입니다. 그건 에도 시대에 쓰인 괴이담일 뿐이에요. 아키나리는 예부터 전해내려오는 민담을 듣고 자기 나름으로 환골탈태시켜서 「이세의 인연」이라는 가상의 이야기를 만들었어요. 하지만 그 내용은 지금 우리가 겪고 있는 일과 신기할 만큼 일치합니다."

그가 위스키잔을 가볍게 흔들었다. 호박색 액체가 그의 손안에서 소리 없이 찰랑거렸다.

"그러면 그 이야기에서, 살아 있는 미라 같은 승려는 땅속에서 나온 뒤 어떻게 되나요?" 내가 물었다.

"거기서부터 이야기는 상당히 기이하게 흘러갑니다." 멘시키는 왠지 거북한 기색으로 말을 이었다. “우에다 아키나리가 만년에 도달한 독자적 세계관이 짙게 반영되어 있어요. 상당히 시니컬한 세계관이라 할 수 있죠. 아키나리는 성장과정도 복잡했고, 적지 않은 고뇌와 함께 인생을 살아온 사람이었으니까요. 그러니 뒷부분은 제 입으로 간단히 설명하는 것보다 직접 읽어보시는 편이 좋을 것 같습니다.”

멘시키는 차에서 가져온 종이가방에서 오래된 책 한 권을 꺼내 내게 건넸다. 그것은 일본 고전문학전집 중 한 권이었다. 우에다 아키나리의 『우게쓰 이야기』와 함께 『하루사메 이야기』 전편이 실려 있었다.

“당신 이야기를 듣고 곧바로 떠올라서, 내용을 확인할 겸 저희 집 서재에서 찾아 읽었습니다. 책은 드리지요. 괜찮으면 한번 읽어보세요. 짧으니까 금방 읽을 겁니다.”

나는 고맙다고 말하고 책을 받아들었다. 그리고 말했다. “불가사의한 이야기예요. 상식적으로는 도저히 생각할 수 없죠. 이 책은 물론 읽어보겠습니다. 하지만 그건 그거고, 현실적으로 저는 지금부터 뭘 어떻게 하는 게 좋을까요? 손놓고 가만있을 수는 없을 것 같아요. 만일 정말로 돌 밑에 사람이 있다면, 그리고 그 사람이 밤마다 방울인지 징인지를 울려서 도와달라는 메시지를 보내는 거라면, 뭐가 어찌됐건 일단 거기서 꺼내줘야 하지 않을까요?”

멘시키가 심각한 표정을 지었다. "하지만 거기 쌓인 돌을 전부 치워내는 건 저희 두 사람만으로는 도무지 역부족입니다."

"경찰에 신고해야 할까요?"

멘시키는 몇 번이나 고개를 작게 저었다. "경찰은 거의 도움이 안 될 겁니다. 한밤중에 잡목림 돌 밑에서 방울소리가 들려온다고 신고해봤자 상대해줄 리 없죠. 머리가 어떻게 된 거 아니냐고 생각할 겁니다. 오히려 이야기만 복잡해져요. 신고는 하지 않는 편이 좋겠습니다."

"하지만 앞으로도 매일 밤 그 소리가 들린다면 전 도저히 정신적으로 견딜 수 없을 겁니다. 잠도 제대로 못 자고, 결국 이 집에서 나가야겠죠. 그 소리는 틀림없이 무언가를 호소하고 있어요."

멘시키는 잠시 깊은 생각에 잠겼다. 그러고는 입을 열었다. "그만한 돌을 전부 치워내려면 전문가의 도움이 필요합니다. 제가 아는 이 지역 조경업자가 있어요. 제법 가까운 사이죠. 조경업자이니 무거운 돌을 다루는 데도 익숙합니다. 혹시 필요하다면 소형 채굴기 같은 것도 수배할 수 있고요. 그러면 무거운 돌을 치우고 구덩이를 파는 것도 어렵지 않죠."

"그렇기야 할 테지만, 그러려면 두 가지 문제가 있어요." 나는 지적했다. "첫째, 이 토지의 소유자인 아마다 도모히코의 아들에게 그런 작업을 해도 괜찮을지 허락을 받아야 합니다. 저 혼자 마음대로 판단할 수는 없어요. 둘째, 저는 그런 업자를 고용할 만한 경제적 여유가 없습니다."

멘시키가 미소지었다. "비용은 걱정할 것 없습니다. 그 정도는 제가 부담할 수 있어요. 실은 그 업자가 제게 신세진 일이 좀 있으니, 아마 실비만 받고 작업해줄 겁니다. 신경쓰실 일은 없어요. 아마다 씨에게는 한번 직접 연락해보시지요. 사정을 설명하면 허락해주시지 않을까요. 만약 정말로 그 돌 밑에 누가 갇혀 있는데 죽든 말든 그대로 내버려둔다면, 땅 소유주로서 책임질 일이 생길지도 모르니까요."

"그래도 아무 관계 없는 멘시키 씨에게 그런 부탁까지 드리려니, 제 마음이 영……"

멘시키가 무릎 위에서 손바닥을 위로 하고 양손을 펼쳤다. 마치 빗물을 받는 것처럼. 그러고는 나지막하게 말했다.

"전에도 말씀드렸듯이 저는 호기심이 강합니다. 이 기이한 이야기가 과연 앞으로 어떤 식으로 흘러갈지 무척 궁금해요. 흔히 접할 수 있는 일이 아니니까요. 아무튼 돈 문제는 마음에 두지 마십시오. 물론 나름대로 입장이 있겠지만, 이번만은 불필요한 걱정 말고 부디 제게 맡겨주시지요."

나는 멘시키의 눈을 바라보았다. 그 눈에는 지금까지 본 적 없는 날카로운 빛이 깃들어 있었다. 무슨 일이 있어도 이 사건의 추이를 확인해야겠다, 그 눈은 그렇게 말하고 있었다. 이해되지 않는 일이 있으면 이해될 때까지 파고든다—그것이 아마 멘시키라는 사람이 살아가는 기본 자세일지 모른다.

"알겠습니다." 나는 말했다. "마사히코에게는 내일 바로 연락해보죠."

"저도 내일 조경업자에게 연락해보겠습니다." 멘시키가 말했다. 그러고는 한 박자 뜸을 두고 물었다. "하나 여쭤보고 싶은 게 있습니다만."

"뭔가요?"

"당신은 이런—뭐라고 할까요—불가사의한, 초자연적인 체험을 곧잘 하시는 편입니까?"

"아뇨." 나는 말했다. "이렇게 기묘한 일을 겪기는 난생처음입니다. 저는 지극히 평범한 인생을 살아온 지극히 평범한 인간입니다. 그래서 굉장히 혼란스럽고요. 멘시키 씨는요?"

그는 모호한 미소를 입가에 떠올렸다. "저는 사실 몇 번인가 기묘한 체험을 했습니다. 상식으로 좀처럼 생각하기 힘든 일을 보고 들은 적이 있지요. 하지만 이렇게까지 기묘한 일은 저도 처음입니다."

그뒤 우리는 침묵 속에서 방울소리에 귀를 기울였다.

소리는 이번에도 두시 반을 조금 지나 멈췄다. 산속은 다시 벌레 소리로 가득해졌다.

"오늘은 이만 실례하겠습니다." 멘시키가 말했다. "위스키 잘 마셨습니다. 가까운 시일 내에 연락드리죠."

멘시키는 달빛 아래 반짝이는 은색 재규어를 타고 돌아갔다. 열린 차창 너머로 가볍게 손을 흔들기에 나도 손을 흔들었다. 엔진음이 비탈길 아래로 사라진 뒤에야 그가 위스키를 한 잔 마셨다는 사실이 떠올랐지만(두번째 잔에는 결국 입을 대지 않았다) 얼굴빛도 말짱하고 말투와 태도도 물을 마신 것이나 다름없었다. 술이 센 체질인 듯했다. 게다가 먼 거리를 운전하는 것도 아니다. 원래 이 도로는 주민밖에 이용하지 않고, 이 시간에는 반대차선에서 오는 차도, 돌아다니는 행인도 거의 없다.

나는 집안으로 들어가 유리잔을 부엌 싱크대에 놓아둔 뒤 침대로 들어갔다. 사람들이 찾아와서 중기를 이용해 사당 뒤의 돌을 치우고, 땅을 파헤치는 모습을 떠올렸다. 그것은 현실의 광경처럼 느껴지지 않았다. 그전에 나는 우에다 아키나리의 「이세의 인연」이라는 이야기부터 읽어둬야 한다. 하지만 전부 내일 일이다. 한낮의 빛 아래서는 모든 일이 또다르게 보이리라. 나는 머리맡의 불을 끄고, 벌레 소리를 들으며 잠이 들었다.

아침 열시에 아마다 마사히코의 직장으로 전화를 걸어 사정을 설명했다. 우에다 아키나리의 이야기까지는 꺼내지 않았지만, 혹시 몰라서 아는 사람을 불러 그 한밤의 방울소리가 나에게만 들리는 환청이 아니라는 사실은 확인했다고 말했다.

“희한한 이야기네.” 마사히코는 말했다. “그런데 넌 정말로 그 돌 밑에서 누군가가 방울을 울린다고 생각하는 거야?"

"모르겠어. 어쨌든 이대로 둘 수는 없어. 매일 밤 그 소리가 들리니까."

"만일 파헤쳤다가 뭔가 이상한 거라도 나오면 어쩌려고?"

"이상한 거라니, 예를 들면?"

"나도 모르겠어." 그는 말을 이었다. "잘 모르겠지만 어쨌든 그대로 내버려두는 편이 좋았을, 정체 모를 것 말이야."

"밤중에 여기 와서 그 소리를 한번 들어봐. 직접 들어보면 아마 이대로 방치할 수 없겠다 싶을 거야."

마사히코는 수화기에 대고 깊은 한숨을 내쉬었다. 그러고는 말했다. "아냐, 사양할래. 난 어렸을 때부터 워낙 겁이 많아서. 괴담 같은 건 딱 질색이야. 그렇게 오싹한 일에 엮이고 싶지 않아. 그냥 너한테 맡길게. 숲속의 오래된 돌을 치우고 땅을 파헤친다고 뭐라 할 사람은 아무도 없어. 너 좋을 대로 해. 대신 제발 이상한 걸 파내지는 말아줘."

"어떻게 될지 모르지만, 결과가 밝혀지면 다시 연락할게."

"나라면 그냥 귀를 틀어막고 있을 텐데." 마사히코가 말했다.

전화를 끊은 후 거실 의자에 앉아 우에다 아키나리의 「이세의 인연」을 읽었다. 먼저 원문을 읽고 현대어 번역문을 읽었다. 몇 가지 디테일은 달랐지만 내용은 멘시키의 말대로 내가 여기서 겪은 일과 매우 비슷했다. 이야기 속에서 징소리가 들려온 것은 축시(오전 두시경)였다. 거의 비슷한 시각이다. 하지만 내가 들은 것은 징소리가 아니라 방울소리이고, 또한 이야기 속에서는 벌레 울음이 그치지도 않았다. 주인공은 이슥한 밤시간, 벌레 소리에 섞여 들려오는 그 소리를 듣는다. 그러나 그런 사소한 차이를 제외하면 나의 체험과 그 이야기는 판에 박은 듯 똑같았다. 너무 비슷해서 어이가 없을 정도였다.

땅에서 나온 미라는 바짝 말라비틀어졌지만 손만은 흡사 집념처럼 움직이며 징을 두드리고 있다. 무시무시한 생명력이 몸뚱이를 거의 자동으로 움직이는 것이다. 아마 그 승려는 징을 두드리고 염불을 외우면서 입정했으리라. 주인공은 미라에게 옷을 입히고, 입술을 물로 축여준다. 얼마 지나지 않아 미라는 묽은 죽을 넘길 수 있게 되고 점차 살도 붙는다. 나중에는 보통 사람과 다를 바 없는 외관을 회복한다. 하지만 그에게서 '깨달음을 얻은 승려'의 기운은 전혀 보이지 않는다. 지성도 지식도 없고, 고결함이라곤 눈곱만큼도 없다. 더욱이 생전의 기억을 완전히 잃었다. 왜 자신이 그리 오랜 세월 땅속에 있었는지조차 기억해내지 못한다. 이제는 고기를 먹고 적잖이 여자도 탐한다. 아내를 얻고, 천한 허드렛일을 하며 생계를 유지한다. 그리고 '입정의 조스케'라는 이름을 얻는다. 마을 사람들은 그의 한심한 꼴을 보고 불법에 대한 경의를 잃는다. 엄격한 수행을 쌓고 목숨걸고 불법을 궁구한 자의 말로가 겨우 이런 것이란 말인가. 결국 사람들은 신앙 자체를 비웃게 되어 절에서 점차 멀어지고 만다. 이런 이야기였다. 멘시키의 말대로 결말에는 작가의 시니컬한 세계관이 짙게 반영되어 있다. 단순한 괴이담이 아니다.

> 그것참, 부처의 가르침도 부질없나니. 여차히 땅속에 들어가 징 울리기 어언 백 년일 터. 아무러한 효험도 없이 뼈만 남음은 기막힌 꼴이라.
>
> (아무리 그래도 부처의 가르침이란 덧없지 않은가. 이 사내가 땅속에 들어가 징을 두드린 지도 백 년이 넘을 것이다. 그런데 영험이라고는 찾아볼 수 없고 이렇게 뼈만 남았다니 어이없는 노릇이다.)

「이세의 인연」이라는 짧은 이야기를 몇 번 되풀이해 읽고 나는 더욱 난감해졌다. 혹시 중기를 이용해 돌을 치우고 흙을 파헤쳤다가 정말로 '뼈만 남은' '기막힌' 미라라도 나온다면 대체 어쩔 셈인가? 나는 그것을 소생시킨 책임을 져야 할까? 아마다 마사히코의 말대로 쓸데없는 일에 손대지 말고, 그저 귀를 틀어막고 내버려두는 편이 차라리 현명하지 않을까?

하지만 설령 그러고 싶다 한들 귀를 막고만 있을 수는 없다. 아무리 단단히 귀를 틀어막아도 그 소리에서 도망치기란 불가능할 것 같았다. 어쩌면 다른 집으로 옮겨가도 그 소리는 영원히 나를 쫓아올지 모른다. 그리고 내가 품은 호기심도 멘시키 못지않게 강렬했다. 그 돌 밑에 무엇이 도사리고 있는지 어떻게든 알고 싶었다.

오후에 멘시키가 전화를 걸어왔다. "아마다 씨 허락은 받았습니까?"

나는 아마다 마사히코에게 전화로 대강의 사정을 알렸다고 말했다. 그리고 뭐든 내 마음대로 하라는 답을 받았다고도.

"다행입니다." 멘시키가 말했다. "일단 조경업자는 구해뒀습니다. 업자에게 방울소리에 대해서는 말하지 않았어요. 그저 숲속에 있는 오래된 돌을 몇 개 치우고 땅을 파보고 싶다고만 했지요. 갑작스럽긴 하지만 마침 일손이 비었으니 괜찮다면 오늘 오후 현장을 둘러보고 내일 아침부터라도 작업에 들어가고 싶다고 합니다. 업자 혼자 토지에 들어가서 사전점검을 해도 지장이 없겠습니까?"

자유로이 둘러봐도 좋다고 나는 말했다.

"그러고 나서 필요한 장비를 수배할 겁니다. 작업 자체는 몇 시간이면 끝날 것 같군요. 제가 현장에 같이 있겠습니다." 멘시키가 말했다.

"저도 물론 가겠습니다. 작업 시작시간이 정해지면 알려주세요." 내가 말했다. 그리고 문득 떠오른 얘기를 덧붙였다. "그런데, 어젯밤 그 소리가 들리기 전에 우리가 나누던 이야기 말인데요."

멘시키는 내 말을 잘 알아듣지 못하는 눈치였다. "우리가 나누던 이야기요?"

"마리에라는 열세 살 소녀 말입니다. 혹시 당신의 친자일지도 모른다는. 그 이야기를 하던 중 방울소리가 들려서 중간에 끊겨버렸죠."

"아아, 그 이야기요." 멘시키가 말했다. "그러고 보니 그런 이야기를 했지요. 까맣게 잊고 있었어요. 네, 그 이야기는 조만간 다시 해드려야 합니다. 하지만 그렇게 급한 건 아니에요. 이번 일이 무사히 해결되면 그때 다시 말씀드리죠."

그뒤로는 뭘 해도 좀처럼 집중이 되지 않았다. 책을 읽으면서도, 음악을 들으면서도, 식사 준비를 하면서도 나는 계속 그 숲 속의 오래된 돌무덤 밑에 있을 것을 생각했다. 말린 생선처럼 바짝 말라비틀어진 검은 미라의 모습을, 아무리 해도 머릿속에서 내쫓을 수가 없었다.

15

이건 단지 시작일 뿐이다

밤에 멘시키가 전화를 걸어와 이튿날 수요일 아침 열시부터 작업을 시작한다고 알려주었다.

수요일은 아침부터 가는 비가 내리다 말다 했지만 작업에 지장이 갈 정도는 아니었다. 모자나 후드를 쓰고 방수코트를 입으면 우산도 필요 없을 정도의 가랑비였다. 멘시키는 올리브그린색 레인해트를 쓰고 있었다. 영국인이 오리사냥을 할 때 쓸 법한 모자였다. 가을빛으로 물들기 시작한 나뭇잎들이 눈에도 잘 보이지 않는 빗발에 젖어 점점 묵직한 빛깔을 띠었다.

사람들은 화물 트럭에 소형 채굴기를 실어 산 위로 날라왔다. 좁은 곳에서 쓸 수 있도록 세밀한 작동이 가능한, 무척 콤팩트한 장비였다. 인원은 전부 네 명이었다. 장비를 맡아 다루는 사람이

한 명, 현장감독이 한 명, 그리고 작업원 두 명이다. 장비 담당자와 감독이 트럭을 몰았다. 똑같은 파란색 방수코트와 바지 차림이었고, 굽이 높은 작업화는 진흙투성이였다. 머리에는 강화 플라스틱 헬멧을 썼다. 감독은 멘시키와 아는 사이인 듯 사당 옆에서 화기애애하게 이야기를 주고받았다. 친밀해 보이기는 하나 감독이 시종 경의를 품고 멘시키를 대하는 것이 느껴졌다.

짧은 시간에 이만한 장비와 일손을 확보했다는 건 그만큼 멘시키의 영향력이 크다는 뜻이리라. 나는 반쯤 감탄하고 반쯤 난처한 심정으로 이 상황을 바라보았다. 모든 것이 내 손을 벗어나는 듯한 가벼운 체념이 느껴졌다. 어릴 적 또래들끼리 무슨 놀이를 하고 있으면 도중에 더 큰 아이들이 나타나 가로채곤 했다. 그때의 기분이 떠올랐다.

삽과 적당한 크기의 석재, 판자 등으로 채굴기가 움직일 평평한 공간을 확보하고 나서 본격적으로 돌을 치우는 작업이 시작되었다. 돌무덤을 둘러싸고 있던 참억새 덤불이 순식간에 캐터필러에 짓밟혔다. 나는 조금 떨어진 곳에서 거기 쌓여 있던 오래된 돌들이 하나씩 들려 옆으로 옮겨지는 광경을 지켜보았다. 작업 자체에 특별한 점은 없었다. 아마 전 세계 어디서나 지극히 일상적으로 이뤄지고 있을 법한 작업이었다. 일하는 사람들도 지극히 평범한 작업을 여느 때와 다름없는 순서로 담담히 해나가는 것처럼 보였다. 중기를 모는 남자가 이따금 작업을 중단하고 감독과 큰 소리로 몇 마디를 주고받았지만 무슨 문제가 생긴 것은 아닌 듯했다. 대화는 짧았고, 중기의 시동이 꺼지지도 않았다.

하지만 나는 침착한 심정으로 작업을 바라볼 수 없었다. 네모난 돌이 하나둘 치워질 때마다 불안이 깊어갔다. 마치 오랫동안 누구의 눈에도 닿지 않도록 감춰뒀던 나의 어두운 비밀이 저 힘차고 집요한 기계의 날 밑에서 한 겹씩 벗겨지는 느낌이었다. 문제는 그 어두운 비밀이 무슨 내용인지 나 자신도 알지 못한다는 사실이었다. 지금 당장 어떻게든 이 작업을 멈춰야 한다, 나는 도중에 몇 번이나 생각했다. 적어도 채굴기처럼 요란한 장비를 끌어들이는 것은 이 문제의 올바른 해결법이 못 된다. 아마다 마사히코의 말마따나 '정체 모를 것'은 그대로 땅에 묻어둬야 했다. 나는 멘시키의 팔을 붙잡고 "이 작업은 이제 그만하죠. 돌은 원래대로 돌려놔주세요"라고 소리치고 싶은 충동에 휩싸였다.

그러나 물론 그럴 수는 없다. 결단은 내려졌고, 작업은 시작되었다. 이미 많은 사람이 이 일에 관여하고 있다. 적잖은 돈도 움직였다(액수는 모르지만 아마 멘시키가 부담했을 것이다). 지금 와서 중지할 수는 없다. 그 공정은 더는 내 의지와 상관없이 앞으로 착착 나아가고 있었다.

그런 내 기분을 꿰뚫어본 것처럼 어느새 멘시키가 내 곁으로 와서 어깨를 가볍게 두드렸다.

"아무것도 걱정할 것 없어요." 멘시키는 차분한 목소리로 말했다. "모두 순조롭게 진행되고 있습니다. 곧 많은 것이 밝혀질 겁니다."

나는 말없이 고개를 끄덕였다.

정오가 되기 전에 돌이 거의 다 치워졌다. 무너진 둔덕처럼 잡다하게 쌓여 있던 오래된 돌은 조금 떨어진 곳에 작은 피라미드처럼 조촐하게, 그러면서도 어딘가 실무적으로 쌓여 있었다. 그 위로 가느다란 빗줄기가 소리 없이 떨어졌다. 그러나 쌓여 있던 돌을 전부 치워도 흙바닥은 드러나지 않았다. 돌 밑에 또 돌이 있었다. 이번에는 비교적 평평하고 정연하게 깔린 정사각형 돌바닥이었다. 가로세로 2미터쯤 될 것이다.

"어떻게 된 걸까요." 감독이 멘시키에게 와서 말했다. "그냥 지면 위에 돌이 쌓인 줄로만 알았는데 아니군요. 이 돌바닥 밑에 공간이 있는 것 같아요. 틈새로 가느다란 금속 막대를 넣어보니 상당히 아래까지 내려갑니다. 깊이가 어느 정도인지는 아직 모르겠지만."

나는 멘시키와 함께 새로 드러난 돌바닥을 조심스럽게 딛고 서보았다. 습기를 머금고 군데군데 미끌거리는 검은 돌이다. 인공적으로 잘라낸 조각이지만 세월이 흐르면서 모서리가 둥그스름해지고 돌과 돌 사이에 틈이 벌어져 있었다. 밤마다 들린 방울소리는 아마 이 틈새로 새어나온 것이리라. 공기도 통할 만한 크기다. 몸을 구부려 틈새 안쪽을 들여다봤지만 캄캄해서 아무것도 보이지 않았다.

"어쩌면 오래된 우물을 포석으로 덮은 건지도 모르겠습니다. 우물치고는 구경이 커 보이지만." 감독이 말했다.

"포석을 들어낼 수 있겠습니까?" 멘시키가 물었다.

감독이 어깨를 으쓱했다. "글쎄요. 예상 못한 일이라 작업이 좀 복잡해지지만 아마 할 수 있을 겁니다. 크레인이 있으면 제일 좋은데 여기까진 못 끌고 와요. 돌 하나하나는 그리 무거워 보이지 않네요. 돌과 돌 사이에 틈도 있고, 잘하면 이 채굴기로 치워볼 수 있지 않을까요. 이제 점심시간이니 그동안 묘안을 짜서 오후에 다시 작업하겠습니다."

나와 멘시키는 집으로 돌아와 가볍게 점심식사를 했다. 내가 부엌에서 햄과 양상추와 피클로 간단한 샌드위치를 만들고, 함께 테라스로 나가 비를 바라보면서 먹었다.

"이런 일에 매달리다가 정작 초상화 완성이 늦어질 것 같네요." 내가 말했다.

멘시키는 고개를 저었다. "초상화는 급하지 않아요. 지금은 이 기묘한 일부터 해결하는 게 먼저죠. 그다음에 작업을 재개하면 됩니다."

이 남자는 자신의 초상화가 그려지는 것을 **진심으로** 원할까? 문득 그런 의문이 들지 않을 수 없었다. 지금 떠오른 것이 아니라 처음부터 마음 한구석에 웅크리고 있던 의문이다. 그는 정말로 내가 초상화를 그려주기를 바라는 걸까? 어떤 다른 속셈을 품고 내게 접근할 명목으로 초상화 작업을 의뢰한 건 아닐까?

하지만 그 다른 목적이 이를테면 무엇인지, 아무리 생각해도 그럴듯한 답이 나오지 않았다. 이 돌 밑을 파헤치는 것이 목적이었을까? 설마. 이런 일이 생길 거라고 처음부터 알았을 리 없다. 이것은 초상화 작업을 시작한 후에 돌발적으로 일어난 사건이다. 그러나 또 한편으로 생각하면 그는 이 작업에 지나치게 열심히 몰두하고 있다. 적지 않은 돈도 들였다. 그와는 아무 관계도 없는 일인데.

그런 생각을 하고 있는데 멘시키가 물었다. "「이세의 인연」은 읽어보셨습니까?"

읽었다고 나는 대답했다.

"어떻게 생각하십니까? 매우 기이한 이야기죠?" 그가 말했다.

"매우 기이한 이야기더군요. 확실히." 내가 말했다.

멘시키는 내 얼굴을 잠시 바라본 후 말했다. "사실 저는 이상하게 옛날부터 그 이야기에 마음이 끌렸어요. 그런 이유도 있어서 이번 일에 개인적으로 흥미가 생긴 거죠."

나는 커피를 한 모금 마시고 냅킨으로 입가를 닦았다. 커다란 까마귀 두 마리가 서로를 부르며 골짜기를 날아갔다. 새들은 비 같은 것에 아랑곳하지 않는다. 비를 맞아도 그저 깃털의 빛깔이 조금 짙어질 뿐이다.

나는 멘시키에게 물었다. "전 불교 쪽 지식이 별로 없어서 자세하게 이해하지 못했는데, 승려가 입정한다는 건 다시 말해 스스로의 의지로 관에 들어가 죽는다는 거죠?"

"그렇습니다. 입정에는 본래 '깨달음을 얻다'라는 뜻도 있어서, 그 경우와 구별하기 위해 '생生입정'이라고 말하기도 합니다. 땅속에 석실을 만들고 대나무 관을 지상으로 빼내 통풍구를 만듭니다. 입정하는 승려는 땅에 들어가기 전에 일정 기간 목식木食을 해서 사후에 부패하지 않고 깨끗한 미라가 되도록 몸을 가다듬습니다."

"목식요?"

"풀이나 나무열매만 먹으며 생활하는 것을 말합니다. 곡물을 비롯해 조리한 음식은 일절 입에 대지 않죠. 그러면서 살아 있는 동안 몸에서 지방분과 수분을 최대한 배출하는 겁니다. 깨끗한 미라가 될 수 있게끔 몸의 조성을 바꾸는 것이죠. 그렇게 몸을 정화한 후에야 땅속으로 들어갑니다. 그리고 승려는 암흑 속에서 단식하며 독경을 하고, 독경에 맞춰 징을 두드립니다. 혹은 방울을 울립니다. 공기구멍 역할을 하는 대나무 관을 통해 사람들은 그 징이나 방울이 울리는 소리를 들을 수 있어요. 그러나 그 소리는 머지않아 점점 뜸해지다가 멈춰버립니다. 그것으로 숨을 거두었음을 알 수 있지요. 그뒤 오랜 세월 동안 승려의 몸은 차츰 미라가 됩니다. 삼 년 삼 개월 후에 다시 파헤치는 것이 당시의 규정이었던 것 같습니다."

"무엇 때문에 그런 일을 하는 거죠?"

"즉신불卽身佛이 되기 위해서죠. 그로써 깨달음을 얻고, 스스로 생사를 초월한 경지에 도달할 수 있습니다. 그것이 또 중생 구제로도 연결되고요. 이른바 열반입니다. 땅에서 파낸 즉신불, 즉 미라는 절에 안치되고, 사람들은 그것에 배례하며 구제를 받습니다."

"현실적으로는 일종의 자살 같은 거군요."

멘시키가 고개를 끄덕였다. "그래서 메이지 시대에 접어들어 입정은 법률로 금지되었어요. 입정을 도운 사람에게는 자살방조죄를 물었죠. 하지만 현실에서는 몰래 입정하는 승려가 끊이지 않았던 모양입니다. 그래서 비밀리에 입정하고, 그후 제대로 파내어지지 못한 채 그냥 땅속에 묻혀버린 경우도 제법 있을지 모릅니다."

"멘시키 씨는 그 돌무덤도 비밀 입정의 흔적일지 모른다고 생각하시나요?"

멘시키는 고개를 저었다. "아뇨, 직접 돌을 치워보기 전에는 알 수 없습니다. 하지만 가능성이 없지는 않겠지요. 대나무 관 같은 것은 보이지 않았지만, 그런 구조라면 돌 틈새로 공기가 통하고 소리도 들릴 수 있으니까요."

"그리고 돌 밑에서는 아직 누군가가 살아남아서 징인지 방울인지를 밤마다 울리고 있다?"

멘시키는 다시 고개를 가로저었다. "말할 것도 없이, 상식적으로는 매우 생각하기 힘든 얘기입니다."

"열반에 든다는 건—그러니까 일반적인 죽음과는 다른 것이겠죠?"

"다릅니다. 저도 불교 교의에 썩 밝은 편은 아니지만, 제가 아는 한 열반은 생사를 초월한 차원에 있습니다. 육체가 사멸했지만 영혼은 생사를 초월한 장소로 옮겨갔다고 볼 수도 있겠지요. 현세의 육체라는 것은 어디까지나 임시 거처에 지나지 않으니까요."

"만일 승려가 생입정해서 다행히 열반의 경지에 들었다고 치면, 거기서 다시 육체로 복귀하는 건 가능할까요?"

멘시키는 아무 말도 하지 않고 잠시 내 얼굴을 바라보았다. 그러고는 햄 샌드위치를 한입 먹고 커피를 마셨다.

"그 말씀은?"

"방울소리는 적어도 사오 일 전까지는 들리지 않았어요." 나는 말을 이었다. "그건 확신할 수 있어요. 만일 소리가 들렸더라면 제가 곧바로 알아챘을 겁니다. 아무리 미미하다 해도 그냥 흘려들을 만한 소리가 아니니까요. 소리가 들리기 시작한 건 불과 며칠 전부터입니다. 다시 말해 그 돌 밑에 누군가가 있었다 해도, 그 누군가가 오래전부터 계속해서 방울을 울려온 건 아니라는 말이죠."

멘시키는 커피잔을 받침에 올려놓고 그 무늬를 바라보며 잠시 생각에 잠겼다. 그러고는 말했다. "즉신불을 실제로 보신 적이 있습니까?"

나는 고개를 가로저었다.

멘시키가 말했다. "저는 몇 번 본 적 있습니다. 젊을 때 일인데, 야마가타 현을 혼자 여행하면서 몇 군데 절에 보존된 즉신불을 볼 기회가 있었죠. 이유는 모르겠지만 즉신불은 도호쿠 지방, 특히 야마가타 현에 많아요. 솔직히 말해 썩 아름다운 외관은 아닙니다. 제 신앙심이 모자란 탓인지도 모릅니다만, 직접 눈앞에서 보니 그다지 경외심은 들지 않더군요. 가무스름하고 작고 뻣뻣하죠. 이렇게 말하면 뭣합니다만, 색깔에서나 질감에서나 육포가 연상됩니다. 결국 육체는 덧없는 임시 거처에 지나지 않는 겁니다. 즉신불은 적어도 그 사실을 우리에게 가르쳐주지요. 궁극적으로 최선을 다해도 우리는 기껏해야 육포밖에 되지 못합니다."

그는 먹던 햄 샌드위치를 손에 들고 신기하다는 듯 한참 들여다보았다. 마치 난생처음으로 햄 샌드위치를 보는 사람처럼.

그는 말했다. "어쨌거나 점심시간이 끝나고 포석을 들어내기를 기다립시다. 그러면 여러 가지 것이 절로 밝혀지겠죠."

우리는 오후 한시 십오분이 지나 숲속 현장으로 돌아갔다. 이미 점심식사가 끝나고 본격적인 공사가 재개된 터였다. 두 작업원이 금속 쐐기를 돌 틈새에 찔러넣으면 채굴기가 로프를 사용해 끌어당겼다. 그렇게 일으켜세운 돌에 작업원이 로프를 감고, 그것을 다시 채굴기가 끌어당겼다. 시간이 걸렸지만 돌은 하나하나 착실하게 치워지고 있었다.

멘시키는 한동안 감독과의 대화에 열중하다가 내가 서 있는 곳으로 돌아왔다.

"예상대로 포석은 그다지 두껍지 않습니다. 무사히 치워낼 수 있을 것 같답니다." 그는 내게 설명했다. "돌 밑에는 아마도 격자 모양 뚜껑이 깔려 있는 모양입니다. 재질이 뭔진 몰라도 그 뚜껑이 포석을 지탱하고 있다는군요. 위에 깔린 돌을 완전히 치운 후에 그 뚜껑도 들어내야 합니다. 성공할지는 아직 모르겠어요. 그 뚜껑 밑에 뭐가 있을지도 전혀 예측이 안 됩니다. 돌을 다 치우기까지 시간이 좀더 걸릴 테니 집에 가서 기다리라는군요. 작업이 어느 정도 진척되면 연락해주겠답니다. 괜찮으면 그렇게 하시죠. 여기서 계속 지키고 있어봐야 별수없습니다."

우리는 걸어서 집으로 돌아갔다. 빈 시간을 이용해 초상화 작업의 다음 단계에 착수할 수도 있었지만 도저히 그림에 집중할 수 있을 것 같지 않았다. 잡목림에서 진행중인 작업 탓에 신경이 예민해졌기 때문이다. 오래되어 무너진 돌무덤 아래서 드러난 사방 2미터 정도의 돌바닥. 그 밑에 깔린 튼튼한 격자 뚜껑. 그리고 다시 그 밑에 있을 공간. 그것들의 이미지를 머릿속에서 지울 수가 없었다. 정말이지 멘시키가 말한 대로다. 우선 이 일부터 해결하지 않는 한 아무것도 손에 잡히지 않을 것 같다.

기다리는 사이 음악을 들어도 되겠느냐고 멘시키가 물었다. 물론 상관없다, 맘에 드는 음반을 골라서 들으라고 나는 말했다. 그사이 나는 부엌에서 요리 준비를 하겠다고.

그는 모차르트의 음반을 골랐다. 〈피아노와 바이올린을 위한 소나타〉. 탄노이의 오토그래프는 화려한 구석은 없지만 깊이 있고 안정된 소리를 낸다. 클래식, 그중에서도 실내악곡을 LP로 듣기에 적당한 스피커다. 오래된 물건인 만큼 특히 진공관 앰프와 궁합이 잘 맞는다. 연주자는 피아노에 조지 셀, 바이올린에 라파엘 드루이안. 멘시키는 소파에 앉아 눈을 감고 음악 선율에 몸을 맡겼다. 나는 조금 떨어진 곳에서 그 음악을 들으며 토마토소스를 만들었다. 대량으로 사뒀던 토마토가 상하기 전에 소스로 만들어둘 생각이었다.

큰 냄비에 물을 끓이고, 토마토를 중탕해 껍질을 벗기고, 칼로 잘라 씨를 뺀 다음 과육을 으깼다. 커다란 스텐 프라이팬에 올리브유를 두르고 마늘을 볶다가 으깬 토마토를 넣고 충분히 끓였다. 수시로 거품을 걷어냈다. 결혼생활중에도 곧잘 이렇게 소스를 만들었다. 품이 들고 시간도 많이 걸리지만 단순한 작업이다.

아내가 회사에서 일하는 사이 혼자 부엌에 서서 CD로 음악을 들으며 만들었다. 나는 오래된 재즈를 들으면서 요리하는 게 좋았다. 텔로니어스 멍크의 음악을 자주 들었다. 가장 좋아한 건 〈멍크스 뮤직〉이라는 앨범이었다. 콜먼 호킨스와 존 콜트레인이 참가해서 근사한 솔로를 들려준다. 그렇지만 모차르트의 실내악을 들으며 소스를 만드는 것도 썩 나쁘지는 않았다.

텔로니어스 멍크 특유의 묘한 멜로디와 화음을 들으며 한낮에 토마토소스를 만들던 것이 불과 얼마 전인데(아내와의 결혼생활이 끝난 지 반년밖에 되지 않았다), 왠지 아주 오래전 일처럼 느껴졌다. 한 세대 전에 일어난, 이제 기억하는 사람이 한줌밖에 되지 않을 하찮은 역사 속 뒷이야기처럼. 아내는 지금쯤 뭘 하고 있을까, 나는 문득 생각했다. 다른 남자와 함께 살까? 아니면 우리가 살던 히로오의 아파트에 혼자 살고 있을까? 어느 쪽이든 이 시간에는 건축사무소에서 일하고 있을 것이다. 그녀에게 내가 존재했던 지난날의 인생과 내가 존재하지 않는 지금의 인생은 어느 정도 차이가 있을까? 그리고 그 차이에 그녀는 어떤 감흥을 품고 있을까? 나도 모르게 그런 생각에 빠져들었다. 그녀도 나와 함께했던 나날을 '왠지 아주 오래전 일'처럼 느낄까?

레코드가 다 돌아가고 지직거리는 소리가 들려 거실로 나가보니 멘시키가 소파에서 팔짱을 낀 채 조금 기우뚱한 자세로 잠들어 있었다. 나는 계속 돌아가는 레코드판에서 바늘을 들어올려

턴테이블을 멈추었다. 규칙적인 바늘소리가 멈춘 뒤에도 멘시키는 여전히 잠들어 있었다. 어지간히 피곤했던 모양이다. 희미하게 새근대는 숨소리까지 들렸다. 나는 그를 깨우지 않고 놔두었다. 부엌으로 돌아와 프라이팬의 불을 끄고, 차가운 물을 큰 컵에 따라 한 잔 마셨다. 그러고도 시간이 남아 양파 볶기에 착수했다.

전화가 울렸을 때 멘시키는 이미 일어나 있었다. 그는 세면대에서 비누로 세수를 하고 입속을 헹궈내는 참이었다. 현장감독의 전화였다. 나는 수화기를 멘시키에게 넘겼다. 그는 몇 마디 주고받더니 곧바로 그리 가겠다고 말했다. 그러고는 내게 수화기를 돌려주었다.

"작업이 거의 끝난 모양입니다." 그가 말했다.

밖으로 나오자 비는 이미 그친 뒤였다. 하늘은 아직 구름으로 덮여 있지만 일대가 조금 밝아졌다. 날씨가 서서히 회복기에 접어든 모양이었다. 우리는 잰걸음으로 계단을 올라 잡목림을 통과했다. 네 남자가 사당 뒤 구덩이 주위에 둘러서서 아래를 내려다보고 있었다. 채굴기는 시동이 꺼졌고, 움직이는 것이라곤 하나도 없고, 숲은 기묘할 정도로 고요했다.

포석이 전부 치워진 자리에 구덩이가 입을 벌리고 있었다. 네모난 격자 뚜껑도 옆으로 들어내놓았다. 제법 두툼하고 묵직해 보이는 나무 뚜껑이다. 오래되긴 했지만 썩지는 않았다. 그리고 그 아래 드러난 것은 원형의 석실이었다. 직경은 2미터가 조금 못 되고 깊이는 2미터 50센티미터 정도. 돌벽으로 둘러싸여 있고 바닥은 그냥 흙 같았다. 풀 한 포기 없다. 석실 안은 텅 비어 있었다. 구조를 요청하는 사람도 없고, 육포를 방불케 하는 미라도 없었다. 그저 방울 같은 것 하나가 바닥에 달랑 놓여 있다. 아니, 방울이라기보다 작은 심벌즈를 몇 개 겹쳐 만든 고대의 악기처럼 보였다. 15센티미터쯤 되는 나무 손잡이가 달려 있다. 감독이 그쪽으로 소형 투광기를 비추었다.

"안에 있던 건 이것뿐입니까?" 멘시키가 감독에게 물었다.

"네, 이것뿐입니다." 감독이 말했다. "말씀대로 돌과 뚜껑만 들어낸 상태입니다. 아무것도 건드리지 않았어요."

"희한하군." 멘시키는 혼잣말처럼 말했다. "정말 이것 말고는 아무것도 없었다는 거죠?"

"뚜껑을 들어내고 곧바로 연락드린 겁니다. 안으로 내려가보지도 않았어요. 처음 열린 그대로입니다." 감독이 대답했다.

"그렇겠지요." 멘시키가 메마른 목소리로 말했다.

"어쩌면 옛날에는 우물이었는지도 몰라요." 감독이 말했다. "그걸 메우고 구멍만 남긴 걸 수도 있죠. 하지만 우물이라기에는 구경이 너무 크고 주위 돌벽도 굉장히 꼼꼼하게 만들어졌어요. 아마 보통 일이 아니었을 겁니다. 무슨 중요한 목적이 있었으니 이렇게 공을 들였을 텐데요."

"안에 내려가봐도 괜찮을까요?" 멘시키가 감독에게 말했다.

감독은 조금 주저하다가 심각한 표정으로 말했다. "음…… 우선 제가 내려가보죠. 무슨 일이 생기면 곤란하니까요. 아무 일 없다 싶으면 그다음에 멘시키 씨가 내려가보세요. 그러면 되겠습니까?"

"물론입니다." 멘시키가 말했다. "그렇게 해주십시오."

작업원이 트럭에서 접이식 철사다리를 가져와 펼쳤다. 헬멧을 쓴 감독이 사다리를 타고 2미터 50센티미터쯤 아래의 흙바닥으로 내려갔다. 그리고 주위를 둘러보았다. 우선 위쪽을 살펴보고, 회중전등을 비추며 돌벽과 발밑을 자세히 확인했다. 지면에 놓인 방울 비슷한 것을 주의깊게 관찰했다. 그러나 손을 대지는 않았다. 관찰만 할 뿐이다. 그러고는 작업화 바닥으로 지면을 몇 번 문질렀다. 발꿈치로 툭툭 찍어보기도 했다. 몇 번 심호흡을 하며 냄새를 맡았다. 그가 구덩이에 있었던 시간은 전부 오륙 분 정도였다. 이윽고 그는 천천히 사다리를 올라 지상으로 나왔다.

"위험요소는 없어 보입니다. 공기도 멀쩡하고, 이상한 벌레 같은 것도 없어요. 바닥도 탄탄하고요. 내려가셔도 괜찮습니다." 그가 말했다.

멘시키는 움직이기 편하도록 방수코트를 벗고 플란넬 셔츠와 치노바지 차림으로 회중전등 끈을 목에 걸고 철사다리를 내려갔다. 우리는 그 모습을 위에서 묵묵히 지켜보았다. 감독이 투광기로 멘시키의 발밑을 비췄다. 구덩이 바닥에 내려서자 멘시키는 한동안 주위를 탐색하듯이 가만히 있었지만, 이윽고 주위 돌벽을 손으로 만져보고 웅크려앉아 지면의 감촉을 확인했다. 바닥에 놓인 방울 비슷한 것을 집어들고 회중전등을 비춰 유심히 들여다보았다. 그러고는 몇 번 살며시 흔들었다. 틀림없는 그 '방울소리'가 울렸다. 확실하다. 누군가 한밤중에 여기서 저것을 흔들었던 것이다. 하지만 그 누군가는 이미 여기에 없다. 방울만 그 자리에 남아 있을 뿐이다. 멘시키는 방울을 살펴보며 몇 번 고개를 가로저었다. 이상하다, 고 말하는 것처럼. 그런 다음 다시 한번 주위 벽을 면밀히 살폈다. 어딘가에 비밀 출입구가 있는 것은 아닐까. 하지만 그럴듯해 보이는 것은 전혀 없었다. 그는 고개를 들어 지상에 있는 우리를 바라보았다. 뜻밖의 상황에 당황한 듯했다.

그는 사다리를 밟고 올라선 채 손을 뻗어 내게 그 방울 비슷한 것을 내밀었다. 나는 몸을 구부려 받아들었다. 낡은 나무 손잡이에 차가운 습기가 잔뜩 배어 있었다. 멘시키가 그랬던 것처럼 가볍게 흔들어보았다. 생각보다 크고 선명한 소리가 났다. 무엇으로 만들었는지 몰라도 금속 부분은 말짱했다. 더럽긴 하지만 녹슬지도 않았다. 오랜 세월 습한 흙속에 있었는데 어떻게 녹이 슬지 않았는지 의아했다.

"그게 대체 뭡니까?" 감독이 내게 물었다. 사십대 중반에, 작지만 다부진 체격의 남자였다. 구릿빛 얼굴에 희미한 수염자국이 보였다.

"글쎄, 뭘까요. 옛날에 쓰던 불구佛具가 아닌가 싶은데요." 내가 말했다. "뭐가 됐든 상당히 오래된 물건 같습니다."

"찾으시던 게 이건가요?" 그가 물었다.

나는 고개를 가로저었다. "아뇨, 저희가 예상했던 것과는 좀 다릅니다."

"그나저나 여기 좀 묘하군요." 감독은 말했다. "뭐라고 표현하긴 힘든데, 이 구덩이는 어딘가 수수께끼 같은 분위기가 있어요. 대체 누가 무엇을 위해 이런 걸 만들었을까요. 그 옛날에 이만한 돌을 산 위로 날라와 쌓으려면 상당한 공력이 필요했을 겁니다."

나는 아무 말도 하지 않았다.

이윽고 멘시키가 구덩이에서 올라왔다. 그리고 감독을 불러 한참 이야기를 나누었다. 그동안 나는 방울을 들고 구덩이 옆에서 있었다. 석실에 내려가볼까 생각했지만 마음을 바꾸었다. 아마다 마사히코의 말마따나 쓸데없는 일은 되도록 하지 않는 편이 좋을지도 모른다. 묻어둘 수 있는 건 묻어두는 편이 현명할 것이다. 나는 손에 든 방울을 일단 사당 앞에 올려두었다. 그리고 손바닥을 바지에 몇 번 문질러 닦았다.

멘시키가 내게 오더니 말했다.

"저 석실을 자세히 조사해달라고 했습니다. 언뜻 보면 그냥 구덩이 같지만, 최대한 집중해서 구석구석 점검해달라고요. 그럼 뭔가 발견할지도 모르지요. 아마 아무것도 없을 것 같긴 합니다만." 멘시키는 그렇게 말하고 내가 사당 앞에 올려둔 방울을 보았다. "그나저나 구덩이에서 나온 게 이 방울뿐이라니 이상하군요. 누군가가 저 안에 있었고, 한밤중에 방울을 울렸을 텐데."

"방울이 저 혼자 울렸을지도 모르죠." 나는 실없는 소리를 해보았다.

멘시키가 미소지었다. "상당히 재미있는 가설이지만 제 생각은 다릅니다. 누군가가 저 구덩이 밑에서 어떤 의지를 지니고 메시지를 보낸 겁니다. 당신을 향해. 혹은 우리를 향해. 그도 아니면 불특정 다수의 사람을 향해서. 그러나 그 누군가는 흡사 연기처럼 사라져버렸지요. 아니면 저기서 빠져나가버렸습니다."

"빠져나갔다고요?"

"소리 없이, 우리 눈을 피해서요."

무슨 말인지 나는 잘 이해되지 않았다.

"영혼이란 눈에 보이지 않으니까요." 멘시키가 말했다.

"영혼의 존재를 믿으세요?"

"당신은 믿습니까?"

나는 뭐라고 대답할 수 없었다.

멘시키가 말했다. "저는 영혼이 실재함을 굳이 믿을 필요 없다는 설을 믿습니다. 하지만 거꾸로 말해 그것은 영혼이 실재함을 믿지 않을 필요도 없다는 설을 믿는 셈이지요. 좀 에두른 표현이지만, 제가 말하고자 하는 바를 이해하시겠습니까?"

"막연하게는요." 내가 말했다.

멘시키는 내가 사당 앞에 올려둔 방울을 집어들었다. 그리고 몇 번 흔들었다. "이걸 울리고 염불을 외우면서, 저 땅속에서 한 승려가 숨을 거두었겠지요. 우물바닥에서, 묵직한 뚜껑이 덮인 캄캄한 공간에서, 매우 고독하게. 또한 아마도 비밀리에. 어떤 승려였는지는 알 수 없습니다. 위대한 스님이었는지, 혹은 그저 광신자였는지. 어쨌든 누군가가 이 위에 돌무덤을 만들었어요. 그뒤에 무슨 일이 있었는지는 모르지만, 아무튼 그가 여기서 입정을 완수했다는 사실은 사람들에게 완전히 잊혔을 겁니다. 그리고 어느 날 큰 지진이 일어나 무덤이 무너지고 그저 돌무더기가 되어버렸다. 오다와라에는 1923년 관동대지진 당시 상당히 심한 피해를 입은 곳도 있으니 어쩌면 그때 일인지도 모릅니다. 그리고 모든 것은 망각 속으로 삼켜지고 말았다."

"만일 그렇다면 그 즉신불은—즉 미라는—대체 어디로 사라진 거죠?"

멘시키는 고개를 가로저었다. "모르겠어요. 어쩌면 어느 단계에서 누가 구덩이를 파헤쳐 꺼냈는지도 모르죠."

"그러려면 이 많은 돌을 전부 치웠다가 다시 쌓아야 하잖아요." 나는 말했다. "그리고 어제 한밤중에는, 대체 누가 이 방울을 흔들었던 겁니까?"

멘시키는 다시 고개를 가로저었다. 그리고 살짝 미소지었다. "거참, 이만한 장비를 동원해서 무거운 돌산을 치우고 석실을 열었는데, 결국 밝혀진 것은 우리가 아무것도 알아낼 수 없다는 사실뿐이군요. 겨우 이 오래된 방울 하나만 손에 넣었어요."

아무리 면밀히 조사해보아도 그 석실에는 이렇다 할 특이점이 없음이 판명되었다. 그저 오래된 돌벽에 둘러싸인, 깊이 2미터 80센티미터에 직경 1미터 80센티미터 정도(그들이 제대로 계측한 수치다)의 둥근 구덩이였다. 채굴기가 트럭 짐칸에 실리고 작업원들은 갖가지 도구와 공구를 챙겨 철수했다. 남은 것은 뻥 뚫린 구덩이와 철사다리뿐이었다. 사다리는 현장감독이 후의로 두고 간 것이었다. 잘못해서 사람이 빠지는 일이 없도록 구덩이 위에 두꺼운 판자를 몇 장 걸쳐놓았다. 강풍에 날아가지 않도록 판자 위에는 누름돌 몇 개를 올려놓았다. 원래 있던 나무 격자 뚜껑은 너무 무거워 들어올릴 수가 없어서 옆에 그대로 놓아두고 비닐시트를 덮었다.

멘시키는 마지막으로 감독에게 이 작업에 관해 아무에게도 말하지 말 것을 당부했다. 고고학적으로 의미가 있는 일이니, 발표할 만한 시기가 될 때까지 공식적으로는 비밀로 해두고 싶다고.

"알겠습니다. 저희끼리만 아는 일로 해두죠. 다른 사람들한테도 쓸데없이 말하고 다니지 말라고 단단히 일러두겠습니다." 감독은 진지한 얼굴로 말했다.

사람들이 장비와 함께 철수하고 여느 때와 같은 산속의 침묵이 찾아오자, 땅이 파헤쳐진 부근은 마치 대대적인 외과수술을 받은 피부처럼 초라하고 측은해 보였다. 무성함을 자랑하던 참억새 덤불은 성한 곳이 없을 만큼 짓밟혔고, 어둡고 습한 지면에는 캐터필러 바퀴자국이 꿰맨 흉터처럼 남았다. 비가 완전히 그쳤지만 하늘은 여전히 단조로운 잿빛 구름으로 빈틈없이 뒤덮여 있었다.

다른 자리에 새로 쌓인 돌산을 바라보며 나는 이런 짓을 하지 말 걸 그랬다고 생각하지 않을 수 없었다. 손대지 말고 그대로 놔둬야 했다고. 하지만 다른 한편으로 그러는 수밖에 없었다는 것도 틀림없는 사실이었다. 한밤의 정체 모를 그 소리를 기약 없이 들으며 살 수는 없는 노릇이다. 그러나 만약 멘시키라는 사람을 만나지 않았더라면 나 혼자서는 그 구덩이를 파헤칠 도리가 없었을 것이다. 그가 업자를 구해왔기 때문에, 또한 그 비용—액수는 짐작도 가지 않지만—을 부담했기 때문에 이만한 작업이 가능했다.

하지만 내가 멘시키라는 사람을 알게 되고, 그 결과 이렇게 대대적인 '발굴'을 하게 된 것은 정말로 우연히 일어난 일일까? 단순한 우연의 산물일까? 이야기가 너무 잘 맞아떨어지는 것은 아닌가? 미리 정해진 시나리오 같은 게 존재했던 건 아닐까? 그렇게 갈 곳 없는 몇 가지 의문을 가슴에 품고서 나는 멘시키와 함께 집으로 돌아왔다. 멘시키는 땅속에서 꺼내온 방울을 쥐고 있었다. 그는 걷는 내내 그것을 손에서 놓지 않았다. 그 감촉에서 어떤 메시지를 읽어내려는 것처럼.

집에 돌아오자 멘시키가 먼저 물었다. "이 방울은 어디에 둘까요?"

이 집 어디쯤이 적당할지 전혀 떠오르지 않았다. 그래서 일단 작업실에 놔두기로 했다. 정체 모를 물건을 한 지붕 아래 두려니 썩 내키진 않지만 그렇다고 바깥에 팽개쳐둘 수도 없는 노릇이다. 아마도 누군가의 영혼이 담긴, 소중한 불구일 것이다. 함부로 다룰 수는 없다. 그러니까 일종의 중간지대라고 할 수 있는 작업실—그 방은 꼭 독립된 별채 같은 느낌이었다—에 가져다 두기로 했다. 화구를 늘어놓은 좁고 긴 선반 위에 공간을 만들어 올려놓았다. 붓을 꽂아둔 커다란 머그잔 옆에 두니 그림작업에 쓰는 특수한 화구처럼 보였다.

"기이한 하루였군요." 멘시키가 말했다.

"꼬박 하루를 써버렸네요. 시간을 뺏어서 죄송합니다." 내가 말했다.

"아뇨, 그렇지 않습니다. 제게도 매우 흥미로운 하루였어요."

멘시키가 말했다. "게다가 이것으로 모든 일이 끝난 건 아닐 테지요."

멘시키는 먼 곳을 보는 듯 묘한 표정을 짓고 있었다.

"그렇다면 또 무슨 일이 일어날 거란 말씀이신가요?" 내가 물었다.

멘시키는 신중히 표현을 골랐다. "뭐라고 설명할 수는 없지만, 이건 단지 시작일 뿐이라는 느낌이 듭니다."

"단지 시작이라고요?"

멘시키가 양손바닥을 위로 해서 가볍게 들어올렸다. "물론 확신은 없습니다. 이대로 아무 일 없이, 그것참 기이한 하루였다는 정도로 이야기가 끝날지도 모르죠. 하지만 생각해보면 해결된 건 아무것도 없습니다. 몇 가지 의문이 고스란히 남아 있어요. 그것도 작지 않은 의문 몇 가지가. 그러니 앞으로 또 무슨 일이 일어날 것 같다는 예감이 듭니다."

"그 석실과 관련해서 말인가요?"

멘시키는 잠시 창밖을 바라보았다. 그리고 말했다. "어떤 일이 일어날지는 저도 모릅니다. 어쨌거나 그저 예감일 뿐이니까요."

그러나 정말로 멘시키가 예감한—혹은 예언한—대로였다. 그의 말처럼 그날 하루는 단지 시작일 뿐이었다.

16

비교적 좋은 하루

그날 밤은 좀처럼 잠을 이루지 못했다. 작업실 선반에 올려둔 방울이 한밤중에 울리지는 않을까 불안했기 때문이다. 만일 방울이 울리면 어떻게 해야 할까? 이불을 머리끝까지 뒤집어쓰고 그대로 아침까지 모르는 척할까? 아니면 회중전등을 들고 작업실에 가서 상황을 확인해야 할까? 나는 과연 그곳에서 무엇을 발견하게 될까?

어떻게 할지 마음을 정하지 못한 채 침대에서 책을 읽었다. 그러나 두시가 넘어가도 방울은 울리지 않았다. 귀에 들리는 것은 밤의 벌레 소리뿐이었다. 책을 읽으면서 오 분 간격으로 머리맡의 시계를 흘끔거렸다. 디지털시계의 숫자가 2:30이 되고서야 겨우 안도했다. 오늘밤은 방울이 울리지 않을 것이다. 나는 책을 덮고, 머리맡의 불을 끄고 잠들었다.

이튿날 일곱시쯤 잠이 깼을 때 가장 먼저 한 행동은 작업실로 방울을 보러 가는 것이었다. 방울은 선반 위, 어제와 같은 자리에 있었다. 햇빛이 산을 환히 밝히고 까마귀들은 여느 때처럼 분주한 아침 활동을 시작했다. 아침햇살 속에서 보니 방울은 결코 불길하게 느껴지지 않았다. 지난 시대에서 온, 손때 묻은 소박한 불구일 뿐이었다.

나는 부엌으로 돌아와 커피메이커로 커피를 내려 마셨다. 딱딱해지기 시작한 스콘을 토스터에 데워 먹었다. 그러고는 테라스로 나가 아침공기를 들이켜고, 난간에 기대어 골짜기 맞은편 멘시키의 집을 바라보았다. 색이 들어간 커다란 유리창이 아침 햇빛에 반짝거렸다. 일주일에 한 번 받는다는 클리닝 서비스에는 아마 온 집안의 유리창 청소도 포함되어 있으리라. 그 유리창들은 언제나 아름답게 빛나는 상태를 유지했다. 한참 바라보았지만 멘시키는 테라스에 나타나지 않았다. 우리가 '골짜기 너머로 손을 마주 흔드는' 상황은 아직 발생한 적 없다.

열시 반에 차를 몰고 슈퍼마켓으로 장을 보러 갔다. 돌아와서 식료품을 정리하고 간단한 점심을 만들어 먹었다. 두부와 토마토 샐러드에 주먹밥 하나. 식후에 진한 녹차를 마셨다. 그리고 소파에 누워 슈베르트 현악 4중주곡을 들었다. 아름다운 곡이었다. 레코드 재킷에 적힌 설명을 보니 초연 당시 '너무 새롭다'는 이유로 청중에게 적잖은 반발을 샀다고 한다. 어디가 '너무 새롭다'는 것인지 나는 잘 알 수 없었지만, 아마 당시 사람들의 고풍스러운 취향과는 맞지 않는 부분이 있었던 것이리라.

레코드 한 면이 끝났을 때 갑자기 졸음이 쏟아져 담요를 덮고 소파 위에서 잠깐 눈을 붙였다. 짧지만 깊은 잠이었다. 이십 분쯤 잤을까. 꿈도 몇 가지 꾼 것 같았다. 하지만 어떤 꿈이었는지는 깨면서 잊어버렸다. 그런 유의 꿈이 있다. 연결되지 않는 몇몇 조각이 교차하듯 나타나는 꿈. 조각 하나하나에는 나름대로 질량이 있지만 한데 얽히면서 서로를 지워버린다.

나는 부엌으로 가 냉장고에서 차가운 미네랄워터를 꺼내 병째 마시고, 몸 한구석에 구름자락처럼 남아 있던 잠의 찌꺼기를 몰아냈다. 그리고 지금 내가 홀로 산속에 있다는 사실을 새삼 확인했다. 나는 이곳에 혼자 살고 있다. 어떤 운명이 나를 이 특별한 장소로 데려온 것이다. 그리고 다시 방울을 떠올렸다. 잡목림 깊숙이, 그 기이한 석실에서 방울을 울린 것은 과연 누구일까. 그리고 그 누군가는 지금 과연 어디에 있을까?

그림 그릴 때 입는 옷으로 갈아입고 작업실에 들어가 멘시키의 초상화를 마주했을 때는 오후 두시가 지나 있었다. 나는 대체로 오전중에 일했다. 오전 여덟시부터 열두시가 작업에 가장 집중할 수 있는 시간이었다. 결혼생활중이던 당시는 아내가 출근한 뒤 혼자 있는 시간을 뜻했다. 나는 거기서 느껴지는 '가정 내의 정적' 같은 것이 좋았다. 산 위로 옮겨온 뒤로는 풍요로운 자연이 아낌없이 제공해주는 선명한 아침의 빛과 맑은 공기를 좋아하게 되었다. 매일 같은 시간대에 같은 장소에서 일하는 것은 예전부터 내게 중요한 의미였다. 반복이 리듬을 낳는다. 하지만 그날은 간밤에 제대로 자지 못한 탓도 있어 오전 시간을 두서없이 흘려보냈다. 그래서 오후가 돼서야 작업실로 간 것이다.

작업용 원형 스툴에 앉아 팔짱을 끼고, 2미터쯤 거리를 두고 미완성 그림을 바라보았다. 처음에는 가는 붓으로 멘시키의 얼굴 윤곽을 그리고, 그다음에는 그를 눈앞에 앉혀두고 역시 검은색 물감을 써서 약 십오 분 만에 살을 붙였다. 아직은 거친 '골격'에 지나지 않았지만 거기에는 하나의 흐름이 또렷하게 생겨나 있었다. 멘시키 와타루라는 존재에서 발생하는 흐름이다. 그것이 내가 가장 필요로 하는 것이었다.

그 흑백의 '골격'을 집중해서 노려보는 사이 여기 더해야 할 색깔의 이미지가 머릿속에 떠올랐다. 아이디어는 불현듯, 그러면서도 저절로 찾아왔다. 그것은 빗물을 머금은 나뭇잎의 묵직한 초록과 비슷한 색이었다. 나는 몇 가지 물감을 섞어 팔레트 위에 그 색을 만들어냈다. 몇 번의 시행착오 끝에 내 이미지 속의 색깔이 완성되자 아무것도 생각하지 않고 밑그림 위에 그 색을 입혀나갔다. 어떤 그림으로 나아갈지는 나조차도 예상하지 못했지만 그것이 작품에 중요한 바탕색이 되리란 사실은 알 수 있었다. 그림은 이른바 초상화라는 형식에서는 점점 멀어져가는 듯했다. 그러나 초상화가 되지 못한다 해도 별수없다고 나는 스스로 되뇌었다. 만약 여기에 하나의 흐름이 있다면 그 흐름을 따라 나아가는 수밖에 없다. 어쨌거나 내가 그리고 싶은 대로 그려보자(멘시키도 그걸 원했다). 다음 일은 다음에 생각해도 된다.

나는 계획도 목적도 없이, 내 안에 절로 떠오르는 아이디어를 무작정 쫓아갔다. 마치 들판을 날아가는 희귀한 나비를 발밑도 보지 않고 쫓아가는 어린아이처럼. 한차례 색을 칠한 뒤 팔레트와 붓을 내려놓고 다시 2미터쯤 떨어진 스툴에 앉아 그림을 똑바로 바라보았다. **이 색이 맞다**, 고 생각했다. 비에 젖은 잡목림이 만들어내는 녹색. 스스로를 향해 몇 번 작게 고개까지 끄덕였다. 그것은 내가 그림에 대해 매우 오랜만에 느낀 확신(비슷한 것)이었다. 그래, 이거다. 내가 원했던 색이다. 혹은 이 '골격' 자체가 원했던 색이다. 나는 그 색을 기조로 응용한 색을 몇 가지 더 만든 후, 그것들을 적당히 덧붙이며 전체적으로 변화를 주고 두께를 더해갔다.

거기까지 완성한 그림을 바라보니 뒤따를 색깔이 자연히 머릿속에 떠올랐다. 오렌지색. 그냥 오렌지색이 아니다. 타오르는 듯한 주황, 강한 생명력을 발하지만 동시에 퇴폐에 대한 예감을 품은 색. 그것은 과실을 완만한 죽음으로 이끌어가는 퇴폐인지도 모른다. 오렌지색은 녹색보다 더 만들기 어려웠다. 그저 물감의 색이 아니기 때문이다. 그것은 하나의 정념에 근본적으로 이어져 있어야 했다. 운명에 붙들려버린, 하지만 나름대로 흔들리지 않는 정념. 물론 그런 색을 만들어내기란 간단하지 않다. 하지만 결국에는 만들어냈다. 나는 새 붓을 쥐고 캔버스 위를 내달렸다. 부분적으로는 나이프도 사용했다. **생각하지 않는** 것이 가장 중요했다. 나는 사고회로를 최대한 차단하고, 그 색을 구도 속에 대담하게 더해갔다. 그림을 그리는 사이 현실의 이런저런 일은 머릿속에서 완전히 지워지다시피 했다. 방울소리도, 열린 석실도, 헤어진 아내도, 그녀가 다른 남자와 잔다는 사실도, 새로 만난 유부녀 여자친구도, 그림교실도, 내 앞날도, 아무것도 생각하지 않았다. 멘시키조차 생각하지 않았다. 물론 지금 그리는 그림이 원래 멘시키의 초상화로 시작했다는 건 엄연한 사실이지만, 이제 내 머릿속에는 멘시키의 얼굴조차 떠오르지 않았다. 멘시키는 그저 출발점에 지나지 않았다. 지금 나는 오로지 나를 위한 그림을 그리고 있었다.

시간이 얼마나 지났는지는 잘 기억나지 않는다. 퍼뜩 정신을 차리고 보니 실내가 어두워져 있었다. 가을해가 이미 서쪽 산자락 끝으로 모습을 감추었지만 나는 불 켜는 것도 잊은 채 작업에 몰두했던 것이다. 캔버스를 보니 어느새 다섯 가지 색깔이 더해져 있었다. 색 위에 색이 겹쳐지고, 그 위에 또 색이 겹쳐졌다. 어떤 부분은 색과 색이 미묘하게 섞이고, 어떤 부분은 색이 색을 압도하고 능가했다.

나는 천장의 불을 켜고 다시 스툴에 앉아 그림을 새삼 정면에서 바라보았다. 그림이 아직 완성되지 않았음을 알 수 있었다. 그곳에는 난폭하게 용솟음치는 무언가가 있고, 그 일종의 폭력성이 무엇보다 강하게 내 마음을 자극했다. 그것은 내가 오랫동안 놓쳤던 난폭함이었다. 그러나 이것만으로는 아직 부족하다. 떼 지어 나타난 그 난폭함을 다스리고 달래어 이끄는 어떤 중심요소가 필요했다. 정념을 통합하는 이데아 같은 것. 그러나 그것을 찾아내려면 좀더 시간을 두어야 한다. 솟구치는 색깔을 잠시 재워두어야 한다. 그것은 다음날 이후, 밝은 빛 아래서 할 일이었다. 필요한 만큼 시간이 흐르면 그 정체를 절로 깨닫게 될 것이다. 그때까지 기다려야 한다. 전화벨이 울리기를 참을성 있게 기다리는 것처럼. 그리고 참을성 있게 기다리려면 나는 시간을 믿어야 한다. 시간이 내 편이 되리라고 믿어야 한다.

스툴에 앉은 채 눈을 감고 숨을 깊이 들이마셨다. 가을 석양 속에서, 내 안의 무언가가 바뀌어가고 있다는 뚜렷한 기척을 느꼈다. 몸의 조직이 한번 뿔뿔이 해체되었다가 새로 맞춰지는 감각이다. 하지만 어떻게 그런 일이 지금 여기, 내 몸속에서 일어났을까? 우연히 멘시키라는 수수께끼의 인물을 만나고 그의 초상화 제작을 의뢰받은 것이 결과적으로 내 안에 이런 변화를 가져왔을까? 아니면 한밤의 방울소리에 이끌리듯 나아가 돌무덤을 치우고 그 기이한 석실을 열어버린 것이 내 정신에 어떤 자극을 주었을까? 그도 아니면 그런 것들과는 관계없이, 그저 내가 변화의 시기를 맞았을 뿐일까? 어떤 가설을 들어봐도 논거라 할 만한 것은 없었다.

"이건 단지 시작일 뿐이라는 느낌이 듭니다." 멘시키가 헤어지면서 내게 말했다. 그렇다면 나는 그가 말하는 뭔가의 시작에 발을 들여놓은 셈일까? 어쨌거나 나는 그림을 그리는 행위에 오랜만에 격렬한 흥분을 느꼈고, 말 그대로 시간 가는 것도 잊고 작업에 몰두할 수 있었다. 사용한 화구를 정리하면서도 내내 기분좋은 발열 같은 것이 피부로 느껴졌다.

화구를 정리할 때 선반 위에 올려둔 방울이 눈에 들어왔다. 나는 그것을 집어들어 시험 삼아 두세 번 울려보았다. 전과 다름없는 소리가 작업실에 선명하게 울렸다. 깊은 밤 나를 불온한 기분에 잠기게 한 소리다. 그러나 지금은 웬일인지 두려움이 느껴지지 않았다. 이렇게 오래된 방울이 이토록 선명한 소리를 낸다는 사실이 의아할 따름이다. 나는 방울을 원래 자리에 놓고 작업실 불을 끄고 문을 닫았다. 그리고 부엌에서 화이트와인을 한 잔 따라 마시면서 저녁을 준비했다.

밤 아홉시가 못 되어 멘시키에게서 전화가 왔다.

"어젯밤은 어땠습니까? 방울소리가 들렸나요?" 그가 물었다.

두시 반까지 깨어 있었지만 방울소리는 전혀 들리지 않았다. 매우 조용한 밤이었다고 나는 대답했다.

"다행입니다. 그뒤로 주위에서 기이한 일은 하나도 일어나지 않았다는 거죠?"

"특별히 기이한 일은 하나도 일어나지 않은 것 같습니다." 내가 말했다.

"잘됐습니다. 이대로 아무 일도 일어나지 않으면 좋겠군요." 멘시키가 말하고는 한 박자 쉬었다가 덧붙였다. "그런데, 내일 오전중에 댁으로 찾아가도 괜찮겠습니까? 가능하면 한번 더 그 석실을 찬찬히 살펴보고 싶습니다. 무척 흥미로운 장소라서요."

괜찮다고 나는 말했다. 내일 오전에는 아무 일정도 없다.

"그럼 열한시쯤 찾아가겠습니다."

"기다리죠." 내가 말했다.

"그런데, 오늘은 당신에게 좋은 하루였습니까?" 멘시키가 물었다.

오늘은 나에게 좋은 하루였느냐고? 마치 외국어 구문을 컴퓨터가 기계적으로 번역한 것처럼 들리는 말이었다.

"비교적 좋은 하루였던 것 같습니다." 나는 조금 당황해 대답했다. "적어도 나쁜 일은 전혀 일어나지 않았어요. 날씨도 좋고,

상당히 쾌적한 하루였죠. 멘시키 씨는 어땠습니까? 당신에게 오늘은 좋은 하루였나요?"

"좋은 일, 썩 좋다고 할 수 없는 일이 하나씩 일어난 하루였습니다." 멘시키는 말했다. "그 좋은 일과 나쁜 일 중 어느 쪽이 더 무거운지 아직 가늠하지 못해 저울이 이리저리 흔들리는 상태입니다."

그 말에는 뭐라고 대꾸해야 할지 몰라 나는 침묵을 지켰다.

멘시키가 말을 이었다. "유감스럽게도 저는 당신과 같은 예술가가 아닙니다. 저는 비즈니스의 세계에 살고 있죠. 특히 정보 비즈니스의 세계요. 이 세계에선 대개 수치화할 수 있는 것만이 정보로서 교환가치를 지닙니다. 그래서 좋은 점이든 나쁜 점이든 무심결에 수치화하는 버릇이 생겼지요. 좋은 쪽의 무게가 조금이라도 더 나간다면 설령 다른 쪽에서 나쁜 일이 일어났다 해도 결과적으로는 좋은 하루가 됩니다. 적어도 수치상으로는 그렇지요."

그가 무슨 이야기를 하려는 것인지 나는 아직 알 수 없었다. 그래서 계속 입을 다물고 있었다.

"어제 일 말인데요." 멘시키가 말을 이었다. "그렇게 지하의 석실을 열어버림으로써 우리는 무언가를 잃어버리고 무언가를 얻었을 겁니다. 과연 무엇을 잃어버리고 무엇을 얻었을까요? 저는 그 점이 여간 신경쓰이는 게 아닙니다."

그는 내 대답을 기다리는 듯했다.

"수치화할 수 있는 건 아무것도 얻지 못했을 테죠." 나는 잠시 생각한 후 말했다. "물론 지금으로서는 그렇다는 거지만요. 딱 하나, 그 오래된 방울을 손에 넣긴 했죠. 그러나 실질적으로 그런 물건은 아무 가치도 없을 겁니다. 유서 깊은 물건도 아니고, 귀한 골동품도 아니고. 반면 잃어버린 것은 비교적 분명히 수치화할 수 있지 않을까요. 얼마 안 가 조경업자의 청구서를 받으실 테니까요."

멘시키가 가볍게 웃었다. "대단한 금액은 아닙니다. 그런 건 신경쓰지 마세요. 제가 걸리는 건 우리가 거기서 받아야 할 것을 아직 받지 않은 게 아닌가 하는 부분입니다."

"받아야 할 것? 그게 대체 뭔가요?"

멘시키가 헛기침을 했다. "아까도 말씀드렸듯이 저는 예술가가 아닙니다. 나름의 직관 같은 것은 있지만 유감스럽게도 그것을 구상화하는 수단은 없습니다. 그 직관이 아무리 날카로워도 그것을 예술이라는 보편적인 형태로 바꾸는 건 불가능하죠. 제게는 그런 능력이 없습니다."

나는 잠자코 다음 말을 기다렸다.

"그래서 더더욱 저는 예술적이고 보편적인 구상화 대신 수치화라는 프로세스를 지금껏 일관되게 좇아왔습니다. 뭐가 됐건, 사람이 올바르게 살아가기 위해서는 기대설 수 있는 중심축이 필요하니까요. 안 그렇습니까? 제 경우는 직관 혹은 그 비슷한 것을 독자적인 시스템에 따라 수치화함으로써 나름대로 세속적인 성공을 거뒀습니다. 그리고 저의 그 직관에 따르면……" 거기까지 말하고 그는 잠시 침묵했다. 단단한 밀도를 지닌 침묵이었다. "……그리고 저의 그 직관에 따르면, 우리는 그 지하의 석실을 파헤쳐 뭔가를 손에 넣을 수 있었습니다."

"예를 들어 어떤 것을요?"

그는 고개를 가로저었다. 수화기 너머로 그런 기척이 어렴풋이 전해졌다. "그건 아직 모릅니다. 하지만 우리는 그걸 알아내야 한다는 것이 제 의견입니다. 서로의 직관을 동원해, 각기 구상화와 수치화라는 프로세스를 통과시켜서 말이죠."

나는 그가 하려는 말을 아직도 잘 이해할 수 없었다. 이 남자는 대체 무슨 이야기를 하고 있는 걸까?

"그럼 내일 열한시에 뵙겠습니다." 멘시키가 말했다. 그리고 조용히 전화를 끊었다.

멘시키가 전화를 끊자마자 유부녀 여자친구에게서 전화가 왔다. 나는 조금 놀랐다. 이런 밤시간에 그녀가 연락하는 일은 드물었다.

"내일 점심때쯤 만날 수 없을까?" 그녀가 말했다.

"미안하지만 내일은 약속이 있어. 방금 전에 생겨버렸네."

“다른 여자는 아니겠지?”

“아니야. 예의 멘시키 씨. 난 그 사람 초상화를 그리고 있어.”

“당신이 그 사람 초상화를 그린다.” 그녀가 되풀이했다. “그럼 모레는?”

“모레는 완전히 깨끗하게 비어 있어.”

“잘됐다. 이른 오후에 괜찮아?”

“물론 괜찮은데, 토요일이잖아.”

“뭐 어떻게든 될 거야.”

“무슨 일 있었어?” 내가 물었다.

그녀가 말했다. “왜 그런 걸 물어?”

“당신이 이런 시간에 연락하는 일은 별로 없으니까.”

그녀의 목 안쪽에서 작은 소리가 났다. 호흡을 미세하게 고르는 것처럼. “나 지금 혼자 차 안에 있어. 휴대전화로 거는 거야.”

“차 안에서 혼자 뭘 하는데?”

“차 안에 혼자 있고 싶어서 그냥 차 안에 혼자 있을 뿐이야. 주부한테는 가끔 그럴 때가 있어. 그러면 안 돼?”

“안 될 것 없지. 전혀.”

그녀가 한숨을 쉬었다. 여기저기 흩어진 한숨을 하나로 모아 압축한 것 같은 한숨이었다. 그러고는 말했다. “당신이 지금 여기 있으면 좋겠어. 그리고 뒤에서 넣어주면 좋겠어. 전희 같은 건 필요 없어. 충분히 젖어 있으니까 전혀 상관없어. 그리고 대담하게 마구 휘저어주면 좋겠어."

"재미있겠는데. 하지만 대담하게 마구 휘젓기엔 미니 실내는 좀 좁을지도 몰라."

"그런 것까지 따질 순 없지." 그녀가 말했다.

"연구해볼게."

"그리고 왼손으로 가슴을 주무르면서 오른손으로 클리토리스를 만져주면 좋겠어."

"오른발로는 뭘 하면 좋을까? 카스테레오 버튼쯤은 누를 수 있을 것 같은데. 음악은 토니 베넷이면 괜찮겠어?"

"농담 아니야. 나 정말 진지해."

"알았어. 미안해. 진지하게 하자." 나는 말했다. "그래서, 당신은 지금 어떤 옷을 입었지?"

"내가 지금 어떤 옷을 입었는지 알고 싶은 거야?" 그녀가 유혹하듯이 말했다.

"알고 싶어. 그에 따라서 이쪽 순서도 바뀌니까."

그녀는 입고 있는 옷을 매우 자세히 설명해주었다. 성숙한 여성들이 얼마나 다채로운 옷을 몸에 걸치는가 하는 사실은 언제나 나를 놀라게 한다. 그녀는 혀끝에서 그것들을 하나하나 벗어나갔다.

"어때, 충분히 딱딱해졌어?" 그녀가 물었다.

"쇠망치처럼." 내가 말했다.

"못도 박을 수 있어?"

"물론이야."

세상에는 못을 박아야 하는 망치가 있고 망치에 박혀야 하는 못이 있다, 라고 말한 이가 누구였더라? 니체였던가, 쇼펜하우어였던가. 아니면 그런 말은 아무도 하지 않았는지 모른다.

우리는 전화선을 통해 리얼하고 진지하게 몸을 섞었다. 그녀를 상대로—혹은 다른 누구와도—이런 일을 하기는 처음이었다. 하지만 그녀의 입에서 나오는 묘사는 대단히 세밀하고 자극적이었고, 상상의 세계에서 가지는 관계는 일면 실제로 몸을 섞는 행위 이상으로 관능적이었다. 언어는 때로 지극히 노골적이었고, 때로는 에로틱한 암시가 되었다. 그런 언어의 교환을 한차례 이어간 끝에 나는 생각지도 않은 사정에 이르렀다. 그녀도 오르가슴을 맞은 것 같았다.

우리는 잠시 그대로, 아무 말도 하지 않고 수화기를 잡은 채 숨을 골랐다.

"그럼, 토요일 오후에 봐." 이윽고 정신을 차렸는지 그녀가 말했다. "예의 멘시키 씨에 대해서도 조금이지만 해줄 얘기가 있어."

"무슨 새로운 정보라도 들어왔어?"

"몇 가지. 예의 정글 통신을 통해서. 그래도 직접 만나서 얘기할래. 아마도 야한 짓을 해가면서."

"이제 집으로 가?"

"물론." 그녀가 말했다. "슬슬 들어가봐야지."

"운전 조심해."

"그러게. 조심해야겠어. 아직 거기가 아릿하거든."

나는 샤워기를 틀어 막 사정한 페니스를 비누로 씻었다. 그리고 잠옷으로 갈아입고 카디건을 걸친 후, 싸구려 화이트와인 한 잔을 손에 들고 테라스로 나갔다. 멘시키의 집 쪽을 바라보았다. 골짜기 맞은편, 크고 새하얀 그의 집에는 아직 불이 켜져 있었다. 집안의 불이 전부 켜져 있는 것 같았다. 그가 거기서 (아마도) 혼자 뭘 하고 있는지 나는 물론 알 수 없다. 컴퓨터 모니터 앞에서 직관의 수치화를 탐구하는 중인지도 모른다.

"비교적 좋은 하루였어." 나는 스스로를 향해 중얼거렸다.

또한 기묘한 하루이기도 했다. 그리고 내일은 어떤 하루가 될지 짐작도 가지 않았다. 문득 천장 위의 수리부엉이가 떠올랐다. 수리부엉이에게도 오늘은 좋은 하루였을까? 그리고 나는 수리부엉이의 하루가 마침 지금쯤부터야 시작된다는 사실을 깨달았다. 그들은 낮에는 어두운 곳에서 잠들어 있다가 어두워지면 숲으로 사냥을 나간다. 그러니 수리부엉이에게는 이른 아침에나 물어봐야 한다. "오늘은 좋은 하루였어?"라고.

침대에 들어가 한동안 책을 읽다가 열시 반에 불을 끄고 잠들었다. 아침 여섯시까지 한 번도 깨지 않은 것으로 보아, 아마 한밤중에 방울은 울리지 않았으리라.

17

어째서 그렇게 중요한 것을 놓쳤을까

나는 집을 나오면서 아내에게 마지막으로 들은 말을 잊을 수가 없었다. 그녀는 이렇게 말했다. "혹시 이대로 헤어지더라도 친구로 지내줄 수 있어? 그럴 수 있다면." 나는 그때 (그리고 그 후로도 오랫동안) 그녀가 무슨 말을 하는지, 무엇을 원하는지 잘 이해되지 않았다. 아무 맛도 나지 않는 음식을 입에 넣었을 때처럼 어쩔 줄 몰랐을 뿐이다. 그래서 그 말에 "글쎄"라는 대답밖에 하지 못했다. 그리고 그것이 내가 그녀 앞에서 내뱉은 마지막 말이 되었다. 마지막 말치고는 참 한심한 한마디다.

헤어진 뒤에도 나는 여전히 그녀와 살아 있는 한 줄의 관管으로 이어져 있다—나는 그렇게 느꼈다. 그 관은 눈에 보이지는 않지만 지금도 작게 맥박이 뛰고, 따뜻한 혈액 같은 것이 둘의 영혼 사이를 미미하게 오가고 있었다. 적어도 내게는 그런 생체적 인 감각이 아직 남아 있었다. 하지만 그 관이 끊어질 날도 그리 머지않을 것이다. 그리고 어차피 끊어져야 한다면, 둘 사이를 연결하는 그 가냘픈 라이프라인을 되도록 빨리 생명이 결여된 것으로 바꿀 필요가 있었다. 그 관이 생명을 잃고 미라처럼 말라비틀어지면 날카로운 칼로 잘리는 아픔도 그만큼 견디기 쉬워질 것이기 때문이다. 그러려면 유즈에 대해 되도록 빨리, 되도록 많은 것을 잊어야 했다. 그래서 나는 그녀에게 연락하지 않으려 노력했다. 여행에서 돌아와 내 짐을 챙기러 갈 때 전화를 건 것이 다였다. 집에 두고 온 화구 일습이 필요했으니까. 그것이 헤어진 뒤 유즈와 나누었던 유일한 대화였고, 그 대화는 매우 짧았다.

우리가 부부관계를 정식으로 끝낸 뒤에도 친구로 지낸다는 것은 나로서는 도저히 생각할 수 없는 일이었다. 부부로 지낸 육 년의 세월 동안 우리는 아주 많은 것을 공유했다. 많은 시간, 많은 감정, 많은 말과 많은 침묵, 많은 고민과 많은 판단, 많은 약속과 많은 포기, 많은 열락과 많은 권태. 물론 서로 입 밖에 꺼내지 않고 속에만 품고 있던 비밀도 없지는 않았으리라. 그러나 우리는 그렇게 숨기는 것이 있다는 감각까지도 제법 현명하게 공유해왔다. 거기에는 시간만이 배양할 수 있는 '자리의 무게'가 존재했다. 우리는 그런 중력에 요령 있게 몸을 맞추고, 미묘한 균형을 잡으며 살아왔다. 또한 우리의 독자적인 '로컬 룰' 같은 것도 몇 가지 있었다. 그것을 모조리 없던 셈 치고, 그곳에 존재하던 중력의 균형이나 로컬 룰을 배제하고서, 그저 단순한 '좋은 친구' 따위가 될 수 있을 리 없다.

그 점은 나도 잘 알았다. 원래부터 알았다기보다, 긴 여행 내내 혼자 줄기차게 생각한 끝에 그런 결론에 다다른 것이다. 아무리 생각을 거듭해도 결론은 항상 똑같았다. 유즈와 가능한 한 거리를 두고 접촉을 끊어야겠다. 그것이 이치에 맞는, 제대로 된 생각이었다. 그리고 나는 실제로 그렇게 했다.

한편 유즈에게서도 전혀 연락이 오지 않았다. 전화 한 통 없고 편지 한 통 오지 않았다. "친구로 지내고 싶다"는 말을 꺼낸 건 그녀인데도 말이다. 그리고 그 사실은 생각 이상으로, 예상을 훨씬 넘는 정도로 내게 상처를 주었다. 아니, 정확히 말해 내게 상처를 준 것은 사실 나 자신이었다. 끝없이 이어지는 그 침묵 속에서 내 감정은 날붙이로 만든 무거운 추처럼 한끝에서 다른 한끝으로 커다란 호를 그리며 왕복했다. 그 감정의 호는 내 피부에 생생한 상처를 몇 군데나 남겼다. 그리고 내가 그 아픔을 잊을 방법은 실질적으로 하나뿐이었다. 당연히, 그림을 그리는 일이다.

햇빛이 작업실 창문으로 조용히 흘러들어왔다. 온화한 바람이 이따금 흰색 커튼을 건드렸다. 방에서는 가을아침 냄새가 났다. 산 위에 살게 된 뒤로 나는 계절이 바뀌는 냄새에 민감해졌다.

도심 한복판에 살 때는 그런 냄새가 있는지조차 거의 몰랐는데.

나는 스툴에 앉아, 그리다 만 멘시키의 초상화를 이젤에 올려 놓고 오랫동안 정면에서 노려보고 있었다. 작업의 시작은 항상 이런 식이다. 전날의 결과를 오늘의 새로운 눈으로 재평가하는 것. 손을 움직이는 것은 그다음이다.

나쁘지 않다, 한참 후에 나는 생각했다. 나쁘지 않다. 내가 만들어낸 몇 가지 색채가 멘시키의 골격을 빈틈없이 감싸고 있었다. 검은색 물감으로 그려냈던 골격은 이제 그 색채 뒤로 감춰졌다. 하지만 그것이 안쪽에 도사리고 있다는 사실은 내 눈에 뚜렷이 보였다. 이제 그 골격을 다시 한번 표면으로 끌어올려야 한다. 암시를 선언으로 바꿔나가야 한다.

물론 이 그림은 완성을 약속하지 않는다. 아직 하나의 가능성이라는 영역에 머물러 있다. 아직 무언가가 부족하다. 여기 존재해야 할 무언가가 부재의 부당함을 호소하고 있다. 부재하는 것이 존재와 부재를 가르는 유리창 건너편에서 창을 두들기고 있다. 내게는 그 소리 없는 외침이 들렸다.

집중해서 그림을 바라보는 사이 목이 말라서 일단 부엌으로 가 큰 유리컵에 오렌지주스를 따라 마셨다. 그리고 어깨 힘을 빼고 양팔을 힘껏 뻗어 기지개를 켰다. 크게 숨을 들이마셨다가 내뱉었다. 그런 다음 다시 작업실로 돌아와 스툴에 앉았다. 새로운 기분으로 이젤 위의 그림에 의식을 집중했다. 하지만 곧 무언가가 아까와 다르다는 점을 깨달았다. 그림을 보는 각도가 조금 전과 분명히 달랐다.

스툴에서 일어나 위치를 다시 점검했다. 그리고 작업실을 나갔을 때 위치에서 조금 틀어져 있음을 알아챘다. 스툴은 분명히 옮겨져 있었다. 어째서일까? 내가 일어나면서 흔들렸을 리는 없다. 틀림없었다. 나는 의자가 움직이지 않도록 살며시 일어났고, 돌아와서도 위치를 건드리지 않고 살며시 다시 앉았다. 왜 이런 것을 일일이 기억하는가 하면 나는 그림을 보는 위치와 각도에 유난히 예민하기 때문이다. 내가 그림을 보는 위치와 각도는 늘 일정했고, 야구에서 타자가 타석에 서는 위치를 미세하게 따지는 것처럼 원래 자리에서 조금이라도 어긋나면 신경에 거슬려 참을 수 없었다.

하지만 스툴은 방금 전까지 내가 앉아 있던 위치에서 50센티미터쯤 이동했고, 각도도 그만큼 달라졌다. 내가 부엌에서 오렌지주스를 마시고 심호흡하는 사이 누군가가 스툴을 움직였다고 생각할 수밖에 없다. 내가 없는 작업실에 누가 몰래 들어와서, 스툴에 앉아 내 그림을 보고, 내가 돌아오기 전에 일어나 발소리를 죽여 방을 나갔다. 그러면서 의자를—고의로 혹은 결과적으로—움직인 것이다. 그러나 내가 작업실을 떠나 있던 시간은 고작해야 오륙 분이다. 대체 누가 무슨 목적으로 굳이 그렇게 번거로운 짓을 한단 말인가? 아니면 스툴이 저 혼자 마음대로 움직였다는 건가?

아마 내 기억이 혼란스러운 것이리라. 내가 스툴을 옮겨놓고 잊어버린 것이다. 그렇게 생각하는 수밖에 없었다. 혼자 있는 시간이 너무 긴지도 모른다. 그래서 기억의 순서가 흐트러지기 시작했는지도 모른다.

나는 스툴을 그 위치—다시 말해 원래 자리에서 50센티미터 옮겨져 각도가 약간 바뀐 위치—에 그대로 두었다. 그리고 시험 삼아 스툴에 앉아, 그 포지션에서 멘시키의 초상화를 바라보았다. 그러자 아까까지와는 약간 다른 그림이 보였다. 물론 똑같은 그림이지만 보이는 것이 미묘하게 다르다. 빛이 닿는 각도가 다르고, 물감의 질감도 달리 보인다. 그 그림에는 역시 생명력이 깃들어 있다. 그러나 한편으로는 무언가가 부족하다. 그런데 그 부족함의 방향성은 조금 전과 살짝 다르게 보인다.

대체 뭐가 달라진 걸까? 나는 그림을 보는 눈에 의식을 집중했다. 아마 그 차이가 내게 뭔가를 호소하고 있을 터였다. 그 차이가 암시하고 있을 무언가를 정확히 찾아내야 한다. 그렇게 느꼈다. 나는 흰색 초크를 가져와 스툴의 삼각다리 위치를 바닥에 표시했다(위치 A). 그러고는 스툴을 원래 위치(50센티미터쯤 옆)로 돌려놓고 역시 초크로 표시했다(위치 B). 그리고 그 두 포지션 사이를 왔다갔다하면서, 서로 다른 두 각도에서 하나의 그림을 번갈아 바라보았다.

두 그림 모두에 변함없이 멘시키가 있었지만, 두 각도에서 그가 묘하게 달라 보인다는 사실을 나는 알아차렸다. 마치 두 인격이 그의 안에 공존하는 것처럼 보이기도 한다. 하지만 어느 쪽의 멘시키든 역시 공통적으로 결여된 부분이 있었다. 그 결여의 공통성이 A와 B라는 두 멘시키를 무언가 부재된 상태로 통합하고 있었다. 나는 그 '부재하는 공통성'을 찾아내야 한다. 위치 A와 위치 B와 나 사이를 삼각측량하듯 가늠해서. 그 '부재하는 공통성'은 과연 어떤 것일까? 그 자체로 형상을 지닐까, 아니면 형상은 존재하지 않을까? 만일 후자라면 어떤 방법으로 그것을 형상화해야 할까?

간단한 일 아니겠느냐, 누군가 말했다.

나는 그 목소리를 똑똑히 들었다. 크지는 않지만 또렷한 목소리였다. 모호한 구석이 없다. 높지도 낮지도 않다. 그리고 바로 귓전에서 들린 것 같았다.

무심결에 숨을 멈추고 스툴에 앉은 채로 천천히 주위를 둘러보았다. 물론 어디에도 사람의 모습은 보이지 않았다. 산뜻한 아침햇살이 바닥에 물웅덩이처럼 고여 있다. 열린 창문에서 멀리 쓰레기차가 내보내는 멜로디가 바람에 실려 희미하게 들려왔다. 〈애니 로리〉(어째서 오다와라 시의 쓰레기차가 스코틀랜드 민요를 내보내야 하는지 내게는 수수께끼다). 그것 말고는 아무 소리도 들리지 않는다.

아마 헛들은 것이려니 생각했다. 어쩌면 그건 내 목소리였는지도 모른다. 내 마음이 무의식에서 낸 목소리인지도 모른다. 그러나 내 귀에 들린 말투는 몹시 기묘했다. 간단한 일 아니겠느냐. 설령 무의식중일지라도 나는 그렇게 괴상한 말투는 쓰지 않는다.

크게 한 번 심호흡을 하고, 다시 스툴에 앉아 그림을 바라보았다. 그리고 그림에 의식을 집중했다. 헛들은 것이 분명하다.

뻔한 일 아니겠느냐, 또 누군가가 말했다. 목소리는 역시 바로 귓전에서 들렸다.

뻔한 일? 나는 나 자신을 향해 따져 물었다. 대체 뭐가 뻔한 일이란 말인가?

멘시키 씨에게는 있고 여기에는 없는 걸 찾아내면 되지 않느냐, 누군가 말했다. 변함없이 또렷한 목소리였다. 마치 무향실에서 녹음된 목소리처럼 잔향이 없다. 소리 하나하나가 명료하게 들린다. 그리고 관념을 구상화한 것처럼, 자연스러운 억양이 결여되어 있다.

나는 다시 한번 주위를 둘러보았다. 이번에는 스툴에서 일어나 거실까지 가봤다. 다른 방도 차례로 살펴보았다. 그러나 집안에는 아무도 없었다. 있다고 한다면 천장 위의 수리부엉이 정도다. 그러나 물론 수리부엉이는 말을 할 줄 모른다. 현관문도 잠겨 있었다.

작업실의 스툴이 멋대로 움직이더니, 영문 모를 기묘한 목소리까지 들린다. 하늘의 목소리일까, 나 자신의 목소리일까, 아니면 익명의 제삼자 목소리일까. 뭐가 됐든 드디어 내 머리가 이상해지기 시작했다고 의심하지 않을 수 없었다. 그 한밤의 방울소리 이후로 나는 내 의식의 정당성을 썩 자신하기 힘들어졌다. 그러나 방울소리로 말하자면, 멘시키도 그 자리에서 내가 들은 것과 같은 소리를 틀림없이 들었다. 따라서 환청이 아니라는 사실이 객관적으로 증명되었다. 내 청각은 정상으로 기능하는 것이다. 그렇다면 이 기이한 목소리는 대체 무엇인가?

나는 다시 스툴에 앉아, 다시 그림을 바라보았다.

멘시키 씨에게는 있고 여기에는 없는 걸 찾아내면 된다. 꼭 수수께끼 풀이 같다. 깊은 숲속에서 길을 잃은 아이에게 지혜로운 새가 방향을 알려주듯이. 멘시키에게는 있고 여기에는 없는 것, 그게 뭘까?

오랜 시간이 걸렸다. 시곗바늘이 조용하고 규칙적으로 나아가고, 동쪽의 작은 창문으로 흘러들어 바닥에 고여 있던 햇빛이 소리 없이 이동했다. 깃털이 알록달록한 작은 새들이 버드나무 가지 사이를 사뿐히 오가며 뭔가를 찾다가 지절거리며 날아갔다. 둥근 석판 같은 모양의 흰 구름이 줄지어 하늘을 흘러갔다. 은색 비행기 한 대가 반짝이는 바다를 향해 날아갔다. 자위대의 대잠초계 4발 프로펠러기다. 귀를 기울이고, 눈을 크게 뜨고, 잠재한 것을 현재화하는 것이 그들에게 맡겨진 일상의 직무다. 나는 가까워졌다가 멀어지는 그 엔진음을 들었다.

그러고는 비로소 한 가지 사실을 떠올렸다. 말 그대로 명백한 사실을. 어떻게 그런 걸 잊어버릴 수 있었을까. 멘시키에게는 있고, 내가 그린 멘시키의 초상화에는 없는 것. 그건 누가 봐도 너무나 뚜렷했다. 그의 백발이다. 막 내린 눈처럼 완벽한 순백의 머리카락. 그것을 빼고 멘시키를 논하기란 불가능하다. 어째서 그렇게 중요한 것을 놓쳤을까.

나는 스툴에서 일어나, 화구함에서 서둘러 흰색 물감을 그러모으고, 적당한 붓을 쥐고, 아무것도 생각하지 않고 두툼하고 활기차고 대담하고 자유롭게 캔버스에 색을 입히기 시작했다. 나이프도 쓰고 손끝도 썼다. 십오 분쯤 작업을 이어간 다음 캔버스 앞을 떠나 스툴에 앉았다. 그리고 완성된 그림을 점검했다.

그곳에는 멘시키라는 인간이 있었다. 멘시키는 틀림없이 그 그림 속에 있었다. 그의 인격은—그 내용이 어떻든 간에—내 그림 속에서 하나로 통합되어 현재화되어 있었다. 나는 물론 멘시키 와타루라는 인간의 본연을 정확히 이해하지는 못했다. 아니, 아무것도 모르는 것이나 마찬가지다. 하지만 화가로서 나는 그를 종합적인 하나의 형상으로, 해체될 수 없는 하나의 패키지로 캔버스 위에 재현할 수 있었다. 그는 그 그림 속에서 호흡하고 있다. 그가 가진 수수께끼조차 온전히 그곳에 있었다.

하지만 한편으로 그 그림은 어느 견지로 봐도 이른바 '초상화'는 아니었다. 멘시키 와타루라는 존재를 하나의 그림으로 표현해내는 데는 성공했다(고 나는 느낀다). 그러나 멘시키라는 인간의 외견을 그리는 것이 목적인 그림은 아니다(전혀 아니다). 그 둘에는 큰 차이가 있다. 그것은 기본적으로 내가 나 자신을 위해 그린 그림이었다.

의뢰자인 멘시키가 이런 그림을 자기 '초상화'로 인정해줄지 나는 예측할 수 없었다. 이 그림은 그가 원래 기대하던 것에서 몇 광년이나 떨어져 있을지도 모른다. 내 마음대로 자유롭게 그려달라고, 스타일에 대해서는 아무런 주문도 하지 않겠다고 멘시키는 처음부터 말했다. 하지만 어쩌면 이 그림에는 멘시키 스스로도 존재를 인정하고 싶지 않을 네거티브한 요소가 우연히 들어가버렸는지도 모른다. 그러나 그가 마음에 들어하건 들어하지 않건 나는 더이상 손쓸 도리가 없다. 그 그림은 아무리 보아도 이미 내 손에서, 그리고 내 의사에서 멀리 벗어나버렸기 때문이다.

나는 그후로도 삼십 분쯤 스툴에 앉아 그 포트레이트를 바라보았다. 그것은 내가 그린 그림인 동시에 내 논리나 이해의 범위를 초월한 그림이었다. 어떻게 이런 그림을 그렸는지 이제는 생각도 나지 않았다. 가만히 바라보는 사이 그 그림은 나에게 아주 가까워졌다가 다시 한참 멀어져갔다. 하지만 거기 그려진 색과 형체는 의심의 여지 없이 올바른 것이었다.

출구를 발견하는 중인지도 모른다, 나는 생각했다. 눈앞을 가로막고 있던 두꺼운 벽을 비로소 넘어가는 중인지도 모른다. 그러나 이제 겨우 시작일 뿐이다. 실마리 비슷한 것을 막 손에 넣었을 뿐이다. 이럴 때일수록 신중해져야 한다. 스스로에게 그렇게 되뇌면서 사용한 붓 몇 자루와 페인팅나이프를 물로 꼼꼼히 씻어냈다. 오일과 비누로 공들여 손도 씻었다. 그러고는 부엌으로 가서 물을 몇 잔이나 마셨다. 몹시 목이 말랐다.

그나저나 대체 누가 작업실의 스툴을 옮겨놓았을까(그것은 분명히 움직였다). 누가 내 귓전에 기묘한 목소리로 말을 걸었을까(나는 분명히 목소리를 들었다). 누가 내게 그 그림에서 부족한 것이 무엇인지 암시했을까(그 암시는 분명히 유효한 것이었다).

아마 나 자신이리라. 내가 무의식적으로 의자를 옮기고, 나 자신에게 암시를 주었다. 괜히 묘하게 에둘러가며, 표층의식과 심층의식을 이리저리 뒤섞으면서…… 그것 말고 내가 생각해낼 수 있는 그럴듯한 설명은 없었다. 물론 그것 역시 진실이 아니었지만.

오전 열한시, 식탁에 앉아 뜨거운 홍차를 마시면서 두서없는 생각에 잠겨 있는데 멘시키의 은색 재규어가 나타났다. 그때까지 나는 전날 밤 멘시키와 했던 약속을 까맣게 잊고 있었다. 그림작업에 너무 몰두했던 탓이다. 게다가 그 환청인지 헛것인지 모를 소리 소동도 있었다.

멘시키? 멘시키가 왜 지금 이리로 왔지?

"가능하면 한번 더 그 석실을 찬찬히 살펴보고 싶습니다." 멘시키는 전화로 그렇게 말했었다. 집 앞에서 V8 엔진이 여느 때처럼 그르렁거리다 멈추는 것을 듣고서야 나는 겨우 그 말을 떠올렸다.

18

호기심이 죽이는 건 고양이만이 아니다

집밖으로 나가 멘시키를 맞았다. 지금까지 그런 적은 없었지만 그날따라 무슨 특별한 이유가 있었던 것은 아니다. 그저 밖으로 나가 몸을 뻗고 신선한 공기를 마시고 싶었다.

하늘에는 아직 둥근 석판 같은 구름이 떠 있었다. 아득히 먼 바다에서 그런 구름이 몇 개씩 만들어지고, 남서풍을 타고 하나하나 천천히 산 쪽으로 다가오는 것이다. 어떻게 이토록 아름답고 완벽한 원형이, 아마 이렇다 할 실제적인 의도도 없는 상태에서 절로 끊임없이 만들어지는지 수수께끼다. 어쩌면 기상학자에게는 수수께끼 축에도 못 들지 모르지만 적어도 내게는 그랬다. 이 산머리에 혼자 살게 된 후로 나는 온갖 자연의 경이에 마음을 빼앗기고 있었다.

멘시키는 칼라가 달린 짙은 연지색 스웨터를 입고 있었다. 고급스럽고 얇은 스웨터였다. 아래는 연하다 못해 금방이라도 물이 다 빠져버릴 듯한 톤의 청바지를 입었다. 부드러운 소재의 스트레이트 진이다. 내가 보기에(어쩌면 과장된 생각인지도 모르지만) 그는 항상 백발이 아름답게 돋보일 만한 톤의 옷을 일부러 골라 입는 것 같았다. 연지색 스웨터도 백발과 아주 잘 어울렸다. 그 순백의 머리카락은 여느 때처럼 딱 적당한 길이를 유지하고 있었다. 어떻게 관리하는지 모르지만 그 이상 길어지지도 짧아지지도 않는 것 같았다.

"우선 구덩이에 가서 안쪽을 살펴보고 싶은데 괜찮겠습니까?" 멘시키가 말했다. "그새 바뀐 건 없는지 좀 신경쓰여서요."

물론 괜찮다고 나는 말했다. 나도 그날 이후로 숲속 구덩이에 가보지 않았다. 어떤 상태인지 보고 싶었다.

"죄송하지만 그 방울을 좀 가져와주시겠습니까?" 멘시키가 말했다.

나는 집안에 들어가 작업실 선반에서 오래된 방울을 가져왔다.

멘시키가 재규어 트렁크에서 대형 회중전등을 꺼내 그 끈을 목에 걸었다. 그리고 잡목림 쪽으로 걷기 시작했다. 나도 뒤를 따랐다. 잡목림은 지난번보다 가을빛이 한층 짙어진 듯했다. 이맘때면 산의 색깔은 하루가 다르게 바뀐다. 붉은빛이 깊어지는 나무가 있는가 하면, 노란빛이 짙어지는 나무도 있고, 언제까지

나 초록을 잃지 않는 나무도 있다. 그 조화가 무척 아름다웠다. 그러나 멘시키는 그런 데 전혀 관심이 없는 듯했다.

"이 토지를 좀 조사해봤습니다." 멘시키가 걸으면서 입을 열었다. "지금까지 어떤 사람이 소유했는지, 용도는 무엇이었는지, 그런 것 말이죠."

"뭔가 알아내셨나요?"

멘시키가 고개를 저었다. "아뇨, 알아낸 게 거의 없어요. 한때는 무슨 종교와 관련된 곳이 아니었을까 예상했는데, 제가 조사한 바로 그런 일은 없었던 것 같습니다. 이곳에 사당이며 돌무덤이 세워진 경위는 알 수 없어요. 원래는 아무것도 없는 산지였던 모양인데 개간해 집을 세운 겁니다. 아마다 도모히코 씨가 집과 함께 이 토지를 매입한 때가 1955년입니다. 그전까지는 한 정치인의 별장이었어요. 이름을 들어도 아마 잘 모르시겠지만, 전쟁 전에는 장관까지 지냈죠. 종전 후에는 은퇴나 다름없는 생활을 했고요. 그전 소유자까지는 알아내지 못했습니다."

"정치인이 이렇게 궁벽한 산속에 별장을 두다니, 좀 희한해 보이는데요."

"이전에는 이 일대에 정치인들의 별장이 제법 있었더군요. 고노에 후미마로*의 별장도 아마 여기서 산을 몇 개 넘어간 곳에 있

* 1940년대 일본의 내각총리대신.

었을 겁니다. 하코네나 아타미로 가는 길목이기도 하고, 몇 명이 모여 밀담을 나누기에는 더없이 좋은 장소였겠죠. 도쿄 도내에서 요인들끼리 접촉하면 아무래도 이목을 끄니까요."

우리는 구덩이 위에 덮어둔 두꺼운 판자 몇 장을 걷어냈다.

"잠깐 밑에 내려가보겠습니다." 멘시키가 말했다. "여기서 기다려주시겠습니까?"

기다리겠다고 나는 말했다.

멘시키는 업자가 두고 간 철사다리를 타고 밑으로 내려갔다. 한 단 한 단 밟을 때마다 사다리가 가볍게 삐걱거렸다. 나는 위에서 그 모습을 내려다보았다. 구덩이 바닥에 내려서자 그는 회중전등을 목에서 벗어 전원을 켜고 오랫동안 주위를 꼼꼼히 점검했다. 돌벽을 손바닥으로 쓸고 주먹으로 두드려보기도 했다.

"벽의 만듦새가 매우 탄탄하고 치밀하군요." 멘시키가 나를 올려다보며 말했다. "그냥 우물을 묻다 만 것처럼 보이진 않아요. 우물이라면 이렇게 공들여서 짓진 않았을 겁니다. 이보다는 간단하게 돌을 쌓았어도 될 일이죠."

"그럼, 무슨 다른 목적이 있어서 만든 곳이란 말씀인가요?"

멘시키는 말없이 고개를 가로저었다. 모른다, 는 뜻이다. "어쨌거나 이 벽은 쉽사리 오를 수 없게 되어 있습니다. 발을 걸칠 만한 틈새가 전혀 없어요. 구덩이 깊이가 3미터나 되니 밑에서 기어올라가기란 힘들어 보입니다."

"쉽게 올라오지 못하도록 만들었다는 뜻인가요?"

멘시키는 다시 고개를 저었다. 모른다. 짐작도 가지 않는다.

"부탁이 하나 있는데요." 멘시키가 말했다.

"뭔가요?"

"귀찮게 해드려 죄송하지만, 이 사다리를 올려버리고, 되도록 빛이 들어오지 않도록 꼭 맞춰서 덮개를 닫아주시겠습니까?"

나는 잠시 할말을 찾지 못했다.

"괜찮습니다. 걱정하실 거 없어요." 멘시키가 말했다. "여기, 이 캄캄한 구덩이 밑에 혼자 갇힌다는 게 어떤 기분인지 직접 체험해보고 싶을 뿐입니다. 아직 미라가 될 생각은 없습니다."

"거기에 얼마나 계시려고요?"

"나가고 싶어지면 방울을 울리겠습니다. 방울소리가 들리면 덮개를 치우고 사다리를 내려주세요. 만일 한 시간이 지나도 방울이 울리지 않으면 먼저 덮개를 열어주십시오. 한 시간 넘게 있을 생각은 아니니까요. 제가 여기 있다는 사실을 부디 잊지 말아주십시오. 혹시 무슨 사정이 생겨 잊어버리신다면 저는 이대로 미라가 되어버릴 겁니다."

"미라 찾으러 갔다가 미라가 되다."*

멘시키가 웃었다. "그렇게 되겠죠."

---

* 처음 목적을 이루지 못하고 반대 결과를 맞는다는 뜻의 속담.

"설마 제가 잊어버리지야 않겠지만, 정말 그러시려고요? 괜찮으시겠어요?"

"그저 호기심입니다. 잠시 캄캄한 구덩이 안에 앉아 있고 싶어요. 회중전등을 내드릴 테니 대신 방울을 주십시오."

그가 사다리 중간까지 올라와 회중전등을 내밀었다. 나는 그것을 받고 방울을 내주었다. 그는 방울을 받아들고 가볍게 흔들었다. 선명한 방울소리가 울렸다.

나는 구덩이 밑의 멘시키를 향해 말했다. "만에 하나, 제가 내려가는 길에 흉포한 말벌떼에 쏘여서 의식을 잃거나 죽기라도 하면 멘시키 씨는 이대로 영영 여기 갇혀버릴지도 모릅니다. 세상일은 한 치 앞을 알 수 없는 법이니까요."

"호기심은 언제나 리스크를 동반합니다. 리스크를 전혀 수용하지 않고 호기심을 충족시키기란 불가능하지요. 호기심이 죽이는 건 고양이만이 아닙니다."

"한 시간 뒤에 다시 오겠습니다." 내가 말했다.

"부디 말벌 조심하십시오." 멘시키가 말했다.

"멘시키 씨도 어둠을 조심하세요."

멘시키는 그 말에는 대답하지 않고 한차례 내 얼굴을 올려다보았다. 아래를 보는 내 표정에서 무슨 의미를 읽어내려는 것처럼. 그러나 그 시선에는 어딘지 모르게 막연한 구석이 있었다. 마치 내 얼굴에 초점을 맞추고 싶은데 잘되지 않는 것 같았다.

그다지 멘시키답지 않은, 묘하게 모호한 시선이었다. 이윽고 그는 결심한 듯이 지면에 주저앉아 둥그런 돌벽에 등을 기댔다. 그리고 나를 향해 살짝 손을 들어올렸다. 준비가 되었다는 뜻이다. 나는 사다리를 끌어올리고, 두꺼운 판자를 최대한 구덩이에 딱 맞게 덮고, 누름돌 몇 개를 위에 올렸다. 판자와 판자 사이의 미세한 틈새로 빛이 조금은 새어들 테지만 그래도 구덩이 속은 상당히 컴컴해졌으리라. 나는 구덩이 속 멘시키에게 뭐라고 말을 걸어볼까 하다가 생각을 바꿔 그만두었다. 그는 스스로 고독과 침묵을 원하는 것이다.

집으로 돌아와 물을 끓이고 홍차를 마셨다. 그러고는 소파에 앉아 읽다 만 책을 펼쳤다. 하지만 방울소리가 들려오지나 않을까 자꾸 신경이 쓰이는 통에 좀처럼 독서에 집중하지 못했다. 거의 오 분 간격으로 손목시계를 보았다. 그리고 캄캄한 구덩이 속에 홀로 앉아 있을 멘시키의 모습을 상상했다. 희한한 사람이다, 라고 생각했다. 직접 비용을 대가면서 조경업자를 불러 중기로 돌무더기를 치우고, 정체 모를 구덩이의 입을 열었다. 그리고 지금은 그 안에 혼자 틀어박혀 있다. 아니, 제 발로 들어가 갇혀 있다.

아무러면 어떤가. 나는 생각했다. 그 행동에 어떤 필연성과 어떤 의도가 있건(만약 뭐가 됐든 필연성이나 의도가 있다면 말이지만) 그건 멘시키의 문제이고, 전부 그의 판단에 맡겨두면 될 일이다. 나는 남이 그린 그림 속에서 아무 생각 없이 움직이고 있을 뿐이다. 결국 책 읽기는 포기하고 소파에 드러누워 눈을 감았다. 물론 그렇다고 잠이 들지는 않았다. 지금 여기서 자버리면 안 된다.

결국 방울이 울리지 않은 채로 한 시간이 지났다. 혹은 방울이 울렸는데 어쩌다가 내가 놓쳤을지도 모를 일이다. 아무튼 덮개를 열 시각이었다. 나는 소파에서 일어나 신발을 신고 밖으로 나가서 잡목림으로 들어갔다. 말벌이나 멧돼지가 출몰하지 않을까 문득 불안해졌지만 다행히 말벌도 멧돼지도 나타나지 않았다. 작은 동박새 같은 것이 잽싸게 눈앞을 가로질렀을 뿐이다. 숲속을 나아가 사당 뒤로 돌아갔다. 그리고 누름돌을 치우고 판자를 한 장 걷어냈다.

"멘시키 씨." 나는 틈새를 향해 불러보았다. 그러나 답이 없었다. 틈새로 보이는 안쪽이 너무 컴컴해서 멘시키의 모습은 확인할 수 없었다.

"멘시키 씨." 한번 더 불렀다. 역시 답이 없다. 나는 점점 걱정스러워졌다. 어쩌면 멘시키는 자취를 감춰버렸는지도 모른다. 거기 있어야 했을 미라가 어딘가로 자취를 감춰버린 것처럼. 상식적으로는 있을 수 없는 일이지만 그때는 진지하게 그런 생각을 했다.

나는 얼른 판자 한 장을 더 걷어냈다. 그리고 한 장 더. 마침내 지상의 빛이 구덩이 바닥까지 다다랐다. 그러자 그곳에 웅크리고 있는 멘시키의 윤곽을 확인할 수 있었다.

"멘시키 씨, 괜찮으세요?" 나는 조금 안도하면서 물었다.

멘시키는 그제야 의식이 돌아온 것처럼 고개를 들고 작게 흔들었다. 그리고 몹시 눈이 부신지 두 손으로 얼굴을 가렸다.

"괜찮습니다." 그가 작은 목소리로 대답했다. "잠시만 더 이대로 있어도 될까요? 눈이 빛에 익숙해지는 데 시간이 좀 걸리겠습니다."

"딱 한 시간 지났습니다. 거기 더 계시고 싶다면 다시 판자를 덮어드리고요."

멘시키가 고개를 가로저었다. "아뇨, 이 정도로 충분합니다. 이제 됐습니다. 더는 여기 머물 수 없습니다. 그건 너무 위험할지도 몰라요."

"너무 위험하다고요?"

"나중에 설명하겠습니다." 멘시키가 말했다. 그리고 피부에 붙은 것을 떼어내기라도 하듯이 두 손으로 얼굴을 문질렀다.

오 분쯤 뒤에 그는 천천히 일어나 내가 내려준 철사다리를 타고 올라왔다. 다시 땅을 딛고 서자 바지에 묻은 먼지를 털어내고 실눈을 뜨고서 하늘을 올려다보았다. 나뭇가지 사이로 푸른 가을하늘이 보였다. 그는 한참 그 하늘을 각별한 눈빛으로 바라보았다. 그러고는 나와 함께 판자로 구덩이를 막았다. 자칫 잘못해서 누가 빠지는 일이 없도록. 누름돌도 다시 그 위에 올렸다. 나는 돌들의 배치를 머릿속에 새겨두었다. 누가 그걸 옮긴다면 알아볼 수 있도록. 사다리는 구덩이 안쪽에 남겨두었다.

"방울소리는 들리지 않았어요." 걸어가며 내가 말했다.

멘시키가 고개를 저었다. "네, 울리지 않았습니다."

그가 그 이상 아무 말도 하지 않아서 나도 더 묻지 않았다.

우리는 잡목림을 빠져나와 집으로 돌아왔다. 멘시키가 앞서 걷고 내가 뒤따랐다. 멘시키는 말없이 재규어 트렁크에 회중전등을 챙겨넣었다. 그뒤 함께 거실에 앉아 뜨거운 커피를 마셨다. 멘시키는 여전히 입을 열지 않았다. 진지하게 무언가를 생각하는 눈치였다. 특별히 심각한 얼굴은 아니었지만 그의 의식이 여기서 멀리 떨어진 다른 영역으로 옮겨가버렸다는 사실은 분명했다. 그리고 그곳은 아마도 그 한 사람의 존재만을 허용하는 영역이리라. 나는 방해하지 않고 그가 사고의 세계에 잠겨 있도록 내버려두었다. 왓슨 박사가 셜록 홈스에게 그랬던 것처럼.

그사이 나는 일단 내 일정을 생각했다. 오늘 저녁은 차를 타고 산밑으로 내려가 오다와라 역 근처 그림교실에 가야 한다. 그리고 사람들이 그린 그림을 차례로 봐주며 강사로서 한두 마디 조언을 해준다. 어린이반과 성인반 수업이 연달아 있는 날이다. 그것은 내가 일상 속에서 살아 있는 사람들과 얼굴을 맞대고 대화를 나누는 거의 유일한 기회였다. 만일 그 강좌가 없었다면 산위에서 영락없이 은자처럼 살았을 테고, 그렇게 독거생활을 계속하다가 마사히코의 말마따나 정신적인 균형에 이상이 생겼을지도 모른다(어쩌면 벌써 이상해지기 시작했는지도 모르지만).

그러므로 나는 그런 현실, 말하자면 세속의 공기와 접촉하는 기회를 얻은 데 감사해야 할 터였다. 그러나 실제로는 좀처럼 그런 기분이 들지 않았다. 교실에서 마주하는 사람들은 살아 있는 존재라기보다 그저 눈앞을 스쳐가는 그림자일 뿐이었다. 나는 한 사람 한 사람을 상냥하게 대하고, 그들의 이름을 부르고, 작품을 비평한다. 아니, 비평이라고는 할 수 없다. 나는 그저 칭찬할 따름이다. 하나하나의 작품에서 뭐든 좋은 부분을 찾아내—없으면 적당히 만들어내서라도—칭찬한다.

덕분에 강사로서 내 평판은 나쁘지 않은 듯했다. 센터 대표의 말로는 많은 학생이 내게 호감을 갖고 있다고 했다. 예상치 못한 일이었다. 내가 남을 가르치는 데 소질이 있다고는 한 번도 생각해보지 못했기 때문이다. 하지만 그것도 내게는 큰 의미가 없었다. 사람들이 나를 좋아하건 말건 상관없다. 나는 가능한 한 원활하게, 지장 없이 강사 일을 해내면 그만이다. 그러면 아마다 마사히코에 대한 의리는 지키는 셈이다.

아니, 물론 모든 사람이 그림자였던 건 아니다. 나는 그중 두 여자와 개인적으로 교제했으니까. 그녀들은 나와 성적인 관계를 갖게 되면서 그림교실을 그만두었다. 아마 왠지 모르게 껄끄러웠던 것이리라. 그 사실에 나는 일말의 책임을 느끼기도 했다.

두번째 여자친구(연상의 유부녀)가 내일 오후 이리로 올 것이다. 그리고 우리는 한동안 침대에서 끌어안고 몸을 섞을 것이다. 그러므로 그녀는 그저 눈앞을 스쳐가는 그림자가 아니다. 입체적인 육체를 지닌 현실의 존재다. 혹은 입체적인 육체를 지닌 스쳐가는 그림자거나. 어느 쪽인지는 나도 판단할 수 없다.

멘시키가 내 이름을 불렀다. 그제야 퍼뜩 정신이 들었다. 어느새 나도 혼자서 깊은 생각에 잠겨버린 모양이었다.

"초상화 말인데요." 멘시키가 말했다.

나는 그의 얼굴을 보았다. 그는 어느 때의 서늘한 얼굴로 돌아와 있었다. 핸섬하고, 항상 냉정하고 사려 깊고, 보는 이를 차분하게 안심시키는 얼굴이다.

"혹시 모델이 필요하다면 지금 포즈를 취해도 상관없습니다." 그가 말했다. "전 항상 작업을 이어갈 준비가 되어 있습니다."

나는 잠시 그의 얼굴을 바라보았다. 포즈? 그렇지, 그는 초상화 얘기를 하고 있다. 나는 고개를 숙이고 조금 식은 커피를 한 모금 마신 뒤 머릿속을 한차례 정리하고서 커피잔을 받침에 내려놓았다. 달그락, 작고 메마른 소리가 났다. 나는 고개를 들고 멘시키를 향해 말했다.

"죄송하지만 오늘은 이따가 그림교실에 가야 합니다."

"아아, 그렇군요." 멘시키가 말했다. 그리고 손목시계를 확인했다. "완전히 잊고 있었습니다. 오다와라 역 앞의 그림교실에서 그림을 가르치시죠. 슬슬 나가보셔야 하나요?"

"아직 괜찮습니다. 시간은 있어요." 내가 말했다. "그리고 한 가지, 멘시키 씨께 보고드릴 것이 있습니다."

"뭔가요?"

"실은 작품이 이미 완성됐습니다. 어떤 의미에서는요."

멘시키가 얼굴을 살짝 찌푸렸다. 그리고 내 눈을 똑바로 바라보았다. 내 눈동자 너머에 있는 무언가를 확인하려는 것처럼.

"제 초상화를 말씀하시는 겁니까?"

"그렇습니다." 내가 말했다.

"훌륭하군요." 멘시키가 말했다. 얼굴에 희미한 미소가 떠올라 있었다. "정말 훌륭합니다. 그런데 어떤 의미에서 그렇다는 건 무슨 뜻입니까?"

"설명하기 간단하지 않군요. 원래부터 말로 무슨 설명을 하는 데는 자신이 없어서요."

멘시키가 말했다. "천천히, 시간을 들여서 자유로이 말씀하십시오. 저는 여기서 듣고 있을 테니까요."

나는 무릎 위에서 양손을 모아 깍지를 꼈다. 그리고 할말을 생각했다.

내가 그러고 있는 사이 주위에 침묵이 내려앉았다. 시간이 흐르는 소리마저 들릴 듯한 침묵이었다. 산 위에서는 시간이 매우 느리게 흘러간다.

나는 말했다. "전 의뢰를 받고 당신을 모델로 한 장의 그림을 그렸습니다. 하지만 솔직히 말씀드려서 그건 어떻게 봐도 '초상화'라고 할 만한 것이 못 됩니다. 그저 '당신을 모델로 그린 작품'이라고밖에 말할 수 없어요. 그리고 그것이 작품으로서, 상품으로서 어느 정도 가치가 있는지도 판단되지 않습니다. 다만 그것이 **제가 그리지 않을 수 없었던** 그림인 것만은 확실합니다. 그러나 그 이상은 전혀 모릅니다. 솔직히 몹시 난감한 심정이에요. 그 그림은 여러 가지 상황이 좀더 분명해질 때까지, 멘시키 씨에게 드리지 말고 여기 두는 게 좋을 것 같기도 합니다. 그런 기분이 들어요. 그러니 제가 받은 착수금은 그대로 돌려드리겠습니다. 그리고 귀중한 시간을 낭비하시게 한 점은 진심으로 사과드립니다."

"초상화라고 할 순 없다고 하셨죠." 멘시키는 신중하게 표현을 골라가며 물었다. "어떤 의미에서 그렇다는 겁니까?"

나는 말했다. "전 지금껏 프로 초상화가로 생활해왔습니다. 초상화란 기본적으로 상대가 원하는 모습으로 그 상대를 그린 그림입니다. 상대, 즉 의뢰인은 완성된 작품이 마음에 들지 않으면

'이런 그림에는 돈을 내고 싶지 않다'고 얼마든지 말할 수 있어요. 그러니까 그 사람의 네거티브한 측면은 되도록 그리지 않습니다. 좋은 부분을 골라서 강조하고, 최대한 근사하게 그려내는 데 중점을 두지요. 그런 의미에서 대부분의 경우, 물론 렘브란트 같은 사람은 예외지만, 초상화를 예술작품이라 부르기는 어렵습니다. 하지만 이번에 멘시키 씨를 그리면서는, 멘시키 씨는 전혀 생각하지 않고 그저 제 생각만 하면서 그렸습니다. 다시 말해 모델인 당신의 에고보다는 작가인 저 자신의 에고를 솔직하게 우선한 그림이 돼버렸어요."

"그 점은 제게 전혀 문제되지 않습니다." 멘시키는 미소를 띤 채 말했다. "오히려 반가운 일입니다. 당신이 원하는 대로 그려 달라, 아무런 주문도 하지 않겠다, 처음부터 분명히 그렇게 말씀드렸지요."

"맞습니다. 그렇게 말씀하셨어요. 생생히 기억합니다. 걱정스러운 건 작품의 완성도보다 오히려 내가 그려버린 게 무엇인가 하는 점이에요. 저 자신을 우선한 나머지 그려서는 안 되는 무언가를 그려버렸는지도 모른다. 그 점을 염려하는 겁니다."

멘시키는 한동안 내 얼굴을 관찰했다. 그러고는 입을 열었다. "제 안에 있는, 그리지 말았어야 할 것을 그려버렸는지도 모른다. 그게 걱정된다. 그런 말씀입니까?"

"그런 말입니다." 나는 말했다. "저 자신만 생각하는 바람에 마땅히 지켜야 할 절제 같은 것을 잃어버렸는지도 몰라요."

그리고 부적절한 무언가를 당신 안에서 끌어내고 말았는지도 모른다, 라고 덧붙이려다가 입을 다물었다. 그 말은 내 안에만 담아두었다.

멘시키는 내가 한 말을 오랫동안 곰곰이 생각했다.

"재미있군요." 멘시키가 말했다. 정말로 재미있다는 듯이. "대단히 흥미로운 의견입니다."

나는 아무 말도 하지 않았다.

멘시키가 말했다. "저는 제 생각에도 제법 절제에 능한 사람입니다. 다시 말해 스스로를 컨트롤하는 능력이 좋은 편이죠."

"알고 있습니다." 내가 말했다.

멘시키는 관자놀이를 손가락으로 가볍게 누르고 미소지었다. "그래서, 그 작품은 이미 완성되었다는 거죠? 저의 그 '초상화'요."

나는 고개를 끄덕였다. "저는 완성됐다고 느낍니다."

"훌륭합니다." 멘시키가 말했다. "어쨌거나 일단 그림을 보여주실 수 있겠습니까? 직접 보고 나서 어떻게 할지 함께 생각해보죠. 그래도 괜찮겠습니까?"

"물론이죠." 내가 말했다.

나는 멘시키를 작업실로 안내했다. 그는 이젤 정면에서 2미터쯤 물러나 팔짱을 낀 채 그림을 응시했다. 그것은 멘시키를 모델로 한 포트레이트였다. 아니, 포트레이트라기보다 물감덩어리를 그대로 캔버스에 갖다 바른 하나의 '형상'이라고밖에 할 수 없을 것이었다. 풍성한 백발이 휘몰아치는 눈보라처럼 순백으로 격렬히 용솟음쳤다. 언뜻 얼굴로는 보이지 않는다. 얼굴이 지녀야 할 요소는 모두 색의 덩어리 너머에 감춰져 있다. 그러나 그곳에는 의심의 여지 없이 멘시키라는 인간이 실재한다—고 (적어도) 나는 생각했다.

그는 꽤 오랫동안 똑같은 자세로 꼼짝도 하지 않고 그림을 노려보았다. 말 그대로 근육 하나 움찔하지 않았다. 숨을 쉬는지조차 확인하기 힘들었다. 나는 조금 떨어진 창가에 서서 그 옆모습을 관찰했다. 얼마나 흘렀을까. 내게는 거의 영원처럼 느껴지는 시간이었다. 뚫어져라 그림을 보는 그의 얼굴에는 표정이라 할 만한 것이 완전히 사라지고 없었다. 두 눈은 깊이를 잃고 탁해졌다. 마치 고요한 물웅덩이에 흐린 하늘이 비치는 것처럼. 그 눈은 타인의 접근을 완강히 거부하고 있었다. 그가 속으로 무슨 생각을 하는지 나는 추측할 길이 없었다.

이윽고 멘시키는 최면술사가 짝 손뼉 치는 소리에 최면에서 풀려난 사람처럼, 등을 똑바로 펴고 몸을 살짝 떨었다. 이내 표정이 돌아오고 눈도 여느 때의 빛을 되찾았다. 그리고 천천히 다가와 오른손을 뻗어 내 어깨에 얹었다.

"훌륭합니다." 그가 말했다. "정말 멋집니다. 뭐라고 해야 좋을까요. 이것이야말로 제가 원하던 그림입니다."

나는 그의 얼굴을 보았다. 눈빛을 보자 그 말이 정말로 솔직한 심정임을 알 수 있었다. 그는 진심으로 내 그림에 감복하고 마음이 동한 것이다.

"이 그림에는 제가 고스란히 표현되어 있습니다." 멘시키가 말했다. "그야말로 진정한 의미의 초상화입니다. 당신은 틀리지 않았어요. 제대로 해내셨습니다."

내 어깨에는 아직 그의 손이 얹혀 있었다. 얹고만 있을 뿐인데 손바닥에서 특별한 힘이 전해지는 것 같았다.

"대체 이 그림을 어떻게 발견하셨습니까?" 멘시키가 내게 물었다.

"발견이라고요?"

"물론 이 그림을 그린 이는 당신입니다. 두말할 것 없이, 당신이 당신 힘으로 창조해낸 거죠. 하지만 그와 동시에, 어떤 의미에서 당신은 이 그림을 발견했어요. 즉 당신 자신의 내부에 묻혀 있던 이미지를 찾아서 이끌어낸 겁니다. 발굴했다는 표현이 더 좋을지도 모르겠군요. 그렇게 생각하지 않습니까?"

그러고 보니 그런 것 같기도 했다. 물론 나는 내 손을 움직여 내 의지대로 그림을 그렸다. 물감을 고른 것도 나였고, 붓과 나이프와 손가락을 써서 그 색을 캔버스에 입힌 것도 나였다. 하지만 관점을 달리하면 나는 멘시키라는 모델을 촉매로 내 안에 원래부터 묻혀 있던 것을 찾아서 파헤쳐냈을 뿐인지도 모른다. 사당 뒤편에 있던 돌무덤을 중기로 치우고, 무거운 격자 덮개를 들어내고, 그 기묘한 석실의 입을 열었던 것과 마찬가지로. 그리고 내 주위에서 이렇게 비슷한 두 가지 작업이 나란히 진행되었다는 사실에 어떤 인연 같은 것을 느끼지 않을 수 없었다. 여기서 펼쳐지는 모든 일이 멘시키라는 사람의 등장과, 예의 한밤의 방울소리와 더불어 시작된 듯 느껴졌다.

멘시키는 말했다. "말하자면 그것은 깊은 해저에서 발생한 지진 같은 거지요. 눈에 보이지 않는 세계에서, 햇빛이 닿지 않는 세계에서, 다시 말해 은밀한 무의식의 영역에서 커다란 변동이 일어납니다. 그것이 지상으로 전해져 연쇄반응을 일으킨 결과 우리 눈에 보이는 형태를 띠게 됩니다. 저는 예술가가 아니지만 그런 프로세스의 원리는 대강 이해할 수 있어요. 비즈니스상의 뛰어난 아이디어도 거의 그와 비슷한 단계를 거쳐 탄생하니까요. 탁월한 아이디어란 어둠 속에서 근거 없이 나타나는 사념인 경우가 많죠."

멘시키는 다시 그림 앞에 서더니 바짝 다가가서 캔버스를 들여다보았다. 그리고 정밀한 지도를 읽는 사람처럼 세부를 구석구석 주의깊게 점검했다. 그런 다음 이번에는 3미터쯤 뒤로 물러나 실눈을 뜨고 전체를 바라보았다. 얼굴에는 황홀함 비슷한 표정이 떠올라 있었다. 그것은 사냥감을 덮치려는 유능한 맹금류의 모습을 연상시켰다. 그렇다면 그 사냥감은 무엇일까? 내가 그린 그림인지, 나 자신인지, 아니면 다른 무엇인지 알 수 없었다. 그러나 황홀함 비슷한 불가사의한 표정은 새벽녘 강 수면을 떠도는 안개처럼 흐릿해지더니 곧 사라졌다. 그리고 여느 때처럼 사람 좋고 사려 깊어 보이는 표정이 그 자리를 채웠다.

그가 말했다. "저는 평소에도 자화자찬은 되도록 자제하려 노력합니다만, 제 눈이 틀리지 않았음을 확인해서 솔직히 무척 뿌듯하군요. 저는 예술적인 재능도 없고 창작 같은 것과도 연이 없지만 뛰어난 작품을 알아보는 눈은 나름대로 갖추고 있어요. 적어도 저 스스로는 그렇게 자부합니다."

그래도 나는 멘시키의 말을 순수하게 받아들이고 기뻐할 수 없었다. 그림을 응시하던 날카로운 맹금류 같은 눈빛이 마음에 걸린 탓인지도 모른다.

"그럼, 멘시키 씨는 이 그림이 마음에 드신 거죠?" 나는 사실을 확인할 겸 다시 물었다.

"말할 필요도 없죠. 이건 실로 가치 있는 작품입니다. 저를 모델로, 저를 모티프로 이렇게 훌륭하고 힘있는 작품을 그려주시다니, 정말이지 생각지도 못한 기쁨입니다. 그러니 의뢰인으로서 당연히 이 그림을 받아들이겠습니다. 괜찮겠지요?"

"아, 네. 다만 저는……"

멘시키가 재빨리 손을 들어 내 말을 가로막았다. "그리고, 혹시 괜찮으시면 이 훌륭한 그림의 완성을 기념해서 가까운 시일에 제 집으로 초대하고 싶은데, 어떠십니까? 고풍스럽게 말하자면 한잔 대접하고 싶다는 뜻입니다. 만일 폐가 되지 않는다면 말이죠."

"물론 폐가 될 건 전혀 없지만, 굳이 그렇게까지 하지 않으셔도 이미 충분히……"

"아뇨, 제가 그렇게 하고 싶습니다. 이 그림의 완성을 함께 축하하고 싶어요. 한번 제 집으로 저녁을 들러 와주시지요. 대단하지는 않아도 조촐한 축연을 엽시다. 당신과 저 둘뿐이고 다른 사람은 없습니다. 물론 셰프와 바텐더는 따로입니다만."

"셰프와 바텐더요?"

"하야카와 항구 쪽에 옛날부터 단골로 가는 프렌치 레스토랑이 있어요. 그 가게 정기휴일에 셰프와 바텐더를 이쪽으로 부르지요. 실력 좋은 요리사입니다. 싱싱한 생선으로 제법 재미있는 요리를 만들어요. 실은 그림 건과 별도로, 당신을 한번 집으로 모시고 싶어서 준비를 진행하고 있었습니다. 마침 타이밍이 딱 좋군요."

놀라움을 얼굴에 드러내지 않으려니 적잖은 노력이 필요했다. 그만한 준비를 하려면 대체 어느 정도 비용이 들지 짐작도 가지 않았지만, 아마 멘시키에게는 통상적인 범위이리라. 혹은 적어도 상식선을 크게 벗어나지 않거나.

멘시키가 말했다. "혹시 나흘 후는 어떻습니까? 화요일 저녁요. 사정이 괜찮으시다면 그렇게 추진하겠습니다."

"화요일 저녁에는 특별한 일정이 없습니다." 내가 말했다.

"그럼 화요일로 하지요." 그가 말했다. "그러면 이 그림은 지금 바로 가져가도 괜찮겠죠? 가능하면 저희 집에 오시기 전에 제대로 표구해서 벽에 걸어두고 싶습니다."

"멘시키 씨, 정말로 이 그림에서 본인 얼굴이 보이시나요?" 나는 새삼스럽게 물었다.

"물론입니다." 멘시키는 희한하다는 듯이 나를 보며 말했다. "당연히 이 그림에서 제 얼굴이 보입니다. 매우 뚜렷하게요. 그것 말고 여기 뭐가 그려져 있다는 말씀인가요?"

"알겠습니다." 나는 말했다. 그것 말고는 할 수 있는 말이 없었다. "처음부터 멘시키 씨 의뢰를 받아 그린 그림입니다. 마음에 드셨다면 이미 당신 거예요. 원하는 대로 하십시오. 다만 물감이 아직 마르지 않았으니 옮길 때 유의해주세요. 표구도 좀더 기다리시는 게 좋겠습니다. 이 주 정도 말리면 적당할 거예요."

"알겠습니다. 조심해서 다루겠습니다. 표구도 나중으로 미루고요."

돌아가는 길에 그가 현관에서 손을 내밀어 우리는 오랜만에 악수를 나누었다. 그의 얼굴에는 흡족한 미소가 떠올라 있었다.

"그럼 화요일에 뵙겠습니다. 저녁 여섯시쯤 차를 보내지요."

"그런데, 저녁식사에 미라는 초대하지 않으시나요?" 내가 멘시키에게 물었다. 왜 느닷없이 그런 말을 꺼냈는지는 나도 잘 모른다. 하지만 불쑥 미라가 머릿속에 떠올랐다. 그리고 절로 입 밖으로 말이 나와버렸다.

멘시키는 의아하다는 듯이 내 얼굴을 바라보았다. "미라? 무슨 말씀이시죠?"

"그 석실에 있었을 미라 말입니다. 분명 매일 밤 방울을 울렸을 텐데 방울만 남기고 어딘가로 사라져버렸죠. 즉신불이라고 해야 할까요. 어쩌면 그도 댁에 초대받고 싶어하지 않을까요? 〈돈 조반니〉의 기사단장 조각상처럼요."

멘시키가 잠시 생각하다가 겨우 이해됐다는 듯이 밝게 미소지었다. "그렇군요. 돈 조반니가 기사단장 석상을 초대한 것처럼, 저도 미라를 저녁식사에 초대하면 어떻겠냐는 말씀이죠?"

"그렇습니다. 이것도 무슨 인연일 수 있으니까요."

"좋습니다. 저는 전혀 상관없어요. 축하하는 자리니까요. 만일 미라가 함께 저녁식사를 하고 싶다면 기꺼이 초대하지요. 아주 흥미로운 저녁이 되겠군요. 그런데 디저트로는 뭘 내놓으면 좋을까요?" 그는 그렇게 말하고 유쾌하게 웃었다. "다만 문제는 본인의 모습이 보이지 않는다는 점입니다. 본인이 없어서야 아무리 초대하고 싶어도 못하니까요."

"물론이죠." 내가 말했다. "하지만 눈에 보이는 것만 현실이라는 법은 없어요. 그렇지 않습니까?"

멘시키는 그림을 두 손으로 조심스레 안아들어 밖으로 옮기고, 먼저 트렁크에서 낡은 담요를 꺼내 조수석 시트에 깔았다. 그리고 물감이 묻지 않도록 그 위에 그림을 눕혔다. 그러고는 가는 로프와 종이상자 두 개를 동원해 움직이지 않도록 단단히 고정했다. 무척 요령이 좋았다. 아무래도 그의 자동차 트렁크에는 온갖 도구가 상비되어 있는 모양이었다.

"그렇죠, 말씀대로인지도 모릅니다." 멘시키가 돌아가기 전에 문득 생각난 듯이 말했다. 그는 양손을 가죽핸들에 얹고 내 얼굴을 똑바로 올려다보았다.

"제가 말한 대로라고요?"

"즉 우리 인생에는 현실과 비현실의 경계가 잘 보이지 않을 때가 왕왕 있다는 말이죠. 그 경계선은 꼭 쉬지 않고 오락가락하는 것처럼 보입니다. 그날 기분에 따라 멋대로 이동하는 국경선처럼요. 그 움직임에 각별히 주의해야 합니다. 안 그러면 자신이 지금 어느 쪽에 있는지 알 수 없어지니까요. 아까 제가 더이상 구덩이에 머무르면 위험할지도 모른다고 했던 건 그런 뜻입니다."

그 말에 나는 이렇다 할 대답을 할 수 없었다. 멘시키도 그 이상 이야기를 이어가지 않았다. 그는 열린 창 너머로 손을 흔들고, V8 엔진음을 상쾌하게 울리면서, 아직 물감이 채 마르지 않은 초상화와 함께 내 시야에서 사라졌다.

19

내 뒤에 뭔가 보여?

토요일 오후 한시에 여자친구가 빨간색 미니를 타고 왔다. 나는 밖으로 나가 그녀를 맞았다. 그녀는 녹색 선글라스를 끼고, 심플한 베이지색 원피스 위에 얇은 회색 재킷을 걸치고 있었다.

"차 안이 좋아, 아니면 침대가 좋아?" 내가 물었다.

"짓궂긴." 그녀가 웃으면서 말했다.

"차 안도 썩 나쁘지 않았어. 좁은 데서 이래저래 연구해보는 점이."

"뭐, 조만간 보고."

우리는 거실에 앉아 홍차를 마셨다. 나는 얼마 전부터 작업중이던 멘시키의 초상화(비슷한 것)를 무사히 완성했다는 얘기를 했다. 그 그림이 지금껏 주문받아 그려왔던 이른바 '초상화'와는 사뭇 다른 성질의 작품이 되었다는 것도. 내 얘기를 듣고 그녀는 그 그림에 흥미가 생긴 것 같았다.

"나도 한번 볼 수 있어?"

나는 고개를 가로저었다. "하루 늦었어. 당신 의견도 들어보고 싶었는데, 멘시키 씨가 벌써 집으로 가져갔거든. 아직 물감도 다 마르지 않았는데, 한시바삐 자기 수중에 넣고 싶은 기색이었어. 꼭 누가 가져가버릴까봐 걱정하는 사람처럼."

"그럼 마음에 든 거네."

"본인은 마음에 든다고 말했고, 딱히 그 말을 의심할 이유도 없어 보였어."

"그림은 무사히 완성됐고 의뢰인도 마음에 들어했다. 말하자면 다 잘된 거지?"

"아마도." 나는 말했다. "그리고 나 자신도 완성된 그림에서 뭔가를 얻은 느낌이 들어. 지금껏 그려본 적 없는 종류의 그림이고, 새로운 가능성 같은 게 담겨 있는 것 같거든."

"새로운 스타일의 초상화라는 거야?"

"글쎄. 이번에는 멘시키 씨를 모델로 그림을 그리면서 그 방법에 다다를 수 있었어. 다시 말해 초상화라는 프레임을 입구 삼아 우연히 가능했던 일인지도 몰라. 또 한번 같은 방법이 통할지는 미지수야. 이번만 예외였는지도 모르지. 멘시키 씨라는 모델이 우연히 특수한 힘을 발휘했을 수도 있으니까. 그래도 제일 중요한 건, 내 안에 다시 진지하게 그림을 그리고 싶다는 기분이 싹튼 점이라고 봐."

"어쨌든 그림 완성한 거 축하해."

"고마워." 내가 말했다. "제법 목돈도 들어올 테고."

"인심도 좋은 멘시키 씨." 그녀가 말했다.

"참, 그리고 멘시키 씨가 그림 완성을 축하하자면서 나를 집으로 초대했어. 화요일 밤에 같이 저녁 먹을 거야."

나는 그녀에게 축하연 얘기를 했다. 물론 마리도 초대했다는 말은 빼고. 프로 셰프와 바텐더, 그리고 둘만의 저녁식사.

"드디어 그 새하얀 저택에 들어가보겠구나." 그녀는 감탄한 듯이 말했다. "수수께끼의 주인이 사는 수수께끼의 저택. 흥미진진한데. 어떤 집인지 잘 보고 와."

"눈이 닿는 한."

"무슨 요리가 나오는지도 잊지 말고."

"되도록 기억해둘게." 나는 말했다. "그러고 보니 지난번에 멘시키 씨에 대한 새로운 정보가 들어왔다고 했잖아."

"그래, 이른바 '정글 통신'으로."

"어떤 정보인데?"

그녀는 약간 고민된다는 표정을 지었다. 그리고 잔을 들어 홍차를 한 모금 마셨다.

"그 이야기는 조금 이따 하면 안 될까?" 그녀가 말했다. "그보다 먼저 하고 싶은 일이 있거든."

"하고 싶은 일?"

"말로 하기는 좀 그런 일."

우리는 거실에서 침실의 침대로 자리를 옮겼다. 여느 때처럼.

육 년간 유즈와 함께한 첫 결혼생활(전기 결혼생활, 이라고 해도 좋으리라) 중 나는 한 번도 다른 여자와 성적인 관계를 가진 적이 없었다. 그럴 기회가 아예 없었던 것은 아니지만 그 시절에는 다른 곳에서 다른 가능성을 추구하는 것보다 아내와 평온한 생활을 보내는 쪽에 보다 강한 흥미를 품었다. 또한 성적인 관점에서도 유즈와의 일상적인 섹스로 내 성욕은 충분히 채워졌다.

하지만 어느 날 아내가 아무런 전조 없이(내게는 그랬다) "정말 미안한데, 더이상 당신과 같이 살기는 힘들 것 같아"라고 털어놓는다. 그것은 흔들림 없는 결론이며 교섭이나 타협의 여지는 전혀 보이지 않는다. 나는 혼란에 빠지고, 어떻게 반응해야 할지 알 수 없다. 말도 나오지 않는다. 어쨌거나 더는 여기 있을 수 없다는 점만은 깨닫는다.

그래서 간단한 소지품만 챙겨 낡은 푸조 205에 싣고 방랑 여행에 나선다. 계절이 봄으로 넘어가는 한 달 반 동안, 아직 추위가 남은 도호쿠와 홋카이도를 쉴새없이 이동한다. 마침내 자동차가 수명이 다해 멈출 때까지. 그리고 여행 내내 밤이 되면 유즈의 몸을 떠올렸다. 그 몸의 구석구석 세세한 부분까지. 그곳에 손을 댈 때 그녀가 어떻게 반응하고 어떤 소리를 내는지. 떠올리고 싶지 않았지만 생각을 막을 수는 없었다. 그리고 때때로 그런 기억을 더듬으면서 혼자서 사정했다. 그런 일도 하고 싶진 않았지만.

하지만 긴 여행 동안 딱 한 번, 살아 있는 여자와 성교한 적이 있다. 두서없고 불가사의한 경위로 나는 처음 만난 젊은 여자와 하룻밤을 같이했다. 내가 원했던 것은 아니었지만.

미야기 현 해안의 작은 마을에서 있었던 일이다. 이와테 현 쪽 경계 근처로 기억하는데, 당시 나는 날마다 조금씩 이동하며 비슷한 마을을 몇 개씩 지나쳤기에 하나하나 이름을 기억할 여유가 없었다. 커다란 어항漁港이 있었던 것은 기억한다. 하지만 그 일대 도시에는 대개 커다란 어항이 있었다. 그리고 어디에나 디젤유 냄새와 생선 비린내가 떠다녔다.

시내를 벗어난 국도변 패밀리레스토랑에서 나는 혼자 저녁을 먹고 있었다. 저녁 여덟시쯤이었다. 새우카레와 하우스샐러드. 가게에 손님은 별로 많지 않았다. 창가 테이블 자리에서 혼자 문고판 책을 읽으면서 밥을 먹는데 갑자기 맞은편에 젊은 여자가 와서 앉았다. 여자는 전혀 주저하는 기색 없이, 한마디 양해도 구하지 않고 의자의 비닐시트 위에 털썩 앉았다. 마치 세상에서 이보다 당연한 일은 없다는 것처럼.

나는 놀라서 고개를 들었다. 물론 여자의 얼굴은 기억에 없었다. 난생처음 보는 얼굴이다. 너무 갑작스러워서 무슨 일인지 잘 이해되지 않았다. 빈자리는 얼마든지 있었다. 굳이 나와 합석할 이유는 없다. 아니면 이 마을에서는 되레 흔한 일일까? 나는 포크를 내려놓고 냅킨으로 입가를 닦은 후, 여자의 얼굴을 멍하니 바라보았다.

"아는 사람인 척해줘." 여자가 짤막하게 말했다. "여기서 만나기로 한 것처럼." 목소리는 허스키한 편이었다. 혹은 긴장해서 일시적으로 갈라진 건지도 모른다. 말투에서 도호쿠 억양이 희미하게 묻어났다.

나는 읽던 페이지에 가름끈을 끼우고 책을 덮었다. 여자는 이십대 중반 정도로 보였다. 목깃이 둥근 흰색 블라우스에 남색 카디건을 걸쳤다. 둘 다 썩 고급은 아니다. 특별히 멋을 내지도 않았다. 집 근처 슈퍼마켓에 갈 때 입을 법한, 지극히 평범한 차림이다. 검은 머리는 짧았고 앞머리가 이마를 가리고 있었다. 화장기는 별로 없다. 그리고 검은색 천 숄더백을 무릎에 올려놓고 있다.

이렇다 할 특징이 없는 얼굴이었다. 이목구비 자체는 나쁘지 않은데 그것들이 만들어내는 인상이 흐릿하다. 길에서 마주쳐도 거의 기억에 남지 않을 얼굴이다. 그대로 스쳐지나 잊어버릴 것이다. 여자는 얇고 긴 입술을 꾹 다물고 코로 숨을 쉬었다. 약간 숨이 찬 기색이었다. 콧구멍이 몇 번 살짝 벌름거렸다. 입에 비해 코가 작아서 균형이 맞지 않았다. 흡사 얼굴 모형을 빚다 찰흙이 모자라서 코를 조금 깎아낸 것 같다.

"알겠지? 아는 사람인 척해줘." 여자가 되풀이해 말했다. "그렇게 놀란 얼굴 하지 말고."

"알았어." 나는 영문을 모르는 채 대답했다.

"그대로 계속 밥 먹어." 여자가 말했다. "먹으면서 친하게 이야기하는 척해줄래?"

"어떤 이야기?"

"도쿄 사람이야?"

나는 고개를 끄덕였다. 포크를 들고 방울토마토를 하나 먹었다. 그리고 컵의 물을 한 모금 마셨다.

"말투 들으니까 알겠네." 여자가 말했다. "그런데 왜 이런 데 있어?"

"우연히 지나가는 길이야." 내가 말했다.

생강색 유니폼을 입은 종업원이 두툼한 메뉴판을 안고 다가왔다. 가슴이 놀랄 만큼 풍만해서 단추가 당장이라도 튀어나갈 것처럼 보였다. 내 맞은편에 앉은 여자는 메뉴판을 받지 않았다. 종업원 얼굴조차 올려다보지 않았다. 내 얼굴을 똑바로 보며 "커피랑 치즈케이크"라고 말했을 뿐이다. 마치 내게 주문하는 것처럼. 종업원은 말없이 고개를 끄덕이고, 들고 온 메뉴판을 그대로 안고 사라졌다.

"무슨 말썽에 말려든 건가?" 내가 물었다.

여자는 대답하지 않았다. 흡사 내 얼굴에 값이라도 매기려는 양 빤히 바라볼 뿐이었다.

"내 뒤에 뭔가 보여? 누가 있어?" 여자가 물었다.

나는 그녀 뒤편으로 눈길을 던졌다. 평범한 사람들이 평범하게 식사를 하고 있을 뿐이다. 새로 들어온 손님도 없다.

"아무것도 없어. 아무도 없고." 내가 말했다.

"좀더 그대로 살펴봐줘." 여자가 말했다. "뭐가 보이면 말해줘. 티 내지 말고 계속 이야기하면서."

우리가 앉은 테이블에서는 가게 주차장이 보였다. 내가 타고 온 작고 낡은 먼지투성이 푸조가 서 있다. 그외에 두 대가 더 있었다. 은색 경차 한 대, 그리고 차체가 높은 검은색 승합차 한 대. 승합차는 새 차인 듯했다. 두 대 다 아까부터 주차되어 있었다. 새로 들어온 차는 눈에 띄지 않는다. 여자는 아마 걸어서 이 가게에 들어온 모양이다. 아니면 누가 차로 데려다주었거나.

"우연히 지나가는 길이라고?" 여자가 말했다.

"맞아."

"여행중이야?"

"뭐, 그렇지." 내가 말했다.

"무슨 책 읽고 있어?"

나는 읽던 책을 내밀었다. 모리 오가이의 『아베 일족』이었다.

“『아베 일족』.” 여자가 되뇌었다. 그리고 책을 내게 돌려주었다. “왜 이런 옛날 책을 읽어?”

“며칠 전 묵었던 아오모리의 유스호스텔 라운지에 있던 책이야. 훑어봤더니 재미있을 것 같아서 그대로 들고 왔어. 대신 내가 다 읽은 책 몇 권을 꽂아두고.”

“『아베 일족』은 읽어본 적 없는데. 재미있어?”

나는 그 책을 일독하고 다시 한번 읽는 중이었다. 줄거리도 제법 재미있지만 모리 오가이가 대체 무엇을 위해, 어떤 관점으로 이런 소설을 썼는지, 쓰지 않을 수 없었는지 잘 이해가 되지 않았기 때문이다. 하지만 그런 설명을 시작하면 이야기가 길어진다. 여기는 독서모임이 아니다. 게다가 여자는 나와 자연스럽게 대화를 나누기 위해(적어도 주위에는 그렇게 보이는 것을 목적으로) 마침 적당하게 눈에 띈 화제를 꺼냈을 뿐이다.

“읽을 가치는 있다고 봐.” 내가 말했다.

“뭐하는 사람이야?” 여자가 물었다.

“모리 오가이?”

여자가 얼굴을 찡그렸다. “설마. 모리 오가이가 무슨 상관이야. 그쪽 말이야. 뭐하는 사람이냐고.”

“그림을 그려.” 내가 말했다.

“화가?” 여자가 말했다.

“그렇게 말해도 되겠지.”

"어떤 그림을 그리는데?"

"초상화." 내가 말했다.

"초상화면, 회사 사장실 벽 같은 데 걸려 있는 그런 그림? 잘난 사람이 잘난 척하고 있는 거?"

"맞아."

"그걸 전문으로 그린다고?"

나는 고개를 끄덕였다.

여자는 그 이상 그림 이야기는 하지 않았다. 아마 흥미를 잃었으리라. 자기 그림이라면 또 몰라도, 세상 사람 대부분은 초상화 같은 것에 흥미를 느끼지 않는다.

그때 출입구 자동문이 열리고 키 큰 중년남자 하나가 들어왔다. 검은색 가죽점퍼를 입고 골프 브랜드 로고가 들어간 검은색 모자를 썼다. 그는 입구에 서서 가게 안을 한 번 둘러본 뒤 우리와 두 테이블 떨어진 자리에 내 쪽을 보고 앉았다. 모자를 벗고 손바닥으로 머리를 몇 번 쓸더니 가슴 큰 종업원이 가져온 메뉴판을 꼼꼼히 들여다보았다. 짧게 깎은 머리가 희끗희끗했다. 야윈 체격에 피부는 구릿빛이다. 이마에는 파도처럼 깊은 주름이 몇 줄 잡혀 있다.

"남자가 한 명 들어왔어." 내가 말했다.

"어떤 남자?"

나는 남자의 외견상 특징을 간단히 설명했다.

"그림으로 그려볼 수 있어?" 여자가 물었다.

"캐리커처 같은 거 말이야?"

"그래. 당신 화가라며?"

나는 주머니에서 수첩을 꺼내 샤프펜슬로 재빨리 남자의 얼굴을 그렸다. 음영도 넣었다. 그림을 그리며 남자 쪽을 흘끔거릴 필요는 없었다. 나는 사람 얼굴의 특징을 한눈에 파악하고 뇌리에 새기는 능력이 있다. 캐리커처가 완성되자 테이블 너머 여자에게 내밀었다. 여자는 그것을 집어들더니 실눈을 뜨고, 미심쩍은 수표의 필적을 감정하는 은행원처럼 한참 유심히 들여다보았다. 그러고는 종이를 테이블 위에 내려놓았다.

"잘 그리네." 여자가 내 얼굴을 보면서 말했다. 적잖이 감탄한 듯 보이기도 했다.

"그게 내 일이니까." 내가 말했다. "그래서, 저 남자는 그쪽이 아는 사람이야?"

여자는 아무 말 없이 고개만 가로저었다. 입술을 꾹 다문 채 표정도 바꾸지 않았다. 그리고 내가 건넨 그림을 두 번 접어 숄더백에 넣었다. 왜 그런 걸 챙기는지 나는 잘 이해할 수 없었다. 그냥 구겨서 버리면 될 일인데.

"아는 사람은 아니야." 여자가 말했다.

"그래도 저 남자한테 쫓기고 있다, 뭐 그런 거야?"

그 말에는 여자가 대답하지 않았다.

아까 본 종업원이 치즈케이크와 커피를 가져왔다. 여자는 종업원이 자리를 뜰 때까지 그대로 입을 다물고 있었다. 그러고는 포크로 치즈케이크를 한입 크기로 잘라내어 접시 위에서 좌우로 몇 번 움직였다. 아이스하키 선수가 경기 전 빙상에서 연습하는 것처럼. 이윽고 케이크를 입에 넣더니 천천히 무표정하게 씹었다. 다 삼키자 커피에 크림을 살짝 넣어 한 모금 마셨다. 그리고 치즈케이크 접시를 옆으로 밀었다. 더이상 그 존재에 볼일이 없다는 듯이.

주차장에는 흰색 SUV가 들어와 있었다. 육중하고 차체가 높다. 타이어도 튼튼해 보인다. 좀전에 들어온 남자가 몰고 온 듯했다. 전면주차를 해놓았다. 짐칸 문에 달린 스페어타이어 케이스에는 'SUBARU FORESTER'라는 로고가 찍혀 있다. 이윽고 나는 새우카레 그릇을 다 비웠다. 종업원이 와서 빈 접시를 치워 가고, 나는 커피를 주문했다.

"오랫동안 여행중이야?" 여자가 물었다.

"제법 길어졌어." 내가 말했다.

"여행 재미있어?"

재미있어서 하는 건 아니다, 라는 것이 내게 맞는 대답이었다. 하지만 그런 소리를 꺼내면 이야기가 길고 번거로워진다.

"그럭저럭." 나는 대답했다.

여자가 희귀한 짐승이라도 보는 듯한 눈으로 나를 똑바로 응시했다. "말을 참 짧게 하는 사람이네."

상대에 따라 다르다, 는 것이 내게 맞는 대답이었다. 하지만 그런 소리를 꺼내면 또 이야기가 길고 번거로워진다.

커피가 나와서 잔을 들어 마셨다. 커피 같은 맛이 났지만 그다지 맛있다고는 할 수 없었다. 그래도 어쨌거나 커피였고, 충분히 뜨거웠다. 그뒤로는 손님이 한 명도 들어오지 않았다. 가죽점퍼를 입은 머리 희끗한 남자가 잘 울리는 목소리로 햄버그스테이크와 밥을 주문했다.

스피커에서 현악기로 연주하는 〈더 풀 온 더 힐〉이 흘러나왔다. 그 곡의 원작자가 존 레넌인지 폴 매카트니인지 기억나지 않았다. 아마 레넌일 것이다. 나는 그렇게 아무래도 상관없을 생각을 하고 있었다. 달리 무슨 생각을 하면 좋을지 몰랐다.

"차로 왔어?"

"응."

"어떤 차?"

"빨간색 푸조."

"어디 번호판이야?"

"시나가와." 내가 말했다.

그 말에 여자가 얼굴을 찡그렸다. 마치 시나가와 번호판을 단 빨간색 푸조에 지독히 고약한 추억이라도 있는 것처럼. 그러고는 카디건 소매를 잡아당겨 정돈하고, 흰색 블라우스의 단추가

맨 위까지 잠겨 있는지 확인했다. 냅킨으로 가볍게 입을 닦았다.

"가자." 여자가 불쑥 말했다.

그러고는 컵의 물을 절반쯤 마시고 자리에서 일어났다. 한 모금 줄어든 커피와 한입 줄어든 치즈케이크가 테이블 위에 남겨졌다. 마치 거대한 참사의 현장처럼.

어디로 가는지 몰랐지만 나도 여자를 따라 일어났다. 그리고 테이블 위에 있던 계산서를 챙겨 카운터에서 지불했다. 여자가 주문한 것도 포함되어 있었지만 딱히 고맙다는 인사는 없었다. 자기가 먹은 걸 직접 계산하려는 기색이 전혀 없었다.

여자와 내가 가게를 나올 때, 나중에 들어온 머리 희끗한 중년 남자는 그다지 즐거워 보이지는 않는 얼굴로 햄버그스테이크를 먹고 있었다. 고개를 들어 우리 쪽을 흘금 보았지만 그뿐이었다. 곧바로 접시에 눈길을 떨구고 나이프와 포크를 움직여 무표정하게 음식을 먹었다. 여자는 남자에게 전혀 눈길을 주지 않았다.

흰색 스바루 포레스터 앞을 지나갈 때 리어 범퍼에 붙은 물고기 그림 스티커가 눈에 띄었다. 아마 청새치 같았다. 왜 청새치 스티커를 차에다 붙였는지는 물론 알 수 없다. 어업 관계자이거나 낚시꾼일까.

여자는 어디로 가는지 말하지 않았다. 조수석에 앉아 간결하게 루트를 지시할 뿐이었다. 여자는 이 일대 길에 훤한 것 같았다. 이곳 출신이거나 오랫동안 살았거나 둘 중 하나이리라. 나는 지시에 따라 푸조를 몰았다. 시내에서 점점 멀어지며 한동안 국도를 나아가자 화려한 네온사인을 밝힌 러브호텔이 나왔다. 나는 여자가 시키는 대로 주차장에 들어가 시동을 껐다.

"오늘은 여기 묵을 거야." 여자가 선언하듯이 말했다. "집에 갈 순 없으니까. 따라와."

"난 오늘밤 다른 데 묵게 되어 있어." 내가 말했다. "체크인도 했고, 짐도 방에 놓고 왔는데."

"어딘데?"

나는 철도역 근처 작은 비즈니스호텔의 이름을 댔다.

"그런 싸구려 호텔보다 여기가 훨씬 나아." 여자가 말했다. "어차피 벽장 크기밖에 안 되는 눅눅한 방이잖아?"

맞는 말이었다. 정말로 벽장 크기밖에 안 되는 눅눅한 방이다.

"게다가 이런 데는 여자 혼자 오면 잘 받아주질 않아. 몸 파는 여자로 보고 경계하거든. 됐으니까 일단 따라와."

그렇다면 이 여자는 적어도 매춘부는 아닌 셈이다, 나는 생각했다.

카운터에서 하루 치 방값을 선불하고(여자는 이때도 역시 고마운 기색이 없었다) 열쇠를 받았다. 방으로 들어가자 여자는 욕조에 물을 받고, 텔레비전 전원을 켜고, 조명을 세심히 조절했다. 욕조는 널찍했다. 아닌 게 아니라 비즈니스호텔보다는 훨씬 쾌적하다. 여자는 전에도 여기—혹은 여기와 비슷한 곳—에 몇 번 와본 것 같았다. 그녀는 침대에 걸터앉아 카디건을 벗었다. 흰 블라우스를 벗고, 랩스커트를 벗었다. 스타킹도 벗었다. 아주 간소한 흰색 속옷이 드러났다. 딱히 새것은 아니다. 평범한 주부가 집 근처 슈퍼마켓에 장을 보러 갈 때 입을 법한 속옷이다. 이어서 여자는 손을 능숙하게 등뒤로 돌려 브래지어를 벗고 머리맡에 개어두었다. 가슴은 특별히 크지도 작지도 않았다.

"이리 와." 여자가 말했다. "이왕 이런 데 왔으니 섹스하자."

그것이 내가 그 긴 여행(혹은 방랑) 동안 겪은 유일한 성적 체험이었다. 예상치 못하게 격렬한 섹스였다. 여자는 총 네 번 오르가슴을 맞았다. 믿어주지 않을지 몰라도 네 번 다 틀림없이 진짜였다. 나도 두 번 사정했다. 그러나 이상하게도 나는 그리 쾌감이 없었다. 여자와 몸을 섞는 내내 머릿속으로는 뭔가 다른 생각을 한 기분이었다.

"혹시, 요즘에 꽤 오랫동안 섹스를 안 했어?" 여자가 내게 물었다.

"몇 달째야." 나는 솔직하게 말했다.

"역시나." 여자가 말했다. "그런데 왜? 여자한테 그렇게 인기 없을 것 같진 않은데."

"여러 가지 사정이 있어."

"불쌍해라." 여자는 그렇게 말하고 내 목덜미를 부드럽게 쓰다듬었다. "불쌍해."

불쌍해라, 나는 머릿속으로 여자의 말을 되풀이했다. 그러고 보니 나 자신이 정말로 불쌍한 인간처럼 느껴졌다. 낯선 마을, 영문 모를 장소에서, 앞뒤 사정도 모른 채, 이름조차 모르는 여자와 살을 맞대고 있다.

섹스와 섹스 사이 냉장고에서 맥주 몇 병을 꺼내 함께 마셨다. 잠이 든 것은 새벽 한시쯤이었다. 아침에 깨어보니 여자의 모습이 보이지 않았다. 쪽지 같은 것도 없었다. 나는 널찍한 침대에서 혼자 자고 있었다. 시곗바늘이 일곱시 반을 가리켰고, 창밖은 이미 훤했다. 커튼을 걷자 해안선을 따라 달리는 국도가 보였다. 생선을 운송하는 대형 냉동트럭이 큰 소리를 내며 그 길을 오갔다. 세상에는 공허한 일이 많지만 러브호텔 방에서 아침에 혼자 눈뜨는 것만큼 공허한 일은 별로 없으리라.

퍼뜩 생각나서 바지 주머니에 넣어둔 지갑을 살펴보았다. 내 용물은 온전히 남아 있었다. 돈, 신용카드, 현금카드, 면허증도 전부. 나는 안도했다. 만약 지갑을 도둑맞기라도 했으면 몹시 난감해질 뻔했다. 그런 일이 일어날 가능성이 아주 없다고 할 수 없다. 조심할 필요가 있다.

여자는 아마 새벽 시간, 내가 곤히 잠든 사이 혼자서 방을 나갔으리라. 그런데 시내까지(혹은 자신이 사는 곳까지) 어떻게 돌아갔을까? 걸어서 갔을까, 택시를 불렀을까? 하지만 그런 건 이제 나와 아무 상관 없는 일이었다. 생각한다고 어떻게 될 것도 아니다.

카운터에 방 열쇠를 반납하고, 맥주 값을 치르고, 푸조를 몰아 시내로 돌아왔다. 역 앞 비즈니스호텔에 둔 가방을 찾고 하루 치 요금을 계산해야 한다. 시내로 향하다 보니 전날 밤 갔던 패밀리 레스토랑이 보였다. 나는 거기서 아침을 먹기로 했다. 배도 무척 고팠고, 뜨거운 블랙커피를 마시고 싶었다. 차를 주차장에 세우려는데 조금 앞쪽에 흰색 스바루 포레스터가 보였다. 전면주차이고, 리어 범퍼에 청새치 스티커가 붙어 있다. 전날 밤 봤던 그 차가 분명했다. 다만 주차된 자리는 어제와 다르다. 당연한 이야기다. 이런 데서 하룻밤을 지낼 사람은 없으니까.

나는 가게 안으로 들어갔다. 역시나 손님은 별로 없었다. 예상대로 전날 밤 본 남자가 테이블 자리에서 아침을 먹고 있었다. 기억하건대 전날 밤과 같은 자리, 전날 밤과 같은 가죽점퍼 차림이다. 전날 밤과 같은 YONEX 로고가 들어간 검은색 골프모자가 테이블 위에 놓여 있었다. 전날 밤과 다른 것은 테이블 위에 접힌 채 놓인 조간신문뿐이었다. 그의 앞에는 토스트와 스크램블드에그 세트가 있었다. 나온 지 얼마 안 된 듯 커피가 김을 피워올렸다. 옆을 지날 때 남자가 고개를 들어 내 얼굴을 보았다. 그 눈은 전날 밤보다 훨씬 날카롭고 차가웠다. 비난의 빛마저 어러 있었다. 적어도 나는 그렇게 느꼈다.

네가 어디서 뭘 했는지 나는 다 알고 있어, 그는 그렇게 말하는 것 같았다.

그것이 미야기 현 해안의 작은 마을에서 내가 겪은 일의 전말이다. 코가 작고 치열이 고른 그 여자가 그날 밤 내게 뭘 원했는지는 지금도 통 이해할 수 없다. 흰색 스바루 포레스터를 타는 중년남자가 과연 여자를 뒤쫓고 있었는지, 여자가 그 남자에게서 도망치고 있었는지, 그런 것도 확실치 않다. 어쨌거나 나는 우연히 그 장소에 있었고, 기이한 경위로 처음 보는 여자와 화려한 러브호텔에 들어가서 하룻밤의 관계를 맺었다. 그리고 그 섹스는 내가 이제껏 인생에서 경험한 것 가운데 아마 가장 격렬했을 것이다. 그런데도 나는 그 마을의 이름조차 기억하지 못한다.

"나 물 한 잔 줄래?" 유부녀 여자친구가 말했다. 그녀는 섹스 후의 짧은 낮잠에서 막 깨어난 참이었다.

우리는 한낮의 침대에 누워 있었다. 그녀가 잠든 사이 나는 천장을 올려다보며 그 어항이 있던 마을에서 겪은 기이한 일을 떠올렸다. 아직 반년밖에 지나지 않았는데 한참 옛날 일처럼 느껴졌다.

부엌에 가서 미네랄워터를 큰 컵에 따라 침실로 돌아왔다. 그녀는 컵을 받아들고 절반쯤 마셨다.

"그래서, 멘시키 씨 말인데." 그녀가 컵을 테이블 위에 내려놓고 말했다.

"멘시키 씨?"

"멘시키 씨에 대한 새로운 정보." 그녀가 말했다. "나중에 말해주겠다고 했었잖아."

"정글 통신."

"그래." 그녀는 다시 물을 한 모금 마셨다. "당신 친구 멘시키 씨는 듣자 하니 도쿄 구치소에 꽤 오래 있었던 모양이야."

나는 몸을 일으키고 그녀의 얼굴을 보았다. "도쿄 구치소?"

"그래, 고스게에 있는 곳."

"무슨 혐의로?"

"음, 자세히는 모르지만 아마 금전 문제였겠지. 탈세나 돈세탁이나 내부자거래 같은 거. 혹은 그 전부일 수도 있고. 구류된 건 육칠 년 전이었대. 멘시키 씨는 자기가 무슨 일을 하는지 말해줬어?"

"정보와 관련된 일을 했다고 들었어." 내가 말했다. "직접 회사를 차리고, 몇 년 전 그 주식을 높은 값에 매각했대. 지금은 캐피털게인으로 생활한다고 해."

"정보와 관련된 일이라니 무척 막연한 표현이네. 따지고 보면 요즘 세상에 정보와 관련되지 않은 일은 거의 없는 거나 마찬가지잖아."

"구치소 이야기는 누구한테 들었어?"

"남편이 금융기관에서 일하는 친구한테. 그래도 어디까지 사실인지는 몰라. 누가 어디서 들은 이야기를 또 어디서 전해들었다, 아마 그런 식이었겠지. 하지만 앞뒤 이야기를 보면 완전히 근거 없는 소문도 아닌 것 같아."

"도쿄 구치소에 들어갔다면, 도쿄 지검에 연행됐다는 건데."

"결국 무죄판결이 난 모양이지만." 그녀가 말했다. "그래도 오랫동안 구류되어 상당히 엄한 조사를 받은 셈이야. 구류 기간이 몇 번이나 연장되었고, 보석도 인정되지 않았대."

"그래도 재판에선 이겼다?"

"그래, 기소는 당했지만 감옥에 갇히는 신세는 면했어. 조사에서는 처음부터 끝까지 묵비권을 행사했대."

"내가 알기로 도쿄 지검은 검찰의 엘리트야. 자긍심도 높아. 일단 누구를 지목하면 확고한 증거를 확보한 뒤 연행해서 기소까지 끌고 가지. 재판에서 유죄판결을 받아내는 비율도 매우 높고. 그러니까 구치소 조사도 만만하지가 않아. 대부분의 인간은 조사중에 정신적으로 꺾여서 상대가 시키는 대로 조서를 작성하고 서명하게 돼버려. 그 추궁을 물리치고 묵비권을 행사한다는 건 보통 사람으로서는 거의 불가능한데."

"어쨌든 멘시키 씨는 그렇게 했어. 의지가 굳고 머리도 좋지."

확실히 멘시키가 보통 사람은 아니다. 의지가 굳고 머리도 좋다.

“그래도 납득이 잘 안 되는걸. 탈세건 돈세탁이건 일단 도쿄지검이 체포까지 단행했다면 신문에 기사화됐을 거야. 게다가 멘시키처럼 드문 이름이라면 내 기억에도 남았을 텐데. 얼마 전까지는 제법 열심히 신문을 챙겨 봤거든.”

“글쎄, 그것까지는 나도 몰라. 그리고 또하나, 이건 지난번에도 말했는데, 그는 지금 사는 산꼭대기의 저택을 삼 년 전에 사들였어. 그것도 상당히 막무가내로. 그때까지 거기 살던 가족은 신축한 지 얼마 되지도 않은 집을 팔 생각이 전혀 없었대. 그런데 멘시키 씨가 목돈을 얹어주며—혹은 무슨 다른 방법을 써서—그 가족을 싹 몰아내고 들어앉은 거야. 질 나쁜 소라게처럼.”

“소라게는 조개 알맹이를 쫓아내지는 않아. 죽은 조개가 남긴 껍데기를 평화롭게 이용할 뿐이지.”

“하지만 개중에 질 나쁜 소라게도 없다고는 할 수 없잖아?”

“아무튼 이해가 안 돼.” 나는 소라게의 생태에 대한 논의를 피해 말을 이었다. “설령 그렇다 쳐도, 멘시키 씨는 왜 그 집에 그렇게까지 집착했을까? 전에 살던 사람을 억지로 내쫓고 자기 집으로 삼을 만큼. 그러자면 적잖이 돈도 들고 수고도 따랐을 거야. 게다가 내가 보기에 그 저택은 너무 화려하고 눈에 띄어. 분명 훌륭하긴 해도 그 사람 취향에 맞는 집 같지는 않단 말이야.”

“게다가 집 자체도 너무 크지. 가사도우미도 쓰지 않고 혼자 사는데다 손님도 거의 오지 않는다니까, 그렇게 넓은 집에 살 필요는 없어 보여."

그녀가 컵에 남은 물을 마저 마시고 말했다.

"멘시키 씨한테는 꼭 저 집이어야만 하는 무슨 이유가 있었는지도 몰라. 그게 뭔지는 모르겠지만."

"어쨌거나 화요일에 초대받았으니까. 직접 들어가보면 좀더 많은 걸 알게 될지도 몰라."

"푸른 수염의 성처럼, 열어서는 안 되는 비밀의 방도 잊지 말고 확인해줘."

"기억해둘게." 내가 말했다.

"아무튼 잘됐네." 그녀가 말했다.

"뭐가?"

"그림이 무사히 완성되고, 멘시키 씨 마음에도 들어서, 제법 목돈이 들어오게 된 거."

"그러게." 내가 말했다. "그 점은 아무튼 잘됐다고 생각해. 마음이 놓여."

"축하해, 화백님." 그녀가 말했다.

마음이 놓인다는 건 진심이었다. 그림은 분명히 완성되었다. 그 그림이 멘시키의 마음에 든 것도 분명하다. 내가 그 그림에서 무언가를 얻었다는 것도 분명하다. 그 결과 적잖은 보수가 들어오는 것 또한 분명하다. 그런데 이상하게도 나는 덮어놓고 이

상황을 기뻐할 기분이 들지 않았다. 나를 둘러싼 너무 많은 일이 어중간하게, 실마리도 잡지 못한 채로 방치되어 있기 때문이었다. 내가 인생을 단순화하려 할수록 모든 것이 점점 맥락을 잃고 흘러가는 느낌이었다.

나는 실마리를 구하듯이, 거의 무의식적으로 손을 뻗어 여자친구의 몸을 안았다. 그녀의 몸은 부드럽고 따뜻했다. 그리고 땀이 배어 있었다.

네가 어디서 뭘 했는지 나는 다 알고 있어. 흰색 스바루 포레스터의 남자가 말했다.

20

존재와 비존재가 조금씩 섞여드는 순간

이튿날 다섯시 반에 절로 눈이 떠졌다. 일요일 아침이다. 주위는 아직 캄캄했다. 부엌에서 간단히 아침을 먹은 뒤 옷을 갈아입고 작업실로 갔다. 동쪽 하늘이 희붐하게 밝아와 불을 끄고 창문을 활짝 열어 차갑고 신선한 아침공기를 맞아들였다. 그리고 새 캔버스를 꺼내 이젤에 얹었다. 창밖에서 새소리가 들렸다. 밤사이 내린 비로 주위 수목은 흠뻑 젖어 있었다. 비는 조금 전에 그쳤고, 여기저기 구름 사이로 빛나는 하늘이 드러나기 시작했다. 나는 스툴에 앉아 머그잔에 담긴 뜨거운 블랙커피를 마시면서, 아무것도 그리지 않은 눈앞의 캔버스를 잠시 바라보았다.

이른 아침, 아직 아무것도 그리지 않은 새하얀 캔버스를 바라보는 것이 예전부터 좋았다. 나는 그것에 개인적으로 '캔버스 참선'이라는 이름을 붙였다. 아직 아무것도 그리지 않았지만 결코 공백이 아니다. 그 새하얀 화면에는 와야 할 것이 가만히 모습을 감추고 있다. 유심히 들여다보면 몇 가지 가능성이 존재하고, 이윽고 하나의 유효한 실마리를 향해 집약된다. 나는 그런 순간이 좋았다. 존재와 비존재가 조금씩 섞여드는 순간.

하지만 오늘은 내가 지금 무엇을 그리려 하는지 처음부터 알고 있었다. 이 캔버스에 지금 내가 그릴 것은 흰색 스바루 포레스터를 몰던 중년남자의 초상이다. 그 남자는 내 안에서, 내가 그려주기를 지금껏 참을성 있게 기다려왔다. 그런 느낌이 들었다. 그리고 나는 누구를 위해서가 아니라(의뢰를 받거나, 생계를 위해서가 아니라) 나 자신을 위해 그의 포트레이트를 그려야 한다. 멘시키의 포트레이트를 그린 것과 마찬가지로, 그 남자의 존재 의미를—적어도 내게 가지는 의미를—알아내기 위해 내 나름대로 그의 모습을 그려내야 한다. 이유는 모른다. 하지만 그것이 내게 요구되는 일이었다.

눈을 감고, 머릿속에 흰색 스바루 포레스터의 남자를 불러냈다. 나는 그의 얼굴을 구석구석 선명하게 기억했다. 그 다음날 이른 아침, 패밀리레스토랑 테이블 자리에서 그는 나를 똑바로 올려다보았다. 테이블 위에는 접힌 조간신문이 놓여 있고 커피잔이 하얀 김을 피웠다. 커다란 유리창으로 쏟아져들어오는 아침햇살이 눈부시고, 싸구려 식기들이 부딪치는 소리가 가게 안에 울렸다. 그 광경이 눈앞에 생생하게 재현되었다. 그리고 그 속에서 남자의 얼굴이 표정을 지니고 움직이기 시작했다.

네가 어디서 뭘 했는지 나는 다 알고 있어, 그의 눈은 말했다.

이번에는 밑그림부터 시작하기로 했다. 나는 일어나 목탄을 쥐고 캔버스 앞에 섰다. 그리고 캔버스의 공백 위에 남자의 얼굴을 둘 자리를 잡았다. 아무 계획도 세우지 않고, 아무 생각도 하지 않고 우선 선을 하나 그었다. 모든 것의 시작이 될 한 가닥의 중심선이다. 이제부터 여기에 한 남자의 야윈 구릿빛 얼굴이 그려질 것이다. 이마에는 깊은 주름이 몇 줄 새겨져 있다. 눈은 가늘고 날카롭다. 먼 수평선을 응시하는 데 익숙한 눈이다. 그 눈에는 하늘과 바다의 빛깔이 배어 있다. 머리는 짧고 군데군데 백발이 섞여 있다. 아마 과묵하고 인내심 강한 남자이리라.

나는 그 기본선 주위에 목탄으로 보조선을 몇 개 더 그었다. 그 위로 남자의 얼굴 윤곽이 그려지도록. 몇 걸음 물러나 내가 그은 선을 관찰하고, 바로잡고, 새로운 선을 그었다. 자신을 믿는 것이 중요하다. 선의 힘을 믿고, 선이 나누는 공간의 힘을 믿어야 한다. 내가 아니라 선과 공간이 말하도록 해야 한다. 선과 공간이 대화를 시작하면 뒤이어 색이 입을 연다. 그리고 평면이 점차 입체로 모습을 바꿔간다. 내가 할 일은 그것들을 격려하고 손을 빌려주는 것이다. 무엇보다, 그들을 방해하지 않는 것이다.

작업은 열시 반까지 이어졌다. 태양이 중천을 향해 천천히 나아가고 잿빛 구름은 가늘게 찢어져 속속 산 너머로 쫓겨갔다. 나뭇가지 끝에 맺힌 물방울은 더이상 보이지 않았다. 나는 그때까지 그린 밑그림을 조금 떨어진 자리에서 이리저리 각도를 바꾸어가며 바라보았다. 그곳에는 내가 기억하는 한 남자의 얼굴이 있었다. 아니, 그 얼굴이 깃들 만한 골격이 완성되어 있었다. 다만 선이 좀 많다는 느낌이 들었다. 적절하게 덜어낼 필요가 있다. 그 밑그림에는 분명 뺄셈이 필요했다. 그러나 그 일은 내일의 몫이다. 오늘 작업은 여기서 멈추는 게 좋다.

짤막해진 목탄을 내려놓고, 개수대에 가서 새카만 손을 씻었다. 수건으로 손을 닦는데 눈앞 선반에 놓인 오래된 방울이 눈에 띄어서 집어들고 흔들어보았다. 그 소리는 묘하게 가볍고 메마르고 어딘지 진부하게 들렸다. 오랜 세월 흙속에 있던 수수께끼의 불구로 생각되지 않았다. 한밤에 들리던 소리와는 사뭇 다른 느낌이다. 아마 칠흑 같은 어둠과 깊은 정적이 그 소리를 더욱 맑고 깊이 있게 만들어, 더욱 멀리까지 실어나른 것이리라.

대체 누가 한밤중에 땅속에서 방울을 울렸는지는 여전히 수수께끼로 남아 있다. 분명 구덩이 속에서 누군가가 방울을 울렸을 텐데(그리고 그것은 어떤 메시지였을 텐데) 그 누군가는 자취를 감춰버렸다. 입을 벌린 구덩이에 놓여 있었던 건 이 방울 하나뿐이다. 영문 모를 노릇이다. 나는 방울을 원래 자리에 올려놓았다.

점심을 먹고 밖으로 나가서 집 뒤쪽 잡목림으로 향했다. 나는 두툼한 회색 요트파카에 군데군데 물감이 묻은 작업용 운동복 바지 차림이었다. 빗물을 머금은 오솔길을 걸어 오래된 사당이 나오자 뒤편으로 돌아갔다. 구덩이를 덮은 판자 위로 각양각색의 낙엽이 수북이 쌓여 있었다. 간밤의 비로 묵직하게 젖은 낙엽들이다. 이틀 전 멘시키와 내가 다녀간 후로 덮개에 손을 댄 이는 아무도 없는 듯했다. 나는 그 사실을 확인하고 싶었던 것이다. 습기 찬 돌에 앉아 머리 위 새들의 지저귐을 들으면서 그 구덩이를 둘러싼 풍경을 한동안 바라보았다.

숲의 정적 속에서는 시간이 지나고 인생이 흘러가는 소리마저 들려올 것 같았다. 한 사람이 가고 다른 사람이 온다. 한 생각이 가고 다른 생각이 온다. 한 형상이 가고 다른 형상이 온다. 나 자신조차 반복되는 나날 속에서 조금씩 무너졌다가 재생된다. 무엇 하나 같은 장소에 머물지 않는다. 그리고 시간은 상실된다. 시간은 내 등뒤에서 조금씩 죽은 모래가 되어 무너지고 사라진다. 나는 그 구덩이 앞에 앉아 시간이 죽어가는 소리에 마냥 귀를 기울였다.

저 구덩이 속에 혼자 앉아 있는 기분은 과연 어떨까. 문득 그런 생각이 들었다. 컴컴하고 좁은 공간에 오랫동안 홀로 갇혀 있는 것. 게다가 멘시키는 회중전등과 사다리까지 마다했다. 사다리 없이는 누군가의—구체적으로 말하면 나의—손을 빌리지 않고 혼자서 빠져나오기가 거의 불가능하다. 왜 스스로를 그런 역경에 몰아넣어야 했을까? 그는 도쿄 구치소에서 보낸 고독한 감금생활과 저 시커먼 구덩이 속을 겹쳐보았던 걸까? 물론 내가 그런 것을 알 리는 없다. 멘시키는 멘시키의 방식으로, 멘시키의 세계를 살아갈 따름이다.

그의 행동에 대해 내가 할 수 있는 말은 하나뿐이었다. 나라면 도저히 그럴 수 없다는 것. 나는 어둡고 좁은 공간을 무엇보다 두려워한다. 만약 누가 그런 곳에 집어넣는다면 공포로 숨도 쉬지 못할 것이다. 그러나 어떤 의미에서 나는 그 구덩이에 이끌리고 있었다. 무척 강하게 끌렸다. 그 구덩이가 내게 손짓한다는 느낌마저 들 정도로.

나는 삼십 분쯤 그 구덩이 옆에 앉아 있었다. 그리고 일어나 나뭇잎 사이로 떨어지는 햇빛을 받으며 집으로 돌아왔다.

오후 두시가 지났을 때 아마다 마사히코에게서 전화가 왔다. 볼일이 있어 오다와라 근처에 와 있는데 잠깐 들러도 괜찮겠느냐는 얘기였다. 물론 괜찮다고 나는 말했다. 아마다를 만나는 건 오랜만이었다. 그는 세시가 못 되어 차를 몰고 왔다. 싱글몰트 위스키 한 병을 선물로 가져왔다. 나는 고맙다는 인사를 하고 받아들었다. 마침 위스키가 거의 바닥을 보이던 참이었다. 그는 여느 때처럼 스마트한 차림이었다. 말끔히 면도를 하고, 눈에 익은 대모갑 테 안경을 썼다. 그의 외모는 옛날에 비해 달라진 것이 거의 없었다. 머리숱이 조금 줄었을 뿐이다.

우리는 거실에 앉아 서로 근황을 주고받았다. 나는 조경업자가 중기를 동원해 잡목림 속 돌무덤을 파헤친 이야기를 해주었다. 돌을 다 치우자 직경 약 2미터의 둥근 구덩이가 나타났다고. 깊이 2미터 80센티미터에 주위는 돌벽으로 쌓여 있고 묵직한 격자 뚜껑이 덮여 있었는데, 그것을 열어보니 안에는 오래된 방울 모양의 불구 하나만 놓여 있었다고. 그는 흥미로운 표정으로 이야기를 들었다. 그러나 직접 구덩이를 보고 싶다는 말은 하지 않았다. 방울을 보고 싶다고도 하지 않았다.

"그래서, 그뒤로는 밤에 방울소리가 들리지 않는다는 거지?" 그가 물었다.

이제는 들리지 않는다고 내가 대답했다.

"그거 다행이네." 그는 조금 안심한 듯이 말했다. "나는 이렇게 으스스한 이야기를 워낙 싫어해서 말이야. 정체 모를 것에는 되도록 가까이 가지 말자는 주의야."

"긁어 부스럼 만들지 마라?"

"바로 그거야." 아마다가 말했다. "어쨌든 그 구덩이를 어떻게 할지는 너한테 맡길게. 다 네 뜻대로 해."

이어서 나는 아주 오랜만에 '그림을 그리고 싶다'는 마음이 들었다고 그에게 말했다. 이틀 전 멘시키의 초상화를 완성한 후,

막힌 것이 뚫린 듯한 후련함을 느꼈다는 것. 초상화를 모티프로 한 독창적인 스타일을 새로이 발견해가고 있는지도 모른다. 처음에는 초상화로 시작하지만 결과적으로는 초상화와 전혀 다른 유의 그림이 된다. 그럼에도 본질적으로는 포트레이트다.

아마다는 그 그림을 보고 싶어했지만 상대에게 이미 넘겼다고 하자 아쉬움을 감추지 못했다.

"아직 물감도 안 말랐을 거 아냐?"

"직접 말리겠대." 내가 말했다. "아무튼 한시라도 빨리 가져가고 싶은 것 같았어. 내 마음이 바뀌어서 아무래도 못 주겠다고 할까봐 급해졌는지도 모르고."

"흐음." 그는 감탄한 듯이 말했다. "그래서, 뭐 또 새로운 건 없고?"

"오늘 아침부터 시작한 게 하나 있어." 나는 말했다. "그런데 아직 목탄 밑그림 단계라서 봐도 뭔지 모를 거야."

"상관없어. 괜찮으면 한번 보여줘."

나는 그를 작업실로 데려가 미완성 상태인 〈흰색 스바루 포레스터의 남자〉 밑그림을 보여주었다. 검은 목탄의 선으로만 이뤄진 거친 골격이다. 아마다는 이젤 앞에 팔짱을 끼고 서서 한동안 심각한 얼굴로 그림을 응시했다.

"재미있는데." 잠시 후 그가 잇새로 쥐어짜듯이 말했다.

나는 아무 말도 하지 않았다.

"앞으로 어떤 그림으로 흘러갈지 예측은 안 되지만, 확실히 누군가의 포트레이트로 보여. 아니, 그보다는 포트레이트의 뿌리처럼 보여. 땅속 깊이 묻힌 뿌리." 그는 그렇게 말하고 또 잠시 침묵했다.

"매우 깊고 어두운 곳이야." 그는 말을 이었다. "그리고 이 남자는—남자 맞지? 뭔가에 화가 나 있는 것 같군. 뭔가를 비난하는 것 같은데."

"글쎄, 거기까지는 몰라."

"너는 모른다." 아마다는 평탄한 목소리로 말을 이었다. "그러나 여기에는 깊은 분노와 슬픔이 있어. 그렇지만 이 사람은 그걸 토해내지 못해. 분노가 몸속에서 소용돌이칠 뿐이야."

아마다는 대학 시절 유화과였지만 솔직히 유화 화가로서의 실력은 그리 칭찬할 만한 것이 못 되었다. 기술은 좋지만 이상하게 깊이가 없었다. 스스로도 어느 정도 인정하는 사실이었다. 대신 그에게는 남의 그림을 보고서 좋고 나쁜 점을 단숨에 파악하는 재능이 있었다. 그래서 나는 옛날부터 그림을 그리다가 막히는 부분이 생기면 종종 그의 의견을 구했다. 그의 조언은 언제나 적확하고 공정해서 실제로 도움이 되었다. 또한 고맙게도 그에게는 질투심이나 경쟁심 같은 것이 전혀 없었다. 아마 타고난 성격인 듯했다. 그러므로 나는 늘 그의 의견을 온전히 신뢰할 수 있었다. 너무 솔직해서 탈이기도 했지만 다른 뜻은 없기 때문에 설령 대놓고 혹평해도 신기하게 화는 나지 않았다.

"이 그림이 완성되면 어디 넘기기 전에, 잠깐이라도 좋으니까 나한테 좀 보여주지 않겠어?" 그는 그림에서 눈을 떼지 않은 채 말했다.

"알았어." 나는 말했다. "이번에는 다른 사람 의뢰를 받아 그리는 게 아니야. 나를 위해 마음 가는 대로 그릴 뿐이야. 누구한테 넘길 예정은 없어."

"자신의 그림을 그리고 싶어진 거지?"

"그런 것 같아."

"이건 포트레이트지만, 초상화는 아니야."

나는 고개를 끄덕였다. "그렇게 말할 수도 있겠지."

"그리고 너는…… 뭔가 새로운 목적지를 발견하는 중인지도 모르겠어."

"나도 그렇게 생각하고 싶어." 내가 말했다.

"얼마 전에 유즈를 만났어." 아마다가 돌아가기 전에 말했다. "우연히 마주쳐서 삼십 분쯤 이야기했어."

나는 고개를 끄덕일 뿐 아무 말도 하지 않았다. 무슨 말을 어떻게 해야 좋을지 알 수 없었다.

"잘 지내는 것 같던데. 네 이야기는 거의 안 했어. 왠지 둘 다 피하는 분위기였어. 대충 뭔지 알겠지? 하지만 마지막에 네 소식을 잠깐 물어보더라고. 뭐하고 사느냐, 뭐 그런 거. 그림을 그리는 것 같다고만 말해뒀어. 어떤 그림인지는 모르겠지만, 혼자 산 위에 틀어박혀서 뭔가를 그리고 있다고."

"어쨌든 살아 있기는 하니까." 나는 말했다.

아마다는 유즈에 대해 뭐라고 더 말하려는 듯했지만 곧 생각이 바뀌었는지 입을 다물었다. 유즈는 옛날부터 아마다에게 호의적이었고, 여러 가지 일에 의견을 구하곤 했다. 아마 우리 사이에 대해서도. 내가 그림에 대해 곧잘 아마다의 의견을 구했던 것과 마찬가지다. 하지만 아마다는 내게 아무 말도 하지 않았다. 원래부터 그랬다. 사람들은 갖가지 고민거리를 들고 그를 찾았다. 그러나 그는 그 내용을 자기 속에만 담아두었다. 빗물이 물받이를 타고 용수통에 고이는 것처럼. 거기서 다른 데로 나가지는 않는다. 통 밖으로 흘러넘치는 일도 없다. 아마 필요에 따라 적절한 수량을 조절하는 것이리라.

정작 아마다 자신은 누구에게도 고민을 털어놓지 않는 듯했다. 저명한 일본화가의 아들로 미대까지 진학했는데도 화가로서 이렇다 할 두각을 나타내지 못한 것에 본인도 여러모로 생각하는 바가 있었을 것이다. 하고 싶은 말도 있었을 것이다. 그러나 오랫동안 알고 지내면서 그가 푸념 비슷한 말을 입 밖에 낸 적은 내가 기억하는 한 한 번도 없다. 그는 그런 부류의 인간이었다.

"유즈한테 다른 남자가 있었나봐." 나는 큰맘 먹고 말을 꺼냈다. "결혼생활이 끝나기 전부터 나와 잠자리를 하지 않았어. 더 일찍 알아챘어야 하는데."

누군가에게 그런 얘기를 털어놓기는 처음이었다. 나 혼자 마음속에 품고 있던 말이었다.

"그랬군." 아마다는 그렇게만 말했다.

"너도 그 정도는 알고 있었을 거 아냐?"

그 말에 아마다는 대답하지 않았다.

"아니야?" 나는 다시 물었다.

"세상에는 가능하다면 모르는 편이 더 좋은 일도 있어. 내가 할 수 있는 말은 그 정도뿐이야."

"하지만 알고 있건 모르고 있건 어차피 결과는 똑같아. 늦게 오느냐 빨리 오느냐, 갑자기 닥치느냐 그러지 않느냐, 노크 소리가 크냐 작냐, 그 정도 차이밖에 없어."

마사히코가 한숨을 쉬었다. "그래, 네 말이 맞는지도 몰라. 알았건 몰랐건 결론은 똑같을지도. 하지만 그렇다 해도, 역시 내 입으로는 말할 수 없는 것도 있어."

나는 잠자코 있었다.

그가 말했다. "설령 어떤 결과가 나오든 모든 일에는 반드시 좋은 면과 나쁜 면이 있어. 유즈와 헤어진 건 네게 몹시 힘든 경험이었을 거야. 나도 정말 안된 일이라고 생각해. 하지만 그 결과, 너는 드디어 너 자신의 그림을 그리기 시작했어. 자신만의 스타일 같은 것을 찾아냈어. 어찌 보면 그걸 좋은 면이라고 생각할 수 있지 않을까?"

하긴 그럴지도 모른다. 만일 유즈와 헤어지지 않았다면—정확히는 유즈가 나를 떠나지 않았다면—나는 지금도 생계를 위해 흔하디흔한 초상화를 의뢰받아 그리고 있었을 것이다. 하지만 그것은 나 스스로 한 선택이 아니었다. 중요한 포인트는 그것이다.

"좋은 면을 보도록 해봐." 돌아가기 직전에 아마다가 말했다. "괜한 충고인지 몰라도, 어차피 같은 길을 갈 거라면 양지바른 쪽으로 걷는 편이 좋잖아."

"그리고 컵에는 물이 아직 16분의 1이나 남았고."

아마다가 소리내어 웃었다. "난 너의 그런 유머감각이 좋더라."

유머로 한 말은 아니었지만 굳이 뭐라고 덧붙이진 않았다.

아마다는 잠시 침묵했다가 말했다. "넌 아직 유즈를 좋아하는구나."

"잊어야 한다고 생각은 하는데 마음이 딱 붙어서 떨어지질 않아. 이유는 몰라도 그렇게 되어버려."

"다른 여자하고 자진 않아?"

"다른 여자와 자더라도 그 여자와 나 사이에 항상 유즈가 있어."

"난처한 일이네." 그가 말했다. 그리고 손끝으로 이마를 문질렀다. 진심으로 난처한 것처럼 보였다.

그리고 차를 타고 귀로에 올랐다.

"위스키 고마워." 내가 말했다. 아직 다섯시도 되기 전이었지만 하늘은 제법 어두웠다. 날이 갈수록 밤이 길어지는 계절이다.

"마음 같아선 같이 마시고 싶은데, 어차피 운전을 해야 하니까." 그가 말했다. "조만간 둘이서 느긋하게 한잔하자. 오랜만에 말이야."

조만간 그러자고 나도 말했다.

세상에는 모르는 편이 더 좋은 일도 있어, 라고 아마다는 말했다. 그럴지도 모른다. 세상에는 듣지 않는 편이 더 좋은 일도 있을 것이다. 하지만 영원히 듣지 않고 버틸 수는 없다. 때가 오면 아무리 단단히 귀를 틀어막아도 소리는 공기를 진동시키며 사람의 마음을 파고든다. 그것을 막기란 불가능하다. 그게 싫다면 진공의 세계로 가는 수밖에 없다.

잠이 깬 것은 한밤중이었다. 손을 더듬어 머리맡의 불을 켜고 시계를 보았다. 디지털시계는 1:35를 표시하고 있었다. 방울이 울리는 소리가 들렸다. 틀림없이 그 방울이다. 나는 몸을 일으키고 소리나는 쪽으로 귀를 기울였다.

방울이 다시 울리기 시작한 것이다. 누군가 밤의 어둠 속에서 방울을 울리고 있다—그것도 전보다 훨씬 크고, 훨씬 선명하게.

21

작지만 베이면 틀림없이 피가 나지

나는 침대에서 몸을 똑바로 일으키고, 한밤의 어둠 속에서 숨을 죽인 채 방울소리에 귀기울였다. 대체 어디서 들려오는 걸까? 방울소리는 이전보다 한결 크고 선명했다. 틀림없다. 게다가 들려오는 방향도 전과는 달랐다.

방울은 이 집안에서 울리고 있다. 나는 판단했다. 그렇게 생각할 수밖에 없다. 그리고 앞뒤가 뒤죽박죽된 기억 속에서 며칠 전부터 방울은 작업실 선반에 놓여 있다는 사실을 떠올렸다. 그 구덩이 속에서 방울을 발견하고, 내 손으로 직접 선반에 올려두지 않았던가.

방울소리는 작업실에서 들린다.

의심의 여지가 없다.

이제 어떻게 해야 할까? 머릿속이 지독히 혼란스러웠다. 물론 공포도 느꼈다. 이 집안에서, 한 지붕 아래서 영문을 알 수 없는 일이 벌어지고 있다. 때는 깊은 밤, 장소는 고립된 산속, 게다가 나는 완벽하게 혼자다. 공포를 느끼지 않을 도리가 없다. 하지만 나중에 돌이켜보니 그때는 혼란의 정도가 공포를 웃돌았던 것 같다. 인간의 머리란 아마 그렇게 만들어진 것이리라. 격한 공포나 고통을 지우기 위해, 혹은 경감하기 위해 가지고 있는 감정과 감각을 모조리 끄집어낸다. 화재 현장에서 물을 담을 수 있는 것이라면 그릇이든 뭐든 죄 동원하는 것처럼.

나는 머릿속을 최대한 정리하고 우선적으로 취해야 할 몇 가지 방법을 생각해보았다. 이대로 머리끝까지 이불을 뒤집어쓰고 자버리는 선택지도 있다. 아마다 마사히코의 말마따나 정체 모를 일에는 끼어들지 않는 게 상책이라는 듯이. 생각의 스위치를 끄고, 아무것도 보지 않고 아무것도 듣지 않는다. 문제는 도저히 잠들 수가 없다는 점이었다. 아무리 이불을 뒤집어쓰고 귀를 틀어막는다 한들, 생각의 스위치를 끈다 한들, 이토록 선명하게 들려오는 방울소리를 무시하기란 불가능하다. 심지어 집안에서 울리고 있지 않은가.

방울은 여느 때처럼 띄엄띄엄 울렸다. 몇 번 울리고 잠깐 침묵한 다음 다시 몇 번 울렸다. 침묵은 균일하지 않고 그때그때 조금씩 짧아지거나 길어졌다. 그 불균일성에는 묘하게 인간적인 느낌이 있었다. 방울은 저 혼자 울리는 것이 아니다. 어떤 장치를 통해 울리는 것도 아니다. 누군가가 그것을 손에 쥐고 흔들고 있다. 아마도 어떤 메시지를 담아서.

어차피 도망칠 수 없다면 과감하게 진상을 확인하는 수밖에 없다. 이런 일이 매일 밤 이어진다면 나의 수면은 갈가리 찢겨버리고 정상적인 일상생활이 불가능해질 것이다. 그렇다면 내 발로 나서서 작업실에서 벌어지는 일을 똑똑히 지켜보자. 사실 좀 짜증스럽기도 했다(왜 내가 이런 꼴을 당해야 한단 말인가?). 물론 얼마간의 호기심도 있었다. 대체 이곳에서 무슨 일이 일어나고 있는지 내 눈으로 확인하고 싶었다.

침대에서 나와 잠옷 위에 카디건을 걸쳤다. 그리고 회중전등을 챙겨 현관으로 갔다. 현관 우산꽂이에서 아마다 도모히코가 두고 간 짙은색 떡갈나무 지팡이를 꺼내 오른손에 쥐었다. 묵직하고 단단한 지팡이다. 이런 게 현실적으로 과연 쓸모가 있을까 싶었지만 빈손보다는 뭐라도 쥐고 있는 편이 든든했다. 무슨 일이 일어날지는 아무도 모르니까.

말할 것도 없이 나는 떨고 있었다. 맨발인데도 발바닥에 거의 감각이 없었다. 몸은 어찌나 뻣뻣한지 움직일 때마다 전신의 뼈마디가 삐걱대는 소리가 들릴 것 같았다. 이 집안에 누군가가 들어와 있다. 그리고 방울을 울리고 있다. 아마 구덩이에서 방울을 울렸던 이와 동일인일 것이다. 그게 누구인지, 혹은 어떤 것인지

나는 짐작도 가지 않았다. 미라일까? 만약 작업실 문을 열었는데 거기서 미라가—육포 같은 색깔로 바짝 마른 남자가—방울을 흔드는 광경을 맞닥뜨린다면 어떻게 대처해야 할까? 아마다 도모히코의 지팡이를 힘껏 휘둘러 미라를 후려치면 될까?

설마. 나는 생각했다. 그럴 수는 없다. 그 미라는 아마 즉신불일 것이다. 좀비와는 다르다.

그럼 어떻게 해야 한단 말인가? 혼란이 좀처럼 가라앉지 않았다. 그러기는커녕 점점 심해졌다. 지금 적절하게 손쓰지 못하면 앞으로 계속 그 미라와 함께 이 집에서 살아야 하나? 매일 밤 같은 시각에 방울소리를 들어야 하는 걸까?

문득 멘시키를 떠올렸다. 애초에 그 남자가 쓸데없는 일을 벌이는 바람에 이렇게 성가신 사태가 일어난 것 아닌가. 중기까지 동원해 돌무덤을 치우고 수수께끼의 구덩이를 열어버린 결과, 그 방울과 함께 정체 모를 무언가가 집안으로 들어와버린 것이다. 멘시키에게 전화를 걸어볼까 생각도 했다. 늦은 시각이지만 그는 곧바로 재규어를 몰고 달려와줄 것이다. 그러나 결국에는 생각을 바꾸었다. 멘시키가 채비를 하고 이리로 오기까지 기다릴 여유가 없다. 이것은 내가 지금 여기서 어떻게든 해야 하는 일이다. 내가, 직접 책임지고 해결해야 할 일이다.

과감하게 거실로 가서 불을 켰다. 실내가 밝아져도 방울소리는 멈추지 않았다. 소리는 분명 작업실 문 너머에서 들려오고 있었다. 나는 지팡이를 쥔 오른손에 단단히 힘을 주고, 발소리를 죽여 넓은 거실을 가로질러, 작업실 문손잡이에 손을 얹었다. 크게 심호흡을 한 다음 눈 딱 감고 손잡이를 돌렸다. 문이 열림과 동시에 기다리기라도 한 것처럼 방울소리가 멎었다. 깊은 침묵이 내렸다.

작업실 안은 캄캄했다. 아무것도 보이지 않는다. 왼쪽으로 손을 뻗고 벽을 더듬어 조명 스위치를 눌렀다. 천장의 펜던트 등이 켜지고 실내가 확 밝아졌다. 뭐라도 튀어나오면 곧바로 대응할 수 있도록 다리를 어깨너비로 벌리고 오른손에 지팡이를 쥔 채 문 앞에 서서 방안을 재빨리 훑어보았다. 긴장한 나머지 목이 따끔거렸다. 침도 제대로 삼킬 수 없었다.

작업실에는 아무도 없었다. 방울을 흔드는 말라비틀어진 미라의 모습은 보이지 않았다. 달라진 건 하나도 없다. 방 한복판에 이젤이 오도카니 서 있고 그 위에 캔버스가 놓여 있다. 이젤 앞에는 낡은 삼각다리 나무 스툴이 있다. 그뿐이다. 사람은 없었다. 벌레 소리 하나 들리지 않는다. 바람도 없다. 창문에는 흰 커튼이 쳐져 있고, 모든 것이 이상할 만큼 쥐죽은듯 고요했다. 지팡이를 쥔 오른손이 긴장으로 미세하게 떨리는 것이 느껴졌다. 그 탓에 지팡이 끝이 바닥에 닿아 탁탁 메마르고 불규칙한 소리를 냈다.

방울은 선반 위에 그대로 있었다. 나는 선반 앞으로 다가가 방울을 자세히 관찰했다. 손으로 들어보지는 않았지만 특별히 달라진 점은 눈에 띄지 않았다. 그날 오전에 잠깐 흔들어보고 올려놓았을 때와 똑같았다. 위치가 바뀐 흔적도 없다.

이젤 앞 둥근 스툴에 앉아 다시 한번 방안을 360도 둘러보았다. 구석구석 주의깊게. 역시 아무도 없다. 날마다 보는 낯익은 작업실 풍경이다. 캔버스의 그림도 내가 그리다 만 그대로다. 〈흰색 스바루 포레스터의 남자〉의 밑그림이다.

나는 선반 위 자명종을 보았다. 오전 두시 정각이었다. 방울소리에 잠이 깼을 때가 한시 삼십오분이니 이십오 분쯤 지난 셈이다. 그러나 그만큼 시간이 흘렀다는 느낌은 없었다. 기껏해야 오륙 분 정도일까. 시간감각이 이상해진 모양이다. 아니면 시간의 흐름이 이상해졌거나. 둘 중 하나다.

나는 하릴없이 스툴에서 일어나 작업실 불을 끄고 나와서 문을 닫았다. 닫힌 문 앞에서 잠시 귀기울였지만 방울소리는 더이상 들리지 않았다. 아무 소리도 들리지 않는다. 그저 침묵이 들릴 뿐이다. 침묵이 들린다—말장난을 하려는 게 아니다. 고립된 산속에서는 침묵에도 소리가 있다. 나는 작업실 문 앞에서 잠시 그 소리에 귀를 기울였다.

그때 문득 거실 소파 위에 뭔가 낯선 물체가 있다는 사실을 알아차렸다. 쿠션이나 인형만한 크기다. 그러나 그런 걸 거기 둔 기억은 없었다. 눈을 크게 뜨고 자세히 보니 그것은 쿠션도 인형도 아니었다. 살아 있는 조그만 인간이었다. 키는 얼추 60센티미터일 것이다. 그 작은 인간은 기묘한 흰옷을 걸치고 있었다. 그리고 연신 몸을 꼼지락거렸다. 마치 옷이 몸에 잘 맞지 않아 영 불편한 것처럼. 그 옷을 어디서 본 적 있었다. 고풍스러운 전통 의상이다. 고대 일본에서 신분이 높은 사람이 입었을 법한 옷. 옷뿐 아니라 그의 얼굴도 눈에 익었다.

기사단장이다, 나는 깨달았다.

몸이 뼛속부터 차가워졌다. 주먹만한 얼음덩어리가 등줄기를 훑고 올라오는 기분이었다. 아마다 도모히코가 〈기사단장 죽이기〉라는 그림에 그린 '기사단장'이 내 집—아니, 정확히 말하면 아마다 도모히코의 집—거실 소파에 앉아 내 얼굴을 똑바로 바라보고 있다. 작은 남자는 옷차림이고 생김새고 그림과 똑같았다. 마치 그림 속에서 고스란히 빠져나온 것처럼.

그 그림이 지금 어디 있더라? 나는 생각해내려 애썼다. 그래, 그림은 물론 지금 손님방에 있다. 누가 집에 왔다가 봐버리면 일이 번거로워질까봐 눈이 닿지 않도록 갈색 전통지에 싸서 감춰두었다. 만일 남자가 그림에서 빠져나왔다면 지금 그 그림은 과연 어떻게 되어 있을까? 화폭에서 기사단장의 모습만 사라졌을까?

하지만 그림에 그려진 인물이 현실로 빠져나오는 일이 가능한가? 물론 불가능하다. 있을 수 없는 이야기다. 그 정도는 너무 당연하다. 누가 어떻게 생각하건……

나는 그 자리에 굳어버린 채, 논리적인 생각을 잃고 머릿속이 뒤죽박죽되어, 소파에 앉아 있는 기사단장을 바라보았다. 시간이 일시적으로 걸음을 멈춘 것 같았다. 시간은 제자리에서 서성거리며 내 혼란이 가라앉기를 가만히 기다리는 듯했다. 어쨌거나 나는 그 괴이한—다른 세계에서 왔다고밖에 생각할 수 없는—인물에게서 눈을 뗄 수 없었다. 기사단장도 소파 위에서 가만히 나를 올려다보았다. 나는 아무 말도 못하고 그저 멍하니 있었다. 아마 너무 놀란 탓이리라. 그 남자에게 시선을 고정한 채 살짝 벌린 입으로 소리 없이 호흡을 이어가는 것 말고는 무엇도 할 수 없었다.

기사단장 역시 내게서 눈을 떼지 않았고, 아무 말도 하지 않았다. 입술은 일자로 다물었다. 짧은 다리를 소파 아래로 똑바로 뻗었다. 등받이에 반쯤 기대긴 했지만 머리는 등받이 맨 위까지도 닿지 않았다. 발에는 기묘하게 생긴 작은 신발을 신고 있다. 가죽으로 만든 듯한 검은색 신발이다. 뾰족한 앞코가 위로 들려 있다. 허리에는 자루에 장식이 된 장검을 찼다. 장검이라지만 그의 몸에 맞춘 크기이니 실제로는 단검에 가깝다. 하지만 얼마든지 흉기가 될 수 있을 것이다. 만약 진짜 칼이라면.

"그래, 진짜 칼일세." 기사단장이 내 마음을 읽은 것처럼 말했다. 작은 체구에 비해 제법 낭랑한 목소리였다. "작지만 베이면 틀림없이 피가 나지."

나는 여전히 침묵을 지켰다. 말이 나오지 않았다. 가장 먼저 떠오른 생각은 이 남자가 정상적으로 말을 할 줄 안다는 것이었다. 다음으로 떠오른 생각은 남자의 말투가 상당히 특이하다는 것이었다. 그것은 '보통 사람이라면 거의 쓸 일이 없을' 종류의 말투였다. 그러나 생각해보면 그림 속에서 고스란히 빠져나온 키 60센티미터의 기사단장이 애당초 '보통 사람'일 리 없다. 그러므로 그가 어떤 말투를 쓰건 놀랄 일은 아닐 터이다.

"아마다 도모히코의 〈기사단장 죽이기〉에서는 가슴에 칼을 맞고 불쌍하게 죽어가던 참이었지." 기사단장이 말했다. "제군이 잘 아는 대로일세. 하지만 지금은 상처가 없어. 보게나, 없지? 피를 철철 흘리며 돌아다니면 나도 귀찮을뿐더러 제군에게도 상당히 민폐잖은가. 카펫이며 가구가 피로 얼룩지면 곤란할 테지. 그래서 리얼리티를 일단 보류하고, 찔린 상처는 빼기로 했거든. '기사단장 죽이기'에서 '죽이기'를 뺀 게 나일세. 이름이 필요하거든 기사단장이라고 부르게나."

기사단장은 말투가 특이하다고 말주변도 없는 건 결코 아닌 듯했다. 오히려 달변인 편에 가까웠다. 하지만 나는 여전히 한마디도 할 수 없었다. 현실과 비현실이 내 안에서 아직 순조로운 타협점을 찾지 못했다.

"이제 그만 그 지팡이는 내려놓으면 어떻겠나?" 기사단장이 말했다. "제군이 지금 나와 결투를 벌일 것도 아닌데."

오른손을 내려다보았다. 아직 아마다 도모히코의 지팡이가 단단히 쥐여 있다. 나는 손에서 힘을 풀었다. 떡갈나무 지팡이가 둔탁한 소리를 내며 카펫 위를 굴러갔다.

"나는 딱히 그림 속에서 빠져나온 게 아니야." 기사단장이 또 내 마음속을 읽은 것처럼 말했다. "그 그림은—상당히 흥미로운 그림이지—지금도 그대로일세. 기사단장은 지금도 그림 속에서 확실하게 죽어가는 중이야. 가슴 한복판에서 장대하게 피를 내뿜으면서. 나는 급한 대로 그 인물의 모습을 잠깐 차용했을 뿐이네. 이렇게 제군과 마주하려면 뭐라도 모습이 필요하니까. 그래서 그 기사단장의 형체를 편의상 차용한 걸세. 그 정도는 상관없을 테지."

나는 여전히 침묵했다.

"상관이 있고 말고 할 일도 아니로군. 아마다 선생은 이미 아련하고 평화로운 세계로 옮겨가셨고, 기사단장이 상표등록이 되어 있는 것도 아니잖은가. 미키마우스나 포카혼타스로 나타났다가는 필시 월트 디즈니 사에 고액의 소송을 당할 테지만, 기사단장은 그럴 염려가 없지."

그렇게 말하고 기사단장은 어깨를 들썩이며 유쾌하게 웃었다.

"나야 미라 모습을 해도 별로 상관없었지만, 오밤중에 갑자기 미라로 보이는 게 나타나면 제군도 등골이 오싹할 것 아닌가. 바싹 마른 육포 덩어리 같은 것이 시커먼 어둠 속에서 짤랑짤랑 방울을 울리는 광경을 봤다가는 자칫 심장마비를 일으키지 않으리란 법도 없겠지."

나는 거의 반사적으로 고개를 끄덕였다. 아닌 게 아니라 미라보다는 기사단장 쪽이 훨씬 낫다. 만약 상대가 미라였다면 정말로 심장마비를 일으켰을지도 모른다. 아니, 어둠 속에서 방울을 흔드는 미키마우스나 포카혼타스도 적잖이 오싹하기는 마찬가지다. 아스카 시대 의상을 걸친 기사단장이 그나마 괜찮은 선택지일 것이다.

"당신은 영혼 같은 겁니까?" 나는 겨우 입을 열고 물었다. 앓고 난 사람처럼 딱딱하고 쉰 목소리였다.

"좋은 질문일세." 기사단장이 말했다. 그리고 희고 작은 검지를 세웠다. "아주 좋은 질문이라고, 제군. 나는 무엇이냐? 일단 지금은 기사단장이지. 기사단장 외의 그 무엇도 아니야. 물론 이건 임시로 취한 모습일세. 다음에 뭐가 되어 있을지는 몰라. 자, 그렇다면 원래의 나는 무엇이냐? 아니, 그보다 제군은 대체 무엇이지? 제군은 그렇게 제군의 모습을 취하고 있지만, 원래는 무엇인가? 갑자기 그런 질문을 받으면 제군도 꽤나 당황하지 않겠는가. 나도 마찬가지일세."

"당신은 어떤 모습이든 취할 수 있나요?" 내가 물었다.

"아니지, 그렇게 간단한 일이 아니야. 내가 취할 수 있는 모습은 자못 제한되어 있네. 어떤 모습으로든 변신할 수 있는 건 아니라고. 간단히 말해 옷장에 제한이 있다 그 말일세. 필연성이 없는 모습은 취하지 못하게 되어 있어. 이번에 내가 고를 수 있었던 건 이 땅딸보 기사단장이 한계였지. 그림 크기를 따르느라 어쩔 수 없이 키가 요만해졌고. 그나저나 이 의상은 정말이지 불편하구먼."

그는 그렇게 말하고 흰옷 속에서 몸을 꼼지락거렸다.

"그래, 좀전에 제군이 한 질문으로 되돌아가서, 나는 영혼인가? 아니, 그건 아닐세, 제군. 나는 영혼이 아닐세. 나는 그저 이데아야. 영혼이란 기본적으로 영묘하고 자유자재하지만 나는 그렇지 않네. 여러 가지 제한을 받으며 존재하지."

질문은 많았다. 아니, 많을 터였다. 그런데 어찌된 영문인지 하나도 떠오르지 않았다. 왜 단수인 나를 '제군'으로 부를까? 그러나 그건 지극히 사소한 의문에 지나지 않는다. 굳이 물어볼 것도 못 된다. 어쩌면 '이데아'의 세계에는 이인칭 단수 개념이 없는지도 모른다.

"조목조목 충실한 제한들이 있다네." 기사단장이 말했다. "이를테면 내가 형체화할 수 있는 시간은 하루 중 얼마 되지 않네. 난 괴이쩍은 심야를 좋아하니 대개 새벽 한시 반에서 두시 반 사이에 형체화하기로 해두었지. 밝은 시간에는 피로가 커지거든. 형체화하지 않은 동안에는 무형의 이데아로 여기저기서 휴식을 취하지. 천장 위의 수리부엉이처럼 말일세. 그리고 나는 초대받지 않은 곳에는 갈 수 없는 몸일세. 그런데 제군이 구덩이를 열고 방울을 가져와주었기에, 이 집에는 들어올 수 있었지."

"그 구덩이에 계속 갇혀 있었습니까?" 내가 물었다. 아까보다는 목소리가 돌아오긴 했지만 여전히 조금 잠겨 있었다.

"모르지. 나는 원래 정확한 의미의 기억이란 것이 없거든. 하지만 구덩이에 갇혀 있었다는 건 얼마간 사실일세. 분명 그곳에 있었고, 무슨 이유에선가 밖으로 나올 수 없었네. 그렇다고 딱히 부자유스러웠던 건 아닐세. 난 좁고 어두운 구덩이에 몇만 년씩 갇혀 있어도 부자유나 고통을 느끼지 않는 몸이니까. 하지만 제군이 거기서 꺼내준 것은 당연히 감사하게 생각한다네. 자유롭지 못한 것보다는 자유로운 편이 훨씬 즐거우니까. 그야 말할 필요도 없지. 아울러 그 멘시키라는 남자에게도 감사하는 바일세. 그가 애써주지 않았더라면 구덩이를 열 수 없었을 테니까."

나는 고개를 끄덕였다. "맞는 말씀입니다."

"아마 나는 부쩍 낌새 같은 것을 느꼈지 싶네. 구덩이가 열릴지도 모른다는 예감 말일세. 그리고 이렇게 생각했지. 좋아, 때가 왔다."

"그래서 얼마 전부터 한밤중에 방울을 울리기 시작했다."

"맞아. 그리고 구덩이가 활짝 열렸어. 게다가 멘시키 씨는 친절하게도 나를 만찬에 초대까지 해주었단 말이지."

나는 다시 한번 고개를 끄덕였다. 멘시키는 분명 기사단장을—그때는 미라라는 표현을 썼지만—화요일 저녁식사에 초대했다. 돈 조반니가 기사단장 조각상을 저녁식사에 초대했던 것처럼. 그는 아마 가벼운 농담으로 생각했을 테지만 이제는 농담이라고 할 수 없게 되어버렸다.

"난 음식은 일절 입에 대지 않는다네." 기사단장이 말을 이었다. "술도 마시지 않아. 어차피 소화기관도 없고 말일세. 시시하다면 시시한 이야기지. 모처럼 훌륭한 식사를 대접받을 기회인데. 하지만 초대는 정중히 받아들이지. 이데아가 누군가에게 저녁 초대를 받는 일은 그리 흔하지 않으니까."

그것이 그날 밤 기사단장이 마지막으로 한 말이었다. 말을 마친 그는 갑자기 입을 다물더니 눈을 감았다. 흡사 천천히 명상의 세계에 들어가듯이. 눈을 감은 기사단장의 얼굴은 꽤 내성적으로 보였다. 몸도 전혀 움직이지 않았다. 이윽고 기사단장의 모습이 급속도로 희미해지면서 윤곽도 점점 흐릿해졌다. 그리고 몇 초 후에는 완전히 소멸했다. 나는 반사적으로 시계를 확인했다. 오전 두시 십오분. 아마도 제한된 '형체화' 시간이 끝난 것이리라.

소파로 가서 기사단장이 앉아 있던 자리를 손으로 더듬어보았다. 아무 느낌도 없다. 따뜻하지도 않고, 팬 자국도 없다. 누가 앉았던 흔적은 전혀 남아 있지 않았다. 이데아는 체온도 무게도 없는 모양이다. 그 모습은 역시 임시적인 형상에 지나지 않는 것이다. 나는 옆자리에 앉아 깊이 숨을 들이쉬었다. 그리고 양손으로 얼굴을 문질렀다.

모든 것이 꿈속에서 일어난 일처럼 느껴졌다. 나는 그저 길고 생생한 꿈을 꾸었을 뿐이다. 아니, 지금 이 세계도 꿈의 연장이다. 나는 꿈속에 갇혀버렸다. 그런 느낌이었다. 하지만 꿈이 아니라는 사실은 잘 알았다. 이건 어쩌면 현실이 아닐지도 모른다. 그러나 꿈도 아니다. 나와 멘시키는 둘이 함께 그 기묘한 구덩이에서 기사단장을—혹은 기사단장의 모습을 한 이데아를—풀어주었다. 그리고 기사단장은 이 집에 이미 자리잡아버렸다. 천장 위의 수리부엉이처럼. 그게 무엇을 의미하는지는 나도 알 수 없다. 어떤 결과를 가져올지도 알 수 없다.

나는 일어나서 바닥에 떨어뜨렸던 아마다 도모히코의 떡갈나무 지팡이를 주워들고 거실 불을 끈 뒤 침실로 돌아갔다. 주위는 조용했다. 아무 소리도 들리지 않는다. 카디건을 벗고 잠옷 차림으로 침대에 들어가서 앞으로 어떻게 할지 생각했다. 기사단장은 화요일 멘시키의 집에 갈 작정이다. 멘시키에게 저녁 초대를 받았기 때문이다. 그곳에서 과연 무슨 일이 일어날까? 생각하면 할수록 내 머릿속은 다리 길이가 제각각인 식탁처럼 침착함을 잃어갔다.

그러나 얼마 지나지 않아 지독한 졸음이 쏟아졌다. 두뇌가 모든 기능을 동원해서 어떻게든 나를 재우려고 노력하는 것 같았다. 부조리하고 혼란스러운 현실에서 나를 억지로 떼어놓으려 한다. 그리고 나는 그 힘에 저항할 수 없었다. 이윽고 나는 잠에 빠져들었다. 잠들기 전에 문득 수리부엉이가 떠올랐다. 수리부엉이는 지금 뭘 하고 있을까?

자는 거야, 제군. 기사단장이 귓전에 속삭인 듯한 느낌이 들었다.

하지만 그건 아마 꿈의 일부였으리라.

22
초대는 아직 유효합니다

이튿날은 월요일이었다. 잠이 깼을 때 디지털시계는 6:35를 가리켰다. 침대에 앉아 몇 시간 전, 한밤의 작업실에서 일어난 일을 머릿속으로 재현해보았다. 그곳에서 울리던 방울, 미니어처 기사단장, 그와 나눈 기묘한 대화. 그 모든 게 꿈이었다고 생각하고 싶었다. 무척 길고 리얼한 꿈을 꾼 것이라고. 그뿐이라고. 실제로 밝은 아침햇살 아래서 떠올려보니 그것은 꿈속에서 일어난 일이라고밖에 생각되지 않았다. 나는 그 일의 전모를 극명하게 기억했지만, 세세한 부분을 하나씩 검증해볼수록 모든 것이 현실에서 몇 광년은 떨어진 세계의 일처럼 느껴졌다.

하지만 그냥 꿈이라고 아무리 생각하려 애를 써봐도, 나는 그것이 꿈이 아님을 알고 있었다. 이건 어쩌면 현실이 아닐지도 모른다. 그러나 꿈도 아니다. 뭔지는 모르겠지만, 아무튼 꿈은 아니다. 꿈과는 성격이 다른 어떤 것이다.

나는 침대에서 나와 아마다 도모히코의 〈기사단장 죽이기〉를 싸두었던 전통지를 벗겨내고 작업실로 가져갔다. 그리고 그 방 벽에 걸고 스툴에 앉아 오랫동안 그림을 똑바로 바라보았다. 어젯밤 기사단장의 말대로 그림에는 아무 변화도 없었다. 기사단장이 그림에서 빠져나와 이 세계에 나타난 것은 아니다. 그림 속 기사단장은 변함없이 가슴을 검에 꿰뚫려, 심장에서 피를 쏟으며 죽어가고 있었다. 눈은 허공을 노려보았고 반쯤 벌린 입이 일그러져 있다. 고통의 신음을 흘리는 중인지도 모른다. 그의 머리와 입고 있는 옷, 손에 든 장검, 기묘한 검은색 신발 모두 지난밤 이곳에 나타난 기사단장의 모습과 똑같았다. 아니, 앞뒤 순서에 맞춰 말하자면—시간순으로 말하자면—당연히 내 앞에 나타났던 기사단장이 그림 속 기사단장의 모습을 정밀하게 모방한 셈이지만.

아마다 도모히코가 일본화용 붓과 안료로 그려낸 가상의 인물이 실체를 지니고 현실(혹은 현실 비슷한 것)에 나타나서 제 의지에 따라 입체적으로 돌아다닌다는 건 분명 놀랄 일이었다. 그러나 가만히 그림을 보는 사이 점점 그것이 결코 어려운 일은 아니라는 생각이 들기 시작했다. 그만큼 아마다 도모히코의 필치가 선명한 생명력을 발한다는 뜻이리라. 현실과 비현실, 평면과 입체, 실체와 표상의 틈새가 보면 볼수록 흐릿해져갔다. 반 고흐가 그린 우편배달부가 결코 실체가 아닌데도 보면 볼수록 생생하게 살아 숨쉬는 듯 느껴지는 것과 마찬가지다. 그가 단지 검은 선 하나로 거칠게 표현한 까마귀가 정말로 하늘을 날아가는 듯 보이는 것과 마찬가지다. 〈기사단장 죽이기〉를 감상하며 나는 새삼 아마다 도모히코라는 화가의 재능과 역량에 탄복할 수밖에 없었다. 어쩌면 그 기사단장도(아니, 그 이데아도) 이 그림이 얼마나 훌륭하고 강렬한지 알아보았기에 그림 속 기사단장의 모습을 '차용'한 것이리라. 소라게가 되도록 아름답고 튼튼한 조개껍데기를 제집으로 선택하는 것처럼.

아마다 도모히코의 〈기사단장 죽이기〉를 십 분쯤 바라본 뒤, 부엌에서 커피를 내리고 라디오 정시 뉴스를 들으며 간단히 아침을 먹었다. 의미 있는 뉴스는 하나도 없었다. 아니, 지금 내게는 하루하루의 모든 뉴스가 거의 의미 없는 것들이었다. 그래도 일단 매일 아침 라디오 일곱시 뉴스를 듣는 일을 생활의 일부로 삼고 있었다. 가령 지구가 멸망을 코앞에 두고 있는데 나만 모르고 있다면 그것도 좀 곤란할 테니까.

아침을 먹고, 지구가 나름의 문제를 안고도 아직은 성실하게 회전을 계속한다는 사실을 확인한 뒤, 머그잔에 커피를 따라 들고 작업실로 돌아왔다. 창문의 커튼을 걷고 신선한 공기를 맞았다. 그리고 캔버스 앞에 서서 그림작업을 시작했다. '기사단장'의 출현이 현실이건 아니건, 멘시키 집의 저녁식사에 그가 참석하건 하지 않건, 나는 어쨌거나 해야 할 일을 묵묵히 해나가는 수밖에 없다.

의식을 집중해서 흰색 스바루 포레스터를 탄 중년남자의 모습을 눈앞에 떠올렸다. 패밀리레스토랑 테이블 위에 스바루 마크가 들어간 차 열쇠가 놓여 있고, 접시에는 토스트와 스크램블드에그와 소시지가 담겨 있다. 옆에는 케첩(빨강)과 머스터드(노랑) 용기가 있다. 나이프와 포크가 테이블에 나란히 놓여 있다. 음식에는 아직 손대지 않았다. 아침햇살이 그 모든 것을 비추었다. 내가 스쳐갈 때 남자는 구릿빛 얼굴을 들고 나를 가만히 올려다보았다.

네가 어디서 뭘 했는지 나는 다 알고 있어, 그는 내게 그렇게 고했다. 그의 무겁고 냉철한 눈빛이 내 눈에 익었다. 어딘가 다른 곳에서 본 적 있는 눈빛이었다. 하지만 그게 어디였는지, 언제였는지는 기억나지 않았다.

나는 그의 모습과 무언의 말을 그림으로 만들어갔다. 우선 빵조각을 지우개 대신 사용해 전날 목탄으로 그린 골격에서 불필요한 선을 하나씩 제거해갔다. 지울 만큼 지운 뒤 남은 검은색 선 위에 이번에는 필요한 선을 새로 그려넣었다. 그 작업에 한 시간 반쯤이 걸렸다. 그 결과 캔버스 위에 드러난 것은 다름아닌 흰색 스바루 포레스터를 탄 중년남자를 (말하자면) 미라화한 모습이었다. 살이 깎여나가고 피부가 육포처럼 말라붙어 한층 쪼그라든 모양새였다. 그 모습이 거칠고 검은 목탄의 선만으로 표현되어 있다. 물론 이건 밑그림일 뿐이다. 그러나 내 머릿속에는 뒤따라올 그림의 형태가 또렷하게 상을 맺어가고 있었다.

"제법 훌륭한걸." 기사단장이 말했다.

뒤돌아보자 정말로 기사단장이 있었다. 창가 선반에 앉아 내 쪽을 보고 있다. 등뒤로 흘러드는 아침햇살이 그 몸의 윤곽을 선명하게 비춰냈다. 여전히 고대의 흰옷을 입고, 작은 키에 걸맞은 장검을 허리에 차고 있다. 꿈이 아닌 것이다, 물론. 나는 생각했다.

"꿈 같은 게 아니지, 물론." 기사단장이 이번에도 내 생각을 읽은 것처럼 말했다. "난 오히려 각성에 가까운 존재일세."

나는 아무 말도 하지 않았다. 그저 스툴에 앉은 채 기사단장의 윤곽을 바라보기만 했다.

"간밤에 말했다시피 이렇게 환한 시각에 형체화하자면 몹시 피곤하다네." 기사단장이 말했다. "하지만 제군이 그림 그리는 모습을 한번 찬찬히 봐두고 싶었거든. 그래서 허락도 없이 아까부터 열심히 작업을 구경하고 있었네. 기분이 상하지는 않았겠지?"

역시 뭐라고 대답할 말이 없었다. 기분이 상했건 어쨌건, 살아 있는 인간이 이데아를 상대로 무슨 논리를 펼칠 수 있을까.

기사단장은 내 대답을 기다리지 않고(혹은 내 머릿속 생각을 그대로 대답으로 간주하고서) 제 할말을 이었다. "제법 잘 그린 그림이잖나. 그 남자의 본질이 조금씩 드러나는 것 같군."

"이 남자가 누군지 아십니까?" 내가 놀라서 물었다.

"물론." 기사단장이 말했다. "당연히 알다마다."

"그러면 이 사람에 대해 좀 알려주실 수 있나요? 어떤 사람인지, 하는 일은 뭔지, 지금은 뭘 하고 있는지."

"글쎄." 기사단장은 고개를 갸웃하고 심각한 표정을 지었다. 심각한 표정을 지으니 왠지 작은 도깨비처럼 보였다. 아니면 옛날 갱스터 영화에 나오는 에드워드 G. 로빈슨 같기도 했다. 어쩌면 기사단장은 정말로 에드워드 G. 로빈슨에게서 그 표정을 '차용'했는지도 모른다. 아주 가능성이 없는 일도 아니다.

"세상에는 제군이 모르는 편이 더 나은 일도 있어." 기사단장이 에드워드 G. 로빈슨 같은 표정을 지은 채 말했다.

아마다 마사히코도 지난번에 똑같은 말을 했다. **세상에는 가능하다면 모르는 편이 더 좋은 일도 있어.**

"그러니까, 제가 모르는 편이 좋은 일은 알려주지 않겠다는 거군요." 내가 말했다.

"굳이 내가 알려주지 않아도, 사실 제군은 그걸 이미 알고 있거든."

나는 잠자코 있었다.

"어쩌면 제군은 이 그림을 그림으로써 제군이 이미 잘 알고 있는 그것을 주체적으로 형체화하려는 거야. 텔로니어스 멍크를 보게나. 텔로니어스 멍크는 그 기이한 화음을 조리나 논리에 맞춰 생각해낸 것이 아니야. 그저 두 눈을 크게 뜨고 의식의 암흑 속에서 두 손으로 건져올렸을 뿐이지. 중요한 건 무無에서 무언가를 새로 만들어내는 일이 아닐세. 제군이 해야 할 일은 오히려 지금 여기 있는 것들 가운데 마땅한 것을 찾아내는 일이지."

이 남자는 텔로니어스 멍크를 아는 모양이다.

"아, 물론 에드워드 어쩌고 하는 이도 안다네." 기사단장이 내 생각에 대답하듯 말했다.

"뭐, 그건 됐고." 기사단장은 말을 이었다. "그리고 예의상 그냥 넘어갈 수 없어서 이 자리에서 밝혀두는데, 제군의 그 매력적인 여자친구 있지 않나…… 음, 왜 빨간색 미니를 타고 오는 그 유부녀 말일세. 미안하게 됐지만, 제군이 여기서 벌이는 행위를 전부 구경하고 있다네. 옷을 벗고 침대 위에서 성대하게 펼치는 행위 말일세."

나는 아무 말 하지 않고 기사단장의 얼굴을 바라보았다. 우리가 침대 위에서 성대하게 펼치는 행위…… 그녀의 표현을 빌리면 '말로 하기는 좀 그런 일'이다.

"하지만 가능하면 신경쓰지 말아주게. 미안하게 됐지만, 이데아란 원래 뭐든 봐버릴 수밖에 없어서 말이야. 대상을 선별하기란 불가능하거든. 그렇지만 정말로 신경쓸 것 없네. 내게는 섹스나 국민체조나 연통 청소나 다 거기서 거기로 보이니까. 본다고 딱히 재미있는 것도 아니고. 그저 보기만 할 뿐이야."

"그리고 이데아의 세계에는 사생활이라는 개념이 없군요?"

"물론." 기사단장은 되레 자랑스러운 듯이 말했다. "물론 그런 건 요만치도 없지. 그러니 제군만 신경쓰지 않는다면 말끔하게 해결될 일일세. 어떤가, 신경쓰지 말아줄 수 있겠나?"

나는 또 가볍게 고개를 저었다. 과연 어떨까? 누군가가 처음부터 끝까지 고스란히 지켜본다는 걸 알면서도 성행위에 집중할 수 있을까? 건전한 성욕을 불러일으키는 게 가능할까?

"한 가지 질문이 있습니다." 내가 말했다.

"내가 대답할 수 있는 것이라면." 기사단장이 말했다.

"내일 화요일, 멘시키 씨에게 저녁 초대를 받았어요. 당신도 그 자리에 초대받았고요. 그때 멘시키 씨는 미라를 초대한다는 표현을 썼지만, 실질적으로는 물론 당신을 말하는 거였죠. 그때는 아직 당신이 기사단장이라는 형체를 지니지 않았으니까요."

"그건 상관없네. 마음만 먹으면 지금 당장이라도 미라가 될 수 있어."

"아뇨, 그냥 계세요." 나는 당황해서 말했다. "가능하면 지금 이대로가 좋겠습니다."

“난 제군과 함께 멘시키 군 집에 갈 걸세. 제군에게는 내 모습이 보이지만 멘시키 군의 눈에는 보이지 않지. 그러니 미라건 기사단장이건 관계없겠지만, 그래도 제군이 해줘야 할 일이 하나 있어.”

“그게 뭔가요?”

“제군은 멘시키 군에게 전화를 걸어서 화요일 저녁 초대가 아직 유효한지 확인해줘야 해. 그리고 ‘그날 저와 동행할 이가 미라가 아니고 기사단장인데, 그래도 상관없습니까?’라고 한마디 일러주게나. 전에 말한 것처럼 나는 초대받지 않은 곳에는 발을 들일 수 없거든. 상대가 어떤 식으로든 ‘네, 그러십시오’라고 승낙해줘야 한다네. 대신 일단 초대를 받으면 그때부터는 언제든 마음대로 들락거릴 수 있어. 이 집의 경우는 저기 있는 방울이 초대장 역할을 해주었지.”

“알겠습니다.” 나는 말했다. 뭐가 어찌됐건 미라 모습이 돼버리면 곤란하다. “멘시키 씨에게 전화해서 초대가 아직 유효한지 확인하고, 게스트 이름을 미라에서 기사단장으로 바꿔달라고 말하죠.”

“그래주면 매우 고맙겠네. 아무튼 만찬 초대는 생각도 못했던 일이라서 말일세.”

“질문이 하나 더 있는데요.” 내가 말했다. “당신은 원래 즉신불이 아니었나요? 다시 말해, 스스로 땅속으로 들어가 식음을 전

폐하고 염불을 외우면서 입정한 승려가 아니었습니까? 그 구덩이 속에서 목숨이 다해 미라가 되어서도 계속 방울을 울렸던 건 아닌가요?"

"흐음." 기사단장이 고개를 갸웃했다. "그것만은 나도 모른다네. 어느 순간 순수한 이데아가 되어 있었어. 그전에는 뭐였는지, 어디서 뭘 했는지, 지금 시점과 이어지는 기억은 전혀 없어."

기사단장은 잠시 말없이 허공을 응시했다.

"어쨌거나 이제 슬슬 사라져야겠군." 기사단장이 조금 쉰 목소리로 조용히 말했다. "형체화 시간이 거의 끝나가거든. 오전은 나를 위한 시간이 아니야. 암흑이 나의 친구고, 진공이 나의 숨결이지. 그러니 이만 실례하겠네. 자, 그럼 멘시키 군에게 연락 잘 부탁함세."

기사단장은 명상에 잠기듯이 눈을 감았다. 입술을 일자로 다물고 양손을 깍지 낀 채로 서서히 흐려지며 사라져갔다. 지난밤과 조금도 다르지 않게. 그의 몸은 덧없는 연기처럼 소리 없이 허공으로 지워졌다. 그리고 밝은 아침햇살 속에는 나와 미완성의 캔버스만 남았다. 흰색 스바루 포레스터를 탄 남자의 시커먼 골격이 캔버스 속에서 나를 가만히 노려보았다.

네가 어디서 뭘 했는지 나는 다 알고 있어, 그가 내게 말했다.

점심때가 지나 멘시키에게 전화를 걸었다. 생각해보니 내가 멘시키에게 전화를 걸기는 처음이었다. 늘 멘시키 쪽에서 먼저 전화해왔다. 신호가 여섯 번 갔을 때 그가 수화기를 들었다.

"잘됐군요." 그가 말했다. "안 그래도 전화하려던 참이었습니다. 일하시는 데 방해가 될까봐 오후가 되기를 기다리고 있었지요. 보통 오전중에 일을 하신다고 들어서 말입니다."

오늘 일은 조금 전에 끝냈다고 나는 말했다.

"잘돼가십니까?" 멘시키가 말했다.

"네, 새 그림을 시작했습니다. 아직 얼마 안 됐지만요."

"멋집니다. 정말 다행이군요. 그나저나 그려주신 제 초상화는 표구하지 않고 저희 집 서재 벽에 걸어두었습니다. 그 상태로 물감을 말리고 있죠. 지금 이대로도 충분히 훌륭합니다만."

"그래서, 내일 약속 말인데요." 내가 말했다.

"내일 저녁 여섯시에 댁 현관으로 차를 보내겠습니다." 그가 말했다. "귀가 때도 그 차로 모실 겁니다. 우리 둘뿐이니 복장이나 선물 같은 건 신경쓰지 마십시오. 편하게 빈손으로 오시면 됩니다."

"실은 한 가지 확인해두고 싶은 게 있습니다."

"무슨 일인가요?"

나는 말했다. "지난번에, 그 저녁식사 자리에 미라가 동석해도 된다고 말씀하셨지요?"

"네, 분명히 그렇게 말씀드렸지요. 기억합니다."

"그 초대는 아직 유효한가요?"

멘시키는 잠깐 생각한 뒤 재미있다는 듯이 가볍게 웃었다. "물론입니다. 두말할 순 없지요. 당연히 초대는 아직 유효합니다."

"사정이 생겨서 마리는 못 갈 것 같고 대신 기사단장이 가고 싶다고 하거든요. 기사단장을 초대해주셔도 괜찮겠습니까?"

"물론입니다." 멘시키는 주저 없이 말했다. "돈 조반니가 기사단장의 조각상을 저녁식사에 초대한 것처럼, 저도 기꺼이 기사단장을 저희 집 저녁식사에 초대하지요. 단, 저는 오페라 속 돈 조반니 씨와 달리 지옥으로 끌려갈 만큼 나쁜 짓은 하나도 저지르지 않았습니다. 적어도 제 생각에는 그렇습니다. 설마 저녁식사 후에 그대로 지옥으로 끌려간다거나 하는 일은 없겠지요?"

"그런 일은 없을 겁니다." 대답은 그렇게 했지만 솔직히 아주 확신하는 건 아니었다. 앞으로 대체 무슨 일이 일어날지 이제는 나도 예측할 수 없었다.

"그렇다면 됐습니다. 저는 아직 지옥에 떨어질 준비가 되지 않았으니까요." 멘시키가 유쾌하게 말했다. 그는—당연한 이야기지만—모든 것을 센스 있는 농담으로 받아들이고 있었다. "그나저나 한 가지 여쭙고 싶은데, 오페라 〈돈 조반니〉의 기사단장은 죽은 자인지라 이승의 식사를 못했습니다만, 그 기사단장은 어떤가요? 식사 준비를 해두는 편이 좋을까요? 아니면 역시 현세의 식사는 입에 대지 않을지요."

"기사단장 몫의 식사를 준비하실 필요는 없어요. 음식도 술도 일절 입에 대지 않으니까요. 그냥 한 사람의 자리를 더 마련해주시는 것으로 충분합니다."

"어디까지나 스피리추얼한 존재인 거군요?"

"아마 그럴 겁니다." 이데아와 스피릿은 성격이 좀 다르지 않나 싶었지만 그 이상 이야기를 끌고 싶진 않아서 나는 딱히 이의를 제기하지 않았다.

멘시키가 말했다. "알겠습니다. 기사단장 자리는 잊지 않고 준비해두지요. 그 유명한 기사단장을 저희 집 저녁식사에 모실 수 있다니 생각지도 못한 기쁨입니다. 다만 식사를 같이 할 수 없다는 게 유감이군요. 좋은 와인도 준비했는데."

나는 멘시키에게 고맙다고 말했다.

"그럼 내일 뵙지요." 멘시키는 그렇게 말하고 전화를 끊었다.

그날 밤은 방울이 울리지 않았다. 아마 밝은 대낮에 형체화한 탓에 (그리고 둘 이상의 질문에 대답한 탓에) 기사단장도 피곤했던 것이리라. 아니면 더이상 나를 작업실로 불러낼 필요를 느끼지 못했는지도 모른다. 어쨌거나 나는 꿈 한 도막 꾸지 않고 아침까지 푹 잤다.

이튿날 아침, 작업실에서 그림을 그리는 동안에도 기사단장은 모습을 보이지 않았다. 덕분에 나는 두 시간 가까이 아무것도 생각하지 않고, 거의 모든 것을 잊고 캔버스에 집중할 수 있었다. 그날 가장 먼저 한 작업은 물감을 덧발라 밑그림을 지워나가는 일이었다. 토스트에 버터를 두껍게 바르는 것과 비슷한 요령이다.

우선 짙은 빨강, 날카로운 에지를 지닌 초록, 납빛을 머금은 검정을 썼다. 모두 그 남자가 원하는 색이었다. 알맞은 색을 만들어내기까지 상당한 시간이 걸렸다. 작업 내내 모차르트의 〈돈 조반니〉 레코드를 틀어두었다. 음악을 듣고 있자니 당장이라도 등뒤에 기사단장이 나타날 것만 같은 기분이었지만 그는 끝내 나타나지 않았다.

그날(화요일) 기사단장은 천장 위의 수리부엉이처럼 아침부터 줄곧 깊은 침묵을 고수했다. 그러나 나는 특별히 신경쓰지 않았다. 살아 있는 인간이 이데아를 걱정한들 무슨 소용인가. 이데아에게는 이데아의 방식이 있다. 그리고 내게는 나의 생활이 있다. 나는 〈흰색 스바루 포레스터의 남자〉 초상을 완성하는 데 의식을 집중했다. 작업실에서든 아니든, 캔버스 앞에서든 아니든, 그 그림의 이미지가 한시도 뇌리를 떠나지 않았다.

라디오 일기예보에 따르면 간토 및 도카이 지방에는 오늘밤 늦게 폭우가 내린다고 했다. 날씨는 서쪽부터 천천히, 그러나 확실하게 궂어지고 있었다. 규슈 남부에선 호우로 강이 범람했고, 저지대에 사는 사람들에게 피난 권고가 내려왔다. 고지대에 사는 사람들은 산사태 위험 통보를 받았다.

폭우 내리는 밤의 저녁식사라. 나는 속으로 읊조렸다.

그리고 잡목림 속의 어두운 구덩이를 떠올렸다. 멘시키와 내가 무거운 돌무덤을 치워내고 햇빛 아래 훤히 드러낸 그 기묘한 석실도. 그 시커먼 구덩이 속에 홀로 앉아 나무 덮개를 때리는 빗소리를 듣는 광경을 상상했다. 나는 구덩이에 갇혀 밖으로 나오지 못한다. 사다리도 없고, 머리 위는 무거운 덮개로 꽉 막혀 있다. 지상의 사람들은 내가 그곳에 남겨졌다는 사실을 까맣게 잊어버린 듯했다. 혹은 내가 이미 죽었다고 생각하는지도 모른다. 그러나 나는 아직 살아 있다. 고독하기는 해도 아직 숨을 쉬고 있다. 내 귀에 들리는 것은 빗소리뿐이다. 빛은 어디에도 보이지 않는다. 한줄기도 들어오지 않는다. 등을 기댄 돌벽은 차갑고 습하다. 시각은 한밤중이다. 곧이어 무수한 벌레가 기어나올지도 모른다.

그런 광경을 머릿속에 그리자 점점 숨쉬기가 힘들어졌다. 나는 테라스로 나가 난간에 기대어 신선한 공기를 코로 천천히 들이켰다가 입으로 뱉었다. 여느 때처럼 횟수를 헤아리며 규칙적으로 반복했다. 한동안 계속했더니 겨우 호흡이 정상으로 돌아왔다. 해질녘 하늘은 묵직한 납빛 구름으로 덮여 있었다. 비가 다가오는 것이다.

골짜기 맞은편으로 멘시키가 사는 하얀 저택이 희미하게 비쳤다. 오늘밤 저곳에서 저녁식사를 한다. 새삼 그 생각을 했다. 멘시키와 나, 그 유명한 기사단장 셋이서 식탁에 둘러앉는 것이다.

진짜 피야, 기사단장이 귓전에서 속삭였다.

23

전부 이 세상에 진짜로 있어

내가 열세 살, 동생이 열 살이던 해 여름방학에 단둘이 야마나시로 여행을 갔다. 야마나시의 대학교 연구소에서 일하는 외삼촌 집에 놀러간 것이다. 어른 없이 가는 첫 여행이었다. 그 무렵에는 동생의 건강이 비교적 괜찮아서 부모님도 우리끼리 가는 것을 허락해주었다.

외삼촌은 젊고 독신으로(지금도 독신이다) 당시 막 서른이 된 참이었다. 유전자 연구를 했는데(지금도 하고 있다), 과묵하고 세상일에 조금은 초연한 구석이 있지만 뒤끝 없는 깔끔한 성격이었다. 열렬한 독서가이고 삼라만상 모르는 게 없었다. 등산을 무엇보다 좋아했고, 그래서 직장도 야마나시에 구했다. 우리 둘 다 그 삼촌을 꽤 좋아했다.

동생과 나는 배낭을 메고 신주쿠 역에서 마쓰모토행 급행열차를 타서 고후에서 내렸다. 삼촌이 고후 역까지 마중을 나왔다. 삼촌은 키가 몹시 커서 혼잡한 인파 속에서도 곧바로 알아볼 수 있었다. 삼촌은 친구와 함께 고후 시내에 작은 집을 빌려서 살고 있었는데, 마침 그 친구가 해외로 나간 덕에 우리끼리 방 하나를 쓸 수 있었다. 우리는 그 집에 일주일 머물렀다. 그리고 날마다 삼촌과 근처 산을 돌아다녔다. 삼촌은 갖가지 꽃과 벌레의 이름을 가르쳐주었다. 우리에게 그 여행은 여름 한철의 근사한 추억으로 남았다.

어느 날, 내친김에 조금 멀리 나아가 후지산의 풍혈*까지 가보았다. 후지산 주위의 많은 풍혈 중에서도 꽤 규모가 큰 곳이었다. 삼촌은 그 풍혈에 대해서도 많은 것을 알려주었다. 현무암 동굴이라 메아리가 거의 울리지 않는다는 것. 여름에도 기온이 올라가지 않아 옛날 사람들은 겨우내 잘라낸 얼음을 동굴 속에 보존했다는 것. 일반적으로 사람이 들고 날 수 있는 크기의 구멍을 '풍혈', 들고 날 수 없는 작은 구멍을 '바람구멍'으로 구별한다는 것. 정말이지 뭐든 모르는 게 없는 사람이었다.

그 풍혈은 입장료를 내고 안으로 들어가볼 수도 있었다. 삼촌은 들어가지 않았다. 전에 몇 번 와본데다 삼촌에게는 동굴 천

---

* 용암이 흐르던 곳에 생긴 자연 동굴.

장이 너무 낮아서 금세 허리가 아픈 모양이었다. 특별히 위험한 곳은 없으니까 너희끼리 다녀와, 나는 입구 쪽에서 책 읽으면서 기다릴게, 라고 삼촌은 말했다. 우리는 입구에서 직원에게 회중전등을 하나씩 건네받고 노란색 플라스틱 헬멧을 썼다. 동굴 천장에 전등이 달려 있지만 영 어두침침했다. 안으로 들어갈수록 천장이 낮아졌다. 키가 큰 삼촌이 들어오기를 꺼린 것도 이해가 갔다.

나와 동생은 회중전등으로 발밑을 비추며 안으로 들어갔다. 한여름인데도 공기가 싸늘했다. 바깥 기온이 섭씨 32도는 되었는데 동굴 속은 10도가 채 되지 않았다. 우리는 삼촌의 충고에 따라 가져온 두툼한 윈드브레이커를 입고 있었다. 동생은 내 손을 꼭 잡고 있었다. 내가 보호해주기를 바라는 건지, 혹은 거꾸로 나를 보호하려는 건지 알 수 없었지만(그저 서로 떨어지면 안 된다고 생각했을 뿐인지도 모른다) 동굴에 있는 내내 그 작고 따뜻한 손은 내 손안에 있었다. 다른 관람객은 중년부부 한 쌍뿐이었다. 그러나 그들도 곧 나가버려서 우리 둘만 남았다.

동생의 이름은 고미치였는데, 가족은 다들 '고미'라고 불렀다. 친구들은 '미치'나 '미짱'이라고 불렀다. '고미치'라고 정식 이름을 불러주는 사람은 내가 아는 한 아무도 없었다. 몸집이 작고 마른 편이었다. 검은 생머리를 목덜미까지 오도록 단정하게 잘랐다. 얼굴에 비해 눈이 유난히 컸고(특히 눈동자가 컸다), 그래서 꼭 작은 요정처럼 보였다. 그날은 흰색 티셔츠에 엷은 톤의 청바지, 분홍색 운동화를 신고 있었다.

한동안 동굴 속을 나아가는데 동생이 통행로에서 조금 떨어진 곳에 뚫린 작은 횡혈을 발견했다. 바위틈에 숨은 것처럼 들어앉아 입을 벌린 구멍이었다. 동생은 구멍의 생김새가 아주 흥미로웠던 모양이다. "저거, 꼭 앨리스의 굴 같지 않아?"라고 동생이 말했다.

그애는 루이스 캐럴의 『이상한 나라의 앨리스』의 열성팬이었다. 내가 동생에게 그 책을 몇 번이나 읽어주었는지 모른다. 최소한 백 번은 넘을 것이다. 물론 그애는 일찍부터 글자를 익혔지만 내가 소리내어 그 책을 읽어주는 것을 좋아했다. 줄거리를 다 꿰고 있을 텐데도 그 이야기는 매번 동생의 가슴을 술렁거리게 했다. 그애가 특히 좋아한 대목은 「바닷가재의 카드리유」였다. 나는 지금도 그 부분을 고스란히 외우고 있다.

"토끼는 없는 것 같은데." 내가 말했다.

"좀 보고 올게." 그애가 말했다.

"조심해야 돼." 나는 말했다.

정말로 좁고 작은 구멍이었지만(삼촌의 정의에 따르면 '바람구멍'에 가깝다) 몸집이 작은 동생은 쉽사리 들어갈 수 있었다. 상반신을 밀어넣고 무릎 아래쪽만 바깥에 남긴 채 회중전등으로 안쪽을 비춰보는 듯했다. 그러고는 천천히 물러나 구멍에서 나왔다.

"구멍이 굉장히 깊어." 동생이 알려주었다. "저 아래까지 이어져 있어. 앨리스의 토끼 굴처럼. 안쪽도 한번 보고 싶은데."

"그건 안 돼. 너무 위험해." 내가 말했다.

"괜찮아. 난 작으니까 문제없이 빠져나올 수 있어."

그애는 그렇게 말하더니 윈드브레이커와 헬멧을 벗어 내게 내밀었다. 그러고는 내가 말릴 새도 없이 흰색 티셔츠 바람에 회중전등만 쥐고 구멍 속으로 기어들어갔다. 그 모습은 순식간에 사라져버렸다.

한참 지나도 동생은 구멍에서 나오지 않았다. 아무 소리도 들리지 않았다.

"고미." 나는 구멍에 대고 불렀다. "고미, 괜찮니?"

그러나 대답이 없었다. 내 목소리는 메아리도 없이 곧장 어둠 속에 삼켜졌다. 점점 불안해졌다. 그애는 좁은 구멍에 끼여 옴짝달싹 못하고 있는지도 모른다. 혹은 구멍 속에서 무슨 발작이라도 일으켜 정신을 잃었는지 모른다. 만일 그렇다 해도 나는 그애를 구해줄 수 없다. 여러 가지 불행한 가능성이 머릿속을 오갔다. 주위의 어둠이 서서히 죄어들었다.

혹시 이대로 그애가 사라져버린다면, 다시는 지상으로 돌아오지 않는다면, 나는 부모님께 뭐라고 말해야 할까? 입구에서 기다리는 삼촌을 부르러 가야 할까? 아니면 그냥 이대로 그애가 나오기를 기다리는 수밖에 없을까? 나는 웅크리고 앉아 작은 구멍 속을 들여다보았다. 그러나 회중전등 빛은 안쪽까지 닿지 않았다. 구멍은 몹시 작고, 그 안의 어둠은 압도적이었다.

"고미!" 나는 다시 한번 불렀다. 대답이 없다. "고미!" 더 큰 소리로 불렀다. 역시 대답이 없다. 뼛속까지 얼어붙을 듯한 한기가 느껴졌다. 나는 이렇게 영원히 동생을 잃어버릴지도 모른다. 그애는 앨리스의 굴로 빨려들어가 그대로 사라져버렸는지도 모른다. 가짜 바다거북과 체셔 고양이와 하트의 여왕이 있는 세계로. 현실세계의 논리가 전혀 통하지 않는 곳으로. 뭐가 어찌됐건 우리는 처음부터 이런 곳에 와서는 안 되었다.

하지만 동생은 얼마 안 가 돌아왔다. 아까 들어갔던 대로 뒤로 물러나며 나온 것이 아니라 머리부터 나왔다. 먼저 검은 머리가 나타나고, 뒤이어 어깨와 팔이 나왔다. 허리가 나오고, 마지막으로 분홍색 운동화가 나왔다. 그애는 말없이 내 앞에 서서 몸을 똑바로 펴고 천천히 심호흡을 한 뒤 바지에 묻은 흙을 털었다.

내 심장은 아직 크게 날뛰고 있었다. 손을 뻗어 그애의 헝클어진 머리를 매만져주었다. 동굴의 빈약한 불빛으로는 잘 보이지 않았지만 흰색 티셔츠에 흙과 먼지, 그밖에 여러 가지가 묻어 있는 것 같았다. 나는 윈드브레이커를 입혀주고 맡아두었던 노란색 헬멧을 건넸다.

"안 오는 줄 알았잖아." 내가 그애의 몸을 쓰다듬으며 말했다.

"걱정했어?"

"엄청."

그애는 다시 내 손을 꼭 잡았다. 그러고는 흥분한 목소리로 말했다.

"좁은 굴을 간신히 통과해서 들어갔더니 안쪽이 확 낮아졌어. 거기서 더 내려가면 작은 방 같은 게 나와. 그리고, 거기는 공처럼 동그랗게 생겼어. 천장도 동그랗고 벽도 동그랗고 바닥도 동그래. 그리고 정말정말 조용해. 이렇게 조용한 곳은 온 세상 어디를 찾아봐도 또 없을 것 같은 정도로. 꼭 깊고 깊은 바다 밑바닥을 뚫고 한참을 더 내려간 것 같았어. 회중전등을 끄면 완전히 깜깜해지는데, 무섭지도 않고 쓸쓸하지도 않아. 또 그 방은 있지, 나 혼자만 들어갈 수 있는 특별한 장소야. 거기는 나를 위한 방이야. 아무도 올 수 없어. 오빠도 못 들어와."

"난 너무 크니까."

동생은 힘주어 고개를 끄덕였다. "응, 오빠는 그 구멍에 들어가기에는 너무 커. 그리고 있지, 제일 굉장한 건, 거기가 더이상 깜깜할 수 없을 만큼 완전히 깜깜하다는 거야. 빛이 없어지면 어둠을 손으로 잡을 수 있을 만큼 깜깜해. 그리고 그 어둠 속에 혼자 있으면, 내 몸이 점점 풀어져서 사라지는 기분이야. 하지만 깜깜하니까 내 눈에는 안 보여. 몸이 아직 남아 있는지 벌써 없어졌는지도 알 수 없어. 그래도 말이야, 만약 내 몸이 전부 없어졌다고 해도 나는 분명히 거기 남아 있는 거야. 체셔 고양이가 사라져도 웃음은 남는 것처럼. 엄청 이상한 얘기지? 하지만 거기 있으면 전혀 이상하지 않아. 언제까지라도 거기 있고 싶었는데 오빠가 걱정할 것 같아서 나온 거야."

"그만 가자." 내가 말했다. 그애가 흥분 상태로 끝도 없이 말을 이어갈 기세라 적당히 제동을 걸어야 했다. "여기 있으니 숨이 잘 안 쉬어지는 것 같아."

"괜찮아?" 그애가 걱정스럽게 물었다.

"괜찮아. 그냥 밖에 나가고 싶어졌을 뿐이야."

우리는 손을 잡고 출구로 향했다.

"있지, 오빠." 그애가 걸어가며 작은 목소리로—다른 사람에게 들리지 않도록(어차피 다른 사람은 아무도 없었지만)—말했다. "그거 알아? 앨리스는 정말로 있어. 거짓말이 아니라 진짜로. 3월 토끼도, 바다코끼리도, 체셔 고양이도, 트럼프 병사들도, 전부 이 세상에 진짜로 있어."

"그럴지도 모르지." 내가 말했다.

그리고 우리는 풍혈에서 나와 밝은 현실세계로 돌아왔다. 엷게 구름이 낀 오후였지만 그래도 햇빛이 몹시 눈부시게 느껴졌던 기억이 난다. 매미 울음이 스콜처럼 요란하게 쏟아졌다. 삼촌은 입구 근처 벤치에 앉아 혼자서 열심히 책을 읽고 있었다. 우리를 발견하자 싱긋 웃으면서 일어났다.

그로부터 이 년 후 동생은 죽었다. 그리고 작은 관에 들어가 화장됐다. 그때 나는 열다섯 살, 그애는 열두 살이었다. 그애가 화장되는 사이 나는 사람들과 떨어져 혼자 화장장 안마당 벤치에 앉아 그 풍혈에서 있었던 일을 떠올렸다. 작은 구멍 앞에서 동생이 나오기를 기다리던 시간의 무게, 그때 나를 감싸고 있던 짙은 어둠, 뼛속까지 얼어붙던 한기를. 구멍에서 제일 먼저 그애의 검은 머리가 나타나고, 뒤이어 어깨가 천천히 나오던 모습을. 그애의 흰색 티셔츠에 묻어 있던 정체 모를 여러 가지를.

동생은 병원에서 정식으로 사망 선고를 받기 이 년 전, 그 풍혈 속에서 이미 목숨을 빼앗기고 말았던 것은 아닐까—그때 나는 그런 생각이 들었다. 아니, 거의 그렇게 확신했다. 나는 구멍 속에서 잃어버려 이미 이 세상을 떠난 그애를 살아 있다고 착각하고서 전철에 태워 도쿄로 데려왔던 것이다. 손을 꼭 잡은 채. 그리고 그후로도 이 년간 오빠 동생으로 함께 지냈다. 그러나 그것은 덧없는 유예기간에 지나지 않았다. 이 년 후, 죽음은 그 횡혈에서 기어나와 동생의 영혼을 거두러 왔다. 정해진 변제기한이 닥쳐 빚을 받아내러 온 사람처럼.

어쨌거나 그 풍혈 속에서 그애가 작은 목소리로, 마치 비밀을 털어놓듯이 꺼냈던 말은 진실이었다고 나는—이렇게 서른여섯 살이 된 나는—지금 새삼스럽게 생각했다. 이 세상에는 정말로 앨리스가 존재한다. 3월 토끼도, 바다코끼리도, 체셔 고양이도 실제로 실재한다. 그리고 물론 기사단장도.

일기예보는 빗나갔고 결국 폭우는 오지 않았다. 가랑비가 다섯시쯤부터 보일락 말락 내리기 시작해 그대로 이튿날 아침까지 이어졌을 뿐이다. 오후 여섯시 정각에 짙게 선팅한 대형 세단이 조용히 비탈길을 올라왔다. 영구차가 연상되었지만 물론 영구차는 아니고, 멘시키가 나를 위해 보내준 리무진이었다. 차종은 닛산 인피니티였다. 검은색 유니폼에 모자를 쓴 운전기사가 차에서 내리더니 우산을 들고 걸어와 현관 초인종을 눌렀다. 내가 문을 열자 그는 모자를 벗어 들고 내 이름을 확인했다. 나는 밖으로 나가 차에 올라탔다. 우산은 사양했다. 우산을 쓸 정도의 비는 아니다. 운전기사가 직접 뒷좌석 문을 열고 다시 닫아주었다. 문은 중후한 소리를 내며 닫혔다(멘시키의 재규어와는 울림이 좀 달랐다). 나는 얇은 검은색 라운드넥 스웨터 위에 회색 헤링본 재킷을 걸치고, 진회색 모직 바지에 검은색 스웨이드 구두를 신었다. 내가 가진 옷들 중에서 최대한 격식을 차린 복장이었다. 적어도 물감은 묻어 있지 않다.

차가 올 때까지도 기사단장은 모습을 보이지 않았다. 목소리도 들리지 않았다. 따라서 그가 오늘 멘시키의 초대를 잘 기억하고 있는지 나로서는 확인할 방법이 없었다. 어쨌거나 기억은 하고 있을 것이다. 그렇게 기대했는데 잊어버릴 리 없다.

하지만 걱정할 필요는 전혀 없었다. 차가 출발하고 잠시 후, 기사단장이 서늘한 얼굴로 내 옆에 앉아 있는 것을 퍼뜩 알아차린 것이다. 여느 때처럼 흰옷(세탁소에서 막 찾아온 것처럼 얼룩 하나 없다)을 입고, 여느 때처럼 보석이 박힌 장검을 차고. 키도 여느 때처럼 60센티미터쯤이다. 인피니티의 검은색 가죽시트 위에 있으니 한결 새하얗고 청결해 보였다. 그는 팔짱을 끼고 앞쪽을 똑바로 노려보았다.

"절대 나에게 말을 걸지 말도록." 기사단장이 못박듯이 말했다. "제군에게는 내 모습이 보이지만 다른 사람에게는 보이지 않아. 제군에게는 내 목소리가 들리지만 다른 사람에게는 들리지 않아. 괜히 허공에 대고 말해봐야 제군만 영락없이 이상한 사람이 되지. 알겠는가? 알았으면 고개를 한 번만 살짝 끄덕이게."

나는 고개를 한 번 살짝 끄덕였다. 기사단장도 대답처럼 고개를 살짝 끄덕이더니 그대로 팔짱을 낀 채 한마디도 하지 않았다.

일대는 완전히 어두워져 있었다. 까마귀들도 산속 둥지로 돌아갔는지 보이지 않는다. 인피니티는 천천히 골짜기의 비탈길을 내려가다가 경사가 급한 오르막으로 접어들었다. 그다지 먼 거리는 아니지만(어차피 좁은 골짜기 하나를 건너가면 그만이니까) 길이 상당히 좁고 구불구불했다. 대형 세단 운전기사가 쾌적함을 느낄 만한 도로는 아니다. 사륜구동 군용차에나 어울릴 법한 길이다. 그러나 운전기사는 얼굴색 하나 바꾸지 않고 쿨하게 핸들을 잡았고, 차는 무사히 멘시키의 저택 앞에 도착했다.

저택은 높은 흰색 담에 둘러싸여 있고 정면에 매우 육중해 보이는 문이 있었다. 짙은 밤색으로 칠한, 커다란 나무 쌍바라지문이다. 꼭 구로사와 아키라의 영화에 나오는 중세 성문처럼 보인다. 화살이 몇 촉쯤 꽂혀 있어도 어울릴 것 같다. 저택 내부는 문 밖에서 전혀 보이지 않았다. 문 옆에 번지수를 알리는 표찰이 달려 있지만 집주인의 이름을 적은 문패는 없다. 아마 문패를 걸 필요도 없으리라. 여기까지 산을 올라올 사람이라면 이곳이 멘시키의 집이란 것쯤은 진즉 알고 있을 테니까. 수은등이 문 주위를 밝게 비추고 있었다. 운전기사가 차에서 내려 초인종을 누르고, 인터폰으로 짧은 대화를 주고받았다. 그러고는 운전석으로 돌아와 원격장치로 문이 열리기를 기다렸다. 문 양쪽에 이동식 감시카메라 두 대가 설치되어 있었다.

이윽고 쌍바라지문이 천천히 안쪽으로 열렸다. 차는 구불구불한 내부 도로를 한동안 나아갔다. 완만한 내리막길이었다. 뒤에서 문이 닫혔다. 이제 원래 세상으로는 돌아가지 못해, 라고 말하듯이 묵직한 소리를 내면서. 길 양쪽으로 소나무가 줄지어 있었다. 손질이 잘된 소나무다. 가지는 분재처럼 아름답게 다듬어졌고, 병충해를 막는 처치도 꼼꼼하게 되어 있다. 좀더 나아가자 양쪽으로 단정한 철쭉 산울타리가 이어졌다. 철쭉 너머로 야생 머위도 보였다. 동백을 한데 모아 심어둔 곳도 있었다. 건물은 새것이지만 수목은 대개 예전부터 있던 것인 듯했다. 그 모두를 정원등이 아름답게 비추고 있었다.

아스팔트가 깔린 원형 주차장이 나오면서 길이 끝났다. 운전기사가 차를 세우고 재빨리 내려 뒷좌석 문을 열어주었다. 옆을 보니 기사단장은 이미 사라지고 없었다. 딱히 놀라거나 걱정하지는 않았다. 그에게는 그 나름의 행동 양식이 있는 것이다.

인피니티의 후미등이 예의바르게 소리 없이 어둠 속으로 멀어지고 나는 혼자 남았다. 정면에서 바라보니 집은 예상보다 훨씬 아담하고 수수했다. 골짜기 맞은편에서 볼 때는 자못 위압적이고 화려한 건축물이었는데. 아마 보는 각도에 따라 인상도 달라지는 것이리라. 산의 가장 높은 곳에 문을 두고 거기서부터 사면을 내려가는 식으로 토지의 경사를 십분 이용해 지은 집이었다.

현관 앞에 신사의 고마이누* 비슷한 오래된 석상이 좌우대칭으로 놓여 있었다. 받침대도 있다. 어쩌면 어느 신사에서 진짜 고마이누를 가져왔는지도 모를 일이다. 현관 앞에도 철쭉이 있었다. 아마 5월이면 일대에 진분홍빛 꽃이 만발할 것이다.

천천히 걸어서 현관으로 다가가자 안쪽에서 문이 열리고 멘시

* 일본의 신사 앞에 두는 개 혹은 사자 형태의 석상. 성스러운 영역을 보호하는 의미를 지닌다.

키가 얼굴을 내밀었다. 멘시키는 흰색 버튼다운 셔츠 위에 진녹색 카디건을 걸치고 크림색 치노바지를 입고 있었다. 풍성한 백발을 여느 때처럼 깔끔하고 자연스럽게 다듬었다. 제집에서 나를 맞는 멘시키를 마주하니 왠지 모르게 어색한 기분이었다. 내가 지금까지 보아온 멘시키는 늘 재규어 엔진음을 울리며 나를 찾아오던 모습이었으니까.

그는 나를 집안으로 들이고 현관문을 닫았다. 현관은 거의 정사각형에, 널찍하고 천장이 높았다. 스쿼시코트도 세울 수 있을 것 같았다. 벽에 달린 간접조명이 거슬리지 않을 만큼 빛을 발하고, 쪽매붙임 세공이 된 중앙의 커다란 팔각형 테이블에는 명나라 시대 물건으로 보이는 큰 화병 가득히 싱싱한 생화가 꽂혀 있었다. 세 가지 색깔의 활짝 핀 꽃송이(나는 식물에 취미가 없어서 이름까지는 알 수 없었다)가 조화롭게 어우러졌다. 아마 오늘 저녁을 위해 특별히 준비한 것이리라. 그가 이번에 꽃집에 지불한 돈만으로도 소박한 대학생의 한 달 식비는 족히 되지 않을까 상상했다. 적어도 학생 시절의 내게는 충분했을 것이다. 현관에 창문은 없었다. 빛을 들이기 위한 천창이 뚫려 있을 뿐이다. 바닥은 잘 닦인 대리석이었다.

현관에서 폭이 넓은 계단을 세 단 내려가자 거실이 나왔다. 축구장까지는 힘들어도 테니스코트는 둘 수 있을 크기였다. 동남쪽 벽은 색을 넣은 통유리로 되어 있고, 그 너머에 널찍한 테라스가 있었다. 밖이 어두워서 바다가 보이는지는 알 수 없지만 아마도 보일 것이다. 반대쪽 벽에는 개방식 벽난로가 있었다. 아직 그렇게 추운 계절은 아니라 불을 피우지 않았지만 언제든지 피울 수 있도록 옆에 장작이 쌓여 있었다. 누구 솜씨인지 몰라도, 가히 예술이라 해도 좋을 만큼 아름답고 품위 있게 쌓인 장작더미다. 난로 위 맨틀피스에는 오래된 마이센 장식품 몇 개가 놓여 있었다.

거실 바닥도 대리석이고 여러 장의 카펫이 적절한 조화를 이루며 깔려 있었다. 하나같이 오래된 페르시아 카펫인데, 그 정묘한 무늬와 색깔이 실용품의 차원을 넘어 예술 공예품으로 보였다. 밟는 것이 주저될 정도였다. 낮은 테이블이 몇 개 있고 여기저기 꽃병이 놓여 있었다. 역시 전부 싱싱한 꽃을 꽂아두었고, 어느 꽃병이나 귀한 골동품으로 보였다. 무척 고상한 취향이다. 그리고 무척 돈이 들어갔다. 큰 지진이 오지 않아야 할 텐데, 라고 나는 생각했다.

천장이 높고 조명은 은은했다. 벽에 달린 고급스러운 간접조명과 플로어스탠드 몇 개, 테이블 위의 독서등이 전부였다. 거실 안쪽에는 새까만 그랜드피아노가 놓여 있었다. 스타인웨이의 콘서트용 그랜드피아노가 그다지 크게 느껴지지 않는 공간에 들어와보기는 처음이었다. 피아노 위에 메트로놈과 악보책 몇 권이 있었다. 멘시키가 직접 연주하는지도 모른다. 아니면 가끔 마우리치오 폴리니를 저녁식사에 초대하는지도.

그러나 전체적으로는 상당히 장식을 절제한 거실이라 마음이 불편하진 않았다. 필요 없는 물건은 거의 보이지 않는다. 그러면서 휑하다는 느낌도 들지 않았다. 넓이에 비해 의외로 아늑한 공간이었다. 일종의 따뜻함이 감돈다고 말해도 좋을 것이다. 벽에는 고상한 취향의 작은 그림 여섯 점 정도가 튀지 않게 걸려 있었다. 그중 하나는 페르낭 레제의 진품처럼 보였는데, 어쩌면 내 착각인지도 모른다.

멘시키는 커다란 갈색 가죽소파에 나를 앉혔다. 그리고 자신도 맞은편 자리에 앉았다. 소파와 세트인 안락의자다. 소파는 더없이 편안했다. 딱딱하지도 않고 부드럽지도 않다. 앉는 이의 몸을—그게 어떤 사람이건—그대로 자연스레 품어주게끔 만들어진 소파다. 하긴 생각해보면(혹은 일일이 생각해볼 필요도 없이) 멘시키가 제집 거실에 불편한 소파를 둘 리 없다.

우리가 자리를 잡자 기다렸다는 듯이 어디선가 한 남자가 나타났다. 놀랄 만큼 핸섬한 청년이었다. 키는 그다지 크지 않지만 호리호리한 체격에 동작이 우아했다. 피부가 전체적으로 보기 좋게 그을렸고, 윤기 있는 머리를 뒤로 넘겨 포니테일로 묶었다. 긴 서프팬츠를 입고 해변에서 쇼트보드를 들고 있는 게 어울릴 법한 분위기지만 오늘은 청결한 흰색 셔츠에 검은 보타이를 맸다. 입가에는 기분좋은 미소를 떠올리고 있다.

"칵테일 한잔 드시겠습니까?" 그가 내게 물었다.

"뭐든 좋아하는 것으로 시키십시오." 멘시키가 말했다.

"발랄라이카로 주세요." 나는 몇 초 생각한 후 말했다. 특별히 발랄라이카를 마시고 싶었던 건 아니지만, 정말로 뭐든지 만들 수 있는지 시험해보고 싶었다.

"나도 같은 걸로." 멘시키가 말했다.

젊은 남자는 기분좋은 미소를 띤 채 소리 없이 사라졌다.

소파 옆자리로 눈길을 돌렸지만 기사단장의 모습은 없었다. 그러나 분명 이 집 어딘가에 있을 것이다. 이 앞까지는 같이 차를 타고 왔으니까.

"왜 그러십니까?" 멘시키가 물었다. 내 시선의 움직임을 좇고 있던 것이리라.

"아뇨, 아무것도 아닙니다." 내가 말했다. "집이 하도 훌륭해서 넋을 잃었을 뿐이에요."

"너무 화려한 것 같지는 않나요?" 멘시키가 말하고는 미소지었다.

"아뇨, 예상했던 것보다 훨씬 온화한데요." 나는 느낀 그대로의 의견을 말했다. "멀리서는 솔직히 말씀드려서 굉장히 호화로워 보입니다. 마치 바다에 뜬 호화 여객선 같죠. 그렇지만 직접 들어와보니 신기할 정도로 차분한 느낌이에요. 인상이 완전히 다르군요."

멘시키가 고개를 끄덕였다. "그렇게 말씀해주시니 다행입니다만, 실은 상당히 손을 대야 했어요. 사정이 있어서 이미 지어진 집을 샀는데, 매수 당시에는 정말 화려했거든요. 경박하다고 해도 좋을 정도였죠. 모 대형 마트의 오너가 지은 집이었는데, 벼락부자 취향의 극치랄까, 어쨌든 제 취향과는 전혀 맞지 않았어요. 그래서 매수 후에 대대적으로 개조했습니다. 적잖은 시간과 품과 비용이 들었지만요."

멘시키는 그때 일을 떠올리듯이 눈을 내리깔고 깊은 한숨을 뱉었다. 어지간히 취향에 맞지 않았던 모양이다.

"그럴 바에야 처음부터 직접 집을 지으시는 편이 훨씬 싸게 먹히지 않았을까요?" 내가 물었다.

멘시키가 웃었다. 입술 사이로 하얀 치아가 살짝 드러났다. "맞는 말씀입니다. 그쪽이 훨씬 속편하지요. 하지만 제게도 여러 가지 사정이 있었습니다. 꼭 이 집이어야만 했던 사정이."

나는 다음 말을 기다렸다. 하지만 이야기는 더 이어지지 않았다.

"오늘 저녁, 기사단장은 함께 오지 않았습니까?" 멘시키가 내게 물었다.

나는 대답했다. "아마 나중에 올 겁니다. 집 앞까지는 같이 왔는데, 갑자기 어딘가로 사라졌어요. 지금쯤 이 집 여기저기를 구경중이지 않을까 싶은데요. 상관없나요?"

멘시키가 양손을 벌려 보였다. "네, 물론입니다. 전혀 상관없습니다. 어디든 마음껏 둘러보셔도 됩니다."

곧 청년이 은쟁반에 칵테일 두 잔을 올려 들고 나왔다. 정묘하게 커트된 크리스털 잔이었다. 아마 바카라이지 않을까. 플로어 스탠드 빛을 받아 칵테일글라스가 날카롭게 빛났다. 옆에는 치즈 몇 가지와 캐슈너트가 담긴 고이마리* 접시가 놓였다. 머리글자가 들어간 작은 리넨 냅킨, 은제 나이프와 포크 세트도 준비되어 있었다. 보통 신경쓴 게 아니다.

멘시키와 나는 칵테일글라스를 들고 가볍게 건배했다. 그가 초상화 완성을 축하해주어 나는 고맙다고 말했다. 그리고 잔 가장자리에 살짝 입을 댔다. 발랄라이카는 보드카와 쿠앵트로와 레몬주스를 3분의 1씩 섞어서 만드는 칵테일이다. 과정은 심플하지만 북극지방처럼 쨍하게 차갑지 않으면 맛이 제대로 나지 않는다. 어설픈 솜씨로는 미지근하고 밍밍해지기 일쑤다. 그러나 그 발랄라이카는 놀라울 정도로 맛있었다. 거의 완벽에 가깝게 예리한 맛이 났다.

"맛있는 칵테일이네요." 나는 감탄해서 말했다.

"솜씨가 좋은 사람이거든요." 멘시키가 선선히 말했다.

물론이다, 라고 나는 생각했다. 당연히 멘시키가 솜씨 나쁜 바텐더를 데려왔을 리 없다. 쿠앵트로를 준비하지 않을 리도, 앤티

---

* 에도 시대의 아리타 도자기.

크 크리스털 칵테일글라스와 고이마리 접시를 갖추지 않을 리도 없다.

우리는 칵테일을 마시고 캐슈너트를 집어먹으며 이런저런 이야기를 했다. 주로 내 그림에 대한 이야기였다. 그는 내가 지금 작업중인 작품에 대해 물었고 나는 설명했다. 과거에 먼 지방 도시에서 마주친, 이름도 정체도 모르는 한 남자의 초상을 그리는 중이라고.

"초상요?" 멘시키가 의외라는 듯이 물었다.

"초상이긴 하지만 보통 말하는 상업용은 아니에요. 제가 자유롭게 상상해서 그리는, 말하자면 추상적인 초상화죠. 그래도 어쨌거나 그림의 모티프는 초상입니다. 토대라고 해도 좋을 거예요."

"제 초상화를 그리셨을 때처럼 말입니까?"

"그렇습니다. 다만 이번에는 의뢰를 받은 게 아니에요. 제가 자발적으로 그리는 작품이죠."

멘시키는 한동안 생각에 잠겼다가 입을 열었다. "즉, 제 초상화를 그린 것이 당신의 창작활동에 어떤 식으로든 영감을 주었다는 뜻인가요?"

"아마 그럴 겁니다. 이제 막 불이 붙으려는 단계에 지나지 않지만요."

멘시키는 칵테일을 다시 한 모금 소리 없이 마셨다. 그의 눈동자 안쪽에 만족감 비슷한 반짝임이 엿보였다.

"그것참 더할 나위 없이 기쁜 일입니다. 당신에게 조금이나마 도움이 되었을지도 모른다는 사실요. 혹시 괜찮으시면 나중에 완성된 그림을 보여주실 수 있습니까?"

"제가 인정할 만한 작품이 나온다면, 기꺼이 그러죠."

나는 거실 한쪽에 놓인 그랜드피아노에 눈길을 던졌다. "멘시키 씨는 피아노를 치십니까? 무척 훌륭한 피아노 같은데요."

멘시키가 가볍게 고개를 끄덕였다. "잘 치지는 못하지만 조금 칩니다. 어릴 때 선생님을 두고 배웠지요. 초등학교 입학 무렵부터 졸업까지 오륙 년쯤. 그뒤로는 공부하느라 시간이 없어서 그만뒀습니다. 계속했으면 좋았을 텐데, 저도 피아노 연습에 좀 지쳤던 참이라서요. 이제는 손가락이 마음같이 움직이진 않지만 악보는 웬만하면 혼자서 볼 수 있습니다. 기분전환 삼아 가끔 저 자신을 위해 간단한 곡을 칩니다. 하지만 남에게 들려줄 만한 수준은 못 되고, 다른 사람이 집에 있을 때는 절대 건반에 손대지 않죠."

나는 전부터 품고 있던 의문을 꺼냈다. "멘시키 씨, 이렇게 넓은 집에 혼자 사시면 공간이 부담되거나 하진 않나요?"

"아뇨, 그렇지는 않습니다." 멘시키는 곧바로 대답했다. "전혀요. 저는 원래 혼자 있는 것을 좋아합니다. 이를테면 대뇌피질을 생각해보세요. 인류는 매우 정묘하게 만들어진 고성능의 대뇌피질을 선물받았습니다. 그러나 실제 일상생활에서 사용하는 영역은 전체의 10퍼센트에도 미치지 못할 겁니다. 그토록 높은 성능의 근사한 기관을 하늘이 내려줬는데, 유감스럽게도 충분히 활용하는 능력은 아직 획득하지 못한 겁니다. 예를 들면 호화로운 대저택에 살면서 다다미 넉 장 반짜리 방 한 칸에 모여 검소하게 지내는 4인 가족이나 마찬가지입니다. 나머지 방은 텅텅 비워둔 채 말이죠. 그에 비하면 저 혼자 이 집에서 생활하는 것쯤은 그다지 부자연스러운 일이 아니지요."

"듣고 보니 그럴지도 모르겠네요." 나는 인정했다. 상당히 흥미로운 비유다.

멘시키는 잠시 손안에서 캐슈너트를 굴리다가 말했다. "하지만 일견 불필요한 고성능의 대뇌피질이 우리에게 없다면 추상적인 사고가 불가능할 테고, 형이상의 영역에도 발을 들이지 못했을 테죠. 설령 극히 일부밖에 쓰이지 않을지라도 대뇌피질은 그만한 일을 할 수 있는 겁니다. 나머지 부분도 전부 쓴다면 대체 어느 정도 일까지 가능할까요? 흥미가 생기지 않습니까?"

"하지만 그 고성능의 대뇌피질과 맞바꾸어, 다시 말해 화려한 저택을 손에 넣은 대가로 인류는 여러 가지 기초 능력을 포기해야만 했어요. 그렇지요?"

"그렇습니다." 멘시키가 말했다. "추상적 사고나 형이상적 논고 따위를 할 줄 몰라도, 두 다리로 서서 몽둥이를 효과적으로 사용하는 것만으로 인류는 지구상의 생존 레이스에서 충분히 승리했을 겁니다. 일상적으로는 그런 능력이 없어도 큰 지장은 없을 테니까요. 그리고 이런 오버 퀄리티의 대뇌피질을 얻는 대가로 우리는 다른 여러 가지 신체 능력을 포기할 수밖에 없었죠. 예를 들어 개는 인간보다 수천 배 날카로운 후각과 수십 배 날카로운 청각을 지녔습니다. 반면 인간은 복잡한 가설을 쌓을 수 있지요. 코스모스와 미크로코스모스를 비교 대조하고, 반 고흐나 모차르트를 감상할 수도 있습니다. 프루스트를 읽고—물론 읽고 싶다면 말입니다만—고이마리 그릇이나 페르시아 카펫을 수집할 수도 있습니다. 개는 할 수 없는 일이지요."

"마르셀 프루스트는 개보다 훨씬 못한 후각을 유효하게 활용해 장대한 소설 한 편을 완성했고요."

멘시키가 웃었다. "맞습니다. 하지만 제 얘기는 어디까지나 일반론에 가깝습니다."

"다시 말해, 이데아를 자율적인 것으로 취급할 수 있는가 하는 문제겠군요."

"그렇습니다."

그렇다네, 기사단장이 내 귓전에 은밀히 속삭였다. 그러나 기사단장이 미리 충고한 만큼 나는 주위를 둘러보거나 하지는 않았다.

이윽고 그가 나를 서재로 안내했다. 거실을 나서자 넓은 계단이 나와서 아래층으로 내려갔다. 아마 방들이 모여 있는 층인 것 같았다. 복도를 따라 몇 개의 침실이 이어지고(전부 몇 개인지 세지는 못했지만 어쩌면 그중 하나가 여자친구가 말하던, 늘 잠겨 있는 '푸른 수염의 비밀의 방'인지도 모른다), 그 끝에 서재가 있었다. 특별히 넓지는 않지만 물론 좁지도 않고, '딱 적당한 공간'이라고 할 수 있을 정도였다. 창문은 없고 한쪽 벽 천장 가까이 좁고 가로로 긴 채광창을 낸 것이 전부였다. 창밖으로 보이는 것은 소나무 가지와 그 사이로 드러난 하늘뿐이다(이 방은 햇빛과 풍경을 딱히 필요로 하지 않는 것 같았다). 대신 그만큼 벽 공간이 넓게 확보되어 있었다. 한쪽 벽은 바닥부터 천장까지 전부 붙박이 책장이고 그 일부에 CD를 수납하게 되어 있었다. 책장에는 크기가 제각각인 책들이 빈틈없이 꽂혀 있었다. 높은 칸에 있는 책을 꺼낼 때 쓰는 나무 발판도 있었다. 어느 책이든 사람 손을 직접 거친 흔적이 보였다. 누가 봐도 열렬한 독서가의 실용적인 컬렉션임을 한눈에 알 수 있다. 장식으로 꾸며둔 책장이 아니다.

벽을 등지고 커다란 사무용 책상이 있고 그 위에 컴퓨터 두 대가 나란히 놓여 있었다. 데스크톱 한 대, 노트북 한 대. 펜과 연필을 꽂아둔 머그잔이 몇 개 있고 한쪽에는 서류가 깔끔하게 쌓여 있다. 다른 쪽 벽에는 비싸 보이는 근사한 오디오 장치가 늘어서 있고, 그 맞은편 벽에 책상과 마주보듯이 스탠드형 스피커 한 쌍이 서 있다. 높이가 거의 내 키 정도이고(173센티미터다) 케이스는 고급스러운 마호가니였다. 방 한가운데에는 책을 읽거나 음악을 듣기 위한 모던한 디자인의 독서용 의자가 놓여 있었다. 그 옆에는 독서등으로 쓰는 스테인리스제 플로어스탠드가 있었다. 멘시키는 하루 중 많은 시간을 이 방에서 혼자 보내리라고 나는 짐작했다.

내가 그린 멘시키의 초상화는 스피커 사이의 벽에 걸려 있었다. 두 개의 스피커 한가운데, 딱 눈높이에 맞는 위치다. 아직 액자에 넣지 않아 캔버스 그대로 걸려 있었는데, 아주 오래전부터 그곳이 제자리인 양 더없이 자연스럽게 어울렸다. 짧은 시간 안에 기세를 몰아 거의 단숨에 그려낸 작품이지만 이 서재에서는 그 분방함이 신기할 정도로 정묘하고 적절하게 억제된 듯 느껴졌다. 이 공간의 독특한 공기가 그림의 저돌적인 분위기를 완화시키는 것이다. 그리고 그 그림에는 역시나 멘시키의 얼굴이 분명히 담겨 있었다. 아니, 내 눈에는 흡사 멘시키 본인이 그림에 들어앉은 것처럼 보이기까지 했다.

그것은 물론 내가 그린 그림이다. 그러나 일단 나를 떠나 멘시키에게 넘어가서 그의 서재 벽에 걸리자 더는 내 손이 닿을 수 없는 대상으로 변모해버린 듯했다. 그것은 이제 멘시키의 그림이지 내 그림이 아니었다. 그곳에 무엇이 있는지 확인하려 해도 그림은 매끄럽고 잽싼 물고기처럼 내 두 손에서 스르르 빠져나가버렸다. 마치 한때는 내 사람이었지만 지금은 다른 누군가의 사람이 되어버린 여자처럼……

"어떤가요, 이 방에 실로 잘 어울리지 않습니까?"

물론 멘시키는 초상화 이야기를 하는 것이다. 나는 말없이 고개를 끄덕였다.

멘시키가 말했다. "여러 방의 벽들을 차례로 테스트해봤습니다. 그러고 나서 결국 이 방의 이 자리에 거는 것이 가장 좋다는 걸 알았지요. 공간이 남는 정도나 빛이 들어오는 각도, 전체적인 분위기까지 딱 좋습니다. 특히 저는 저 독서용 의자에 앉아 바라볼 때가 가장 좋더군요."

"앉아봐도 될까요?" 나는 독서용 의자를 가리키며 말했다.

"물론입니다. 자유로이 앉아보십시오."

나는 그 가죽의자에 몸을 내려놓고 완만한 커브를 그리는 등받이에 기대어 오토만에 양다리를 올렸다. 양손을 가슴 위에 모았다. 그리고 다시 한번 그 그림을 찬찬히 바라보았다. 멘시키의 말대로 그곳은 분명 그림을 감상하기 위한 이상적인 스폿이었다. 그 의자(두말할 나위 없이 안락한 의자였다)에 앉아서 보니 정면 벽에 걸린 내 그림은 스스로도 의아할 정도로 조용하고 차분한 설득력을 발했다. 내 작업실에 있던 때와 거의 다른 작품처럼 보였다. 그것은—뭐라고 하면 좋을까—이 장소로 옮겨옴으로써 새로이 본래의 생명을 획득한 것처럼 보였다. 그와 동시에 작가인 내가 이 이상 접근하는 것을 단호히 거부하는 듯하기도 했다.

멘시키가 리모컨을 눌러서 나지막하게 음악을 틀었다. 귀에 익은 슈베르트의 현악 4중주곡이었다. 작품번호 D.804. 스피커에서 흘러나오는 것은 깨끗하고 고르며 세련되고 품위 있는 소리였다. 아마다 도모히코의 스피커에서 나오던 소박하고 꾸밈없는 소리와 비교하면 완전히 다른 음악처럼 느껴졌다.

문득 방안에 기사단장이 있음을 알아차렸다. 그는 책장 앞 발판에 앉아 팔짱을 낀 채 그림을 보고 있었다. 내가 눈길을 주자 기사단장은 고개를 살짝 흔들어 이쪽을 보지 말라는 신호를 보냈다. 나는 다시 그림으로 시선을 돌렸다.

"고맙습니다." 나는 의자에서 일어나며 멘시키에게 말했다. "정말 좋은 곳에 걸어주셨군요."

멘시키가 상냥하게 고개를 가로저었다. "아닙니다, 감사의 말씀은 제가 드려야지요. 여기 걸기로 결정하고 나니 그림이 더욱 마음에 들었습니다. 이 그림을 보고 있으면 뭐랄까, 꼭 특수한 거울 앞에 서 있는 기분이 듭니다. 그 안에는 제가 있지요. 하지만 저 자신은 아닙니다. 저와는 또 조금 다른 저 자신입니다. 가만히 보고 있으면 점점 기분이 이상해져요."

멘시키는 슈베르트의 음악을 들으며 또 한차례 말없이 그림을 감상했다. 기사단장도 발판에 앉은 채 멘시키처럼 실눈을 뜨고 그림을 올려다보았다. 마치 일부러 흉내내며 놀리는 것처럼(아마 그런 의도는 없었겠지만).

이윽고 멘시키가 벽시계를 확인했다. "식당으로 가시죠. 슬슬 저녁 준비가 됐을 겁니다. 기사단장이 와 계시면 좋을 텐데요."

나는 책장 앞 발판에 눈길을 주었다. 기사단장은 그새 사라지고 없었다.

"기사단장은 아마 벌써 와 있을 겁니다." 내가 말했다.

"잘됐군요." 멘시키는 안심한 듯이 말했다. 그리고 리모컨으로 슈베르트의 음악을 껐다. "물론 그분 자리도 마련해뒀습니다. 식사를 들지 못하시는 건 생각할수록 유감입니다만."

그 아래층(현관을 1층으로 보면 지하 2층에 해당한다)에는 저장고와 세탁실, 트레이닝 룸 등이 있다고 멘시키가 설명했다. 트레이닝 룸에는 각종 운동기구가 갖춰져 있다. 운동하면서 음악을 들을 수도 있다. 일주일에 한 번 전문 강사가 집으로 와서 웨이트트레이닝을 지도해준다. 그리고 입주 도우미를 위한 스튜디오형 공간도 있다. 간단한 부엌과 작은 욕실이 딸려 있는데 지금은 아무도 사용하지 않는다. 그밖에 작은 수영장이 있지만 실용적이지 않고 관리도 귀찮아서 메꾸어 온실로 만들었다. 그러나 조만간 25미터 레인 두 개짜리 훈련용 수영장을 지을지도 모르겠다고 했다. 만일 그렇게 되면 꼭 수영하러 오십시오. 그의 말에 나는 기꺼이 그러겠다고 대답했다.

이윽고 우리는 식당으로 자리를 옮겼다.

24

순수한 1차 정보를 수집할 뿐

식당은 서재와 같은 층에 있었다. 부엌은 더 안쪽이었다. 옆으로 긴 식당 한가운데에 역시 옆으로 긴 모양의 커다란 테이블이 놓여 있었다. 두께가 10센티미터는 되는 떡갈나무 재질이고 한 열 명은 앉을 수 있을 것 같았다. 로빈 후드의 부하들이 연회를 열면 어울릴 법한, 몹시 튼튼한 테이블이다. 하지만 지금 그 앞에 앉아 있는 것은 명랑한 무법자들이 아니라 나와 멘시키 두 사람이었다. 기사단장의 자리도 마련되어 있지만 그의 모습은 보이지 않았다. 거기 놓인 매트와 은식기, 빈 유리잔은 어디까지나 상징적인 것이었다. 그곳이 그의 자리임을 예의에 맞게 표시해 두었을 뿐이다.

긴 벽면은 거실과 마찬가지로 통유리로 마감되어 있었다. 그 너머로 골짜기 맞은편의 산등성이가 훤히 내다보였다. 내 쪽에서 멘시키의 집이 보이는 것처럼 멘시키의 집에서도 당연히 내 집이 보일 것이다. 하지만 내가 사는 집은 멘시키의 저택만큼 크지 않을뿐더러 수수한 색깔의 목조건물이므로 어둠 속에서는 위치가 어디쯤인지 식별할 수 없었다. 산 위의 집은 그리 많지 않지만 드문드문 보이는 집집마다 모두 또렷이 불을 밝히고 있었다. 저녁식사 시간이다. 아마 사람들은 가족과 식탁에 둘러앉아 이제 막 따뜻한 식사를 시작하려는 참이리라. 그런 소소한 따뜻함이 그 빛에서 느껴졌다.

한편 골짜기 이편에서는 멘시키와 나와 기사단장이 커다란 테이블에 둘러앉아, 썩 가정적이라고는 할 수 없는 조금 별난 저녁식사를 시작하려는 참이다. 바깥에는 아직 가랑비가 소리 없이 내리고 있었다. 그러나 바람은 거의 불지 않는, 몹시도 조용한 가을밤이었다. 창밖을 바라보며 나는 또다시 그 구덩이를 떠올렸다. 사당 뒤편의 고독한 석실. 지금 이 시각에도 구덩이는 그곳에 어둡고 차갑게 뚫려 있을 것이다. 그 풍경의 기억이 내 가슴 깊숙이 특별한 냉기를 몰고 왔다.

"이 테이블은 이탈리아 여행중에 발견하고 사온 겁니다." 테이블을 칭찬하는 내게 멘시키가 말했다. 자랑하는 투는 아니었다. 다만 담담하게 사실을 읊을 뿐이다. "루카라는 도시의 가구점에서 사서 배편으로 보냈습니다. 워낙 무거운 물건이다보니 여기까지 옮기는 게 보통 일이 아니었지요."

"외국에 자주 나가시나요?"

그의 입술이 살짝 일그러졌다가 곧 원래대로 돌아왔다. "옛날에는 자주 다녔습니다. 절반은 일 때문이고 절반은 놀러. 최근에는 갈 기회가 별로 없었네요. 일의 내용이 조금 바뀌었거든요. 게다가 저 자신이 외유를 그다지 즐기지 않게 된 탓도 있습니다. 거의 이곳에 있지요."

그는 이곳이 어디인지 보다 명확하게 하려는 듯 손으로 집안을 가리켰다. 바뀐 일의 내용을 언급하려나 싶었는데 이야기는 그것으로 끝났다. 그는 여전히 자신의 일에 대해서는 그다지 많은 것을 말하고 싶지 않은 눈치였다. 물론 나도 딱히 묻지 않았다.

"차가운 샴페인으로 시작했으면 하는데, 어떠십니까? 괜찮을까요?"

물론 괜찮다고 나는 말했다. 전부 알아서 해달라고.

멘시키가 작게 손짓하자 포니테일 청년이 나타나 기다란 유리잔에 얼음처럼 차가운 샴페인을 따라주었다. 잔 속에서 자잘한 거품이 경쾌하게 일었다. 잔은 고급 종이로 만든 것처럼 가볍고 얇았다. 우리는 테이블을 사이에 두고 건배했다. 그리고 멘시키는 텅 빈 기사단장의 자리를 향해서도 정중하게 잔을 들어올렸다.

"기사단장, 잘 오셨습니다." 그가 말했다.

물론 기사단장의 대답은 없었다.

멘시키는 샴페인을 마시며 오페라 이야기를 했다. 시칠리아에 갔을 때 카타니아 가극장에서 본 베르디의 〈에르나니〉 공연이 아주 훌륭했다는 것. 옆자리 관객이 귤을 먹으며 가수의 노래를 따라 불렀다는 것. 그곳에서 마신 샴페인이 무척 맛있었다는 것.

이윽고 기사단장이 식당에 모습을 보였다. 하지만 그는 미리 마련된 자기 자리에 앉지 않았다. 키가 작은 탓에 의자에 앉으면 테이블에 코가 닿을 정도이기 때문이리라. 그는 멘시키의 대각선 뒤쪽에 있는 장식용 선반 위에 올라앉아 있었다. 약 1미터 50센티미터 높이의 그곳에서 기묘한 모양의 검은색 가죽신을 신은 두 다리를 가볍게 흔들고 있다. 나는 멘시키 몰래 그를 향해 가볍게 잔을 들어올렸다. 물론 기사단장은 그런 내 행동도 모르는 척했다.

곧 음식이 나왔다. 부엌과 식당 사이에 음식이 들고 나는 배식구 비슷한 것이 있고, 그 앞에 새 접시가 놓일 때마다 보타이를 맨 포니테일 청년이 하나씩 테이블로 날라왔다. 오르되브르는 싱싱한 벤자리에 유기농 야채를 곁들인 근사한 요리였다. 음식에 맞춰 화이트와인도 나왔다. 포니테일 청년은 마치 특수한 지뢰를 다루는 전문가처럼 주의깊게 손을 놀려 코르크 마개를 땄다. 어느 산지의 무슨 와인인지 설명은 없었지만, 당연히 완벽한 맛의 화이트와인이었다. 두말할 필요도 없다. 멘시키가 완벽하지 않은 화이트와인을 준비할 리 없으니까.

그다음에 연근과 오징어와 흰 깍지콩이 들어간 샐러드가 나왔다. 바다거북 수프도 나왔다. 생선 요리는 아귀였다.

"아직 철은 아닌데, 마침 항구에 좋은 아귀가 들어온 모양입니다." 멘시키가 말했다. 아닌 게 아니라 아귀는 무척 싱싱했다. 식감이 단단하고 고급스러운 단맛에 뒤끝이 담백했다. 살짝 쪄서 타라곤 소스(였을 것이다)를 곁들였다.

그다음에 두툼한 사슴고기 스테이크가 나왔다. 특제 소스에 대해 뭐라고 설명을 들었지만 전문 용어가 너무 많아 기억하진 못했다. 어쨌거나 감칠맛이 대단한 소스였다.

포니테일 청년이 우리 잔에 레드와인을 따라주었다. 한 시간쯤 전 미리 마개를 따 디캔터에 옮겨두었다고 멘시키가 말했다.

"공기가 적당히 들어가서 지금쯤 딱 마시기 좋을 겁니다."

공기가 어떤지는 잘 모르겠지만 굉장히 깊은 맛의 와인이었다. 처음 혀에 닿았을 때와 입안에 머금었을 때, 그리고 삼킨 뒤에 느껴지는 맛이 모두 달랐다. 마치 각도나 광선에 따라 미묘하게 다른 아름다움을 발하는 미스터리한 여자처럼. 그리고 기분 좋은 뒷맛이 남았다.

"보르도입니다." 멘시키가 말했다. "설명은 생략하죠. 그냥 보르도입니다."

"하지만 일단 설명을 시작하면 상당히 길어질 것 같은 와인이군요.”

멘시키가 미소지었다. 눈가에 보기 좋은 주름이 잡혔다. “말씀대로입니다. 설명하기 시작하면 상당히 길어질 겁니다. 하지만 전 와인의 라벨을 분석하는 것을 썩 좋아하지 않습니다. 대상이 뭐건 마찬가지예요. 그저 맛있는 와인—그 말만으로 충분하지 않겠습니까.”

물론 나도 이견이 없었다.

우리가 먹고 마시는 모습을 기사단장은 줄곧 선반 위에서 바라보았다. 시종 꿈쩍도 하지 않고 눈앞의 광경을 세부까지 극명하게 관찰했지만 자신이 보는 광경에 특별한 감상은 없는 듯했다. 본인이 언젠가 말한 것처럼 모든 사물과 현상을 그저 바라볼 따름이다. 그에 대해 뭔가를 판단하지도, 호불호의 감정을 갖지도 않는다. 그저 순수한 1차 정보를 수집할 뿐이다.

나와 여자친구가 오후의 침대에서 몸을 섞는 사이에도 그는 이렇게 우리를 관찰하고 있었는지 모른다. 그 광경을 상상하니 왠지 심란해졌다. 그는 사람들이 섹스하는 광경도 자신에게는 국민체조나 연통 청소와 하등 다를 바 없다고 말했다. 정말로 그럴지도 모른다. 하지만 구경당하는 입장에서는 태연할 수만은 없는 것 역시 사실이다.

약 한 시간 반을 들여 멘시키와 나는 드디어 디저트(수플레)와 에스프레소에 다다랐다. 길지만 충실한 과정이었다. 그제야 비로소 셰프가 부엌을 나와 식당에 얼굴을 내밀었다. 조리사용 흰 옷을 입은 키 큰 남자였다. 나이는 삼십대 중반 정도, 뺨에서 턱까지 짧고 검은 수염이 덮고 있었다. 그가 나를 향해 정중히 인사했다.

"훌륭한 요리였습니다." 나는 말했다. "이렇게 맛있는 요리는 거의 처음이에요."

솔직한 감상이었다. 이렇게 세련된 코스를 짜는 요리사가 오다와라의 어항 근처에서 잘 알려지지도 않은 작은 프렌치 레스토랑을 운영한다는 사실이 아직 잘 믿어지지 않았다.

"감사합니다." 그가 상냥하게 말했다. "멘시키 씨께 늘 신세지고 있습니다."

그리고 가볍게 고개를 숙인 후 부엌으로 물러났다.

"기사단장도 만족하셨을까요?" 셰프가 나가자 멘시키가 걱정스러운 얼굴로 물었다. 연기하는 표정으로는 보이지 않았다. 적어도 내 눈에는 진심으로 걱정하는 것처럼 보였다.

"아마 만족했을 겁니다." 나는 진지한 얼굴로 말했다. "이렇게 훌륭한 요리를 직접 맛보지 못한 것은 실로 유감이지만, 이 자리의 분위기는 충분히 즐겼을 테지요."

"그러면 다행입니다만."

물론 충분히 즐기고 있다네, 기사단장이 내 귓전에 속삭였다.

멘시키가 식후주를 권했지만 나는 사양했다. 더이상 아무것도 안 들어갈 것 같았다. 그는 브랜디를 마셨다.

"하나 여쭤보고 싶은 게 있습니다." 멘시키가 큼직한 유리잔을 천천히 돌리면서 말했다. "묘한 질문이라 어쩌면 기분이 상하실지도 모르겠지만요."

"뭐든 물어보세요. 사양 마시고."

그는 브랜디를 가볍게 머금고 맛을 음미했다. 그러고는 잔을 조용히 테이블에 내려놓았다.

"잡목림의 그 구덩이 말입니다." 그가 입을 열었다. "며칠 전 저는 그 석실에 한 시간쯤 들어가 있었습니다. 회중전등도 없이 혼자 구덩이 바닥에 앉아 있었지요. 구덩이 위는 덮개로 가려지고 누름돌도 놓여 있었습니다. 그리고 저는 당신에게 '한 시간 후에 돌아와 나를 여기서 꺼내달라'고 부탁했습니다. 그랬지요?"

"그랬습니다."

"제가 왜 그런 짓을 했다고 생각하십니까?"

나는 모르겠다고 솔직하게 말했다.

"제게 그것이 필요했기 때문입니다." 멘시키가 말했다. "설명하기 힘들지만, 저는 때때로 그래야 할 필요가 있습니다. 좁고 어두운 장소에, 완벽한 침묵 속에, 혼자 버려지는 것 말이죠."

나는 잠자코 다음 말을 기다렸다.

멘시키가 말을 이었다. "제가 묻고 싶은 건 이겁니다. 당신은 그 한 시간 동안 아주 잠깐이라도, 저를 그 구덩이에 그냥 내버려두고 싶다는 기분을 느낀 적이 없었습니까? 저를 컴컴한 구덩이 속에 그대로 방치해두자는 유혹이 일지 않았는지요?"

나는 그가 무슨 말을 하고 싶은 건지 잘 이해할 수 없었다. "내버려둔다고요?"

멘시키는 오른쪽 관자놀이로 손을 가져가 가만히 문질렀다. 마치 무언가의 상흔을 확인하려는 것처럼. 그러고는 말했다. "말하자면 이런 겁니다. 저는 깊이 3미터, 직경 2미터의 구덩이 밑바닥에 있었습니다. 사다리도 걷어가고 없습니다. 주위 돌벽은 매우 치밀해서 맨손으로는 오를 수 없습니다. 덮개도 단단히 닫혀 있습니다. 깊은 산속이니 큰 소리를 지르거나 방울을 흔들어도 아무도 듣지 못합니다—물론 당신 귀에는 들릴지도 모르지만. 다시 말해 제가 혼자 힘으로 지상으로 돌아오기란 불가능하다는 소리입니다. 만일 당신이 돌아오지 않으면 저는 언제까지나 기약 없이 그 구덩이 속에 있어야 하지요. 그렇죠?"

"그렇다고 할 수 있겠군요."

그의 오른 손가락은 여전히 관자놀이에 있었다. 지금은 움직이지 않았다. "그래서 제가 알고 싶은 건, 그 한 시간 동안 '그래, 저 남자를 구덩이에서 꺼내주지 말자. 계속 저대로 내버려두자'라는 생각이 아주 잠깐이라도 머릿속을 스치지 않았는가 하는 점입니다. 절대 불쾌하게 생각하지 않을 테니 솔직히 대답해주시면 좋겠습니다."

그는 손가락을 관자놀이에서 떼고 브랜디잔을 집어들어 다시 허공에서 천천히 돌렸다. 하지만 이번에는 잔에 입을 대지 않았다. 눈을 가늘게 뜨고 향을 음미한 뒤 테이블에 다시 내려놓았을 뿐이다.

"그런 생각은 전혀 떠오르지 않았습니다." 나는 솔직히 대답했다. "정말 아주 잠깐도요. 한 시간 뒤에 덮개를 치우고 꺼내줘야 한다는 생각밖에 하지 않았던 것 같아요."

"정말입니까?"

"100퍼센트 정말입니다."

"만일 제가 그 입장이었다면……" 멘시키는 고백하듯이 말했다. 매우 온화한 목소리였다. "저는 분명 그런 생각을 했을 겁니다. 당신을 그 구덩이 속에 영원히 내버려두고 싶다는 유혹이 일었을 게 분명합니다. 이건 다시없을 절호의 기회다, 하면서요."

나는 말이 잘 나오지 않았다. 그래서 가만히 있었다.

멘시키가 말했다. "구덩이 속에서 내내 생각했습니다. 만일 제가 당신 입장이었다면 분명 그런 생각을 했을 거라고. 희한한 일이지요. 실제로는 당신이 지상에 있고 제가 구덩이 속에 있었는데, 저는 줄곧 제가 지상에 있고 당신이 구덩이 속에 있는 상상을 했습니다."

"만약 멘시키 씨가 저를 구덩이 속에 버려둔다면 저는 그대로 굶어죽는 수밖에 없어요. 정말로 방울을 울리다가 미라가 돼버릴지도 모르죠. 그래도 상관없다는 말씀인가요?"

"어디까지나 상상입니다. 망상이라고 해도 좋겠죠. 물론 실제로 그런 짓을 할 리는 없습니다. 그저 머릿속에서 상상력을 동원할 뿐이에요. 죽음이라는 것을 가설로 놓고 머릿속에서 굴려볼 뿐입니다. 그러니 걱정하지 마십시오. 오히려 저는 당신이 그런 유혹을 전혀 느끼지 않았다는 사실이 신기할 정도입니다."

나는 말했다. "멘시키 씨는 그때 어두운 구덩이 속에 혼자 있는 것이 무섭지는 않았습니까? 더욱이 제가 유혹을 못 이기고 당신을 그대로 내버려둘지도 모른다는 가능성을 상상했다면요."

멘시키가 고개를 저었다. "아뇨, 무섭지는 않았습니다. 사실 마음속으로는 당신이 정말로 그렇게 해주기를 기대했는지도 모릅니다."

"기대했다고요?" 나는 놀라서 물었다. "그러니까, 제가 당신을 구덩이 밑바닥에 내버려두기를요?"

"그렇습니다."

"그 구덩이 속에서 그대로 죽어도 좋다고 생각하셨단 말입니까?"

"아뇨, 죽어도 좋다는 생각까지는 아니었습니다. 저도 아직 이번 생에 조금은 미련이 있습니다. 그리고 죽더라도 굶주림이나 갈증으로 죽는 것만은 피하고 싶고요. 저는 그저 아주 조금이라도 좋으니, 죽음에 보다 근접해보고 싶었던 것뿐입니다. 그 경계선이 대단히 미묘하다는 사실을 알면서도요."

나는 그 얘기를 곱씹어보았다. 멘시키의 말이 아직 잘 이해되지 않았다. 되도록 자연스럽게 기사단장 쪽으로 눈길을 돌렸다. 기사단장은 여전히 선반 위에 앉아 있었다. 그의 얼굴에는 아무런 표정도 드러나지 않았다.

멘시키가 말을 이었다. "좁고 어두운 공간에 혼자 갇혀 있을 때 가장 무서운 건 죽음이 아닙니다. 무엇보다 무서운 것은 영원히 여기서 살아야 하는 게 아닐까 하는 생각입니다. 그런 생각이 들기 시작하면 공포로 숨이 막히는 느낌이지요. 주위의 벽이 점점 좁혀들어 이대로 으스러질 것 같다는 착각에 사로잡힙니다. 거기서 살아남으려면 어떻게든 그 공포를 넘어서야 합니다. 스스로를 극복하는 거죠. 그러기 위해서는 죽음에 무한히 근접할 필요가 있습니다."

"하지만 위험이 따르고요."

"태양으로 날아가는 이카로스와 마찬가지입니다. 근접의 한계가 어디인지, 그 아슬아슬한 경계를 구분하기란 간단치 않습니다. 목숨을 건 위험한 작업입니다."

"그래도 그 근접을 피하기만 해서는 공포를 넘어 스스로를 극복할 수 없다."

"그렇습니다. 그러지 못하면 사람은 한 단계 위로 올라설 수 없습니다." 멘시키는 그렇게 말한 후 잠시 무언가를 생각하는 눈치였다. 그러더니 갑자기—내 눈에는 갑작스러운 동작처럼 보였다—자리에서 일어나 창가로 가서 밖을 내다보았다.

"아직 비가 조금 내리는 것 같지만 신경쓸 정도는 아니군요. 잠깐 테라스에 나가보지 않겠습니까? 보여드릴 게 있습니다."

우리는 식당에서 계단을 올라 거실을 가로질러서 테라스로 나갔다. 남유럽풍 타일이 깔린 널찍한 테라스였다. 나란히 나무난간에 기대어 골짜기의 풍경을 바라보았다. 관광지 전망대에 올라온 것처럼 일대가 한눈에 내려다보였다. 가랑비가 계속 내렸지만 이젠 거의 안개에 가까운 상태였다. 골짜기 맞은편 산 위의 집들은 아직 불을 밝히고 있었다. 같은 골짜기를 끼고 있어도 반대편에서 보는 풍경은 사뭇 인상이 달랐다.

테라스 일부에 지붕이 있고 그 아래 일광욕이나 독서를 할 때 쓰는 듯한 긴 의자가 놓여 있었다. 옆에는 음료나 책을 놓을 수 있는 낮은 유리테이블이 있다. 푸른 잎을 매단 커다란 관엽식물 화분, 비닐커버를 씌운 키 큰 기구 같은 것이 보였다. 벽에 스포트라이트가 달려 있지만 켜놓지는 않았다. 거실 조명도 어슴푸레하게 낮춰져 있었다.

"저희 집은 어느 쪽인가요?" 나는 멘시키에게 물었다.

멘시키가 오른쪽을 가리켰다. "저쪽 근처입니다."

그가 가리키는 쪽을 응시했지만 집안에 불을 전혀 켜두지 않은데다 안개비가 내리는 탓에 확실히 알아볼 수가 없었다. 잘 모르겠다고 나는 말했다.

"잠깐 기다리십시오." 멘시키가 말하더니 긴 의자 쪽으로 다가갔다. 그리고 뭔지 모를 기구의 비닐커버를 벗겨 이쪽으로 들고 왔다. 삼각대가 달린 망원경이었다. 아주 크진 않았지만 보통 망원경과는 좀 다른 특이한 모양이었다. 어두운 올리브그린색에 투박한 생김새가 측량용 광학기구처럼 보이기도 했다. 그는 그것을 난간 위에 올리고 방향을 조정한 뒤 신중히 초점을 맞췄다.

"보십시오. 여기가 그쪽 집입니다." 그가 말했다.

나는 망원경을 들여다보았다. 시야가 선명하게 확보되는 고배율 망원경이었다. 시중에서 파는 흔한 물건이 아니다. 베일처럼 엷은 안개비 너머로 먼 곳의 풍경이 손에 잡힐 듯 보였다. 그것은 분명 내가 사는 집이었다. 테라스가 보인다. 내가 늘 앉는 접의자가 보인다. 그 안쪽에 거실이 있고, 옆에는 내가 그림을 그리는 작업실이 있다. 불이 꺼져서 집 내부까지는 살펴볼 수 없다. 그러나 대낮이라면 어느 정도 보일 것이다. 내가 사는 집을 이런 식으로 바라보고(혹은 엿보고) 있자니 불가사의한 기분이었다.

"안심하십시오." 멘시키가 내 마음을 읽은 양 등뒤에서 말했다. "걱정하실 것 없습니다. 당신의 사생활을 침해할 만한 짓은 하지 않으니까요. 사실 이 망원경을 당신 집으로 향한 적도 거의 없습니다. 믿어주십시오. 제가 보고 싶은 것은 따로 있기 때문입니다."

"보고 싶은 것요?" 내가 말했다. 망원경에서 눈을 떼고 뒤를 돌아보았다. 멘시키의 얼굴은 지극히 서늘했고 여전히 이렇다 할 표정이 없었다. 다만 밤의 테라스에서는 그 백발이 여느 때보다 훨씬 새하얗게 보였다.

"보여드리겠습니다." 멘시키가 말했다. 그러고는 익숙한 손놀림으로 망원경의 방향을 약간 북쪽으로 틀고 재빨리 초점을 맞추었다. 그리고 한 걸음 뒤로 물러나 말했다. "보십시오."

나는 망원경으로 눈을 가져갔다. 동그란 시야 속에는 산중턱에 서 있는, 외벽에 멋스럽게 나무를 댄 주택이 보였다. 역시 산의 경사면을 이용해 지은 2층집이고 이쪽으로 테라스가 나 있다. 지도상으로는 우리집 바로 옆이겠지만 지형 때문에 곧장 오갈 수 있는 도로가 없으므로 아래쪽에서 각기 다른 길로 올라가야 한다. 창문에 불이 밝혀져 있지만 커튼이 쳐져서 안쪽까지는 보이지 않았다. 그러나 커튼이 걷혀 있다면, 그리고 방에 불이 켜져 있다면 안에 있는 사람의 모습이 꽤 뚜렷이 보일 것이다. 이 정도 성능의 망원경이라면 충분히 가능할 터였다.

"이건 NATO에서 쓰는 군용 쌍안경입니다. 시판용이 아니라서 구하는 데 제법 애를 먹었지요. 명도가 매우 높아 어둠 속에서도 상당히 명료하게 상을 확인할 수 있습니다."

나는 망원경에서 눈을 떼고 멘시키를 보았다. "이 집이 멘시키 씨가 보고 싶은 것인가요?"

"그렇습니다. 오해하지 않으셨으면 하는데, 제게 엿보기 취미가 있는 건 아닙니다."

그는 망원경을 다시 한번 살짝 들여다본 뒤 삼각대째로 들고 제자리에 가져가 비닐커버를 씌웠다.

"안으로 들어가시죠. 이러다 몸이 얼겠습니다." 멘시키가 말했다. 우리는 거실로 돌아와서 각기 소파와 안락의자에 걸터앉았다. 포니테일 청년이 들어와 마실 것이 필요한지 물었지만 둘 다 사양했다. 멘시키는 청년에게 오늘밤 수고 많았다, 고맙다, 두 사람 다 그만 가봐도 된다고 말했다. 청년은 인사를 하고 사라졌다.

기사단장은 이번에는 피아노 위에 앉아 있었다. 새까만 스타인웨이 그랜드피아노 위에. 그는 아까보다 지금 자리가 더 마음에 드는 눈치였다. 장검 칼자루에 박힌 보석이 조명을 받아 도도하게 빛났다.

"방금 보신 그 집에는." 멘시키가 말을 꺼냈다. "제 딸일지도 모르는 소녀가 살고 있습니다. 저는 그 모습을 멀리서, 작게라도 좋으니 그저 보고 싶은 겁니다."

나는 한동안 할말을 잃었다.

"기억하십니까? 저의 옛 연인이 다른 남자와 결혼한 뒤 낳은

딸이, 어쩌면 저와 피를 나눈 친자일지도 모른다는 이야기요."

"물론 기억합니다. 그 여자분은 말벌에 쏘여 죽었고, 딸은 이제 열세 살이 되었다. 맞죠?"

멘시키가 간결하게 고개를 끄덕였다. "그 아이가 아버지와 함께 저 집에 살고 있습니다. 골짜기 맞은편에 있는 저 집에."

머릿속에 솟구친 몇 가지 의문을 정리하기까지 잠시 시간이 필요했다. 멘시키는 그사이 잠자코 침묵을 지키며 내가 감상다운 감상을 입에 올리기를 참을성 있게 기다렸다.

나는 말했다. "다시 말해 당신은 자신의 딸일지도 모르는 그 소녀의 모습을 매일 망원경으로 바라보기 위해 골짜기 맞은편에 있는 이 집을 사들였다. 오로지 그 이유만으로 거금을 주고 이 집을 매입하고, 또 거금을 들여 대대적으로 리모델링했다. 그런 이야기인가요?"

멘시키가 고개를 끄덕였다. "네, 그런 이야기입니다. 이곳은 그 집을 관찰하기에 이상적인 장소입니다. 그러니 무슨 일이 있어도 이 집을 손에 넣어야 했습니다. 달리 이 주위에 건축 허가가 날 만한 땅은 전혀 없었으니까요. 그뒤 날마다 망원경 너머로 골짜기 맞은편 그애의 모습을 찾아봅니다. 사실 볼 수 있는 날보다는 보지 못하는 날이 훨씬 많습니다만."

"그래서 방해가 되지 않도록, 최대한 사람을 들이지 않고 혼자 생활하시는 거고요."

멘시키가 다시금 고개를 끄덕였다. "그렇습니다. 누구의 방해도 받고 싶지 않아요. 이곳을 흐트러뜨리고 싶지 않습니다. 그것이 제가 원하는 일입니다. 여기서 저는 무제한의 고독을 필요로 하죠. 그리고 저 말고 이 비밀을 아는 사람은 이 세상에 당신 한 사람뿐입니다. 이렇게 미묘한 얘기는 남에게 함부로 털어놓을 수 없으니까요."

그도 그럴 것이다, 라고 나는 생각했다. 그리고 당연히 이렇게도 생각했다. 그렇다면 어째서 지금, 내게 이 이야기를 털어놓는 것인가?

"그럼 왜 지금 저에게 그 이야기를 하시는 겁니까?" 나는 멘시키에게 물었다. "무슨 이유가 있어서인가요?"

멘시키는 다리를 바꿔 꼬고 내 얼굴을 똑바로 바라보았다. 그리고 매우 조용한 목소리로 말했다. "네, 물론 이러는 데는 이유가 있습니다. 당신에게 긴히 부탁드리고 싶은 일이 있습니다."

25

진실이 사람에게 얼마나 깊은 고독을 가져오는지

"당신에게 긴히 부탁드리고 싶은 일이 있습니다." 멘시키가 말했다.

목소리만 듣고도 그가 이 이야기를 꺼낼 타이밍을 한참 전부터 계산하고 있었음을 짐작할 수 있었다. 아마 그러기 위해 나를 (그리고 기사단장을) 이 저녁식사에 초대했으리라. 개인적인 비밀을 털어놓고 그 부탁을 꺼내기 위해.

"제가 들어드릴 수 있는 일이라면." 내가 말했다.

멘시키는 잠시 내 눈을 들여다보았다. 그런 다음 말했다. "당신이 할 수 있는 일이라기보다, 당신밖에 할 수 없는 일입니다."

갑자기 담배 생각이 간절해졌다. 결혼과 함께 담배를 끊은 뒤로 칠 년 가까이 한 개비도 피우지 않았다. 한때 헤비스모커였던 내게 금연은 상당한 고행이었지만 이제는 피우고 싶다는 생각도 잘 들지 않았다. 하지만 그 순간은, 담배 한 개비를 물고 불을 붙일 수 있다면 얼마나 근사할까 하고 정말로 오랜만에 생각했다. 성냥을 긋는 소리마저 귀에 들릴 것 같았다.

"대체 어떤 일이길래요?" 내가 물었다. 어떤 일인지 딱히 알고 싶지 않았고 가능하다면 모르는 채 넘어가고 싶었지만, 대화의 흐름상 그렇게 묻지 않을 수 없었다.

"간단히 말씀드려서, 그 아이의 초상화를 그려주셨으면 합니다." 멘시키가 말했다.

나는 그가 내뱉은 말의 문맥을 일단 머릿속에서 낱낱이 해체했다가 새로 배열해야 했다. 대단히 심플한 문맥이었음에도.

"다시 말해, 당신의 딸일지도 모르는 여자아이의 초상화를 제가 그린다는 거군요."

멘시키가 고개를 끄덕였다. "그렇습니다. 그게 제가 드리고 싶은 부탁입니다. 그것도 사진을 보고 그리는 것이 아니라 직접 눈앞에 모델로 앉히고 그려주셨으면 합니다. 저를 그리셨을 때처럼, 댁의 작업실로 그 아이를 불러서요. 그것이 유일한 조건입니다. 어떤 식으로 그릴지는 당연히 일임하겠습니다. 원하는 대로 그리시면 됩니다. 다른 주문은 일절 달지 않겠습니다."

나는 한동안 할말을 잃었다. 의문이 한둘이 아니었지만 일단 가장 먼저 떠오른 실질적인 문제부터 입에 올렸다. "하지만 어떻게 그 아이를 설득하죠? 아무리 근처에 산다지만 전혀 알지도 못하는 여자아이한테 다짜고짜 '초상화 모델이 되어주지 않겠니' 할 수는 없지 않나요."

"물론입니다. 그랬다가는 수상쩍은 눈길을 받고 경계심을 일으킬 뿐이겠죠."

"그럼 무슨 좋은 생각이라도 있으신가요?"

멘시키가 잠자코 내 얼굴을 바라보았다. 그러고는 조용히 문을 열고 작은 방에 발을 들여놓듯이 조심스럽게 입을 열었다.

"사실을 말씀드리면, 당신은 이미 그 아이를 알고 있습니다. 그 아이도 당신을 알고요."

"제가 그애를 알고 있다고요?"

"그렇습니다. 그 아이의 이름은 아키가와 마리에라고 합니다. 가을 추秋에 내 천川, 마리에는 히라가나로 씁니다. 알고 계시죠?"

아키가와 마리에. 아닌 게 아니라 귀에 익은 이름이었다. 하지만 이름과 이름 주인이 이상하게 잘 연결되지 않았다. 꼭 무언가가 가로막고 있는 것처럼. 그러나 잠시 후 퍼뜩 기억이 떠올랐다.

나는 말했다. "오다와라의 그림교실에 다니는 아키가와 마리에 말이군요?"

멘시키가 말했다. "맞습니다. 그래요. 당신은 그애에게 그림을 가르치고 있어요."

아키가와 마리에는 몸집이 작고 말이 없는 열세 살 소녀였다. 내가 맡은 강좌 중 어린이반에 다니고 있었다. 초등학생을 대상으로 한 강좌라 중학생인 그애는 제일 나이가 많았지만, 워낙 얌전한 탓인지 초등학생 틈에 섞여 있어도 전혀 눈에 띄지 않았다. 마치 기척을 죽이듯이 항상 구석자리에 앉아 있었다. 내가 그애를 기억하는 것은 어딘지 모르게 죽은 여동생과 분위기가 비슷했고, 더욱이 나이도 동생이 죽었을 때와 비슷하기 때문이었다.

수업중에 아키가와 마리에는 거의 말이 없었다. 내가 말을 걸어도 고개만 끄덕일 뿐 좀처럼 입을 열지 않았다. 꼭 무슨 말을 해야 할 상황에도 목소리가 아주 작아서 여러 번 되물어야 했다. 긴장을 잘하는지 내 얼굴도 똑바로 보기 힘들어하는 것 같았다. 다만 그림 그리기는 좋아하는 모양이라, 붓을 쥐고 종이를 마주하면 눈빛이 바뀌었다. 두 눈의 초점이 또렷해지고 날카로운 빛이 깃들었다. 그리고 상당히 흥미롭고 재미있는 그림을 그렸다. 결코 솜씨가 좋다고는 할 수 없지만 눈길을 끄는 그림이었다. 특히 색을 쓰는 방식이 평범하지 않았다. 어딘가 불가사의한 분위기의 소녀였다.

물이 흐르듯 곧고 매끄러운 검은 머리에, 이목구비가 인형처럼 또렷했다. 다만 너무 또렷한 탓에 전체적으로 보면 어딘가 현실과 동떨어진 듯한 분위기가 느껴졌다. 객관적으로는 미인형이라고 할 수 있겠으나 그저 간단히 '아름답다'고 단언하기에는 왠지 망설여지는 얼굴이다. 무언가가—짐작건대 일부 소녀들이 성장기에 발산하는 독특한 생경함 같은 것이—본래 있어야 할 아름다운 흐름을 가로막는 것이리라. 언젠가 어떤 계기로 그 걸림돌이 제거된다면 실로 아름다운 아가씨가 될지도 모른다. 그러나 그때까지는 아직 시간이 좀더 걸릴 것 같았다. 생각해보면 죽은 동생의 얼굴에도 얼마간 그런 경향이 있었다. 더 아름다워질 수 있을 거라고, 나는 그애를 보며 종종 생각했었다.

"아키가와 마리에는 당신의 친딸일지도 모른다. 그리고 이 골짜기 맞은편 집에 산다." 나는 새로 추가된 정보를 요약했다. "그리고 내가 그 아이를 모델로 초상화를 그리는 것. 그게 멘시키 씨가 원하시는 일인가요?"

"그렇습니다. 다만 제 심정으로는 당신에게 그 그림을 의뢰하는 것이 아닙니다. 저는 부탁을 드리는 겁니다. 그림이 완성되면, 그리고 물론 수락하신다면 제가 구입해서 언제든 볼 수 있도록 이 집 벽에 걸겠습니다. 그것이 제가 원하는 일, 아니, 부탁드리는 일입니다."

그래도 나는 아직 이야기의 앞뒤가 분명하게 이해되지 않았다. 그것만으로 끝나지는 않으리라는 어렴풋한 기우가 있었다.

"원하시는 것이 단지 그것뿐인가요?" 내가 물었다.

멘시키는 천천히 숨을 들이쉬었다가 내뱉었다. "솔직히 말씀드리면 부탁이 하나 더 있습니다."

"어떤 부탁이죠?"

"매우 사소한 일입니다." 그는 조용하지만 알게 모르게 긴장한 목소리로 말했다. "그 아이를 모델로 초상화를 그리실 때 제가 댁을 한번 방문하고 싶습니다. 그냥 우연히, 지나는 길에 슬쩍 들러본 것처럼요. 딱 한 번, 정말 잠깐이라도 상관없습니다. 그 아이와 같은 방에 있게 해주십시오. 같은 공기를 마시게 해주세요. 그 이상은 바라지 않습니다. 폐가 될 일은 결코 하지 않겠습니다."

그 얘기를 생각해보았다. 그리고 생각하면 할수록 마음이 불편해졌다. 나는 원래부터 무언가를 중개하는 역할이 되기를 꺼렸다. 남들의 강렬한 감정의 흐름에—그것이 어떤 감정이건 간에—휘말리는 것이 달갑지 않았다. 내 성격과 맞는 일도 아니었다. 하지만 멘시키를 위해 뭔가 해주고 싶다는 마음이 내 안에 있는 것도 분명했다. 어떻게 대답하면 좋을지 신중히 숙고해야 한다.

"그 얘기는 나중에 다시 생각해보죠." 나는 말했다. "그보다 문제는 과연 아키가와 마리에가 그림 모델이 되어줄 것인가 하는 점이에요. 그것부터 해결해야 합니다. 무척 얌전한 아이인데다, 고양이처럼 낯을 가려요. 그림 모델 같은 건 질색할지도 모릅니다. 아니면 보호자가 허락해주지 않을 수도 있고요. 제가 어떤 인간인지도 모르는 마당에 경계하는 것이 당연하지요."

"저는 그 그림교실 운영자인 마쓰시마 씨와 개인적으로 잘 아는 사이입니다." 멘시키가 서늘한 목소리로 말했다. "게다가 저는 마침 그 교실의 투자자랄까, 후원자 중 한 사람이기도 하지요. 마쓰시마 씨가 중간에서 거들어주면 비교적 수월하게 말이 통하지 않을까 합니다. 당신의 신원이 확실하고 경력 있는 화가라는 걸 보장한다고 한마디해주면 보호자도 아마 안심할 테지요."

이 남자는 모든 것을 계산하고 일을 진행시키고 있다, 나는 생각했다. 그는 일어날 가능성이 있는 모든 일을 예측하고 바둑의 포석처럼 하나씩 적절하게 손을 써둔 것이다. 마침 그렇다는 건 있을 수 없다.

멘시키가 말을 이었다. "평소 아키가와 마리에를 돌봐주는 사람은 고모입니다. 아버지의 동생이고, 독신이지요. 전에 말씀드렸듯이 어머니가 죽은 후로 그 집에 함께 살며 마리에의 엄마 노릇을 해왔어요. 아버지는 일이 바빠서 매일 꼼꼼하게 챙겨주기 힘드니까요. 그러니까 그 고모만 설득하면 문제없을 겁니다. 아키가와 마리에가 모델 일을 승낙하면 아마 보호자 자격으로 댁까지 따라오겠지요. 남자 혼자 사는 집에 여자아이 혼자 보내지는 않을 테니까요."

"아키가와 마리에가 그렇게 간단히 모델 일을 승낙할까요?"

"그 문제는 맡겨주십시오. 당신이 초상화 작업에 동의하신다면, 뒤따르는 몇 가지 실무적인 문제는 제가 손을 써서 해결하겠습니다."

나는 다시 한번 고민에 빠졌다. 아마도 이 남자는 눈앞의 '몇 가지 실무적인 문제'를 '손을 써서' 순조로이 해결할 것이다. 원래부터 그런 일이 특기인 사람이다. 하지만 그렇게까지 내가 이 문제에—무섭도록 복잡하게 얽힌 인간관계에—깊숙이 개입해도 괜찮을까. 여기에는 멘시키가 방금 털어놓은 것 이상의 계획이나 의도가 포함되어 있는 게 아닐까?

"제 의견을 솔직히 말씀드려도 괜찮을까요? 괜한 소리일지 모르지만, 어디까지나 상식적인 견해로 들어주시면 좋겠습니다." 나는 말했다.

"물론입니다. 뭐든 말씀하십시오."

"제 생각입니다만, 이 초상화 계획을 실행에 옮기기 전에 아키가와 마리에가 *정말로* 멘시키 씨의 친딸인지 알아볼 수단을 강구하는 편이 좋지 않을까요? 만약 마리에가 멘시키 씨의 친딸이 아니라는 결과가 나온다면 굳이 이렇게 성가신 일을 할 필요도 없는 셈이죠. 알아보기 쉽지야 않겠지만 무슨 방법이 있을 겁니다. 멘시키 씨라면 분명히 그 방법을 찾아내실 테고요. 제가 그 애 초상화를 그린다 한들, 그리고 그것을 당신 초상화와 나란히 걸어놓는다 한들, 문제가 해결을 향해 나아가는 건 아니잖아요."

멘시키는 약간 뜸을 두었다가 대답했다. "아키가와 마리에가 저와 피를 나눈 아이인지 아닌지 의학적으로 정확히 조사하려고 들면 할 수 있을 겁니다. 다소 품이 들겠지만 불가능한 일은 아니지요. 하지만 저는 그러고 싶지 않습니다."

"어째서요?"

"아키가와 마리에가 제 자식인지 아닌지는 중요한 요소가 아니기 때문입니다."

나는 입을 다물고 멘시키의 얼굴을 보았다. 그가 고개를 가로젓자 풍성한 백발이 바람에 나부끼듯 날렸다. 곧이어 그가 차분한 목소리로 말했다. 흡사 머리 좋은 대형견에게 간단한 동사 활용법을 가르치는 것처럼.

"물론 어느 쪽이든 상관없다는 의미는 아닙니다. 다만 저는 굳이 진실을 확인할 생각이 없는 겁니다. 아키가와 마리에가 내 친딸일지도 모른다. 혹은 아닐지도 모른다. 하지만 가령 그 아이가 정말 제 자식이라고 판명되면, 그때는 과연 뭘 어떻게 해야 할까요? 내가 네 진짜 아버지란다, 하고 그애 앞에 나서면 될까요? 마리에의 양육권을 청구하면 될까요? 아뇨, 그런 일은 절대 불가능합니다."

멘시키는 다시 한번 고개를 가볍게 젓고 무릎 위에서 두 손을 비볐다. 추운 밤 난로 앞에서 몸을 녹이는 사람처럼. 그러고는 말을 이었다.

"아키가와 마리에는 지금 아버지와 고모와 함께 그 집에서 평온하게 살아가고 있습니다. 어머니는 죽었지만 그래도 가정은—

아버지에게 몇 가지 문제가 있을지언정—비교적 건전하게 운영 중인 듯합니다. 적어도 그애와 고모 사이는 원만합니다. 그애에게는 이미 나름대로 생활이 완성되어 있어요. 그런데 불쑥 제가 나타나 마리에의 친부라고 주장하고, 또 그 사실이 과학적으로 증명된다 한들, 순순히 고개를 끄덕이고 수용할 수 있을까요? 진실은 오히려 혼란을 가져올 뿐입니다. 아마 결국에는 누구도 행복해지지 않겠죠. 물론 저를 포함해서."

"다시 말해 진실을 밝히기보다는 지금 상황을 이대로 지키고 싶다는 말씀이군요."

멘시키가 무릎 위에서 양손을 벌렸다. "간단히 말하면 그렇습니다. 이 결론에 다다르기까지 적잖은 시간이 걸렸습니다. 하지만 지금 제 심정은 굳건합니다. 저는 '아키가와 마리에는 내 친딸일지도 모른다'는 가능성을 가슴에 품은 채, 남은 생을 살아갈 생각입니다. 그애가 성장하는 모습을 일정한 거리를 두고 지켜보면서요. 그것으로 충분합니다. 가령 그애가 제 친딸임이 밝혀진다 해도 저는 결코 행복해질 수 없습니다. 상실감만 더 통절해질 따름이지요. 만약 그애가 친딸이 아니라면 그것도 그것대로 다른 의미에서 깊은 실망을 불러올 겁니다. 혹은 좌절해버릴지도 모르지요. 어느 쪽으로 흘러가건 바람직한 결과가 나오리라는 전망은 없습니다. 제가 말하고자 하는 바를 이해하시겠습니까?"

"대충 무슨 뜻인지는 이해됩니다. 논리적으로는요. 하지만 제가 멘시키 씨 입장이라면 역시 진실을 알고 싶을 것 같아요. 논리적인 부분은 제쳐두고, 일단 진짜 사실이 무엇인지 알고 싶은 게 인간의 자연스러운 감정이겠죠."

멘시키가 미소지었다. "그건 당신이 아직 젊기 때문입니다. 제 나이쯤 되면 당신도 분명 이 심정을 알게 될 겁니다. 진실이 때때로 사람에게 얼마나 깊은 고독을 가져오는지."

"그리고 당신이 원하는 것은 유일무이의 진실을 밝히는 게 아니라, 벽에 걸린 그애의 초상화를 매일 바라보며 그 안의 가능성을 곱씹는 일이다—정말 그 정도로 괜찮으신가요?"

멘시키가 고개를 끄덕였다. "그렇습니다. 저는 흔들림 없는 진실보다는 오히려 흔들릴 여지가 있는 가능성을 선택하겠습니다. 그 흔들림에 제 몸을 맡기는 쪽을 선택할 겁니다. 그게 부자연스러운 일이라고 생각하시나요?"

내게는 아무래도 부자연스러운 일처럼 느껴졌다. 적어도 자연스럽다고는 할 수 없다. 불건전하다고까지는 할 수 없어도. 하지만 어차피 그것은 멘시키의 문제이지 내 문제가 아니다.

나는 스타인웨이 위의 기사단장을 쳐다보았다. 기사단장과 눈이 마주쳤다. 그는 양손 검지를 허공에 쳐들고 좌우로 벌렸다. 아마 '대답은 미뤄두라'는 의미인 듯했다. 그런 다음 그는 오른손 검지로 왼팔 손목의 시계를 가리켰다. 당연히 기사단장은 손목시계를 차고 있지 않다. 시계를 찼을 법한 곳을 가리켰다는 말이다. 그리고 그 동작은 물론 '슬슬 돌아가는 게 좋다'는 뜻이었다. 그것은 기사단장의 충고이자 경고였다. 나는 따르기로 했다.

"오늘 부탁에 대한 답은 나중에 드려도 될까요? 좀 미묘한 문제이기도 하고, 저도 차분히 생각해볼 시간이 필요합니다."

멘시키가 무릎 위에 둔 양손을 들어 보였다. "물론입니다. 물론, 충분히 여유를 갖고 생각해보십시오. 서두를 생각은 전혀 없습니다. 제가 너무 많은 부탁을 드리는지도 모르겠군요."

나는 일어나서 저녁식사에 대한 감사를 표했다.

"아 참, 한 가지 말씀드리려다가 잊어버린 것이 있습니다." 멘시키가 문득 생각난 것처럼 말했다. "아마다 도모히코 씨 얘기입니다. 일전에 그의 오스트리아 유학 시절 이야기가 나왔었지요. 유럽에서 2차세계대전이 발발하기 직전 빈에서 급히 귀국했다는 것도요."

"네, 기억납니다. 그런 이야기를 했지요."

"그래서 자료를 좀 찾아봤습니다. 저도 그때 경위에 적잖이 흥미가 생겨서 말이죠. 우선 워낙 오래전 일이라 진상이 확실하진 않습니다. 하지만 당시에도 제법 소문이 돌았던 모양입니다. 일종의 스캔들처럼."

"스캔들요?"

"그렇습니다. 아마다 씨는 빈에서 한 암살미수사건에 연루되었는데, 그것이 정치 문제로 번질 소지가 보이자 베를린 주재 일본 대사관이 손을 써서 그를 몰래 귀국시켰다는 소문이 일부에서 나돈 모양입니다. 때는 안슐루스 직후입니다. 안슐루스에 대해서는 알고 계시지요?"

"1938년, 독일의 오스트리아 합병이죠."

"그렇습니다. 오스트리아는 히틀러에 의해 독일에 합병되었습니다. 정치적인 소동 끝에 나치스가 전토를 거의 강권으로 장악했고 오스트리아라는 나라는 소멸해버렸습니다. 1938년 3월의 일이지요. 물론 그로써 큰 혼란이 발생했습니다. 북새통에 말려들어 적지 않은 사람들이 살해됐어요. 암살되거나, 자살로 위장되어 죽거나, 아니면 강제수용소로 보내졌지요. 아마다 도모히코가 빈에서 유학한 건 그런 격동의 시대였습니다. 소문으로는 유학 시절 아마다 도모히코에게 깊은 사이였던 오스트리아인 연인이 있었는데, 그 때문에 그도 사건에 휘말렸던 모양입니다. 대학생 중심의 지하 저항조직이 나치 고관의 암살 계획을 세운 거죠. 그건 독일 정부에도 일본 정부에도 썩 바람직한 사건이 아니었습니다. 그로부터 약 일 년 반 전 방공협정을 맺은 뒤로, 일본과 나치스 독일의 결속력은 날이 갈수록 강해지고 있었으니까요. 양국 모두 서로의 우호관계를 저해할 만한 사태가 수면으로 떠오르는 일만은 피하고 싶었을 겁니다. 더욱이 아마다 도모히코는 젊지만 일본 내에서 이미 이름이 알려진 화가였고, 그의 부친은 대지주이자 정치적 발언력이 있는 지방 유력자였습니다. 그런 사람을 쥐도 새도 모르게 처치해버릴 수는 없었겠지요."

"그래서 아마다 도모히코는 빈에서 일본으로 송환되었다?"

"그렇습니다. 송환되었다기보다 구출되었다는 표현이 적절할 겁니다. 윗선의 '정치적 배려'에 의해 구사일생으로 목숨을 건진 셈이지요. 그렇게 중대한 혐의로 게슈타포에 체포되면, 설령 명확한 증거가 없다 해도 살아남을 가능성은 거의 희박하니까요."

"그리고 암살 계획은 실행되지 않았고요?"

"미수에 그쳤습니다. 계획을 세운 조직 내부에 밀고자가 있어서 정보가 전부 게슈타포로 새어나가버렸죠. 결국 조직의 멤버가 일망타진되었습니다."

"그런 사건이 있었다면 상당히 큰 화제가 되었을 텐데요."

"그런데 이상하게도 그 이야기는 세간에 전혀 유포되지 않았습니다." 멘시키가 말했다. "스캔들처럼 은밀히 이야기가 돌기는 했지만 공적 기록도 남지 않았다고 합니다. 나름의 이유가 있어 비밀리에 처리된 모양이죠."

그렇다면 그의 그림 〈기사단장 죽이기〉에 등장하는 '기사단장'은 나치 고관이었는지도 모른다. 그 그림은 1938년 빈에서 일어나야 했던(그러나 실제로는 일어나지 않았던) 암살사건을 가상으로 묘사한 것인지도 모른다. 아마다 도모히코와 그의 연인은 사건에 관련되어 있었다. 계획이 당국에 발각되어 두 사람은 헤어졌고, 아마 그녀는 죽음을 맞았을 것이다. 그는 일본에 돌아온 후 빈에서의 통절한 체험을 보다 상징적인 일본화의 필치로 옮겼다. 즉 천 년 전 아스카 시대의 정경으로 '번안'한 것이다. 짐작건대 〈기사단장 죽이기〉는 아마다 도모히코가 자기 자신을 위해 그렸던 작품이리라. 그는 청년 시절의 무자비하고 참혹한 기억을 보존하기 위해, 스스로를 위해 그 그림을 그리지 않을 수 없었다. 그랬기에 그림을 완성하고도 공식적으로 발표하지 않고, 아무도 보지 못하도록 단단히 포장해 자기 집 천장 위에 감춘 것이다.

어쩌면 일본에 돌아온 아마다 도모히코가 서양화가로서의 경력을 과감하게 내던지고 일본화로 전향한 이유 중 하나가 빈에서의 그 사건인지도 모른다. 그는 과거의 자신과 깨끗하게 결별하고 싶었는지도 모른다.

"어떻게 그런 걸 다 조사하셨나요?" 나는 물었다.

"물론 제가 직접 다리품을 판 건 아닙니다. 지인이 일하는 단체에 조사를 부탁했지요. 워낙 옛날 일이라 어디까지가 사실인지는 책임질 수 없습니다. 하지만 복수의 소스가 있으니 기본적으로는 믿어도 될 만한 정보입니다."

"아마다 도모히코 씨에게는 오스트리아인 연인이 있었다, 그녀는 지하 저항조직의 멤버였다, 그래서 그도 암살 계획에 가담하게 되었다."

멘시키는 고개를 약간 갸웃했다. 그리고 입을 열었다. "만일 그렇다면 상당히 극적인 전개인데, 그 사정을 아는 관계자는 거의 죽고 없습니다. 진실이 정확히 어떤지 우리가 알아낼 수단은 이제 없어 보입니다. 또한 사실이라 해도 이런 이야기는 대개 전해지는 과정에서 살이 붙는 법이지요. 어쨌거나 참 멜로드라마 같은 얘기입니다."

"아마다 도모히코 씨가 그 계획에 얼마나 깊이 개입했는지는 알 수 없다는 거죠?"

"네, 그것까지는 알 수 없습니다. 그저 저 혼자 멜로드라마의 줄거리를 상상해본 것뿐이죠. 어쨌든 그런 경위로 아마다 도모히코 씨는 빈에서 추방되어 연인에게 이별을 고하고—혹은 이별조차 고하지 못하고—브레멘 항에서 여객선을 타고 일본으로 돌아왔습니다. 전쟁중에는 아소의 시골 마을에 틀어박혀 깊은 침묵을 지켰고, 종전과 함께 일본화가로 다시 데뷔하며 사람들을 놀라게 했습니다. 그것도 상당히 드라마틱한 전개죠."

그렇게 아마다 도모히코의 이야기는 끝이 났다.

나를 태우고 온 검은색 인피니티가 집 앞에서 조용히 기다리고 있었다. 아직 가랑비가 오락가락했고 공기는 습하고 차가웠다. 본격적인 코트가 필요한 계절이 바로 앞까지 와 있다.

"시간 내어 와주셔서 감사합니다." 멘시키가 말했다. "기사단장께도 감사인사를 드립니다."

나야말로 감사인사를 하고 싶네, 기사단장이 귓전에 속삭였다. 물론 그 목소리는 내 귀에만 들린다. 나는 한번 더 멘시키에게 저녁식사에 대한 감사를 표했다. 정말 훌륭한 요리였습니다. 마음껏 즐겼습니다. 기사단장도 고마워할 겁니다.

"식사 뒤 재미없는 이야기를 꺼내는 바람에 좋은 밤을 망친 건 아닌가 모르겠군요." 멘시키가 말했다.

"당치않습니다. 다만 말씀하신 문제는 좀더 생각해보게 해주십시오."

"물론입니다."

"저는 생각하는 데 시간이 걸리는 편입니다."

"그건 저도 마찬가지입니다." 멘시키가 말했다. "두 번 생각하기보다 세 번 생각하는 편이 좋다는 게 저의 모토입니다. 그리고 시간만 허락한다면 세 번 생각하기보다 네 번 생각하는 편이 좋지요. 천천히 생각해보십시오."

운전기사가 뒷좌석 문을 열어놓고 기다리는 중이었다. 나는 차에 올라탔다. 기사단장도 같이 탔을 테지만 그 모습은 내 눈에 보이지 않았다. 자동차는 아스팔트 비탈길을 오르더니 열려 있는 대문을 빠져나가 천천히 산길을 내려갔다. 하얀 저택이 시야에서 사라지자 오늘 저녁 그곳에서 일어난 모든 것이 꿈속에서 겪은 일처럼 느껴졌다. 뭐가 정상이고 뭐가 정상이 아닌지, 뭐가 현실이고 뭐가 현실이 아닌지 점점 구분하기 힘들어졌다.

눈에 보이는 것이 현실이야, 기사단장이 귓전에 속삭였다. *두 눈 똑바로 뜨고 봐두게나. 판단은 나중에 하면 돼.*

두 눈 똑바로 뜨고 있어도 놓치는 게 많을 것 같은데, 나는 생각했다. 어쩌면 그렇게 생각하다가 입 밖으로 작게 중얼거리고 말았는지도 모른다. 운전기사가 룸미러로 내 얼굴을 흘금 보았기 때문이다. 나는 눈을 감고 시트 깊숙이 몸을 묻었다. 그리고 생각했다. 이런저런 판단을 영원히 미룰 수 있다면 얼마나 멋질까.

집에 돌아오니 열시가 조금 못 되었다. 나는 세면대에서 이를 닦고 잠옷으로 갈아입고 침대에 들어가 그대로 잠들었다. 당연히 많은 꿈을 꾸었다. 하나같이 기분이 편치 않은, 기묘한 꿈이었다. 빈의 거리에서 무수히 펄럭이는 하켄크로이츠 깃발, 브레멘 항을 출항하는 대형 여객선, 해안의 브라스밴드, 푸른 수염의 열어서는 안 되는 방, 스타인웨이 피아노를 치는 멘시키.

26

이 이상의 구도는 있을 수 없다

이틀 후, 도쿄의 에이전트에게서 전화가 왔다. 멘시키 씨가 그림 대금을 지불했으며 에이전시 수수료를 제하고 내 은행 계좌로 송금했다는 용건이었다. 나는 액수를 듣고 놀랐다. 처음에 들었던 것보다도 더 많았기 때문이다.

"완성된 그림이 기대했던 것보다 훌륭해서 보너스로 사례금을 추가했다, 감사의 표시이니 사양 말고 받아주기 바란다는 멘시키 씨의 메시지가 있었습니다." 담당자가 말했다.

나는 가볍게 신음을 흘렸지만 말은 나오지 않았다.

"실물을 보진 못했지만 멘시키 씨가 메일로 사진을 보내주셔서 봤습니다. 비록 사진상이지만 저도 매우 훌륭한 작품이라고 느꼈습니다. 초상화의 영역을 뛰어넘은 작품인 동시에 초상화로서도 실득력이 있더군요."

나는 고맙다고 말했다. 그리고 전화를 끊었다.

잠시 후 여자친구가 전화를 걸어왔다. 내일 오전에 가도 괜찮은지 묻기에 괜찮다고 했다. 금요일은 그림교실이 있는 날이지만 그 시간이면 여유가 있다.

"그제 멘시키 씨 집에서 저녁 먹었어?" 그녀가 물었다.

"음, 아주 제대로 된 식사였어."

"맛있었어?"

"무척. 와인도 훌륭했고, 요리도 더할 나위 없었어."

"집안은 어땠어?"

"근사하더군." 나는 말했다. "하나하나 묘사하기만 해도 한나절은 가볍게 지나갈 거야."

"만나면 자세히 이야기해줄 거야?"

"전에? 아니면 후에?"

"후가 좋겠어." 그녀가 간결하게 말했다.

전화를 끊고 작업실로 가서 벽에 걸린 아마다 도모히코의 〈기사단장 죽이기〉를 바라보았다. 지금껏 셀 수 없이 봐온 그림이지만 멘시키의 이야기를 듣고 다시 보니 불가사의할 만큼 생생한 리얼리티가 느껴졌다. 흔히 볼 수 있는 역사화와 달리 과거의 사건을 회고적으로 화폭에 옮기는 데 머물지 않는다. 네 등장인물

('긴 얼굴'은 제외하고) 하나하나의 표정이며 움직임에서 상황에 대한 각자의 생각이 읽히는 것 같았다. 기사단장의 가슴에 장검을 찌른 젊은 남자의 얼굴은 지극히 무표정했다. 아마 마음을 닫고 감정을 꾹 눌러 감추고 있으리라. 가슴에 검이 박힌 기사단장의 얼굴에서는 고통과 더불어 '설마하니 이런 일이'라는 순수한 놀라움이 읽힌다. 곁에서 지켜보는 젊은 여인은(오페라의 돈나 안나다) 격렬하게 대립하는 감정 때문에 말 그대로 몸이 둘로 갈라질 듯 보인다. 아름다운 얼굴이 번민으로 일그러졌다. 희고 고운 손으로 입을 가리고 있다. 하인으로 보이는 작고 다부진 남자(레포렐로)는 예상치 못한 전개에 숨죽인 채 하늘을 우러러보고 있다. 오른손은 뭔가를 붙잡으려는 것처럼 허공으로 뻗었다.

구성은 완벽했다. 이 이상의 구도는 있을 수 없다. 다듬고 또 다듬어서 만들어낸 훌륭한 배치다. 네 인물은 동작의 역동성을 생생히 유지한 채 순간 동결되었다. 나는 그 구도 위에 1938년 빈에서 일어났을지도 모르는 암살사건의 정황을 포개어보았다. 기사단장은 아스카 시대 의상이 아니라 나치 제복을 입었다. 혹은 검은색 친위대 제복일 수도 있다. 가슴에는 장검이나 단도가 꽂혀 있다. 칼을 찌르는 이는 아마다 도모히코 본인인지도 모른다. 옆에서 경악하는 여자는 누구일까? 아마다 도모히코의 오스트리아인 연인일까? 대체 무엇이 그토록 그녀의 마음을 찢어놓았을까?

나는 스툴에 앉아 〈기사단장 죽이기〉를 한참 바라보았다. 상상력을 이리저리 굴려보면 이런저런 우의寓意나 메시지를 읽어낼 수 있었다. 하지만 아무리 그럴듯하게 이야기를 짜맞춘들 결국에는 근거 없는 가설에 불과하다. 그리고 멘시키가 알려준 이 그림의 배경—배경으로 짐작되는 것—은 공인된 역사적 사실이 아니라 어디까지나 풍설일 뿐이다. 혹은 그저 멜로드라마이거나. 전부, 그럴지도 모른다는 말로 끝나는 이야기다.

지금 여기 동생이 같이 있어주면 좋을 텐데, 문득 그런 생각이 들었다.

만일 고미가 여기 있다면 내게 지금껏 일어난 일을 전부 들려줄 테고, 그애는 중간중간 짤막한 질문을 해가며 조용히 귀기울일 것이다. 아무리 앞뒤가 뒤죽박죽이고 복잡하게 꼬인 이야기라 해도 그애는 아마 미간을 찌푸리거나 놀라움에 소리를 지르지 않을 것이다. 차분하고 사려 깊은 표정은 변하지 않는다. 그리고 내가 이야기를 마치면 잠시 뜸을 들였다가 몇 가지 유익한 충고를 해줄 것이다. 우리는 어렸을 때부터 그런 교류를 이어왔다. 그런데 생각해보면 고미가 내게 상담을 청한 적은 없었다. 내가 기억하는 한은 단 한 번도. 왜일까? 그애는 그럴 만한 정신적 곤란에 직면한 적이 없었을까? 아니면 내게 상담한들 별수없다고 체념했던 걸까? 아마도 양쪽 다 반반 아니었을까.

그러나 그애가 건강을 되찾아서 열두 살에 죽지 않았다 해도, 그렇듯 친밀한 오누이 관계는 별로 오래가지 못했을지도 모른다. 고미는 평범하기 그지없는 남자와 결혼해 먼 도시로 떠나고, 나날의 생활에 신경이 닳고, 육아에 지쳐서, 예전 같은 순수한 반짝임을 잃고, 내 고민을 들어줄 여유 같은 건 없어졌을지도 모른다. 인생이 어디로 어떻게 나아갈지는 아무도 모르는 법이다.

나와 아내 사이의 문제는 내가 무의식적으로 죽은 동생의 대역을 유즈에게 요구했던 탓인지도 모른다. 그런 느낌이 없지 않았다. 나 자신은 물론 그럴 생각이 아니었을 테지만, 생각해보면 동생을 잃은 뒤로 정신적 곤란에 직면했을 때 의지할 수 있는 파트너를 마음속에서 늘 찾아왔던 것 같다. 물론 굳이 말할 필요도 없이 아내는 동생과 다르다. 유즈는 고미가 아니다. 입장이 다르고 역할이 다르다. 무엇보다 함께 쌓아온 역사가 다르다.

그런 생각을 하는 사이, 불현듯 결혼 전 세타가야 구 기누타에 있는 유즈 부모님의 집을 찾아갔을 때가 떠올랐다.

유즈의 아버지는 일류 은행 지점장이었다. 아들(유즈의 오빠) 역시 은행원으로 같은 은행에 근무했다. 두 사람 다 도쿄 대학 경제학부를 나왔다고 했다. 워낙에 은행원이 많은 집안 같았다. 나는 유즈와 결혼하고 싶었고(물론 유즈도 마찬가지였고) 그 뜻을 그녀의 부모님에게 전하러 간 것이었는데, 삼십여 분간 이어진 유즈 아버지와의 만남은 어느 견지에서 봐도 우호적이라고 하기 어려웠다. 나는 안 팔리는 화가였고, 아르바이트로 초상화를 그릴 뿐 고정 수입이라 할 만한 것도 없었다. 장래성이라고 봐줄 것도 거의 없다. 아무리 생각해도 엘리트 은행원 아버지가 호감을 가질 만한 사윗감은 아니었다. 그 정도는 충분히 예상했기에 무슨 말을 듣고 어떤 비난을 받아도 냉정을 잃지 않기로 다짐하고 그 자리에 나갔다. 게다가 나는 원래부터 참을성이 많은 성격이다.

그런데도 유즈 아버지의 장황한 설교를 경청하고 있자니 생리적인 혐오감 같은 것이 치밀어 감정을 다스리기가 점점 힘들어졌다. 속이 거북하고 메스꺼울 정도였다. 급기야 나는 이야기 도중에 자리에서 일어나, 죄송하지만 화장실을 좀 쓰고 싶다고 말했다. 그리고 변기 앞에 꿇어앉아 뱃속의 것을 게워버리려고 했다. 하지만 그러지 못했다. 위장에 든 것이 거의 없었기 때문이다. 위액조차 나오지 않았다. 대신 심호흡을 거듭하며 기분을 추슬렀다. 입속의 불쾌한 냄새는 물로 헹궈냈다. 손수건으로 얼굴의 땀을 닦고 거실로 돌아갔다.

"괜찮아?" 유즈가 내 얼굴을 보고 걱정스럽게 물었다. 아마 안색이 말이 아니었으리라.

"결혼하는 거야 본인 자유지만 오래가진 않을 걸세. 뭐, 기껏해야 사오 년이겠지." 그것이 그날 헤어지며 유즈의 아버지가 내게 마지막으로 한 말이었다(나는 아무 대꾸도 하지 못했다). 그 말은 불쾌한 울림과 함께 귓전에 남아, 일종의 저주처럼 두고두고 나를 따라다녔다.

그녀의 부모님은 끝내 인정하지 않았지만 우리는 혼인신고를 하고 정식으로 부부가 되었다. 내 부모님과는 거의 연락이 끊긴 상태였다. 결혼식은 올리지 않았다. 친구들이 자리를 마련해 간단한 축하파티를 열어줬을 뿐이었다(그 중심이 된 것은 물론 사람 챙기는 게 특기인 아마다 마사히코였다). 그래도 우리는 행복했다. 적어도 처음 몇 년은 틀림없이 행복했다고 생각한다. 사오 년 정도, 우리 사이에 문제다운 문제는 존재하지 않았다. 그러나 이윽고 대형 여객선이 바다 한복판에서 키를 돌리는 것처럼 느릿한 전환이 일어났다. 나는 아직도 그 이유를 잘 모른다. 전환점을 정확히 집어내기도 불가능하다. 아마 그녀가 결혼생활에서 원했던 것과 내가 원했던 것 사이에 어떤 차이가 있었고, 시간이 갈수록 그 괴리가 커졌던 것이리라. 그리고 그 사실을 깨달았을 때 그녀는 이미 다른 남자와 은밀히 만나고 있었다. 결혼생활은 결국 육 년 정도밖에 지속되지 않았다.

그녀의 아버지는 아마 우리의 결혼이 파경을 맞았음을 알고 '그러게 내가 뭐랬나' 하며 회심의 미소를 지었을 것이다(그의 예상보다는 일이 년 더 버틴 셈이지만). 그리고 유즈가 나와 헤어진 것을 오히려 잘된 일로 생각하고 기뻐했으리라. 유즈는 나와 헤어진 후 부모님과의 관계를 회복했을까? 물론 나는 알 도리가 없고, 알고 싶지도 않다. 그것은 그녀의 개인적인 문제이지 내가 관여할 일이 아니다. 그래도 역시 유즈 아버지의 저주는 여전히 내 머리 위를 떠나지 않은 듯했다. 그 막연한 기척과 은근한 무게가 지금도 느껴졌다. 그리고 스스로는 인정하기 싫지만, 내 마음은 생각보다 깊은 상처를 입어 피를 흘리고 있었다. 아마다 도모히코의 그림 속, 검에 꿰뚫린 기사단장의 심장처럼.

이윽고 가을의 짧은 낮시간이 지나고 해질녘이 찾아왔다. 하늘이 순식간에 어둑해지고 칠흑처럼 매끄러운 까마귀들이 요란하게 우짖으며 골짜기 상공을 가로질러 잠자리로 돌아갔다. 나는 테라스에 나가 난간에 기대어 골짜기 맞은편 멘시키의 집을 바라보았다. 정원의 수은등에 벌써 불이 들어와 어둠 속에서 새하얀 외벽이 도드라져 보였다. 그 테라스에서 고성능 망원경으로 밤마다 남몰래 아키가와 마리에의 모습을 찾아보는 멘시키를 떠올렸다. 그는 그 행위를 가능하게 하고자, 오로지 그 한 가지 목적만으로, 무리한 수단을 써서 저 하얀 집을 손에 넣었다. 거금을 지불하고 번거롭게 품을 들여, 너무 클뿐더러 취향에 맞다고도 하기 힘든 저택을.

그리고 신기하게도(적어도 나는 그렇게 느꼈다) 언젠가부터 나는 멘시키라는 사람에 대해 지금껏 다른 이에게는 느껴본 적 없는 친밀함을 품게 되었다. 친근감, 아니, 연대감이라 해도 좋을지 모른다. 우리는 어찌 보면 닮은꼴인지도 모른다—그런 생각이 들었다. 우리는 손에 쥐고 있는 것, 혹은 장차 손에 넣을 것이 아니라 오히려 잃어버린 것, 지금은 손에 없는 것을 동력 삼아 나아가고 있다. 그렇다고 그의 행위를 내가 납득할 수 있었다는 말은 아니다. 그것은 명백히 내 이해력의 범위를 넘어선 일이었다. 하지만 적어도 그 동기를 이해할 수는 있었다.

나는 부엌에서 아마다 마사히코가 주고 간 싱글몰트로 온더록스를 만들고, 거실 소파에 앉아 아마다 도모히코의 레코드 컬렉션에서 슈베르트의 현악 4중주곡을 골라 턴테이블에 올렸다. 일명 〈로자문데〉라는 작품이다. 멘시키의 집 서재에서 들었던 음악이었다. 그 음악을 들으면서 이따금 얼음이 든 유리잔을 흔들었다.

그날 기사단장은 끝내 한 번도 모습을 보이지 않았다. 그는 수리부엉이와 함께 천장 위에서 조용히 쉬고 있는지도 모른다. 이데아에게도 역시 휴일은 필요하다. 나도 그날은 한 번도 캔버스를 마주하지 않았다. 나에게도 역시 휴일은 필요하다.

기사단장을 위해 나는 홀로 술잔을 가볍게 들어올렸다.

27

모양은 그렇게 생생히 기억하면서

집에 온 여자친구에게 멘시키의 집에서 보낸 저녁에 대해 이야기해주었다. 물론 아키가와 마리에의 존재나 테라스의 삼각대가 달린 고성능 망원경, 기사단장의 은밀한 동반 등은 제외하고. 내가 한 이야기는 그날 나온 식사 메뉴나 집의 구조, 안에 놓여 있던 가구처럼 무해한 것뿐이었다. 우리는 둘 다 완전히 벌거벗고 침대에 누워 있었다. 삼십여 분에 걸친 행위가 끝난 뒤였다. 기사단장이 어디서 보고 있을 것 같아 처음에는 기분이 영 뒤숭숭했지만 도중에는 그것조차 잊어버렸다. 보고 싶으면 보라지.

그녀는 응원 팀의 전날 경기 득점 경과를 시시콜콜 챙기는 열혈 스포츠팬처럼, 그날 식탁에 무슨 음식이 올랐는지 상세히 알고 싶어했다. 나는 전채부터 디저트까지, 와인부터 커피까지, 기억나는 것들을 최대한 정확하게 묘사해주었다. 식기도 포함해서. 나는 원래 그런 시각적 기억력이 좋았다. 뭐든 한번 집중해서 시야에 넣으면 어느 정도 시간이 지나서도 구석구석 꽤 자세하고 구체적으로 떠올릴 수 있다. 따라서 눈앞에 있는 물체를 재빨리 스케치하는 것처럼 요리의 특징을 하나하나 회화적으로 재현할 수 있었다. 그녀는 황홀한 눈빛으로 내 묘사에 귀를 기울였다. 이따금 침까지 삼키는 것 같았다.

"멋지네." 그녀가 꿈이라도 꾸는 듯한 얼굴로 말했다. "딱 한 번이라도 좋으니 나도 그렇게 훌륭한 식사를 대접받아보고 싶어."

"그런데 솔직히 음식맛은 거의 기억이 안 나." 내가 말했다.

"음식맛은 별로 기억이 안 난다고? 맛있지 않았어?"

"맛있었어. 무척 맛있었지. 그건 기억이 나. 그런데 그게 어떤 맛이었는지는 생각이 안 나고, 구체적으로 뭐라고 설명하기도 힘들어."

"모양은 그렇게 생생하게 기억하면서?"

"음, 그림쟁이니까 음식의 모양을 그대로 재현할 수는 있어. 그게 일이기도 하니까. 하지만 내용물은 설명할 수 없어. 소설가라면 아마 맛에 대해서도 표현할 수 있겠지만."

"이상하네." 그녀가 말했다. "그럼 나랑 이런 일을 해도, 나중에 그림으로는 자세히 그릴지언정 그 감각을 말로 표현하는 건 불가능하다는 거야?"

나는 그녀의 질문을 머릿속에서 한차례 정리해보았다. "다시 말해 성적 쾌감에 대해서?"

"그래."

"그러게. 아마 그렇지 않을까. 그래도 섹스와 식사를 비교하면 성적 쾌감보다 음식맛을 설명하는 쪽이 더 어려울 것 같은데."

"그러니까." 그녀는 초겨울 해질녘의 냉기가 느껴지는 목소리로 말했다. "내가 제공하는 성적 쾌감보다 멘시키 씨가 대접한 음식맛이 더 섬세하고 깊이 있다는 뜻일까?"

"아니, 그런 건 아니야." 나는 당황해서 설명을 덧붙였다. "그것과는 달라. 내 말은 내용의 질적 비교가 아니라 그저 설명의 난이도 문제야. 기술적인 의미에서."

"뭐, 됐어." 그녀가 말했다. "내가 당신한테 제공하는 것도 나쁘지는 않지? 기술적인 의미에서."

"물론." 나는 말했다. "당연히 훌륭하지. 기술적인 의미에서도, 다른 어떤 의미에서도, 그림으로도 그릴 수 없을 만큼 훌륭해."

솔직히 그녀가 내게 주는 육체적 쾌감은 두말할 나위가 없었다. 나는 지금껏 몇 명의 여자와—자랑할 만큼 많은 수는 아니지만—경험을 가졌다. 그러나 그녀의 성적 기관은 내가 아는 누구의 그것보다 섬세하고 변화가 풍부했다. 그것이 리사이클되지 않고 몇 년이나 방치되어 있었다니 정말이지 유감스러웠다. 내가 그렇게 말하자 그녀는 그리 싫지는 않은 얼굴을 했다.

"진짜야?"

"진짜야."

그녀는 의심스러운 듯 내 옆얼굴을 잠시 보았지만 결국에는 믿어주는 눈치였다.

"그래서, 차고는 구경했어?" 그녀가 내게 물었다.

"차고?"

"영국차 네 대가 주차되어 있다는 전설의 차고."

"아니, 못 봤는데." 내가 말했다. "대지가 워낙 넓어서 차고까지는 눈에 안 들어왔어."

"흐음." 그녀가 말했다. "정말로 재규어 E타입을 갖고 있는지도 안 물어봤어?"

"응, 물어보지 않았어. 생각도 못했는데. 그렇게 자동차에 관심 있는 편이 아니라서."

"도요타 코롤라 왜건 중고차로 충분하다?"

"그렇지."

"나라면 E타입을 한번 만져보고 싶다고 했을 텐데. 정말 아름다운 차거든. 어릴 적 오드리 헵번과 피터 오툴이 나오는 영화를 본 뒤로 내 꿈의 차가 됐어. 영화에서 피터 오툴이 번쩍거리는 E타입을 타고 나오지. 색깔이 뭐였더라? 아마 노란색이었을 거야."

그녀가 소녀 시절 접했던 스포츠카에 대한 생각에 빠진 사이 나의 뇌리에는 예의 스바루 포레스터가 떠올랐다. 미야기 현 해안의 작은 마을, 변두리 패밀리레스토랑 주차장에 서 있던 흰색 스바루. 내 관점에서 보면 특별히 아름다운 차라고는 하기 힘들다. 그저 평범한 소형 SUV, 실용성을 중시해 만든 투박한 기계다. 그것을 보고 절로 만져보고 싶어지는 사람은 많지 않으리라. 재규어 E타입과는 다르다.

"그럼 온실이나 트레이닝 룸도 구경 못한 거야?" 그녀가 물었다. 멘시키의 집 이야기다.

"응. 온실도, 트레이닝 룸도, 세탁실도, 입주 도우미의 방도, 부엌도, 다다미 여섯 장 넓이는 된다는 드레스 룸도, 당구대가 놓인 오락실도, 직접 보지는 못했어. 안내해주지 않았으니까."

멘시키에게는 그날 밤, 반드시 내게 해야 할 중요한 이야기가 있었다. 느긋하게 집 안내나 하고 있을 계제가 아니었으리라.

"정말로 다다미 여섯 장 넓이의 드레스 룸이나 당구대가 놓인 오락실이 있어?"

"몰라. 그냥 내 상상이야. 정말 있다 해도 이상할 것 없지만."

"서재 말고 다른 방은 전혀 보지 못한 거야?"

"응. 딱히 인테리어디자인에 흥미가 있는 것도 아니라서. 구경한 건 현관과 거실, 서재, 식당뿐이야."

"예의 '푸른 수염의 열어서는 안 되는 방'이 대충 어디인지도 못 봤어?"

"그럴 여유가 없었어. '그나저나 멘시키 씨, 그 유명한 "푸른 수염의 열어서는 안 되는 방"이 어딘가요?'라고 물어볼 수도 없는 노릇이고."

그녀는 재미없다는 듯이 혀를 차고 고개를 몇 번 가로저었다. "하여간 남자들은 이래서 안 된다니까. 호기심이란 게 없나? 나였다면 구석구석 핥듯이 구경하고 다녔을 텐데."

"남자와 여자는 원래 호기심의 영역이 다른가봐."

"그런가보네." 그녀가 체념한 듯 말했다. "뭐, 됐어. 멘시키 씨의 집 내부에 대해 새로운 정보를 많이 얻은 것으로 만족해야지."

나는 조금 걱정스러워졌다. "정보를 모아두는 건 상관없지만, 다른 데 너무 소문내고 다니면 내 입장이 좀 난처해져. 왜, 그 정글 통신으로……"

"괜찮아. 당신이 일일이 걱정할 필요는 없대도." 그녀가 명랑하게 말했다.

이어서 그녀는 내 손을 살짝 잡아 자신의 클리토리스로 가져갔다. 그리하여 우리 호기심의 영역은 다시 폭넓게 겹쳐졌다. 그림교실에 갈 때까지는 아직 시간이 있었다. 문득 작업실에 놓아둔 방울이 작게 울린 것 같았지만, 아마 헛들은 것이리라.

세시 반에 그녀가 빨간색 미니를 몰고 돌아간 후, 작업실에 가서 선반 위의 방울을 집어들고 살펴보았다. 육안으로는 특별한 변화가 보이지 않았다. 그것은 그저 조용히 놓여 있을 뿐이었다. 주위를 둘러봐도 기사단장의 모습은 없었다.

나는 캔버스 앞 스툴에 앉아서 그리다 만 흰색 스바루 포레스터를 탄 남자의 초상화를 바라보았다. 이제부터 나아갈 방향을 가늠해볼 생각이었다. 그런데 예상도 하지 못했던 사실 한 가지를 발견했다. 그림은 이미 완성되어 있었다.

말할 필요도 없이 그림은 아직 제작중이었다. 몇 가지 아이디어가 드러났고 앞으로 하나씩 구상화되어갈 단계였다. 지금 캔버스에 그려진 것은 내가 만든 세 가지 색 물감만으로 조형된, 남자 얼굴의 대략적인 원형일 뿐이다. 목탄 밑그림 위에 색을 거칠게 입힌 것이 전부다. 물론 내 눈은 그 화폭에서 〈흰색 스바루 포레스터의 남자〉의 본모습을 떠올릴 수 있다. 말하자면 잠재적으로, 트릭아트처럼 그의 얼굴이 그려져 있다. 그러나 내가 아닌 다른 사람 눈에는 아직 그 모습이 보이지 않는다. 아직은 단순한 밑그림일 뿐이다. 이윽고 찾아들 것의 시사와 암시에 머물러 있다. 그런데 그 남자는—내가 과거의 기억에서 불러내 그려내려는 인물은—지금 화폭에 제시된 암묵적인 자기 모습에 이미 만족한 것 같았다. 혹은 자기 모습을 더이상 드러내지 말라고 강력히 요구하는 것 같았다.

더이상 아무것도 손대지 마, 남자가 그림 속에서 내게 말했다.

혹은 명령했다. 이대로 아무것도 건드리지 마라.

그림은 미완성 상태로 완성되어 있었다. 그 남자는 불완전한 형상으로 그곳에 완전히 실재했다. 모순된 어법이지만 달리 표현할 길이 없다. 그리고 남자의 감춰진 상像은 화폭 속에서 작가인 나를 향해 강한 사념 같은 것을 전달하려 했다. 나에게 무언가를 이해시키려 애쓰고 있었다. 하지만 그게 무엇인지 나는 아직 알 수 없었다. 이 남자에게는 생명이 있다, 나는 실감했다. 실제로 살아 움직이고 있는 것이다.

나는 채 마르지도 않은 그림을 이젤에서 내려, 물감이 묻지 않도록 뒤로 돌려서 작업실 벽에 세웠다. 그 그림을 바라보기가 점점 힘들어졌다. 불길한 무언가가—아마도 내가 알아서는 안 되는 무언가가 깃들어 있는 것 같았다.

그림 주위에는 어항이 있던 마을의 공기가 떠다녔다. 그 공기에는 바다 냄새와 생선 비린내, 어선의 디젤엔진 냄새가 섞여 있었다. 바닷새 한 떼가 날카롭게 울면서 강풍 속을 느릿하게 선회했다. 아마도 생전 골프라고는 해본 적이 없을 중년남자가 눌러쓴 검은색 골프모자. 구릿빛으로 그은 얼굴과 뻣뻣한 목덜미, 백발이 섞인 짧은 머리. 낡은 가죽점퍼. 패밀리레스토랑에 울리는 나이프와 포크 소리—전 세계 모든 패밀리레스토랑에 똑같이 울릴 무개성한 소리. 그리고 주차장에 가만히 서 있던 흰색 스바루 포레스터. 리어범퍼에 붙은 청새치 스티커.

"날 때려줘." 한창 몸을 섞고 있을 때 여자가 말했다. 여자의 손톱은 내 등에 단단히 박혀 있었다. 땀냄새가 짙게 풍겼다. 나는 시키는 대로 여자의 얼굴을 손바닥으로 때렸다.

"그렇게 말고, 괜찮으니까 진지하게 제대로 때려." 여자가 세차게 고개를 저으며 말했다. "더, 더, 힘을 줘서, 과감하게 때려. 자국이 남아도 상관없어. 코피가 날 정도로 세게."

나는 여자를 때리고 싶은 마음이 없었다. 내게는 원래 그런 폭력적인 성향이 없다. 전혀라고 해도 좋을 만큼 없다. 하지만 여자는 진지하게 구타당하기를 진지하게 원했다. 여자가 필요로 하는 것은 진짜 고통이었다. 나는 하는 수 없이 약간 더 힘을 주어 여자를 때렸다. 붉은 자국이 남을 정도로 세게. 내가 여자를 세게 때릴 때마다 여자의 살덩이가 내 페니스를 빠듯하게 조여왔다. 흡사 굶주린 짐승이 눈앞의 먹이에 달려드는 것처럼.

"있지, 내 목을 좀 졸라줄래?" 잠시 후 여자가 내 귀에 속삭였다. "이걸로."

어딘가 다른 공간에서 들려오는 듯한 속삭임이었다. 여자는 베개 밑에서 흰색 목욕가운 끈을 꺼냈다. 아마도 미리 준비해둔 모양이었다.

나는 거절했다. 아무리 그래도 이런 건 할 수 없다. 너무 위험하다. 자칫 잘못했다가는 목숨을 잃을 수도 있다.

"시늉만 해도 돼." 여자가 숨을 헐떡이며 간청했다. "진지하게 조르지 않아도 되니까, 시늉만이라도 해줘. 이걸 목에 감고 아주 조금만 당겨주면 돼."

나는 그 말을 거절하지 못한다.

패밀리레스토랑에 울리는 무개성한 식기 소리.

나는 머리를 흔들어 그때의 기억을 어딘가로 쫓아버리려 했다. 나로서는 떠올리고 싶지 않은 일이었다. 할 수만 있다면 영원히 버리고 싶은 기억이다. 하지만 그 목욕가운 끈의 감촉은 아직 내 두 손에 확연히 남아 있었다. 여자의 목을 조르던 느낌도. 어떻게 해도 잊을 수가 없다.

그리고 그 남자는 알고 있었던 것이다. 내가 전날 밤 어디서 뭘 했는지. 내가 거기서 무슨 생각을 했는지.

이 그림을 어떻게 해야 할까. 이대로 뒤집어 작업실 한구석에 놔두면 될까? 아무리 뒤집어두어도 불안감은 영 가시지 않았다. 달리 보관할 만한 장소가 있다면 그 천장 위뿐이다. 아마다 도모히코가 〈기사단장 죽이기〉를 숨겨둔 바로 그곳. 그곳은 어쩌면 사람이 제 마음을 숨겨두는 장소인지도 모른다.

머릿속에서 조금 전 내가 했던 말이 울렸다.

음, 그림쟁이니까 음식의 모양을 그대로 재현할 수는 있어. 하지만 내용물은 설명할 수 없어.

설명하기 어려운 온갖 것이 이 집안에서 나를 서서히 잠식하고 있다. 천장 위에서 발견한 아마다 도모히코의 그림 〈기사단장 죽이기〉, 잡목림에 뚫린 구덩이에 남아 있던 기묘한 방울, 기사단장의 모습을 빌려 내 앞에 나타나는 이데아, 그리고 흰색 스바루 포레스터를 타는 중년남자. 그에 더해, 골짜기 맞은편에 사는 불가사의한 백발의 인물. 멘시키는 아무래도 제 머릿속에 있는 어떤 계획에 나를 끌어들이려는 모양이었다.

내 주위의 소용돌이가 점점 세차고 빠르게 흐르는 것 같았다. 나는 이미 물러날 수 없는 곳까지 와 있었다. 너무 늦었다. 그리고 그 소용돌이는 철저하게 고요했다. 그 기묘한 정적이 나를 떨게 만들었다.

28

프란츠 카프카는 비탈길을 좋아했지

그날 저녁, 오다와라 역 근처 그림교실에서 아이들을 지도했다. 그날 과제는 인물 크로키였다. 둘이 한 조가 되어 센터에서 미리 준비한 필기구 가운데 마음에 드는 것을 선택하고(목탄과 부드러운 연필 몇 종류다), 번갈아가며 스케치북에 상대방을 그린다. 제한 시간은 한 장당 십오 분(키친 타이머로 정확히 시간을 잰다). 지우개는 너무 자주 쓰지 않도록 한다. 되도록 종이 한 장으로 끝낸다.

그런 다음 한 사람씩 앞으로 나와 자신이 그린 그림을 보여주고 아이들끼리 자유롭게 감상을 주고받는다. 인원이 적은 반이라 분위기는 화기애애하다. 그다음에 내가 크로키의 간단한 요령을 가르친다. 데생과 크로키가 어떻게 다른지 그 차이점도 대략적으로 설명한다. 데생은 이른바 회화의 설계도 같은 것이므로 어느 정도 정확성이 요구된다. 그에 비해 크로키는 자유로운 첫인상 같은 것이다. 인상을 머릿속에 떠올리고 그것이 지워지기 전에 대강의 윤곽을 잡는다. 크로키에서는 정확성보다 균형과 속도가 중요한 요소다. 이름난 화가들 중에도 크로키는 잘 못하는 이가 의외로 많다. 나는 옛날부터 크로키에 자신이 있었다.

마지막으로 아이들 중 한 명을 모델로 세우고 그 모습을 칠판에 흰 분필로 그려낸다. 시범을 보이는 것이다. 아이들은 "우와" "빠르다" "똑같네" 하며 감탄한다. 아이들에게서 순수한 감탄을 자아내는 일도 교사의 중요한 직무 중 하나다.

그런 다음 파트너를 바꾸어 다시 전원에게 크로키를 시키는데, 이 두번째 그림에서 아이들의 실력은 눈에 띄게 좋아져 있다. 지식을 흡수하는 속도가 빠른 것이다. 가르치는 사람이 감탄할 정도로. 물론 잘 그리는 아이가 있는가 하면 별로 그렇지 못한 아이도 있다. 하지만 그건 상관없다. 내가 아이들에게 가르치는 건 실전에 사용할 그림 기술이 아니라 오히려 사물을 보는 관점에 가까우니까.

그날 시범을 보일 때 나는 아키가와 마리에를 모델로 지목했다(물론 의도적이었다). 그애의 상반신을 칠판에 간단히 그린다. 정확히는 크로키라고 할 수 없지만 성격은 비슷하다. 완성까지 걸리는 시간은 삼 분 정도. 나는 수업을 이용해 아키가와 마리에를 어떻게 그릴 수 있을지 테스트해본 것이다. 그 결과 그애가 그림 모델로서 상당히 유니크하고 풍부한 가능성을 품고 있음을 깨달았다.

그때까지는 아키가와 마리에를 특별히 의식한 적이 없었는데, 그림의 대상으로 주의깊게 살펴보니 그애의 외모는 내가 막연하게 인식하고 있던 것보다 훨씬 흥미로웠다. 단순히 이목구비가 반듯하고 예쁘장한 것만이 아니다. 아름다운 소녀지만 잘 보면 어딘가 언밸런스한 구석이 있었다. 그리고 얼마간 불안정한 그 표정 안쪽에는 사나운 무언가가 도사리고 있는 듯했다. 마치 키 큰 풀숲에 숨어 있는 민첩한 짐승처럼.

그런 인상을 효과적으로 잡아낸다면 좋을 것이다. 하지만 삼 분 동안 칠판에 분필로 거기까지 표현하기란 지극히 어렵다. 아니, 거의 불가능하다. 그러려면 좀더 시간을 들여 상대의 얼굴을 꼼꼼히 관찰하고, 여러 요소를 공들여 분류할 필요가 있다. 그리고 이 소녀에 대해 좀더 많은 것을 알아야 한다.

나는 칠판에 그린 그애의 그림을 지우지 않고 그대로 두었다. 그리고 아이들이 돌아간 뒤 혼자 교실에 남아 팔짱을 끼고서 그 분필화를 바라보았다. 그 얼굴에 멘시키와 닮은 부분이 있는지 확인해보려 했다. 하지만 판단이 쉽지 않았다. 닮았다면 많이 닮은 것 같고, 닮지 않았다면 전혀 닮지 않은 것 같았다. 다만 어디가 닮았는지 하나만 꼽아보라고 한다면 눈이 아닐까 싶었다. 두 사람의 눈에 깃든 표정에는, 특히 순간적으로 독특하게 반짝이는 눈빛에는 어딘가 공통점이 있는 듯 느껴졌다.

맑은 샘물 밑바닥을 가만히 들여다보면 그곳에 스스로 빛을 발하는 덩어리 같은 것이 보일 때가 있다. 아주 유심히 들여다봐야 눈에 띈다. 더욱이 그 빛덩어리는 곧 흔들리며 형체를 잃어버린다. 진지하게 들여다볼수록 그저 착시였는지도 모른다는 의심이 생겨난다. 그래도 그곳에는 틀림없이 빛나는 무언가가 있다. 많은 사람을 모델로 그림을 그리다보면 때때로 그런 '발광發光'을 느끼게 하는 이들을 만난다. 수로 말하면 극소수다. 그리고 그 소녀는—또한 멘시키 씨도—그 몇 안 되는 이들 중 한 명이었다.

접수 카운터의 중년 여직원이 뒷정리를 하러 교실에 들어왔다가 내 옆에서 그림을 보며 감탄했다.

"아키가와 마리에네요?" 그녀는 단번에 알아보았다. "정말 잘 그리셨네요. 금방이라도 살아 움직일 것 같아요. 지우기 아까울 정도예요."

"고맙습니다." 나는 말했다. 그리고 책상에서 일어나 칠판지우개로 그림을 깨끗이 지웠다.

기사단장은 그 이튿날(토요일), 마침내 내 앞에 모습을 드러냈다. 화요일 저녁 멘시키의 집에서 저녁식사를 한 뒤로 첫 출현—그의 표현을 따르자면 '형체화'—이었다. 장을 보고 들어와 해질녘 거실에서 책을 읽고 있는데 작업실 쪽에서 방울소리가 들렸다. 작업실로 가보니 기사단장이 선반에 걸터앉아 방울을 귓가에 대고 가볍게 흔들고 있었다. 마치 방울의 미묘한 울림을 확인하는 것처럼. 나를 보더니 그는 방울을 흔들던 손을 멈추었다.

"오랜만이네요." 내가 말했다.

"오랜만이고 뭐고 할 것 없어." 기사단장이 무뚝뚝하게 대답했다. "이데아는 백 년, 천 년 단위로 온 세상 여기저기를 왔다갔다하거든. 하루나 이틀은 시간 축에 들지도 않아."

"멘시키 씨네 저녁식사는 어땠나요?"

"아아, 음, 나름대로 흥미로운 자리였어. 물론 먹을 수는 없었지만 눈 호강은 제대로 했지. 그리고 멘시키 군은 상당히 관심이 가는 인물이더군. 여러 가지를 아주 멀리 내다보고 생각하는 남자야. 뱃속에 이런저런 것을 잔뜩 품고 있기도 해."

"그에게 한 가지 부탁을 받았어요."

"아, 그랬지." 기사단장은 손에 든 오래된 방울을 바라보면서 그다지 흥미 없다는 투로 말했다. "그 이야기는 나도 들었네. 하지만 나와는 별로 상관없는 일이야. 어디까지나 제군과 멘시키 군 사이의 실제적인, 이른바 현세적인 일이지."

"하나 질문해도 될까요?" 내가 말했다.

기사단장이 턱수염을 손바닥으로 쓱쓱 문질렀다. "음, 해보시게. 내가 대답할 수 있는 문제인지는 모르겠지만."

"아마다 도모히코의 〈기사단장 죽이기〉라는 그림에 대해서입니다. 물론 그게 뭔지는 알고 계시죠? 어쨌거나 당신은 그 그림 속 인물의 모습을 차용했으니까요. 짐작건대 그 그림은 1938년 빈에서 실제로 일어났던 암살미수사건을 모티프로 한 것 같아요. 그리고 그 사건에 아마다 도모히코 씨도 직접 관련되어 있었던 모양입니다. 혹시 이 이야기에 대해 뭔가 아시는 건 없나요?"

기사단장은 팔짱을 끼고 생각에 잠겼다. 잠시 후 실눈을 뜨고 입을 열었다.

"역사에는 그대로 어둠 속에 묻어두는 게 좋을 일도 무척 많다네. 올바른 지식이 사람을 윤택하게 해준다는 법은 없네. 객관이 주관을 능가한다는 법도 없어. 사실이 망상을 지워버린다는 법도 없고 말일세."

"일반론으로는 그럴지 모르죠. 하지만 그 그림은 보는 이에게 무언가를 강력하게 호소하고 있어요. 아마다 도모히코는 자신이 알고 있는 대단히 중요한, 그러나 공공연하게 말할 수는 없는 어떤 일을 개인적으로 암호화할 목적으로 그 그림을 그린 게 아닌가 싶어요. 인물과 무대 설정을 다른 시대로 바꾸고 자신이 새롭게 익힌 일본화의 기법을 이용하는 것으로, 이른바 은유로서의 고백을 시도했다는 느낌이 듭니다. 오직 그것만을 위해 서양화를 버리고 일본화로 전향한 게 아닐까 하는 생각마저 들 정도예요."

"그림이 말하게 놔두면 되지 않나." 기사단장이 조용한 목소리로 말했다. "만약 그 그림이 뭔가 말하고 싶어한다면, 그냥 말하게 두면 돼. 은유는 은유의 상태로, 암호는 암호의 상태로, 소쿠리는 소쿠리의 상태로 놔두면 된다고. 그런다고 뭐 불편할 게 있나?"

왜 갑자기 여기서 소쿠리가 나오는지 모를 일이었지만 그냥 넘어갔다.

나는 말했다. "불편할 건 없죠. 저는 단지 아마다 도모히코가 그 그림을 그리게 된 배경이 무엇인지 알고 싶을 뿐이에요. 왜냐하면 그림이 무언가를 요구하고 있으니까요. 그건 틀림없이 어떤 구체적인 목적 아래 그려진 그림입니다."

기사단장은 뭔가를 떠올리려는 듯 잠시 손바닥으로 턱수염을 쓰다듬었다. 그러고는 말했다. "프란츠 카프카는 비탈길을 좋아했지. 온갖 종류의 비탈길에 마음을 빼앗겼어. 경사가 급한 비탈길 중간에 서 있는 집을 바라보기도 좋아했어. 길바닥에 주저앉아 몇 시간이고 하염없이 그 집을 바라봤다네. 물리지도 않고, 한 번씩 고개를 갸웃하고 다시 똑바로 세우기도 하면서. 좀 별난 사람이었지. 그런 이야기를 알고 있었나?"

프란츠 카프카와 비탈길?

"아뇨, 몰랐습니다." 내가 말했다. 그런 이야기는 들어본 적도 없다.

"그래서, 그런 걸 알게 됐다고 그가 남긴 작품에 대한 이해가 조금이라도 깊어지는가, 그 말일세."

나는 그 질문에는 대답하지 않았다. "그럼 당신은 프란츠 카프카도 알고 계셨던 건가요? 개인적으로?"

"그쪽은 물론 개인적으로 나를 모르지만 말일세." 기사단장은 말했다. 그리고 뭔가 생각난 것처럼 쿡쿡대며 웃었다. 기사단장이 소리내어 웃는 모습은 처음 보는 것 같았다. 프란츠 카프카에게 그렇게 쿡쿡 웃을 만한 무슨 요소가 있는 걸까?

곧이어 기사단장이 웃음을 거두고 말을 이었다.

"진실은 곧 표상이고, 표상은 곧 진실이지. 그러니까 눈앞의 표상을 통째로 꿀꺽 삼켜 받아들이는 것이 제일이야. 거기에는 억지 논리도, 사실도, 돼지 배꼽도, 개미 불알도, 아무것도 없다네. 사람이 그외의 방법을 써서 이해의 길을 나아가려는 건 흡사 물에 소쿠리를 띄우려는 짓이나 마찬가지야. 내 말 듣게나. 그런 건 그만두는 게 좋네. 안됐지만 멘시키 군이 하고 있는 일도 별반 다르지 않아."

"다시 말해 뭘 하든 어차피 헛된 시도라는 겁니까?"

"구멍 숭숭 뚫린 물건을 물에 띄우는 건 누구에게나 의미 없는 짓이지."

"멘시키 씨는 정확히 무슨 일을 하려는 건가요?"

기사단장이 가볍게 어깨를 으쓱했다. 그리고 젊은 시절의 말런 브랜도가 떠오를 만큼 매력적으로 미간을 찌푸렸다. 기사단장이 엘리아 카잔의 영화 〈워터프론트〉를 봤을 가능성은 희박할 테지만 양미간의 그 주름은 말런 브랜도를 꼭 닮았다. 기사단장이 외관이나 용모를 인용한 영역이 어느 정도까지인지 나는 짐작해볼 길이 없었다.

그는 말했다. "아마다 도모히코의 〈기사단장 죽이기〉에 대해 내가 제군한테 설명해줄 수 있는 부분은 지극히 적네. 왜냐하면 그 그림의 본질이 우의에 있고, 비유에 있기 때문이지. 우의나 비유는 말로 설명할 것이 아니네. 그냥 이해해야지."

그리고 기사단장은 새끼손가락으로 귀 뒤를 긁적거렸다. 비 오기 전에 귀 뒤를 긁는 고양이처럼.

"하지만 제군에게 한 가지만 알려주지. 몹시 사소한 얘기지만, 내일 밤 전화가 한 통 걸려올 걸세. 멘시키 군의 전화인데, 그 용건에는 아주 신중히 생각한 뒤에 대답하는 편이 좋을 거야. 아무리 생각한들 결국 자네 대답은 조금도 달라지지 않을 테지만, 그래도 아주 신중히 생각하는 편이 좋아."

"그리고 이쪽이 아주 신중히 생각하고 있음을 상대한테 알리는 것도 중요하다, 그런 말씀이군요. 일종의 제스처로서."

"암, 그렇고말고. 퍼스트 오퍼는 일단 거절하는 것이 비즈니스의 기본 철칙이거든. 기억해둔다고 손해볼 건 없네." 그렇게 말하고 기사단장이 또 쿡쿡대며 웃었다. 오늘 기사단장은 제법 기분이 좋아 보였다. "그리고 완전히 다른 이야기인데, 그 클리토리스라는 건 만지면 재미있나?"

"재미있어서 만지는 건 아니지 않을까 싶은데요." 나는 솔직한 의견을 말했다.

"옆에서 봐도 잘 모르겠더군."

"저도 잘 모르는 것 같습니다." 내가 말했다. 이데아라고 뭐든 다 아는 건 아닌 모양이다.

"어쨌거나 나는 슬슬 사라지겠네." 기사단장이 말했다. "다른 데 좀 가볼 곳도 있고 말이야. 시간이 별로 없군."

그리고 기사단장은 사라졌다. 체셔 고양이가 사라지듯이 서서히 단계적으로. 나는 부엌에 가서 혼자 간단히 저녁을 차려 먹었다. 그리고 이데아가 '좀 가볼 곳'이 어디일지 잠깐 생각해보았다. 물론 짐작도 되지 않았다.

기사단장의 예언대로 이튿날 저녁 여덟시가 조금 넘어 멘시키의 전화가 왔다.

나는 우선 지난 저녁식사에 대해 감사인사를 했다. 정말 훌륭한 요리였어요. 아뇨, 별말씀을. 저야말로 덕분에 즐거운 시간을 보냈습니다, 라고 멘시키는 말했다. 그뒤에 나는 초상화 사례금이 약속보다 많은 것에도 감사를 표했다. 아닙니다, 그 정도는 당연합니다. 그렇게 훌륭한 그림을 그려주셨는데요. 너무 부담 느끼지 마십시오. 멘시키는 지극히 겸허하게 말했다. 그런 예의

상의 대화가 한차례 오간 다음 잠시 침묵이 흘렀다.

"그런데, 아키가와 마리에 말입니다만." 멘시키가 날씨 이야기라도 하는 것처럼 가볍게 입을 열었다. "기억하시죠? 지난번에 그애를 모델로 그림을 그려달라는 부탁을 드렸던 거요."

"물론 잘 기억합니다."

"어제 아키가와 마리에에게 얘기를 전했더니—실제로는 그림교실 운영자인 마쓰시마 씨가 그애 고모에게 의사를 타진하는 방식이었습니다만—아키가와 마리에는 그림 모델을 서는 데 동의했다고 합니다."

"그렇군요." 내가 말했다.

"그러니까 당신이 그애의 초상화를 그려주시기로 한다면, 준비는 다 갖춰진 셈입니다."

"하지만 멘시키 씨, 이 일에 당신이 끼어서 중재한 것을 마쓰시마 씨가 미심쩍어하지는 않을까요?"

"저는 그런 면에서는 매우 주의깊게 행동합니다. 걱정 마십시오. 그 사람은 제가 당신의 이른바 후원자 같은 역할이라고 해석하고 있습니다. 그 사실을 불쾌하게 여기지 않으셨으면 합니다만……"

"그건 딱히 상관없습니다." 내가 말했다. "그런데 아키가와 마리에가 용케 승낙했네요. 과묵하고 얌전하고, 어디로 보나 내성적인 아이 같던데요."

"사실 처음에는 고모 쪽에서 썩 내켜하지 않았던 모양입니다. 그림쟁이의 모델을 서는 게 뭐 좋은 일이냐고 말이죠. 화가인 당신에게는 실례되는 말입니다만."

"아뇨, 그게 세간의 일반적인 생각이죠."

"하지만 마리에 본인이 그림 모델이 되는 데 상당히 적극적이었다고 합니다. 당신이 그려준다면 기꺼이 모델을 서고 싶다고. 그래서 오히려 고모가 그애한테 설득당한 모양이더군요."

왜일까? 어쩌면 내가 칠판에 그애 모습을 그린 일이 어떤 식으로든 상관있을지 모른다. 그러나 그 얘기는 굳이 멘시키에게 하지 않았다.

"이상적인 전개 아닙니까?" 멘시키가 말했다.

나는 그 말을 생각해보았다. 이게 정말로 이상적인 전개일까? 멘시키는 내가 무슨 의견이라도 주기를 수화기 너머에서 기다리는 듯했다.

"이야기가 대강 어떻게 된 건지, 좀더 자세히 알려주실 수 있나요?"

멘시키가 말했다. "심플합니다. 당신은 작품활동을 위해 모델을 찾고 있었다. 마침 그림교실 학생인 아키가와 마리에라는 소녀가 그 모델로 적합하다고 생각했다. 그래서 그림교실 운영자 마쓰시마 씨를 통해 보호자인 고모에게 의사를 타진했다. 이런 이야기입니다. 마쓰시마 씨는 당신의 인품과 재능을 개인적으로 보증했습니다. 인품은 두말할 나위 없고, 열성적인 강사이며, 화가로서 재능도 풍부해 장래가 촉망된다고. 제 존재는 어디에도 드러나지 않았습니다. 드러나지 않도록 면밀히 주의를 기울였지요. 물론 옷을 입은 상태로 서야 하고, 고모가 그 자리에 함께한다, 오전중에는 마쳐달라, 이것이 그쪽에서 내건 조건입니다. 어떻습니까?"

나는 기사단장의 충고(퍼스트 오퍼는 일단 거절하라는 것)에 따라 이쯤에서 상대방의 페이스에 한번 제동을 걸기로 했다.

"조건은 큰 문제 없다고 생각합니다. 다만 아키가와 마리에의 초상화를 그릴지 말지 좀더 생각해볼 여유를 주시겠습니까?"

"물론입니다." 멘시키가 차분한 목소리로 말했다. "충분히 여유를 두고 생각하십시오. 결코 재촉하려는 게 아닙니다. 말할 것도 없이 그림을 그리는 사람은 당신이고, 당신이 내켜하지 않는다면 애당초 성립이 되지 않는 이야기입니다. 저는 그저 만반의 준비가 갖춰졌다는 사실을 알려드리고 싶었을 뿐입니다. 그리고 한 가지 더, 굳이 말씀드릴 필요가 없을지도 모르겠습니다만, 이번 부탁에 대한 사례는 충분히 해드릴 생각입니다."

이야기의 진행이 대단히 빠르다, 나는 생각했다. 모든 것이 감탄스러울 만큼 신속하고 효율적으로 펼쳐진다. 마치 공이 비탈길을 굴러가듯이…… 나는 비탈길 중간에 주저앉아 그 공을 바라보는 프란츠 카프카의 모습을 상상했다. 신중해야 한다.

"이틀쯤 여유를 주실 수 있겠습니까?" 나는 말했다. "이틀 뒤면 답을 드릴 수 있을 겁니다."

"좋습니다. 이틀 뒤에 다시 전화드리지요." 멘시키가 말했다.

그리고 우리는 전화를 끊었다.

솔직히 말해 대답을 하기까지 이틀이나 필요하지는 않았다. 내 마음은 이미 정해져 있었으니까. 나는 아키가와 마리에의 초상화를 그리고 싶은 마음을 참을 수 없었다. 설령 누가 제지해도 그 일을 받아들였을 것이다. 굳이 이틀의 유예를 받아낸 것은 상대방의 페이스에 고스란히 말려들기 싫다는 이유에서였다. 이쯤에서 잠시 시간을 가지고 천천히 심호흡을 하는 편이 좋다고 본능이—그리고 또한 기사단장이—내게 알려주었다.

흡사 물에 소쿠리를 띄우려는 짓이나 마찬가지야, 기사단장은 말했다. 구멍 숭숭 뚫린 물건을 물에 띄우는 건 누구에게나 의미 없는 짓이지.

그는 무언가를, 곧 다가올 무언가를 내게 암시한 것이다.

29

거기 포함되었을지도 모르는 부자연스러운 요소

이틀 동안 나는 작업실에 놓인 두 폭의 그림을 번갈아 바라보며 시간을 보냈다. 아마다 도모히코의 〈기사단장 죽이기〉와 내가 그린 흰색 스바루 포레스터의 남자. 〈기사단장 죽이기〉는 지금 작업실의 흰 벽에 걸려 있다. 〈흰색 스바루 포레스터의 남자〉는 뒤로 돌려 방 한구석에 두었다(그림을 볼 때만 이젤 위에 올려놓았다). 두 그림을 바라보는 일 외에는 그저 시간을 죽일 셈으로 책을 읽거나 음악을 듣거나 요리를 하거나 청소를 하거나 정원의 잡초를 뽑거나 집 근처를 산책했다. 붓을 들 마음이 생기지 않았다. 기사단장도 모습을 보이지 않고 침묵을 지켰다.

근처 산길을 산책하면서 혹시 아키가와 마리에의 집이 보이지 않을까 살펴봤지만, 내가 걸음을 옮긴 범위 내에서는 그것인 듯한 집을 찾지 못했다. 멘시키의 집에서 본 풍경을 참고하면 직선 거리는 제법 가까울 텐데 지형 관계상 시야가 가로막힌 것이리라. 숲속을 걸을 때는 나도 모르게 말벌을 조심하곤 했다.

이틀 동안 두 그림을 번갈아 지긋이 감상하며, 내가 느낀 감각이 결코 틀리지 않았음을 다시금 확인했다. 〈기사단장 죽이기〉는 그림에 숨겨진 '암호'의 해독을 요구했고, 〈흰색 스바루 포레스터의 남자〉는 더이상 작가(다시 말해 나)가 손대지 말 것을 요구했다. 어느 쪽의 요구나 대단히 강력했고—적어도 내가 느끼기엔 그랬다—나는 그저 따르는 수밖에 없었다. 〈흰색 스바루 포레스터의 남자〉는 현상태로 방치하고(그래도 그 요구의 근거를 어떻게든 이해해보려고 애쓰며), 또한 〈기사단장 죽이기〉라는 그림이 진정으로 의도하는 바를 읽어내려고 애썼다. 그러나 두 그림 다 호두껍데기처럼 단단한 수수께끼에 싸여 있었고, 내 악력으로 껍데기를 깨기는 불가능했다.

만일 아키가와 마리에 건이 없었더라면 언제까지고 하염없이 두 그림을 번갈아 감상하며 시간을 흘려보냈을지도 모른다. 그러나 이틀째 밤에 멘시키가 전화를 걸어왔고, 덕분에 나는 일단 속박에서 벗어날 수 있었다.

"그래서, 결론은 나왔습니까?" 한차례 인사가 오간 후 멘시키가 물었다. 물론 아키가와 마리에의 초상화를 그릴지 말지를 묻는 것이었다.

"기본적으로는 받아들이려고 합니다." 내가 말했다. "단, 조건이 하나 있습니다."

"어떤 거죠?"

"그것이 어떤 그림이 될지는 저도 아직 예상할 수 없어요. 아키가와 마리에를 직접 눈앞에 앉히고 붓을 들어야 비로소 작품의 스타일이 결정될 겁니다. 아이디어가 순조롭게 떠오르지 않는다면 완성을 못할 수도 있어요. 아니면 완성은 되어도 제 마음에 들지 않을지 모르고요. 혹은 멘시키 씨의 마음에 들지 않을지도 모르죠. 그러니까 이번 그림은 멘시키 씨의 의뢰나 암묵적인 요청으로 그리는 것이 아니라, 어디까지나 제가 자발적으로 그리는 것으로 이해해주시면 좋겠습니다."

잠깐 뜸을 들였다가 멘시키가 떠보듯이 말했다. "다시 말해 만약 완성된 작품을 스스로 납득하지 못하면, 그게 뭐가 됐건 제 손에 들어올 일은 없다, 그런 말씀이십니까?"

"그럴 가능성도 있습니다. 어쨌든 완성된 그림을 어떻게 할지는 제 판단에 맡겨주셨으면 합니다. 그것이 조건입니다."

멘시키는 잠시 생각한 뒤 말했다. "예스 말고 제가 할 수 있는 대답은 없는 것 같군요. 그 조건이 받아들여지지 않을 경우 그림을 그리지 않겠다는 말씀이라면."

"죄송합니다."

"그 의도는 다시 말해 저의 의뢰 혹은 암묵적인 요청이라는 틀에서 벗어나 예술적으로 보다 자유로워지고 싶다는 건가요? 아니면 금전적 요소가 얽히는 것이 부담스럽기 때문인가요?"

"양쪽 다 조금씩 있을 겁니다. 하지만 중요한 건 심리적으로 보다 자연스러워지고 싶다는 거죠."

"자연스러워지고 싶다?"

"이 일에서 부자연스러운 요소를 최대한 제거하고 싶다는 뜻입니다."

"말씀인즉슨," 멘시키가 말했다. 그의 목소리가 아주 조금 딱딱해진 것 같았다. "제가 이번에 아키가와 마리에의 초상화를 부탁드린 일에 어떤 부자연스러운 요소가 포함되었다고 느끼신다는 건가요?"

흡사 물에 소쿠리를 띄우려는 짓이나 마찬가지야, 기사단장은 말했다. 구멍 숭숭 뚫린 물건을 물에 띄우는 건 누구에게나 의미없는 짓이지.

나는 말했다. "제가 드리려는 말씀은, 이번 작업에서는 저와 멘시키 씨가 이해관계로 얽히지 않는, 이른바 대등한 관계를 유지하고 싶다는 겁니다. 대등한 관계라는 것도 실례되는 표현일지 모르겠지만요."

"아뇨, 그렇게 생각하실 것 없습니다. 사람과 사람이 대등한 관계를 유지하는 것은 당연한 일이지요. 뭐든 생각하는 대로 말씀해주십시오."

"다시 말해 저는 멘시키 씨가 처음부터 이 이야기에 관련되지 않은 것으로 치고, 어디까지나 자발적으로 아키가와 마리에의 초상화를 그리고 싶습니다. 그러지 않으면 올바른 아이디어가 떠오르지 않을지도 몰라요. 그런 요소가 유형무형의 방해물이 될지도 모릅니다."

멘시키는 잠시 생각한 뒤에 말했다. "그렇군요, 잘 알겠습니다. 의뢰라는 형식은 일단 없었던 걸로 하지요. 보수에 대해서도 부디 잊어주십시오. 일찍부터 금전 얘기를 꺼낸 건 확실히 제가 성급했습니다. 완성된 그림을 어떻게 할지는 완성작을 보고 나서 다시 이야기하기로 하지요. 물론 창작자인 당신의 의지를 최우선으로 존중하겠습니다. 그런데 제가 또 한 가지 부탁드렸던 얘기는 어떻습니까? 기억하십니까?"

"제 작업실에서 아키가와 마리에를 모델로 그림을 그릴 때, 멘시키 씨가 잠깐 들르시는 것 말씀이죠?"

"그렇습니다."

나는 조금 생각한 뒤에 말했다. "그건 특별히 문제없을 것 같습니다. 멘시키 씨는 저와 친하게 지내는 이웃이고, 일요일 아침 산책길에 잠깐 저희 집에 들렀다. 그리고 마침 그 자리에 있던 사람들과 가볍게 한담을 나눈다. 전혀 부자연스러울 것 없는 광경이죠."

멘시키는 그 말에 조금 안심하는 눈치였다. "그래주신다면 대단히 고맙겠습니다. 그 때문에 당신에게 폐를 끼치는 일은 절대 없을 겁니다. 아키가와 마리에는 이번 일요일 아침부터 댁으로 가서 초상화 모델을 서는 쪽으로 구체적인 이야기를 진행해도 되겠습니까? 실질적으로는 마쓰시마 씨가 중개자 격으로 당신과 아키가와가家 사이를 조정하게 될 테지만요."

"괜찮습니다. 이야기를 진행해주세요. 일요일 아침 열시에 두 사람이 우리집으로 와서, 마리에가 모델을 서는 것으로요. 작업은 열두시 전에 꼭 끝마치겠습니다. 그런 식으로 몇 주 이어질 겁니다. 아마 오륙 주 정도 되려나요."

"자세한 부분이 결정되면 다시 알려드리지요."

우리가 의논해야 할 용건은 그쯤에서 끝났다. 멘시키는 그뒤 문득 생각난 것처럼 덧붙였다.

"아, 그러고 보니 아마다 도모히코 씨의 빈 유학 시절에 대해서 몇 가지 사실을 더 알게 됐습니다. 그가 관여한 것으로 보이는 나치 고관의 암살미수사건이 안슐루스 직후에 일어났다고 지난번에 말씀드렸는데, 정확히는 1938년 초가을 무렵인 듯합니다. 다시 말해 안슐루스가 있고 반년 정도 지나서죠. 안슐루스가 일어난 전후 사정은 알고 계시죠?"

"자세히는 모릅니다만."

"1938년 3월 12일, 독일 국방군이 국경을 돌파해 일방적으로 오스트리아에 침입해서 순식간에 빈을 장악합니다. 그리고 미클라스 대통령을 협박해 오스트리아 나치당 지도자 자이스잉크바르트를 수상으로 임명합니다. 히틀러가 빈에 들어온 것은 이틀 후입니다. 그리고 4월 10일 국민투표가 실시됩니다. 독일과의 합병을 국민이 원하는지를 묻는 투표죠. 명목상으로는 자유 비밀 투표였지만 갖가지 복잡한 농간 때문에 실제로 반대표를 던지려면 상당한 용기가 필요했던 모양입니다. 결과는 찬성이 99.75퍼센트였습니다. 그렇게 해서 오스트리아라는 국가가 완전히 소멸하고 영토는 독일의 일개 지방 도시로 전락했습니다. 혹시 빈에 가본 적 있으십니까?"

빈은커녕 일본 밖으로 나가본 적도 없다. 여권도 만든 적이 없다.

"빈은 유일무이한 도시입니다." 멘시키가 말했다. "조금만 그곳에서 지내보면 바로 깨달을 수 있지요. 빈은 독일과 다릅니다. 공기가 다르고, 사람이 다릅니다. 음식이 다르고, 음악이 다릅니다. 빈은 말하자면 인생을 즐기고 예술을 사랑하기 위한 특별한 장소입니다. 하지만 그 시기 빈은 그야말로 혼란의 극치였어요. 격렬하고 포학한 광풍이 휘몰아치고 있었죠. 아마다 씨는 그런 동란 한복판에 있었습니다. 국민투표가 실시될 때까지는 나치 당원도 그럭저럭 얌전하게 굴었지만 투표가 끝나자 노골적으로 폭력적인 본성을 드러내기 시작했어요. 안슐루스 뒤에 하인리히 힘러가 제일 먼저 한 일은 오스트리아 북부 마우트하우젠에 강제수용소를 건설하는 것이었습니다. 완공까지는 불과 몇 주밖에 걸리지 않았습니다. 나치 정부가 무엇보다 시급히 할 일이 강제수용소를 만드는 것이었으니까요. 그리고 단기간 내 수만 명의 정치범이 체포되어 그곳으로 후송되었습니다. 주로 '교정의 가망이 없는' 정치범과 반사회분자가 마우트하우젠으로 보내졌어요. 따라서 수용자들은 무척 가혹한 취급을 받았지요. 많은 이가 그곳에서 처형되거나, 채석장에서 강도 높은 육체노동에 시달리다 목숨을 잃었습니다. '교정의 가망이 없다'는 건 한번 그곳에 들어가면 살아서는 나올 수 없다는 뜻이었죠. 또한 반나치 활동가 중에는 강제수용소로 갈 것도 없이 조사중 고문당하고 살해되어 비밀리에 처리된 이도 많았습니다. 아마다 도모히코 씨가 연루된 것으로 보이는 암살미수사건은 이렇듯 안슐루스의 후폭풍이 한창일 때 일어났지요."

나는 잠자코 멘시키의 이야기를 들었다.

"그러나 전에도 말씀드렸다시피, 1938년 여름에서 가을 사이 빈에서 나치 요인 암살미수사건이 일어났다는 공식 기록은 찾아볼 수 없습니다. 생각해보면 이상한 일이지요. 무슨 말인가 하니, 만약 정말로 그런 암살 계획이 있었다면 히틀러나 괴벨스는 그 사실을 철저히 선전하고 정치적으로 이용했을 테니까요. 수정의 밤처럼 말입니다. 수정의 밤에 대해서는 아십니까?"

"대강은요." 나는 말했다. 그 사건을 다룬 영화를 오래전에 본

적이 있었다. "파리 주재 독일 대사관 직원이 반나치 유대인의 저격으로 사망하자 나치가 그 사건을 이용해 독일 전역에서 반유대 폭동을 일으켰고, 많은 유대인 가게가 파괴되고 많은 이들이 살해되었죠. 수많은 상점 유리창이 깨져서 파편이 수정처럼 반짝였다고 해 그런 이름이 붙었고요."

"그렇습니다. 1938년 11월의 사건이죠. 독일 정부는 자발적으로 번진 폭동이라고 발표했지만 실은 괴벨스의 주도로, 나치 정부가 그 암살사건을 이용해 조직적으로 획책한 만행이었습니다. 암살범 헤르셸 그린슈판은 유대인인 자신의 가족이 독일 내에서 당하는 가혹한 취급에 항의하기 위해 범행을 저질렀습니다. 처음에는 독일 대사 암살을 노렸지만 실패하고, 대신 눈에 들어온 대사관 직원을 사살했어요. 에른스트 폼 라트라는 그 피해자는 공교롭게도 반나치 성향으로 당국의 감시를 받던 인물이었고요. 어쨌거나 만약 이 시기 빈에서 나치 요인 암살 계획이 드러났다면 틀림없이 비슷한 선전이 벌어졌을 겁니다. 그리고 그것을 구실삼아 반나치 세력을 더욱 심하게 탄압했겠지요. 적어도 사건이 고스란히 어둠에 묻히는 일은 없었을 겁니다."

"사건이 공표되지 않은 데는 무슨 피치 못할 사정이 있었다는 건가요?"

"그 사건이 실제로 일어났었다는 건 거의 확실합니다. 그러나 암살 계획에 연관된 것으로 보이는, 대부분 빈의 대학생이었던 이들은 한 명도 남김없이 체포되어 처형되거나 살해되었습니다. 입막음을 위해서였겠지요. 일설에 따르면 저항조직 멤버 중에 나치 고관의 딸이 있었고, 그것이 사건이 비밀에 부쳐진 이유 중 하나라고도 합니다. 하지만 진위는 확실하지 않습니다. 종전 후 몇 가지 증언이 나오기는 했지만 그런 주변적 증언에 어느 정도 신빙성이 있는지는 확언할 수 없지요. 참고로 그 저항조직의 이름은 '칸델라'였습니다. 라틴어로 지하의 어둠을 밝히는 촛대를 뜻합니다. 일본어 '칸테라'*도 여기서 온 말입니다."

"사건 당사자가 한 명도 남김없이 살해되었다면, 결국 살아남은 이는 아마다 도모히코 씨 한 사람뿐이라는 얘기인가요?"

"아마도 그런 것 같습니다. 종전 직전 국가보안본부의 명령에 따라 사건 관련 비밀문서가 모조리 소각되었고, 거기 적힌 사실은 역사의 어둠 속에 묻혀버렸습니다. 살아남은 아마다 도모히코 씨에게 당시의 자세한 사정을 들을 수 있다면 좋겠지만 그것도 지금으로서는 어렵겠죠."

아마 어려울 거라고 나는 말했다. 아마다 도모히코 씨는 지금까지 그 사건을 일절 언급하지 않았고, 더욱이 이제 그의 모든 기억은 깊디깊은 망각의 늪 바닥에 가라앉아 있다.

나는 멘시키에게 고맙다고 말하고 전화를 끊었다.

---

* 휴대용 석유등.

아마다 도모히코는 기억이 온전하던 시기에도 그 사건에 대해서는 굳게 입을 다물었다. 아마 그럴 수밖에 없는 개인적인 이유가 있었으리라. 어쩌면 독일을 떠날 때 당국으로부터 절대 침묵할 것을 철저히 다짐받았는지도 모른다. 하지만 그는 평생 침묵을 지키는 대신 〈기사단장 죽이기〉라는 작품을 남겼다. 발설을 금지당한 사건의 진상을, 혹은 그 사건에 얽힌 생각을, 아마도 그 그림에 의탁했던 것이리라.

이튿날 밤 멘시키가 다시 전화를 걸어왔다. 아키가와 마리에가 돌아오는 일요일 열시에 여기 오기로 했다는 얘기였다. 전에 말한 것처럼 고모가 함께 올 것이다. 멘시키는 첫날에는 나타나지 않는다.

"어느 정도 시일이 지나고 그애가 작업에 익숙해진 뒤에 한번 얼굴을 내밀겠습니다. 아무래도 처음에는 긴장될 테고, 방해하지 않는 편이 좋으리란 생각이 들어서요." 그가 말했다.

멘시키의 목소리에서 평소답지 않게 들뜬 울림이 느껴졌다. 그 탓에 나까지 괜히 차분하지 못한 기분이 되었다.

"그렇군요. 그편이 좋겠네요." 내가 대답했다.

"그런데 생각해보면 오히려 긴장은 제가 하는 것 같습니다." 멘시키가 조금 망설이다가 비밀을 털어놓듯이 말했다. "지난번에도 말씀드렸지만, 저는 지금껏 한 번도 아키가와 마리에에게 가까이 가본 적이 없습니다. 멀리서 본 것이 전부죠."

"하지만 마음먹으면 얼마든지 가까이 갈 기회를 만드실 수 있었을 텐데요."

"네, 물론입니다. 그렇게 하려고만 했으면 기회는 얼마든지 만들 수 있었지요."

"그런데 굳이 그러지 않았군요. 왜죠?"

멘시키는 평소답지 않게 시간을 들여 말을 골랐다. 그러고는 말했다. "살아 있는 그애를 바로 눈앞에서 보면, 제가 무슨 생각을 하고 무슨 말을 꺼낼지 저 스스로도 예측할 수 없어서입니다. 그래서 지금까지는 그애에게 가까이 가기를 의도적으로 피해왔지요. 골짜기를 사이에 두고, 멀리서 고성능 망원경으로 남몰래 바라보는 것으로 만족했습니다. 제 사고방식이 뒤틀렸다고 생각하십니까?"

"딱히 뒤틀렸다고는 생각하지 않아요." 나는 말했다. "단지 좀 이상하게 느껴질 뿐이죠. 어쨌든 이번에는 저희 집에서 그애와 직접 만나기로 결심하셨군요. 그건 왜인가요?"

멘시키는 잠시 침묵했다가 입을 열었다. "그건 그 아이와 저 사이에 당신이라는, 이를테면 중개자가 존재하기 때문입니다."

"제가요?" 나는 놀라서 말했다. "하지만, 제가 왜요? 이런 말씀은 실례가 될지 모르지만 멘시키 씨는 저에 대해 거의 모르십니다. 저도 멘시키 씨를 잘 모르고요. 우리는 알고 지낸 지 겨우

한 달밖에 되지 않았고, 골짜기 양쪽에서 마주보고 살 뿐이지 생활환경이나 그 방식은 말 그대로 하나부터 열까지 달라요. 그런데 멘시키 씨는 왜 저를 그렇게까지 신뢰하고, 몇 가지 개인적인 비밀마저 털어놓으시는 거죠? 본인의 내면을 쉽사리 드러내는 분으로 보이지 않는데요."

"그렇습니다. 저는 일단 무슨 비밀이 생기면 금고에 넣고, 자물쇠를 걸고 그 열쇠를 삼켜버리는 인간입니다. 남에게 뭔가를 의논하거나 털어놓는 일은 거의 없습니다."

"그런데 왜 저한테는—뭐라고 말해야 할지—일정 부분 마음을 허락하시는 겁니까?"

멘시키는 잠시 침묵을 지켰다. 그러고는 말했다. "잘 설명할 수 없지만, 당신에게는 어느 정도 무장해제를 해도 되겠다는 생각이 처음 만난 날부터 들었던 것 같습니다. 거의 직관처럼요. 그리고 뒤에 당신이 그린 제 초상화를 보고 그 생각은 더욱 확실해졌습니다. 이 사람은 신뢰할 수 있는 사람이다, 이 사람이라면 사물을 보는 내 관점이나 사고방식을 있는 그대로 받아들여주지 않을까 생각했어요. 설령 얼마간 기묘한, 혹은 굴절된 관점이나 사고방식이라 해도 말입니다."

얼마간 기묘한, 혹은 굴절된 관점이나 사고방식. 나는 속으로 되뇌었다.

"그렇게 말씀해주시니 무척 기쁩니다만." 나는 말했다. "저는 도저히 당신이라는 사람을 이해할 수 있을 것 같지 않습니다. 아무리 생각해도 멘시키 씨는 제 이해력의 범위를 벗어난 분입니다. 솔직히 말씀드려, 당신에 대한 많은 일에 저는 순수하게 놀라곤 합니다. 때로는 할말을 잃기도 하고요."

"그래도 당신은 저를 판단하려 들지는 않습니다. 아닙니까?"

듣고 보니 확실히 그랬다. 나는 멘시키의 언동이나 생활방식에 어떤 기준을 적용시켜 판단하려 한 적은 한 번도 없다. 특별히 칭송하진 않지만 비판도 하지 않았다. 그저 할말을 잃을 뿐이다.

"그럴지도 모르겠군요." 나는 인정했다.

"그리고, 제가 그 구덩이로 내려갔을 때를 기억하십니까? 혼자 한 시간쯤 거기 앉아 있었던 때 말입니다."

"물론 기억합니다."

"당신은 그때 저를 어둡고 습한 구덩이 속에 영원히 내버려두려는 생각을 전혀 하지 않았습니다. 그럴 수 있었지만 그 가능성을 머릿속에 조금도 떠올리지 않았어요. 그렇지요?"

"그렇습니다. 하지만 멘시키 씨, 보통 사람은 웬만해선 그런 생각을 하지 않을걸요."

"정말로 그렇게 단언할 수 있습니까?"

그렇게 물으니 뭐라고 대답해야 할지 알 수 없었다. 다른 사람이 마음속으로 무슨 생각을 하는지는 상상도 되지 않는다.

"부탁이 한 가지 더 있습니다." 멘시키가 말했다.

"그게 뭔가요?"

"돌아오는 일요일 아침, 아키가와 마리에가 고모와 함께 댁으로 갈 때 말인데요." 멘시키가 말을 이었다. "가능하면 그동안 댁을 망원경으로 지켜보고 싶은데, 괜찮겠습니까?"

괜찮다고 나는 말했다. 기사단장도 내가 여자친구와 섹스하는 광경을 바로 옆에서 지켜보는 마당이다. 골짜기 맞은편에서 누가 망원경으로 테라스를 지켜본다 한들 무슨 문제가 있겠는가.

"당신에게는 미리 말씀드리는 편이 좋을 것 같았습니다." 멘시키가 변명하듯 말했다.

희한한 방식의 정직함이 몸에 밴 남자라고 나는 새삼 감탄했다. 우리는 이야기를 마치고 전화를 끊었다. 수화기를 계속 힘주어 갖다대고 있었던 탓에 귓바퀴가 아팠다.

이튿날 오전, 배달증명이 딸린 우편물이 도착했다. 집배원이 내민 종이에 사인을 하고 대형 서류봉투를 수령했다. 손에 들고 보니 그다지 밝은 기분은 들지 않았다. 경험으로 보아 배달증명이 딸린 우편물이 즐거운 소식을 전할 가능성은 거의 없다.

예상대로 발신인은 도쿄의 변호사사무소였고, 봉투 안에는 이혼신청서류 두 통이 들어 있었다. 우표가 붙은 회신용 봉투도 있었다. 서류 말고는 변호사가 쓴 사무적인 편지가 전부였다. 편지에 따르면 내가 할 일은 여기 적힌 내용을 읽고 확인한 후, 이의

가 없으면 한 벌의 서류에 서명해서 회신하는 것뿐이었다. 만약 의문점이 있으면 담당 변호사에게 부담없이 문의해달라고 적혀 있었다. 나는 서류를 한번 훑어보고 날짜를 적고 서명했다. 내용에 대해 딱히 '의문점'은 없었다. 금전적 의무는 어느 쪽에도 발생하지 않고, 분할이 필요한 재산도 없고, 양육권을 다툴 아이도 없다. 지극히 단순하고 지극히 이해하기 쉬운 이혼이다. 초보자용 이혼절차, 라고 해도 될 것이다. 두 개의 인생이 하나로 포개졌다가 육 년 후 다시 갈라진다. 그뿐이다. 나는 서류를 회신용 봉투에 넣어 부엌 식탁 위에 올려두었다. 내일 그림교실로 가는 길에 역 앞 우체통에 넣을 셈이었다.

식탁 위 봉투를 오후 내내 멍하게 바라보고 있자니, 육 년에 걸친 결혼생활의 무게가 그 봉투에 고스란히 쑤셔넣어진 듯한 느낌이 들었다. 그만큼의 시간—갖가지 기억과 갖가지 감정이 배어 있는 시간—이 평범한 서류봉투 속에서 질식한 채 서서히 죽어가고 있다. 그 모습을 상상하자 가슴이 답답해지고 숨을 제대로 쉴 수 없었다. 나는 봉투를 집어들고 작업실로 가 선반 위에 올려두었다. 지저분해진 오래된 방울 옆에. 그리고 작업실 문을 닫고 부엌으로 돌아와 아마다 마사히코가 주고 간 위스키를 한 잔 마셨다. 해가 떨어지기 전에는 술을 마시지 않는다는 것이 원칙이었지만 뭐, 가끔은 상관없으리라. 부엌은 몹시 조용했다. 바람도 없고 자동차 소리도 들리지 않았다. 새조차 울지 않았다.

이혼 자체에는 특별히 문제가 없었다. 실질적으로 이미 이혼한 상태나 다름없었으니까. 정식으로 서류에 서명하는 일에도 딱히 감정적 동요는 일지 않았다. 그녀가 그러길 원한다면 나도 이견이 없다. 이런 건 그저 법적 절차에 지나지 않는다.

하지만 왜, 어떻게 이런 상황이 되었느냐 하는 문제에서 나는 전혀 경위를 읽어낼 수 없었다. 사람과 사람의 마음은 시간이 흐르고 상황이 바뀜에 따라 얼마든지 붙고 떨어질 수 있다는 것쯤은 나도 안다. 마음이 가는 길은 관습이나 상식이나 법률로는 규제할 수 없다. 지극히 유동적이다. 그것은 자유로이 날갯짓하며 이동한다. 철새에게 국경의 개념이 없는 것과 마찬가지로.

그러나 그것도 결국 일반론이고, 그 유즈가 이 나와 자는 걸 거부하고 다른 누군가와 자는 걸 선택했다는 사실에 대해서는—그런 개별 케이스에 대해서는—그리 쉽게 이해하기가 불가능했다. 지금 내가 당하는 일은 지독히 부조리하고 지독히 비정한 처사처럼 느껴졌다. 분노는 없다(고 생각한다). 애당초 무엇을 상대로 화를 낸단 말인가? 내가 느끼는 것은 기본적으로 마비의 감각이었다. 누군가를 강하게 원하는데 그 요구가 받아들여지지 않을 때 생기는 격렬한 고통을 완화하기 위해, 마음이 자동으로 작동시킨 마비의 감각이다. 다시 말해 정신의 모르핀 같은 것이다.

나는 유즈를 쉽사리 잊을 수 없었다. 내 마음은 아직 그녀를 원했다. 그러나 가령 내가 사는 곳에서 골짜기 하나 너머에 유즈가 산다면, 그리고 내 손에 고성능 망원경이 있다면, 나는 그 렌즈를 통해 그녀의 일상을 엿보려고 할까? 아니, 웬만해선 그러지 않을 것이다. 무슨 일이 있어도 애당초 그런 곳에 있는 집을 선택하지 않을 것이다. 그건 스스로를 위한 고문대를 준비하는 일이나 마찬가지니까.

위스키를 마신 탓에 여덟시가 못 되어 침대에 들어가 잠들었다. 그리고 한밤중 한시 반에 눈이 떠져 다시 잠들지 못했다. 날이 밝기까지의 시간은 무섭도록 길고 고독했다. 책도 읽지 못하고, 음악도 듣지 못하고, 혼자 거실 소파에 앉아 아무것도 없이 어둠만 가득한 공간을 바라보았다. 그리고 여러 가지 생각을 했다. 대부분은 내가 생각해서는 안 될 일들이었다.

기사단장이라도 옆에 있으면 좋을 텐데, 나는 생각했다. 그리고 그와 무슨 이야기든 나눌 수 있으면 좋을 텐데. 뭐든 좋다. 화제가 뭐든 상관없다. 그저 그의 목소리를 들을 수 있다면 그것으로 충분하다.

하지만 기사단장의 모습은 어디에도 보이지 않았다. 그리고 내게는 그를 불러낼 수단이 없었다.

30

그런 건 아마 상당히 개인차가 있지 않나

이튿날 오후, 서명한 이혼신청서류를 보냈다. 편지는 따로 동봉하지 않았다. 우표가 붙은 회신용 봉투에 서류만 넣어서 역 앞 우체통에 집어넣었다. 그 봉투가 집안에서 사라진 것만으로도 마음의 부담이 한결 줄어든 기분이었다. 서류가 앞으로 어떤 법적 절차를 밟을지 그런 건 모른다. 아무래도 상관없다. 가고 싶은 길로 가면 될 일이다.

그리고 일요일 아침, 열시가 조금 못 되어 아키가와 마리에가 집으로 왔다. 밝은 파란색 도요타 프리우스가 거의 소리도 내지 않고 비탈길을 올라와 현관 앞에 가만히 멈춰 섰다. 일요일의 아침햇살을 받은 차체가 맑고 선명하게 빛났다. 마치 막 포장을 벗긴 신품처럼 보인다. 요즘 들어 이 집 앞에는 여러 차가 찾아온다. 멘시키의 은색 재규어, 여자친구의 빨간색 미니, 멘시키가 운전기사를 딸려 보낸 검은색 인피니티, 아마다 마사히코의 검은색 구형 볼보, 그리고 아키가와 마리에의 고모가 운전하는 파란색 도요타 프리우스. 물론 내가 모는 도요타 코롤라 왜건도 있다(오랫동안 먼지를 뒤집어쓴 탓에 원래 무슨 색이었는지는 기억도 나지 않는다). 사람들은 아마 여러 이유나 근거나 사정에 따라 자신이 운전할 차를 고를 테지만, 아키가와 마리에의 고모가 어떤 이유로 파란색 도요타 프리우스를 선택했는지 내가 알 도리는 없다. 어쨌거나 그 차는 자동차라기보다 거대한 진공청소기처럼 보였다.

프리우스의 조용한 엔진이 조용하게 정지하자 주위가 조금 더 *조용*해졌다. 차문이 열리고 아키가와 마리에와 아이의 고모로 보이는 여자가 내렸다. 젊어 보이지만 아마 사십대 초반일 것이다. 짙은 선글라스를 끼고 심플한 연파랑 원피스에 회색 카디건을 걸쳤다. 광택이 나는 검은색 핸드백을 들고 굽이 낮은 진회색 구두를 신었다. 운전하기에 적합한 신발이다. 차문을 닫은 그녀는 선글라스를 벗어 핸드백에 넣었다. 어깨 정도까지 오는 머리카락에는 아름다운 컬이 들어가 있다(그러나 미용실에서 방금 나온 것처럼 과도한 완벽함은 아니다). 원피스 칼라에 달린 금브로치 말고 눈에 띄는 장신구는 없었다.

아키가와 마리에는 검은색 코튼울 스웨터에 무릎까지 오는 밤색 모직 스커트를 입었다. 지금까지는 항상 교복을 입은 모습만 보았기에 평소와는 분위기가 제법 달랐다. 둘이 나란히 서 있으니 영락없이 교양 있는 가정의 모녀처럼 보였다. 하지만 두 사람이 모녀가 아니라는 사실을 나는 멘시키를 통해 알고 있다.

나는 여느 때처럼 창문 커튼 뒤에서 그녀들의 모습을 관찰했다. 그리고 초인종이 울리자 현관으로 나가 문을 열었다.

아키가와 마리에의 고모는 매우 차분한 말투를 쓰는 아름다운 여성이었다. 눈길을 확 끄는 미인은 아니지만 단정하고 품위 있는 얼굴이다. 자연스러운 미소가 새벽녘 달처럼 조심스레 입가에 떠올라 있다. 그녀는 선물로 가져온 과자 봉투를 내밀었다. 아키가와 마리에에게 모델이 되어달라고 부탁한 것은 나였으니 사실 선물 같은 것을 챙길 필요는 전혀 없지만, 아마 처음 방문하는 집에 빈손으로 가는 건 예의가 아니라는 교육을 어렸을 때부터 받아온 사람이리라. 그래서 나는 순순히 감사인사를 하고 그것을 받아들었다. 그리고 두 사람을 거실로 안내했다.

"저희 집은 거리로만 보면 이곳과 무척 가까운데, 차로는 빙 돌아서 와야 해요." 아키가와 마리에의 고모가 말했다(그녀의 이름은 아키가와 쇼코라고 했다. 생황의 생笙 자를 씁니다, 라고 그녀는 말했다). "그래서, 이 집에 아마다 도모히코 선생님이 사신다는 건 예전부터 알고 있었지만 직접 찾아오기는 이번이 처음입니다."

"사정이 좀 있어서 올봄부터 제가 이 집을 봐드리고 있습니다." 내가 설명했다.

"그렇게 들었습니다. 이렇게 가까이 사는 것도 무슨 인연이겠지요. 잘 부탁드립니다."

그런 다음 아키가와 쇼코는 내가 그림교실에서 조카 마리에를 가르치는 것에 정중히 진심 어린 감사를 표했다. 덕분에 조카가 항상 즐겁게 다니고 있다고 그녀는 말했다.

"가르친다고 할 정도는 아닙니다." 나는 말했다. "다 같이 즐겁게 그림을 그릴 뿐이죠."

"그렇지만 지도법이 무척 훌륭하다고 들었는걸요. 많은 분에게서."

그렇게 많은 사람이 내 그림 지도법을 칭찬할 것 같진 않았지만 딱히 뭐라고 토를 달진 않았다. 그저 잠자코 상찬의 말을 흘려들었다. 아키가와 쇼코는 엄격한 가정교육을 받은, 예의를 중시하는 사람인 것이다.

아키가와 마리에와 아키가와 쇼코가 나란히 앉은 모습을 보고 사람들이 제일 먼저 느끼는 건 두 사람의 얼굴이 전혀 닮지 않았다는 점일 것이다. 조금 멀리서 보면 잘 어울리는 모녀 같은 분위기가 감돌지만, 가까이서 보니 두 사람의 외모에서 공통되는 부분을 전혀 찾을 수 없었다. 아키가와 마리에도 예쁜 얼굴이고 아키가와 쇼코도 분명 아름다운 축에 들지만, 두 사람의 얼굴이 주는 인상은 양극단이라 해도 좋을 만큼 서로 달랐다. 아키가와 쇼코의 얼굴이 주위 것들과 적절한 균형을 꾀하려 한다면 아키가와 마리에의 얼굴은 오히려 균형을 허물고 정해진 틀에서 벗어나는 쪽을 지향하는 듯했다. 아키가와 쇼코가 전체의 온건한 조화와 안정을 추구한다면 아키가와 마리에는 비대칭적인 대립을 추구했다. 그러나 동시에 두 사람이 가정 내에서 편안하고 건전한 관계를 유지하리라고 짐작되는 분위기도 있었다. 두 사람은 모녀가 아니지만 어떤 의미에서는 실제 모녀보다 오히려 긴장감이 없는, 적당한 거리를 둔 관계처럼 보였다. 적어도 내가 받은 인상은 그랬다.

아키가와 쇼코처럼 아름답고 세련되고 품위 있는 여자가 왜 지금까지 독신을 고수하며 이렇게 외진 산 위에서 오빠 가족과 동거하는 것으로 만족하는지, 그 사정은 물론 알 길이 없다. 한때 등산가 연인이 있었는데 제일 험난한 루트를 이용해 초모룽마 등정에 도전했다가 목숨을 잃었고, 그 아름다운 추억을 가슴에 품은 채 평생 독신으로 살리라 맹세했는지도 모른다. 혹은 어느 매력적인 유부남과 오랜 세월 불륜관계를 이어오고 있는지도 모른다. 그러나 뭐가 됐든 나와는 상관없는 문제다.

아키가와 쇼코는 서쪽 창가로 가서 골짜기의 전망을 흥미롭게 바라보았다.

"똑같이 집 맞은편에 있는 산인데, 각도만 조금 바뀌어도 상당히 다르게 보이는군요." 그녀는 감탄한 듯이 말했다.

그 산등성이에는 크고 하얀 멘시키의 저택이 선명하게 빛나고 있었다(멘시키는 그곳에서 아마 망원경으로 이쪽을 관찰하고 있으리라). 그녀의 집에서는 저 하얀 저택이 어떤 모습으로 보일까? 이야기를 나눠보고 싶었지만 처음부터 그 화제를 꺼내는 건 좀 위험할 것 같았다. 이야기가 어떤 식으로 흘러갈지 예측하기 어려운 면이 있다.

나는 성가신 일을 피할 셈으로 두 사람을 작업실로 안내했다.

"이 작업실에서 마리에가 모델을 서주면 됩니다." 내가 말했다.

"아마다 선생님도 여기서 그림작업을 하셨겠지요." 아키가와 쇼코가 작업실을 둘러보며 흥미로운 듯이 말했다.

"그랬을 겁니다." 내가 말했다.

"뭐라고 할까, 집안에서도 여기만 공기가 약간 다르게 느껴지네요. 그렇게 생각하지 않으세요?"

"글쎄, 어떨까요. 평소에 생활하면서는 크게 느끼지 못했습니다만."

"마리에는 어떠니?" 아키가와 쇼코가 마리에에게 물었다. "여기, 좀 신기한 공간 같지 않아?"

아키가와 마리에는 작업실 이곳저곳을 둘러보기 바빠서 대답하지 않았다. 아마 고모의 질문이 귀에 들어오지도 않았으리라.

나도 대답이 궁금하던 참이었지만.

"여기서 두 사람이 작업하는 동안 저는 거실에서 기다리는 편이 좋겠지요?" 아키가와 쇼코가 내게 물었다.

"그건 마리에가 정하면 됩니다. 마리에에게 조금이라도 편한 환경을 만드는 것이 무엇보다 중요하니까요. 저는 고모님이 여기 같이 계시든 아니든 전혀 상관없습니다."

"고모는 같이 안 있어도 돼." 마리에가 그날 처음으로 입을 열었다. 조용하지만 간결한, 그리고 양보의 여지가 없는 통고였다.

"그래. 마리에가 원하는 대로 하렴. 그럴 것 같아서 읽을 책도 챙겨왔거든." 아키가와 쇼코는 조카의 쌀쌀맞은 말투에 아랑곳없이 온화하게 대답했다. 아마 평소에도 이런 대화에 익숙한 것이리라.

아키가와 마리에는 고모의 말을 완전히 무시하고서 허리를 가볍게 굽히고 벽에 걸린 아마다 도모히코의 〈기사단장 죽이기〉를 뚫어져라 바라보았다. 가로로 긴 그 일본화를 보는 그녀의 눈빛은 지극히 진지했다. 세부를 하나하나 점검하고, 그림에 그려진 모든 요소를 기억 속에 새겨두려는 것처럼 보였다. 그러고 보니 (문득 깨달았다) 나 말고 다른 사람이 이 그림을 보는 건 처음 아닐까. 눈에 띄지 않는 곳에 미리 치워두는 것을 까맣게 잊고 있었다. 뭐 됐다, 이제 어쩔 수 없지, 나는 생각했다.

"이 그림이 마음에 드니?" 나는 소녀에게 물어보았다.

아키가와 마리에는 내 말에도 대답하지 않았다. 너무 집중해서 그림을 들여다보느라 귀에 들어오지 않은 모양이었다. 아니면 들려도 무시하고 있을 뿐일까?

"죄송합니다. 좀 별난 아이라서요." 아키가와 쇼코가 수습하려는 투로 말했다. "집중력이 좋다고 할지, 일단 한 가지에 몰두하면 다른 것들이 머릿속에 전혀 들어오지 않나봐요. 어렸을 때부터 그랬거든요. 책이든 음악이든 그림이든 영화든, 뭐든지 그렇답니다."

어째서인지 아키가와 쇼코도 마리에도 그 그림이 아마다 도모히코의 작품인지는 묻지 않았다. 그래서 나도 굳이 설명하지 않았다. 물론 '기사단장 죽이기'라는 제목도 알려주지 않았다. 이 두 사람이 그림을 본다 한들 큰 문제는 없으리라고 나는 판단했다. 아마 두 사람은 이 그림이 아마다 도모히코의 컬렉션에 포함되지 않은 특별한 작품이라는 사실을 알아채지 못할 것이다. 멘시키나 마사히코의 눈에 띄는 것과는 이야기가 다르다.

나는 아키가와 마리에가 〈기사단장 죽이기〉를 마음껏 감상하도록 놔두었다. 부엌에서 물을 끓여 홍차를 탔다. 그리고 컵과 티포트를 쟁반에 올려 거실로 내갔다. 아키가와 쇼코가 선물로 가져온 쿠키도 곁들였다. 나와 아키가와 쇼코는 거실 의자에 앉아 가벼운 잡담(산 위의 생활이나 골짜기의 날씨 등)을 나누면서 홍차를 마셨다. 원래 작업을 시작하기 전에는 이렇게 편안한 대화의 시간이 필요하다.

아키가와 마리에는 혼자서 〈기사단장 죽이기〉를 한동안 더 바라보다가, 이윽고 호기심 많은 고양이처럼 작업실 안을 천천히 돌아다니며 보이는 물건 하나하나를 집어들고 살펴보았다. 붓이며 물감, 캔버스, 그리고 구덩이에서 꺼내온 오래된 방울까지. 그녀는 방울을 손에 들고 몇 번 흔들어보았다. 여느 때처럼 딸랑딸랑 가벼운 소리가 났다.

"왜 이런 데 오래된 방울이 있어요?" 마리에는 아무도 없는 공간을 향해, 누구에게랄 것 없이 물었다. 하지만 물론 나에게 묻는 것이었다.

"이 근처 땅속에서 나온 거야." 내가 말했다. "우연히 발견했어. 아마 불교 의식에 쓰는 물건이지 싶은데. 스님이 독경하며 울리는 거."

그녀가 다시 한번 방울을 귓전에 흔들었다. 그리고 "소리가 좀 희한해요"라고 말했다.

저렇게 작은 방울소리가 잡목림 땅속에서 이 집에 있는 내 귀까지 잘도 와닿았다 싶어 나는 새삼 감탄했다. 흔드는 데 무슨 요령 같은 것이 있는지도 모른다.

"다른 집 물건에 그렇게 함부로 손대는 거 아니야." 아키가와 쇼코가 조카에게 주의를 주었다.

"괜찮습니다." 내가 말했다. "별로 대단한 것도 아니고요."

하지만 마리에는 그 방울에 곧 흥미를 잃은 것 같았다. 그녀는 방울을 제자리에 내려놓고 방 한복판의 스툴에 앉았다. 그리고 창밖을 내다보았다.

“괜찮으시면 슬슬 작업을 시작할까 합니다.” 내가 말했다.

“그럼 그동안 저는 여기서 책을 읽고 있을게요.” 아키가와 쇼코가 품위 있는 미소를 지으며 말했다. 그리고 검은색 핸드백에서 서점 종이커버를 씌운 두툼한 문고판 책을 꺼냈다. 나는 그녀를 거실에 남겨두고 작업실에 들어와 문을 닫았다. 작업실에는 이제 나와 아키가와 마리에 단둘이었다.

미리 준비해둔 등받이 있는 식탁 의자에 마리에를 앉혔다. 그리고 나는 여느 때처럼 스툴에 앉았다. 우리 사이에는 2미터 정도의 거리가 있었다.

“잠시 그대로 있으렴. 자세는 원하는 대로 하고, 크게 바뀌지만 않으면 조금씩 움직여도 상관없어. 꼼짝 않고 있을 필요는 없어.”

“그럼 그리는 동안 이야기해도 돼요?” 아키가와 마리에가 속을 떠보듯이 말했다.

“물론이지.” 내가 말했다. “이야기하자.”

“지난번에 나를 그려준 그림, 굉장히 좋았어요.”

“칠판에 분필로 그린 거?”

“지워져버려서 아쉬워요.”

내가 웃었다. “언제까지나 칠판에 남겨둘 수는 없지. 그 정도로 괜찮다면 얼마든지 그려줄게. 간단하니까."

그 말에 그녀는 대답하지 않았다.

나는 굵은 연필을 자처럼 사용해 아키가와 마리에 얼굴의 각 요소를 가늠했다. 데생은 크로키와 다르게 시간을 들여 보다 정확하고 실무적으로 모델의 얼굴을 파악할 필요가 있다. 결과적으로 어떤 그림이 나오건 간에.

"선생님은 그림에 재능이 있는 것 같아요." 잠시 침묵을 지키던 마리에가 문득 생각난 듯이 말했다.

"고마워." 나는 순순히 감사를 표했다. "그렇게 말해주니 무척 용기가 생기는구나."

"선생님도 용기가 필요해요?"

"물론이지. 용기는 누구에게나 필요한 거야."

나는 대형 스케치북을 집어들어 펼쳤다.

"오늘은 데생을 할 거야. 난 밑그림 없이 캔버스에 바로 물감으로 그리는 것도 좋아하지만, 이번에는 차근차근 데생부터 하려고 해. 그렇게 해서 너라는 사람을 조금씩, 단계적으로 이해해 가고 싶거든."

"나를 이해해야 해요?"

"인물을 그린다는 건 상대를 이해하고 해석하는 것과 마찬가지야. 언어 대신 선이나 형태, 색을 쓰는 거지."

"나도 나를 이해할 수 있으면 좋겠어요." 마리에가 말했다.

"나도 그래." 내가 동의했다. "나도 나를 이해할 수 있으면 좋겠어. 하지만 그건 간단한 일이 아냐. 그래서 그림을 그리는 거야."

나는 연필로 그녀의 얼굴과 상반신을 재빨리 스케치했다. 그녀가 지닌 깊이를 어떤 식으로 평면에 옮기는지가 관건이다. 미묘한 움직임을 어떤 식으로 정지 상태에 옮기는지도 또하나의 관건이다. 데생이 그 개요를 결정한다.

"저, 가슴 작은 편이죠." 마리에가 말했다.

"그런가?" 내가 말했다.

"부풀다 만 빵처럼 납작해요."

나는 웃었다. "이제 중학생이잖아. 앞으로 더 커질 거야. 전혀 걱정할 것 없어."

"브래지어도 전혀 필요 없을 정도예요. 같은 반 아이들은 전부 브래지어 하고 다니는데."

확실히 그녀의 스웨터 가슴팍에는 굴곡이라 할 만한 것이 전혀 보이지 않았다. "너무 신경쓰이면 속옷에 뭘 넣으면 되지 않을까?" 나는 말했다.

"그러면 좋겠어요?"

"나는 어느 쪽이건 상관없어. 네 가슴의 곡선을 그리려고 그림을 그리는 것도 아니니까. 너 좋을 대로 하면 돼."

"하지만 남자들은 가슴 큰 여자를 좋아하잖아요?"

"꼭 그렇지도 않아." 내가 말했다. "내 동생도 너만할 때 가슴이 작았어. 하지만 그애는 특별히 신경쓰지 않은 것 같았는데."

"신경썼지만 말하지 않은 것뿐인지도 몰라요."

"그럴지도 모르지." 나는 말했다. 그래도 아마 고미는 그런 데 거의 신경쓰지 않았을 것이다. 그애에게는 더 신경써야 할 다른 문제가 있었으니까.

"동생은 나중에 가슴이 커졌어요?"

나는 연필을 쥔 손을 부지런히 움직였다. 그 질문에는 딱히 대답하지 않았다. 아키가와 마리에는 한동안 내 손의 움직임을 가만히 바라보았다.

"선생님 동생, 나중에 가슴이 커졌어요?" 마리에가 또 같은 질문을 했다.

"커지지 않았어." 나는 하는 수 없이 대답했다. "중학교 들어간 해에 죽었거든. 아직 열두 살일 때."

아키가와 마리에는 잠시 아무 말도 하지 않았다.

"우리 고모, 꽤 미인이지 않아요?" 마리에가 말했다. 화제가 금방 바뀐다.

"응, 매우 아름다운 분이더구나."

"선생님 독신이죠?"

"음, 거의." 나는 대답했다. 그 봉투가 변호사사무소에 도착하면 완전히 독신이 된다.

"고모랑 데이트하고 싶어요?"

"글쎄, 그러면 즐겁겠지."

"가슴도 크고."

"그건 못 봤는데."

"모양도 무척 예뻐요. 저랑 같이 목욕하니까 잘 알아요."

나는 아키가와 마리에의 얼굴을 새삼스레 바라보았다. "고모랑 사이가 좋구나?"

"가끔 싸우기도 하지만요." 그녀가 말했다.

"어떤 일로?"

"여러 가지 일로. 의견이 안 맞거나, 그냥 짜증나거나."

"넌 좀 신기한 아이 같아." 내가 말했다. "그림교실에서 볼 때와 분위기가 많이 다르네. 교실에서는 거의 말이 없어 보였는데."

"말하기 싫을 땐 굳이 말하지 않을 뿐이에요." 그녀가 선선히 말했다. "저 지금 너무 말이 많아요? 그냥 조용히 있는 게 나을까요?"

"아니, 절대 그렇지 않아. 나도 이야기하는 거 좋아하거든. 더 말해도 상관없어."

물론 나는 자연스럽고 활발한 대화를 환영했다. 두 시간 가까이 입다물고 그림만 그릴 수는 없다.

"가슴이 너무 신경쓰여요." 잠시 후 마리에가 말했다. "맨날 거의 그 생각만 해요. 이러는 거 이상해요?"

"특별히 이상하진 않다고 봐." 내가 말했다. "그럴 나이니까.

나도 너만할 때는 성기 생각만 했던 것 같은데. 모양이 이상하지는 않은지, 너무 작지는 않은지, 괴상하게 움직이지는 않는지, 그런 거."

"그래서 지금은 어때요?"

"지금, 내 성기에 대해 어떻게 생각하느냐고?"

"네."

나는 그 질문을 잠시 생각해보았다. "요즘은 거의 생각하지 않는데. 그럭저럭 보통인 것 같고 딱히 불편한 것도 없고."

"여자들이 칭찬해줘요?"

"가끔이긴 하지만 칭찬해주는 사람이 없지는 않아. 물론 그냥 인사치레인지도 모르지. 그림을 칭찬하는 것과 마찬가지로."

그 말에 아키가와 마리에는 잠시 생각에 잠겼다가 입을 열었다. "선생님은 좀 특이한 것 같아요."

"그런가?"

"보통 남자들은 선생님처럼 말하지 않아요. 우리 아빠도 그런 걸 하나하나 알려주지 않고."

"보통 아버지는 자기 딸한테 그런 이야기를 안 하고 싶어하지 않을까." 내가 말했다. 그사이에도 손은 부지런히 움직였다.

"젖꼭지는, 몇 살 때부터 커지는 거예요?" 마리에가 물었다.

"글쎄, 나도 잘 모르겠는데. 남자니까. 하지만 그런 건 아마 상당히 개인차가 있지 않나 싶은데."

"어렸을 때 여자친구 있었어요?"

"열일곱 살에 처음 생겼어. 고등학교 같은 반 여자애."

"어느 고등학교요?"

도시마 구내에 있는 도립 고등학교의 이름을 댔다. 도시마 구민 말고는 거의 아무도 모를 학교다.

"학교는 재밌었어요?"

나는 고개를 저었다. "재미는 별로 없었어."

"그 여자친구 젖꼭지는 봤어요?"

"응. 봤어." 내가 말했다.

"어느 정도 크기였어요?"

나는 그녀의 젖꼭지를 떠올렸다. "특별히 작지도 크지도 않았어. 보통 크기였던 것 같아."

"브래지어에 뭘 넣지는 않았어요?"

나는 오래전에 사귀었던 여자친구의 브래지어를 떠올렸다. 무척 흐릿해진 기억뿐이었지만. 생각나는 건 그애 등뒤로 손을 돌려 호크를 푸느라 애를 먹었다는 것 정도다. "아니, 특별히 뭘 넣지는 않았던 것 같아."

"그 사람은 지금 뭐해요?"

나는 그녀에 대해 생각해보았다. 지금은 어떻게 살고 있을까? "글쎄, 모르겠어. 만난 지 벌써 오래됐으니까. 아마 결혼하고 아이도 있지 않을까."

"왜 안 만나요?"

"두 번 다시 만나고 싶지 않다고, 그애가 마지막에 말했거든."

마리에가 미간을 찡그렸다. "선생님한테 무슨 문제가 있어서 그런 거예요?"

"아마 그랬을 거야." 내가 말했다. 물론 나에게 문제가 있었을 것이다. 의심의 여지가 없다.

비교적 최근에 두 번 정도 고등학교 시절 여자친구 꿈을 꾸었다. 그중 한 꿈에서는 여름 해질녘에 커다란 강 근처를 나란히 산책했다. 나는 그녀에게 키스하려고 했다. 하지만 어째서인지 그녀의 얼굴 앞에 검고 긴 머리카락이 커튼처럼 내려와 있어 내 입술이 그녀에게 닿지 못했다. 그리고 꿈속에서 그녀는 여전히 열일곱 살인데 나만 서른여섯 살이 되어버렸다는 사실을 불현듯 알아차렸다. 거기서 잠이 깼다. 무척 생생한 꿈이었다. 내 입술에 아직 그 머리카락의 감촉이 남아 있었다. 벌써 오랫동안 그애를 떠올려본 적도 없는데.

"동생은, 선생님보다 몇 살 어렸어요?" 마리에가 또 불쑥 화제를 바꾸어 물었다.

"세 살 아래였어."

"열두 살 때 죽었다고요?"

"응."

"그럼 그때 선생님은 열다섯 살이었겠네요."

"응, 나는 그때 열다섯 살이었어. 막 고등학교에 들어갔을 때야. 동생은 중학교에 들어간 직후였고. 너랑 똑같이."

생각해보면 이제 고미는 나보다 무려 스물네 살이나 어리다. 그애가 죽었으니 당연히 우리의 나이차는 해마다 벌어진다.

"우리 엄마가 죽었을 때 난 여섯 살이었어요." 마리에가 말했다. "엄마는 말벌에 몸을 여러 군데 쏘여서 죽었어요. 이 근처 산속에서 혼자 산책하다가."

"안됐구나." 내가 말했다.

"선천적으로 말벌 독에 알레르기가 있었대요. 구급차로 병원에 실려갔지만 그때는 이미 쇼크로 심폐정지 상태였어요."

"그뒤에 고모가 와서 같이 살게 된 거니?"

"네." 아키가와 마리에가 말했다. "고모는 아빠 동생이에요. 나한테도 오빠가 있으면 좋았을 텐데. 세 살 정도 많은 오빠가."

나는 첫번째 데생을 마치고 두 장째로 들어갔다. 여러 각도에서 그녀의 모습을 그려보고 싶었다. 오늘 하루는 고스란히 데생에 할애할 계획이었다.

"동생이랑 싸우기도 했어요?" 그녀가 물었다.

"아니, 싸움을 한 기억은 없어."

"사이가 좋았어요?"

"그랬던 것 같아. 사이가 좋다 나쁘다 의식해본 적도 없지만."

"거의 독신, 이라는 건 무슨 뜻이에요?" 아키가와 마리에가 물었다. 또 화제가 바뀌었다.

"좀 있으면 정식으로 이혼해." 내가 말했다. "지금은 법적 절차를 진행중이니 거의 독신인 셈이지."

그녀가 눈을 가늘게 떴다. "이혼은 잘 몰라요. 내 주위에는 이혼한 사람이 없어서."

"나도 잘 몰라. 어쨌거나 이혼은 처음이니까."

"어떤 기분이에요?"

"왠지 이상한 기분이라고 하면 될까. 지금까지 내 길인 줄 알고 별생각 없이 걸어왔던 길이 갑자기 발밑에서 쑥 사라져버리고, 어디로 어떻게 가야 하는지도 모르는 채 그저 허허벌판을 터벅터벅 걸어가는, 그런 느낌이야."

"결혼생활을 얼마나 했어요?"

"거의 육 년."

"부인은 몇 살이에요?"

"나보다 세 살 어려." 물론 우연이지만 누이동생과 같다.

"그 육 년을 낭비했다고 생각해요?"

나는 생각해보았다. "아니, 그렇지는 않아. 헛된 시간이었다고는 생각하고 싶지 않아. 즐거운 일도 꽤 많았고."

"부인도 그렇게 생각해요?"

나는 고개를 저었다. "그건 나도 모르겠구나. 물론 그렇게 생각해주기를 바란다만."

"물어보지 않았어요?"

"물어보지 않았어. 다음에 기회가 있으면 물어볼게."

우리는 그뒤로 한동안 입을 열지 않았다. 나는 두번째 데생에 의식을 집중했고 아키가와 마리에는 무언가에 대해—젖꼭지의 크기라든가, 이혼이라든가, 말벌이라든가, 아니면 다른 무언가에 대해—진지하게 생각에 잠겼다. 눈을 가늘게 뜨고, 입은 꾹 다물고, 두 손으로 무릎을 움켜쥔 채 깊은 생각에 몸을 묻고 있었다. 아예 그런 모드에 들어가버린 것 같았다. 나는 그 진지한 표정을 흰 스케치북에 기록해나갔다.

매일 정오가 되면 산 아래쪽에서 차임이 울렸다. 아마 자치단체사무소나 학교에서 시보를 울리는 것이리라. 그 소리를 듣고 나는 시계를 보았다. 그리고 작업을 마무리했다. 완성된 데생은 석 장이었다. 모두 제법 흥미로운 조형이었다. 그것들은 제각기 곧 다가올 무언가를 암시하고 있었다. 하루 치 작업의 결과물로는 나쁘지 않다.

아키가와 마리에가 작업실 의자에 모델로 앉아 있던 것은 전부 한 시간 반가량이었다. 첫날은 그 정도가 한계일 것이다. 익숙하지 않은 사람이—특히 한창 성장기인 아이가—그림 모델을 서기란 쉽지 않다.

아키가와 쇼코는 검은 테 안경을 쓰고 거실 소파에서 열심히 책을 읽고 있었다. 내가 거실로 나가자 안경을 벗고 책을 덮어 핸드백에 넣었다. 안경을 쓴 그녀는 매우 지적으로 보였다.

"오늘 작업은 무사히 마쳤습니다." 내가 말했다. "괜찮으면 다음주 같은 시간에 와주실 수 있을까요?"

"네, 물론이죠." 아키가와 쇼코가 말했다. "여기 혼자 있으니 신기하게도 무척 기분좋게 책이 읽혀요. 소파가 편해서 그럴까요?"

"마리에도 괜찮니?" 나는 마리에에게 물었다.

마리에는 말없이 고개를 꾸벅했다. 상관없다, 는 뜻이다. 고모 앞에 서니 그녀는 조금 전까지와 딴판으로 과묵해졌다. 어쩌면 셋이 같이 있는 것이 마음에 들지 않는지도 모른다.

두 사람은 파란색 도요타 프리우스를 타고 돌아갔다. 나는 현관에 나가 배웅했다. 선글라스를 낀 아키가와 쇼코가 차창으로 손을 내밀어 몇 번 가볍게 흔들었다. 작고 하얀 손이었다. 나도 손을 들어 그에 답했다. 아키가와 마리에는 턱을 바짝 당기고 똑바로 앞을 보고 있었다. 자동차가 비탈길을 내려가 시야에서 사라지자 나는 집으로 들어왔다. 두 사람이 가버리니 집안이 갑자기 휑해진 것 같았다. 당연히 있어야 할 무언가가 없어진 것처럼.

기이한 이인조다, 나는 테이블에 남겨진 홍차잔을 바라보며 생각했다. 뭔가 평범하지 않은 구석이 있다. 하지만 과연 그녀들의 어디가 평범하지 않단 말인가?

문득 멘시키가 떠올랐다. 망원경으로 잘 살펴볼 수 있도록 마리에를 테라스로 내보내주어야 했는지도 모른다. 하지만 이내 생각을 바꾸었다. 왜 내가 굳이 그런 짓을 해야 한단 말인가? 그래달라는 부탁을 받은 것도 아닌데.

어쨌거나 앞으로도 기회가 있다. 서두를 필요는 없다. 아마도.

31
어쩌면 지나치게 완벽했는지도 모른다

그날 밤 멘시키에게서 전화가 왔다. 벌써 아홉시가 넘은 시각이었다. 그는 늦은 시간에 전화를 걸었다며 사과했다. 잡다한 일들 때문에 좀처럼 손이 비지 않았다고 했다. 아직 잘 시간은 아니니 신경쓸 필요 없다고 나는 말했다.

"어땠습니까, 오늘 작업은 잘 진행됐습니까?" 그가 물었다.

"그럭저럭 순조로웠던 것 같아요. 마리에의 데생을 몇 장 완성했습니다. 다음주 일요일 같은 시간에 다시 오기로 했고요."

"다행입니다." 멘시키가 말했다. "그런데 그 고모라는 사람은 우호적이던가요?"

우호적? 그 단어에는 왠지 기묘한 울림이 있었다.

내가 말했다. "네, 느낌이 상당히 좋은 분이던데요. 우호적이라고 할 수 있을지는 잘 모르겠지만, 특별히 경계하는 분위기는 아니었어요."

그리고 그날 아침 일을 간추려 말해주었다. 멘시키는 숨죽인 채 이야기를 들었다. 내 말에 포함된 세세하고 구체적인 정보를 하나라도 더 많이, 유효하게 흡수하려는 것 같았다. 이따금 간단한 질문을 하는 것 말고는 말을 거의 하지 않았다. 그저 가만히 귀를 기울였다. 그녀들이 어떤 옷을 입었고, 어떻게 문을 두드렸는지. 어떤 분위기로 어떤 말을 했는지. 그리고 내가 어떤 식으로 아키가와 마리에를 데생했는지. 나는 그 하나하나를 멘시키에게 알려주었다. 하지만 아키가와 마리에가 제 가슴 크기에 신경쓴다는 말까지는 하지 않았다. 그런 건 나와 그녀 사이의 이야기로 남겨두는 게 좋을 터였다.

"다음주에 제가 얼굴을 보이는 건 너무 빠르겠지요?" 멘시키가 내게 물었다.

"그건 멘시키 씨가 결정하실 일입니다. 제가 그것까지 판단할 수는 없어요. 제 생각에는 그냥 다음주에 오셔도 특별히 문제는 없을 것 같지만요."

멘시키는 수화기 너머에서 잠시 침묵했다. "좀 생각해봐야겠군요. 아주 미묘한 부분이니까요."

"천천히 생각해보세요. 그림을 완성하려면 아직 한참 걸릴 테고, 기회는 앞으로도 몇 번이나 있을 겁니다. 저는 다음주건 다

다음주건 언제라도 상관없습니다."

멘시키가 그렇게 망설이는 모습은 처음이었다. 내가 그때까지 지켜본바 어떤 일에든 결단이 빠르고 주저하지 않는 것이 본디 멘시키의 성격이었는데.

나는 멘시키가 오늘 아침 망원경으로 이쪽을 보았는지 물어볼까 했다. 아키가와 마리에와 그 고모의 모습을 잘 관찰했는지. 하지만 그러지 않기로 생각을 바꿨다. 그가 먼저 꺼내지 않는 이상 그 화제는 입에 올리지 않는 편이 현명할 것이다. 설령 그 대상이 내가 사는 집이라 할지라도.

멘시키는 다시 한번 고맙다고 말했다. "여러모로 난처한 부탁을 해서 죄송합니다."

내가 말했다. "아뇨, 저는 멘시키 씨를 위해 뭔가 해드리고 있다고 생각하지 않습니다. 그저 아키가와 마리에의 그림을 그릴 뿐이에요. 그리고 싶으니까 그릴 뿐이죠. 표면적으로든 실제로든 그게 사실일 테고요. 특별히 감사인사를 들을 이유는 없습니다."

"그래도 저는 당신한테 무척 감사하고 있습니다." 멘시키가 조용히 말했다. "아주 여러 의미로요."

여러 의미라는 게 무슨 말인지 잘 알 수 없었지만 굳이 물어보지는 않았다. 이미 밤이 깊었다. 우리는 간단히 밤 인사를 하고 전화를 끊었다. 하지만 수화기를 내려놓고 나니 멘시키는 이제부터 잠들지 못하는 긴 밤을 맞을지도 모르겠다는 생각이 문득 스쳤다. 그의 목소리에서는 그런 긴장감이 읽혔다. 분명 그에게는 곰곰이 생각해야 할 일이 많을 것이다.

그주에는 특별한 일이 전혀 일어나지 않았다. 기사단장도 나타나지 않았고, 연상의 유부녀 여자친구의 연락도 없었다. 무척 조용한 일주일이었다. 주위에서 가을이 조금씩 깊어갈 뿐이다. 눈에 띄게 높아진 하늘과 맑은 공기 속에서, 구름이 솔로 그린 것처럼 아름다운 흰 선을 남기며 지나갔다.

나는 아키가와 마리에의 데생 석 장을 수시로 집어들고 살펴보았다. 각기 다른 자세와 각기 다른 각도. 매우 흥미롭고 암시가 풍부하다. 하지만 그중 하나를 구체적인 밑그림으로 삼을 생각은 원래부터 없었다. 그녀에게도 말했다시피 이 석 장의 데생을 그린 목적은 아키가와 마리에라는 소녀의 실상을 전체적으로 이해하고 인식하는 것이었다. 그녀의 존재를 일단 내 안에 거두어들이기 위해서다.

나는 석 장의 데생을 몇 번씩 거듭 바라보았다. 그리고 의식을 집중해 그녀의 모습을 내 안에 구체적으로 일궈나갔다. 그러던 중에 아키가와 마리에와 동생 고미의 모습이 한데 섞이는 듯한 감각이 느껴졌다. 그게 적절한 일인지는 판단하기 어려웠다. 그럼에도 비슷한 또래인 두 소녀의 영혼은 이미 어딘가—짐작건대 내가 발을 들일 수 없이 깊숙한 장소에서—서로 연결되어 통한 것 같았다. 그 두 영혼을 떼어낼 방법은 이제 내게 없었다.

그주 목요일, 아내에게서 편지가 왔다. 3월에 집을 나온 뒤로 처음 받는 연락이었다. 봉투에는 눈에 익은 정갈한 글씨로 받는 사람과 보내는 사람의 이름이 적혀 있었다. 그녀는 아직 내 성을 쓰고 있었다. 하긴 정식으로 이혼이 성립할 때까지는 남편 성을 쓰는 쪽이 여러모로 편리한지 모른다.

가위로 반듯하게 봉투를 잘랐다. 빙산에 서 있는 백곰 사진이 들어간 카드가 나왔다. 그리고 내가 이혼서류에 신속하게 서명하고 회신해준 것에 대한 감사인사가 간단히 적혀 있었다.

잘 지내? 난 그럭저럭 별일 없이 지내고 있어. 아직 같은 곳에 살아. 서류를 빨리 보내줬네. 고마워. 절차가 진행되면 다시 연락할게.

당신이 집에 두고 간 물건 중에 혹시 필요한 게 있으면 말해줘. 택배로 보내줄게. 어쨌거나 우리 각자의 새로운 생활이 순조롭기를 바라.

유즈

나는 그 편지를 몇 번이고 되풀이해 읽었다. 그리고 행간에 감춰진 감정 같은 것을 조금이라도 읽어내려 애썼다. 하지만 그 짧은 글줄에서는 말로 하지 않은 어떤 감정이나 의도도 읽어낼 수 없었다. 그녀는 여기 적힌 메시지를 글자 그대로 전달하려는 것뿐인 듯했다.

한 가지 이해되지 않는 건, 왜 이혼신청서류를 준비하는 데 그렇게 오랜 시간이 걸렸는가 하는 점이었다. 그다지 번거로운 작업은 아니다. 그리고 그녀 입장에서는 한시바삐 나와의 관계에 종지부를 찍고 싶었을 것이다. 그런데도 내가 집을 나오고 반년이 걸렸다. 그사이 그녀는 대체 뭘 했을까? 무슨 생각을 했던 걸까?

백곰 사진을 가만히 살펴보았다. 하지만 역시 아무런 의도도 읽어낼 수 없었다. 왜 하필 북극곰일까? 마침 수중에 있어서 썼을 뿐이리라. 나는 그렇게 추측했다. 아니면 작은 빙산 위에 서 있는 이 백곰은 어디로 가는지도 모르고 해류를 따라 떠내려가는 내 사정을 암시하는 것일까? 아니, 그건 아무래도 억측이다.

카드를 봉투에 집어넣고 책상 제일 위 서랍에 넣었다. 서랍을 닫자 뭔가 한 단계 앞으로 나아간 듯한 희미한 감촉이 들었다. 딸칵 소리와 함께 눈금이 한 칸 올라간 느낌이다. 나 스스로 진전시킨 것은 아니다. 누군가가, 무언가가 나 대신 새로운 단계를 준비해주었고, 나는 그저 그 프로그램에 따라 움직이고 있을 뿐이다.

그리고 나는 일요일 아키가와 마리에에게 이혼 후의 생활에 대해 해주었던 말을 떠올렸다.

지금까지 내 길인 줄 알고 별생각 없이 걸어왔던 길이 갑자기 발밑에서 쑥 사라져버리고, 어디로 어떻게 가야 하는지도 모르는 채 그저 허허벌판을 터벅터벅 걸어가는, 그런 느낌이야.

어디로 가는지 모를 해류건, 길 없는 길이건, 어느 쪽이건 상관없다. 다 마찬가지다. 어차피 비유에 불과하다. 아무튼 나는 실물을 지니고 있다. 그 실물 안에 실제로 들어앉아 있다. 그런데 왜 비유 같은 것이 필요하단 말인가?

할 수 있다면 편지를 써서, 내가 지금 처한 상황을 유즈에게 자세히 설명하고 싶었다. '그럭저럭 별일 없이 지내고 있어'라는 막연한 표현은 도저히 쓸 수 없을 것 같았다. 별일 없기는커녕 너무 많은 일이 일어난다는 것이 솔직한 심정이었다. 그러나 여기 살기 시작한 뒤로 내 주위에 일어난 일의 전말을 쓰기 시작하면 분명 수습이 힘들어질 것이다. 가장 곤란한 문제는 여기서 대체 무슨 일이 벌어지고 있는지 나 자신도 뭐라고 제대로 설명할 수 없다는 점이었다. 적어도 정합하고 논리적인 문맥으로 '설명'하기란 도저히 불가능하다.

그래서 나는 유즈의 편지에 답장을 쓰지 않기로 했다. 일단 쓰기로 마음먹는다면 지금껏 일어난 일들을 고스란히(논리고 정합성이고 무시하고) 기록하든지, 아니면 아예 쓰지 않든지 둘 중 하나밖에 없다. 그리고 나는 아무것도 쓰지 않는 쪽을 택했다.

어찌 보면 나는 확실히 떠내려가는 빙산에 남겨진 고독한 백곰과 다를 바 없었다. 아무리 둘러봐도 주위에 우체통 같은 건 없다. 백곰에게는 어딘가로 편지를 보낼 수단이 없는 것이다.

나는 유즈와 만나 교제하기 시작한 무렵을 잘 기억하고 있다.

첫 데이트에서 같이 식사를 하고 많은 이야기를 나누면서 그녀는 내게 호의를 품어준 것 같았다. 다시 만나도 좋다고 말했다. 나와 그녀 사이에는 처음부터 뭐라고 설명할 수 없이 통하는 구석이 있었다. 간단히 말해 궁합이 맞았다고 해야 할 것이다.

그러나 그녀와 실제로 연인 사이가 되기까지는 조금 시간이 걸렸다. 당시 유즈에게는 이 년째 교제중인 사람이 있었기 때문이다. 하지만 그녀가 그에게 흔들림 없이 깊은 애정을 품었던 건 아니었다.

"굉장히 핸섬해. 조금 따분한 구석은 있지만, 그건 제쳐두고 말하자면." 그녀는 그렇게 말했다.

굉장히 핸섬하지만 따분한 남자…… 내 주위에 그런 타입의 인간은 한 명도 없었으므로 쉽게 상상이 가지 않았다. 내가 떠올릴 수 있는 건 굉장히 먹음직스러워 보이지만 실은 맛이 부족한 요리 같은 것이었다. 하지만 그런 요리를 누가 좋아한단 말인가?

그녀는 고백하는 투로 말했다. "나는 말이지, 옛날부터 핸섬한 사람한테 무척 약했어. 잘생긴 남자가 앞에 있으면 이성 같은 게 마비돼버려. 문제라는 걸 뻔히 알면서도 저항할 수가 없어. 아무리 해도 안 고쳐져. 그게 나의 가장 큰 약점인지도 몰라."

"고질병." 내가 말했다.

그녀가 수긍했다. "그래, 그런 걸 거야. 치료할 수도 없는 이상한 질환. 고질병."

"어쨌든 내게는 그다지 순풍이라고 할 수 없는 정보네." 내가 말했다. 유감스럽게도 잘생긴 얼굴은 나라는 인간의 유력한 세일즈 포인트가 되지 못한다.

그녀는 굳이 그 말을 부정하지 않았다. 그저 유쾌하게 입을 벌리고 웃었을 뿐이다. 그녀는 나와 함께 있으면 적어도 따분하지는 않은 것 같았다. 쉼없이 대화하고, 잘 웃었다.

그러므로 나는 참을성 있게, 그녀가 그 핸섬한 연인과 틀어지기를 기다렸다(그는 그냥 잘생기기만 한 것이 아니라 명문대를 나와 대기업에 근무하며 높은 연봉을 받고 있었다. 아마 유즈의 아버지와도 잘 맞았으리라). 그사이 그녀와 많은 대화를 나누고 많은 곳에 갔다. 그리고 우리는 서로를 보다 잘 이해하게 되었다. 키스를 하고 끌어안기도 했지만 섹스는 하지 않았다. 여러 상대와 동시에 성적 관계를 맺는 일을 그녀가 기꺼워하지 않아서였다. "나는 그런 면에서는 좀 구식이야"라고 그녀는 말했다. 그러니까 기다리는 수밖에 없었다.

그것이 반년쯤 이어졌을 것이다. 내게는 상당히 긴 기간이었다. 다 내던져버리고 싶을 때도 있었다. 하지만 어찌어찌 견딜 수 있었다. 그녀가 머지않아 내 사람이 되리라는 나름의 강한 확신이 있었기 때문이다.

이윽고 그녀가 잘생긴 남자친구와 최종적인 파국을 맞고(아마 그랬을 것이다. 그녀가 경위를 말해주지 않아서 추측하는 수밖에 없지만), 썩 잘생겼다고 할 수 없는데다 생활력도 부족한 나를 연인으로 선택해주었다. 그리고 얼마 후 우리는 정식으로 결혼하기로 결심했다.

그녀와 처음 성교했을 때를 생생히 기억한다. 우리는 지방의 작은 온천에 가서 기념비적인 첫날밤을 맞았다. 모든 것이 매우 매끄럽게 흘러갔다. 거의 완벽에 가까울 정도였다. 어쩌면 조금 지나치게 완벽했는지도 모른다. 그녀의 살결은 희고 보드랍고 매끄러웠다. 약간 미끈거리는 온천물과 초가을의 창백한 달빛도 그 아름다움이나 보드라움에 기여했는지 모른다. 유즈의 알몸을 끌어안고 처음 그 안에 들어갈 때, 그녀는 내 귓전에 작게 소리를 지르며 가느다란 손끝으로 내 등을 꾹 눌렀다. 그때도 가을벌레들이 소란스럽게 울었다. 서늘한 시냇물소리도 들렸다. 이 여자를 절대 놓쳐서는 안 된다고 나는 그때 굳게 다짐했다. 그것은 그때까지의 인생에서 가장 빛나는 순간이었는지도 모른다. 마침내 유즈를 가질 수 있었던 것이.

유즈의 짧은 편지를 받고 나는 오랫동안 그녀를 생각했다. 처음 그녀를 만났을 때, 처음 몸을 섞은 가을밤. 그리고 유즈에 대한 내 마음이 처음부터 지금까지 기본적으로는 하나도 변하지 않았다는 사실. 나는 지금도 그녀를 놓아주고 싶지 않았다. 그건 분명했다. 이혼서류에 서명하긴 했지만, 그런 것과는 상관없이. 하지만 내가 무엇을 어떻게 생각하건 그녀는 어느새 내게서 멀어져버렸다. 먼 곳—아마도 상당히 먼 곳으로. 아무리 성능 좋은 망원경을 사용해도 그 편린조차 확인할 수 없는 곳으로.

그녀는 내가 모르는 사이 어딘선가 핸섬한 새 연인을 발견했을 것이다. 그리고 아니나 다를까 이성 같은 게 마비되어버린 것이다. 그녀가 나와의 섹스를 거부하기 시작했을 때 알아챘어야 했다. 그녀는 여러 상대와 동시에 성적 관계를 맺지 않는다. 조금만 생각하면 바로 알 수 있는 일인데.

고질병, 나는 속으로 되뇌었다. 치료할 방법도 없는 이상한 병. 논리가 통하지 않는 체질적 경향.

그날 밤(비가 내리는 목요일 밤이었다), 길고 어두운 꿈을 꾸었다.

나는 미야기 현 해안의 작은 마을에서 흰색 스바루 포레스터의 핸들을 잡고 있었다(꿈속에서 그것은 내 차였다). 나는 낡은 검은색 가죽점퍼를 입고, YONEX 마크가 들어간 검은색 골프모자를 쓰고 있었다. 키가 크고, 피부가 구릿빛으로 그을렸고, 희끗희끗한 머리는 뻣뻣하고 짧았다. 다시 말해 내가 '흰색 스바루 포레스터의 남자'였던 것이다. 나는 아내와 아내의 애인이 탄 소형차(빨간색 푸조 205) 뒤를 몰래 쫓아갔다. 해안선을 따라가는 국도다. 그리고 외곽의 화려한 러브호텔로 들어가는 두 사람의 모습을 확인했다. 다음날 나는 아내를 추궁하던 끝에 그녀의 희고 가는 목을 목욕가운 끈으로 졸랐다. 나는 육체노동에 익숙한, 완력이 센 남자다. 그리고 혼신의 힘을 다해 아내의 목을 조르면서 뭐라고 크게 소리쳤다. 뭐라고 하는지는 나도 잘 알아들을 수 없었다. 그것은 의미가 없는, 순수한 분노의 절규였다. 지금껏 한 번도 겪어본 적 없는 격렬한 분노가 내 몸과 마음을 지배했다. 나는 뭐라고 부르짖으며 사방으로 흰 침을 튀겼다.

새로운 공기를 폐에 들이기 위해 필사적으로 헐떡거리면서, 아내의 관자놀이가 미세하게 경련하는 것이 보였다. 입속에서 분홍빛 혓바닥이 동그랗게 말려드는 것이 보였다. 푸른 정맥이 은현잉크로 그린 지도처럼 피부에 도드라졌다. 내 땀냄새가 코를 찔렀다. 처음 맡아보는 불쾌한 냄새가 내 몸에서 욕탕의 김처럼 피어올랐다. 그것은 털이 많은 짐승의 체취를 연상시켰다.

날 그리지 마, 나는 스스로에게 명령하고 있었다. 벽에 걸린 거울 속 나를 향해 검지를 세우고 마구 삿대질하고 있었다. 나를 더이상 그리지 말라고!

거기서 퍼뜩 꿈에서 깼다.

그리고 그 바닷가 마을 러브호텔 침대에서 내가 무엇을 가장 두려워했는지 깨달았다. 나는 내가 끝내 그 여자(이름도 모르는 젊은 여자)를 정말로 목졸라 죽여버리지 않을까 내심 두려워했던 것이다. "시늉만 해도 돼"라고 여자는 말했다. 그러나 그렇게 넘어가지 않을지도 몰랐다. 시늉만으로 끝나지 않을지도 모른다. 그리고 그것이 시늉만으로 끝나지 않을 요인은 내 안에 있었다.

나도 나를 이해할 수 있으면 좋겠어. 하지만 그건 간단한 일이 아냐.

나는 아키가와 마리에에게 그렇게 말했었다. 수건으로 몸의 땀을 닦으며 그 사실을 떠올렸다.

금요일 아침에는 비가 그치고 하늘이 맑게 개었다. 전날 밤 뒤숭숭하게 잠을 설친 기분을 가라앉힐 셈으로 오전에 한 시간쯤 근처를 산책했다. 잡목림을 가로질러 사당 뒤편으로 가서 오랜만에 구덩이 주위를 살펴보았다. 11월에 접어들자 확실히 바람이 차가워졌다. 땅 위에는 축축한 낙엽이 가득 깔려 있었다. 구덩이는 여느 때처럼 몇 장의 판자로 단단히 막혀 있었다. 판자 위에도 가지각색의 낙엽이 수북했고, 누름돌이 놓여 있었다. 그러나 돌이 늘어선 모양이 지난번과 조금 달라진 듯한 느낌이 들었다. 거의 비슷하지만 어딘지 모르게 배치가 달라진 것 같다.

하지만 그리 심각하게 마음에 두지는 않았다. 나와 멘시키 말고 여기까지 일부러 발길을 옮길 사람은 없을 터였다. 판자를 한

장 들어내 안을 들여다보았지만 아무도 없었다. 사다리도 지난 번처럼 벽에 기대어 있다. 그 어두운 석실은 언제나처럼 내 발밑에서 깊은 침묵을 지키고 있었다. 나는 구덩이에 다시 판자를 덮고 누름돌도 원래대로 올려놓았다.

기사단장이 벌써 이 주 가까이 나타나지 않는 것도 특별히 마음에 두지 않았다. 본인의 말마따나 이데아에게도 여러 가지 볼일이 있는 것이다. 시간과 공간을 초월한 볼일이.

이윽고 일요일이 돌아왔다. 그날은 여러 가지 일이 일어났다. 참으로 어수선한 일요일이었다.

32
그의 전문 기능은 매우 귀한 대접을 받았다

우리가 이야기를 하고 있을 때 또다른 남자가 다가왔다. 바르샤바 출신의 프로 화가였다. 중키에 매부리코, 창백한 얼굴에 아주 새카만 콧수염을 길렀다. (중략) 그 특이한 외모는 멀리서도 한눈에 들어왔고, 그의 직업적 지위가 높다는 사실(수용소에서 그의 전문 기능은 매우 귀한 대접을 받았다)은 실로 명백했다. 누구나 그를 한 수 위로 인정했다. 그는 종종 나에게 자신이 무슨 일을 하는지 장황하게 늘어놓았다.

"나는 독일 병사들을 위해 채색화를 그려. 초상화 같은 거야. 놈들은 친척이며 부인, 어머니, 아이들의 사진을 가져오지. 누구나 혈육의 그림을 갖고 싶어해. 친위대원들은 감수성 풍부하게, 애정을 담아서 내게 제 가족을 설명하지. 눈동자가 무슨 색인지, 머리는 무슨 색인지. 그러면 나는 흐릿한 흑백 스냅사진을 토대로 그들 가족의 초상화를 그리는 거야. 그런데 말이지, 누가 뭐라건, 내가 그리고 싶은 그림은 독일인들의 가족 따위가 아니야. 나는 '격리병동'에 첩첩이 쌓인 아이들을 흑백으로 그리고 싶다고. 놈들이 살육한 이들의 초상화를 그려서, 놈들이 그걸 제 집에 가져가 벽에 걸어놓게 하고 싶다고. 빌어먹을 놈들!"

화가는 이 이야기를 하면서 특히 심하게 격분했다.

사무엘 빌렌베르크, 『트레블링카의 반란』에서*

㈜ '격리병동'은 트레블링카 강제수용소 처형 시설의 별칭이다.

(2권으로 이어집니다)

지은이 **무라카미 하루키**
1949년 교토 출생. 1979년 『바람의 노래를 들어라』로 군조신인문학상을 수상하며 데뷔했다. 1982년 『양을 쫓는 모험』으로 노마문예신인상, 1985년 『세계의 끝과 하드보일드 원더랜드』로 다니자키 준이치로 상을 수상했다. 『노르웨이의 숲』 『중국행 슬로보트』 『여자 없는 남자들』 『기사단장 죽이기』 『수리부엉이는 황혼에 날아오른다』 『일인칭 단수』 『오래되고 멋진 클래식 레코드』 외 수많은 소설과 에세이로 전 세계 독자들의 사랑을 받고 있다.

옮긴이 **홍은주**
이화여자대학교 불어교육학과와 같은 대학원 불어불문학과를 졸업했다. 2000년부터 일본에 거주하며 프랑스어와 일본어 번역가로 활동하고 있다. 옮긴 책으로 『고로지 할아버지의 뒷마무리』 『마사&겐』 『실화를 바탕으로』 『미크로코스모스』 『녹턴』 등이 있다.

문학동네 세계문학
기사단장 죽이기 1—현현하는 이데아

1판 1쇄 2017년 7월 12일 | 1판 13쇄 2023년 9월 4일

지은이 무라카미 하루키 | 옮긴이 홍은주
책임편집 양수현 | 편집 황문정 박아름 오동규 강태형 | 독자모니터 양은희 이희연
디자인 윤종윤 유현아 | 저작권 박지영 형소진 최은진 서연주 오서영
마케팅 정민호 서지화 한민아 이민경 안남영 김수현 왕지경 황승현 김혜원 김하연
브랜딩 함유지 함근아 박민재 김희숙 고보미 정승민
제작 강신은 김동욱 이순호 | 제작처 한영문화사(인쇄) 신안제책사(제본)

펴낸곳 (주)문학동네 | 펴낸이 김소영
출판등록 1993년 10월 22일 제2003-000045호
주소 10881 경기도 파주시 회동길 210
전자우편 editor@munhak.com | 대표전화 031) 955-8888 | 팩스 031) 955-8855
문의전화 031) 955-1927(마케팅) 031) 955-2684(편집)
문학동네카페 http://cafe.naver.com/mhdn
인스타그램 @munhakdongne | 트위터 @munhakdongne
북클럽문학동네 http://bookclubmunhak.com

ISBN 978-89-546-4612-3 04830
978-89-546-4611-6 (세트)